Christian Carayon • Dunkler See der Angst

Christian Carayon

DUNKLER SEE DER ANGST

Kriminalroman

Deutsch von
Carina von Enzenberg

btb

»Stets auf der Wacht mit Aug und Nase.
Ein Hauch, ein Schatten lässt Gefahr ihn wittern,
Ein Nichts macht ihn erzittern.«

Jean de La Fontaine
Der Hase und die Frösche

Prolog

Es ist dunkel. Ich sehe die Nacht, den sternklaren Himmel, das Licht des Halbmonds, das sie weniger finster macht. Ich rieche die Feuchtigkeit. Höre die Stille.

Ich weiß, wo ich bin. Die Nacht kann nicht alles verbergen. Was sie einhüllt, gerinnt zu einer dunklen Masse. Sie zeichnet lediglich die Konturen des Waldes nach, der dem Auf und Ab des Geländes folgt. Ich liege auf dem Boden eines Kahns. Allein die gegen den Rumpf schwappenden Wellen stören die Stille. Nach einer Weile werden die Ruder eingeholt. Das Boot gleitet noch etwas dahin, dann wird es langsamer und kommt zum Stehen. Als man mich hochzieht, bleibt es erstaunlich unbewegt.

Mitten im Wald liegt, vom Mond leicht versilbert, der See. Er windet sich wie eine große Schlange. Ich werde lange in der aufrechten Position gehalten, als sollte ich dieses Bild in mich aufnehmen. In ein paar Stunden wird am Ende der Schlucht die Sonne aufgehen. Mir ist jetzt klar, dass ich sie nicht mehr sehen werde.

Eigentlich müsste ich Angst haben, und zwar schreckliche Angst. Aber ich habe keine. Vielleicht zum allerersten Mal in meinem Leben. Dennoch weiß ich, dass die Angst kommen wird, dass sie auf mich wartet, da unten.

Man hebt mich hoch, leicht wie eine Feder, und lässt mich

ins Wasser gleiten, lautlos, langsam, ohne Spritzer – ein Sinnbild meines Lebens. Erst als ich bis zu den Schultern eingetaucht bin, lässt man mich los. Ich beginne zu treiben, wegzuschwimmen. Ich entferne mich vom Boot, ohne mich zu bewegen, weil ich dazu nicht in der Lage bin. Ich spüre keinen einzigen Teil meines Körpers. Er ist nur mehr eine Hülle, die ich kaum noch wahrnehme. Meine Arme werden vom Wasser angehoben, bis sie ausgestreckt auf der Oberfläche liegen. Der See trägt mich, er wiegt mich. Er ist wie ein Ungeheuer aus dem Märchen: Er versucht mich einzulullen, bevor er mich verschlingt.

Mein Lumpenleib wird plötzlich schwerer. Ein Gewicht zieht mich in die Tiefe. Das Wasser steigt über mein Kinn, meinen Mund, meine Nase. Bevor es meine Augen bedeckt, sehe ich ein letztes Mal das Boot, die Gestalten an Bord, den Himmel.

Ich gehe unter. Meine Arme heben sich über den Kopf. Es wird dunkler, immer dunkler. Um mich herrscht Finsternis, und ich tauche in sie ein. Ich halte die Luft an. Zögere den Moment, da ich das schwarze Wasser in meine Kehle, meine Lungen, meinen Bauch lassen muss, so lang wie möglich hinaus. Ich weiß, der Schmerz wird schrecklich sein. Und plötzlich ist die Angst wieder da. Ich kann sie nicht verscheuchen. Sie ist eine alte Gefährtin. Sie wacht, nachdem sie mein ganzes Leben im Griff gehabt hat, auch über meinen Tod. Zeigt mir zum Schluss noch einmal ihre Fratze, ihre scheußlichste, widerlichste. Mir wird klar, dass ich mich nie richtig auf sie eingelassen, mich nie wirklich mit ihr auseinandergesetzt habe.

Der Schrecken fährt mir in die Glieder. Leider zu spät. Ich sehe nicht einmal mehr die silbernen Streifen an der Wasseroberfläche. Stattdessen sinke ich tiefer und tiefer, als hätte der See keinen Grund.

Meine Sauerstoffreserven sind aufgebraucht. Ich werde einatmen müssen. Man wird von mir nichts weiter finden als ein ganz in der Nähe geparktes Auto, eine abgebrochene Karriere, ein altes, am Ende eines Feldwegs gelegenes Haus und in seinem Innern mehrere Dutzend Seiten voller Blut und Tränen sowie Fotos von Toten. Sicherlich wird man daraus schließen, dass ich von der Geschichte besessen war; eine wohlfeile Erklärung für das, was man als Selbstmord interpretieren wird – sofern der See eines Tages bereit ist, meine sterbliche Hülle herauszurücken. Niemand wird begreifen, was mir das alles bedeutet und dass es sich nicht um etwas Krankhaftes, sondern um eine Art Heilung gehandelt hat. Und niemand wird erfahren, dass ich die Sache zu Ende gebracht und die Wahrheit herausgefunden habe, die ganze Wahrheit.

Ich werde sterben. Ich habe mir meinen Tod nie ausgemalt. Eigentlich paradox für jemanden, der sein ganzes Leben damit zugebracht hat, das Schlimmste zu befürchten. Sterben. Allein und in einer Finsternis, wie ich sie noch nie erlebt habe: ein logisches Ende.

Ich atme ein. Ich will Luft, aber da ist nur Wasser. Es ist ein grauenhaftes Gefühl. Ich spüre, wie meine Brust anschwillt, als wollte sie platzen. Meine Augen quellen hervor und werden bald aus ihren Höhlen treten. Meine Haut fühlt sich an, als würde sie reißen. Meine Knochen brechen unter dem Druck wie Glas. Ich ersticke. Ich unternehme eine letzte Anstrengung, biete meine letzten Kräfte auf in der Hoffnung, dass es so schneller vorbeigeht. Ich heule. Ich brülle. Ich will mit Getöse abtreten. Und ich höre mich schreien.

ERSTER TEIL

»… wie Ihr Trauerkleid mit seiner Schleppe
die toten Blätter mit sich fortzieht …«

1

Angst beherrscht mein Leben. Mir kommt es so vor, als sei sie schon immer da gewesen, seit meinen ersten bewusst erlebten Stunden. Das mag falsch sein, aber selbst wenn ich gründlich nachdenke, fallen mir aus meinen frühen Jahren nur wenige wirklich unbeschwerte Momente ein. Sie wurden ausgelöscht durch einen Schatten, der sich über mich schob und immer schwärzer wurde.

Trotzdem weiß ich, dass es ein Leben davor gab. Ich weiß es, weil ich den Augenblick kenne, in dem meine Welt aus den Fugen geriet: Es war am Sonntag, dem 24. August 1980, kurz vor zehn Uhr am Morgen, als mehrere Männer, vorwiegend Familienväter, dreißig Meter durch das noch nachtkühle Wasser schwammen, die Îlot des Bois-Obscurs erreichten und entdeckten, was ein ganzes Tal, ja ein ganzes Land erschütterte.

Die Vertreter der »Alten Schule« behaupten, Geschichte sei eine Wissenschaft, die keinerlei Raum für Phantasie lassen dürfe. Das sehe ich anders. Ich glaube, dass es ohne Phantasie keine Geschichte gibt. Die Vergangenheit existiert allein deshalb, weil jeder Einzelne sich in sie zurückversetzen kann, und zwar in eine Vergangenheit, wie er sie sieht, empfindet und in seiner Erinnerung wahrnimmt. Wissenschaftliche Erkenntnisse legen zweifellos das Fundament, aber wir sorgen als Architekten für den Rest. Ich habe über Monate hinweg Nachforschungen zu der Tragödie angestellt, doch am Ende hat meine Erfindungsgabe die Lücken geschlossen. Ich habe ihr freien Lauf gelassen, bis jene dunkle Zeit nach mehr als dreißig Jahren in meinem Geist Form annahm. Und mit ihr die Menschen, die sie bevölkerten.

Was ich von jenem sonnigen Sonntagvormittag weiß: Die Sonne schien, und die Morgenluft war erstaunlich mild. Es verhieß ein heißer Tag zu werden. Solche Tage waren seit Jahren eine Seltenheit. Es war, als hätten die Hundstage von 1976 sämtliche Hitzereserven der folgenden Jahre aufgebraucht. Der Sommer 1980 war bislang genauso lausig wie die drei davor. Ende August jedoch hatte er sich entschieden, ein freundlicheres Gesicht zu zeigen und mit richtiger Sonne, einem wolkenlosen Himmel und höheren Temperaturen aufzuwarten, ohne dass sich am späten Nachmittag gleich ein Gewitter entladen hätte.

Der Lac de Basse-Misère heißt heute nur noch in einigen topographischen Karten so und in Fernsehsendungen, die sich auf grausam-düstere Kriminalfälle spezialisiert haben. Man hat den See mittlerweile umbenannt. Fragt man, wo er liegt, tun die Leute so, als wüssten sie nicht, wovon die Rede ist. Der Name ist zu einem Tabu geworden. Er lässt das Blut gefrieren und die Blicke starr, wenn nicht gar böse werden. Der See wurde 1936 zwischen den Ausläufern des Massif Central angestaut, um für das Tal Strom zu erzeugen, und füllt die Schluchten von Font d'Issalès über eine Länge von zehn Kilometern. Heute nennen die Leute ihn Lac de Saint-Pierre oder Lac de Sagne-Claire, je nachdem, von welcher Seite sie kommen.

Saint-Pierre-d'Issalès ist ein kleines Dorf am nördlichen Seeufer. Die wenigen, wie aus dem Nichts kommenden Straßen, die

die umliegenden Berge zerfurchen, kreuzen sich dort. Seit den 1960-er Jahren hat das Dorf das touristische Potenzial, das sich ihm nunmehr bot, zu nutzen verstanden und ist, zumindest in der schönen Jahreszeit, zu neuem Leben erwacht. Das Seeufer wurde umgestaltet. Gras- und Sandstrände, Picknickplätze, ein großer schattiger Campingplatz sowie ein Ferienlager wurden angelegt. Entfernt man sich jedoch ein wenig von Saint-Pierre, wird der See wieder ursprünglich. Der Wald scheint sich bis ins Wasser zu ergießen und lässt nur einen schmalen Saum aus Felsen und staubiger Erde als Strand übrig. Hier und da finden sich in einer kleinen Bucht oder auf einem Felsvorsprung einladende Plätzchen. Die Wege durch den Wald enden stets unvermittelt am See, den man vorher nicht sehen, ja, nicht einmal erahnen kann. Er schlängelt sich zwischen den dicht bewachsenen Bergkuppen hindurch und bildet die Form der Schluchten nach, die er sich einverleibt hat. Nähert man sich der Talsperre von Süden her, trifft man auf etwas mehr Leben. Dort erhebt sich auf einer der üppig grünen Wiesenflächen das Dörfchen Bouscadié mit seinen renovierten Häusern, die zu Zweitwohnsitzen umgebaut wurden, einige davon sogar mit Seeblick.

Ein Stück weiter liegt der Club Nautique des Crozes, von dem aus man direkten Zugang zum Wasser hat. Er ist nur über eine enge Straße erreichbar, die kurvenreich aus dem Tal von Valdérieu heraufführt, und wurde von ein paar reichen Familien zu einer Zeit gegründet, als die Industrie in der Gegend noch florierte. Er ist ein Privatclub, in den man nur durch Zahlung eines stattlichen Jahresbeitrags und ausschließlich durch Hinzuwahl aufgenommen wird. Echtes Interesse am Wassersport und nachweisliche Kenntnisse auf diesem Gebiet sind dabei von Vorteil. Die meisten Clubmitglieder besaßen damals

Boote am Meer, in den Badeorten des Languedoc, die gar nicht so weit entfernt sind. Dort gingen sie segeln, tauchen oder Hochsee angeln. Der See war ihnen wohl zu klein. Trotzdem fühlten sie sich dem Club sehr verbunden. Hier traf man sich, um sich über bereits vollbrachte oder bevorstehende maritime Großtaten auszutauschen, hier kamen Familien zusammen, auch außerhalb der schönen Jahreszeit, wenn der Badespaß durch Pilzsuche, Jagd, Angeln, Fahrradausflüge oder Wanderungen abgelöst wurde.

Drei mit weiß gestrichenem Holz verkleidete Gebäude gehörten zum Club. Das erste und zugleich imposanteste war das eigentliche Clubhaus mit einer Bar, die zu einer schönen Terrasse führte, einer geräumigen, voll ausgestatteten Küche und einem großen Saal, den die Mitglieder für private Anlässe nutzen konnten. Unten am Strand mit dem kurz geschorenen weichen Gras stand ein weiteres Haus, in dem die Umkleiden und Duschen untergebracht waren. Und ein Stück weiter entfernt lag in einer schattigen kleinen Bucht, die im Sommer als Ankerplatz diente, das Bootshaus. Das Prunkstück des Clubs befand sich allerdings noch etwas weiter weg, nämlich auf dem Wasser. Dort hatte man eine Badeinsel festgemacht, die von morgens bis abends von der Sonne erwärmt wurde und den Neid der anderen Badegäste aus der Umgebung weckte. Dieser gediegene, durch eine Reihe alter Bäume klar abgeschirmte Club war eine Welt für sich.

Mehrmals im Jahr wurde gefeiert, um die kleine Gemeinschaft zusammenzuschweißen: im Januar das Fest des ersten Bades; im März, oft noch im Schnee, die Eröffnung der Angelsaison; der Ostermontag mit einem über Holzfeuer gebackenen Riesenomelette; der Johannistag, der die Tore zum Sommer aufstieß; im Oktober wurden die Champignons gefeiert, und am letzten Sonntag im November gab es ein Wildschweinessen. Das wichtigste Fest war jedoch das am vorletzten Augustwochenende; es wurde von allen »Das Fest von Les Crozes« genannt. Von Samstagmorgen bis Sonntagabend feierten die Clubmitglieder noch einmal den zu Ende gehenden Sommer und die Ferien. Man amüsierte sich ausgiebig, bevor wenig später die Schule wieder begann und die Tage kürzer und grauer wurden. Der Club hatte vor allem einen Zweck: den Sommer über am See die Familien zusammenzubringen, die das restliche Jahr über verstreut lebten. Kinder, Enkel, Cousins und Cousinen, all jene, die in den übrigen Monaten anderswo lebten, trafen sich hier mit ihren Eltern und Großeltern, Onkeln und Tanten, mit denen also, die den Club gegründet hatten und ihn am Leben erhielten, damit sie hier zusammenkommen konnten. Die Erwachsenen schwelgten in Kindheitserinnerungen, die Jüngeren schienen diese Abfolge gemeinsam verbrachter Tage nie sattzubekommen, und die Familien waren wieder Familien.

Sie wollten mit dem »Fest von Les Crozes« ein Zeichen setzen und der vergehenden Zeit beweisen, dass sie sich nicht alles wegnehmen ließen. Ab dem frühen Samstagmorgen wurden die Wasserski herausgeholt, Grillfleisch und gekühlte Getränke besorgt sowie Spiele und Wettkämpfe vorbereitet, darunter das beliebte Wettschwimmen durch den See. Den Abschluss des Tages bildete der Ball, der erst spät nachts endete; gefolgt vom Frühstück, bei dem sich unter den Bergen von Wurstwaren und Gebäck die Tische bogen und der Duft von gerösteten Brotscheiben einem das Wasser im Munde zusammenlaufen ließ; es gab Hängematten und Decken zum Sternegucken, und auf der Wiese hinter dem Club hatte man Zelte aufgestellt, in denen die Kinder zu ihrer großen Freude übernachten durften. Am Sonntagvormittag schließlich wurde auf einer schönen Lichtung zwischen dem Club und Bouscadié eine Messe abgehalten. Viele Bewohner des Dörfchens waren ohnehin Clubmitglieder. Die Übrigen wurden nicht nur zur Messe, sondern auch zum Abendessen und zum Ball am Samstagabend eingeladen.

Im August 1980 war das Fest nicht wie in den beiden Vorjahren abgesagt worden. Hätte sich der Sommer nicht entschlossen, seine Nasenspitze zu zeigen, wäre nichts passiert. So konnte das Fest jedoch stattfinden. Zum letzten Mal.

Am späten Samstagnachmittag verließen vier Kinder – zwei Jungen und zwei Mädchen – den Club an Bord von zwei Kanus. Drei von ihnen wohnten in Valdérieu und besuchten dieselbe Privatschule. Guillaume und Justine waren vierzehn und gingen seit der Sechsten in dieselbe Klasse, Emmanuel war ein Jahr jünger. Das vierte Kind hieß Florie und war deutlich jünger, noch nicht einmal zehn. Florie lebte in der Normandie und kam nur im Sommer und zu Silvester hierher. In den Ferien wich sie ihrer Cousine nicht von der Seite.

Gemeinsam hatten die Kinder den Plan ausgeheckt, ein wenig gegen das Reglement des Festes zu verstoßen und sich für eine Nacht abzusetzen. Man hatte ihnen erlaubt, fern von den anderen zu zelten. Da man sie für vernünftig und vertrauenswürdig hielt, hatte man ihnen dieses kleine Abenteuer gestattet, zumal es nicht wirklich gefährlich war. Sie wollten zu einer kleinen Insel, die keine dreihundert Meter vom Clubstrand entfernt liegt, nur durch eine knapp dreißig Meter breite Wasserrinne vom Ufer getrennt. Die Insel heißt Îlot des Bois-Obscurs, obwohl der Name überhaupt nicht zu ihr passt, denn bis auf ein paar Tannen, die sich in der Mitte an ihren Grat klammern, ist sie völlig kahl. Die Kinder hatten vor, ein kleines Lagerfeuer zu machen, um die Sachen, die sie im Club abgezweigt hatten, zu grillen und gemeinsam nach Sternschnuppen Ausschau zu halten. Da ihre Schlafsäcke gegen die Feuchtigkeit und Kälte der Nacht nicht genügend Schutz boten, nahmen sie zwei kleine Zelte mit. Sie versprachen, am nächsten Morgen bis zehn Uhr zurück zu sein, damit sie die Messe nicht versäumten.

Ich habe ein Foto vergrößern lassen, auf dem ihre Abreise festgehalten ist. Sie sehen glücklich aus. Justine, die die drei anderen zu dem Ausflug überredet hat, strahlt über das ganze Gesicht. Sie ist ein bildhübsches Mädchen, scheint sich aber nichts darauf einzubilden. Sie legt es nicht darauf an, die Blicke auf sich zu ziehen, sie bleiben von ganz allein an ihr haften. Ihr Lächeln ist unwiderstehlich. Es verengt die meerblauen Augen und hebt die rundlichen Wangen, sodass ein paar vorwitzige Strähnen sie berühren. Die beiden Jungen sehen aus, als wunderten sie sich darüber, sich in so charmanter Gesellschaft zu befinden. Guillaume ist etwas pummelig, hat kurz geschnittenes blondes Haar und ein noch pausbäckiges Gesicht; man sieht ihm sein dürftiges Selbstbewusstsein an, auch wenn er es zu überspielen versucht. Er macht in jeder Hinsicht einen »runden« Eindruck und scheint zu allem bereit, um Ärger oder Streitigkeiten zu vermeiden. Emmanuel besitzt trotz der krankhaften Schüchternheit, die ihm zu schaffen macht, das offenere Lachen. Er hat hervortretende Augen, schwere Lider, eine spitze Nase, abstehende Ohren, eingefallene Wangen und wulstige Lippen. Sein schwarzes Haar mit Topffrisur macht die Sache nicht besser, denn es betont seinen Eierkopf noch. Emmanuel ist ausgesprochen hässlich.

Die kleine Florie hält sich etwas im Hintergrund. Nichts scheint sie zum Lächeln bewegen zu können. Sie hat ein Puppengesicht mit vermutlich sehr hellen Augen, die allerdings hinter dem Pony versteckt sind. Dieser ist zu lang und wird früher oder später auch den Rest ihres Gesichts verdecken, worauf sie es offenbar angelegt hat.

Das Licht der Sonne, die in ihrem Rücken bereits untergeht, fällt schräg ein. Bald wird sie hinter dem Dörfchen Bouscadié, von dem man am oberen Feldrand die ersten Häuser erkennt, verschwinden. Auch die kleine Insel, die auf die Kinder wartet, ist zu sehen. Alles wirkt friedlich, am richtigen Platz. Man spürt den Sommer auf diesem Bild: Er ist allgegenwärtig, sogar in ihren Blicken.

Am Sonntagmorgen ließen Justine und ihre Kameraden auf sich warten. Bei den Eltern machte sich erst Ungeduld, dann Enttäuschung breit. Enttäuschung, die in Wut umschlug, als sich die vier trotz fortgeschrittener Stunde nicht blicken ließen und auch auf Rufe nicht reagierten. Niemand wäre auf die Idee gekommen, dass etwas passiert sein könnte. Später gaben alle zu: Sie hatten sich einfach nur geärgert.

Guillaumes Vater, der sich am meisten aufregte, schwamm als Erster hinüber. Schließlich war sein ältester Sohn als erfahrener Pfadfinder gewissermaßen zum Anführer der kleinen Gruppe bestimmt worden. Im ersten Moment raubte das kalte Wasser ihm den Atem. Drüben angekommen, ging er an den beiden ordentlich nebeneinandergelegten Kanus vorbei und bahnte sich zwischen scharfkantigen Felsen und Gestrüpp seinen Weg, immer im Zickzack, um sich die Fußsohlen nicht aufzureißen. Er passierte das Tannenwäldchen auf der Kuppe und stolperte auf der anderen Seite nach unten. Und dort erwartete ihn die Hölle.

Zuerst entdeckte er die eingestürzten Zelte, zwei Haufen aus Planen und verhedderten Schnüren, doch er verlor rasch das Interesse an ihnen. Ein Stück weiter vorn sah er nämlich eine Gestalt mit dem Gesicht nach unten auf dem Boden liegen. Er erkannte seinen Sohn. Er ging so nah heran, wie es ihm möglich war. Das Erste, was ihm auffiel, bevor die Beine unter ihm nachgaben, war, dass eine von Guillaumes Sandalen ein Stück weiter weg lag und ein Fuß nackt war. Dann starrte er nur noch auf das blonde Haar seines Sohnes, das sich rot verfärbt hatte. Es war blutverkrustet, und am Hinterkopf klaffte ein Loch. Weiter heran ging er nicht. Er sackte zusammen und brachte es nicht einmal fertig, seinen Sohn zu berühren. Zwei Stunden sollte es später dauern, ihn zum Aufstehen zu bewegen.

Mittlerweile waren auch die anderen eingetroffen. Sie waren losgeschwommen, nachdem sie nichts mehr gehört und ihn nicht hatten zurückkommen sehen. Sie gingen an ihm vorbei auf das felsige Ufer zu, von dem aus Guillaume allem Anschein nach hatte fliehen wollen. Dort fanden sie den anderen Jungen, Emmanuel. Er war splitternackt. Nicht einmal die Schuhe hatte er noch an. Seine zerquetschten Genitalien waren blutüberströmt. Man hatte seinen Oberkörper untergetaucht. Die geronnenen roten Kringel im Wasser ließen daran keinen Zweifel. Sie zogen ihn aus dem See. Sein Kopf war nicht mehr als solcher zu bezeichnen. Vom Gesicht war nur noch die eine Hälfte zu erkennen, die andere war weg. Nur zwei der fünf Männer, die zu der kleinen Insel geschwommen waren, konnten klar genug denken, um sich um die Mädchen zu sorgen. Sie machten sich auf die Suche, liefen die Insel einmal längs und einmal quer ab. In der Nähe der Felsen entdeckten sie Justines Schuhe und Kleider. Als sie schließlich auf die Idee kamen, in den Zelten nachzuschauen, fanden sie die kleine Florie. Sie lebte. Allerdings atmete sie kaum noch, und es gelang ihnen nicht, sie wach zu bekommen. Sie vermuteten, dass der Sauerstoffmangel ihr Gehirn beschädigt hatte, obwohl derjenige, der sie hochhob, an ihrer Stirn einen Bluterguss bemerkte. Justine war nicht bei den Zelten. Auch wenn sie nicht so recht daran glaubten, hofften sie, dass sie hatte fliehen können, dass sie von der Insel weggeschwommen war und sich in den Wald geflüchtet hatte. Sie riefen nach ihr, durchkämmten das Gehölz. Holten schließlich das Motorboot aus dem Club, um den See zu überqueren und das gegenüberliegende Ufer abzusuchen. Dort trieb Justines Leiche vollkommen nackt im Wasser. Die Strömung hatte sie in Richtung Staumauer gezogen, doch sie hatte sich an einem Baumstumpf verfangen. Ihr Schädel war unversehrt, ihr Gesicht ebenfalls, aber die aufgedunsenen Züge sprachen eine klare Sprache: Sie war ertrunken.

Dies war der Moment, der alles veränderte. Dies war der Fall von Basse-Misère: drei Tote und eine Kaum-noch-Lebende; ein verfluchter See, der einen anderen Namen brauchte; eine katastrophale Ermittlung, die unentwegt in die Irre lief; ein Monster, das sich irgendwo verkrochen hatte und vielleicht erneut zuschlagen würde; und Angst. Die Angst, die an jenem Sonntagvormittag über die Stadt hereinbrach, ihr langsam die Kraft raubte und meine Welt verdüsterte.

2

Was sich in Basse-Misère ereignet hat, ist mehr als eine Tragödie: Es ist eine Katastrophe, ein kleiner Weltuntergang. Wir gehören zu den Überlebenden. Das erlegt uns die Pflicht auf, die Erinnerung wachzuhalten. Niemand soll je in Versuchung geraten, dies zu vergessen.

Wenn ich mich recht entsinne, waren dies die Worte, die der Direktor des Lycée Saint-Jacques 1980 am ersten Schultag nach den Ferien an die im Pausenhof versammelte Schülerschaft richtete. Im Lauf jenes Tages wiederholte er sie noch einmal vor jeder einzelnen Klasse. Aus Bequemlichkeit sagten alle »Lycée«, dabei lautete die korrekte Bezeichnung der Schule »Collège et lycée privé Saint-Jacques«. Von der Sechsten bis zur Abschlussklasse waren wir mehr als achthundert Schüler, die eine Gemeinschaft, ja gewissermaßen eine Familie bilden sollten. Auf diese Formulierung legte der Direktor großen Wert. Ich hörte sie meine gesamte Schulzeit über. Und diese Familie hatte soeben drei ihrer Kinder verloren.

In den folgenden Wochen wurden an jedem Samstagvormittag ein paar Unterrichtsstunden »zweckentfremdet«, um über das Drama zu sprechen. Bei den ersten Sitzungen erhielten die Klassenleiter Unterstützung durch Psychologen. Die Schüler wurden ermuntert, frei von der Leber weg zu reden. Parallel dazu richteten die ehrenamtlichen Mitarbeiter, die den

Religionsunterricht erteilten, eine »permanente Zuhörstation« ein. Alle wurden aufgefordert, eine Trauerphase von unbestimmter Dauer einzuhalten. Sie war erdrückend: In den Pausen herrschte eine geradezu anormale Artigkeit, sogar in den Ecken, die sich den wachsamen Blicken der Aufsichtspersonen entzogen. Die Spiele der Jüngsten wurden geduldet, solange sie ruhig verliefen, aber wehe, jemand erhob die Stimme oder lachte laut! Dann hagelte es augenblicklich Zurechtweisungen von Lehrern, Aufsichtskräften oder auch älteren Schülern: »Ihr solltet euch schämen! Nach allem, was uns passiert ist!«

Ich war einer von diesen Jüngsten, ein Sechstklässler, der gerade erst in dieser riesigen, kalten, grauen Einrichtung gelandet war und seine Grundschule vermisste. Auch ich kassierte wiederholt einen Tadel, und hätte ich nicht Angst vor einer vermutlich geharnischten Strafe gehabt, hätte ich wohl die Antwort riskiert, die mir auf der Zunge lag: »Mir ist doch gar nichts passiert!«

Von Basse-Misère hörte ich zum ersten Mal durch meine Eltern. Ich meine sogar, das Massaker war über Wochen hinweg bei Tisch das alles beherrschende Thema. Auch erinnere ich mich an den Medienansturm, der über unsere Stadt hereinbrach, allerdings mehr an sein Ausmaß als an das, was berichtet wurde. Es wimmelte von Reportern und Fahrzeugen mit dem Logo von Fernsehsendern oder Radiostationen, die wir nicht einmal empfangen konnten. Vor allem aber von Kameras, die hinter der Sicherheitsabsperrung auf dem gegenüberliegenden Gehsteig oder sogar direkt vor der Schule aufgebaut waren.

Da ich zum Mittagessen immer nach Hause ging, konnte ich in den 13-Uhr-Nachrichten auf die Bilder lauern, und mich erfüllte dabei ein Stolz, den ich nur schlecht verbergen konnte, für den ich mich aber auch ein wenig schämte. Normalerweise interessierte sich nämlich kein Mensch für unser Tal. Es gab ein anderswo, dem anscheinend mehr Aufmerksamkeit gebührte und wo sich jede Menge Dinge ereigneten. Und trotzdem wurden wir für ein paar Wochen, wenn nicht gar Monate zum Mittelpunkt des Landes. Ich träumte davon, irgendwann ins Fernsehen zu kommen. Morgens drückten meine Freunde und ich uns vor dem Schulgebäude herum und spazierten mit unbeteiligter Miene vor den Kameras auf und ab in der Hoffnung, gefilmt oder, noch besser, interviewt zu werden. Am Tag des Schweigemarschs, als auf ein Signal sämtlicher Glocken im Tal das Leben in Valdérieu vier Minuten lang stillstand, dachte ich schon, es hätte geklappt, weil wir als Schüler des Lycée Saint-Jacques an der Spitze des Zuges gingen. Aber ich wurde erneut enttäuscht. Im Fernsehen waren nur Autos zu sehen, die mitten auf der Straße stehen geblieben waren, reglose Fußgänger wie Statuen und diese Stille, die die Stadt niederdrückte und noch heute vielen in Erinnerung ist. Damit konnte der aus der Ferne gefilmte Trauerzug nicht mithalten, und so wurde nur wenige Sekunden über ihn berichtet.

Ich begriff nicht allzu viel von dem, was geredet wurde. Ich bekam mit, dass man in alle Richtungen ermittelte und dass der zuständige Richter den Hass von immer mehr Menschen auf sich zog. Namen von Verdächtigen tauchten auf, aber die Gründe für die Verdächtigungen versuchte man vor mir geheim zu halten. Allerdings ahnte ich, dass sie fleischlicher Natur sein mussten. Als im Fernsehen erwähnt wurde, dass zweien der Opfer, nämlich Justine und Emmanuel, sexuelle Gewalt angetan worden war, verweigerte man mir eine Antwort: Man beschied mir, das sei nichts für mein Alter, das würde ich noch früh genug verstehen. Ich erlebte, wie meine Eltern neue Wendungen mit ernster, manchmal sogar bestürzter Miene kommentierten. Was am Ende bei mir hängen blieb, war, dass sich in unserer Gegend ein Monster herumtrieb; dass es sich an Kindern verging; dass ich mich in acht nehmen musste; dass es nicht infrage kam, mit dem Fahrrad zur Schule zu fahren, wie ich es in der Grundschule getan hatte. Sie gaben Acht, dass ich nie allein war, nicht einmal in unserem Haus, denn sogar die Erwachsenen schienen Angst vor dem Monster zu haben.

Mehr noch als an die Hintergründe des Falls erinnere ich mich an die Atmosphäre, die nicht nur in jenen ersten Monaten, sondern über Jahre hinweg herrschte. In Valdérieu hatte sich Verunsicherung breitgemacht. Die Stadt hielt den Atem an, war ständig auf der Hut und davon überzeugt, dass sich bald eine weitere Tragödie ereignen würde. Ein bedrohlicher Schatten schwebte über uns. Ich spürte ihn auf Schritt und Tritt, bei allen Menschen, und es war, als verfolge er mich bis in den Schlaf.

Wie dem auch sei, der Herbst ging ins Land und nahm einen Hauch von dieser bleiernen Decke mit. Die umgewidmeten Samstagsstunden wurden seltener. Die »Zuhörstation« wurde abgeschafft, weil nicht mehr genügend Schüler sie in Anspruch nahmen. Der Fall hielt noch immer ganz Frankreich in Atem, aber er gehörte uns nicht mehr. Er löste sich von unserer Wirklichkeit, schien fast irreal. Dagegen konnte unser Direktor nichts ausrichten. Ihm blieb nur festzustellen, dass die angeordnete Trauerphase nun zu Ende gehe und die Zeit des Gedenkens beginne.

Gleich zu Anfang war schriftlich festgehalten worden, dass eine Gedenktafel am Schulgebäude angebracht werden sollte. Als Datum ihrer Einweihung war der Tag vor den Weihnachtsferien bestimmt worden, an dem alljährlich die große, für sämtliche Schüler verpflichtende Messe stattfand. Bereits im September hatte man einen ersten Wettbewerb ausgelobt, damit dem Gedenken eine würdige Form gegeben werden konnte. Ein Bildhauer aus der Gegend hatte den Auftrag ergattert. Sein Entwurf: eine rechteckige, aus dem Granit unserer Berge gehauene Platte, die auf ganzer Breite über der zweiflügeligen Kapellentür thronen sollte. Auf der linken Seite waren von hinten vier Figuren zu erkennen. Vor ihnen eine unermessliche graue Weite, von der Riffelung des Steins kaum wahrnehmbar durchzogen. Und oben, in der gegenüberliegenden Ecke, gleichsam als Horizont der Satz: »Im Gedenken an die Opfer von Basse-Misère.«

Für viele symbolisierte die graue Fläche den See. Für andere, vor allem die Erwachsenen, eine Leere, die verstörend, weil ohne jede Hoffnung war, weshalb sie so gar nicht zum katholischen Glauben passte, der doch der Zement unserer »Familie« sein sollte. Auf Letztere hörte man schließlich. Da die Arbeit bereits weit vorangeschritten war, weigerte sich der Bildhauer, etwas an seiner »Inszenierung« zu ändern. Immerhin ließ er sich überreden, sie noch etwas auszuschmücken.

Auf die Schnelle wurde ein zweiter Wettbewerb organisiert. Jedes Mitglied der Schulgemeinschaft, Eltern ebenso wie Schüler, war aufgerufen, einen Satz vorzuschlagen, der in den Granit gemeißelt werden sollte, damit die Leere weniger leer war. Im Eingangsbereich wurde eine Urne aufgestellt, in die man die Vorschläge werfen konnte. Zu Eigenkreationen wurde nur halbherzig ermutigt, Zitate schienen für einen Ort des Lernens passender. Die große Mehrheit der gesichteten Zettel enthielt Zeilen aus dem Neuen Testament, weil viele der Ansicht waren, dass nur die Bibel der Sache gerecht werde. Es gab aber auch Ungläubige, die Verse von Victor Hugo, Baudelaire oder Saint-Exupéry vorschlugen.

Eine zwanzigköpfige Jury tagte im Beisein des Direktors und seines Stellvertreters. Sie bestand aus Lehrern und Eltern, deren Beirat das Werk zur Hälfte finanzierte. Unser Französischlehrer gehörte auch dazu. Er erzählte uns, dass sich die Debatten bis spätabends hingezogen hätten und der Ton mitunter sogar scharf gewesen sei. Die Abstimmung war ziemlich hektisch verlaufen, und es waren nicht weniger als neun Durchgänge nötig gewesen, um den geeigneten Satz zu küren. Zur allgemeinen Überraschung hatte ein Vers von Edmond Rostand das Rennen gemacht, eine Zeile aus dem *Cyrano de Bergerac*: »... wie Ihr Trauerkleid mit seiner Schleppe die toten Blätter mit sich fortzieht...«

Zwei Argumente hatten die Mehrheit der Stimmberechtigten schließlich überzeugt: das lange Plädoyer des Philosophielehrers, der in dem Satz zahlreiche Deutungsmöglichkeiten zu sehen schien, was für eine Gedenktafel perfekt war, und die Tatsache, dass der Vorschlag von einem Schüler stammte, noch dazu von einem Sechstklässler. Und dieser Schüler war ich.

Ein paar Tage vor Auslobung des Wettbewerbs war ich im Rahmen der neuen Vorsichtsmaßnahmen gezwungen worden, meine Eltern zu einem Abendessen bei Leuten zu begleiten, die ich nicht kannte. Ich war dort das einzige Kind, und als die Gastgeberin sah, wie sehr ich mich langweilte, schlug sie vor, mich im Wohnzimmer vor den Fernseher zu setzen. Allerdings wurde mir untersagt, das Programm zu wechseln oder den Ton lauter zu stellen. So kam ich in den Genuss einer Verfilmung des *Cyrano de Bergerac*. Anfangs schaute ich nur widerstrebend zu, aber nach einer Weile wurde ich mitgerissen von der Geschichte, die alles übertraf, was ich kannte. Gleich am Montag rannte ich in die Schulbibliothek, um mir ein Exemplar des Stücks auszuleihen, das von da an meine Abende mit Leben erfüllte.

Als der Wettbewerb ausgeschrieben wurde, wollte ich unbedingt mitmachen, weil ich nach Ruhm und Anerkennung gierte und immer noch frustriert war darüber, dass ich das Auge der Kameras, die in unseren Straßen im Übrigen immer seltener wurden, nicht hatte auf mich ziehen können. Um mir gute Chancen zu sichern, stöberte ich zunächst lange in der Bibel, doch irgendwie hatte ich das Gefühl, dass meine ersten Anläufe allesamt zum Scheitern verurteilt waren. Da konnte ich der Versuchung, in meinem geliebten *Cyrano* zu wildern, nicht länger widerstehen. Natürlich schlug ich zuerst an der Stelle seines Todes nach – »Ich fechte, fechte, fechte…« –, aber als ich da nichts Passendes fand, ging ich die Seiten rückwärts durch, bis ich auf die Tirade des Herzogs stieß, der sich über die nicht enden wollende Trauer Roxanes beklagt. Letztlich ist mir dieser Vers ins Auge gesprungen, weil »Trauer« darin vorkommt. Ich machte nicht einmal den Versuch, ihn zu verstehen.

Er brachte mir an jenem Donnerstag im Dezember 1980, wenige Tage, nachdem wir meinen elften Geburtstag gefeiert hatten, einen vergänglichen und im Grunde eher beschämenden Ruhm ein. Trotz allem war ich nach wie vor überzeugt, dass mir in Basse-Misère nichts passiert war. Ich irrte mich.

ZWEITER TEIL

»Ewige Hatz«

3

Mein Leben ist von Stillstand geprägt. Ich bewege mich nur vorwärts, wenn mir nichts anderes übrig bleibt. Ansonsten stehe ich nach Möglichkeit auf der Bremse, notfalls laviere ich. Ich sehe auf meinem Weg so viele Hürden, Fallstricke und Gefahren. Sich immerzu verwundbar zu fühlen, kostet Kraft. Man trägt schwer am Gewicht der Feigheit.

Dabei gelte ich nicht als ängstlich, eher im Gegenteil. Ich habe keine Angst *im* Leben, ich habe Angst *vor dem* Leben, das ist etwas anderes. Ich meine, den Dingen nicht gewachsen zu sein, und halte mich für minderwertig. In Auseinandersetzungen gebe ich, sofern ich sie nicht vermeiden kann, schnell nach – nicht zuletzt wegen der Unwägbarkeiten des Lebens, die ich nicht unter Kontrolle habe. Ich unterwerfe mich, kusche, mache mich klein und trolle mich. Wer mich für standhaft und einigermaßen selbstbewusst hält, täuscht sich. Ich bin ein falscher Koloss, ein Hochstapler, einer von denen, die man genüsslich vom Sockel stoßen kann, weil sie etwas zu sein vorgeben, das sie nicht sind. Meine Autorität ist nur Fassade und bröckelt bei Gegenwind, meine Leichtigkeit ist aufgesetzt. An die Spitze eines Rudels gelange ich nur, wenn es sich unterworfen hat. Ich lenke ab, um nicht zeigen zu müssen, wie ich bin: erfüllt von innerer Unruhe, die mein Leben beherrscht, und Wut, die damit einhergeht, einem Groll gegen mich selbst, der manchmal beängstigend ist, aber immer erst nach der Konfrontation hervorbricht, nach dem Augenblick, in dem die Maske gefallen ist. Wenn ich wieder allein bin und mir schwöre, dass ich nie mehr einknicken werde. Bis zum nächsten Mal.

Irgendwann haben diese Selbstverleugnungen sich derart gehäuft, dass ich anfing, mich zu hassen. Sicher, man kann mit der ständigen inneren Unruhe leben und auch damit, kein Licht am Horizont zu sehen. Schwieriger wird es, wenn man dabei ein schlechtes Gewissen hat. Meine Feigheit hat mir regelrechte Wunden geschlagen, Wunden, die immer wieder aufbrechen und mir grausame Qualen bereiten.

So auch im Dezember 2013 bei der traditionellen Weihnachtsfeier der Universität von Toulouse, an der ich lehre. Es handelt sich um ein prunkvolles Fest, organisiert vom Präsidenten der Universität, ein unabänderliches Ritual am Abend vor den Ferien, das den Mitarbeitern sämtlicher Fakultäten geboten wird. Schauplatz ist das Schloss, das oberhalb unseres Campus thront – letztes Überbleibsel des ehemaligen Besitzes, auf dessen Grund die Universität erbaut wurde. Es wird erwartet, dass wir bei diesem Anlass Präsenz zeigen. Ein paarmal habe ich sogar bis spät in die Nacht durchgehalten und es mir am Buffet, an der Bar und in den verschiedenen Salons gut gehen lassen. Das war zu der Zeit, als ich geselliger war und mich noch imstande fühlte, den anderen etwas vorzumachen. Bevor ich mich einigelte und nicht mehr viel zu sagen hatte.

Inzwischen waren diese Feiern für mich zu einer Tortur geworden, und ich hatte beschlossen, diesmal nicht hinzugehen. Andererseits war mir klar, dass mich an der Uni etliche Leute auf dem Kieker hatten. Mein Stern als Historiker war im Sinken begriffen und mein Spielraum für Forschungsprojekte langfristig gefährdet, sollte ich weiterhin nichts veröffentlichen. Außerdem war die Tatsache, dass ich etwas mit einer Studentin angefangen hatte, meinem Ruf nicht unbedingt zuträglich gewesen. Zumal die junge Amerikanerin nach dem Ende unserer Liaison durchgedreht war, was sich rasch herumgesprochen hatte. Ich war also auf dem besten Weg, zum schwarzen Schaf zu werden, und brauchte Unterstützung, musste Teamfähigkeit beweisen. Musste versuchen, neue Kontakte zu knüpfen, und verhindern, dass die wenigen mir verbliebenen auch noch verschüttgingen. Das veranlasste mich letztlich, zur Weihnachtsfeier zu gehen, in deren Verlauf ich das ganze Ausmaß meines Scheiterns vorgeführt bekam und begriff, dass mein Leben unerträglich geworden war.

Besonders, weil sich meine Exfrau unter den Gästen befand. Ich erblickte sie auf der anderen Seite des großen Salons, als ich, ein Glas schlechten Champagners in der Hand, von einem Raum in den anderen zog. Marielle hatte mich offenbar nicht bemerkt. Sie sah umwerfend aus in ihrem edlen schwarzen Abendkleid. Sie hatte ihre Schönheit, die an meiner Seite verblasst war, wiedergefunden. Und sie strahlte viel mehr als früher. Nach unserer Trennung war sie eine Beziehung mit einem Professor der philosophischen Fakultät eingegangen. Ich weiß nicht, wie die beiden einander kennengelernt haben, denn Marielle arbeitet nicht auf dem Campus. Seither hatte ich sie ein- oder zweimal zusammen gesehen, immer nur aus der Ferne und jedes Mal mit einem Reißen irgendwo zwischen Kehle und Brust. Aber ich war nicht darauf gefasst gewesen, dass sie an diesem Abend beide zugegen sein würden, dass Marielle ihn begleiten und ihr Baby mitbringen und dass sich eine verzückte

Runde um den Kinderwagen drängen würde, über den sie voller Stolz wachte.

Ich war unfähig gewesen, ihr ein Kind zu machen. Die Ärzte, zu denen wir nach langem Hin und Her gegangen waren, hatten behauptet, das Problem sei psychischer Natur, es gebe da eine Blockade, und die liege bei Marielle. Wir lebten seit mittlerweile sechs Jahren zusammen, als sie ernsthaft begann, eine Adoption in Betracht zu ziehen, weil sie irgendwo gelesen hatte, dass sich ihr Problem dadurch von allein lösen könnte: Die Zahl der Frauen, die kurz nach einer Adoption schwanger werden, ist offenbar ziemlich hoch. Für mich kam das nicht infrage. Ich verweigerte ihr das Recht, Mutter zu werden, weil ich nicht zum Vater tauge. Ich hatte schon so genug Sorgen. Ein Kind zu haben, erschien mir wie eine nicht zu bewältigende Herausforderung. Es hätte meine Verwundbarkeit potenziert und die Quintessenz all dessen bedeutet, wovor ich mein Leben lang Angst gehabt hatte. Das Problem lag also bei mir. Ich hatte es immer gewusst. Trotzdem hatte ich Marielle in dem Glauben gelassen, dass ich mich genauso danach sehnte, eine Familie zu gründen, wie sie.

Unsere Beziehung war an diesem Thema zugrunde gegangen. Sie hatte sich ohne Eklat aufgelöst, so wie eine überreife Frucht irgendwann schlaff vom Baum fällt.

Gelegentlich träumte ich von der Zeit, als wir noch zusammen waren. In diesen Träumen redete ich viel mit ihr, und sie lächelte mich die ganze Zeit an. Sie musste nicht ständig weinen. In ihrem Blick lag Bewunderung, und ich war glücklich und fühlte mich endlich stark. Bei dieser Weihnachtsfeier nun erlebte ich sie so, wie sie mir in meinen Träumen erschienen war. Und ich hatte nichts zu ihrem Glück beigetragen.

Nachdem sie sich mit dem Philosophieprofessor eingelassen hatte, war sie schnell schwanger geworden. Ich hatte erfahren, dass sie zu Beginn des Herbstes einen kleinen Jungen zur Welt gebracht hatte. Das war ein harter Schlag gewesen, aber sie zusammen zu sehen, sie und dieses Baby, das nicht von mir war, traf mich noch mehr.

Eilig schickte ich mich an, das Schloss zu verlassen. Allerdings nicht eilig genug, um Jean-Henri und seiner Familie zu entgehen, denen ich an der Garderobe in die Arme lief.

Jean-Henri Olivier war einmal mein bester Freund gewesen, mein »Beinahe-Bruder«. Wir hatten zusammen studiert, an der Universität, an der wir heute beide unterrichten. Während wir uns aufs Staatsexamen in Geschichte vorbereiteten, hatten wir uns geschworen, als Professoren hierher zurückzukommen und gemeinsam die Vorlesung zur Zeitgeschichte zu übernehmen. Jean-Henri hatte die Idee, dass jede unserer Veranstaltungen mit einem Zitat beginnen und enden sollte, was dem Ganzen, wie er meinte, eine gewisse Emphase verleihen und unser Markenzeichen sein würde, eine Art Code. Wir sind der Einlösung dieses Versprechens sehr nahe gekommen.

Jean-Henri ist ein brillanter, kultivierter, warmherziger und großzügiger Mann, ein Ausbund an Intelligenz und Liebenswürdigkeit. Durch ihn hatte ich erfahren, was Freundschaft bedeutet. Mein Erweckungserlebnis hatte ich in dem Jahr, in dem wir uns auf die Prüfung vorbereiteten. Eines Morgens hatte mich in der Universitätsbibliothek die Bemerkung eines Mädchens aus unserer Arbeitsgruppe aus der Fassung gebracht. Ich hatte gespürt, wie ich rot wurde, und war vor Scham fast im Boden versunken. Jean-Henri war damals meist erst mittags in Form und noch nicht da. Wie üblich hatte ich mich entschieden, die Flucht zu ergreifen, und die Bibliothek unter dem Vorwand, dass mir unwohl sei, verlassen. Ich zog mich in mein kleines Studio zurück, um mit der Demütigung allein zu sein, und beschloss, mich künftig von meinen Kommilitonen, die mir plötzlich als Bedrohung erschienen, fernzuhalten, vor allem von diesem Mädchen, in das ich heimlich verliebt war. Zwei Stunden später klingelte Jean-Henri an meiner Tür. Er hatte mitbekommen, dass es mir nicht gut ging. Er wollte sich vergewissern, dass es nicht allzu schlimm war, und bot an, ein Weilchen bei mir zu bleiben. Es war das erste Mal, dass mir außer meinen Eltern jemand diese Art von Zuwendung schenkte: da zu sein, wenn es mir schlecht ging, und mir das Gefühl zu geben, dass ich wichtig und keinesfalls allein sei. Ich beruhigte mich augenblicklich. Von jenem Nachmittag an wurde das Band zwischen uns immer stärker, und wir bildeten uns ein, es würde nie zerreißen.

Trotz seiner zahlreichen Qualitäten pflegte Jean-Henri lange Zeit auch seine dunkle Seite. Ich erlebte mit, wie sich bei ihm die Exzesse häuften: wie er allabendlich einen über den Durst trank; zum Frühstück Gras rauchte, weil er nur so die Kraft fand, den Tag in Angriff zu nehmen; wie er dieses Gras in Präservativen, die er schluckte, aus Amsterdam mitbrachte. Ich sah, wie er sich in einem Bistro splitterfasernackt auf den Tresen stellte; wie er sich auf die Wette einließ, zwölf Gläser Pastis kippen zu können, noch bevor die Uhr zwölf Mal geschlagen hatte. Ich war dabei, als er die Streifenpolizisten auf dem Pont Saint-Michel beschimpfte, was uns eine Nacht auf dem Revier einbrachte. Sah ihn am Silvesterabend seine traditionelle Linie Koks reinziehen. Wurde Zeuge, wie er sich ans Dachsims eines achtstöckigen Hauses klammerte und über dem Abgrund baumelte, nur um herauszufinden, was für ein Gefühl das war. Er erzählte mir von seinen Spritztouren zu Sexpartys in Cap d'Agde oder Nuttenbars in Katalonien, wo er sich an der Theke einen blasen ließ. Er schlief mit unmöglichen Mädchen und, wie er zugab, auch mit Kerlen. Ließ sich mit Randfiguren jeglicher Couleur ein, gewährte ihnen sogar Kost und Logis. Das und noch viel Schlimmeres sah ich mit eigenen Augen. Ich gehörte später auch zu den wenigen Menschen, die sich zusammentaten, um ihn rauszuholen, als er ganz unten war und man an der Universität anfing, ihm mit seiner zunehmend verruchten, versoffenen Reputation zu misstrauen. Ich fuhr ihn höchstpersönlich zu einer Klinik in der Nähe von Annecy, nachdem er sich bereit erklärt hatte, sich dort behandeln zu lassen.

Er kehrte mit dem festen Vorsatz zurück, seine dunkle Seite brachliegen zu lassen. Noch heute behauptet er, seit der Entziehungskur keinen Tropfen Alkohol und auch keine Drogen mehr angerührt zu haben. Im Übrigen war er von der Kur nicht allein zurückgekehrt. Während des Klinikaufenthalts hatte er seine zukünftige Ehefrau und Mutter seiner beiden Töchter kennengelernt. Leider hielt die Ehe nicht. Sie flog genauso unvermittelt auseinander, wie sie zustande gekommen war. Die Scheidung war aufwühlend. Seine Frau wollte ihm alles nehmen, einschließlich der noch kleinen Mädchen. Sie beschuldigte ihn, wieder zu trinken und Drogen zu nehmen, sie regelmäßig zu schlagen, sogar vor den Kindern, und diese aufgrund seines Zustands mehr als einmal in Gefahr gebracht zu haben. Bedrückt bat Jean-Henri mich um Hilfe. Er brauchte zu seiner Verteidigung meine Aussage. Ich sollte schwören, dass ich ihn nie gewalttätig erlebt hatte, was stimmte. Ich sollte schwören, dass er ein treuer Ehemann und vor allem seinen Töchtern, die mich »Onkelchen« nannten, ein liebevoller Vater war. Ich sollte schwören, dass er nicht trank und keine Drogen nahm, wessen ich mir nicht so sicher war. Ich zögerte. Nur einen Augenblick lang, um abzuschätzen, welche Konsequenzen es hätte, falls seine Frau doch die Wahrheit sagte. Dieses kurze Zögern entging ihm nicht. Er begriff, dass ich ihn für einen Moment, wenn auch nur für einen kurzen, für schuldig gehalten hatte.

Ich musste keine Aussage machen. Er fragte mich nie wieder danach. Von jenem Tag an sprach er kein Wort mehr mit mir und wollte von meiner Freundschaft nichts mehr wissen. Mit tatkräftiger Unterstützung seines Anwalts gewann er vor Gericht. Es wurde bewiesen, dass seine Frau alles erfunden hatte. Er bekam das alleinige Sorgerecht für seine Töchter zugesprochen, wohingegen ihre Mutter, die selbst rückfällig geworden war, die Auflage erhielt, sich von ihnen fernzuhalten. Jean-Henri trat aus der schwierigsten Prüfung seines Lebens erhobenen Hauptes hervor, und seitdem ging es mit ihm beständig aufwärts.

All jene, die auf ihn herabgesehen hatten, begannen ihn über den grünen Klee zu loben. Die Qualität seiner Arbeit wurde anerkannt, und seine Karriere entwickelte sich zum Höhenflug. Seine Texte, einer so brillant und geistreich wie der andere, wurden veröffentlicht. An der Fakultät für Geschichte galt er bald als *die* Kapazität und wurde schließlich zum Dekan ernannt. Er fand sogar wieder eine Frau zum Heiraten, diesmal eine normale; sie war die schönste Cellistin des Grand Orchestre du Capitole.

Ich war nicht mehr an seiner Seite, konnte mich nicht mit ihm zusammen über seine Wiedergeburt freuen. Ich habe mich nie dazu durchringen können, einen Schritt auf ihn zuzugehen, ihm zu sagen, wie leid es mir tue, nur damit er es mich sagen hörte, selbst wenn er meine Entschuldigung nicht annahm.

Auf der Weihnachtsfeier war er – in seinem tadellosen Dreiteiler, mit seiner strahlend schönen Frau am Arm und in Begleitung seiner bildhübschen Töchter – unübersehbar ein gefragter und geschätzter Gast. Man riss sich um ihn. Und als ich ihm unfreiwillig über den Weg lief, würdigte er mich wie in den zwei Jahren zuvor keines Blickes.

Die Einsamkeit, die ich spürte, obwohl ich mich unter all diesen Menschen befand, war schrecklich. Aber noch schlimmer war das Gefühl der Mittelmäßigkeit. Mit hängenden Schultern kehrte ich nach Hause zurück. Ich stellte mich im Dunkeln ans Wohnzimmerfenster und blickte hinunter auf die menschenleere Straße mit ihrer blinkenden Weihnachtsdekoration. Wie sehr hatte ich diese Jahreszeit als Kind geliebt! Und wie feindselig erschien sie mir jetzt!

Mir wurde klar, dass das alles unerträglich geworden war. Abhauen, so weit weg wie möglich … Das wenige, das mir geblieben war, zurücklassen … Verschwinden … Warum eigentlich nicht? Aber wer garantierte mir, dass die Angst nicht mitkam? Also spielte ich mit dem Gedanken, Schluss zu machen, allem ein Ende zu setzen. Es hätte genügt, das Fenster zu öffnen oder meine Rasierklinge zu benützen.

Ich tat nichts dergleichen. Weder ging ich fort, noch versuchte ich, mich umzubringen. Immerhin schwor ich mir, mir so einen Abend nicht noch einmal anzutun. Und ich fasste den Entschluss, einen Psychiater aufzusuchen, nämlich den, dessen Praxis in meinem Viertel lag und von dem ich nur das Beste gehört hatte.

Obwohl ich aus freien Stücken hinging, muss ich gestehen, dass ich, als ich mich drei Wochen später zu meinem ersten Termin einfand, vom Nutzen dieser Sitzungen nicht wirklich überzeugt war. Und so brach ich die Therapie ziemlich rasch wieder ab. Andererseits muss ich zugeben, dass das, was anschließend geschah, ohne diesen Mann nie passiert wäre. Dafür bin ich ihm dankbar.

4

Ich wollte schnell eine Verbesserung sehen, deshalb sprach ich trotz meiner Vorbehalte sehr bald mit dem Therapeuten über die Verwundbarkeit, die ich immerzu spürte und die mir das Leben vergällte, weil sie mir jede Risikofreude nahm. Am Ende unserer Eingangssitzung bat er mich, für das nächste Mal all die Dinge aufzulisten, vor denen ich Angst hatte. Mir kam das so vor, als bekäme ich Hausaufgaben auf. Das fand ich zwar albern, aber ich fügte mich. Die Liste geriet lang, und als ich sie mit dem Therapeuten durchging, drängte er mich, künftig auf das Wort »Ängste« zu verzichten. »Angstzustände« sei passender. Diesen Begriff fand ich jedoch weit demütigender, weil ihm in meinen Augen etwas Pathologisches anhaftet. Wie gesagt: Ich war nicht wirklich überzeugt. Ich ging nur deshalb ein drittes Mal zu ihm, weil er mir einen kurzen Text zu lesen gegeben hatte, eine Fabel von La Fontaine, die ich nicht kannte: *Der Hase und die Frösche.* Die Geschichte selbst berührte mich nicht sonderlich. Eine Passage aber hatte es mir angetan, weshalb ich sie fein säuberlich auf eine Karte schrieb und diese hinter eine Ecke des Badezimmerspiegels schob: »Und sinnend sagte er zuletzt: ›Tiere, die furchtsam von Natur‹/Unselig sind sie, denn sie wissen/In Ruh zu essen keinen Bissen./Nie reine Freude, ewige Hatz –/So ist mein Leben. Bangigkeit/Treibt fort und fort/Von Platz zu Platz,/daß nicht einmal der Schlaf gedeiht:/Mit offnen Augen muß ich liegen.«

Ich erkannte mich darin wieder und offenbarte mich bei meinem nächsten Besuch dem Psychiater. Er fragte: Ewige Hatz? Bangigkeit? Wovor mir denn bange sei?

Die Antworten brachen ungeordnet aus mir hervor.

Bei jedem harmlosen Arztbesuch, jedem harmlosen Blutbild, jeder harmlosen Folgeuntersuchung, denen sich mir nahestehende Menschen unterziehen mussten, konnte doch nur eine schlimme Krankheit zutage gefördert werden.

Als Kind war ich, wenn meine Mutter sonntagmorgens länger im Bett liegen blieb, überzeugt, dass sie im Schlaf gestorben war. Dann schlich ich mit zugeschnürter Kehle zur angelehnten Schlafzimmertür, um auf ihren Atem zu horchen, und wenn ich ihn nicht hörte, musste ich sie unbedingt wecken.

Man hatte mir beigebracht, dass man jeden Abend zu beten hat. Jahrelang zwang ich mich dazu. Es war eine Pflichtübung, die ich absolvieren musste, damit uns kein Unglück widerfuhr. Eines Abends – ich ging schon aufs Gymnasium – schlief ich ein, bevor ich beten konnte. Danach glaubte ich tagelang, mein Leben sei verwüstet, und lauerte, von Schuldgefühlen zerfressen, auf die erste der verschiedenen Heimsuchungen, die ich heraufbeschworen hatte. Uns passierte in den folgenden Wochen jedoch nichts Schlimmes. Da hörte ich endgültig mit dem Beten auf und verbuchte das als Triumph.

Mit dem Tod wurde ich erst ziemlich spät konfrontiert. Dabei war er seit jeher mein Begleiter gewesen, seit dem Moment, da ich von seiner Existenz erfahren hatte. Ich begriff sehr früh, dass er mir all jene nehmen würde, die mir wichtig waren. Und ich stellte mir vor, ja, ich wünschte mir sogar, vor ihnen zu gehen, um mich diesem unüberwindbaren Schmerz nicht aussetzen zu müssen. Als meine Eltern mir eine Hündin schenkten, war ich glücklich und zugleich entsetzt, weil meiner ohnehin schon zu langen Liste ein weiteres Lebewesen hinzugefügt wurde. Ich brach in Tränen aus. Meine Eltern glaubten, der Jubel hätte mich überwältigt, und erzählten diese Anekdote noch viele Jahre später mit einer Mischung aus Belustigung und Nachsicht. Dabei hatte ich nicht vor Freude geweint. Vielmehr hatte ich schon damals die Trauer um dieses kleine Tier, in das ich mich auf den ersten Blick verliebt hatte, in mir getragen. Ich trug sie so lange mit mir herum, dass ich keinerlei Regung zeigte, als meine Hündin zwölf Jahre später an Altersschwäche starb und nicht etwa durch einen Schlangenbiss, ein Auto, eine Gewehrkugel oder Gift, wie ich befürchtet hatte. Wieder begriffen meine Eltern nichts. Meine Mutter hielt mir sogar vor, ich hätte mich verändert, und zwar nicht zum Guten. »Als kleines Kind warst du immer so gefühlvoll!« Ich hatte mich seit so vielen Jahren auf den Tod meiner Gefährtin vorbereitet und schon so oft um sie geweint …

Neben dem Tod gab es noch andere Dinge: die Geldsorgen, als der Betrieb meines Vaters in Turbulenzen geriet; die Augenblicke der Kälte zwischen meinen Eltern und natürlich die Schule. Ich erinnere mich an eine Schreibprobe in der ersten Klasse. Die Lehrerin hatte unsere Hefte nicht präpariert. Die Zeilen, in die wir schreiben sollten, waren nicht wie sonst durch einen dicken blauen Punkt gekennzeichnet. In der Woche zuvor war uns eingeschärft worden, uns die Muster noch einmal genau anzusehen. Am Tag der Probe schrieb ich den Text, der an der Tafel stand, peinlich genau ab. In meiner grenzenlosen Gutgläubigkeit dachte ich nicht mehr an irgendwelche Vorgaben. Ich versäumte es, nach jedem Satz eine Zeile frei zu lassen. Das ging mir aber erst am Dienstagabend nach Schulschluss auf, als ich mich mit meinen Freunden darüber unterhielt. Ich war der Einzige, der diesen unverzeihlichen Fehler begangen hatte. Den ganzen Mittwoch verbrachte ich in einem Zustand der Unruhe, der mir, obwohl ich damals noch so klein war, bis heute lebhaft in Erinnerung ist. Ich durchlebte eine der schlimmsten Phasen meines Lebens. Als am Spätnachmittag die *Zorro*-Folge endete und somit der Abend und der nächste Morgen näher rückten, brach ich aus lauter Angst vor dem, was mich erwartete, zusammen. Meine Mutter schrieb meine Verfassung dem Fernsehen zu, weshalb dieses an den folgenden Mittwochnachmittagen rationiert wurde. Ich glaube, ich war immer nur aus einem Grund ein guter Schüler: um so etwas nicht noch einmal durchmachen zu müssen. Das Schlimmste ist, dass ich mich überhaupt nicht an den Donnerstagmorgen erinnern kann; ich weiß nur, dass ich auf die Pause verzichten und die Seite noch einmal abschreiben musste, diesmal richtig.

Außerdem brauchte ich ewig zum Einschlafen. Ich hatte solche Angst, dass mir etwas Unvorhersehbares passieren könnte, dass ich versuchte, es vorwegzunehmen, indem ich mir die allerschlimmsten Szenarien ausmalte und mich darin übte, mit ihnen fertigzuwerden.

Die Angst – ich nenne sie immer noch so – steckte in mir. Sie war mir eingeimpft worden. Als Einzelkind hatte ich die Fähigkeit entwickelt, die Erwachsenen zu belauschen, ohne dass sie es merkten. Und ich hatte den Eindruck, dass es sich bei allem, was sie einander erzählten, um Horrorgeschichten und Dramen handelte. Bei meinen Eltern war das abends bei Tisch der Fall, mit einer deutlichen Zunahme an Montagen, bei meiner Großmutter nach den Mahlzeiten, wenn ich mich zum Spielen auf den Wohnzimmerteppich zurückzog. Auto- und Haushaltsunfälle, Überfälle, Krebs, missglückte Operationen ... Das junge Mädchen, das man, von einer defekten Heizung vergiftet, tot in der Badewanne aufgefunden hatte; der Junge, der am Strand ein sehr tiefes Loch hatte graben wollen und vom Sand verschüttet worden war; der Mann, der von seinem umkippenden Traktor eingequetscht worden war und dem der Keilriemen des Motors den Bauch aufgeschlitzt hatte; die Familie, die bei einem schlimmen Unwetter in den Bergen unter einer Schlammlawine lebendig begraben worden war ... Um uns herum hagelte es Katastrophen. Es grenzte an ein Wunder, dass es uns noch nicht erwischt hatte, aber ich ging davon aus, dass wir früher oder später auch an die Reihe kommen würden. Heute ist mir klar, dass diese Unterhaltungen den Zweck hatten, die eigenen Ängste zu verscheuchen. Nur haben die Erwachsenen nicht aufgepasst und mich mit ihnen angesteckt.

Und dann kam Basse-Misère mit den ermordeten Kindern, dem Killer, den zahllosen Gerüchten ... Früher hatte ich nie Angst vor der Dunkelheit gehabt, doch nun fing ich an, mich davor zu fürchten. Ich ging nicht mehr allein in den Keller, obwohl ich als kleines Kind gerne im Kriechkeller gespielt hatte. Allein zu Hause zu bleiben war kein Vergnügen mehr, sondern eine Folter. Wenn ich im Garten spielte, blieb ich hinter dem Haus, damit man mich von der Straße aus nicht sah. Die kleinste Verspätung eines Elternteils versetzte mich in Panik ... Alles erschien mir als Bedrohung. Die ersten Verdächtigen, die vorläufig festgenommen wurden, waren Männer, Familienväter im Alter meines eigenen. Es passierte das Unausweichliche: Ich fing an, meinem Vater zu misstrauen. Nicht offen, sondern unterschwellig, fast unbewusst. Ich war nicht mehr gern mit ihm allein; ging nicht mehr wie früher mit ihm zum Angeln; hing nicht mehr in seinem Büro herum. Ich begann sogar zu träumen, dass er mir wehtat. Speziell ein Albtraum hat mich nie losgelassen: Meine Hündin war in unserer Zufahrt angebunden, und mein Vater holte mit seinem Lieferwagen freudig Schwung, um sie zu überfahren. Ich schämte mich meiner Gedanken, denn mein Vater war ein anständiger, äußerst liebenswürdiger und mutiger Mensch. Bestimmt litt er unter der Zurückweisung und schob sie auf die Pubertät. Ich brauchte Jahre, um dieses Misstrauen abzuschütteln, verlorene Jahre, um die es mir heute furchtbar leidtut.

Dabei hatte ich mir den Mörder vom See ausgemalt und wusste, dass er nichts mit meinem Vater gemein hatte. Sicher, er war ein Mann, aber viel größer. Ich kannte nur seine Gestalt. Er trug einen Staubmantel, der ihm bis zu den Knöcheln reichte, und einen breitkrempigen Schlapphut. Er hielt sich im Schatten. Er *war* der Schatten. Insgeheim hatte ich ihm sogar einen Namen gegeben, der mir im Schlaf eingefallen war: Konitz. Sollte ich ihm eines Tages tatsächlich begegnen, würde ich ihn selbst in seiner Verkleidung erkennen, davon war ich überzeugt.

Einmal wurde ich spätabends von einem dringenden Bedürfnis geweckt. Ich stand auf, und sofort packte mich die Angst. Am Ende des dunklen Flurs drang Licht aus dem Schlafzimmer meiner Eltern, obwohl sie immer relativ zeitig zu Bett gingen. Und plötzlich erkannte ich Konitz' Schatten, der durch den Lichtschein huschte. Ich war wie versteinert, nicht zur kleinsten Bewegung fähig. Ich wollte abhauen, mich irgendwo verstecken, aber gleichzeitig wollte ich meine Eltern nicht im Stich lassen, denn mir war klar, dass er sie niedergemetzelt hatte oder gerade dabei war und das Zimmer mit ihrem Blut besudelte. Ich habe keine Ahnung, wie lange ich barfüßig da auf den Fliesen stand. Lange genug jedenfalls, denn meine Blase gab nach. In diesem Augenblick tauchte erneut der Schatten im Lichtschein auf, aber er verschwand nicht etwa, sondern kam auf mich zu. Als er auf den Lichtschalter drückte, sah ich das knallrote Gesicht meiner Mutter, die hastig ihren Morgenrock zuband, und kurz darauf ihre besorgte Miene, als sie die Urinlache bemerkte. Gleich am nächsten Morgen schleppte sie mich zum Arzt. Jahre später begriff ich, dass ich meine Eltern um ein Haar beim Sex ertappt hatte und sie wegen der Pipi-Pfütze annahmen, dass ich ihnen dabei zugesehen hatte. Dem Arzt erzählte ich nur, ich hätte mir eingebildet, in unserem Haus jemanden zu sehen oder zu hören. Konitz schlich um mich herum, aber das war eine Sache zwischen ihm und mir.

Noch nie hatte ich so viel über mich geredet wie beim Psychiater. Was ich ihm erzählte, erschien mir uninteressant, vollkommen zusammenhanglos, ja, vielleicht sogar albern. Trotzdem konnte ich nicht damit aufhören, weil ich dabei eine gewisse Erleichterung verspürte, die jedoch leider verflog, sobald ich seine Praxis verließ. Das bewog mich, meine Ungeduld zu bekunden und abermals eine Beendigung unserer Sitzungen zu erwägen.

Schließlich sah er sich genötigt, früher als beabsichtigt andere Maßnahmen zu ergreifen.

»Ich sehe mehrere Optionen, wobei ich einer den Vorzug geben würde. Ich muss Sie allerdings warnen: Diese Arbeit wird einen langen Atem erfordern, und Sie werden sie größtenteils allein erledigen müssen. Seit fünf Wochen höre ich Ihnen nun zu, wie Sie über Ihre Kindheit und Jugend reden. Alles kreist um diese Jahre. Ich denke, dass dieses Massaker, das Drama von Basse-Misère, Sie in eine Sackgasse gelenkt hat. Ihre kindlichen Ängste sind nicht etwa verflogen, sondern haben sich durch diese Geschichte in Ihnen festgesetzt. Sie müssen sich von ihnen freimachen, aus der Sackgasse herauskommen. Ihre Karriere an der Universität beweist doch, dass Sie sich ausgezeichnet darauf verstehen, die Vergangenheit zum Reden zu bringen. Also: Lassen Sie die Vergangenheit sprechen, Marc-Edouard! Geben Sie ihr eine Gestalt, Gerüche, ein Gesicht … Und dann sehen Sie ihr in dieses Gesicht, betrachten Sie sie mit Ihren Erwachsenenaugen und nicht durch die Brille eines Kindes. Ich glaube fest daran, dass Ihnen das helfen kann.«

»Und wie lauten die anderen Optionen?«

Kurz nach dieser Sitzung stellte ich meine Besuche bei ihm ein. Die Idee jedoch, mich mit dem Fall von Basse-Misère und seinen Auswirkungen auf meine Welt auseinanderzusetzen, arbeitete in mir weiter. Sie reifte und brach sich schließlich Bahn, wobei sie jeden Morgen und jeden Abend von dem Auszug aus der Fabel hinter meinem Badezimmerspiegel befeuert wurde. Bis ich von ihr besessen war.

5

Wie so oft brauchte ich Rückenwind, um voranzukommen. Dieser Wind kam im Februar auf, wenige Tage nach meinem letzten Besuch beim Psychiater.

Ich bin Dozent für Zeitgeschichte. Ich habe an dieser Universität studiert und bin vor der Disputation meiner Doktorarbeit *Die Auswirkung des Ersten Weltkriegs auf die Heimatregionen am Beispiel der Monts d'Autan* als außerordentlicher Professor zurückgekehrt. Es war ein gewagtes Unterfangen, sich wie so viele andere auf den Ersten Weltkrieg zu spezialisieren, noch dazu in Toulouse. Auf diesem Gebiet war unsere Universität nicht gerade tonangebend. Ich verdammte mich also zu einer zweitklassigen Karriere: bequem, aber glanzlos. Doch das Schicksal meinte es gut mit mir. Zufällig stieß ich auf ein Foto aus dem Jahr 1916, aufgenommen in Bagnères-de-Luchon vor dem Grand Hôtel des Bains, in dem damals verwundete Soldaten untergebracht waren. Mir fiel der Blick auf, den zwei der Soldaten wechselten. Ich machte ihre Namen und anschließend ihre Familien ausfindig. Die eine Familie hatte aus dem Besitz des Vorfahren einiges aufgehoben: persönliche Gegenstände, Briefe, Notizbücher, Fotos … Darauf stürzte ich mich. Ich fand darin den Namen eines anderen Kriegsveteranen und in dessen Vermächtnis weitere Dokumente, die ich sichten, Fotos, die ich ansehen, Zeilen, die ich lesen, und andere, zwischen denen ich erahnen konnte, was nicht geschrieben stand, aber angedeutet war. Und weitere Namen, weitere Unterlagen und so fort. Geleitet von diesen alten Papieren, bin ich vom Département Lot durch das Département L'Aude und das Comminges bis ins Département L'Ariège gereist. 2005 war ich dann imstande, einen Artikel mit dem Titel *Der Erste Weltkrieg und die Infragestellung der moralischen Normen am Beispiel der Homosexualität französischer Soldaten* zu veröffentlichen. Das Thema war unter Historikern en vogue; eine der letzten Mauern des Schweigens aus jener Zeit, die es niederzureißen galt. Ich hatte das Tor gefunden und aufgestoßen. Die kleine Welt der Historiographen bebte vor Erregung. Für kurze Zeit stand ich im Rampenlicht. Dann folgte der Skandal. Konservative Abgeordnete, die rechtsextreme Szene sowie einige Kriegsveteranenverbände fielen über mich her. Sogar das Verteidigungsministerium ließ sich zu einer Verlautbarung herab, in der es sich von meiner Arbeit distanzierte. Ich sah mich schon meine Stelle verlieren, Morddrohungen erhalten, notgedrungen das Weite suchen und irgendwo untertauchen. Stattdessen erregte der Rummel die Aufmerksamkeit einer großen Wochenzeitung, die bei mir eine sogenannte Vollversion in Auftrag gab, also meinen Artikel plus ein Interview, das zu geben ich mich bereit erklärte. Meine Ausführungen waren solide. Kühn, aber solide. Dies führte dazu, dass ich von zahlreichen Historikern und einflussreichen Persönlichkeiten unterstützt wurde. Das Rampenlicht wurde noch gleißender. In Deutschland, Kanada und England führten andere meine Arbeit fort und vervollständigten sie. Ich war zu einer Berühmtheit geworden und erhielt Einladungen zu Kolloquien in ganz Europa. *France Culture* brachte eine Sondersendung über mich und *Arte* einen Beitrag am späteren Abend.

Meine Vorlesungen in Toulouse waren schon früher voll gewesen, aber jetzt mussten immer mehr Studenten abgewiesen werden, selbst in dem Masterstudiengang, den ich leitete. 2007 wurde ich von einem renommierten Verlag auserkoren, ein Gemeinschaftswerk zu koordinieren, das zu einem überragenden Erfolg wurde: *Ist Frankreich kriegskrank? (1870–1962)*. Dieses Buch bildete den Gipfel meiner Karriere.

Die plötzliche Berühmtheit sollte sich als Bumerang erweisen. Das Podest, das ich erklommen hatte, warf allzu große Schatten auf einige meiner Fachkollegen, insbesondere in Toulouse. Mein erstes allein verfasstes Werk, *Die geopferte Generation*, das sich ebenfalls mit dem Ersten Weltkrieg und seinen Auswirkungen beschäftigt, wurde von der großen Mehrheit der Spezialisten verrissen. Mit diesem allzu hastig geschriebenen, oberflächlichen und anfechtbaren Buch hatte ich all denen, die davon träumten, mir eins auszuwischen, meinen Kopf auf dem Silbertablett serviert. Man nannte mich den »Historiker des Schweigens« und hielt mir vor, über einen Krieg zu schreiben, den ich nur aus der Distanz kennen würde, da ich mir nicht wirklich die Mühe gemacht hätte, an seine Schauplätze im Norden zu reisen, um Kälte, Regen und Schlamm am eigenen Leib zu erfahren, die Waffen aus jener Zeit in die Hand zu nehmen, in die Uniformen zu schlüpfen, von den Rationen zu kosten … Kurz: Man warf mir vor, Salongeschichte zu betreiben. Diese Kritik zog Angriffe auf meine früheren Schriften nach sich. Zwar schimpfte mich niemand einen Hochstapler, aber nicht wenigen lag das Wort auf der Zunge. Ich wusste mich nicht zu verteidigen und versuchte es auch nicht ernsthaft. Adieu, Podest! Adieu, Rampenlicht!

An der Uni wurde ich für eine kleine Gruppe von Kollegen

zur Zielscheibe des Spotts. So bezeichneten sie mich als Begründer der »Schule der Analen«. Das Pappschild an meiner Tür, auf dem dieser Ausdruck prangte, wurde regelmäßig erneuert, ja, der Verfasser machte sich sogar die Mühe, das einzelne »n« von »Analen« mit rotem Filzstift zu unterstreichen – wohl weil er befürchtete, der eine oder andere könnte das Wortspiel nicht verstehen. Mir war von Anfang an klar, wer dahintersteckte: Pascal Caubère, Professor für Zeitgeschichte wie ich und in meinem Alter, spezialisiert auf Kulturgeschichte und Absolvent der École Normale Supérieure, worauf er unermüdlich hinweist. Nur er bringt es fertig, ein Wortspiel rot zu unterstreichen, weil er es anderen Menschen nicht zutraut, dessen Spitzfindigkeit zu erfassen. Im Übrigen betont er alles, was er sagt und tut, damit es nur ja niemandem entgeht. Mir gegenüber hegt er eine grimmige Eifersucht. Er greift mich pausenlos an und widerspricht mir sogar vor den Studenten. Und was den Artikel angeht, der mich berühmt gemacht hat: Caubère war einer der Ersten, die dessen Bedeutung anerkannten, schickte jedoch eiligst hinterher, dass dem Text das entscheidende Etwas fehle, um in die Geschichte einzugehen: Genie.

Auch wenn es bizarr klingt: Obwohl ich jedes Mal Magendrücken habe, wenn ich am Telefon etwas reklamieren muss, fürchte ich meine Widersacher an der Universität nicht. Schon gar nicht Pascal Caubère. Er poltert herum, gestikuliert und redet laut wie alle, die von ihren Schwächen ablenken wollen. Erhebe ich ihm gegenüber jedoch mal die Stimme, wird er blass und weicht mindestens einen Schritt zurück. Aber er fängt sich schnell wieder, und er ist ausgebuffter als ich. Außerdem ist er mir in Wortgefechten deutlich überlegen. Wenn er zum Gegenschlag ausholt, trifft er unweigerlich ins Schwarze und verdreht die Dinge systematisch zu seinem Vorteil. Ich überlasse ihm den Sieg.

Weil ich Menschen wie ihm gegenüber den Schwanz eingezogen habe, bin ich wieder zum einfachen Dozenten geworden und tue meine Arbeit fernab von dem Ort, an dem die Musik spielt. Bei der Mehrzahl der Studenten hat mein Ansehen dagegen nicht gelitten; ich mag zwar kein guter Forscher sein, aber ich bin doch ein guter Lehrer. Im Fachbereich fühle ich mich allerdings wie ein Tour de France-Fahrer, der wegen Dopings deklassiert worden ist: Man macht eher einen Bogen um mich, und ich muss zugeben, dass meine Affäre mit einer Studentin mein Image auch nicht gerade aufpoliert hat.

Ich hatte ein Verhältnis mit einer Amerikanerin namens Siobhan aus meinem Bachelorkurs, und dieses Verhältnis blieb nicht lange geheim. Dagegen ist an sich nichts zu sagen: Ich kenne jede Menge Professoren, die mit ihren Studentinnen schlafen. Man hat mir nicht so sehr die Tatsache übel genommen, dass ich mit ihr etwas hatte, sondern vielmehr, dass ich sie verlassen und gewissermaßen in den Selbstmord getrieben habe.

Mir war nicht entgangen, dass sie Probleme hatte. Sie konnte urplötzlich in bodenlose Traurigkeit versinken und sich tagelang darin suhlen. Ständig schluckte sie irgendwelche Medikamente, die sie in ihrer Handtasche mit sich herumschleppte. Als ich ihre Haltung und die Hölle, die sie mir manchmal bereitete, nicht länger ertrug, überließ ich sie ihrer zerquälten Jugend und kehrte in mein Leben als Vierzigjähriger zurück. Allerdings brach sie danach zusammen und hätte sich um ein Haar das Leben genommen. Sie schwor mir, dass sie es nicht absichtlich getan habe, dass es ein Unfall gewesen sei. Ich wusste nicht, ob ich ihr glauben sollte. Nach diesem »Unfall« verschwand sie ziemlich lange in einer psychiatrischen Klinik. Die Nachricht verbreitete sich schnell in den Gängen der Universität, und ich stand als gefühlskaltes Monster da.

Mit der Zeit hatte sich in meiner Akte so einiges angesammelt. Ich war umstritten, isoliert. Meine Stelle wurde zum Gegenstand kaum verhohlener Drohungen. Ich ließ die Schläge auf mich einprasseln. Ich entfernte nicht einmal mehr die Pappschilder, die Caubère und seine Kumpane an meine Tür klebten. Ich wirkte wie ein Mensch, dem man ungestraft auf die Zehen treten darf.

Mitte Februar erfuhren wir dank einer undichten Stelle im Ministerium einige Tage im Voraus, welches Thema aus der Zeitgeschichte diesmal für die bevorstehende Lehramtsprüfung vorgeschlagen wurde: »Frankreich und der Krieg: 1815 – 1962.« Da unsere Kandidaten bei dieser Prüfung bislang eher kläglich abgeschnitten hatten, beschloss Jean-Henri, die ganze Universität in Aufruhr zu versetzen. Das gesamte Lehrpersonal für Zeitgeschichte wurde zusammengetrommelt, um eine Strategie zu erarbeiten, wie man dieser Tendenz entgegenwirken könnte. Alle wussten, dass ich für dieses Thema der einzige Spezialist vor Ort war. Es war *die* Gelegenheit, nach Monaten der Buße wieder Gnade zu finden, doch diese Chance wurde mir verwehrt. Man gestand mir lediglich »punktuelle Interventionen« bei den Kandidaten zu. Bei der Abstimmung enthielt sich Jean-Henri. Ein Wort von ihm, ein einziges Wort nur, und ich hätte bei diesem Projekt die Federführung erhalten, doch er ließ zu, dass die anderen mich in Stücke rissen. So wurde einstimmig er zum Fachgruppenleiter für die Vorbereitung der Prüfung ernannt, und um noch eins draufzusetzen, wählte er Pascal Caubère als Mitverantwortlichen.

Nach der Versammlung, bei der ich sehr schnell klein beigegeben hatte, lief mir Caubère auf dem Parkplatz hinterher, um mir den Gnadenstoß zu versetzen: »Mit dem Krieg ist Schluss für dich, Marc-Edouard, kapier's doch endlich. Viel zu viele beackern diese Nische, und du gehörst nun mal nicht zum erlauchten Kreis. Du wolltest den anderen die Schau stehlen, und das werden dir die da oben nie verzeihen. Ich sage dir das zu deinem eigenen Besten: Such dir ein anderes Thema! Beschäftige dich wieder mit Dingen, von denen du was verstehst …«

Die folgenden Stunden erlebte ich wie im Wahn. Ich wollte Caubère fertigmachen, zu Brei schlagen, umbringen. Ich wollte sie alle unter dem Absatz zermalmen. Abermals verbrachte ich eine schlaflose Nacht und rang grimmig mit unsichtbaren Feinden. Am nächsten Morgen hielt ich es, vom Kampf erschöpft, wie die Ziege von Monsieur Seguin: Ich gestand mir meine Niederlage ein. Meine Wut verflog augenblicklich.

Wie ein Besessener machte ich mich daran, meine Wohnung zu putzen, weil sie mir schmutzig vorkam und schlecht roch. Ich wusch zwei Maschinen Wäsche und bügelte alles, was sich auf dem Bett hinten im Gästezimmer angehäuft hatte. Obwohl ich wirklich müde war, betrachtete ich es als Ehrensache wach zu bleiben, zumindest bis ich klar Schiff gemacht hatte. Ich ging sogar in den Markthallen einkaufen und füllte den Kühlschrank, der wieder blitzsauber war.

Als ich mit dem Waschen, Lüften und Aufräumen fertig war, ging ich duschen. Danach setzte ich mich im Bademantel an den Schreibtisch. Nahm ein weißes Blatt Papier und schrieb mit meinem Lieblingsfüller das Glaubensbekenntnis zu meinem neuen Forschungsprojekt, dem ersten seit sehr langer Zeit. Darüber setzte ich den schönen, ziemlich hochtrabenden Titel:

Die Memoiren der Angst. Vom Ersten Weltkrieg bis zum Fall von Basse-Misère: die Monts d'Autan und ihre Traumata. Dies sollte fürs Erste meinen Posten als Lehr- und Forschungsbeauftragter retten und den wahren Zweck meiner Recherchen verschleiern.

Die Hundertjahrfeier zum Ersten Weltkrieg stand bevor. Aus Valdérieu waren eigens ein paar Leute nach Toulouse gekommen, um mich zur Teilnahme an den Gedenkfeierlichkeiten zu überreden, die ihr Verband in unserer Stadt organisierte. Ein Mann, den ich nicht kannte, hatte mir von dem Tal erzählt, dem ich vor langer Zeit den Rücken gekehrt hatte. Leidenschaftlich hatte er gesprochen, voller Verve und mit glänzenden Augen. Prägnant und anschaulich. Man hatte die Berge und Fabriken förmlich riechen, die Opferbereitschaft der Bevölkerung, ihre Kühnheit und Rauheit spüren können. Dieser Mann hatte erreicht, dass ich meine Liebe zu diesem so besonderen Landstrich neu entdeckte und stolz darauf war, von dort zu stammen. Er hatte mit den Worten geendet, dass die Geschichte von Valdérieus wirtschaftlichem Aufschwung und seinem späteren schrecklichen Niedergang noch geschrieben werden müsse. Ich hatte mich noch nie in Wirtschaftsgeschichte versucht, aber nun kramte ich die Idee aus dem Winkel meines Gehirns, in dem sie sich eingenistet hatte, hervor. Dank ihrer konnte ich die Tatsache kaschieren, dass ich mich in Wahrheit nur mit Basse-Misère beschäftigen wollte, wozu mein Psychiater mir geraten hatte. Den Untertitel für die Zusammenfassung hatte ich bereits: »Ewige Hatz«.

Ich ließ das Blatt auf meinem vom üblichen Chaos befreiten Schreibtisch liegen und schlüpfte unter meine saubere, angenehm duftende Bettdecke.

Dann schlief ich eine Ewigkeit.

6

Ich erinnere mich, dass ich in den Monaten nach dem Massaker von Basse-Misère unterschiedliche Versionen darüber hörte, was sich auf der Îlot des Bois-Obscurs zugetragen hatte. Meine Freunde und ich tauschten die neuesten zu Hause aufgeschnappten Informationen aus, von denen sich die meisten als falsch erwiesen. Einer hatte gehört, die vier Jugendlichen seien, entgegen dem, was die Polizei behauptet hatte, alle vergewaltigt worden. Da keiner von uns erklären konnte, was das genau bedeutete, hofften wir bei den Schülern der höheren Klassen ausführlichere Informationen zu erhalten. Die machten sich zwar über unsere Ahnungslosigkeit lustig, gaben uns am Ende aber doch eine Antwort. Sie bestürzte mich so sehr, dass mir lieber gewesen wäre, ich hätte sie nicht gehört. Einem anderen Gerücht zufolge warf man der Polizei vor, sie verschweige die Tatsache, dass man Justine zerstückelt, ihr buchstäblich die Eingeweide herausgenommen und ihren Körper anschließend im Wasser gründlich gewaschen hatte.

Wir verfolgten den chaotischen Verlauf der Ermittlungen und taten es den Erwachsenen gleich, indem wir Verdächtige in Sekundenschnelle verurteilten, neue Theorien aufstellten, sobald sie für unschuldig erklärt wurden, und darüber staunten, wie sehr der Richter und seine Männer sich in ihrer Ignoranz gefielen.

Ich muss zugeben, dass ich nun bei der Lektüre der Zeitungen von damals auf Fakten stieß, die mir nicht bekannt gewesen waren. Ich hatte mich, zumindest was gewisse Aspekte des Falls anging, an die falschen Wahrheiten aus meiner Kindheit gehalten.

Seinerzeit hatte es geheißen, die kleine Florie vegetiere nur noch dahin und werde künstlich am Leben erhalten; sie sei für sehr kurze Zeit aus dem Koma erwacht und anschließend in selbiges zurückgefallen, und zwar für immer. Das war falsch.

Florie Nipperday lag tatsächlich zwei Wochen im Koma, bevor sie erwachte. Sie hatte zwei kräftige Schläge auf den Kopf erhalten, aller Wahrscheinlichkeit nach mit einem großen Stein, wobei der Hieb, der sie am Felsenbein getroffen hatte, an ihrem Zustand schuld war. Im Unterschied zu Guillaume war sie aber nicht davon getötet worden, denn die doppelschichtige Zeltplane hatte die Wucht etwas gedämpft. Als sie aus dem Koma erwachte, war nicht viel aus ihr herauszubekommen. Sie erinnerte sich, dass sie sich gegen ein Uhr morgens schlafen gelegt hatten, weil sie fröstelten und todmüde waren. Sie hatte mit Justine in einem Zelt geschlafen. Die war irgendwann aufgewacht, weil sie draußen ein Geräusch gehört hatte. Justine hatte Florie angewiesen, sich nicht von der Stelle zu rühren und nichts zu unternehmen, bis sie zurückkäme. Aber sie war nicht zurückgekommen. Plötzlich war das Zelt über Florie eingestürzt. Sie wusste noch, dass ihr die Luft weggeblieben war und dass sie einen Schlag auf die Stirn bekommen hatte. Danach nichts mehr. Auf die Fragen nach dem Geräusch, das ihre Cousine verleitet hatte, das Zelt zu verlassen, antwortete sie immer dasselbe: »Es kam aus dem Wasser.«

Richtig erwacht ist sie jedoch nie. In einigen später erschienenen Artikeln hieß es, Florie habe ihre geistigen Fähigkeiten nicht in vollem Umfang wiedererlangt. Sie habe große Schwierigkeiten beim Sprechen und sei nie wirklich in die Welt der Lebenden zurückgekehrt.

Auf der kleinen Insel war überall herumgetrampelt worden, ja, man hatte sogar die Leichen bewegt, bevor die Polizisten am Sonntagvormittag eintrafen. Doch auch die ergriffen vor Ort keine Vorsichtsmaßnahmen, weil sie mit dieser Art von Fällen nicht wirklich Erfahrung hatten. Das, was man damals noch nicht als Tatort bezeichnete, war verwüstet und so gut wie nicht auswertbar. Lediglich die beiden Gerichtsmediziner konnten ein paar Antworten liefern.

Guillaume Armengaud war mit einem ziemlich schweren, stumpfen Stein der Schädel eingeschlagen worden. Er war nach vorn gekippt und kurz darauf gestorben. Die Position seiner Leiche und der verlorene Schuh ließen vermuten, dass er gerade hatte fliehen wollen, als der Schlag ihn von hinten traf.

Justine Brunet-Auriac hatte sexuelle Gewalt erlitten. Ziemlich brutale unsittliche Berührungen, die sie verletzt hatten, und eine oder mehrere Penetrationen, denn ihr Jungfernhäutchen war gerissen. Spermaspuren fand man keine. Ihr Martyrium hatte sich eindeutig auf der kleinen Insel abgespielt. Ihr Rücken trug die Spuren der scharfkantigen Felsen, auf die man sie niedergedrückt hatte. Auf einem der großen runden Felsen am Wasser wurde Blut von ihr gefunden. Offenbar hatte sie sich nach der Vergewaltigung daraufgesetzt oder war dazu gezwungen worden. Die an den Schultern und im Nacken festgestellten Verletzungen bewiesen, dass sie unter Wasser gedrückt worden war. Sie war ertränkt und ihre Leiche war anschließend in den See geworfen worden. Ihre Kleidung war unbeschädigt; sie wies keinerlei Kampf- oder Blutspuren auf.

Die von Emmanuel Garcès dagegen war verschwunden. An ihm hatte man sich regelrecht ausgetobt. Ebenfalls unter Einsatz von Steinen. In den klaffenden Wunden in seinem Gesicht und an seinem Kopf wurden zahlreiche entsprechende Rückstände gefunden. Einige Schläge waren ihm noch versetzt worden, als er bereits tot gewesen war. Die Hautquetschungen da, wo die Nähte und Gummis seiner Kleidungsstücke gesessen hatten, legten die Vermutung nahe, dass diese zerfetzt oder ihm brutal vom Leib gerissen worden waren. Justines Körper wies keine derartigen Spuren auf. Im Gegensatz zu dem, was man auf den ersten Blick angenommen hatte, war Emmanuel nicht anal penetriert worden. Sein Glied wies Blutergüsse auf. Einige der Schläge waren von einer solchen Heftigkeit gewesen, dass sie die Hodensäcke zerfetzt und starke Blutungen hervorgerufen hatten.

Der Tod aller drei war vor drei Uhr morgens eingetreten. Den wenigen Worten nach, die Florie Nipperday von sich gegeben hatte, waren die Morde also in einem Zeitfenster von zwei Stunden verübt worden.

Die weiteren Ermittlungen waren nichts als eine Folge tastender Versuche und Ungeschicklichkeiten. Es ließen sich keine Beweisstücke finden, weder die verschwundenen Kleidungsstücke noch die bei dem Gemetzel verwendeten Steine. Der Untersuchungsrichter stand unter enormem Druck, zum einen durch die Medien und zum anderen durch den Wunsch der Bevölkerung nach rascher Aufklärung. Ohne handfesten Beweis und ohne eine Zeugenaussage – keiner hatte etwas gesehen oder gehört – verdächtigte er zunächst ein Mitglied des Club Nautique.

Schließlich hatten sie alle gewusst, dass die vier Kinder in jener Nacht auf der Insel kampierten. Während das Fest in vollem Gang war, hätte jeder von ihnen kommen und gehen können, ohne dass es jemandem aufgefallen wäre. Der Richter sprach von einem Mann. Es konnte nur ein Mann gewesen sein. Also wurden alle ausführlich befragt, bis schließlich ein Name aus dem Hut gezaubert wurde, und zwar der von Gilles Mahous.

Dabei war Mahous gar kein Club-Mitglied und deshalb eigentlich auch nicht auf dem Fest gewesen. Pech für ihn, denn er war doch dort gewesen: Man hatte ihn eingeladen, sich den Club am Samstagnachmittag einmal anzusehen – eine derartige Einladung ging einer eventuellen Hinzuwahl stets voraus –, und er war tatsächlich bis spät nachts geblieben. Gegen ein Uhr morgens war er für eine Weile verschwunden, sodass manche schon geglaubt hatten, er sei gegangen. Doch mitnichten, rund zwei Stunden später war er wieder aufgetaucht und hatte sich in aller Form verabschiedet. Mahous war ein unverbesserlicher Schürzenjäger. Das war bekannt. Als die Ermittler und Journalisten ausgiebiger in seinem Privatleben herumschnüffelten, stießen sie auf Gewohnheiten, die geradezu an Libertinage grenzten und bei denen auch junge Mädchen eine Rolle spielten. Mahous wurde in Polizeigewahrsam genommen. Justine war schön gewesen, sogar sehr schön. Sie hatte bereits die Figur einer jungen Frau besessen, mit allem, was dazugehörte. Mahous hatte nachmittags mit ihr geplaudert und auf eine Art und Weise gespielt, die gewisse Zeugen geflissentlich als unpassend, wenn nicht gar anstößig bezeichneten. Man spekulierte, dass er später unter Alkoholeinfluss seine Triebe nicht mehr hatte kontrollieren können. Alle, die Medien eingeschlossen, hatten ihn längst an den Pranger gestellt, als er achtundvierzig Stunden später wieder auf freien Fuß gesetzt wurde – entlastet zwar, aber mit der Gewissheit, dass sein Leben und seine Familie ein Scherbenhaufen waren.

Es dauerte nicht lange, bis der Untersuchungsrichter vor die Mikrofone und Kameras trat und triumphierend verkündete, dass man den Schuldigen vermutlich soeben festgenommen habe, wobei er nicht einmal den angemesseneren Begriff »Verdächtigen« benutzte. Diesmal handelte es sich um Bernard Bardy, ebenfalls Einwohner von Valdérieu, Geschäftsmann wie Gilles Mahous und kurz zuvor aus dem Club ausgeschlossen. Er hatte unweit des Sees eine Wiese erworben, die trotz wiederholter Gesuche seinerseits nicht als Bauland deklariert worden war. Also kam er jeden Sommer mit der ganzen Familie – Frau, Tochter und Sohn – dorthin und bezog einen großen Wohnwagen, den er jeweils zu Beginn der großen Ferien aufstellte. In der Nacht des Dreifachmords war er dortgeblieben, anstatt mit seiner Frau und den Kindern nach Valdérieu zu fahren, um der Lärmbelästigung durch das Fest zu entgehen. Bardy war früher Mitglied im Club Nautique des Crozes gewesen. Man hatte ihn jedoch nicht wegen seines Vermögens oder seiner familiären Herkunft hinzugewählt, sondern wegen seiner unbestrittenen Erfahrung auf dem Meer, auf dem er sogar früher beruflich zu tun gehabt hatte. Er besaß einen Tauchschein, konnte also Tauchgänge begleiten und sich als Ausbilder betätigen. Außerdem hatte er eigenhändig ein kleines Segelboot gebaut, das in Saint-Cyprien gelegen hatte, bis er es 1979 wegen einer finanziellen Schieflage verkaufen musste. Zur selben Zeit war er aus dem Club gedrängt worden. »Hinausgeworfen« würde es besser treffen. Den Grund versuchte man so lange wie möglich unter den Teppich zu kehren, aber die Ermittler deckten ihn auf. Bernard Bardy stand auf Männer. Im Herbst 1979 wurden im Club Ausbesserungsarbeiten durchgeführt. Bardy war ein begnadeter Heimwerker. Er nahm sich viel Zeit für die Renovierung des Bootshauses, vielleicht weil er insgeheim hoffte, dass diese Selbstlosigkeit ihm zu einer längeren Mitgliedschaft verhelfen würde. Er wusste, dass hinter seinem Rücken geredet wurde, dass sich die Gerüchte über seine Neigungen häuften. Andererseits hatte bis dahin niemand Grund gehabt, sich über sein Verhalten zu beklagen. Eines Nachmittags traf er den Sohn der Azémas, der die Zeit totschlug, bis er zu den Fahnen gerufen wurde, allein an. Bardy glaubte, der junge Mann teile seine Vorlieben. Er deutete gewisse Zeichen, bestimmte Gesten, falsch. Der andere bestritt dies anschließend vehement und erklärte, Bardy sei plötzlich zu ihm gekommen und habe ihm die Hand in die Hose geschoben. Die Angelegenheit wurde totgeschwiegen, und nebenbei beschwichtigte man Vater und Sohn Azémas, die später den Zeitungen gegenüber verkündeten, sie hätten damals nur einen Wunsch gehabt, nämlich, »dem Kerl die Eier abzuschneiden«, und es sei »vielleicht besser« gewesen, sie hätten es getan.

Man hatte also einen Mann, der junge Männer liebte – manche Artikel stellten ihn sogar als potenziellen Kinderschänder hin –, der nach seinem Ausschluss aus dem Club wütend gewesen war und sich in der Schicksalsnacht allein in der Gegend herumgetrieben hatte.

Nachdem Bernard Bardy eine ganze Weile in Polizeigewahrsam zugebracht hatte, wurde er in Toulouse ins Gefängnis gesteckt. Die Leute verlangten bereits seinen Kopf, dabei gab es für seine Schuld nicht den geringsten Beweis. Er selbst bestand auf seiner Unschuld. Mehrere einflussreiche Persönlichkeiten entrüsteten sich öffentlich über die Art und Weise, wie mit ihm umgesprungen wurde. Von Homophobie war die Rede. Daraufhin wurde der Untersuchungsrichter von seinen Vorgesetzten gedrängt, seine Anschuldigungen besser zu untermauern. Er machte sich allerdings nur lächerlich, beispielsweise als er erklären sollte, warum es sich bei dem einzigen der vier Opfer, das vergewaltigt worden war, um ein Mädchen gehandelt hatte. Bardy wurde nach einem Monat Gefängnis freigelassen, dem Richter der Fall entzogen.

Auf der Grundlage belastender Zeugenaussagen und hanebüchener Rekonstruktionen erschien im Januar das erste Buch über das Massaker, in dem Bardy noch immer als Hauptverdächtiger hingestellt wurde. Er, der nicht nur seine Familie, sondern auch seinen Schreibwarenladen verloren hatte, beging im darauffolgenden Mai, wenige Tage nachdem François Mitterand gewählt worden war, Selbstmord, indem er sich auf der Bahnstrecke Valdérieu-Toulouse vor den Zug warf. Viele interpretierten seine Tat als Geständnis, obwohl das Justizministerium Beweise für seine Unschuld vorgelegt hatte. Noch heute ist er für manche der »Killer von Basse-Misère«. Eine jüngst ausgestrahlte Fernsehsendung über den Dreifachmord beschuldigte ihn kurzerhand erneut, indem sie über den Druck berichtete, der auf die mit dem Fall befassten Behörden ausgeübt worden sei, und darüber, wie dieser die Ermittlungen beeinträchtigt habe. Das Verschwinden beziehungsweise die versehentliche Vernichtung bestimmter unter Verschluss gehaltener Asservate, die hätten analysiert werden können, sobald sich die technischen Möglichkeiten entsprechend weiterentwickelt hätten, war in diesem Zusammenhang praktisch, vor allem aber suspekt.

Es gab auch Stimmen, die meinten, Florie Nipperday sei in das Massaker verstrickt. Wie sonst sollte man erklären, dass sie davongekommen war?

Außerdem verdächtigte man die kalabrischen Holzarbeiter, die fünfzehn Kilometer weiter weg gearbeitet hatten; des Weiteren Vagabunden und Zigeuner und sogar eine auf dem Grund des tiefen Sees kauernde Bestie, was Flories Worten einen Sinn gegeben hätte. Als man den Stausee – offiziell aus technischen Gründen – abließ, strömten die Leute in Scharen herbei. Es hieß, die Polizei gehe davon aus, dass sich doch etwas im Wasser verstecke.

In all diese Artikel vertiefte ich mich im Zeitschriftensaal der Bibliothek in der Rue du Périgord. Ich arbeitete sie sämtlich durch, bis Basse-Misère aus den Zeitungen verschwand – um nach der Verhaftung von Thierry Delmas ein aufsehenerregendes Comeback zu feiern.

Der sogenannte »Triebtäter von Toulouse« hatte im September 1999 am Strand von Sérignan eine junge Frau entführt. Er hatte sie mit seinem Kombi in die Berge gebracht und zweimal vergewaltigt, sie aber entgegen seiner Gewohnheit nicht sofort getötet. Damit hatte er bis zum Abend warten wollen, bis zur dritten Vergewaltigung. Die Frau hatte die Gelegenheit genutzt, war ihm in der Dunkelheit entwischt und hatte in einem abgelegenen Bauernhaus Zuflucht gefunden. Mehrere Jahre zuvor war von der Polizei in Toulouse ein Krisenstab eingerichtet worden, der sich mit den Mordfällen und dem Verschwinden junger Leute aus der Gegend befasste, der Region mit der höchsten Todesrate in ganz Frankreich. Dieser Stab wurde »Nottingham-Zelle« genannt, weil einer der ersten jungen Männer, die ermordet aufgefunden worden waren, das Trikot der Mannschaft von Nottingham Forest getragen hatte. Die Polizei hatte gerade begonnen, die Schlinge um den Hals des mutmaßlichen Serienmörders enger zu ziehen, als die Aussage der jungen Frau es möglich machte, diesen als Thierry Delmas zu identifizieren. Eine Woche später wurde Delmas im Fürstentum Andorra in einem Hotel gefasst, wo er auf falsche Papiere wartete.

Er wurde verdächtigt, dreißig Morde samt Vergewaltigungen begangen zu haben. Lediglich dreizehn konnten ihm in den beiden Prozessen, in denen er zu einer lebenslangen Haftstrafe verurteilt wurde, angelastet werden. In den anderen Fällen gab es Vermutungen, aber keine Gewissheiten und zum Teil nicht einmal eine Leiche. Zudem verweigerte Delmas während der Prozesse die Aussage.

Ein Journalist, der für *La Dépêche* über den Fall von Basse-Misère berichtet hatte, wollte den Werdegang des Mörders nachvollziehen. Es gelang ihm, die Spur bis zu einem Ferienlager in Saint-Pierre-d'Issalès zurückzuverfolgen, wo Delmas im August 1980 als Betreuer gearbeitet hatte. Aller Wahrscheinlichkeit nach hatte er bereits im Winter zuvor in La Mongie getötet. Da die auf der Îlot des Bois-Obscurs entnommenen Proben unsachgemäß aufbewahrt worden waren, konnte keine DNA-Analyse durchgeführt und nichts bewiesen werden. Aber ein Verdacht war mehr als angebracht.

So kamen auch noch die drei Toten von Basse-Misère auf die lange Liste von Delmas' möglichen Opfern. Der Journalist, der das heiße Thema angepackt hatte, veröffentlichte ein Buch, in dem er zwei Jahrzehnte später versuchte, die Ereignisse zu rekonstruieren. Die »Nottingham-Zelle« bestätigte seine Schlussfolgerungen und räumte ein, dass bezüglich Thierry Delmas'

Schuld am Massaker von Basse-Misère kein Zweifel mehr bestand.

So frischte ich meine Erinnerungen auf. Allerdings konnte ich mir Konitz nicht mit Delmas' Gesicht vorstellen. Also beschloss ich, mich erst einmal mit Letzterem zu beschäftigen. Da ich ihm nicht leibhaftig gegenübertreten konnte, um mir ein Bild von ihm zu machen, setzte ich mich auf seine Fährte, besser gesagt auf die Fährte seines letzten abscheulichen Verbrechens, damit aus den zwei Monstern eins wurde.

7

Der Journalist, der den Zusammenhang zwischen Delmas und Basse-Misère aufgedeckt hatte, hieß François Pastre. Im Vorwort seines Buchs erklärte er, dass er nach dem Sommer 1980 nie aufgehört habe, Nachforschungen zu dem Massaker am See anzustellen. Er hatte seinen Redaktionsposten in Toulouse aufgegeben, um sich in Valdérieu niederzulassen, wo er fortan die Geschicke eines Lokalblättchens namens *L'Écho de l'Autan* lenkte. Sein Buch war mehr als die schlichte Dokumentation einer Recherche, die zu einer explosiven Enthüllung führte. Vielmehr folgte man darin dem Werdegang eines Mannes, der von dem Fall besessen war, und zwar von der ersten Stunde der Ermittlungen bis hin zu seinen Schlussfolgerungen über zwanzig Jahre später. Weiter verwies er in seinem Vorwort darauf, dass er bereits Anfang der 1980-er Jahre ein Buch zu dem Fall geschrieben habe. Es sei jedoch von den Verlagen mit der simplen Begründung abgelehnt worden, es komme zu spät. Pastre nahm Bernard Bardy in Schutz und prangerte den Medienzirkus an, der dank gewisser Personen rund um das Massaker angezettelt worden war. Das Buch machte nachvollziehbar, welch innere Zerrissenheit es für ihn bedeutet hatte, nach all der Zeit schließlich den Schlüssel zum Rätsel zu finden. Das war sehr ergreifend. Pastres Buch hatte zahlreiche Qualitäten, und trotzdem hatte er es meiner Ansicht nach nicht geschafft, das Trauma des Tals einzufangen und seiner Angst nachzuspüren. Ich konnte gegen ihn dieselbe Kritik vorbringen wie gegen mich selbst und meine Bücher über den Krieg: Wir hatten uns nicht tief genug auf die jeweilige Landschaft mit ihrem Wind, ihrer Kälte, ihren Mauern und Hecken eingelassen …

Ich rief in der Redaktion des *L'Écho* an. Die kleine Zeitung hat allen Widrigkeiten getrotzt und bringt nach wie vor zwei Ausgaben wöchentlich heraus, nämlich mittwochs und freitags. François Pastre war schon vor einer Weile in Rente gegangen. Er lebte immer noch in Valdérieu. Seine Telefonnummer könne man mir zwar nicht geben, weil er kein Telefon besitze, aber es sollte kein Problem sein, ihn im Café des Arts oder im Café de l'Escale anzutreffen, denn dort sei er bedauerlicherweise Stammgast.

Ich hatte mich verpflichtet, in den Winterferien nach Valdérieu zu kommen, um meinen Auftritt bei der Hundertjahrfeier vorzubereiten. Bei der Gelegenheit wollte ich Pastre treffen. Nach all den Jahren an den Ort zurückzukehren, den ich noch immer mein »Zuhause« nannte, obwohl es dafür eigentlich keinen Grund mehr gab, war fast so etwas wie eine Prüfung. Die Ferienwoche fiel auf Anfang März, und es herrschte strahlender Sonnenschein. Ich fuhr nicht direkt nach Valdérieu, sondern ließ mir Zeit und machte den einen oder anderen Umweg, umrundete das Tal mit seinen Bergen im Süden und folgte der Autobahn bis zum Meer. Bis zum Strand von Sérignan.

Der Strand war um diese Zeit so gut wie leer. Die Türen der paar Boutiquen, die sich um einen noch sandigen Verkehrskreisel drängten, waren verschlossen. Lediglich in einem Basar hatten sie die Ladenhüter der vergangenen Saison noch einmal herausgeholt und setzten darauf, dass das Zusammentreffen von schönem Wetter und Schulferien nachmittags Familien anlockte. Ein Stück weiter vorn gab es am Ufer einen – ebenfalls geschlossenen – Campingplatz, der stolz mit einem Pool mit Kurvenrutsche und vier Sternen warb. Hierher waren im September 1999 Cécilia Mionnet und ihre ältere Schwester gekommen, um die schöne Nachsaison auszukosten. Die Schwester hatte vor dem Sommer ein Kind zur Welt gebracht. Sie war erschöpft und niedergeschlagen. Cécilia hatte beschlossen, ihr Gesellschaft zu leisten, sobald der Touristenstrom abgeflaut war. Sie hatten einen Bungalow gemietet. Der Campingplatz war ruhig und lag günstig, mit direktem Zugang zum Strand. Alles, was man brauchte, um wieder auf die Beine zu kommen. Cécilia kümmerte sich um ihren Neffen, damit ihre Schwester Kraft tanken konnte, bevor es zurück nach Lyon ging. Tagsüber waren sie im Wesentlichen am Wasser, abends setzten sich die beiden auf ihre Terrasse und plauderten bis spät in die Nacht. Sie verbrachten viel Zeit miteinander, denn das Leben versuchte ständig, sie auseinanderzureißen. Diese Ferien waren vielleicht die letzten, die sie zusammen verbringen konnten.

Ich ging am Campingplatz vorbei zum Strand, der von einem breiten Dünengürtel gesäumt war. Hier herrschten eine Weite, ein Licht und eine Wildheit, die ich gar nicht übel fand. Trotzdem bedrückte mich etwas. Nur wenige Schritte von der Stelle, an der ich jetzt stand, hatte sich fünfzehn Jahre zuvor Cécilia Mionnet vormittags allein im Sand ausgestreckt. Jung und schön, in einem leuchtend roten Bikini, der ihre hübsche Figur und ihre Bräune zur Geltung brachte. Mit dem langen, von der Sonne aufgehellten Haar hatte sie bestimmt viele Blicke auf sich gezogen. Eine Weile hatte sie dort gelegen und in ihrem Roman gelesen, dann hatte sie beschlossen, ein wenig in den Dünen spazieren zu gehen. Sie hatte sich eine weiße Tunika übergestreift und das Buch auf ihrem Handtuch liegen lassen. Von den wenigen Menschen am Strand hatte keiner sie weggehen sehen, und es hatte auch keiner den Mann bemerkt, der sie seit zwei Tagen im Schutz der Dünen beobachtete.

Thierry Delmas war mit dem Auto gekommen und hatte es weit weg, am westlichen Ende des Badeorts, auf einem Parkplatz abgestellt. Die Gegend galt als sehr freizügig. Pastre nannte sie das »Vögelparadies von Béziers«. Delmas dürfte also enttäuscht gewesen sein, dass er niemanden gefunden hatte, um seine Gelüste zu befriedigen. Zumindest niemanden, der später den Mut hatte, als Zeuge auszusagen. Doch dann hatte er Cécilia entdeckt. Er war zwei Nächte geblieben und hatte in seinem Kombi geschlafen, alles nur ihretwegen. Später hatte er sogar eingeräumt, an einem der Abende auf den Campingplatz vorgedrungen zu sein, um sie noch länger zu beobachten. Am dritten Tag hatte sich schließlich die Gelegenheit geboten, auf die er gehofft hatte.

Beim Weitergehen stellte ich mir vor, dass ich in die Fußstapfen der jungen Frau trat. Ich fand einen kleinen Weg, der immer wieder von anderen gekreuzt wurde. Das Ganze hatte Ähnlichkeit mit einem Labyrinth aus weichem Sand, gesäumt von winterdürren Stechginsterhecken. Ich kam an drei weiteren Campingplätzen vorbei, von denen einer Nudisten vorbehalten war. Hinter mir befand sich ein Wassersportzentrum, in dem gerade ein paar Optimisten und Tretboote aus dem Winterschlaf geholt wurden. Irgendwo auf diesem Strandabschnitt hatte Delmas sich an Cécilia herangemacht. Von seiner Verführungskraft überzeugt, hatte er versucht, sie in ein Gespräch zu verwickeln. Aber die halb nackte junge Frau hatte sich als widerspenstiger erwiesen als die jungen Männer und Frauen, mit denen er es sonst trieb, wenn er aus dem Nachtclub kam. Als sie, für seinen Charme wenig empfänglich, umkehren wollte, hatte er ihr die Klinge seines Schnappmessers an die Kehle gedrückt. Er hatte ihr den Arm auf den Rücken gedreht und sie vor sich her bis zu dem Parkplatz geschoben, auf dem sein Auto stand.

Am Ausgang des Labyrinths landete ich auf diesem Areal aus gestampfter Erde, das nach Unwettern von riesigen Furchen zerpflügt war. Weit und breit kein Haus, nur eine kleine Straße, die hier zu enden schien. Delmas hatte Cécilia in den Kofferraum gestoßen. Er hatte ihr die Hände auf dem Rücken gefesselt. Hatte ihre Beine an den Knöcheln zusammengebunden. Sie mit einem Fetzen ihrer Tunika geknebelt. Er hatte es kaum erwarten können, ihr den BH auszuziehen und ihre Brüste zu berühren. Trotzdem war er in aller Ruhe in die kleine Straße eingebogen, die durch die Weinberge führt, hatte Béziers durchquert und war ins Hinterland gefahren.

Ich blieb einen Moment auf dem Parkplatz stehen. Das Meer war von hier aus nicht zu hören, aber ich konnte es riechen, denn der Wind wehte den süßen Geruch nach Sommer über die Dünen. Ein Wohnmobil parkte an der Böschung, die den Parkplatz begrenzte. Ich versuchte mir an seiner Stelle Delmas' Wagen und hintendrin die völlig verängstigte junge Frau vorzustellen, die begriff, dass ihr Leben unabänderlich einen anderen Lauf nehmen würde, sofern es für sie überhaupt noch ein Leben gab. Kurz darauf kam eine Familie auf Fahrrädern aus der kleinen Straße. Alle fuhren brav in einer Reihe hinter dem Vater her. Als der mir einen misstrauischen Blick zuwarf, machte ich kehrt und steuerte auf eins jener Wäldchen zu, die einen speziellen Ruf genossen. Zwischen alten Exkrementen und Klopapierresten lagen ein paar benutzte Präservative und eine Decke auf dem Boden. Sie war halb im Sand vergraben, der an dieser Stelle leicht gräulich war.

Auf einer Karte hatte ich mit Leuchtmarker die Strecke eingezeichnet, die Delmas gefahren war. Die Karte lag zusammengefaltet auf dem Beifahrersitz meines Wagens. Ich wartete genau bis zur Stunde von Cécilias Entführung. Dann setzte ich mich ans Steuer und folgte ihr mit fünfzehn Jahren Abstand.

Sie waren durch die Gewerbegebiete von Béziers gekommen und hatten im Norden die Straße nach Bédarieux genommen. Danach waren sie in die Berge gefahren, zum Col des Treize Vents, dem »Pass der Dreizehn Winde«. Die Straße wand sich mit Spitzkehren die steinigen, mit verkrüppelten Bäumen bewachsenen Hänge hinauf. Hier hatte Delmas es nicht länger ausgehalten. Drei Serpentinen vor dem Pass war er nach links in einen Weg eingebogen. War nach hinten geklettert, hatte die Rückbank umgeklappt und Cécilia zu sich gezogen. Hatte mit dem Messer ihren Slip durchgeschnitten. Hatte die Klinge auf ihrem nackten Schenkel liegen lassen, während er ihre Brüste befingerte. Dann war seine Hand zu ihrem Bauch hinabgeglitten. Er hatte sie auf ihr Geschlecht gelegt, war brutaler geworden und hatte ihr wehgetan, als er versuchte, die Finger in sie zu stecken. Cécilia hatte geweint und war an dem Knebel fast erstickt. Nicht ein einziges Mal hatte Delmas ihr in die Augen gesehen. Irgendwann hatte er sie grob umgedreht und anal penetriert. Mit der Linken hatte er das Messer auf Augenhöhe seines Opfers gehalten, während er mit der Rechten ihre Brüste und ihren Intimbereich bearbeitete. Er hatte sehr schnell in ihr ejakuliert. Anschließend hatte er wortlos nachgesehen, ob sich die Fesseln noch an Ort und Stelle befanden. Dann war er wieder nach vorn geklettert, hatte den Rückwärtsgang eingelegt und war auf die Straße zurückgefahren.

Ich parkte direkt an der Einmündung des Weges, stieg aus und ging ihn ein Stück entlang. Er endete jäh an einem Abhang, nachdem er sich immer mehr verjüngt und zwischen niedrigen, dornigen Ästen hindurchgeschlängelt hatte. Hier hätte Delmas sie töten können. In den meisten Fällen, bei denen er geständig war, hatte er das Opfer nach der ersten Vergewaltigung umgebracht. Aber Cécilia war zu schön und begehrenswert gewesen, als dass er sich mit einem Mal hätte begnügen wollen. Auf diesem Weg, der schon am frühen Nachmittag im Dämmerlicht lag, meinte ich Konitz zu spüren. Zum ersten Mal hatten Delmas und er sich einander genähert, und ihre Schatten begannen miteinander zu verschmelzen.

Der Kombi war auf der anderen Seite des Passes, der seinen Namen zu Recht trägt, hinuntergeschossen. Er war durch das Dorf Saint-Gervais und wieder hinauf zu den Hochebenen gefahren. Kaum hatten sie die letzten Bauernhöfe hinter sich gelassen, war Delmas zum zweiten Mal über Cécilia hergefallen. Er hatte sie erneut anal penetriert und noch brutaler verletzt. Der Knebel hatte sich gelöst. Sie hatte ihn angefleht, sie nicht umzubringen, und versprochen, gefügig zu sein; nicht ahnend, dass es gerade die Gewalt war, die Delmas an den erzwungenen Geschlechtsakten reizte. Er hatte sich aufgerichtet, verlangt, dass sie zu seinen Füßen kauerte, und sie voller Verachtung und Wut angestarrt. Aber er hatte sich erneut zusammengerissen und sie nicht getötet. Ihr Flehen hatte ihm offenbar gefallen. Es hatte Eindruck gemacht, und solange Cécilia Eindruck auf ihn machte, verdiente sie es, am Leben zu bleiben.

Niemand hatte den Ort, an dem es zur zweiten Vergewaltigung gekommen war, genau benennen können. Die junge Frau hatte lediglich angegeben, dass die Straße wohl immer noch steil bergan gegangen sei, da Delmas regelmäßig habe zurückschalten müssen, damit sein ächzendes Auto in den Kurven Schwung holen konnte.

Leichter war es gewesen, den Ort ihres dritten und letzten Halts zu bestimmen. Er lag mitten im Nirgendwo, in einer Landschaft mit Kuppen und Senken, so weit das Auge reichte, kurz gemähten Wiesen und vereinzelten Bäumen. Im Licht der früh tief stehenden Sonne, die daran erinnerte, dass es bis zur schönen Jahreszeit noch lange hin war, konnte ich kein Lebenszeichen entdecken – bis auf ein paar Rauchschwaden, die aus einer Senke aufstiegen und den Standort eines kleinen Bauernhauses verrieten. Rechts zweigte von der Straße ein Weg ab, der in die Senke hinabführte und sich an ihrem hinteren Ende verlor. Ich zählte insgesamt drei Bäume, die auf den ersten Metern dieses Weges gepflanzt waren. Ganze drei, und ausgerechnet am dritten war Delmas auf die Schnauze gefallen.

Das dritte Mal war Cécilia vergewaltigt worden, nachdem Delmas den Kombi am Rand der verlassenen Straße geparkt hatte. Danach hatte er sie aus dem Wagen gezerrt und sie, deren Hände nach wie vor auf dem Rücken gefesselt waren, vor sich her auf den Weg gestoßen. Er war regelmäßig hier heraufgekommen. Wie viele andere Opfer wohl unentdeckt hier in den Bergen zurückgeblieben waren? Die Gegend mochte er gekannt haben, nicht aber den Weg, auf dem er die junge Frau zu töten gedachte. Der Weg war schlammig, Steine und Wurzeln ragten heraus. An einer war er hängen geblieben und der Länge nach hingeschlagen. Cécilia war klar gewesen, dass sie sterben sollte. Nackt von Kopf bis Fuß war sie losgerannt, jeder Schritt ein weiterer Schmerz für ihren Anus, der so stark verletzt war, dass ihr das Blut an den Schenkeln hinablief. Wie durch ein Wunder war sie ohne zu stürzen in der Senke angelangt. Dort hatte ihr eine Brombeerhecke den Weg versperrt. Ohne zu zögern, hatte sie sich mit gesenktem Kopf hindurchgezwängt und sich dabei die Haut aufgerissen. Delmas hatte hinter ihr hergebrüllt, war ihr auf den Fersen gewesen. Und dann war er im Schlamm ausgerutscht, war ein zweites Mal gestürzt und hatte sich einen Bänderriss am linken Knöchel zugezogen. Cécilia war weitergerannt und ebenfalls hingefallen, sogar mehrmals, aber sie hatte sich jedes Mal wieder aufgerappelt und sich vor allem nicht umgedreht. Sie war in der Abenddämmerung die Kuppe hochgelaufen. Ich lief mit ihr dort hinauf. Auch ich meinte zu spüren, dass der Mörder hinter mir her war. Oben angekommen, sah ich wie Cécilia das kleine Bauernhaus. Nur ein Teil des Gemäuers mit dem Schieferdach war zu erkennen. Weiter ging ich nicht.

Cécilia aber war weitergerannt. Delmas hatte nicht lockergelassen, obwohl er nur noch auf einem Bein unterwegs war. Der alte Bauer und seine Frau hatten sich gerade zum Essen gesetzt, da hatten sie die junge Frau heranstürmen sehen, deren viele blutende Wunden beinahe überdeckten, dass sie nackt war. Sie war so verstört gewesen, dass sie kein Wort herausgebracht und nur geschrien hatte. Die Bauersleute hatten sich zunächst nicht gerade heldenhaft verhalten. Fest entschlossen, es der Furie zu zeigen, war der Mann aufgesprungen, um die Brechstange zu packen, die er oben auf der Anrichte versteckt hatte. Doch dann hatte er die Lage erfasst und war mit seinem Hund und dem geladenen Gewehr unerschrocken in den Hof hinausgetreten, um sich zwischen die junge Frau und den Teufel, der hinter ihr her war, zu stellen. Doch er hatte nicht schießen müssen. Er hatte jenseits des Hügels einen Motor anspringen hören und gleich darauf gesehen, wie Scheinwerferlicht über die kahle Kuppe strich, auf der gewöhnlich seine Schafe grasten. In der Zwischenzeit hatte seine Frau die Polizei gerufen. Die Schlinge um Delmas' Hals hatte sich zugezogen, als die »Nottingham-Zelle« den Zusammenhang zwischen diesem und den anderen Fällen herstellte. Cécilias Aussage hatte es ermöglicht, ihn zu identifizieren. Bei der Festnahme ein paar Tage später war sein Knöchel so geschwollen gewesen, dass er den Fuß nicht auf den Boden hatte stellen können. Und das alles wegen eines Baums.

Ich ging denselben Weg zurück und fuhr mit der Hand über die Wurzel, die ihn zu Fall gebracht hatte. Lange stand ich am Straßenrand, sah zu, wie sich die Nacht vollends auf Senken und Kuppen legte, und schlief dann ein paar Stunden in meinem Wagen. Ich ließ Delmas fliehen. Gern hätte ich Cécilia noch ein wenig begleitet, sie nicht in dem kleinen Bauernhaus zurückgelassen, aber das konnte ich nicht. Ich hatte bereits am Strand von Sérignan gewusst, dass ich einer Toten folgte. Sie, die durch ihren Mut mit Sicherheit mehrere Menschenleben gerettet hatte, war selbst nicht mit dem Leben davongekommen. Sie war aus der Hölle, in die dieses Monster sie gestoßen hatte, nie zurückgekehrt. Sie hatte ihr nicht entfliehen können, auch nicht, indem sie rannte, so schnell sie konnte, oder sich durch Dornenhecken schlug. Sie hatte sich im Jahr 2005, von der Öffentlichkeit unbeachtet, das Leben genommen. Ich hatte im

Internet davon erfahren. Ihr Tod nahm dort nur wenig Raum ein.

Pastre hatte ein paar Jahre zuvor von der Küste aus dieselbe Rundreise unternommen. In seinem Buch berichtete er, warum Cécilias Geschichte ihn so sehr erschüttert hatte, dass er ganz in sie eintauchen wollte. Warum es ihn an den Rand dieser Straße verschlagen hatte, nachdem sich die junge Frau geweigert hatte, sich mit ihm zu treffen. Er war dem Weg bis hinunter zu der Hecke gefolgt, um sie herum und dann zu dem kleinen Bauernhaus gegangen, wo das alte Paar sich nach langem Zögern zu einem Gespräch mit ihm bereit erklärt hatte.

Danach hatte er geglaubt, er hätte mit Delmas abgeschlossen. Auf dem Weg zurück nach Valdérieu war er Nebenstrecken gefahren und dabei nach dreiundzwanzig Kilometern durch das Dorf Saint-Pierre-d'Issalès gekommen. Da hatte in seinem Kopf eine Idee zu reifen begonnen. Zwei Monate später hatte er im Register am Empfang des Ferienlagers den Namen des Mörders gefunden. Delmas hatte im August 1980 als staatlich anerkannter Betreuer eine Gruppe von Kindern begleitet, deren Ferienaufenthalt vom Bürgermeisteramt von Toulouse bezahlt worden war.

Nach dem Erscheinen von Pastres Artikeln und später seines Buchs forderten die betroffenen Familien, dass offiziell ein Zusammenhang zwischen dem Massaker von Basse-Misère und Delmas hergestellt werde und die »Nottingham-Zelle«, die auch nach seiner Verhaftung noch aktiv war, die Ermittlungen wieder aufnehme. Sie ging tatsächlich entschlossen ans Werk, wenn auch ohne überzeugendes Ergebnis. Insgesamt siebzehn unerledigte Akten, siebzehn ungelöste Mordfälle beziehungsweise Vermisstenmeldungen, bei denen Delmas unter dringendem Tatverdacht stand, beschäftigten den Südwesten des Landes seit Anfang der 1980-er Jahre. Einige der Eltern gründeten sogar einen Verein, um den Druck aufrechtzuerhalten und zu verhindern, dass die Ermittlungen samt und sonders eingestellt wurden. Unterdessen hockte Delmas in seiner Zelle und weigerte sich standhaft zu reden.

Ich schlug dieselbe Route ein wie der Journalist damals, um nach Saint-Pierre hinunterzufahren. Trotz des schönen Wetters wirkte das Dorf zu dieser Jahreszeit wie ausgestorben. Ich stellte den Wagen auf dem leeren Parkplatz des Freizeitzentrums ab. Die Picknick-Tische waren noch klatschnass, die Spielgeräte warteten darauf, in Betrieb genommen zu werden. Das Ferienlager lag etwas weiter weg. Ich machte mich zu Fuß auf den Weg dorthin und ging bis dicht an den Drahtzaun heran, der das Grundstück mit dem Empfangsgebäude eingrenzte. Es sah aufgelassen aus, aber das war es nicht. Ich folgte dem Zaun um das Gebäude herum und stand plötzlich am grasbewachsenen Ufer des Sees.

Diesen Uferabschnitt kannte ich noch nicht. Die wenigen Male, die mein Vater und ich in Basse-Misère angeln gegangen waren, waren wir von Sagne-Claire gekommen. Vom Ufer des Sees, in dem ich nie gebadet hatte, waren mir nur der dichte Wald – die Bäume, die so nah ans Wasser reichten, dass sie eintauchten – sowie die grüne und blaue Farbe in Erinnerung. Nach dem Drama waren wir nie wieder an den See gekommen. Ich sah ihn also zum ersten Mal wieder, und er kam mir trotz der Sonnenreflexe schwarz vor, wie eine dunkle Fläche, durchzogen von stahlgrauen Bändern, die sich unter dem beißenden

Wind vor Schmerzen zu winden schienen. Die Unterkünfte des Ferienlagers von Saint-Pierre stanken nach Moder, Schlamm und Hundekacke. Die Stille hatte nichts Natürliches; es war, als sei die ganze Gegend per Knopfdruck abgeschaltet worden.

Von meinem Standort aus konnte ich weder das mir bekannte Stück Ufer noch die Îlot des Bois-Obscurs oder den Club des Crozes sehen. Sie lagen hinter den bewaldeten, zum See hin abfallenden Hügeln verborgen.

Als ich am Vortag Cécilia Mionnets Leidensweg nachvollzogen hatte, war es mir beinahe gelungen, Konitz ein Gesicht zu verleihen. Und dennoch hatte ich da den Klammergriff der Angst nicht so deutlich gespürt wie hier. Hier witterte ich sie überall. Wasser und Boden waren von ihr durchsetzt. Beim Anblick der Boote, die dem Freizeitzentrum gehörten und in einem offenen Schuppen gelagert waren, gefror mir das Blut in den Adern. Eines von ihnen hatte Delmas benutzt, um zu der kleinen Insel zu fahren. Plötzlich bildete ich mir sogar ein, Schreie zu hören, die der Wind herübertrug.

Schnell lief ich zum Wagen zurück. Ich hielt es hier nicht länger aus. Mir war, als stünde ich dicht am Abgrund und der Schwindel riefe mir zu, ich solle mich vorbeugen.

Über gewundene Straßen, die nirgendwohin zu führen schienen, gelangte ich schließlich wieder auf die vertrauteren meiner Heimatgegend. Erleichtert gab ich Gas und fuhr in meine Stadt hinunter.

8

Fährt man von den Hochebenen im Norden nach Valdérieu hinunter, lässt man den Wald rasch hinter sich und gelangt auf einen der Sonne zugewandten Hang mit Weilern und Wiesen. Vor allem aber bietet sich durch die jähen Kurven immer wieder ein spektakulärer Ausblick über das Tal. Nach dem Tod meines Großvaters hatte mein Vater beschlossen, das Haus in Fonbelle, einem der Dörfer an diesem Hang, in dem sein Vater sein Leben lang gewohnt hatte, zu behalten. Wenn es dorthin ging, fuhren wir »aufs Land«. Ich mochte diesen Ort sehr. Es war ein Fest, hier heraufzukommen. Aber ich erinnere mich auch an die Fahrten zurück in die Stadt, an den Blick, der sich uns von der Straße aus bot. Das fand ich jedes Mal wunderbar.

Das Tal verjüngt sich nach Osten hin. Kurz hinter der Wasserscheide stößt es an eine Felswand, die sich nur um den Preis kurviger Straßen überwinden lässt, ein Albtraum für alle, die unter Reisekrankheit leiden. Nach Westen dagegen weitet es sich bis zu den Hügeln, die den Eingang zu dem Amphitheater markieren, das es zwischen den Hochebenen im Norden und den Monts d'Autan im Süden bildet – mit ihren knapp tausend Metern Höhe eine echte Barriere. Dort verdunkeln der Nordhang und die dichten Tannenwälder das Tal. Valdérieu kauert sich in eine Mulde. Es ist, als habe sich die Stadt vom gestrengen Berg losgerissen und sei zu seinen Füßen am Zusammenfluss dreier Wasserläufe gelandet, die jeweils in einem der Massive entspringen und sich hier zu einem breiten Strom vereinen. Man hat das Gefühl, in einer abgeschotteten Welt zu sein, einer Welt für sich.

Obwohl ich meiner Stadt vor vielen Jahren den Rücken gekehrt hatte, ging mir das Herz auf, als sie nun vor mir lag. Ich hielt sogar kurz an, um dieses Land zu bestaunen, von dem ich wusste, dass es meins war. Ich ertappte mich, wie ich in einem unvorhergesehenen Gefühl schwelgte: dem Gefühl, nach Hause zu kommen, dorthin, wo ich hingehörte, und zwar für immer. Die Zeit hatte dem Gefühl nichts anhaben können. Ebenso wenig die Verluste und schlimmen Erinnerungen. Ein Teil von mir war immer zwischen diesen Bergen geblieben, und an diesem sonnigen Vormittag fügte ich die Teile zusammen, bis ich meinen inneren Frieden gefunden hatte; ein Zustand, den ich schon sehr lange nicht mehr genossen hatte.

Das war etwas, das Pastre in seinem Buch nicht hatte einfangen können: Die Orte lösten in ihm nicht denselben Nachhall aus wie in mir. Er kannte sie, er kannte die Menschen, die dort lebten, und er kannte ihre Geschichte. Aber er schien sie nicht zu verstehen.

Ich habe kaum Erinnerungen an das Valdérieu vor der Wirtschaftskrise, die seine Industrie vernichtet und die Bevölkerung entzweit hat. Ich war noch klein, als alles den Bach hinunterging. Ich kannte die Stadt immer nur im Niedergang; die Zeit hingegen, als das Geld in Strömen floss, als es von Geschäften wimmelte und die Arbeiter, die im Akkord bezahlt wurden, sich die Taschen vollstopfen konnten, kannte ich nur vom Hörensagen. An Beherztheit mangelte es den Einwohnern von Valdérieu nicht. Sie standen in dem Ruf, hart im Nehmen zu sein, robust und nicht so leicht umzuhauen. Und sie hielten zusammen, ein besonderes Völkchen in einem besonderen Landstrich mit seinen Gerüchen und seinem Licht, seinen verschneiten Wintern und glutheißen Sommern, seinen Arbeits- und Gewerkschaftskämpfen, seinem eigenen Vokabular, das aus dem Tal kaum hinausdrang. Eine »kleine Heimat« mit eigenen Symbolen und Patrioten, mit kleinen Zwistigkeiten und großer Geschlossenheit, aber auch Misstrauen gegenüber allem, was von draußen kam. Die Fußball- und Rugbymannschaften, die hier zu einem Spiel antreten mussten, hatten immer schnell die Hosen voll, weil sie wussten, mit welchem Gegner sie es zu tun kriegten.

Am Ende aber waren es die eingekesselte Lage und Standortverlagerungen, die Valdérieus Schicksal besiegelten. Die Stadt stemmte sich gegen jede Logik und versteifte sich auf alte Positionen, anstatt umzudenken. Der Fall von Basse-Misère beschleunigte ihren Niedergang noch und versetzte ihr den Gnadenstoß. Kaum lag das Tal darnieder, fiel es in einen Dornröschenschlaf und träumte von den Zeiten vergangenen Ruhms. Heute preisen ein paar Schilder die touristischen Attraktionen an, von den Spuren der Katharer über die nahen Strände des Languedoc bis hin zu den Naturstätten. Sanierungsmaßnahmen haben hier und da für mehr Licht gesorgt, einige der alten Straßenzüge und Industriebrachen sind abgerissen worden, biegt man jedoch in die Hauptstraße ein, das einstige Rückgrat des Stadtzentrums, lassen sich die hinter Schlämmkreide versteckten Schaufenster und die »Zu verkaufen«-Schilder kaum noch zählen.

Der Tourismus ist die einzige Rettungsboje, an die die Stadt sich klammern kann, doch er leidet unter ihrem Ruf. Fast fünfunddreißig Jahre danach ist Valdérieu für viele noch immer die Stadt des Dreifachmords von Basse-Misère.

Die Märzsonne hatte die Tische auf die Terrassen der Cafés gezaubert. Das Stadtzentrum war auf zwei Plätze und drei oder vier Straßen zusammengeschrumpft. Dennoch herrschte eine gewisse Betriebsamkeit. Da mein Termin auf die Mittagsstunde angesetzt war, nutzte ich die Zeit, um zu den Schauplätzen meiner Kindheit zu pilgern. Trotz einiger Bezugspunkte fühlte ich mich fremd. Ich hatte geglaubt, die Stadt sei zum Stillstand verdammt, doch sie belehrte mich eines Besseren: Sie hatte sich ohne mich weiterentwickelt, und ich hatte zwanzig Jahre lang in der Vergangenheit festgesessen. Das war kein angenehmes Gefühl, aber immerhin lud sie mich nun ein, an unsere gemeinsame Geschichte anzuknüpfen.

Ich sah unser Haus in dem Wohnviertel, das sich seine Atmosphäre und Beschaulichkeit bewahrt hatte. Die Fassade war neu verputzt, aber ich fand, dass ihr das Weiß überhaupt nicht stand. Auch die Fensterläden waren neu, und am Ende der Einfahrt, da, wo ich früher Pflöcke in den Boden gerammt hatte, um beim Fußballspielen Torpfosten zu haben, stand eine Garage. Der Vorgarten war gepflegt, aber der Pflaumenbaum war verschwunden. Ebenso die Kletterrose, die meine Mutter gepflanzt und deren erste Blüte sie jedes Jahr auf das Grab ihres Vaters gelegt hatte. Ich hörte die Rufe und das Lachen von Kindern, die hinter dem Haus spielten. Als ich begriff, dass mein Platz jetzt auf der anderen Seite des Zauns war, quasi versteckt, um nicht gesehen zu werden, versetzte mir das einen kleinen Stich.

Den Rest des Vormittags verbrachte ich damit, diesen Schmerz zu kultivieren: mein Schulweg; die Schule mit ihrem am Ende der Sackgasse eingequetschten Portal; das Haus meiner Großmutter; das Lycée Saint-Jacques, so dicht am Fuß des Berges, dass es aussah, als könnte er es jederzeit erdrücken; die Verkaufsräume meines Vaters, die zu einem Fitnessstudio umgebaut worden waren … Lauter kleine Stiche, die es freilich nicht schafften, meine Verbindung zu diesen Orten zu kappen und mich zu verscheuchen, die aber dennoch wehtaten.

Ich aß mit vier Mitgliedern des Vereins, der mit der Vorbereitung der Gedenkfeier betraut war, zu Mittag. Der Mann, der wenige Wochen zuvor etwas in mir zum Beben gebracht hatte, erzählte wieder mit derselben Leidenschaft von den Menschen und der Gegend, und ich hing erneut an seinen Lippen. Jeder einzelne seiner Sätze schien mich ein Stück zum Herzen meiner Heimat zurückzuführen. Ein solches Zugehörigkeitsgefühl hatte ich noch nie erlebt.

Später suchte ich vergebens in den beiden Cafés, die man mir genannt hatte, nach François Pastre. Ein Kellner erklärte, Pastre komme immer sehr früh morgens, sei dann aber nicht gerade präsentabel, weil er noch seinen Rausch vom Vorabend auskuriere. Anschließend verschwinde er und tauche erst gegen achtzehn Uhr wieder auf; dann allerdings bleibe er bis zur Sperrstunde am Tresen sitzen. Gerade an diesem Abend jedoch gebe es im Stadion ein Fußballspiel, ein Nachholspiel der Regionalliga. Bestimmt sei Pastre dort und komme erst danach, um den Sieg zu begießen oder die Niederlage in Alkohol zu ertränken.

Ich musste also einige Stunden warten. Es gab niemanden mehr, zu dem ich hätte gehen können, keine Anlaufstelle außer einem Hotel. Dabei hatte ich nicht gedacht, dass ich die Nacht vor Ort würde verbringen müssen. Ich holte meinen Wagen und fuhr hinauf zum Dorf Fonbelle, der letzten Station meiner Pilgerreise. An diesem Ort hängt mein Herz. Mit ihm verbinde ich eine Menge Bilder, die in mir weiterleben. Die Hütten in den Wäldern, die Bäche mit den Forellen, die Stellen, an denen Steinpilze zu finden waren. Die Kühle im Sommer, wenn es in der Stadt zu heiß wurde, der Schnee im Winter und die endlosen Stunden, die ich Schlitten gefahren war. Das Haus, das nach Holzfeuer und alten Möbeln roch. Mein Vater, der draußen bastelte, der nach dem Angeln stolz mit seinem Fang für ein Foto posierte, der unter der Eiche in einem Liegestuhl ein Nickerchen machte. Meine Mutter, die Angst hatte, die Siebenschläfer könnten sie im Schlaf beißen; die Crêpes und Obstkuchen zubereitete; die bei jedem Besuch die Aufarbeitung eines anderen Möbelstücks in Angriff nahm … Als kleines Kind hatte ich den Eindruck, die Autofahrt dauere Stunden, dabei waren es von Valdérieu keine zwanzig Minuten. Doch auch diesmal hatte ich beim Hinauffahren das Gefühl, ans Ende der Welt zu reisen.

Das Haus war genau so, wie ich es in Erinnerung hatte: massiv, wenn auch nicht groß, mit anthrazitfarbenen Mauern, von denen sich die großen, hellgrauen Fensterläden abhoben. Der Gemüsegarten mit der Hecke aus Himbeersträuchern befand sich noch immer in derselben Ecke. Die große Eiche wachte majestätisch über das Grundstück. Alles war verschlossen. Das Haus war jetzt ein Ferienhaus und gehörte jemand anderem. Als ich Student war, hatten meine Eltern es verkauft. Das hatte mir schier das Herz zerrissen. Für mich blieb es das Haus der Freiheit, das Haus der Ferien und vor allem der Ort, an dem uns nichts geschehen konnte. In Valdérieu hatte ich oft stundenlang vor Angst gezittert. In Fonbelle nie, nicht einmal nach Basse-Misère.

Die untergehende Sonne sorgte für wundervolles Licht. Für die Jahreszeit war es unglaublich mild. Ich folgte den Wegen aufs Geratewohl und wurde begleitet von den Klängen einer Natur, die sich anscheinend aufgeschwungen hatte, meine Rückkehr zu feiern. Es gab nicht viele Dinge, die für mich als ausgemacht galten, aber eins stand fest: Hierherzukommen machte mich fröhlicher. Mir war klar, dass mich spätestens in der Nacht die Wehmut packen würde, dass sie auf meine Stimmung drücken und in meiner Brust ein zusätzliches Stechen auslösen würde. Aber das war die Sache wert.

In der Stadt fand ich ein Gästehaus, das von einem englischen Pärchen geführt wurde: ein prachtvolles, in einen riesigen Park eingebettetes Anwesen – Überbleibsel der goldenen Zeiten Valdérieus. Kaum hatte ich mich in meinem Zimmer eingerichtet, ging der Schuss auch schon nach hinten los. Er traf mich in die Magengrube. Ich fühlte mich einsam, wie ein Überlebender, wie einer, der von einem Besuch an der Front zurückkehrt, wo seine Verwandten gefallen sind. Ich beschloss, den Schmerz durch einen Spaziergang auszutreiben, und machte mich auf den Weg zum Stadion.

9

Es wurde schlagartig frisch, und Nebel machte sich breit. Unterwegs begegnete ich niemandem. Abgesehen von ein paar vorbeiflitzenden Autos waren die Straßen leer. Das einzige Zeichen von Aktivität waren die Stadionscheinwerfer, die ich schon von Weitem sah. Auf dem Parkplatz überraschte ich drei junge Burschen bei dem Versuch, unweit der Kasse einen Motorroller zu klauen. Sie machten sich aus dem Staub, aber erst, nachdem sie mich ausgiebig beschimpft und mir den Mittelfinger gezeigt hatten. Auch der Typ an der Kasse war überrascht, als er mich kommen sah. Das Spiel dauerte bereits eine gute Viertelstunde, und er war eigentlich schon weg. Für fünf Euro durfte ich mich unter die Handvoll Zuschauer mischen, die sich auf der einzigen, hohl klingenden Tribüne verteilten.

Als das Tal noch voller Fabriken gewesen war, hatten die Fußball- und Rugbyclubs von Valdérieu in der höchsten Liga gespielt und an den Wochenenden eine beeindruckende Menschenmenge angelockt. An diesem Abend nun sah sich nur ein knappes Dutzend das Spiel an. Die einzigen Schreie, die zu hören waren, kamen vom Rasen. Drum herum herrschte höfliche, fast schläfrige Stille.

Trotz der überschaubaren Zuschauerzahl dauerte es einen Moment, bis ich François Pastre entdeckte. Dabei sah er noch fast so aus wie auf den Fotos, die ich im Internet gefunden hatte. Allerdings saß er nicht auf der Tribüne. Er stand ein Stück weiter rechts am Spielfeldrand, konzentrierte sich sichtlich auf das armselige Match und rauchte Gitanes, die aus einer anderen Zeit stammten; immer wieder kramte er die Packung aus der Tasche seines wattierten Parkas hervor. Er war ein kurzbeiniger, dicklicher Mann mit einem Kopf, der zu groß schien, und unfrisiertem, schütterem Haar. Seine Kleidung wirkte genauso mitgenommen wie er selbst. Ab und zu gestikulierte er und machte seiner Wut oder seinem Missfallen Luft, wobei er sich umdrehte, um über die Schulter jemanden als Zeugen anzurufen, der gar nicht da war. Danach kam er genauso plötzlich wieder zur Ruhe, stützte sich mit den Ellbogen auf das Geländer und sog umso kräftiger an seiner Kippe.

Ich wartete ein paar Minuten, bevor ich meinen erhöhten Sitzplatz verließ und einen Annäherungsversuch startete. Rechts von der Tribüne hatte ein alter Mann soeben den Rollladen am Getränkekiosk hochgezogen. Ich war gerade auf dem Weg zu ihm, als auf dem Spielfeld ein Streit ausbrach, begleitet von heiserem Geschrei, das diesmal von der Tribüne kam. Pastre hüpfte auf der Stelle, fuchtelte mit den zu kurzen Armen und brüllte wie ein Tier in der Höhle.

»Ziemlich frisch, was?«, rief mir der Alte hinter dem Betontresen zu. »Der Kaffee läuft gerade durch, er braucht noch zwei, drei Minuten. Oder möchten Sie lieber einen Glühwein …«

»Dann nehme ich bitte den Glühwein.«

Er stellte ein Glas an die Tresenkante und füllte es bis zum Rand. Der Glühwein schien kochend heiß zu sein. Ich hatte Sorge, das Glas könnte zerspringen, deshalb wartete ich lieber ein wenig, bevor ich es in meine eiskalten Hände nahm.

»Nicht viele Leute da heute Abend«, sagte ich.

Der Alte verzog das Gesicht.

»Wir sind schon froh, wenn wir fünfzehn Eintrittskarten verkaufen. Wenn Sie miterlebt hätten, wie es früher war, ich meine vor dreißig Jahren … Da war das Stadion bei jedem Spiel voll!«

»Ich weiß, mein Vater und ich waren ein paarmal dabei.«

»Sind Sie von hier?«

»Ja, aber ich lebe nicht mehr hier. Ich bin nur auf der Durchreise.«

»Haben Sie in der Gegend noch Familie?«

»Nein, niemanden mehr.«

Seine Neugier war geweckt, und er versuchte, meiner ausgestorbenen Linie einen Namen zuzuordnen, wagte aber nicht, mich direkt danach zu fragen. Ich beschloss, seine Neugier zu befriedigen.

»Mein Vater hatte die Baustoffhandlung in der Rue du Temple.«

»Ah, ja! Jetzt weiß ich! Peiresoles, stimmt's? Bei ihm gab es richtig gutes Zeug …«

Der Alte besaß genügend Feingefühl, um nicht zu fragen, wie es meinem Vater ging. Die Leute auf der Tribüne wurden ein zweites Mal aus ihrer Lethargie gerissen und schimpften über eine verpatzte Chance des Mittelstürmers von Valdérieu.

»Der Bursche sollte mal nach Lourdes pilgern, wenn Sie mich fragen! Der braucht ein Wunder, wenn er in diesem Stadion jemals ein Tor schießen will!«

Pastre hielt sich immer noch am Geländer fest und kehrte mir den kahlen Hinterkopf und die speckige Rückseite seines Parkas zu.

»Der Mann da unten am Spielfeldrand, das ist doch der ehemalige Journalist, oder?«

»Ja, genau. Er schaut sich immer noch die Spiele an, so wie früher, als er noch *L'Écho* geleitet hat. Der kommt bald zu uns rüber, das können Sie mir glauben.«

Und tatsächlich: Kurz vor der Halbzeitpause verließ Pastre seinen Beobachtungsposten und kam, nach vorn gebeugt und mit schleppendem Schritt, auf uns zu. Der Alte vom Ausschank hatte schon eine Flasche Bier aus dem Kühlschrank geholt und geöffnet. Er warf sie Pastre zu, der sie wortlos fing, an die Lippen setzte und trank, als wollte er nie wieder aufhören.

»Schon wieder so ein trostloses Match.«

Endlich ließ Pastre den Ellbogen sinken. Die Flasche war schon halb geleert.

»Ja, ein beschissenes Spiel! Das kommt dabei raus, wenn man Jungs hat, die wie Vollidioten spielen!«

Seine Stimme war rau. Sein Atem roch ebenso nach Tabak und Alkohol wie seine Kleidung. Von Nahem wirkte sein Gesicht aufgedunsen. Er erinnerte mich an eine Kröte. Argwöhnisch musterte er mich mit rot geränderten Augen.

»Du erinnerst dich vielleicht an den Burschen, der die Baustoffhandlung in der Rue du Temple hatte. Nun, dieser Herr hier ist sein Sohn.«

»Peiresoles!«, stieß Pastre hervor und gönnte sich erneut einen kräftigen Schluck. Danach war die Flasche leer. Er atmete schwer und ließ mich nicht aus den Augen.

»Sie sind der Geschichtsprofessor?«, fragte er schließlich.

»Ja, der bin ich.«

»Der behauptet hat, dass es die Frontsoldaten im Ersten Weltkrieg in den Feuerpausen miteinander getrieben haben?«

Er versuchte sich an einem Lachen, aber es kam nur ein deftiger Hustenanfall dabei heraus.

»Ihr Vater hat im richtigen Moment verkauft. Mit dem Einzelhandel hier im Tal ist es genauso ein Trauerspiel wie mit dieser beschissenen Mannschaft, das sag ich Ihnen!«

Er knallte die leere Flasche auf den Tresen.

»Gilt noch drei für zwei, Momo?«

»Alles wie immer«, erwiderte der Alte und ging zum Kühlschrank, um zwei weitere Bierflaschen zu holen.

»Kann ich Ihnen einen Drink ausgeben?«, erkundigte sich Pastre und zündete sich seine x-te Zigarette an.

Mein Glühwein kühlte immer noch ab. Ich wies mit einem Nicken darauf.

»Na dann, auf Ihre Gesundheit!«

Er schnappte sich eine der beiden Flaschen und steckte sie in die Parka-Tasche, dann machte er sich daran, die andere zu leeren. Der Schiedsrichter pfiff die erste Halbzeit ab.

»Wenn Sie was über Schwule schreiben wollten, hätten Sie sich mal für unsere Spieler interessieren sollen, da hätten Sie weniger Ärger gekriegt. Verfluchter Mist! Dass man dieser Bande von Vollpfosten so ein Stadion bietet, kotzt mich so an! Für die würde es auch ein Stück Ödland tun, am besten das neben der Müllkippe!«

»Ich bin nicht hergekommen, um über Fußball zu schreiben, Monsieur Pastre.«

»Das nenn ich vernünftig, dazu gibt's nämlich nicht viel zu sagen.«

»Ich möchte über Basse-Misère schreiben …«

Kaum hatte ich das gesagt, drängten sich auch schon die anderen Zuschauer um den Ausschank. Ich nahm mein Glas, verzog mich und stützte mich am Rand des leeren Spielfelds mit den Ellbogen aufs Geländer. Pastre hatte nicht überrascht gewirkt. Vielleicht hatte er mich auch gar nicht gehört. Er stand inmitten der anderen, schwang große Reden und ließ kaum jemanden sonst zu Wort kommen. Das ging so lange, bis die Spieler auf den Rasen zurückkehrten. Einem offenbar fest etablierten Ritual folgend, zerstreuten sich die Zuschauer und nahmen wieder ihre Plätze ein. Pastre selbst bezog neben mir Stellung. Er hatte die dritte Flasche aus der Tasche gezogen. Auch wenn er mich nicht ansah, spürte ich die Wut, die seinen Blick verfinsterte.

»Was will ein Universitätsprofessor mit dieser Geschichte? Sind Sie jetzt für die Rubrik ›Vermischtes‹ zuständig?«

»Ich beschäftige mich mit alten Geschichten, wie ich es immer getan habe. Und ich denke, dass diese Geschichte weit mehr ist als eine flüchtige Meldung; ich denke, dass sie das Tal hier geprägt und den Lauf seiner Geschicke verändert hat. Übrigens habe ich Ihr Buch gelesen …«

»Sie hätten besser mein erstes lesen sollen«, unterbrach er mich. »Das war nämlich verdammt gut! Aber es fand sich keiner, der es verlegen wollte. Und wissen Sie, warum? Weil ich darin Dinge behauptet habe, die den Leuten nicht in den Kram passten.«

»Was für Dinge?«

»Na, eben welche, die den Leuten nicht in den Kram passten. Dank Delmas habe ich mich zum Glück berappelt und konnte mich wenigstens ein bisschen rächen. Aber ich sage es noch mal: Mein wahres Buch über Basse-Misère war das erste.«

»Vielleicht gestatten Sie mir, das Manuskript zu lesen?«

»Ja, Scheiße! Das habe ich längst ins Feuer geworfen! Trotzdem, es ist komplett hier drin …«

Er tippte sich mit der Spitze seines bis unter den Nagel gelb verfärbten Zeigefingers an die Schläfe.

»Ich will Ihnen nichts vormachen, Monsieur Pastre. Ich bin eigens hergekommen, um mit Ihnen zu reden. Es gibt da ein paar Fragen, die ich Ihnen gerne stellen würde.«

»Hören Sie, mein Freund, ich will mir hier das Spiel ansehen! Gehen Sie mir nicht auch noch auf den Sack. Es reicht schon, dass wir wahrscheinlich verlieren. Jedenfalls sieht es im Moment ganz danach aus.«

»Dann eben nach dem Spiel. Ich könnte Sie irgendwo auf ein Glas einladen.«

»Das hat man Ihnen also erzählt, was? Dass man mich nur abzufüllen braucht, um an mich ranzukommen! Dann will ich Ihnen mal was sagen, mein Lieber: Wer auch immer Ihnen diesen Rat gegeben hat, er hat völlig recht. Ich nehme die Einladung an. Aber ich warne Sie: Ich gehöre nicht zu denen, die sich mit einem Glas zufriedengeben. Haben Sie einen Wagen?«

»Nein, der steht da, wo ich für heute Nacht abgestiegen bin.«

»Und wo ist das?«

»In einem *Gästehaus am Park.*«

»Donnerwetter! Der Palast der Roastbeefs! Der Herr hat es gern komfortabel! Dann gehen wir eben zu Fuß, aber ich warne Sie: Die Kneipe suche ich aus!«

Er trank sein Bier in einem Zug aus, schob die leere Flasche in die Parkatasche und ließ mich stehen, um an seinen ursprünglichen Platz zurückzukehren. Ich setzte mich wieder auf die Tribüne, wo ich den Rest des nichtssagenden Spiels über mich ergehen lassen würde. Doch das Glück war auf meiner Seite: Kurz vor Ende der Begegnung pfiff der Schiedsrichter einen mehr als großzügigen Elfmeter für Valdérieu, der unter dem Gebrüll und den Beschimpfungen auf der gegnerischen

Bank verwandelt wurde. Dank dieses Strafstoßes begegnete mir danach ein weit besser gelaunter ehemaliger Journalist.

Auf dem Weg zum Ausgang steuerte er noch mal den Kiosk an, um ein Bier für unterwegs mitzunehmen, während ich schon vorausging. Der unweit der Kasse geparkte Motorroller war aufs Übelste »amputiert« worden. Sein Besitzer ließ gerade seinen Frust an dem Kerl aus, der ihm nicht erlaubt hatte, das Gefährt auf dem Stadiongelände abzustellen. Da erschien Pastre mit einer Zigarette im Mundwinkel.

»Nun, mein Historikerfreund, worüber wollten Sie mit mir reden?«

»Ich bin hier aufgewachsen und habe wie alle in der Gegend mitbekommen, wie drückend Basse-Misère auf allem lastete. Aber als ich mich jetzt erneut mit dieser traurigen Geschichte beschäftigt habe, ist mir klar geworden, dass ich eigentlich nicht viel darüber weiß und dass meine Erinnerungen nicht nur lückenhaft, sondern auch voreingenommen sind. Vor allem, was die Ermittlungen betrifft.«

»Immerhin wissen Sie, dass diese Ermittlungen von Anfang bis Ende eine einzige Katastrophe waren. Jeder wollte die Fäden des Dramas als Erster entwirren. Außerdem war es kurz vor den Wahlen, es stand verdammt viel auf dem Spiel, von oben wurde Druck gemacht … Darum wurde an allen Ecken und Enden geschludert. Selbst die Asservate wurden unsachgemäß aufbewahrt oder gingen verloren. Von den Beweismitteln, die gar nicht erst gesammelt und verwahrt wurden, ganz zu schweigen! Delmas hatte Glück, wie schon so oft in seiner Laufbahn als Mörder: Man hätte ihn gleich nach Basse-Misère dingfest machen können, wenn man gewissenhafter gearbeitet hätte. Und wenn ich ›man‹ sage, schließe ich uns Journalisten ein. Wir haben uns ja eingebildet, wir könnten die Bullen ersetzen. Deshalb tragen wir einen Teil der Verantwortung für dieses Fiasko.«

»In Ihren Artikeln haben Sie sich häufig gegen Ihre Kollegen gestellt, zum Beispiel, als Sie klar und deutlich gesagt haben, dass Sie Bernard Bardy keineswegs für den Täter halten.«

Wir gingen langsam. Der Nebel hing wie eine Schutzglocke über den Straßenlaternen. Pastre trank jetzt nicht mehr ganz so gierig aus seiner Flasche.

»Ich will Ihnen was gestehen, mein Freund: Mit Ihrer Bemerkung, ich hätte nicht mit den Wölfen geheult, haben Sie mir heute Abend schon die zweite Freude gemacht.«

»Und welche war die erste?«

»Ich habe lange darauf gewartet, dass jemand mit mir über Basse-Misère reden will. Ich meine, jemand wie Sie. Deshalb verdienen Sie es, dass ich Ihnen Dinge erzähle, die ich Ihnen eigentlich nicht erzählen wollte. Bardy war der perfekte Sündenbock. Indem er mit aller Macht verheimlichen wollte, wie er wirklich war, hat er das Interesse erst recht auf sich gezogen. Es wurde schon vor dem Massaker über ihn getuschelt. Ihnen brauche ich nicht zu erzählen, dass die Stadt nicht gerade groß ist und die Leute hier schon immer die Neigung hatten, sich über andere das Maul zu zerreißen. Dass seine Ehe nur Fassade war, wusste jeder. Das Leben von diesem armen Teufel war eine einzige Lüge, und er hat versucht, alles, was nicht sein durfte, unter den Teppich zu kehren. Dabei ist er im Lauf der Jahre immer unvorsichtiger geworden. Einer, der unter der Woche Nacht für Nacht die Rast- und Parkplätze der Fernfahrer abklappert, hat sich nicht mehr unter Kontrolle. Für die Bumserei ist sein ganzes Geld draufgegangen. Er selbst hat irgendwann zugegeben, dass seine Triebe mächtig sind. Liegt so ein Eingeständnis erst mal auf dem Tisch, ist es nur noch ein kleiner Schritt, demjenigen eine Schweinerei wie die von Basse-Misère zuzutrauen. Und diesen Schritt haben eine Menge Leute nur zu gern gemacht.«

»Sie aber nicht!«

»Nein, ich nicht! Ich habe nie geglaubt, dass er in der Nacht auf die kleine Insel gefahren ist, um ein paar Kinder zu vernaschen. Zum einen, weil er sie gern ein bisschen älter und deutlich männlicher mochte, zum anderen, weil zwei Mädchen dabei waren … Auf der Îlot des Bois-Obscurs ist bestimmt die eine oder andere Partie Strip-Poker gespielt worden, aber nicht mit Bernard Bardy. Jawoll, mein Lieber! Genau das habe ich in meinem ersten Buch zu schreiben gewagt: dass die hübsche Justine nicht so brav war, wie sie aussah. Sie hat den Ausflug organisiert und dann darauf bestanden, dass ihr Cousinchen schön brav im Zelt bleibt. Sie hatte nämlich Sachen vor, bei denen Florie nun mal nicht mitmachen konnte. Dann ist sie zum jungen Garcès gegangen. Sie haben über ein paar Dinge geredet, die nicht ganz stubenrein waren, und dann hat sich alles verselbstständigt … Haben Sie etwa nie mit einer Cousine oder Nachbarstochter Doktorspielchen gemacht? Als Sie ein Knirps waren, natürlich!«

Er brach in schmieriges Gelächter aus, das durch den maßlosen Tabakkonsum eher wie ein Rasseln klang. Es dauerte eine ganze Weile, bis er sich wieder einkriegte.

»Emmanuel Garcès war nackt, als man ihn fand. Soweit man weiß, ist er nicht vergewaltigt worden. Warum zum Teufel war er dann splitternackt? Weil er mit Justine ›Zeig mir deins, dann zeig ich dir meins‹ gespielt hat. Der junge Armengaud hat geschlafen. Er war zu diesen Vergnügungen nicht eingeladen. Vielleicht weil er nicht so gefügig war wie sein hässlicher Kamerad. Er ist erst aufgestanden, als das Massaker anfing … Justine hat ihr Spielchen immer weiter getrieben. Man hat den Schwanz von ihrem eierköpfigen Kameraden nicht nach ihrem Blut untersucht. Zugegeben, der war in einem so üblen Zustand, dass das ohnehin nicht gegangen wäre. Aber man hätte welches gefunden, darauf verwette ich meine Hand. Sind Sie schockiert, Monsieur Peiresoles? Wissen Sie, warum ich glaube, dass Garcès die Kleine entjungfert hat? Im Autopsiebericht steht es schwarz auf weiß: kein Sperma! Nirgends! Glauben Sie ernsthaft, Delmas, Bardy oder wer auch immer hätte daran gedacht, einen Pariser überzuziehen oder sein Püree zurückzuhalten? Außerdem hat sich herausgestellt, dass Emmanuels Eier nicht funktionsfähig waren. Sie hatten sich nicht gesenkt, sondern waren hübsch in seinem warmen Bauch geblieben, wie bei Mama.«

»Und inwiefern ist das eine Erklärung für das Massaker?«

»Es ist keine Erklärung. Beide Jungen waren in Justine verliebt, wie die meisten, die ihr begegneten. Aber es war nie die Rede davon, dass sie einen Freund gehabt hätte; nicht der kleinste Flirt war bekannt. An jenem Abend wollte sie es wissen. Und sie hat sich dafür den armen, fischmäuligen Garcès ausgesucht. Sie hat ihm etwas geboten, das ein Bursche wie er sonst nie gekriegt hätte. Weil sie Mitleid hatte. Aber auch, weil sie wusste, dass er die Klappe halten und ein braves Versuchskaninchen abgeben würde. Dieser Fährte bin ich nachgegangen, wobei mir klar war, dass mir der Punkt fehlte, an dem alles aus dem Ruder lief. Wie kommt man von zwei Teenagern, die Blümchensex haben, zu drei Leichen?«

»Da hat Delmas seinen Auftritt.«

»Genau, Delmas, dieses verfluchte Monster … In jenem Monat haben Betreuer des Ferienlagers zweimal gesehen, wie er sich nachts ein Kanu geschnappt hat und auf den See rausgefahren ist. Bei einer dieser Gelegenheiten hat er die Kinder auf der kleinen Insel entdeckt, mit Campingfeuer und allem. Er hat sich rangepirscht und sie lange beobachtet. Als er gesehen hat, was Justine und Emmanuel bei den Felsen machten, ist er kirre geworden. Wollte mitmachen. Aber sie waren nicht sehr entgegenkommend. Da ist er wütend geworden. Bestimmt hat er zuerst Emmanuel erschlagen, um sich ungestört mit Justine verlustieren zu können. Dann ist Guillaume aufgestanden und hat gesehen, was sich abspielte. Er wollte weglaufen, Hilfe holen … Delmas aber hat ihn erwischt und auf ihn eingeschlagen. Vielleicht wollte er ihn gar nicht töten. Danach musste er die anderen loswerden. Justine hat er ertränkt. An Garcès hat er sich ausgetobt, weil der Junge etwas bekommen hatte, das ihm selbst verweigert worden war. Übrigens hat er den fünften Mord, den er gestanden hat, an einem jungen Mann verübt, den er als Anhalter mitgenommen hatte. Dem hat er auch mit Steinen Gesicht und Genitalien zertrümmert … Zum Schluss hat er sich Florie vorgeknöpft. Wissen Sie, er hatte damals als Mörder noch nicht viel Erfahrung. Sonst wäre er nicht so in Panik geraten. Er hätte sich die Zeit genommen, Justine und Florie zu vergewaltigen und den Jungen, vielleicht sogar beide, anal zu penetrieren, bevor er sie tötete. So hätte er es ein paar Jahre später gemacht. Da ich Delmas kenne, glaube ich, dass er in seine Hose ejakuliert hat, während er sie massakrierte. Sein größtes Vergnügen war nämlich immer das Töten. Der Sex war nur ein Vorspiel.«

Pastres Stimme erzeugte eine Art Echo, und mir war, als eilten seine Worte, die mich sehr aufwühlten, uns in den leeren Straßen ein paar Meter voraus.

»Aber Delmas' Täterschaft wurde angezweifelt. In den anderen Fällen, bei denen man die Leichen gefunden und die entnommenen Proben analysiert hatte, hat er die Vergewaltigungen und Morde gestanden. Nicht so in Bezug auf Basse-Misère. Dabei wusste er nicht, dass die DNA-Tests kein Ergebnis erbracht hatten ... Ich erzähle Ihnen noch etwas, das Sie nicht wissen: Vor ein paar Jahren hat mir der Hurensohn einen Brief geschickt. Auf der Rückseite des Umschlags standen sogar sein Name und die Adresse des Gefängnisses, und Sie glauben nicht, wie dick der Umschlag war. Ich dachte, er schreibt, um mir alles zu erzählen. Was war ich doch für ein Trottel! Er hat mir fünf perfekt gefaltete leere Blätter Papier geschickt. Das macht ihm Spaß. Indem er schweigt, kann er weiter Böses tun.«

Je näher wir dem Stadtzentrum kamen, desto schneller ging Pastre, und das trotz seiner kurzen Beine. Ich kam kaum hinterher, aber das kümmerte ihn nicht sonderlich; er redete immer weiter, ohne auch nur ansatzweise aus der Puste zu geraten. Nur ein Mal blieb er stehen, um mich mit seinen Krötenaugen zu fixieren.

»Glauben Sie, ich hätte nicht auch manchmal Zweifel, mein Freund? Vielleicht hat er überhaupt nichts mit der Sache zu tun. Vielleicht ist einer oder sind mehrere Jungs vom Club des Crozes in der Nacht zur kleinen Insel rübergefahren, um über die Kinder herzufallen. Ich bin bei dieser Geschichte für alle Szenarien offen, und Sie können mir glauben: Sie trottet weiter hier drin herum.«

Wieder tippte er sich an die Schläfe.

»Der Auslauf ist groß. Ich habe schon Zäune errichtet, aber

ich schaffe es nicht, ihn noch mehr einzuengen. Die Bestie tigert ständig hin und her, immer über dieselben Stellen. Wissen Sie was, Monsieur Peiresoles? Am liebsten wäre mir, sie würde endlich Ruhe geben. Und gleichzeitig habe ich Angst davor. Wenn sie nämlich nicht mehr herumtobt, bleibt mir nichts anderes übrig, als ebenfalls aufzuhören. Also darf es von mir aus ruhig offene Fragen geben, schlimmer wird es dadurch nicht.«

Ohne dass ich von unserem Weg etwas mitbekommen hätte, standen wir plötzlich vor der Tür des Café des Arts. Wir betraten nicht eben unauffällig einen ziemlich vollen, lauten Raum, der in krassem Gegensatz zu den ausgestorbenen Straßen stand, durch die wir gerade gegangen waren. In einer Ecke machten ein paar aufgeschossene Halbstarke einen auf erwachsen. Je näher wir der Theke kamen, desto weiter stieg der Altersdurchschnitt. Bevor Pastre sich mit den Ellbogen auf die Theke stützte, drehte er sich ein letztes Mal zu mir um. Später war er damit beschäftigt, sich mit einem Glas in der Hand in sämtliche Gespräche einzumischen.

»Sie wollen also über Basse-Misère schreiben, richtig? Nun, ich habe alles, was Sie dafür brauchen, alles, glauben Sie mir! Sogar die einschlägigen Polizeiberichte. Falls Sie morgen noch im Lande sind, bin ich gern bereit, Ihnen diesen Schatz zu zeigen. Kommen Sie zeitig ins Café de l'Escale, sagen wir um acht. Für heute Abend habe ich genug darüber geredet. Wenn ich mich recht erinnere, hatten Sie versprochen, mir ein Gläschen auszugeben …«

Drei Gläser Jack Daniel's waren der Preis, den ich zu zahlen hatte, bevor ich mich verdrücken konnte. Ich brachte es nicht fertig, Pastre zu sagen, dass er Basse-Misère nicht begriffen habe, dass er immer nur auf die Fakten starre und versuche, sie mit dem Faden zu verknüpfen, den er selbst gesponnen hatte. Er nahm der Geschichte ihr Fleisch und Blut, weil er vergaß, dass sie aus einem Stoff gemacht war, wie man ihn nur bei uns in den Bergen fand. Er war wie das Zimmer, in dem ich eine wenig erholsame Nacht verbrachte: Das prächtige Parkett, die schöne Stofftapete und die erstklassige Bettwäsche konnten nicht darüber hinwegtäuschen, dass sie nichts über meine Heimat aussagten und damit nichts über mich.

10

Ein Albtraum verfolgte mich bis zum Aufwachen: Vor mir stand ein Mädchen, dessen Gesicht ich nicht erkennen konnte. Ich war etwa dreizehn Jahre alt. Das Mädchen fragte mich, ob ich schon mal jemanden geküsst hätte. Als ich verneinte, beugte es sich zu mir und drückte seine Lippen auf meine, aber ich spürte nichts. Dann nahm das Mädchen sanft meine Hand und schob sie unter sein T-Shirt bis zu seinem nackten Busen. Die andere Hand legte es auf die Wölbung an meinem Hosenschlitz, und dann fragte es, ob ich das schon mal gemacht hätte. In Panik zog ich die Hand zurück. Meine Finger waren voller Blut.

Dass ich das geträumt hatte, bereitete mir großes Unbehagen. Ich hatte ein schlechtes Gewissen. Ich riss das Fenster auf, damit die frische Morgenluft alles fortwehte. Es war absehbar, dass die Sonne den Nebelvorhang, der noch in den Bergen hing, bald durchbrechen würde.

Ich fand den von Kopf bis Fuß zerknautschten Pastre im Café de l'Escale, wo er Zeitung las und dabei unablässig mit dem kleinen Löffel in seiner Kaffeetasse rührte. Er stank nach kaltem Tabak und Whisky. Und er ignorierte die Hand, die ich ihm hinhielt.

»Na, wie war's bei den Roastbeefs?«

»Sehr gut.«

»Da staune ich aber … Dort ist bestimmt nichts los. Ist alles viel zu geschleckt. Ein bisschen wie Sie, mein Freund.«

Und dann fing er ohne Überleitung an, mir zu erzählen, wie er Journalist geworden war. Danach ging es um das Dorf, in dem er gewohnt hatte, als er noch für *La Dépêche* arbeitete, und um die Schar von Mätressen, die man ihm angedichtet hatte. Darüber empörte er sich mit einem Lächeln in den Mundwinkeln, dem zu entnehmen war, dass ihn dieses Gerücht eher mit Stolz erfüllte. Innerhalb einer halben Stunde war aus ihm ein großartiger Reporter, begnadeter Schriftsteller, Extrem-Abenteurer und Herzensbrecher geworden – alles auf einmal! Und das schön laut vorgetragen, damit nicht nur ich es hörte.

»Waren Sie mal verheiratet?«

Die Frage schien ihn aus der Fassung zu bringen. Er holte tief Luft, wodurch seine Stimme weniger schnarrte und sich in ein heiseres Schnaufen verwandelte.

»Ja, war ich – in einem anderen Leben!« Die letzten Worte schickte er hinterher, als befürchte er, diese Tatsache könnte einen Schatten auf das atemberaubende Leben werfen, das er gerade geschildert hatte.

Plötzlich legte er die Zeitung zusammen, hörte auf, in seinem Kaffee zu rühren, und legte mir seine dicke Hand auf den Unterarm.

»Ich muss Ihnen etwas zeigen. Etwas, das ich noch niemandem gezeigt habe.«

»Ich lach mich schlapp!«, rief ein Typ an der Theke und prustete los.

Das ganze Café stimmte ein, auch der Kellner.

»Genau, und weil du keinen mehr hochkriegst, besorg ich es

deiner Frau, aber ich glaube, das weißt du schon. So, jetzt haue ich ab, dann seid ihr Schlappschwänze schön unter euch.«

Er kramte in der Jackentasche und ließ in gewollt ritterlicher Manier ein paar Münzen auf den Tisch fallen, doch dabei verhedderte er sich im zu langen Ärmel seines abgewetzten Parkas. Schließlich machte er auf dem Absatz kehrt und verließ auf seinen kurzen Beinen das Café, ohne die Erwiderung abzuwarten, und mochte sie auch nur aus verebbendem Gelächter bestehen.

Mich beachtete er nicht weiter. Wie am Abend zuvor konnte ich kaum mit ihm Schritt halten, weil er plötzlich ein Tempo vorlegte, als renne er um sein Leben. Er überquerte den Boulevard, ohne sich um die Autos zu scheren, und stürmte in die Rue du 11 Novembre. Die Straße trägt ihren Namen zu Recht, denn sie erinnert an einen Schützengraben: schmal, mehr oder weniger ohne Gehsteige und von hohen Gebäuden gesäumt, sodass sie immer im Schatten liegt. Als Kind war ich hier nicht gern durchgegangen, weil die Frau, die zusammen mit ihrem Mann die Drogerie führte, an Multipler Sklerose erkrankt war und für mich wie ein Monster aussah. Wie die meisten Läden an dieser Straße war auch die Drogerie längst verschwunden. Bei den Maßnahmen zur Verschönerung des Stadtkerns hatte man diese Straße offenbar übersehen. Sie war so grau, feucht und alt wie eh und je.

François Pastre blieb vor einem alten Mietshaus stehen, das mir nie aufgefallen war. Zum ersten Mal seit seinem denkwürdigen Abgang im Café machte er sich die Mühe nachzusehen, ob ich überhaupt mitgekommen war. Als ich ihn einen großen Schlüssel aus der Tasche ziehen sah, dachte ich, er wohne hier. Dabei wirkte das vierstöckige Gebäude verlassen, jedenfalls legten der Zustand der Fassade und die heruntergelassenen Rollläden das nahe.

Er öffnete die schwere Tür und forderte mich auf, ihm in den dunklen Hausflur zu folgen, in dem es nach Staub und allzu lange vergessenen Mülleimern roch. Sorgfältig schloss er hinter uns ab. Nur mit Mühe erkannte ich die monumentale Treppe, die nach oben führte, und an ihrem Fuß haufenweise alte Kartons und gestapelte Styroporschachteln. Offenbar nutzten die Geschäfte, die auf der anderen Seite des Hauses zu einer breiten und schönen Straße hinausgingen, den Eingangsbereich als Abstellraum.

»Dies ist meine geheime Höhle«, flüsterte Pastre – plötzlich ganz leise. »Hier wohnt niemand mehr. Man weiß nicht mal, wem das Haus gehört. Ein Notar aus der Gegend von Tarbes kümmert sich um die Verwaltung. Jeder der Händler im Erdgeschoss hat zusätzlich Anspruch auf eine der Wohnungen, aber die benutzen sie nur, um aufs Klo zu gehen. Die übrigen Wohnungen stehen leer. Ich habe eine davon zu einem verträglichen Preis mieten können und mir eine Art Büro eingerichtet. Bei mir zu Hause ist nicht genug Platz, und außerdem gibt es zu viele neugierige Blicke.«

Er ging die Treppe hoch, ohne das Licht anzuschalten. Ich folgte ihm, wenn auch zögerlich. Wir kamen durch den ersten Stock, dessen Treppenabsatz noch einigermaßen in Schuss war, und erreichten kurz darauf den zweiten, wo es wesentlich heruntergekommener aussah. Zwei Wohnungen gingen hier ab. Pastre sperrte die Tür zur Linken auf. Das Haus machte den Eindruck, als sollte es bald abgerissen werden. Alles war abgenutzt, schmutzig und dem Anschein nach seit Ewigkeiten verlassen. Ein Lichthof bildete den Dreh- und Angelpunkt der einen Hälfte der Wohnung. Neben dem Zimmer, das wir soeben betreten hatten, gruppierten sich die Toilette, die Küche und das Bad – allesamt winzig – um den quadratischen Schacht mit dem schmutzig-trüben Glasdach, und alle hatten ein Fenster zu ihm hin. Zwischen diesen Fenstern waren Wäscheleinen gespannt, längst eingehüllt von alten Spinnweben, so schwarz vor Dreck, dass sie an ins Leere hängende Stalaktiten erinnerten.

Der andere Teil der Wohnung ging zur großen Straße hinaus. Durch die losen Latten des Rollladens drang etwas Licht herein. Noch bevor Pastre den Messinglichtschalter drückte, konnte ich das große Zimmer mit den schimmligen, teils heruntergerissenen Tapeten einigermaßen erkennen. An einem der beiden Fenster stand ein wuchtiger, abgewetzter Sessel. Auf dem niedrigen Tisch daneben thronte ein altes Kofferradio mit ausgezogener Antenne. In einer Ecke gab es einen kleinen Kühlschrank, dessen Stromkabel Pastre jetzt in die Steckdose steckte.

»Hier bewahre ich meinen Vorrat auf«, verkündete er, öffnete die Tür und präsentierte mir eine Vielzahl billiger Bierdosen. »Aber da die Elektrik schon ziemlich alt ist, ziehe ich lieber den Stecker, bevor ich gehe. Ich würde es mir nie verzeihen, wenn ich das Haus abfackeln würde; es macht zwar nicht viel her, aber hier gibt es mehr zu verlieren, als Sie denken.«

Er ging zu der geschlossenen Flügeltür, auf die der Sessel ausgerichtet war, und legte eine Hand an einen der Türflügel mit der abblätternden Farbe.

»Der alte Kasten hat mir gefallen, weil man hier das Gefühl hat, dass die Zeit stehen geblieben ist. Und es kommt noch besser: In dem Hotel nebenan gibt's die Zimmer stundenweise. Wenn man die Ohren spitzt, kann man die Herrschaften quieken hören. Ich finde das ziemlich anregend. Ansonsten höre ich Radio. Für kalte Tage habe ich eine Wolldecke, obwohl die Mauern einen gegen die Witterung draußen abschirmen.«

Die schwarzfleckigen Wände und der hartnäckige Modergeruch gaben ihm nicht wirklich recht.

»Hier also verbringe ich meine Tage, mein Freund. Im Halbdunkel, mit Bumsgeräuschen, guter Musik und einem kühlen Bierchen. Nun halten Sie mich aber nicht gleich für einen Schwachkopf. Hier drin steckt verdammt viel Arbeit.«

Endlich entschloss er sich, die Tür, die uns von seinem »Schatz« trennte, zu öffnen. Ich erblickte ein Zimmer, das gleichfalls zur Straße ging und von dort ein paar Lichtstrahlen abbekam. Einziges Mobiliar war eine Holzplatte auf zwei Böcken mitten im Raum. Die gegenüberliegende Wand wurde zum Großteil von einer Karte bedeckt, auf der, von geübter Hand gezeichnet, der See von Basse-Misère und seine unmittelbare Umgebung dargestellt waren. Etliche große, mit Zahlen beschriftete Haftnotizen in unterschiedlichen Farben klebten darauf. Pastre erklärte, jeder dieser Zettel stehe für eine Person, die während des Dramas zugegen gewesen sei, und die Ziffer verweise jeweils auf einen der Aktenordner, die sorgfältig in den zu unserer Linken aufgereihten Kartons aufbewahrt wurden. Neben der Karte waren vier große Fotos mit Reißzwecken an die Wand geheftet, Porträts der Opfer, die uns in die Augen schauten. Es handelte sich um dieselben Aufnahmen, die seinerzeit in der Presse veröffentlicht worden waren, nur vergrößert. Justine, Emmanuel, Guillaume und Florie sahen darauf so aus, wie sie ein paar Tage oder Wochen, bevor man ihnen das Leben nahm, ausgesehen hatten. An einer weiteren Wand repräsentierte ein Organigramm die betroffenen Familien sowie deren Verbindungen untereinander, auch die beruflichen. Hier verwiesen ebenfalls Zahlen auf Kartons und Aktenordner. In den Ordnern befanden sich Autopsieberichte, Vernehmungsprotokolle sowie Aufzeichnungen der Ermittler … Man hätte meinen können, Pastre sei ins Polizeirevier oder ins Büro des Richters eingebrochen!

»Ich habe ein paar Leute geschmiert und meinen Einfluss geltend gemacht, um Kopien zu bekommen. Auf die Anordnung bin ich ziemlich stolz. Man muss sich nur darauf einlassen und den Faden abwickeln. Er führt einen zu sämtlichen Personen, die mehr oder weniger eng mit diesem Fall in Verbindung stehen. Die ganze Geschichte von Basse-Misère befindet sich in diesem Zimmer.«

Auch in diesem Punkt war ich nicht seiner Meinung. Um den Fall in seiner Gesamtheit zu erfassen, hätte er die Einwohnerschaft des ganzen Tals in sein Schema aufnehmen müssen. Dafür hätte das gesamte Mietshaus nicht gereicht.

Schließlich zeigte er mir sein Archiv von Zeitungsartikeln, die zum Stand der Ermittlungen erschienen waren. Sie waren allesamt fein säuberlich ausgeschnitten und in zwei große Alben eingeklebt, deren Seiten durch Seidenpapier geschützt wurden. Des Weiteren gab es, in dicken Einbänden aus schwarzem Leder, sämtliche Ausgaben des *L'Écho de l'Autan*, und zwar von der Woche nach dem Massaker bis zu dem Tag, an dem Pastre der Redaktion den Rücken gekehrt hatte.

»Bitte schön, mein Freund, eine richtige Zeitreise! Ich unternehme sie seit Jahren Tag für Tag.«

Während er mit mir sprach, trat er, von der Betrachtung seines Werks sichtlich bewegt, an die Karte heran. Er fuhr mit den Fingerspitzen über die Haftnotiz, die er in der Mitte angebracht hatte, da, wo sich das Ferienlager von Saint-Pierre befand.

»Diesen Zettel habe ich zuletzt aufgeklebt. Meine letzte Figur. Die Zahl von Thierry Delmas … Er hat einen ganzen Karton für sich allein.«

Pastre zeigte ihn mir: Er stand hinter der Tür, randvoll und unsortiert, etwas abseits von den anderen, und darüber prangte das schauerliche Porträt des Mörders.

»Ich wusste, dass sich der Mörder dieser drei Kinder irgendwo hier in diesem Raum befand. Immer wieder habe ich die Unterlagen hin und her gewälzt, um ihn zu finden. Und ich muss gestehen, dass ich das immer noch tue, trotz allem, was ich über diesen Dreckskerl herausgefunden habe. Der Zweifel, Monsieur Peiresoles, ist mein Motor. Wenn ich hier nichts mehr zu tun habe, habe ich überhaupt nichts mehr zu tun.«

Seit wir das Haus betreten hatten, verhielt Pastre sich anders. Er hatte seine Großmäuligkeit und die aufbrausende Art abgelegt und wirkte älter, mitgenommener.

»Ich habe diesen Fall weiter vorangetrieben als irgendein anderer Ermittler. Es ist mir sogar gelungen, Flories Vater in England ein paar Worte zu entlocken, auch wenn ich mich leider nicht mit ihr persönlich unterhalten konnte. Jetzt verstehen Sie hoffentlich, dass im Vergleich zu all dem hier das Buch, das man mir freundlicherweise zugestanden hat, nicht erschöpfend sein kann.«

Es fiel mir schwer, mich von den vier Porträts loszureißen, vor allem von Justines Foto. Sie wirkte so vergnügt und frisch, so hübsch und bereit, begierig auf alles, was das Leben für sie bereithalten mochte. Pastres Theorie, die mich sogar bis in meine Träume verfolgt hatte, erschien mir unhaltbar, wenn ich mir dieses Mädchen mit seinem süßen, offenherzigen Gesicht so ansah.

»Beim Anblick einer solchen Materialsammlung muss Ihr Historikerherz doch höherschlagen, oder? Eine Goldmine und dazu zum Greifen nah!«

»Das ist tatsächlich eine kolossale Leistung. Trotzdem entspricht sie nicht ganz der Vorstellung, die ich von der Arbeit eines Historikers habe. Sie haben die Fakten zusammengetragen, Monsieur Pastre, alle Fakten. Aber wo ist der Rest? Die Situation vor und nach dem Massaker, die wirtschaftliche Lage, die erklärt, warum man den Mörder unbedingt unter den Mitgliedern des Clubs finden wollte … Und dann ist da noch die Angst, die uns alle vergiftet hat …«

»Behandeln Sie mich etwa gerade von oben herab, Sie mit Ihren Diplomen und Schwuchteln in den Schützengräben?«

»Verzeihen Sie, aber ich habe nur Ihre Frage beantwortet. Ich sehe in diesem Zimmer keine Goldmine. Im Gegenteil, ich bin mehr an dem interessiert, was außerhalb dieser Mauern liegt.«

Er musterte mich eine Weile schweigend.

»Ich wollte Ihnen meine Arbeit sowieso nur zeigen und Sie nicht davon profitieren lassen! Es würde mir ziemlich gegen den Strich gehen, wenn Sie sich an meinen Unterlagen vergreifen würden. Aber schade ist es, damit Sie es wissen! Und vergessen Sie nicht, dass das Wort ›historia‹ in erster Linie ›Erforschung‹ bedeutet. Der Blick eines Außenstehenden könnte etwas ans Licht bringen, das ich schon nicht mehr sehe.«

»Was muss denn noch herausgefunden werden?«

»Es geht ums Verstehen, Monsieur Peiresoles. Verstehen, wie Delmas seine Tat ausführen konnte, und ihn daraufhin zu einem Geständnis zu zwingen. Verstehen, warum niemand es hingekriegt hat, eine glaubwürdige Aussage zu machen. Verstehen, was uns damals entgangen ist … Wissen Sie, wie viele

Leben am Ufer dieses Sees tatsächlich vernichtet worden sind? Wie viele Menschen verloren haben, was sie hatten und waren, weil die Ermittlungen in die Irre gelaufen sind und wir ganze Kipplaster voller Zweifel abgeladen haben. Ich möchte einfach nur verstehen und die letzten Lücken schließen. Und ich hoffe, das gelingt mir, bevor ich abkratze.«

Er war wieder harsch geworden und stand kurz davor, in die Luft zu gehen.

»Und Sie, mein Freund? Wenn die Fakten Sie nicht interessieren, wonach suchen Sie dann?«

Ich zögerte, ihm eine ehrliche Antwort zu geben. Immerhin bewies meine Anwesenheit in seiner Wohnung, dass er Vertrauen zu mir gefasst hatte. Also erzählte ich ihm von meinem Vorhaben, »die Vergangenheit sprechen zu lassen«, um die Last der Angst oder der Angstzustände, oder wie man es nennen mochte, abzuschütteln. Ich vermied es, den Psychiater zu erwähnen, gestand aber, dass ich Delmas' Spuren gefolgt war, vom Strand in Sérignan bis zu dem abgelegenen Bauernhof, wo sein Schicksal besiegelt worden war. Pastre hörte mir aufmerksam zu, und als ich mit meiner Erklärung fertig war, wandte er sich abermals der Karte vom See zu. Lange kehrte er mir schweigend den Rücken zu, dann drehte er sich unvermittelt um, schob mich aus dem Zimmer und schloss die Flügeltür.

»Falls Sie unbedingt die Familien treffen wollen: An die Garcès kommen Sie am leichtesten ran. Die gehen ganz in ihrer Nabelschau und ihren Schuldgefühlen auf. Der Vater findet, dass es pure Eitelkeit war, in den Club Nautique einzutreten. Er geißelt sich noch heute dafür. Für die Armengauds brauchen Sie bestimmt etwas mehr Geduld, aber wenn die hören, dass Sie Historiker sind und Bücher geschrieben haben, werden sie sich bereit erklären, Ihre Fragen zu beantworten. Erzählen Sie einfach nicht zu viel von Ihrer Geschichte über die sodomitischen Soldaten. Die Armengauds leiten den Verein, in dem sich die Angehörigen von Delmas' mutmaßlichen Opfern zusammengeschlossen haben. Alles, was ihrem Kreuzzug Nachhall verleihen kann, ist daher willkommen. Was dagegen die Brunet-Auriacs angeht, dürfte es schwieriger werden. Die sind nicht mehr hier. Der Mann hat die restlichen Industrien im Tal gegen die Wand gefahren und ist dann abgehauen. Heute lebt er halb auf dem Meer, also auf seinem Segelboot, und halb auf dem Land in Belle-Île. Wenn Sie mit ihm sprechen, verschweigen Sie lieber, dass Sie Kontakt zu mir haben. Erwähnen Sie am besten nicht mal, dass Sie mit mir geredet haben. Ich bin mir nämlich sicher, dass er die Veröffentlichung meines Buchs hintertrieben hat. Wenn Sie jedoch über den Niedergang dieser Stadt reden wollen, ist er genau der Richtige. Seine Frau lebt mal hier, mal da. Die beiden sind nicht geschieden, aber so gut wie. Sie sammelt weiterhin Liebhaber und verprasst sein Vermögen. Ich habe sie nie überreden können, meine Fragen zu beantworten. Was den alten Nipperday betrifft, der schirmt seine Tochter gegen jeden Annäherungsversuch ab. Die beiden leben in Cornwall, in der Nähe von Penzance. Als ich hingefahren bin, hat er sich zwar mit mir getroffen, aber dann hat er mich sehr schnell zum Teufel gejagt. Machen Sie sich keine allzu großen Hoffnungen: Florie ist gaga. Selbst wenn Sie durch ein Wunder an sie rankommen sollten, wird sie Ihnen nichts erzählen. Sie spricht schon sehr lange mit niemandem mehr.«

Er trat hinaus auf den Treppenabsatz und forderte mich auf, ihm zu folgen. Anschließend ging er vor mir die Treppe hinunter. Bevor er die Haustür aufschloss, wünschte er mir viel Glück für meine Nachforschungen.

»Ich behalte das Drinnen und überlasse das Draußen Ihnen. Wenn Sie Unterstützung brauchen oder Ihren Durst löschen wollen, können Sie mir gern einen kleinen Besuch abstatten.«

Damit ließ er mich auf dem winzigen Gehsteig stehen. Ich hörte, wie der große Schlüssel im Schloss umgedreht wurde, und stellte mir vor, wie Pastre wieder nach oben in seine Höhle stieg, die Flügeltüren öffnete und es sich nebenan im Sessel bequem machte, um seine Obsession zu betrachten und sie im Bier zu ertränken.

11

Nach meinem Kurzbesuch in Valdérieu hatte ich an der Universität vom Semesterende bis zu den Klausuren im Mai jede Menge Leerlauf. Ich begnügte mich damit, mich auf dem Erreichten auszuruhen und von den Reserven zu zehren. Mit umso größerem Eifer machte ich mich an die Aufarbeitung der Geschichte meiner Stadt, nahm mir die unterschiedlichsten Aspekte vor: das in der Stadtmitte gelegene Grand Hôtel, das sich vor und nach dem Krieg in der Rolle des Luxushotels gefallen hatte; die Rugbymannschaft, die für den Erfolg des gesamten Tals gestanden und sogar das Finale der französischen Meisterschaften bestritten hatte; die Besuche der Staatschefs von de Gaulle bis Giscard, von denen keiner je in den Südwesten des Landes gereist war, ohne einen Umweg über Valdérieu zu machen; das Hochwasser der Flüsse und die Schäden, die es angerichtet hatte; die Cafés, die immer gefüllt waren, vor allem am späten Sonntagnachmittag; die Kinos, die Konzerte … Ich fand Gefallen daran, die Vergangenheit neu zu entdecken und mit meinen Erinnerungen in Einklang zu bringen. So sah ich, indem ich die Jahre an mir vorbeiziehen ließ, Woche für Woche ohnmächtig dem Niedergang meiner Heimat zu.

Doch welchen Blickwinkel ich auch einnahm – über Ende August des Jahres 1980 ging ich nie hinaus. Basse-Misère hob ich mir für später auf, wenn die Korrekturarbeiten und Disputationen abgeschlossen wären und ich der Kommission, welche die Forschungsgelder zuteilte, einen Knochen in Gestalt meiner vorherigen Arbeit hingeworfen hätte. Ich schob die Konfrontation mit dem Massaker hinaus – zum einen, weil ich mich diesem Thema mit all meiner Zeit widmen wollte, zum anderen aber, weil ich Angst davor hatte.

Da meine Kollegen wussten, dass ich an einem neuen Projekt arbeitete, zeigten sie sich mir gegenüber versöhnlicher. Für eine gewisse, wenn auch sehr kurze Zeit verschwand sogar das Pappschild von meiner Bürotür. Ich war ins Glied zurückgetreten. Ich hatte auf die Hauptrolle verzichtet und den Part anderen überlassen. Dafür war man mir dankbar. Mir wurde sogar die eine oder andere Gefälligkeit erwiesen. Als das Programm für die Vorbereitung der bevorstehenden Prüfungen erstellt wurde, teilte man mir zwei durchaus gewichtige Beiträge zu: eine zweistündige Vorlesung über die verschiedenen Kriegseintritte sowie, etwas ruhmvoller, einen abendlichen Vortrag im Saal in der Rue du Taur, der normalerweise Koryphäen aus der Hauptstadt vorbehalten war, die uns im Süden gelegentlich beehrten, damit etwas von ihrem Glanz auch auf uns falle. Ich sollte meine berühmte Theorie über die Auswirkung des Krieges auf die herkömmlichen moralischen Normen vorstellen. Natürlich sah ich, dass man mich hier mit Almosen abspeiste, und dennoch war ich angenehm überrascht. Vor allem als ich erfuhr, dass Caubère, der die Vorträge in der Rue du Taur plante, darauf bestanden hatte, den letzten aus diesem Zyklus mir zu überlassen.

Es gab an meinem Himmel also die eine oder andere Aufheiterung. Es gab aber auch Stunden, die düsterer waren, nämlich wenn mir von der Leere, die ich um mich herum geschaffen hatte, schwindlig wurde. Ich ging kaum aus, höchstens ab und zu ins Kino. Und jedes Mal mit der Angst, Bekannten zu begegnen. Manchmal fand ich meine Wohnung unerträglich, entweder zu groß oder zu klein, aber wenigstens fühlte ich mich dort geborgen.

Doch sie konnte mich nicht vor allem schützen. Ich schleppte immer noch meine Beziehung mit Siobhan mit mir herum wie einen Fluch, wie einen bösen Zauber, den ich einfach nicht abschütteln konnte.

Siobhan ist, wie schon erwähnt, Amerikanerin. Sie hatte mit zwanzig beschlossen, ein Jahr in Frankreich zu verbringen, und war nie zurückgegangen. Als ich sie zum ersten Mal sah, saß sie wissbegierig und konzentriert inmitten meiner Bachelorstudenten. Sie versuchte in keiner Weise, die Aufmerksamkeit auf sich zu ziehen, und trotzdem hatte ich nur Augen für sie. Klein und zierlich, mit einem Gesicht, das gerade erst die kindlichen Züge abgelegt hatte, wechselte sie ständig den Look: Mal war sie passend zu ihrem Haar ganz in Schwarz gekleidet, was ihre Blässe und den durchdringenden Blick betonte; mal verschwand sie, in nicht enden wollende Schals gewickelt, unter unzähligen bunten Stoffbahnen; mal war sie erstaunlich leicht und frühlingshaft angezogen, was ihre hübsche Figur und ihren üppigen Busen zur Geltung brachte. Sie überraschte mich immer aufs Neue. Und ich konnte die Dienstage kaum erwarten. Wir hatten noch nie miteinander gesprochen, sie ging immer sofort nach der Vorlesung, und zwar stets allein. Wenn ich sie über den Campus spazieren sah, wirkte sie immer in Gedanken versunken. Und sie bewegte sich mit der Anmut einer Tänzerin. Ich muss zugeben, dass ich sie unwiderstehlich fand und insgeheim alle beneidete, die den Alltag mit ihr teilten.

Außerdem war sie brillant. Sie beherrschte die französische

Sprache perfekt, und ihre Hausarbeiten zeugten von Reife und Neugier.

Gegen Semesterende sprach sie mich zum ersten Mal an. Ihre Stimme war genauso schön und kindlich wie ihre Züge, und sie hatte einen entzückenden Akzent. Sie wollte sich in meinen Master-Kurs einschreiben, und als Thema schwebte ihr »Vergewaltigung als Kriegswaffe« vor. Es war wichtig, dass sie möglichst schnell eine Antwort bekam, weil sie über den Sommer nach Hause fliegen wollte und sonst extra früh würde zurückkommen müssen, um die Einschreibung offiziell vorzunehmen. Sie hätte mir jedes Thema vorschlagen können – ich hätte es akzeptiert. Und im Herbst, als das neue Semester begann, hatte ich das Glück, sie im kleineren Kreis wiederzusehen.

Zu jener Zeit hatte Marielle beschlossen, mit der Schauspielerei anzufangen, um die Leere in dem Leben, das sie meinetwegen führen musste, mit etwas zu füllen. An der Uni gab es eine Theaterwerkstatt, die für die Qualität ihres Unterrichts und ihrer Aufführungen bekannt war. Alljährlich wurde ein Teil der Truppe ausgetauscht – mithilfe von Vorsprechproben, deren Sadismus legendär war. Legenden hatte ich auf dem Campus schon einige gehört. Sie dienten dem Zweck, Erstsemester zu erschrecken. Einer dieser Legenden zufolge hatte ein Mann mit einem Gewehr von einem der gegenüberliegenden Hochhäuser aus auf eine Studentin gezielt, die gerade über den Vorplatz ging, und ihr ein Ohr weggeschossen. Einer anderen nach hatte ein Englischprofessor einer Studentin die mündliche Prüfung mit der Begründung verweigert, sie sei zu hässlich. Sie hatte sich beim Dekan beschwert. Dieser hatte den Kollegen angehalten, seinen Pflichten nachzukommen, was Letzterer schließlich akzeptiert hatte, allerdings unter der Bedingung, dass ihm das Mädchen während der Prüfung den Rücken zukehrte. Niemand weiß, was davon Dichtung und was Wahrheit ist. Selbiges gilt für das berühmt-berüchtigte Vorsprechen im Werkstatttheater und die gefürchteten Improvisationen ganz allein auf der Bühne nach abgefahrenen Ansagen wie: »Imitieren Sie ein *Totes Blatt*«, oder: »Spielen Sie den Weltuntergang«.

Marielle fürchtete sich dermaßen davor, dass ich sie begleiten musste, um sicherzustellen, dass sie den Saal auch wirklich betrat. Kaum waren wir dort, bereute ich schon, mitgekommen zu sein, weil ich nun meinerseits schreckliche Angst hatte: vor der Lächerlichkeit, der sich meine Lebensgefährtin womöglich gleich Hals über Kopf preisgeben würde. Dabei ging es mir allerdings um mich und nicht um sie. Am Ende schlug sie sich wacker, denn sie bekam ein so klassisches Thema, dass es fast ein wenig enttäuschend war.

Marielle wurde aufgenommen und ging von da an jeden Montagabend zum Schauspielunterricht. Sie berichtete davon mit einer Begeisterung, wie ich sie bei ihr lange nicht mehr erlebt hatte. Tatsächlich begann ich zu glauben, sie könnte wieder glücklich werden. Sie erzählte mir auch von den anderen in der Truppe, vor allem von einer jungen Amerikanerin, mit der sie sich angefreundet hatte. Sie brauchte den Vornamen gar nicht zu nennen, ich ahnte auch so, dass es sich um Siobhan handelte. Marielle beschrieb sie so, wie ich sie mir vorgestellt hatte: künstlerisch, neugierig auf alles, literaturbegeistert und durch ihre Kindheit ein bisschen verkorkst. Und offenbar besaß sie schauspielerisches Talent. Ihr Thema beim Vorsprechen hatte gelautet: »Machen Sie Liebe mit dem Stuhl« und galt seitdem als legendär. Sie hatte einen Auftritt hingelegt, der ebenfalls das Zeug zur Legende gehabt hätte, wären es nicht so verschwindend wenige Zuschauer gewesen. Der Jury hatte es angesichts von so viel Kühnheit und Sinnlichkeit die Sprache verschlagen. Seither war Siobhan zur Schlüsselfigur der kleinen Truppe aufgestiegen.

Nach ein paar Wochen lud Marielle die anderen Schauspieler abends zu uns ein. Siobhan erschien und wirkte bei meinem Anblick kein bisschen überrascht, wohingegen ihre Anwesenheit mich sehr verunsicherte. Danach kam sie noch einige Male. Zum Proben, zum Teetrinken im Garten, zum Abendessen. Marielle wusste noch nicht, dass Siobhan meine Studentin war; keiner von uns beiden hatte den Wunsch verspürt, es ihr zu sagen. Für mich war dieses Geheimnis wie ein Band, das uns einander näher brachte.

Geküsst haben wir uns zum ersten Mal in meinem Büro in der Maison de la Recherche. Sie stand mit ihrem Engelsgesicht und ihren Kulleraugen vor mir und fragte, was ich von der Richtung hielte, in der sie forschen wolle. Ich trat auf sie zu, ohne recht zu wissen, was ich tat. Mein Herz klopfte zum Zerspringen. Und es zersprang tatsächlich, als sie meinen Kuss nicht nur hinnahm, sondern stürmisch erwiderte. Am nächsten Abend schliefen wir in ihrem kleinen, etwas flippigen Studio in der Rue de la Pomme miteinander.

Marielle erahnte unsere Affäre, sagte aber nichts. Wir hatten uns so sehr auseinandergelebt, dass es ihr egal war. Allerdings beschloss sie, mit der Schauspielerei aufzuhören.

An der Universität verbreitete sich die Neuigkeit wie ein Lauffeuer. Zunächst unter meinen Master-Studenten, denen man nichts vormachen konnte, und bald darauf kam sie auch den Kollegen zu Ohren.

Nachdem Marielle und ich uns getrennt hatten und Siobhan,

die ihre Masterarbeit brillant verteidigt hatte, nicht mehr meine Studentin war, hätte ich mich glücklich schätzen müssen, meine Leidenschaft ungehindert ausleben zu können. Leider war es nicht so einfach. Mit Siobhan ist nichts einfach.

Sie, die anderen gegenüber so aufmerksam, die so offen und lebenslustig sein konnte, machte manchmal zu, wurde schwermütig und schroff, als sei sie allem und jedem entrückt. Dieser Zustand konnte Tage, wenn nicht gar Wochen andauern, ohne dass es dafür einen Auslöser gab. Ich wusste, dass sie seit geraumer Zeit am Leben litt. Und sie begegnete diesem Problem mit einer Nüchternheit, die einem Bewunderung abnötigte. Sie erzählte von ihrer mehr als chaotischen Erziehung und vom Gymnasium, das sie als den reinsten Albtraum erlebt hatte. Die Art und Weise, wie sie im Thema ihrer Masterarbeit aufgegangen war, ließ mich befürchten, dass die Vergewaltigung einen Teil dieses Albtraums darstellte, aber sie beteuerte, dem sei nicht so.

Sie war in regelmäßiger Behandlung. Ihre Selbsttherapie bestand jedoch darin, sich in Gefahr zu bringen und den Teufel herauszufordern, damit er sie bestrafe. Zum Beispiel setzte sie sich eines Nachts in dem Park beim Studentenwohnheim, von dem es hieß, dass man sich unter keinen Umständen um diese Uhrzeit dort herumtreiben sollte, auf eine Bank und wartete darauf, dass sich das bunte Völkchen aus Kiffern, Strichern und Exhibitionisten regte. Ich weiß nicht, was passiert wäre, wenn die Polizei sie nicht aufgegriffen hätte, bevor jemand auf sie aufmerksam wurde. Als ich sie das fragte, nachdem ich sie vom Revier abgeholt hatte, log sie mich an und behauptete, sie sei sich der Gefahr nicht bewusst gewesen. Und es gibt jede Menge weiterer Vorfälle dieser Art, von denen ich nichts weiß.

Eine Zeit lang war ich sicher, dass ich nie genug von ihr kriegen würde. Ich bildete mir ein, ich machte sie glücklich und ihre Lebenskrisen würden wie von einer Sturmbö fortgefegt. Fehlanzeige.

Gegen Ende unserer Beziehung traten diese Krisen immer häufiger auf. Ich war hilflos; außerstande, ihr zu helfen, und frustriert, weil ich nicht stärker war als ihre chronische Melancholie. Außerdem erschien sie mir zum Schluss schrecklich normal, ja fast gewöhnlich.

Von ihren Stimmungsumschwüngen erschöpft, verließ ich sie im Frühjahr 2012. Die darauffolgenden Monate erwiesen sich als noch weit schmerzlicher. Siobhan war nach wie vor an der Universität eingeschrieben und blieb in der Theatertruppe. Sie machte einen aufgelösten Eindruck, hatte oft mit Unwohlsein zu kämpfen und stürzte sich in ein Abenteuer nach dem anderen, um alles zu vergessen. Hatte ich früher schon schiefe Blicke kassiert, war es jetzt noch viel schlimmer. Der Schiffbruch dieser jungen Frau, der eine große Zukunft als Historikerin vorherbestimmt schien, wurde mir angelastet. Zumal sie nicht aufhörte, lautstark ihre Liebe zu mir zu beteuern, und mich, als ich zu ihr fuhr, um sie zur Vernunft zu bringen, anflehte, sie zurückzunehmen. Siobhan war zu einem Dorn geworden, der mich bei jedem Schritt schmerzte.

Eines Abends erblickte ich sie vom Wohnzimmerfenster aus. Sie saß auf dem gegenüberliegenden Gehsteig, rauchte eine Zigarette und schaute nicht einmal in meine Richtung. Ich habe keine Ahnung, wie lange sie so dort hockte. Ich stand mehrmals auf, um nach ihr zu sehen, und jedes Mal war ihre Position unverändert.

Ein paar Tage später begegnete ich ihr auf dem Campus. Sie

trug einen weißen Rock und eine extrem dünne Bluse; es war nicht zu übersehen, dass sie keinen BH anhatte. Sie ging an mir vorbei, ohne mich eines Blickes zu würdigen. Ich schaute ihr nach und erkannte im Gegenlicht, dass sie auch kein Höschen trug. Wäre sie völlig nackt durch die Gegend spaziert, wäre es weniger auffällig gewesen.

Irgendwann kehrte sie Uni und Theaterwerkstatt den Rücken. Aber sie blieb in Toulouse und jobbte mal als Dolmetscherin, mal als Übersetzerin. Fast auf den Tag genau ein Jahr nach unserer Trennung sorgte sie für einen Skandal, als eine Apothekerin sich weigerte, ihr bestimmte Medikamente ohne Rezept zu verkaufen. Sie verletzte die Frau im Gesicht und hatte den halben Laden auseinandergenommen, bevor die Polizisten sie überwältigen konnten. Wieder gab sie meinen Namen an, und ich musste alles regeln. Als ich sie abholte, war sie ruhig und schämte sich sogar. Aber sie ließ mich kalt.

Ich erinnere mich noch an meine Cousine. Ich weiß nicht mehr, wie alt ich damals war, nur, dass ich nicht sehr groß war. Diese Cousine, die ich abgöttisch liebte, war älter als ich und kam immer mittwochsvormittags zu mir. Ich sehe sie deutlich vor mir, wie sie in unserer Küche die Geschirrspülmaschine öffnete und ihre runden Brillengläser plötzlich beschlugen, sodass sie nichts mehr sah. Meine Mutter und sie lachten dann schallend. Ich nicht. Mir erschien sie in dem Moment so zerbrechlich, so verletzlich, dass ich weinen musste und mir fest vornahm, sie für den Rest unseres Lebens zu beschützen.

So etwas empfand ich für Siobhan nie. Sie kam mir nie hilflos vor. Im Gegenteil, manchmal war ich sogar sauer auf sie. Wie dem auch sei, die berühmte Cousine mit der Brille ist aus meinem Leben verschwunden. Wir sind seit so langer Zeit zerstritten, dass ich nicht einmal weiß, wo sie jetzt wohnt. Damit falle ich als Beschützer aus.

Nach dem Vorfall in der Apotheke bat Siobhan, für einige Wochen in eine geschlossene Anstalt eingewiesen zu werden. Besuche von mir untersagte sie.

Im Mai – ich reiste gerade in die Vergangenheit von Valdérieu – holte mich das Telefon in die Gegenwart zurück. Es war ihre Nachbarin von unten, die meine Telefonnummer in großer roter Schrift auf Siobhans Kühlschrank gefunden hatte. Sie wusste nicht, was sie tun sollte. Siobhan war seit Tagen krank und verließ nicht einmal mehr das Bett. Ein Notarzt hatte eine Lungenentzündung festgestellt und ihr geraten, ins Krankenhaus zu gehen, aber sie hatte sich geweigert. Ihre Wohnung war so verwahrlost, dass es für die anderen Hausbewohner allmählich zur Zumutung wurde. Außerdem war sie mit der Begleichung ihrer Rechnungen im Rückstand.

Es war um den zweiten Jahrestag unserer Trennung herum. Ich hatte Siobhan im Verdacht, dass sie mir wieder einmal das Leben zur Hölle machen wollte, und legte auf, ohne etwas zu versprechen. Aber schon eine Stunde später konnte ich an nichts anderes mehr denken. Ihre Rechnung war aufgegangen. Sie schaffte es immer wieder, Schuldgefühle in mir auszulösen. Schließlich fuhr ich zu ihr.

Die Nachbarin gab mir ihren Zweitschlüssel. Ich dankte ihr herzlich für alles, was sie getan hatte. So gut wie nichts, wie ich gleich darauf feststellen sollte.

Als ich die Tür aufschloss, schwankte ich noch zwischen Wut und Unwillen. Ein übler Geruch schlug mir entgegen. Es stank nach Krankheit und verdorbener Nahrung. Das Zimmer lag im

Dunkeln. Als Erstes öffnete ich ein Fenster samt Läden, um etwas zu lüften. Es herrschte eine fürchterliche Unordnung. Alle Sofakissen lagen auf dem Boden verstreut, dazwischen standen behelfsmäßige randvolle Aschenbecher. Neben dem Couchtisch stapelten sich alte Zeitungen, der Tisch selbst war mit Essensresten übersät, die mehrere Wochen alt sein mussten. Der Mülleimer quoll über und wimmelte von Maden. Das Spülbecken verschwand unter schmutzigem Geschirr. Überall lag Wäsche herum. Im Badezimmer herrschte ein heilloses Durcheinander, und es roch modrig. Ich kannte Siobhan als eine Frau, die ihre vier Wände in Ordnung hielt, wenn auch im Rahmen eines wohlkalkulierten Chaos, und Licht und fruchtige Aromen liebte. Was ich hier vorfand, war der reinste Saustall.

Sie lag mit angezogenen Beinen im Bett, trug zwei oder drei Schichten Kleider über ihrem Pyjama und schlotterte im Fieber. Die Bettwäsche war vom Schweiß gelblich verfärbt. Siobhan schien meine Anwesenheit nicht zu bemerken. Ihr Atem ging röchelnd und wurde immer wieder von Hustenanfällen unterbrochen, die sie zu zerreißen schienen. Ich wollte ihr ein paar von den Sachen ausziehen, aber sie stöhnte so sehr, dass ich es sein ließ. Ihre Stirn glühte, ihr Gesicht war aschgrau.

Die Paracetamol-Schachtel auf ihrem Nachttisch war leer, das Antibiotikum dagegen frisch angebrochen. Ich fand den Durchschlag des Rezepts sowie weitere Medikamente, die sie verschrieben bekommen hatte, darunter Kortisontabletten, die noch nicht angebrochen waren.

Ich ließ ihr ein Bad ein. Die Wanne strotzte vor Haaren und schwärzlichen Seifenrückständen. Diesmal ging ich beim Ausziehen resoluter vor. Sie war erschreckend abgemagert. Die einst betörenden Rundungen waren nur noch Schatten ihrer selbst. Ich hob sie auf, um sie ins Wasser zu legen. Sie schlotterte immer noch und sträubte sich ein wenig, ließ es dann aber geschehen. Als sie die Augen aufschlug, sah sie mich neben der Badewanne knien, aber sie nahm mich nicht wirklich wahr. Ich wusch sie wie ein Kind. Anschließend hatte ich Mühe, ein einigermaßen sauberes Handtuch aufzutreiben, in das ich sie wickeln konnte. Dann legte ich sie aufs Sofa, das ich zuvor eilig hergerichtet hatte. Nun hatte ich Schwierigkeiten, ein Glas zu finden, das ich mit Wasser füllen konnte, damit sie ihre Medikamente schluckte. Ich nahm mir vor, den Notarzt zu rufen, wenn das Fieber nicht innerhalb der nächsten Stunde sank.

In der Zwischenzeit sammelte ich den Abfall ein und musste zweimal nach unten gehen, um alles in die Mülltonne zu werfen.

Siobhan war immer noch komatös und hustete, dass es ihr schier die Brust zerriss. Sie stöhnte aber nicht mehr, und ich hatte den Eindruck, dass das Fieber sank. Schließlich brach ich den großen Hausputz ab, weil mich das schiere Ausmaß der Aufgabe entmutigte. Siobhan konnte sowieso nicht allein bleiben, auch nicht in einer sauberen Wohnung.

Also schnappte ich mir ihre Reisetasche und stopfte ein paar Toilettenartikel sowie den Rest ihrer tragbaren Kleidung hinein. Auch die Post nahm ich mit, vor allem die Rechnungen und Mahnungen. Dann trug ich Siobhan hinunter zu meinem Wagen. Sie schlang die Arme um meinen Hals.

Ich steckte sie bei mir im hinteren Zimmer ins Bett und zwang sie, ein paar Löffel Suppe zu essen und etwas zu trinken. Dann sah ich ihre Post durch und schickte überall, wo es drängte, einen Scheck hin. Ich wollte Ordnung schaffen, um ihret-, aber auch um meinetwillen. Doch das war nicht der einzige Grund. Als sie durch mein unbeholfenes Hantieren nackt in der Badewanne hin und her geschaukelt war, hatte ich wieder die beschlagenen Brillengläser vor mir gesehen.

Das Fieber ließ nach, die Hustenanfälle wurden seltener. Trotzdem war Siobhan immer noch so schwach, dass ich mir Sorgen machte, denn sie öffnete die Augen nur, wenn ich sie dazu zwang. Vorsichtshalber rief ich meinen Arzt, der die ursprüngliche Diagnose bestätigte und mir riet, ihr regelmäßig etwas Essen zu verabreichen, weil sie unterernährt und entkräftet sei, und ihr möglichst viel Ruhe zu verschaffen.

Meine Vorlesungen waren beendet. Ich hatte am nächsten Tag lediglich Aufsicht bei einer Klausur zu führen. Danach blieb ich bei ihr zu Hause und korrigierte, während sie schlief, die Prüfungsarbeiten.

Am Abend des dritten Tages stand sie auf und kam zu mir ins Wohnzimmer, ohne dass ich sie hörte. Plötzlich sah ich sie, ins Federbett gewickelt, dastehen, eine Schulter gegen die Wand gelehnt, weil sie Mühe hatte, das Gleichgewicht zu bewahren.

»Wie fühlst du dich?«, fragte ich.

Dummerweise war ich in ihrer Gegenwart immer noch schüchtern. Eine blödere Frage hätte ich nicht stellen können.

»Wie lange bin ich schon hier?«

Dadurch, dass sie so leise sprach, kam ihr entzückender Akzent noch besser zur Geltung.

»Seit drei Tagen. Die Nachbarin von unten hat mich angerufen.«

»Tut mir leid, dass sie dich gestört hat. Ich wollte nicht ...«

»Sie hat alles richtig gemacht. Ein Arzt war hier. Du musst jetzt vernünftig sein und in Zukunft besser auf dich aufpassen.«

Sie tat so, als habe sie mich nicht gehört.

»Könntest du mich bitte nach Hause bringen?«

Damit hatte ich nicht gerechnet. Unmut regte sich in mir.

»Nein, kann ich nicht. Du darfst jetzt nicht allein sein, schon gar nicht bei dir. Für mich ist es überhaupt kein Problem, wenn du hierbleibst.«

»Bist du sicher?«

»Ja, sonst wärst du im Krankenhaus aufgewacht. Ich fahre zu dir, um ein paar Sachen zu holen. Du musst mir nur sagen, was du brauchst.«

Sie wirkte nicht überzeugt.

»Darf ich duschen?«, fragte sie nach längerem Zögern. Sie stand immer noch auf der Türschwelle.

Ich ging ihr voran ins Bad, um saubere Handtücher aus dem Schrank zu holen, so als sei sie zum ersten Mal bei mir. Dann ließ ich sie allein und widmete mich wieder den Klausuren.

Meine Wut hatte sich gelegt. Nach dem Duschen rollte sie sich auf dem Sofa zusammen, während wir in ihrem kleinen Zimmer lüfteten. Draußen ging gerade die Sonne unter, die diesen Sommertag zum Leuchten gebracht hatte. Aus den Augenwinkeln betrachtete ich Siobhan in dem schönen Licht. Die allzu großen Augen mit den dunklen Ringen, die eingefallenen Wangen, die die Wangenknochen hervortreten ließen, der aschfahle Teint: Ihr Gesicht hatte nichts Engelhaftes oder Kindliches mehr.

»Woran arbeitest du gerade?«

Ihr Blick war fest, fast hart.

»Ich versuche den langsamen Todeskampf meiner Heimatstadt zu erzählen.«

»Dann hast du also mit dem Krieg abgeschlossen?«

Ich antwortete nicht, sondern nickte bloß.

»Mir ist ein bisschen schwindlig. Ich glaube, ich lege mich wieder ins Bett.«

Sie erhob sich. Ihre zierlichen Füße schauten kaum unter dem Federbett hervor, in das sie sich nach dem Duschen wieder gewickelt hatte. Bevor sie ging, blieb sie kurz stehen, ohne sich jedoch umzudrehen.

»Ich danke dir, Marc-Edouard.«

Dann verschwand sie im Flur. Sie hatte mich noch nie bei meinem Vornamen genannt. Früher war ich für sie Marc, Marco oder, ihr Lieblingsausdruck, M-E gewesen, auf Englisch ausgesprochen »Emmy«, was sie sehr lustig gefunden hatte.

Wir sahen uns erst zum Frühstück wieder, das sie mit mir zusammen einzunehmen versuchte. Sie sah schon viel wohler aus.

»Du musst deine Lungen röntgen lassen. Und der Arzt meint, du brauchst für eine Weile eine Luftveränderung. Er hat ein Sanatorium in den Pyrenäen erwähnt. Dort soll es sehr schön sein …«

»Ich nehme nichts mehr, seit ich aus der Psychiatrie raus bin, weder Antidepressiva noch Schmerzmittel noch sonst was. Ich brauche nicht schon wieder eine Kur.«

»Siobhan, deine Wohnung war in einem erbärmlichen Zustand. Du hattest seit Tagen nichts gegessen. Du treibst immer noch Raubbau mit deiner Gesundheit, mit oder ohne Tabletten. Du solltest nicht in Toulouse bleiben.«

»Wenn ich es für richtig halte, werde ich gehen. Aber bestimmt nicht in ein Sanatorium. Hoffe ich jedenfalls … Mein Vater ist letzten Monat gestorben.«

»Herrje! Das wusste ich nicht.«

»Und ich wusste nicht mal, dass er krank war oder wo er

wohnte. Einer meiner unzähligen Halbbrüder hat mich benachrichtigt. Zwei Tage nach der Einäscherung ...«

»Und deine Mutter?«

»Die lebt irgendwo in Nordkalifornien. Sie ist eine *Wiedergeborene*. Sie hat zu Gott zurückgefunden, und aus lauter Dankbarkeit hat sie sich in einer evangelikalen Gemeinde niedergelassen.«

Sie spielte mit ihrem Kaffeelöffel und starrte ins Leere.

»In dein Sanatorium werde ich sowieso nicht gehen können. Ich habe vor, eine Weile in New York zu leben. Eine alte Freundin überlässt mir bis zum Ende des Sommers ihre Wohnung. Außerdem habe ich einen Job in einem Verlag. Sie planen eine Reihe mit sämtlichen französischen Romanen, die vom Ersten Weltkrieg handeln. Anscheinend brauchen sie meinen erhellenden Rat, denn sie haben mir sogar den Flug bezahlt. Wie du siehst, habe ich mit dem Krieg noch nicht abgeschlossen.«

Sie erklärte, sie habe bereits gekündigt, hege zwar die Absicht zurückzukommen, müsse aber sehen, wie die Dinge sich entwickelten.

»Das hört sich doch gut an!«

»Eben nicht. Die Tatsache, dass ich nicht sicher bin, ob ich zurückkomme, liegt mir schwer im Magen.«

»Warum?«

Sie starrte mich an, wieder ohne eine Spur jener Sanftheit, die ich von früher kannte.

»Was glaubst du wohl?«

Es folgte betretenes Schweigen. Bevor es allzu bedrückend wurde, brach sie es.

»Und du? Was hast du diesen Sommer vor?«

Außer in der Geschichte von Basse-Misère herumzustöbern, hatte ich nichts vor. Darüber zeigte sie sich betrübt.

»Was ist aus deiner Lust auf endlose Weiten, einsame Berghütten und Häuser am Meer geworden?«

»Die war offenbar nicht so groß, wie ich mir eingeredet habe.«

»Und was ist mit dem Haus, von dem du ständig gesprochen hast? Dem Haus deines Großvaters? Du hast davon geträumt, den Sommer dort zu verbringen. Mir fällt der Name des Dorfs nicht mehr ein …«

»Fonbelle … Ich bin vor ein paar Wochen dort gewesen.«

»Worauf wartest du noch? Nimm Kontakt zu den neuen Besitzern auf und frag sie, ob sie es dir vermieten oder verkaufen. Du riskierst doch nichts, wenn du fragst.«

Nichts zu riskieren war für mich unvorstellbar.

Tags darauf musste ich wieder an die Uni. Ich blieb länger dort als nötig. Die Vorstellung, nach Hause zu fahren, beunruhigte mich. Ich spürte, dass Siobhans Abreise unmittelbar bevorstand, und mir war es lieber, wenn sie sich in meiner Abwesenheit vollzog.

Und tatsächlich: Als ich zurückkam, war sie nicht mehr da. Sie hatte das Bett abgezogen und das Zimmer aufgeräumt. Außerdem hatte sie die ganze Wohnung geputzt; es duftete sauber und nach Sonne. Auf dem Wohnzimmertisch lag ein doppelt gefaltetes Blatt Papier. Darauf hatte sie mit rotem Filzstift in Großbuchstaben geschrieben: »DANKE«. Als ich es auseinanderfaltete, fand ich folgende kurze Nachricht:

Ich musste deinen Computer und dein Telefon benutzen. Hoffentlich bist du mir deswegen nicht böse. Die Besitzer des

Hauses in Fonbelle heißen Cloître. Sie wohnen in der Nähe von Montpellier. Ihre Kinder sind mittlerweile groß, deshalb fahren sie kaum noch hin. Sie wären bereit, dir das Haus zu verkaufen. Sie haben sich gefreut, als sie hörten, dass du Interesse daran hast. Ich glaube, sie werden keinen übertriebenen Preis verlangen. Darunter stand eine Telefonnummer. *Schlag zu, Emmy. Du gehörst dorthin. Und falls nicht, versuch's mit New York. Alles Liebe, Siobhan.*

12

Ich kaufte das Haus in Fonbelle mitsamt den alten Möbeln, von denen einige meinen Eltern gehört hatten und von meiner Mutter aufgearbeitet worden waren. Offizieller Eigentümer konnte ich zwar erst im September werden, aber die Cloîtres hatten, abgesehen von ein paar Tagen im Juli, nicht mehr vor, dort zu wohnen. So kamen sie mir entgegen und erklärten sich damit einverstanden, dass ich gleich nach ihrem Aufenthalt einzog.

Allerdings musste ich früher nach Valdérieu als gedacht. Ende Juni erhielt ich einen Brief, der dort abgestempelt war. Er erreichte mich in meinem Büro in der Maison de la Recherche. Der Verein, mit dem ich in Verbindung stand, hatte bis dahin immer nur per Mail oder Telefon mit mir kommuniziert. In fiebriger Ungeduld öffnete ich den Umschlag fern von neugierigen Blicken. Ich hatte eine böse Vorahnung. Es ist schrecklich, das zuzugeben, aber ich war erleichtert, als ich das Schreiben las.

Eine Schwester aus dem Krankenhaus teilte mir mit, dass François Pastre einen schlimmen Schlaganfall erlitten hatte und dass seine Überlebenschancen gering waren. Man hatte seine Töchter verständigt, und eine von ihnen war an sein Krankenbett gekommen – nur, um ihm ihren Groll entgegenzuschleudern und schnell wieder zu verschwinden. Dem ehemaligen Journalisten fiel es schwer, sich zu artikulieren. Immerhin war es ihm gelungen, die Krankenschwester zu bitten, mich zu benachrichtigen. Sie schrieb, sie glaube, es sei ihm wichtig, mich zu sehen, und die Zeit dränge.

Pastre hätte einsam in seinem Krankenbett sterben können, ohne dass ich deswegen schlaflose Nächte verbracht hätte, aber dieser Brief verband mich mit seinem Schicksal und weckte meine Neugier. Natürlich sagte ich mir, dass es nur um Basse-Misère gehen konnte.

Also machte ich mich am nächsten Tag erneut auf den Weg nach Valdérieu. Es war nicht mehr das Krankenhaus, das ich gekannt hatte. Knapp fünfzehn Kilometer außerhalb der Stadt war im Verbund mit der Nachbargemeinde ein neues, wesentlich größeres und moderneres gebaut worden. Dort lag François Pastre auf der Intensivstation. Ich dachte schon, man würde mich nicht zu ihm lassen, weil ich kein Angehöriger war, aber zum Glück hatte die Schwester, die mir geschrieben hatte, gerade Dienst. Als ich ihren Brief vorzeigte, wurde sie herbeigeholt und führte mich persönlich zum Bett ihres Patienten.

Er hatte am Abend zuvor einen neuerlichen Anfall gehabt. Seitdem lag er im Koma. Ich erkannte ihn kaum wieder. Sein Kopf wirkte kleiner, wie geschrumpft, das Gesicht erstaunlich glatt und überhaupt nicht mehr aufgedunsen. Und er war an eine grauenvolle Maschine angeschlossen.

»Zuletzt konnte er sich nur noch unter größter Anstrengung verständlich machen«, flüsterte mir die Schwester zu. »Mit dem Schreiben ging es etwas besser. Er konnte mir Ihren Namen sagen und den Ort, an den ich den Brief schicken sollte. Es ist gut, dass Sie gekommen sind. Wirklich gut.«

Sie machte Anstalten, sich zurückzuziehen.

»Sie können zu ihm sprechen, ihm zeigen, dass Sie da sind.

Ich arbeite schon ziemlich lange auf dieser Station, darum weiß ich, dass er Sie hört.«

»Wird er je wieder aufwachen?«

»Das weiß ich nicht. Aber selbst wenn, wird er irreversible Folgeschäden haben.«

»Wie lange kann er in diesem Zustand bleiben? Ich meine, bevor er …«

»Er kann in zwei Minuten von uns gehen, aber genauso gut auch erst in zwei Monaten oder zwei Jahren. Seine Tochter hat sich geweigert, irgendwelche Anweisungen zu erteilen. Sie meinte, dass er es verdient habe zu leiden und dass weder sie noch ihre Schwester die Erlaubnis unterschreiben werden, die Geräte abzuschalten. Wie kann man so herzlos sein? Wie kann man sich unter solchen Umständen weigern, jemandem zu verzeihen?«

»Und er? Warum hat er diese Erlaubnis nicht unterschrieben, als er gemerkt hat, wie es um ihn steht?«

»Er hat gesagt, das kann er nicht. Er wartet auf eine Antwort und bleibt so lange am Leben, bis er sie bekommen hat.«

»Was für eine Antwort?«

»Eine, die Sie ihm liefern sollen, wenn ich es richtig verstanden habe. Er hat uns gebeten, Ihnen etwas zu geben, wenn Sie kommen. Er war sich nämlich sicher, dass Sie kommen würden.«

Sie zog die Nachttischschublade auf, entnahm ihr einen weiteren Umschlag und reichte ihn mir.

In diesem Umschlag steckten zwei Schlüssel. Einen davon, den großen, erkannte ich sofort wieder.

Ich brachte es nicht über mich, etwas zu Pastre zu sagen. Nachdem die Krankenschwester gegangen war, blieb ich am Fußende seines Betts stehen und hielt die Schlüssel fest umklammert. Das Geräusch des Beatmungsgeräts rhythmisierte mein Schweigen. Am liebsten wäre ich gleich wieder gegangen, aber das wäre mir unanständig vorgekommen. Also blieb ich allerhöchstens zehn Minuten, dann verließ ich das Krankenhaus erleichtert.

Ich fuhr sogleich weiter nach Valdérieu. Der Versuch, etwas zu Mittag zu essen, scheiterte; ich bekam nichts herunter. Also ließ ich meinen Teller stehen und begab mich zu dem leerstehenden Mietshaus in der Rue du 11 Novembre. Der Hausflur roch immer noch schlecht und war genauso vollgestellt wie beim letzten Mal, wirkte allerdings weniger schummrig. Am Fuß der Treppe blieb ich kurz stehen, spitzte die Ohren und blickte nach oben. Als ich nichts hörte, ging ich in den zweiten Stock hinauf.

Auch in der Wohnung hatte sich nichts verändert, Schmutz eingeschlossen. Der Kühlschrank war ausgestöpselt und mit Bierdosen vollgestopft. Daneben türmten sich in einer großen Tüte leere Dosen. Der durchgesessene Polsterstuhl war nach wie vor auf die Flügeltür zum Nebenzimmer ausgerichtet. Auch das Radio stand wie gehabt neben einem überquellenden Aschenbecher. Es war, als habe Pastre die Räume eben erst verlassen oder könne jeden Augenblick aus der Küche auftauchen.

Ich öffnete die Flügeltür. Die Karte von Basse-Misère, aber vor allem die vier Porträts sprangen mich förmlich an. Der Tisch in der Zimmermitte war frei geräumt bis auf einen weißen Umschlag, der mit einer Reißzwecke fixiert war. Nach kurzem Zögern löste ich ihn ab. Er enthielt ein einzelnes Blatt Papier, das mit einer nicht sehr regelmäßigen, stellenweise kaum lesbaren Handschrift beschrieben war:

Monsieur Peiresoles,
sollten Sie ohne mich hier sein, bedeutet das, dass ich tot bin oder etwas, das diesem Zustand gefährlich nahe kommt. Ich weiß um meine wacklige Gesundheit und fürchte, dass das Fallbeil schon bald niedergeht. Alles, was sich in diesem Zimmer befindet, gehört Ihnen. Auch wenn es keine Goldmine ist, entpuppt sich vielleicht manches als Goldader … Nutzen Sie es gut. Ich glaube, Sie haben recht: Sie sind in der Lage, Dinge zu verstehen, die mir entgangen sind. Sie haben etwas von dieser Erde – den Hochebenen und Bergen – im Blut, ich nicht. Setzen Sie Ihrem Tun aber auch irgendwann ein Ende. Ich habe das nicht geschafft, und es hat mich aufgefressen. Lassen Sie sich vor allem nicht vom See verschlingen, mein Freund.

Sollte jemand anderes diese Zeilen lesen: Seien Sie bitte so gut und rühren Sie nichts an, sondern benachrichtigen Sie Monsieur Marc-Edouard Peiresoles, Professor an der Fakultät für Geschichte der Universität von Toulouse-Le Mirail, damit diese Kartons und dieser Brief in seinen Besitz gelangen.

Alles Gute, wer auch immer Sie sind.
François Pastre

Ich näherte mich den an der Wand aufgereihten Kartons, wagte es aber nicht, sie anzurühren, ebenso wenig wie die Karte mit den vielen nummerierten Klebezetteln. Als ich mich nach einer Weile umdrehte, starrte mir von einem der Fotos Thierry Delmas entgegen. Unten auf der großen Straße lachten zwei Frauen laut und schrill. Mir gefror das Blut in den Adern.

Ich musste mich bewegen, also wanderte ich ein wenig durch die staubige Wohnung. Dabei kam ich durch die Küche, die als solche nur an dem großen Spülbecken sowie der Aussparung für einen Kühlschrank und einen Gasherd zu erkennen war. Das angrenzende Bad war winzig. Dort gab es, um einen an der Wand befestigten Haken gewickelt, einen Gummischlauch, den man an den Wasserhahn in der Küche anschließen konnte, um fließendes Wasser über einer Art Zementbecken zu haben, das offenbar auch zum Wäschewaschen diente. Ich öffnete eins der Fenster zu dem Lichthof mit seinen Wäscheleinen, seinen Spinnweben und der darin erstarrten Zeit. Unten auf dem Boden lag eine alte, rosafarbene Plastikpuppe. Sie war hinuntergefallen und dort vergessen worden. An einer Leine hing ein Wischlappen. Einige der Fenster hatten matte Scheiben, aber ich konnte nicht erkennen, ob es sich um besonderes Glas oder schlicht Dreck handelte. Andere standen halb offen.

Ich stellte mir das Leben in diesem Mietshaus zu der Zeit vor, als es noch bewohnt gewesen war. Der Lichthof hatte bestimmt einen großartigen Schallkasten abgegeben, in dem sich die Alltagsszenen der Familien vermischten. Fast war mir, als höre ich die Geräusche, das Getratsche der Nachbarinnen beim leidigen Wäscheaufhängen, das Geschrei der Kinder und das Gedudel der Transistorradios.

Ich machte das Fenster wieder zu, löschte die Lichter, verließ die Wohnung und kehrte Pastres Archiv den Rücken. Erst auf der Straße hatte ich das Gefühl, wieder richtig atmen zu können. Ich wusste nicht, was ich den restlichen Nachmittag über tun sollte. Auch ein Abstecher nach Fonbelle, zu meinem zukünftigen, noch verschlossenen Haus, brachte keine Ordnung in meine Gedanken. Die bisherige Klassifizierung der Ordner aufzuheben und anschließend nach eigenen Gesichtspunkten eine Neuordnung vorzunehmen, war eine so gewaltige Aufgabe, dass mir der Mut sank. Andererseits konnte ich, wenn ich meine Suche zu Ende bringen wollte, schwerlich auf bislang unveröffentlichte Informationen aus erster Hand verzichten. Eins stand jedoch fest: Ich würde mich unter keinen Umständen in der Wohnung in der Rue du 11 Novembre verkriechen.

Also kehrte ich in das Zimmer mit dem Archiv zurück. Ich nahm die Fotos und die Karte von der Wand und trug die Kartons nach unten in den Hausflur, der so nach Staub roch, dass es mir so vorkam, als sei ich selbst von Staub überzogen. Ich schloss die Wohnung ab und ließ den Kühlschrank, die Bierdosen, den Sessel und das Radio zurück. Dann holte ich mein Auto und ließ es so lange mitten auf der Straße stehen, bis ich alles im Kofferraum und auf der Rückbank verstaut hatte. Danach sperrte ich zum letzten Mal die schwere Haustür ab, konnte mich aber nicht dazu durchringen, die Schlüssel zurück ins Krankenhaus zu bringen.

Bis ich die Unterlagen, wie ich beschlossen hatte, in Fonbelle deponieren konnte, musste ich sie erst einmal mit nach Toulouse nehmen. Nun duldete meine Begegnung mit Basse-Misère keinen Aufschub mehr.

DRITTER TEIL

»Ich bin der kleine Junge, der Ihre Schärpe aus dem Meer gefischt hat.«

13

Pastre hatte nicht gelogen. In seiner Materialsammlung war der ganze Fall von Basse-Misère enthalten. Er hatte äußerst gründliche Arbeit geleistet. Man konnte sich in den Papieren verlieren oder, wie er vermutet hatte, gewisse Dinge übersehen. Ich verbrachte den gesamten Juli damit, eine Bestandsaufnahme sämtlicher Unterlagen einschließlich der Fotos zu machen und sie anschließend nach meinen eigenen Vorstellungen neu zu ordnen.

Ich hatte die Kartons im hinteren Zimmer gestapelt. Jeden Tag holte ich einen heraus, leerte ihn und sichtete den Inhalt. Einen Monat brauchte ich, um die Wände, die der ehemalige Journalist hochgezogen hatte, einzureißen. Mir schwebte eine umfassendere Betrachtungsweise vor, eine Art geistige Karte, auf die ich würde zurückgreifen können, sobald ich vor Ort war. Mein Ziel war nicht, zu entwirren, sondern neu zusammenzufügen.

Am längsten hielt ich mich mit den Fotos auf, denn ich hatte die Erfahrung gemacht, dass Zeugenaussagen mit Vorsicht zu genießen sind. Ein Foto dagegen hat kein selektives Gedächtnis, es kann den eingefangenen Moment nicht verfälschen und einem nicht so leicht etwas vormachen.

Da waren die Fotos der vier Opfer, die Pastre mit Reißzwecken an die Wand geheftet hatte; dann die Polizeifotos der beiden Hauptverdächtigen, Bernard Bardy und Gilles Mahous; des Weiteren jene aus der Anfangszeit der Ermittlungen, die jedes Detail auf der Îlot des Bois-Obscurs zeigten, von den eingestürzten Zelten über die Reste des Lagerfeuers und die beiden am Ufer liegenden Kanus bis hin zu den Blutflecken im Sand und an den Felsen. Es gab Großaufnahmen von Guillaume Armengauds Kopf, der tiefen Wunde in seinem Schädel und dem blutverklebten blonden Haar; unerträgliche Bilder von Emmanuel Garcès' halb zertrümmertem Gesicht und seinen zerquetschten Genitalien sowie von Justines nackt im Wasser treibender Leiche, die sich mit einem Arm an einem Baumstumpf verfangen hatte. Und da waren die bei den Autopsien entstandenen Aufnahmen, so kalt und grauenhaft, dass sie fast unwirklich schienen.

François Pastre hatte keine halben Sachen gemacht. Es war ihm gelungen, weitere, in meinen Augen wesentlich interessantere Fotos aufzutreiben, nach denen er lange gesucht haben musste. Ein knappes Dutzend von ihnen zeigte Szenen aus dem Sommer 1980 im Club Nautique des Crozes: den Strand, die Badeinsel, die Sonne, Wasserskifahrten, Spiele, bei Regen drinnen verbrachte Abende … Auf einigen war Justine zu sehen, immer mit ihrer Cousine im Schlepptau. Die beiden Jungen tauchten selten auf. Auch vom Sommerfest gab es Bilder, darunter ein ganz ergreifendes von den vier Jugendlichen am Spätnachmittag, an Bord der Kanus, kurz bevor sie sich ins Abenteuer stürzten. Den restlichen Aufnahmen war gemein, dass sie allesamt am Samstag, wenige Stunden vor den Morden, gemacht worden waren, außerhalb des Clubgeländes am Seeufer. Sie zeigten Badende, Grüppchen beim Picknick am Nachmittag, Leute in Schlauchbooten und beim Zusammenpacken kurz vor der Abfahrt. Alles in der Nähe der kleinen Insel oder des Clubs. Sommerliche Ferienstimmung. Lachende Gesichter.

Sogar Fotos, die Schaulustige verstohlen beim Abtransport der Leichen durch die Polizei geschossen hatten, fand ich. Einige mussten von einem Boot aus gemacht worden sein, nachdem man die Uferabschnitte in der Nähe der kleinen Insel abgesperrt hatte.

Weder die Fotos noch die von Pastre gezeichnete Karte wollte ich in meiner Wohnung aufhängen. Außerdem hatte ich bei der Bestandsaufnahme den Karton mit den Unterlagen über Delmas geflissentlich übersehen.

Am ersten Samstagmorgen im August hielt ich vor dem Haus in Fonbelle. Die Cloîtres erwarteten mich an der Tür. Ihr betagter Van war genauso vollgepackt wie mein Auto. Sie hatten den Rasen gemäht und das Haus gelüftet und geputzt. Einerseits schienen sie bewegt, weil sie diesen Ort verließen, andererseits waren sie offenkundig froh, ihn in bekannte Hände geben zu können. Lange hielten sie sich nicht auf. Sie händigten mir die Schlüssel aus, der Mann zeigte mir, wie man das Wasser anstellt und den gelegentlich muckenden Elektroboiler wieder in Gang bringt, und gab mir die Adresse des Mannes im Dorf, der ihm zu einem erschwinglichen Preis Holz geliefert hatte. Dann verabredeten wir uns für Ende des Monats bei einem Notar in Valdérieu, wo wir die endgültige Unterschrift leisten würden.

Es war elf Uhr morgens, und ich war zu Hause. Jetzt war es an mir, bewegt zu sein. Ich hatte diesen Augenblick so oft herbeigesehnt, hatte ihn immer und immer wieder idealisiert! Überall roch es nach Holzfeuer. Die Möbel standen dort, wo sie schon immer gestanden hatten: wuchtig, schwer, dunkel. Vielleicht hatten die Cloîtres sie nie von der Stelle bewegt. Oder sie hatten das große Feingefühl besessen, sie wieder exakt so hinzustellen, wie sie sie vorgefunden hatten. Das Haus war nach Süden ausgerichtet. Von den Fenstern der beiden Zimmer im ersten Stock hatte man einen majestätischen Blick über das Tal und die Monts d'Autan, deren schwarze Silhouette sich vor dem wolkenlosen Himmel abzeichnete. Auch das Licht war so, wie ich es kannte: Es flutete das längliche Grundstück vor dem Haus und spielte mit dem Laub der großen knorrigen Eiche, die seit Ewigkeiten den Tempelhüter gab.

Als ich am Spätnachmittag vom Einkaufen aus Valdérieu zurückkam, hob sich der anthrazitgraue Schiefer, der die gesamte Fassade bedeckte, noch stärker gegen das Grün der Wiese und das Blau des Himmels ab. Die tief stehende Sonne warf lange Schatten. Auf dem Heimweg war ich einer jungen Frau in Hotpants und einem tief ausgeschnittenen Top begegnet, die mit einem Körbchen Eier zu den neuen Häusern des kleinen Dorfs hinaufging. Sie hatte mir freundlich zugewinkt und gelächelt. Ich hatte ihren Gruß erwidert. Das Wetter war schön. Meine Sachen waren schnell eingeräumt. Das Einkaufen hatte mir Spaß gemacht. Ich hatte gehörigen Appetit. Alles schien perfekt. Es war, als sei ich in ein anderes Land gezogen, als entdeckte ich die Luft und die Wärme neu und fände meinen Geschmacks- und Geruchssinn wieder.

Ich bezog das linke Zimmer. Es war zwar das kleinere, aber ich hatte als Kind immer darin gewohnt. Das andere diente mir als Zwischenlager für die Kartons. Ich verschob die Möbel, um von der Wand, die den Fenstern gegenüberlag, ein möglichst großes Stück frei zu bekommen. Ich wollte Licht haben in diesem Zimmer, kein Dunkel. An die freigelegte Wand hängte ich die Karte vom See und die vier Porträts. Das Zimmer sollte lediglich eine Durchgangsstation sein, ein Ort, an den man kam, um ein paar Unterlagen herauszugreifen. Bloß kein Sessel, in den man sich träge sinken lassen konnte, und auch kein Arbeitstisch. Ein paar Fotos nahm ich mit nach unten ins große Zimmer, allerdings nur welche aus der Zeit, als alle noch am Leben waren, auch das von der Abfahrt mit den Kanus. Ich heftete sie in der Ecke an das von einem großen Schrank verdeckte Stück Wand. Auf diese Weise konnte ich sie nur sehen, wenn ich die Position wechselte, also vom Tisch oder von einem der beiden Sessel am Kamin aufstand. Ich wollte sie nicht ständig vor Augen haben, deshalb richtete ich es so ein, dass ich entscheiden konnte, wann mein Blick an ihnen hängen blieb.

Mein Einzug dauerte bis zum späten Abend. Ich nahm mir nicht mal die Zeit, essen zu gehen, wie ich ursprünglich vorgehabt hatte. Egal. Die Archive warteten darauf, ausgewertet zu werden, meine Bücher waren im ganzen Haus verteilt, Musik plätscherte dahin, und das Badezimmer, das die Cloîtres hatten einbauen lassen, war mir so verlockend erschienen, dass ich mich, ein Gläschen guten Wein aus dem Corbières in Griffweite, am früheren Abend zu einem ausgiebigen Bad in der großen Wanne hatte hinreißen lassen, an deren Fußende das Fenster einen Blick auf die untergehende Sonne bot.

Bevor ich zu Bett ging, stellte ich mich vor die Fotos. Seit einem Monat sah ich sie mir nun schon regelmäßig an; mittlerweile kannte ich sie ziemlich gut. Trotzdem wurde ich sie nicht leid. Mein Lieblingsbild war eins, das am Samstagnachmittag in der Nähe der Îlot des Bois-Obscurs gemacht worden war. Ein Grüppchen von Ausflüglern hatte sich auf dem kleinen, von Sand und Kies bedeckten Stück Land, das spitz aus dem Wald herausragte, zusammengefunden und schaute in die Kamera. Alle lächelten. Die Frauen saßen auf ihren Badetüchern, die Männer standen. In einiger Entfernung waren zwei knallgelbe Kühlboxen mit hochgeklappten weißen Henkeln abgestellt. Der Abfall vom Mittagessen steckte in einem Plastiksack, aus dem trotzig eine leere Chipstüte der Marke »Flodor« herausschaute. Die beiden Männer hatten Schnauzbärte und trugen eng anliegende Badehosen. Der rechte hielt eine frisch angezündete Zigarette in den Fingern. Zwischen den ausgestreckten Beinen der drei Frauen tummelten sich vier kleine Kinder. Vor der Gruppe lagen zwei Bälle auf dem Boden. Sie hatten ein Picknick gemacht. Die Männer hatten sich vielleicht im Kraulen gemessen oder im Wasser mit einem der Bälle gespielt. Die jüngste Frau posierte in einem bunten Bikini, dessen Oberteil im Nacken zusammengebunden war. Ältere Bräunungsspuren verrieten, dass sie häufiger einen Träger-Bikini getragen hatte. Die beiden anderen Frauen schienen sich in ihrem Körper nicht sonderlich wohlzufühlen. Eine hatte sogar ein besonders weites T-Shirt übergezogen, vielleicht auch nur fürs Foto. Die Kleinen trugen mit Gummiband unter dem Kinn befestigte Sonnenhütchen. Eins war fast noch ein Baby, ein Mädchen. Lachend stand es da, die Hände hinter dem Rücken versteckt, die kleinen Speckschenkel und das Bäuchlein durch das zu klein gewordene himmelblaue Jäckchen noch betont.

Wenn ich dieses Foto ansah, konnte ich mir vorstellen, wie ihr Tag verlaufen war. Ich roch die Sonnencreme. Schmeckte das kühle Bier. Dieses Foto unterschied sich durch die Haltung der abgebildeten Menschen, ihre Kleidung und Spiele deutlich von denen aus dem Club Nautique. Dort war nicht nur der Strand anders, sondern auch das Milieu, und selbst das

Lächeln der Menschen – als es noch existierte – wirkte verkrampfter.

Ich betrachtete die Bilder etwas länger als sonst. Nicht, um nach etwas zu suchen, das ich vielleicht übersehen hatte, sondern um sie noch stärker auf mich wirken zu lassen. Ich hatte nämlich beschlossen, am nächsten Tag endlich an den See zu fahren, vielleicht sogar zur kleinen Insel. Es war an der Zeit herauszufinden, ob diese Orte bereit waren, zu mir zu sprechen.

Am frühen Nachmittag verließ ich Fonbelle unter einem verhangenen Himmel. Ich fand das Sträßchen durch die Berge, sodass ich nicht erst hinunter ins Tal und weiter hinten wieder hinauffahren musste. Zwei Kilometer vor Sagne-Claire gelangte ich wieder auf die Straße von Valdérieu. Das Dorf war menschenleer. Zu beiden Seiten der Kirche reihten sich ein paar graue Häuser. Vor dem Boule-Platz war bereits ein Podium für die Feierlichkeiten am Wochenende um den 15. August errichtet worden. Kurz vor dem Ortsausgang führte linker Hand eine schmale Straße bergan. Eine Folge von Schildern kündigte die in dieser Richtung gelegenen Ortschaften an. Ganz oben verwies, kaum sichtbar, ein weiteres Schild unauffällig auf den Lac de Sagne-Claire.

Nach dem Abbiegen fuhr ich aufs Geratewohl weiter, denn es kam kein weiterer Hinweis auf den See. Ich blieb auf der kleinen Straße, die sich dahinschlängelte, aus dem dichten Wald heraus und durch Wiesen führte, die hinter einer Kurve unversehens auftauchten, und dann wieder im Wald verschwand. Dank der Lücken sah ich im Osten die Schluchten und erkannte, dass ich auf dem richtigen Weg war. Ganze zwei Autos auf dem Weg nach unten begegneten mir, und jedes Mal musste ich am Straßenrand halten, um sie vorbeizulassen.

Als ich merkte, dass ich zu weit nach oben kam, und von einer Terrasse aus feststellte, dass sich die Schlucht nicht mehr rechts, sondern links von mir befand, wurde mir klar, dass ich eine Abzweigung verpasst hatte. Ich wendete und musste mich gleich darauf zwischen mehreren schmalen, mit Split bedeckten Fahrwegen entscheiden. Kurz vor dem, an dessen Einmündung eine alte Holzfällerhütte stand, trat ich auf die Bremse, denn ich hatte die Stange eines Schildes entdeckt, das abgerissen worden war. Daraus schloss ich, dass der See in dieser Richtung lag.

Hier gab es kaum noch Lichtungen, die Sonne zwängte sich mühsam zwischen den Bäumen hindurch. Ich war früher nicht oft zum See gefahren, aber ich erinnerte mich gut an die Ankunft. Dieser Moment hatte sich mir eingeprägt, denn man konnte das Vorhandensein des Stausees zu keinem Zeitpunkt erahnen. Immer tiefer ging es in den endlosen Wald hinein, in dem man sich leicht verirren konnte. Erst im allerletzten Augenblick war der See flüchtig auszumachen. Er war wie ein geheimer Ort, der nur meinem Vater und mir gehörte.

Bald tauchte links ein großes Natursteinhaus auf, über dessen Tür ein Schild mit der Aufschrift »Gîtes de France« prangte. An einer Wäscheleine hingen mehrere Badetücher. Die Pension stand an einer abschüssigen Lichtung, die einen freien Blick auf den Stausee bot. Danach folgten wie Perlen auf einer Schnur ein paar weitere Häuser, und gleich darauf umgab mich wieder nichts als Wald – bis zu einer Haarnadelkurve, an der man erneut eine Bresche hineingeschlagen hatte. Die Straße führte jetzt wieder bergauf, und von der Anhöhe aus erkannte ich die ersten Hausdächer von Bouscadié. Am Straßenrand parkten etwas gewagt zu beiden Seiten ein paar Autos, und ich konnte meins dahinter abstellen. Ein Weg war etwas breiter als die anderen und mit einer Kette abgesperrt. Ich schnappte mir meinen Rucksack und bog genau in diesen Weg ein. Ein Bach plätscherte, im Dickicht verborgen, neben dem von Brombeer- und Ilexhecken gesäumten Feldweg dahin. Der angenehme Geruch von gemähtem Gras lag in der Luft. Nach etwa hundert Metern erreichte ich eine Gabelung. Rechts ging der Weg noch ein Stück weiter bis zu ein paar Holzbauten. Der dicke Zaun, der sie umgab, war leicht abgesenkt. Ein an einen Baum genageltes Schild verkündete, dass es sich um Privatbesitz handele und der Zutritt verboten sei. Der Name »Les Crozes« stand nirgends. Links verlief der Weg über einen großen umgestürzten Baum und führte dann als kaum wahrnehmbarer Trampelpfad durch das hohe Gras einer Wiese. Er verbreiterte sich erst wieder in dem Haselwäldchen, das von moosbewachsenen Böschungen und Laubhaufen gesäumt war. Anschließend verzweigte er sich erneut, wobei der linke Pfad zum großen Strand von Bouscadié am Ende der Bucht führte. Ich ging geradeaus weiter zu dem anderen Strand, dem auf der Landzunge, wo das Grüppchen fotografiert worden war, und konnte endlich hinter den Bäumen das glitzernde Wasser erkennen. Die Landzunge schien mit dem Finger auf die Îlot des Bois-Obscurs zu zeigen, was ich – nicht ohne einen Stich ins Herz – sah, als ich aus dem Wäldchen heraustrat.

Ein paar Leute hatten es sich auf dem sonnigsten Fleckchen gemütlich gemacht. Der See hatte seinen Höchststand erreicht und präsentierte sich wirklich prachtvoll. Das Grün des Waldes spiegelte sich darin. Er zeigte ein ganz anderes Gesicht als ein paar Monate zuvor bei Saint-Pierre. Er war voller Leben und fügte sich stolz in die ursprüngliche Natur ringsum ein. Im ersten Moment war ich von diesem Anblick genauso geblendet wie damals als Kind, doch dann gewann, zu schnell für meinen Geschmack, ein anderes Gefühl die Oberhand: Ich war da, ich hatte das Schlachtfeld betreten.

An diesem kleinen Strand gab es anscheinend keine ebene Stelle. Überall Steine und Felsen. Ich machte es mir halbwegs bequem, wenn auch für mein Empfinden zu dicht an den anderen. Man muss dazusagen, dass sich diese Leute nicht gerade rücksichtsvoll verhielten. Ich bekam mit, dass sie nicht aus der Gegend stammten, sondern zu einer Hochzeit angereist waren, die am Vorabend im Saal des ehemaligen Club Nautique gefeiert worden war. Der Ort gefiel ihnen, und sie hatten vor, im nächsten Sommer wiederzukommen. Vor der Abfahrt wollten sie noch einen letzten Köpfer machen, ja, vielleicht sogar zur Badeinsel des Clubs schwimmen und damit dem berühmten Verbot trotzen. Anscheinend kannten sie die Geschichte des Sees nicht. Es gab also noch Menschen, die nichts wussten …

Die Îlot des Bois-Obscurs war tatsächlich ganz nah, wie auf den Fotos. Eine kleine, steinige Erhebung mit einem Kiefernwäldchen und ein paar Sträuchern als einziger Vegetation. Von meinem Platz aus konnte ich das Schild lesen, auf dem in großen roten Buchstaben stand, die Insel sei als Naturschutzgebiet ausgewiesen und wildes Campen, offenes Feuer sowie die Zerstörung der Pflanzenwelt würden strafrechtlich verfolgt. Dreißig Meter nur, dreißig Meter Wasser, und schon war man dort.

Die Clique neben mir lärmte immer mehr. Eine junge Frau mit wabbeligen Fettwülsten redete unnötig laut; sie schwang große Reden und zeigte doch nur, wie unendlich gewöhnlich sie war. Ich fand sie so nervtötend, dass ich keinen anderen Ausweg sah, als schwimmen zu gehen.

Es fiel mir nicht schwer, in den See zu waten, denn das Wasser war angenehm warm. Die Entfernung zum gegenüberliegenden Ufer, wo die Bäume so dicht standen, dass es keine Stelle zu geben schien, an der man an Land gehen konnte, war nicht einmal so groß, allenfalls dreihundert Meter. Während ich mich weiter in diese Richtung bewegte, erblickte ich zu meiner Rechten die legendäre Badeinsel. Ich beschloss, langsam und gemütlich um die Îlot des Bois-Obscurs herumzuschwimmen. Mit ein paar Zügen erreichte ich die Stelle, von der aus die Fotos vom Abtransport der Leichen gemacht worden waren. Hier bot sich ein freier Blick auf die Insel, auf die Landzunge, wo diese Leute immer noch herumlärmten, und auf das längliche, in den Wald geschnittene Feld, das bis zu den Häusern von Bouscadié reichte. Ich nahm diese Orte in mich auf und begann mir wirklich bewusst zu werden, wo ich gerade war. Vor allem, als ich die Rückseite der kleinen Insel erreichte. Dort, wo ihre felsige Spitze in einer Art Klippe und, daran anschließend, einer Mulde mit winzigem Strand auslief. Hier hatte man den geschundenen Leichnam von Emmanuel Garcès gefunden. Hier hatte Justine die Hölle und den Tod erfahren, bevor der See ihre Leiche fortgetragen hatte. Mir wurde klar, dass Delhas' im Dunkeln verborgenes Kanu in etwa dort gelegen haben musste, wo ich jetzt war, bevor er über sie hergefallen war. Plötzlich hatte ich es eilig, meine Runde zu beenden. Ich steigerte mein Tempo, dachte nicht mehr an die Insel und konzentrierte mich stattdessen auf das Dörfchen dort oben. Drei seiner Häuser standen dem See zugewandt. Das rechte und linke wurden zum Teil durch Bäume oder das Auf und Ab des Geländes verdeckt, das mittlere hingegen, etwas weiter vorn gelegen, besaß ein riesiges Panoramafenster, von dem aus der

Blick herrlich sein musste. Am Fuß des Feldes schmiegte sich der gleichfalls von Bäumen gesäumte Strand von Bouscadié in die kleine Felsbucht. Ich kehrte genau in dem Augenblick zu meinem Ausgangspunkt zurück, als die Schreihälse ins Wasser gingen und prustend Richtung Badeinsel schwammen. Mit den Füßen im Schlamm, blieb ich bis zum Bauch im Wasser stehen und ließ mir die Schultern von der Sonne wärmen. Ich stand im Lac de Basse-Misère, diesem Synonym für Albtraum, und musste mir mit aller Macht klarmachen, dass der See des Massakers und der verzauberte See, an den mein Vater mich mehrmals mitgenommen hatte, ein und derselbe waren.

Die anderen hatten ihr Ziel erreicht. Sie rächten sich stellvertretend für die vielen anderen Badegäste, die an diesem Strand davon geträumt haben mochten, die Plattform zu betreten. Allerdings währte die Rache nicht lang. Traditionen sind langlebig. Auf dem Clubgelände waren Leute, und ich sah einen Mann mittleren Alters an den Grasstrand gehen und den Badenden zurufen, sie sollten verschwinden, und zwar schnell. Zumindest vermutete ich das, weil sie sich ins Wasser gleiten ließen und widerstrebend wegschwammen. Als sie wieder in Hörweite kamen, schimpften sie immer noch ausgiebig über den Mann.

Etwa eine Stunde später kehrten sie dem See und seiner Umgebung den Rücken. Der restliche Nachmittag verlief wesentlich ruhiger. Die wenigen Menschen, die sonst noch hierherkamen, um den Ort zu genießen, taten dies zum Glück deutlich rücksichtsvoller. Trotz der Hitze waren alles in allem nicht viele Leute da, so als sei es noch immer ein Sakrileg, in diesem Gewässer zu baden, an seinem Ufer frische Luft zu schnappen oder in seiner Umgebung spazieren zu gehen. Zumindest für die Menschen aus der Gegend.

Ich ließ die Stunden verstreichen. Ich hatte ein Buch mitgenommen, fand aber nicht die Muße, es aufzuschlagen. Mir reichte es, hier zu sitzen, mich umzuschauen und einfach zu lauschen. Als die Sonne sich hinter dem Wald versteckte und der Strand wieder im Schatten lag, erhob ich mich. Ich hoffte, dass das Gelände des früheren Wassersportclubs nun verlassen wäre, dass niemand mich daran hindern würde, es zu betreten und mir aus der Nähe anzusehen, was ich bislang nur von Fotos kannte.

Die milde Luft, die bis ins Unterholz dringenden Lichtstrahlen, das saftige Gras der Wiese – all das grenzte in meinen Augen an Perfektion. Von all meinen Besuchen am Lac de Basse-Misère war dieser mit Abstand der beschaulichste. Auf dem Weg begegnete ich einem Paar, das zum Strand unterwegs war. Die beiden grüßten mich höflich mit dem für das Tal so charakteristischen Akzent. Der Mann trug eine Kühltasche, die gut gefüllt zu sein schien. Beide waren älter als ich. Sie mussten also wissen, an was für einem Ort sie zu picknicken gedachten.

Nachdem ich die Weggabelung erreicht hatte, näherte ich mich vorsichtig dem Zaun. Da ich auf der anderen Seite weder ein Geräusch noch eine Bewegung ausmachte, kroch ich darunter hindurch. Das erste Gebäude zu meiner Rechten war das größte und zugleich am besten erhaltene. Die beiden anderen wirkten heruntergekommener. Der schöne weiße Anstrich von einst war nur noch eine vage, blätternde Erinnerung. Gut hundert Meter vom Ufer entfernt schaukelte die Badeinsel sacht im leichten Wind des frühen Abends.

Der Verein, dem das alles gehörte, war nie aufgelöst worden. Er kümmerte sich nach wie vor um die Vermietung des Saals und der Küche. Es war, als sei der Club für eine Zeit der Trauer stillgelegt worden und als setze sich diese in alle Ewigkeit fort, ohne dass jemand die Taktlosigkeit besaß, sie zu beenden.

Ich stellte meinen Rucksack auf die Terrasse und machte mich daran, den durch Bäume und Hecken begrenzten halben Hektar in alle Richtungen abzulaufen. In Pastres von mir neu sortierten Unterlagen stellte das Fest im Club einen der umfangreichsten Posten dar. Es waren so viele Befragungen durchgeführt worden, dass ich das Fest mithilfe der Fotos hätte rekonstruieren können. Ich hatte bereits in Toulouse angefangen, die Akten zu studieren. Mittlerweile konnte ich sie fast auswendig. Aber ich hatte mich auf eine kühle, distanzierte Art darübergebeugt, eben als Leser, der an einem Tisch sitzt. Oder wie ein Salon-Historiker. Jetzt aber, da ich vor Ort war, wurde es Zeit, dem Ganzen Leben einzuhauchen, ein Leben, das Pastre nicht gekannt hatte. Es war an der Zeit, meiner Phantasie freien Lauf zu lassen, damit sie Verknüpfungen herstellte und Lücken füllte.

Sie begann gleichsam zu galoppieren. Und das Fest im Club des Crozes nahm vor meinem geistigen Auge Gestalt an.

14

Der Club erwachte an jenem Samstag früh zum Leben. Was das Wetter anging, bis zum letzten Moment die große Unbekannte, war man rundum zuversichtlich. Für das Mittagessen war ein Spanferkel vorgesehen, das sich schon seit sieben Uhr morgens am Spieß drehte. Das Essen für das Wochenende hatte man aus Valdérieu liefern lassen. Mehrere Kühlschränke waren angeschaltet und bis zum Rand gefüllt worden, in den beiden Gefriertruhen im Keller lagerten unzählige Beutel mit zerstoßenem Eis. Es gab alle Hände voll zu tun: die Tischböcke und -platten unter den Bäumen aufstellen; die Lichtung für die Messe am nächsten Morgen herrichten; auf dem Feld hinter dem Club den Bereich abstecken, in dem die Zelte für die Übernachtung aufgestellt werden sollten; überall sauber machen; sich vergewissern, dass nichts vergessen worden war …

Die Brunet-Auriacs trafen gegen zehn Uhr ein. Der Vater, helle Bermudas und kariertes Hemd, war keiner von denen, die sich gern die Hände schmutzig machen. Kaum war er seinem Mercedes entstiegen, kontrollierte er, was schon erledigt war, und verteilte Ratschläge, die eher wie Befehle klangen. Danach unterhielt er sich längere Zeit mit dem Mann, der für das Spanferkel engagiert worden war und sich, die Wangen von der Glut bereits puterrot, um den Drehspieß kümmerte.

Seine Frau interessierte sich für all diese Dinge nicht. Sie gesellte sich sofort zu ihren Freundinnen. Sie war schön, und das wusste sie. Ihr Sommerkleid war nicht nur rückenfrei, sondern zeigte auch viel Bein. Ihre Art zu gehen hatte etwas Einstudiertes, aber auch Rassiges und brachte ihre Kurven zum Wogen. Eine übergroße Sonnenbrille mit rauchfarbenem Gestell verdeckte einen Großteil ihres Gesichts und verlieh ihr etwas Entrücktes. Schon bald nach ihrer Ankunft hatte sie sich im Badeanzug auf dem Gras ausgestreckt und sonnte sich.

Justine und Florie gingen als Erstes nach hinten, um sich den besten Stellplatz für ihr Zelt zu sichern. Justine liebte dieses Ritual: zusammen mit den anderen hier zu übernachten, gewissermaßen unter freiem Himmel, mit den nächtlichen Geräuschen der Natur als Schlummerlied und eingehüllt vom unverwechselbaren Duft nach Geheimnis und Abenteuer. Ihre Eltern zogen es dagegen vor, abends wieder nach Valdérieu hinunterzufahren, in ihr schönes, komfortables Haus. Diesmal jedoch zögerte Justine, als sie auf der Wiese stand. Sie packte ihr Zelt nicht aus, sondern ließ den großen Sack auf der Stelle liegen, die sie ausgesucht hatte.

»Bauen wir es nicht jetzt auf?«, erkundigte sich die kleine Florie besorgt.

»Nein«, erwiderte ihre Cousine ausweichend. »Für heute Abend habe ich andere Pläne.«

»Übernachtest du denn nicht hier?«

»Doch. Aber vielleicht nicht hier auf dem Feld. Ich weiß einen viel schöneren Platz. Mal sehen, ob es klappt. Wir lassen erst mal alles hier. Und mach nicht so ein Gesicht, Florie: Wir übernachten auf jeden Fall zusammen.«

Florie Nipperday hatte noch ein richtiges Kleinmädchengesicht: gerades Näschen, volle Lippen wie in einem Zeichentrickfilm und langen Pony. Das wenige, das man von ihren Augen sah, ließ eine Härte erahnen, die so gar nicht zu ihrem zarten Äußeren passte. Härte, aber auch Traurigkeit. Ihre Mutter war seit zwei Wochen wieder in der Normandie. Sie war zurückgefahren, um alles für ihr neues Leben zu zweit zu regeln. Am Abend vor dem letzten Schultag hatte sie Florie mitgeteilt, dass ihr Vater und sie beschlossen hatten, sich scheiden zu lassen; dass sie nach den Ferien allein in ihrem Haus in Deauville wohnen würden; dass Florie jedes zweite Wochenende bei ihrem Vater verbringen und sie für die Schulferien schon eine Regelung finden würden. Fürs Erste würde er im Sommer nicht mehr mit in den Süden kommen. Die Kleine hatte nichts darauf gesagt. Seither war ihr kein Wort über ihren Kummer über die Lippen gekommen, aber sie hatte nicht verhindern können, dass er sich in ihr Gesicht eingegraben und in ihren Augen festgesetzt hatte. Gern hätte sie Justine als Schwester gehabt und wäre für immer bei ihr geblieben. Justine war nunmehr der einzige Mensch, bei dem sie sich geborgen fühlte und der ihr das Zutrauen gab, dass die Zukunft auch schöne Seiten hatte. Leider vergingen die Tage einer nach dem anderen, was nicht nur die Abreise näher rücken ließ, an die sie am liebsten gar nicht denken mochte, sondern auch das neue Leben, in dem sie bestimmt hoffnungslos verloren war.

Justine liebte das Sommerfest. Sie strahlte vor Freude und wurde dadurch noch hübscher. Dabei hätte sie allen Grund gehabt, enttäuscht zu sein. Wochenlang hatte sie darauf hingearbeitet – und dazu vor allem die verregneten Julitage genutzt –, auf dem Fest ein Theaterstück aufzuführen, bei dem sie Regie führte. Sie hatte sich richtig hineingekniet. Im Juni hatte ihre Französischlehrerin »Einladung ins Schloss« inszeniert. Justine hatte die Hauptrolle gespielt und bei beiden Aufführungen geglänzt. Mehr noch als die vielen Komplimente, die sie eingeheimst hatte, war ihr die riesige Freude in Erinnerung geblieben, die sie beim Spielen empfunden hatte. Diese Freude war so groß gewesen, dass sie den Wunsch verspürte, sie so oft wie möglich zu erleben. So hatte sie ihren Eltern verkündet, dass sie die Schauspielerei zu ihrem Beruf machen wolle, worauf ihre Mutter erwidert hatte: »Arme Schlucker hat es in unserer Familie noch nie gegeben!« Sie war ihren Eltern deswegen nicht böse. Mochten sie auch auf alles, was sie sich einfallen ließ, kühl, schroff und verständnislos reagieren – sie fand immer eine Entschuldigung für die beiden und ließ das Gewitter widerspruchslos vorbeiziehen. Ihr Lächeln war imstande, die Wolken rasch zu vertreiben. Jedenfalls hatte sie beschlossen, ihre Theatererfahrung im Club Nautique zu erweitern und die anderen Kinder davon profitieren zu lassen. Anfangs waren die Jungs und Mädchen, die sie angeworben hatte, gelehrig und aufmerksam gewesen, doch leider hatte sich die zurückkehrende Sonne als ernst zu nehmende Rivalin erwiesen, gegen die sie nichts ausrichten konnte. Anfang August hatte sich die Hälfte ihrer Truppe schon wieder zerstreut, und die wenigen, die geblieben waren, schienen die Sache nicht ernst zu nehmen. Deshalb hatte Justine zehn Tage vor dem Fest schweren Herzens alles abgeblasen, und wenn Justine Brunet-Auriac schwer ums Herz war, musste es wirklich schlimm sein!

Trotz allem hatte sie an jenem Samstagvormittag ihren Schwung wiedergefunden und war so nett und entgegenkommend, wie ihre Eltern hochmütig und spröde waren. Besorgt fragte sie den Mann, der das Spanferkel grillte, ob er es eigenhändig getötet habe, und zog eine entrüstete Schnute, als er dies bejahte.

»Wie schön deine Tochter ist!«

Diesen Satz habe er den ganzen Tag über gehört, sagte Philippe Brunet-Auriac später aus. Es war nicht zu leugnen, dass der Satz voll und ganz der Wahrheit entsprach, zumal an jenem Tag. Justine war hoch aufgeschossen und hatte anmutige Rundungen, die sie älter wirken ließen. Ihr gewelltes, sonnengebleichtes Haar ergoss sich in einer ungebändigten Kaskade zwischen ihren Schultern. Sie war in Jeans-Hotpants erschienen, die die Beine länger und schlanker machten. Als sie später ihren Badeanzug anzog, einen lavendelfarbenen, zu ihren Augen passenden Zweiteiler, war der letzte Zweifel beseitigt: Sie war kein Kind mehr.

Nach und nach trudelten die Familien ein. Die Kleinen rannten überall herum und wurden geschimpft, wenn sie dem Grillspieß zu nahe kamen. Vor allem aber suchten sie nach Justine. Sie stürzten sich auf sie, umarmten sie und fragten, ob sie mit ihnen spielen wolle, ob sie beim Wettschwimmen durch den See mitmachen werde, ob sie ihnen für den Ball am Abend das Tanzen beibringen könne… Die Kleinsten schloss sie in die Arme, um ihre Küsschen zu erwidern, die anderen drückte sie.

»Die haben Glück, die Kleinen«, meinte Monsieur Azéma zu seinem Nachbarn am Getränkeausschank und unterstrich die Bemerkung mit einem lüsternen Zwinkern.

Der andere nickte, und sie lachten einträchtig, was sie nicht davon abhielt, sich wenige Tage später bei der Polizei gegenseitig zu denunzieren.

Im Unterschied zu ihrer Mutter legte es Justine nicht darauf an zu gefallen. Sie zog die Blicke auf sich, ohne auch nur einen Finger rühren zu müssen. Ihre Anmut war angeboren.

»Bald wird die Kleine den Kerlen den Kopf verdrehen«, sagte

Michèle Brunet-Auriacs Handtuchnachbarin. »Du wirst schon sehen, wie sie sie alle umschwärmen.«

Justines Mutter lag auf dem Bauch. Obwohl die Clubregeln einen Einteiler vorschrieben, hatte sie ihr Oberteil abgestreift, weil sie fand, dass es ein Unterschied war, ob man seine Brüste nur erahnen ließ oder zur Schau stellte. Sie beobachtete, wie die Blicke der Männer an ihrer einzigen Tochter hängen blieben, als diese in das noch kühle Wasser watete und eine Weile stehen blieb, bevor sie weiterging und ihre prallen Pobacken und wohlgerundeten Hüften eintauchten.

»Eine kleine Schonfrist bleibt mir noch«, antwortete sie schließlich. »Im Augenblick interessiert sie sich offenbar nicht für Jungs.«

Dann begriff sie, dass ihre Antwort missverstanden werden konnte, vor allem in Anwesenheit von Marie Greffier, und schickte eilig hinterher: »Sie findet, dass sie noch viel zu viel zu tun und zu entdecken hat, um ihre Zeit mit ihnen zu verplempern. Außerdem ist sie im Grunde noch ein kleines romantisches Mädchen …«

Michèle mochte es, wenn sie angesehen wurde. Sie mochte es, wenn die Männer versuchten, mehr zu sehen zu kriegen, und einander mit den Ellbogen anstießen, sobald sie sich aufrichtete und etwas zu viel Zeit darauf verwendete, ihr Oberteil zurechtzurücken, oder wenn sie sich vorbeugte und den Blick auf ihr Dekolleté freigab. Dass dieselben Männer nun mit derselben Gier ihre Tochter anstarrten, kränkte sie. Ein wenig, weil diese Blicke sie beunruhigten, aber vor allem, weil sie sich dadurch älter fühlte.

Justine schwamm zur Badeinsel und bekam kurz darauf Gesellschaft von Florie, die etwas länger gebraucht hatte, um ins Wasser zu gehen. Die anderen Kinder kamen und gingen. Bei all der Aufregung ringsum hielten sie es nicht lange an einem Fleck aus und konnten nicht einfach auf den von der Sonne erwärmten Planken liegen bleiben. Nur die Mädchen wollten es wie die Cousinen machen; sie zwangen sich, bei ihnen zu bleiben, beteiligten sich an ihrer Unterhaltung und versuchten Justines Aufmerksamkeit zu erregen. Sie waren immer noch auf der Plattform, als die Garcès eintrafen.

Es war den Garcès deutlich anzusehen, dass sie nicht denselben Kreisen angehörten. Sie schienen selbst nicht recht zu wissen, wie sie hierhergekommen waren. Stocksteif standen sie da, gekleidet, wie es vor zwanzig Jahren Mode gewesen war. In dieser Familie herrschte Ordnung, jedenfalls der Art und Weise nach zu urteilen, wie sich die Kinder in ihren bis oben hin zugeknöpften kurzärmeligen Hemden und Kleidern brav hinter den Eltern aufreihten. Ordnung, aber auch Trübsal und Fadheit. Man wusste, dass sie ihre religiösen Pflichten sehr ernst nahmen. Daraus ergab sich eine Form der Askese, die sie unauffällig und farblos erscheinen ließ.

Beispielsweise musste Emmanuel um Erlaubnis bitten, wenn er schwimmen gehen wollte, selbst an einem Tag wie diesem. Er durfte nicht zu laut sein, wenn er mit den anderen spielte. Und seit er im vergangenen Jahr während des Balls mit den Kindern der Gäste aus Bouscadié das Bootshaus aufgeschlossen und die Kanus herausgeholt hatte, um auf den See hinauszufahren, wurde er an der kurzen Leine gehalten. Nach diesem Vorfall hatte er ein halbes Jahr lang an keinem der Feste im Club mehr teilnehmen dürfen, und wenn er doch einmal mitgekommen war, hatte er in Sichtweite seines Vaters in einer Ecke sitzen müssen.

An diesem schicksalhaften Samstag ging er sich kurz nach der Ankunft umziehen und erschien in einer hochgeschnittenen Badehose, die wirklich scheußlich aussah. Dann wartete er auf seine beiden Schwestern, die nach ihm in die Umkleide gegangen waren und auf die er ständig aufpassen musste.

»Ich mag diesen Jungen nicht, er macht mir Angst«, verkündete Florie, als sie ihn linkisch und schmalbrüstig vor der Umkleide stehen sah.

»Bestimmt, weil er so hässlich ist«, erwiderte eines der kleinen Mädchen.

»Also ich mag ihn sehr«, schaltete sich Justine ein. »Er ist nett und interessant. Mir ist es ganz egal, ob er hübsch oder hässlich ist. Er ist mein Freund. Und ich habe euch schon mal gesagt, dass ich es nicht leiden kann, wenn schlecht über ihn geredet wird.«

Sie stand auf und winkte Emmanuel zu sich.

»Bist du in ihn verliebt?«, fragte das kleine Mädchen, das sich schämte, weil es so vorlaut gewesen war.

»Du weißt genau, dass ich keinen Liebsten habe und auch keinen will. Aber wenn ich mir einen aussuchen müsste, könnte es durchaus Emmanuel sein. Ich bin mir nämlich sicher, dass er mich glücklich machen würde und dass das alle, die ihn verspotten oder gemein zu ihm sind, ganz schön ärgern würde.«

»Ich verspotte ihn nicht«, antwortete Florie. »Er macht mir nur Angst, das ist alles.«

»Er ist sehr schüchtern. Er weiß nie, wie er sich verhalten soll. Darum wirkt er immer so komisch. Wenn er sich wohlfühlt, ist er ein super Typ. Hört mal, Mädels, wenn ihr die Menschen nur nach ihrem Äußeren beurteilt, wird euch einiges entgehen.«

Kurz darauf kam Emmanuel zur Badeinsel. Er kletterte nach oben und half dann seinen Schwestern hinauf. Justine war stehen geblieben, um ihn zu begrüßen. Sie lächelte und schirmte mit einer Hand ihre Augen ab.

»Ihr kommt megaspät«, sagte sie.

»Mein Vater musste noch im Büro vorbei«, entschuldigte sich Emmanuel und errötete.

Sie trat zu ihm und küsste ihn auf die Wange. Jetzt färbte sich sein Gesicht knallrot. Er wusste nicht, was er machen sollte: schnell wegschwimmen oder den Kuss erwidern. Darüber vergaß er, die anderen zu begrüßen.

»Wir müssen etwas besprechen«, erklärte Justine, ohne ihre Wirkung auf den armen Kerl weiter zu beachten. »Ich habe mir gedacht, dass wir heute Nacht auf der kleinen Insel zelten könnten. Wir nehmen die Kanus und die Zelte mit und verbringen mal so richtig eine Nacht unter freiem Himmel. Auf den Ball können wir gut verzichten. Ich tanze sowieso nur mit den Kleinen. Außerdem endet er immer gleich: Alle hocken am Strand ums Lagerfeuer. Auf der Insel wären wir wenigstens unter uns.«

»Meinst du mit *wir* alle Kinder?«, rief eins der Mädchen.

»Nein, dafür ist es dort zu gefährlich. Ich habe keine Lust, die ganze Nacht auf euch aufzupassen. Mit *wir* meine ich die Großen wie Emmanuel und mich.«

»Und Florie nicht?«

»Doch, Florie natürlich auch!«

»Aber sie ist nicht so groß wie ihr!«

»Florie ist meine Cousine und fährt in ein paar Tagen wieder heim. Kommt nicht infrage, dass ich sie allein lasse.«

»Mein Vater erlaubt das bestimmt nicht«, murmelte Emmanuel. »Außerdem sind da noch meine Schwestern ...«

Alle hatten ihn gehört, aber die beiden, um die es ging, schauten unbeteiligt woandershin.

»Die kommen bestimmt mal eine Nacht ohne dich aus. Laurence ist doch schon ziemlich groß ...«

»Und dann ist da noch die Sache vom letzten Sommerfest.«

»Hör auf! Jeder weiß, dass das nicht deine Schuld war und dass du gar nicht anders konntest. Außerdem bist du dafür schon bestraft worden. Was ist los mit dir? Hast du keine Lust mitzukommen? Willst du lieber hierbleiben und den Tanzmuffel spielen oder darauf warten, dass irgend so ein Typ wie Jean-Daniel Fraysse aufkreuzt und dir das Leben zur Hölle macht?«

»Fraysse kommt bestimmt nicht. Die aus Bouscadié sind eingeladen, aber diesmal ohne Kinder.«

»Du hast mir nicht geantwortet. Hast du Lust, dort drüben zu übernachten, oder nicht?«

»Ja«, antwortete er schließlich. »Große Lust. Sind deine Eltern einverstanden?«

»Ich habe noch nicht mit ihnen gesprochen. Alles muss unter Dach und Fach sein, bevor ich sie frage. Ich habe nachgedacht und bin der Meinung, dass wir Guillaume brauchen. Er hat schon mit den Pfadfindern gezeltet. Außerdem hat er einen Erste-Hilfe-Schein, und alle trompeten herum, dass er so vernünftig ist. Wenn er mitkommt, sind unsere Eltern beruhigt, und ich bin sicher, sein Vater wird uns helfen, sie zu überzeugen.«

»Ich dachte, ihr wärt böse aufeinander.«

»Augenblick mal! Ich bin auf niemanden böse. Er bildet sich ein, dass er schmollen muss ...«

Unter den Mädchen, die nicht zu dem Ausflug eingeladen waren, regte sich Protest. Nur die Garcès-Schwestern sagten nichts, sie hatten sich damit abgefunden, nicht dazuzugehören. Später verbreitete sich die Neuigkeit unter den anderen Kindern, die ebenfalls protestierten. Als die Armengauds eintrafen – sie waren die Letzten –, erfuhren sie, kaum dass sie auf dem Gelände hielten, dass Justine und ihre Freunde auf der Îlot des Bois-Obscurs zelten wollten.

Guillaume nahm die Einladung an, ohne sich lange bitten zu lassen. Danach klapperte Justine die fraglichen Eltern ab, um deren Zustimmung einzuholen. Sie sahen es nicht unbedingt gern, dass sich die Kinder an diesem Abend, der doch immerhin ein wichtiges Ereignis im Clubleben darstellte, ausklinken wollten. Wie Justine vermutet hatte, fand Guillaumes Vater die Idee interessant. Er vertraute seinem ältesten Sohn, noch mehr aber Justine. Und er hatte Verständnis dafür, dass sich die jungen Leute, die völlig unbescholten waren und sich bei den verschiedenen Anlässen im Club voller Begeisterung engagierten, auch einmal ein wenig absetzen wollten. Außerdem war die kleine Insel so nahe. In seinen Augen machte es keinen großen Unterschied, ob sie dort sich selbst überlassen waren oder in den Zelten auf dem Feld. Die Brunet-Auriacs schlossen sich am Ende an, und so blieb Emmanuels Vater nichts weiter übrig, als ebenfalls nachzugeben. Obwohl er normalerweise sehr streng war, was im Übrigen auch für die Arbeit galt, wurde er deutlich flexibler, wenn er in den Club Nautique kam, denn er musste immerzu daran denken, dass er trotz seiner langjährigen Mitgliedschaft nur vorübergehend dabei war.

Noch vor dem Mittagessen war die Sache beschlossen. Die

Eltern räumten ein, dass der Ausflug auf die kleine Insel für Justine auch eine Möglichkeit darstellte, sich über die Absage ihres Theaterstücks hinwegzutrösten. Die Kleinen protestierten bis zu dem Augenblick, als die beiden Kanus zu Wasser gelassen wurden. Sie verstanden nicht, warum das Mädchen, das sich sonst wie ihre große Schwester benahm, sie plötzlich zurückwies. Obwohl Justine sich ihnen den ganzen Nachmittag über gewidmet hatte, nahmen sie ihr den Ausflug übel und glaubten, sie werde ihre Meinung im letzten Moment noch ändern oder ihnen eröffnen, dass alles nur ein großer Scherz gewesen war, um sie zu foppen.

Aus Nettigkeit schlug Justine schließlich Guillaumes jüngstem Bruder Arnaud vor, sie zu begleiten. Immerhin war er etwa genauso alt wie Florie. Arnaud war ein zurückhaltender Junge, zwar etwas eingebildet wie seine Mutter, aber nicht unangenehm. Er lehnte das Angebot ab. Er wollte lieber bei seinen Freunden auf dem Fest bleiben. Jedenfalls war es das, was er zur Erklärung vorbrachte.

Guillaume war nicht gerade ein Musterschüler. Im Grunde tat er sich nirgends hervor und legte es auch nicht darauf an. Er verstand es, sich in eine Gruppe einzufügen, und machte nicht viel von sich her. Er war der gute Kumpel schlechthin, weder willenlos noch mutig, einer aus dem Mittelfeld und damit vor Spott und Rivalitäten sicher. Vielleicht litt er darunter, vor allem dann, wenn seine Eltern sich in seinem Beisein über seinen Mangel an Tatkraft und Ehrgeiz ausließen. Immer wieder riefen sie ihm in Erinnerung, dass seine Familie es nicht so weit gebracht hatte, indem sie einfach lieb und nett gewesen war. Es lag auf der Hand, dass er nicht das Zeug dazu hatte, eines Tages in die Fußstapfen seines Vaters zu treten – obwohl dieser zahlreiche Versuche unternommen hatte, ihn abzuhärten; unter anderem, indem er ihn regelmäßig mit den Pfadfindern losschickte. Arnaud dagegen war mehr der Kopfmensch, ebenfalls vernünftig und überlegt, aber sich seiner Qualitäten und seines Rangs deutlicher bewusst. Er neigte zum Einzelgängertum. Er mochte sich zwar zurückhaltender geben als sein ältester Bruder, doch man ahnte, dass dies eher eine Strategie war und er sich nicht in die Karten schauen lassen wollte, während er wartete, bis seine Zeit gekommen war. Aus diesem Grund fühlten sich viele Kinder in seiner Gegenwart nicht wirklich wohl. Dazu trugen auch sein Pariser Akzent, der alles andere als natürlich wirkte, und seine Tendenz bei, immer nach seiner Mutter zu schielen und eine Rolle zu spielen. Am Ende räumte sogar Justine ein, sie sei eher froh darüber, dass er nicht mitkam.

Auf die Vorbereitungen, die den Vormittag über angedauert hatten, folgte das Mittagessen. Das Spanferkel wurde zerlegt und mit Weizengrieß und Ratatouille serviert. Jeder musste aufstehen, um sich zu bedienen. Die Weinkrüge wurden direkt an den Fässern, die ein Stück weiter weg standen, mit Rotem und Rosé gefüllt. Die Gespräche nahmen Fahrt auf. Es herrschte eine ländliche Atmosphäre, und endlich entspannten sich alle, auch die Familie Garcès.

Nach dem Essen legten sich manche in den Schatten, um ein Mittagsschläfchen zu halten, andere blieben sitzen, um sich über Boote, das Meer, die Taucherei oder das Hochseeangeln zu unterhalten. Die Kinder gingen wieder ins Wasser. Sie warteten voller Ungeduld auf die Spiele und Wettkämpfe am Nachmittag. Strahlender Sonnenschein lag über allem. Das Fest war schon jetzt ein Erfolg.

Auch an den Stränden in der unmittelbaren Nachbarschaft des Clubs waren Menschen. Es gab zahlreiche Versuche, die Grenzen zu übertreten. Eine Familie musste am Eingang höflich abgewiesen werden: Offenbar hatten sie das Schild neben dem Zaun nicht gesehen. Etwas später musste man weniger diplomatisch gegen zwei Kerle im Alter von sechzehn beziehungsweise siebzehn Jahren vorgehen, die mit ihren Mopeds aus Valdérieu gekommen waren und genau wussten, wohin sie fuhren. Sie erwiesen sich, als sie zum Umkehren aufgefordert wurden, als aufsässig. Der Ältere hieß Maraval, der Jüngere Iché. Sie stammten aus der Nachbarschaft und hatten beschlossen, zum See zu fahren und sich selbst in den Club einzuladen. Man hatte ihnen nämlich erzählt, dass es dort ein paar »scharfe Tussis« gebe und man umsonst essen und trinken könne. Nachdem sie abgewiesen worden waren, gingen sie um das Clubgelände herum, breiteten ihre Handtücher genau an der Grundstücksgrenze aus und schwammen zur Badeinsel, um vor den Kindern, die dort waren, einen auf dicke Hose zu machen. Trotz der Beschimpfungen, mit denen sie vom Ufer aus eingedeckt wurden, weigerten sie sich zu verschwinden. Sie ahnten nicht, dass auch Pascal Rouquier und sein Schwager Serge Ramond, ein Rugbyspieler von Sporting, zu den Clubmitgliedern zählten. Der Club wurde im Wesentlichen von den Unternehmern des Tals finanziert, die wussten, wo man die talentiertesten Spieler unterbrachte. An Tagen wie diesem verstanden Rouquier und Ramond es, sich nützlich zu machen. Sie schwammen zur Badeinsel, und allein schon ihr Anblick genügte, um die beiden Schnösel zu vertreiben.

Doch dabei ließ man es nicht bewenden. Die Arme des Club Nautique reichten weit, weit genug, um binnen einer Stunde die Polizei auf den Plan zu rufen. Maraval und Iché hatten den Kindern auf der Badeinsel nämlich verkündet, sie seien gekommen, um sich ein paar »Tussis mit großem Mund« zu suchen, in den sie ihren »Schwanz stecken« könnten; sie würden nicht gehen, solange sie nicht befriedigt seien, und sie würden sich notfalls auch mit dem Mund und dem Hintern der Kleineren begnügen. Dafür wanderten sie geradewegs in die Zelle, zumal Maravals Moped frisiert und der Alkoholtest bei beiden positiv ausgefallen war. Hätten sie die Nacht nicht auf der Wache in Valdérieu verbracht, wäre der Dreifachmord auf der kleinen Insel sicherlich ihnen angelastet worden, und sie hätten alle Mühe gehabt, den Kopf aus der Schlinge zu ziehen.

Weitere nennenswerte Zwischenfälle gab es nicht. Da war zwar der junge Mann, der sein Handtuch ebenfalls an der Grenze zum Club ausgebreitet hatte, und zwar an einer Stelle, die wegen des abschüssigen, felsigen Untergrunds eher unbequem war, der aber nicht versuchte, die Grenze zu überschreiten, auch nicht, als er schwimmen ging. Ihm konnte man nichts vorwerfen. Die meiste Zeit saß er einfach nur da und las, die Sonnenbrille auf der Nase, in einem dicken Wälzer. Allerdings fiel auf, dass er immer wieder zum Fest hinüberstarrte.

Ganz in seiner Nähe hatten sich ein paar Frauen niedergelassen. Seine Anwesenheit irritierte sie zwar, machte sie aber auch neugierig. Marie Greffier, die in der Stadt eine Versicherungsagentur besaß und sich von niemandem auf der Nase herumtanzen ließ, schlug vor, ihn zum Gehen aufzufordern. Michèle Brunet-Auriac war dagegen und argumentierte, er tue schließlich nichts Schlimmes.

»Außerdem ist er ganz nett anzuschauen«, fügte ihre Handtuchnachbarin hinzu.

»Stört es euch nicht, dass er euch die ganze Zeit mit Blicken verschlingt?«, schimpfte Marie, die ständig schimpfte. »Eben, als er ins Wasser gegangen ist, sah es so aus, als ob er sich anfasst.«

Die anderen mussten lachen. Michèle schien die Vorstellung sogar erregend zu finden.

»Das ist doch eher schmeichelhaft.«

Marie Greffier zuckte mit den Schultern. Sie hatte sich geweigert, einen Badeanzug anzuziehen, und T-Shirt sowie Caprihose anbehalten. Da sie das Motorboot steuerte und es Zeit für die Spiele wurde, auch fürs Wasserskifahren, machte sie sich auf den Weg. Man erzählte sich, dass sie lesbisch sei. Vor allem wegen ihres sehr männlichen Auftretens. Ob es stimmte, wusste niemand. Was dagegen jeder wusste, war, dass man sie besser nicht darauf ansprach, denn sie brachte es fertig, allein eine ganze Armee in die Flucht zu schlagen.

So konnte der junge Mann seinen Nachmittag genießen, ohne es mit ihr zu tun zu bekommen. Später suchte man wochenlang nach ihm, erklärte ihn kurzerhand zum neuen Tatverdächtigen und gab ihm den Spitznamen »der Unbekannte vom See«.

Ein knappes Dutzend Leute meldete sich freiwillig zum Wasserskifahren, darunter auch Justine. Sie stellte sich mit jedem Mal geschickter an und liebte es, danach zu Marie ins Boot zu steigen und sich dem Rausch der Geschwindigkeit hinzugeben. Das anschließende Wettpaddeln mit Zweierkanus sorgte für ausgelassenes Gelächter und endete in einem heillosen Chaos, das Teil des Spiels war. Dann folgte der Höhepunkt des Nachmittags: das Wettschwimmen durch den See, einmal der Länge nach hin und zurück. Man musste zum See laufen, bis zum gegenüberliegenden Ufer schwimmen, an den großen Felsen anschlagen – was Marie vom Boot aus überwachte – und zum Ausgangspunkt zurückkehren. Wer keine Angst hatte, war eingeladen, ins Wasser zu gehen, ob er nun beim Wettschwimmen mitmachte oder nicht. Das war ebenso Brauch wie die Sonntagsmesse unter freiem Himmel. Außerdem war es für jene Kinder, die mitmachen durften, ein Übergangsritus. Sie hatten das Gefühl, einer schrecklichen Gefahr zu trotzen mit all dem dunklen Wasser unter und den vielen Metern vor sich, die nur langsam schrumpften. Serge Ramond gewann das Wettschwimmen haushoch, ohne allerdings den eigenen Rekord einzustellen, den er seit sechs Jahren hielt. Seine Schwester, die fast genauso schnell war wie er, hatte ihm den ersten Platz bis zum Schluss streitig gemacht. Kurz nach ihnen erreichte Guillaume Armengaud das Ziel und heimste dafür Justines Glückwünsche ein.

»Ich bin sicher, dass du nächstes Jahr Erster werden und den Rekord brechen kannst. Ich würde mich so freuen, wenn du es schaffst.«

Er lächelte und errötete leicht. Bestimmt nahm er sich insgeheim vor, es zu schaffen, und zwar nur für sie, auch wenn er dafür wie ein Verrückter trainieren musste. Ein paar Nachzügler waren immer noch unterwegs. Gemächlich schwimmend und unablässig plaudernd kehrten sie vom anderen Ufer zurück.

Das Wettschwimmen hatte traditionsgemäß Punkt sechzehn Uhr dreißig begonnen. Zu der Zeit war Gilles Mahous bereits da. Er war zwar kein Mitglied des Clubs, strebte aber eine Mitgliedschaft an. In Valras, wo er eine Wohnung besaß, hatte er jüngst seine Liebe zu Booten und zur Taucherei entdeckt. Insofern brachte er ein paar gute Voraussetzungen mit. Außerdem verstand er sich darauf, den richtigen Leuten zum richtigen Zeitpunkt eine Gefälligkeit zu erweisen, war sehr gewandt im Umgang und machte etwas her. Deshalb hatten alteingesessene Clubmitglieder ihm erstmalig vorgeschlagen, auf dem Fest zu erscheinen, um sich denen vorzustellen, die ihn noch nicht kannten, und wegen einer eventuellen Hinzuwahl mit ihnen auf Tuchfühlung zu gehen. Jedes Jahr wurden ein paar handverlesene Gäste wie er am Samstag- oder Sonntagnachmittag für ein paar Stunden eingeladen. Am Samstagabend war es etwas anderes, da waren die einzigen geduldeten Gäste jene Einwohner von Bouscadié, die selbst keine Clubmitglieder waren. Da die Musik zu so später Stunde eine Belästigung für die Nachbarn darstellte, auch wenn diese mehrere Hundert Meter entfernt wohnten, galt diese Einladung als ein Gebot des Anstands. Niemand aus dem kleinen Dorf hatte diese Ehre je ausgeschlagen. Das galt auch für dieses Jahr, und dies trotz der Entscheidung, die Kinder wegen der Scherereien, die einige von ihnen im Jahr zuvor gemacht hatten, von der Einladung auszunehmen.

Gilles Mahous integrierte sich rasch. Das Wettschwimmen sah er sich vom Ufer aus an. Offenbar blieb sein Blick an einigen Frauen hängen, als diese aus dem Wasser kamen, und er fing ohne zu zögern ein Gespräch mit ihnen an. Danach ging er auf Justine zu. Er kannte sie flüchtig, sie besuchte dieselbe Klasse wie sein Sohn Cédric, und er hatte sie bei der Theateraufführung auf der Bühne erlebt. Er wollte sie unbedingt zu ihrer Darbietung beglückwünschen, und das tat er dann auch lang und ausgiebig.

Mahous Frau und Tochter waren in Valras geblieben, um

noch etwas länger am Meer zu sein. Cédric verbrachte den Abend mit Freunden. Nicht ohne Grund hatte Gilles Mahous beiläufig erwähnt, dass zu Hause niemand auf ihn wartete. Und da er sich seit seiner Ankunft als hervorragender Gesellschafter erwies, brach man mit der herrschenden Regel und bat ihn, auch am Abend zu bleiben. Er tanzte viel, sorgte für Bombenstimmung, ging mehrmals schwimmen und zeigte bei der Gelegenheit, dass er sich aus seiner Vergangenheit als Hochleistungssportler ein paar ansehnliche Reste bewahrt hatte.

Um Punkt ein Uhr nachts verschwand er. Allerdings parkte sein Auto, ein großer roter, nicht zu übersehender Geländewagen, nach wie vor am Straßenrand. Zwei Stunden später tauchte er wieder auf, trank ein letztes Glas und verließ das Fest, nicht ohne zuvor jedem persönlich für die schönen Momente, die er erlebt hatte, zu danken.

Um neunzehn Uhr, als sich viele bereits für den Abend umgezogen hatten, als die großen Fenster des Saals weit geöffnet waren, die Champagnerflaschen dicht gepackt in den Eiskübeln dümpelten, der DJ ein letztes Mal seine Lautsprecher- und Lichtanlage testete und auf dem angrenzenden Feld die letzten Zelte aufgestellt wurden, ließen Justine, Florie, Guillaume und Emmanuel den Strand des Clubs hinter sich und nahmen Kurs auf die Îlot des Bois-Obscurs. Sie hatten zwei Firstzelte, mehrere Flaschen Wasser und Limo, Würstchen und Koteletts zum Grillen, den Grill, eine Auswahl an Fruchttörtchen sowie mehrere Tüten Bonbons an Bord. Die Kinder, die das Abenteuer noch nicht in den Wind geschrieben hatten, standen mit traurigen Gesichtern am Strand. Auch Guillaumes Vater, der beim Einladen geholfen und aufgepasst hatte, dass nicht versehentlich eine Flasche Alkohol mit ins Boot wanderte, sah ihnen beim Ablegen zu. Neben ihm stand Gilles Mahous.

Die Kanus zerteilten das Wasser, das nach dem Trubel des Tages wieder zur Ruhe gekommen war. Marie Greffier steuerte das Motorboot zurück zum Bootshaus, fuhr aber langsam, um den Sonnenuntergang zu genießen. Sie hatte darauf bestanden, die vier vor ihrem Aufbruch zu fotografieren. Die anderen Kinder verfolgten vom Strand aus, wie sie hinter dem Vorsprung verschwanden. Erst da begriffen sie, dass Justine nicht umkehren würde.

Jetzt stand ich an diesem Strand. Die Uhrzeit war dieselbe, und das Abendlicht musste dem ähneln, das sie erlebt hatten. Ich versuchte über den Felsvorsprung hinauszuschauen. Für einen Augenblick bildete ich mir sogar ein, das Kielwasser der Kanus zu erkennen, doch dann tauchte mit ruhigen Schwimmzügen das Pärchen auf, dem ich zuvor begegnet war. Schlagartig wurde ich aus der Vergangenheit gerissen und wich ein paar Schritte zurück, um nicht gesehen zu werden. Hinter mir rührte sich nichts. Die Gebäude verwandelten sich in drei große, dunkle Schatten. Unvermittelt fröstelte ich. Und mich beschlich das Gefühl, dass hinter den Fensterläden jemand stand und mich beobachtete. Mit schnellen Schritten verließ ich das Clubgelände und kehrte den Geräuschen des letzten dort gefeierten Festes den Rücken.

15

Mein Abstecher zum See hatte mich verstört. Und zwar mehr, als ich vorhergesehen hatte. Ich verspürte den Drang, erneut hinzufahren. Anstatt mich abzustoßen, zog der See mich an. Eigentlich hatte ich vorgehabt, meine Ferien dreizuteilen: ein Drittel, um mich zu erholen – meinen Lektüre-Rückstand zu verringern, die amerikanischen Serien zu sichten, die sich auf der Festplatte meines Computers angesammelt hatten, und ausgiebig spazieren zu gehen –; ein Drittel, um das vor mir liegende Jahr vorzubereiten; ein Drittel, um meine Arbeit über Basse-Misère fortzusetzen, meine berühmte »Therapie«. Am Ende schrumpfte das meiner universitären Arbeit zugedachte Drittel schnell zusammen. Ich beschloss, meine alten Vorlesungen wiederzuverwerten und mich von meinem Schwung tragen zu lassen, solange er vorhanden war. Was meine beiden Redebeiträge vor den Prüfungskandidaten betraf, hatte ich einen gewissen Spielraum, und zudem hatte ich bereits ein paar konkrete Ansätze zu Papier gebracht. Meine Ermittlungen – ich hatte mich schließlich dazu durchgerungen, sie so zu nennen – fraßen immer mehr von meiner Zeit. Ich konnte Stunden mit François Pastres Archiven verbringen oder vor den Fotos stehen, die er zusammengetragen hatte. Im Grunde dachte ich an nichts anderes mehr und hatte das ungute Gefühl, in ein Labyrinth vorzudringen, das sich mit jedem Tag änderte, und mehr Stunden mit dem Versuch zu verbringen, wieder herauszukommen, als mit dem Nachdenken darüber, auf was ich mich da einließ. Meine Bemühungen kamen mir aussichtslos vor. Nur wenn ich am Ufer des Sees stand, schienen sie einen Sinn zu ergeben, dann verflüchtigte sich das Gefühl des Durcheinanders. Jedes Mal, wenn ich vom See zurückkam, war ich bereit, den Kampf wieder aufzunehmen. Also fuhr ich den ganzen Sommer über täglich nach Basse-Misère, auch bei schlechtem Wetter. Manchmal blieb ich nur eine halbe Stunde, manchmal einen halben Tag.

Ich drang mehrmals in den Club ein, wenn auch immer mit größter Vorsicht, und jedes Mal hatte ich das Gefühl, beobachtet zu werden. Aber meine Neugier war stärker. Eines Tages wagte ich sogar, zur Badeinsel zu schwimmen. Ich setzte mich auf das Holz, das glitschig war vor Nässe, und ließ den Blick über das Ufer, den nach wie vor tadellos geschorenen Grasstreifen und die Gebäude mit der abblätternden Farbe schweifen. Ein anderes Mal nahm ich die Durchquerung des Sees in Angriff – wie beim Wettschwimmen am Tag des Sommerfestes. Auf halber Strecke wurde das Wasser schwarz, und ich hatte Angst, einen Krampf zu bekommen und in die Tiefe zu sinken, ohne dass mir jemand zu Hilfe kommen konnte. Doch nicht einmal die Angst hielt mich zurück. Es war ein angenehmes Gefühl, der Gefahr – das Wort mag ein bisschen stark sein – zu trotzen und sie zu besiegen. Also wiederholte ich das Ganze und ging nach einer Weile sogar dazu über, meine Zeit zu messen. Voller Befriedigung stellte ich fest, dass sich meine Leistung stetig verbesserte.

Ich sah nie jemanden im Club – bis auf einen Sonntag, an dem er für ein Geburtstagsessen angemietet worden war. Ich hatte mich an derselben Stelle niedergelassen wie »der Unbekannte vom See«. Wie er beobachtete ich das Geschehen nebenan und tat dabei so, als würde ich lesen. Nach zwei Stunden hätte ich viel aus der Lebensgeschichte dieser Gruppe erzählen können, einer Ansammlung von versoffenen Cousins, leichtlebigen Cousinen, heillos zerstrittenen Geschwistern und einer Oma, die wusste, dass ihre Tage gezählt waren, und es, eine Sauerstoffflasche zu Füßen ihres Stuhls, kaum erwarten konnte, zu gehen und wieder allein zu sein, weil sie sich nutzlos fühlte und schon so gut wie tot …

Ansonsten gab es keinerlei Leben im Club. Im Bootshaus lagen keine Boote mehr. Wer auf dem See Wasserski oder Kanu fuhr, kam aus der kleinen Bucht hinter dem Strand von Bouscadié, die ich an einem nebligen Vormittag auf einem Spaziergang entdeckt hatte.

Ich ging die Wege am See entlang. Streifte mehrmals durch das kleine Dorf, das dort oben auf seinem Hügel thronte. Setzte mich auf das Feld, das hinter den letzten Häusern zum See hin abfiel. Legte mich rücklings ins Wasser, sah nichts als Himmel und Tannenwipfel und bildete mir nach einer Weile ein, mitten in einem Wald zu treiben, den niemand kannte.

Nur eins tat ich nicht gleich: die kleine Insel betreten. Ich sah Badegäste, die es taten, vor allem junge Leute. Eine Insel, mag sie auch noch so winzig und nah am Ufer sein, ist nun mal eine Insel. Sie zu erkunden und etwas Zeit auf ihr zu verbringen, ist einfach zu verlockend. Ich selbst gab mich lange damit zufrieden, sie schwimmend zu umrunden, wobei ich es nicht allzu oft wagte, sie anzusehen.

Ich machte es mir zur Gewohnheit, zweimal pro Woche in die Stadt hinunterzufahren, und zwar an den Markttagen, denn die regten meinen Appetit an. An einem Dienstagmorgen schaute ich allerdings, einer plötzlichen Eingebung folgend, zuvor am Friedhof vorbei.

Der Friedhof von Valdérieu klebt an der Bergflanke, die bis in die Stadt hinunterreicht. Er besitzt zwei Eingänge: den alten in Form eines Torbogens zwischen zwei grauen Häusern und den neuen, der im Zuge seiner Vergrößerung fünfhundert Meter weiter weg angelegt wurde: ein großes schmiedeeisernes Tor, das direkt auf eine von Platanen und Kastanien gesäumte Kiesallee führt. Von hier oben hat man einen herrlichen Blick über die Stadt und das Tal sowie über die Hochebenen und Hügel im Norden. Im oberen Bereich des alten Teils, auch »alter Friedhof« genannt, haben die bedeutenden Familien Valdérieus ihre Grabstätten errichten lassen, um auch nach dem Tod noch über allen anderen zu stehen. Sie haben sich gegenseitig an Ausgaben überboten, um ihre Macht zu demonstrieren. Manche dieser Grabstätten sehen fast aus wie kleine Häuser mit ihren von verschnörkelten Zäunen eingefassten Gärtchen oder gar Terrassen. Die Skulpturen an den Fassaden gehen ins Barocke, die Ornamente setzen bewusst auf Effekthascherei. Insofern bilden diese Familiengräber, die mindestens drei Reihen einnehmen, einen Friedhof im Friedhof.

Viele dieser Grüfte sind heute heruntergekommen. Es gab Erdrutsche, weil bei starken Regenfällen das Wasser den Berg hinabschießt, seit er zugunsten nicht enden wollender Tannenwälder eines Teils seiner Vegetation beraubt wurde. Vor allem aber liegt es daran, dass die Zeit der reichen Familien vorbei ist; einige von ihnen sind ausgestorben, andere haben an diesem Teil ihres Erbes – dem für sie vielleicht uninteressantesten, mit Blick auf ihre Geschichte aber aufschlussreichsten – das Interesse verloren. Die Grabstätten werden bis auf wenige Ausnahmen nicht mehr gepflegt, die Steine sind von Moos oder Efeu überwuchert, die großen Türen mit den zerbrochenen Glasscheiben schließen nicht mehr und lassen das Laub herein.

Betrachtet man diesen Friedhof in seiner Gesamtheit, die Sammelgräber eingeschlossen, lassen sich hier die glorreichen Zeiten und der spätere Niedergang der Stadt bestens studieren. Der Berghang ist von der Hierarchie, den Klassenunterschieden, den Spuren der Kriege und dem Kampf der Religionen gestaltet worden. Hier wurden Anfang September 1980 Guillaume Armengaud, Emmanuel Garcès und Justine Brunet-Auriac begraben.

Meine einzigen Erinnerungen an diese Begräbnisse sind ein paar Bilder, die die Fernsehkameras eingefangen hatten. Sie zeigten eine nicht enden wollende Prozession, die einem Leichenwagen folgte und die engen Straßen zum Friedhof hinauf restlos ausfüllte. Und natürlich das, was meine Eltern davon erzählt haben.

Valdérieu ist in drei Pfarrbezirke unterteilt, wobei jener der Kirche Saint-Jacques im Stadtzentrum den Ton angibt. Oft hörte man von Rivalitäten zwischen den drei Pfarreien. Der Zufall wollte es, dass jede der drei trauernden Familien einer anderen angehörte. Die drei Geistlichen hatten versucht, alle für eine Gemeinschaftsmesse in Saint-Jacques zu gewinnen, die weitaus größer ist als die beiden anderen. Man erzählte sich, dass die Brunet-Auriacs dies auf der Stelle abgelehnt und sogar angedroht hatten, Justine woanders beisetzen zu lassen. Die Armengauds waren ihrem Beispiel umgehend gefolgt und hatten darauf bestanden, dass Guillaume seine eigene Messe bekam. Im

Nachhinein sieht es dennoch so aus, als hätten die Garcès die Idee als Erste verworfen. Emmanuels Vater fand eine Gemeinschaftsmesse trotz getrennter Bestattungen inakzeptabel. Seiner Auffassung nach wäre sie einer Leugnung der Identität seines Sohnes und seiner Familie – ihres Glaubens, ihrer Wurzeln und ihrer Andersartigkeit – gleichgekommen. Schließlich habe man sie nach der Entdeckung des Massakers deutlich spüren lassen, dass sie genau das seien: anders. Dabei war Emmanuel derjenige, um den die Menschen in der Stadt am meisten trauerten. Die Medien hatten lang und breit über die Art seiner Verletzungen und sein schreckliches Martyrium berichtet. Er entstammte nicht demselben Milieu wie die beiden anderen Toten. Er kam von jenseits des Zauns, und das einzige Vergehen seiner Eltern hatte darin bestanden, diese Grenze von Zeit zu Zeit überschreiten zu wollen.

Als die Brunet-Auriacs und Armengauds dies mitbekamen, legten sie den Rückwärtsgang ein, weil sie befürchteten, dass sie bei einer Gemeinschaftsmesse den Kürzeren ziehen könnten. Also begnügte man sich mit einer Gedächtnismesse ohne die Särge, gefolgt von einer Prozession durch die Stadt und einigen Minuten völligen Stillstands.

Unabhängig davon gab es an drei verschiedenen Tagen drei Messen in drei verschiedenen Kirchen. Emmanuel wurde als Erster zum neuen Teil des Friedhofs gebracht, und eine beeindruckende Menschenmenge folgte ihm. All diesen Menschen war es ein Bedürfnis, ihm das letzte Geleit zu geben, obwohl sie wussten, dass für sie auf dem Friedhof wie schon zuvor in der Kirche kein Platz sein würde.

Guillaume war am nächsten Tag dran. Seine Messe fand in Saint-Jacques statt, und selbst diese Kirche erwies sich als zu klein. Man hatte auf dem Vorplatz Sicherheitsabsperrungen errichtet und übertrug die Worte des Pfarrers per Lautsprecher nach draußen. Eine große Zahl von Menschen kam zusammen, aber die Andacht war weniger ergreifend als die für Emmanuel.

Justine schließlich bekam eine Trauerfeier im engsten Familienkreis, genauso diskret wie ihre anschließende Beisetzung.

Als Erstes fand ich an diesem sonnigen Augustmorgen die Grabstätten der Armengauds und Brunet-Auriacs. Sie befanden sich in weit besserem Zustand als viele andere im oberen Teil des alten Friedhofs. Die der Armengauds war eine Art déco-Anlage, an der die Zeit nicht spurlos vorübergegangen war. Die große schwarze, eben erst neu lackierte Tür führte zu einem kleinen Raum aus hellem Marmor. Durch die Glasscheibe sah ich die letzte Ruhestätte von Guillaume; sein Name war in goldenen Lettern eingraviert, sein Porträt in den Stein eingelassen. Auf dem Boden stand eine Vase mit frisch geschnittenen Blumen.

Die Gruft der Brunet-Auriacs gehörte zu den monumentaleren. Die Parzelle war doppelt so groß wie die anderen und umfasste einen kleinen Garten mit perfekt gemähtem Rasen und sorgfältig geschnittenen Rosen sowie ein Gebäude mit einem Kreuz so weiß wie Elfenbein auf dem Giebel. Durch zwei runde Buntglasfenster in der Flügeltür aus massivem Holz konnte man ins Innere blicken, das weniger gepflegt war. Der Boden war mit schwarzen Flecken übersät, die wohl von einer undichten Stelle im Dach herrührten. Die Blumen in der Vase waren längst verfault. Hinter der schönen Fassade herrschte hier allein das Vergessen.

Größere Schwierigkeiten hatte ich, Emmanuels Grab zu finden. Ich musste sämtliche Wege des neuen Friedhofs abklappern, im Zickzack zwischen den Gräbern herumlaufen und jeden einzelnen in Stein gemeißelten Namen in Augenschein nehmen. Zwei ältere Frauen beobachteten mich. Sie schienen sich jedoch nicht für meine Kapriolen zu interessieren, sondern waren damit beschäftigt, an dem Hahn in der mittleren Allee Wasser zu holen und es zu ihren Verstorbenen hinaufzuschleppen, wobei der Kies unter ihren trauerschweren Schritten knirschte. Meine Toten lagen nicht hier. Meine Großmutter mütterlicherseits hatte sich gewünscht, auf dem Friedhof ihres Heimatdorfes in den Bergen beigesetzt zu werden. Mein Großvater aus Fonbelle, den ich kaum gekannt hatte, wäre um nichts auf der Welt ins Tal hinuntergegangen. Und meine Eltern hatten sich für die Einäscherung ausgesprochen, damit ihre Asche vor der Küste, an der mein Vater um die Hand meiner Mutter angehalten hatte und an der sie beide freiwillig aus dem Leben geschieden waren, miteinander vermischt auf dem Meer in den Wind gestreut werden konnte.

Endlich entdeckte ich das sehr schlichte Grab der Familie Garcès-Prat. Es trug lediglich drei Namen: den von Emmanuel, der hier als Erster beigesetzt worden war, sowie die seiner Großeltern mütterlicherseits. Mitten auf der dicken Marmor-Grabplatte stand eine große Vase mit kürzlich erneuerten Blumen. Auf einem schwarzen Schild war zu lesen: »Unser Sohn und Enkel«. Auf einem zweiten, weiter hinten, stand: »Unser geliebter Bruder«. Und ein drittes mahnte weiter vorn: »Auf dass wir nie vergessen!«

Ich bin nicht mehr gläubig. Ich habe seit jenem denkwürdigen Abend, an dem ich es vergaß, nicht mehr gebetet. Im Gymnasium kam ich allerdings an der traditionellen Weihnachtsmesse ebenso wenig vorbei wie an dem einen oder anderen Vortrag, den ein Mönch oder ein anderes, vom Direktor als intellektuelle Kapazität gepriesenes Mitglied des Klerus hielt. Ich erinnere mich noch an den letzten, im Abiturjahr. Ein Ordensbruder stimmte zunächst eine Lobeshymne auf Ich-weiß-nicht-mehr-was an und streifte dann in seinem Vortrag andere – hier in ungeordneter Reihenfolge wiedergegebene – Themen wie etwa die Gefahr, die das Tragen von Jeans für Mädchen mit sich bringe, weil es die Hüften einenge und unweigerlich zu Problemen bei künftigen Schwangerschaften führe; die Verschwörung der Medien, die zur Folge habe, dass die einzig wahren Nachrichten morgens um fünf auf *France-Inter* ausgestrahlt würden; die unbestreitbar krebserregende Wirkung der Pille, die von den Pharmakonzernen aus Profitgier verschwiegen werde … Ein Mädchen aus meiner Klasse war von dem Klosterbruder so angetan, dass es um einen zweiten Vortrag bat und mindestens zwei Wochen lang keine Jeans mehr trug. Niemand hatte gegen seine Worte aufbegehrt. Und ich hatte mich nicht getraut, den allgemeinen Konsens zu brechen.

All das fiel mir an diesem Grab wieder ein. Hier zu stehen, auf den kalten Stein zu schauen, zu lauschen, wie Windrauschen und Vogelgezwitscher in den Bäumen die Stille füllten, und dabei an diesen Jungen zu denken, den ich nur ein, zwei Mal gesehen hatte, in Gedanken bei ihm und Guillaume und Justine zu sein, bis mir ein Schauer über den Rücken lief und ich mir einbildete, sie gekannt zu haben – ich weiß nicht, ob man das Beten nennen kann. Jedenfalls war dies von allen Gebeten, die ich in meinem Leben je gesprochen habe, mit Abstand das aufrichtigste.

16

Zurück in Fonbelle, schrieb ich meine Briefe an die Familien und vertraute darauf, dass die Adressen, die Pastre zusammengetragen hatte, stimmten. Ich erklärte den Zweck meines Vorhabens. Und ich bat darum, empfangen zu werden, aber nicht, um über den Fall, sondern um über ihre Kinder und auch sie selbst zu sprechen. Ich gab meine Adresse in Fonbelle sowie zur Bekräftigung meiner Anfrage auch die meines Büros in der Universität an. Danach befand ich, dass es Zeit für eine Begegnung mit den Toten war.

Mein Plan war, eine Nacht auf der Îlot des Bois-Obscurs zu verbringen. Ich musste herausfinden, wie es am See war, wenn sich der Tag verabschiedet hatte, ob die Feuchtigkeit wirklich so unerträglich war und wie sich die Nacht anhörte.

Es wäre weder vernünftig noch unauffällig gewesen, meinen Wagen so lange am Straßenrand zu parken, deshalb fuhr ich mit dem Fahrrad, das ich mir gekauft hatte. Da ich mich auf den Waldwegen nicht auskannte, legte ich die gesamte Strecke auf der Straße zurück. Bis nach Sagne-Claire brauchte ich gut vierzig Minuten. Zu meiner großen Überraschung machten meine Beine gut mit. Die letzten fünf Kilometer waren allerdings anstrengend. Gleich zu Beginn der langen, kurvenreichen Steigung hinter dem Dorf machte ich schlapp; die Schlaglöcher und Buckel gaben mir den Rest. Immer wieder musste ich absteigen. Ich fluchte, dass ich so viel mitgenommen hatte – eine Hälfte im Rucksack, unter dem mein Rücken schwitzte, die andere in der Lenkertasche, die mein heikles Gleichgewicht gefährdete. Ich hatte ein kleines Zelt, einen Schlafsack, eine Luftmatratze, mehrere Liter Wasser, Proviant, Wechselkleidung, eine Lampe und Schreibzeug dabei. Und das alles für eine Nacht!

Als ich in der nächsten Kurve die Pension und gleich darauf den Staudamm erblickte, atmete ich erleichtert auf. Ich holte tief Luft und schaffte es bis ans Ziel, ohne noch einmal anhalten zu müssen. Diesmal parkte da, wo der Feldweg abzweigte, den ich normalerweise einschlug, etwa ein halbes Dutzend Autos am Straßenrand. Ich hatte die Zeit großzügig bemessen, der Nachmittag war erst zur Hälfte vorbei. Ich schob das Fahrrad bis zu dem Vorsprung, auf dem ich mich jeden Tag niederließ, und wartete geduldig, bis die anderen gingen. Zum Glück kam niemand, der gegen Ende des Tages noch ein Picknick machen wollte. So seltsam es sich anhören mag: Seit Beginn des Monats war ich am Seeufer nicht zweimal denselben Leuten begegnet! Als könne an diesen Ort zu kommen immer nur eine Ausnahme sein.

Ich lud die Sachen ab, versteckte das Fahrrad im Unterholz und schloss es an einem Baumstamm an. Dann machte ich mich daran, die Luftmatratze aufzublasen. Es dauerte eine Ewigkeit, bis die Wülste endlich Form annahmen und prall wurden, aber das musste sein, denn ich wollte die Matratze als behelfsmäßiges Floß benützen, um meine Sachen trocken hinüberzubringen.

Gegen neunzehn Uhr setzte ich den Fuß auf die kleine Insel. Die Ausrüstung deponierte ich hinter der kleinen Kuppe bei den Tannen. Dann schlug ich das Zelt an der Stelle auf, an der das der Jungs gestanden hatte. Ich setzte mich über das Verbot hinweg und sammelte ein wenig Reisig. Dabei fragte ich mich, ob Guillaume vierunddreißig Jahre zuvor ohne Weiteres Brennmaterial für das Lagerfeuer gefunden hatte oder ob er zum waldigen Ufer hatte zurückkehren müssen. Ich selbst fand nämlich kaum genug, um die Flamme auch nur eine Stunde lang am Leben zu halten, und es war eine kleine Flamme.

Allerdings zündete ich das Feuer erst an, als ich sicher war, dass das Seeufer verlassen lag und das Dörfchen Bouscadié schlief. Zwei der drei Häuser mit Blick auf den See waren bewohnt. Die Lichter brannten bis spät nachts, und die Fensterläden standen offen. Ich setzte mich und machte mich über meinen Proviant her. Vom Wasser stieg spürbar Kälte auf. Ich musste mir viel früher als gedacht etwas überziehen. Je weiter das Tageslicht schwand, desto lauter wurden die Geräusche. Einem Wagen, der die Straße von Sagne-Claire heraufkam, eilte das Fauchen seines Motors schon lange voraus und folgte ihm sodann als Echo. Auch hörte ich, wie oben in Bouscadié die Tür eines Autos zugeschlagen wurde, bevor es losfuhr und das Motorengeräusch ebenfalls minutenlang im Wald nachklang.

Der abnehmende Mond war derselbe, der in jener schicksalhaften Augustnacht des Jahres 1980 aufgegangen war. Das Wasser des Sees glitzerte im Dunkeln. Lange silbrige Fäden durchzogen es hier und dort je nach Laune des leichten Windes, der ebenfalls dabei war, sich schlafen zu legen. Sehr weit reichte mein Blick nicht. Die große bewaldete Bergkuppe am gegenüberliegenden Ufer war lediglich eine schwarze Masse. Ich erkannte sie nur, weil sie dunkler war als die Nacht. Auf dem See konnte ich allenfalls zwanzig Meter weit sehen. Hätte in dieser

Entfernung ein Boot gelegen, ich hätte es nicht bemerkt. Als mir das klar wurde, schnürte sich mir die Kehle zu. Zweimal glaubte ich auf dem Wasser eine Silhouette wahrzunehmen, die Silhouette eines reglosen Kanus im Schutz der Finsternis. Irgendwann hielt ich es nicht länger aus, knipste die Taschenlampe an und leuchtete in die Richtung. Der Strahl verlor sich im Dunkeln und brachte außer seinem grellen Abglanz, der die Beschaulichkeit des Sees störte, nichts zum Vorschein. Auch die vier Kinder hatten Taschenlampen dabeigehabt, und zwar zwei Stück. Eine hatte man im Mädchenzelt ordentlich in der Tasche am Eingang verstaut gefunden, die andere war verschwunden.

Wie lang hatte Delmas in seinem Boot gesessen und beobachtet, was sich auf der Insel abspielte? Was hatte er gesehen, dass er dermaßen den Kopf verlor? Nur eine Gruppe junger Leute, die dabei waren, ein paar schöne Erinnerungen zu sammeln? Oder etwas anderes?

Ich hatte nie einer Bande angehört. Dafür war ich zu ängstlich. Ich hatte miterlebt, wie die anderen in Cliquen durch die Gegend zogen und erst die Samstagabend-Feten, dann die Cafés und später die Diskotheken und Tanzpartys abklapperten. Ich selbst war fast immer allein unterwegs gewesen. Dabei träumte ich davon, es auch so zu machen und überall Leute zu treffen. Noch heute ist meine Stimmung, wenn ich zufällig einen dieser 70er-Jahre-Filme sehe, in denen es um eine Jugendclique in einem warmen Sommer geht, danach unweigerlich am Boden. Dann habe ich das Gefühl, etwas Grundlegendes verpasst zu haben. Meine Eltern, denen meine Vereinsamung nicht entgangen war, hatten sehr früh darauf bestanden, mich in ein Ferienlager zu schicken. Allerdings nicht im Sommer, sondern im Winter, weil die Skilager nur eine Woche dauerten. Die Aussicht, Ski fahren zu können, was ich für mein Leben gern tat, warf auch meine letzten Vorbehalte über den Haufen. In dem Lager war ich zwar Teil eines Ganzen und konnte mich nicht absondern, aber es gelang mir nicht, mich in eine Gruppe zu integrieren. Wir wurden in den Schlafsälen nach Alter, auf der Piste nach Können und abends nach Aktivitäten eingeteilt, und trotzdem mischte sich immer alles. Für die sogenannten »Teenies« galten gesonderte Regeln: Sie wohnten in einem Extratrakt, nahmen die Mahlzeiten separat ein, hatten eigene Abendveranstaltungen und wurden tagsüber viel weniger beaufsichtigt. Sie bildeten eine ziemlich laute kleine Gruppe, der alle ab dreizehn angehörten. Ich fand sie faszinierend. Eines Vormittags sah ich sie in dem kleinen Skigebiet, in dem wir wohnten, auf der Piste. Sie hatten in einer Ecke angehalten und die Skier abgeschnallt und legten eine fröhliche kleine Vesper ein. Ich blieb wie angewurzelt in einer Kurve stehen und wartete auf Ich-weiß-nichtwas. Ich habe keine Ahnung, wie lange ich dort stand und ihnen zuschaute, aber ich war völlig hin und weg. In dieser Gruppe herrschten Freude und eine Art Eintracht. Wie bei einem Film hatte ich auch hier meine Lieblingsfiguren, ein Pärchen. Das Mädchen war ausgesprochen schön, selbst in Anorak und Keilhose. Der Junge hatte jede Menge Charisma und die Klasse und Gelassenheit eines Menschen, der mühelos jede Schwierigkeit meistert. Außer den beiden Stars, die sich andauernd küssten, gab es die Nebendarsteller, die sich ganz offensichtlich wohlfühlten und auch ein bisschen vom Rampenlicht abbekamen. Dieses harmonische Bild verfolgt mich bis heute. Als ich alt genug war, um selbst in die Teenie-Gruppe zu kommen, flehte ich meine Eltern an, mich nicht mehr in das Lager zu schicken. Die Latte lag für mich zu hoch.

Diese Erinnerung stieg in mir auf, als ich schlotternd auf der kleinen Insel saß, denn im Rückblick glaube ich, dass Guillaume Armengaud der Clique angehörte, die ich damals so bewundert hatte. Seine beiden Brüder und er waren im Skilager so etwas wie Stammgäste gewesen. Diese Episode hatte sich im Februar 1980 zugetragen, also wenige Monate vor Guillaumes Ermordung. Ich sehe ihn zwar nicht klar und deutlich unter den Nebendarstellern, glaube aber, dass er einer von ihnen war. Zumindest möchte ich es glauben.

Gegen ein Uhr morgens machte ich Feuer. Es wollte kaum angehen, weil die Feuchtigkeit überallhin drang, und ebenso wenig wollte es mich wärmen. Ich gab mich mit dem Schein der Flammen und dem Geruch von siedendem Harz zufrieden. Als das Feuer erlosch, versuchte ich gar nicht erst, es erneut zu entfachen. Starr vor Kälte kroch ich in mein Zelt und mummelte mich in meinen Schlafsack.

Der von Florie immerzu wiederholte Satz »Es kam aus dem Wasser!« erhielt plötzlich eine ungeahnte Bedeutung. Ich begann tatsächlich, verdächtige Geräusche zu hören: Steine, die unter dem Gewicht eines Mannes aneinanderstießen; das Wasser, das hektisch gegen die Felsen schwappte; Atemgeräusche ganz in der Nähe … Mehrmals verließ ich das Zelt, um mich zu vergewissern, dass ich auch wirklich allein war, doch kaum hatte ich mich wieder hingelegt, setzten die Geräusche von Neuem ein. Ich machte kein Auge zu. Ich redete mir sogar ein, dass bestimmt irgendwann der Reißverschluss hochgezogen und etwas oder jemand in der Öffnung erscheinen würde. Ich rührte mich nicht. Ich war kein Erwachsener, sondern ein Kind, das sich an den einzigen Schutz klammerte, der ihm blieb: ein ziemlich dürftiger Schutz. Ich war Florie Nipperday, die von ihrer Cousine allein gelassen worden war und Stöhnen, Wimmern, Schläge und vielleicht – oder mit Sicherheit – sogar Schreie hörte, bevor die Zeltplane über ihr einstürzte. Sie wurde unter dem Stoffhaufen begraben, geriet in Panik, rang nach Luft, wusste nicht, wie sie herauskommen, wie sie auch nur eine winzige Öffnung finden sollte, um wieder Luft zu bekommen, und begriff schließlich, dass sie hier sterben, ja, dass sie ersticken würde. Sie schrie, so laut sie konnte. Ein heftiger Schlag gegen die Stirn ließ sie verstummen und nach hinten kippen. Trotzdem versuchte sie sich wieder aufzurichten und aufzustehen. Ihre Hoffnung war, dem Zelt so vielleicht wieder eine Form geben und den Reißverschluss finden zu können. Justine kam ihr nicht zu Hilfe. Auch keiner der beiden Jungen kam ihr zu Hilfe. Da draußen war etwas, das sie angriff und niemanden unversehrt ließ. Ihre Stirn schmerzte, ihr Schädel dröhnte, und dennoch schaffte sie es, sich aufzurappeln, zunächst auf die Knie. Da spürte sie einen zweiten Schlag, kräftiger als der erste. Er traf sie am Hinterkopf. Arme und Beine versagten ihr den Dienst. Der Körper gehorchte ihr nicht mehr. Sie wollte sich abermals aufrichten, doch ihr Gehirn zwang sie, sich nach vorn fallen zu lassen. Sie wollte die Augen offen lassen, aber es zwang sie, sie zu schließen. Sie wollte Licht, aber da war nur Dunkelheit. Für immer.

Ich döste ein. Irgendwann wachte ich auf, weil ich das Gefühl hatte zu ersticken. In meinen Lungen war keine Luft mehr, und ich hatte mich in meinem Schlafsack verfangen. Ich schlug um mich, bis ich ihn zerfetzte. Als ich den Reißverschluss des Zeltes öffnen wollte, riss ich ihn von der Stoffbahn. Draußen ließ ich mich zu Boden fallen. Die Dunkelheit nahm mir den Atem. Ich brauchte Tageslicht, um wieder Luft zu bekommen. Da merkte ich, dass ich die ganze Zeit die Augen geschlossen hatte. Als ich schließlich die Kraft fand, sie zu öffnen, stellte ich fest, dass es nicht mehr dunkel war. Gleich würde die Sonne aufgehen. Der Nebel stieg in Spiralen vom See auf. Ich brauchte eine Weile, bis ich wieder gleichmäßig atmete. Meine Uhr zeigte zwanzig vor sechs. Meine Gedanken kreisten um das Licht. Nicht um das Licht des frühen Morgens, sondern um das, das Delmas gebraucht hatte, um zur kleinen Insel zu fahren, die Jungen zu erschlagen, Justine zu vergewaltigen und zu ertränken, anschließend zum Zelt zu gehen und über Florie herzufallen. Falls er Guillaumes Taschenlampe mitgenommen hatte, wie hatte er sich dann vorher zurechtgefunden, als er sie noch nicht hatte? Und wenn er im Dunkeln so gut zurechtkam, wozu hatte er sie dann überhaupt gebraucht?

Guillaume Armengaud war wenige Schritte von der Stelle, an der ich stand, erschlagen worden. Ein einziger Hieb, und er hatte minutenlang mit dem Tod gerungen. In der Tasche seiner Bermudas hatte man sein ordentlich zusammengeklapptes Pfadfindermesser gefunden. Hatte er seine Sachen zum Schlafen anbehalten oder sich die Mühe gemacht, sich anzuziehen, bevor er nach draußen ging, um nachzusehen, was los war? Warum waren ihm die Sachen nicht weggenommen worden?

Emmanuel Garcès war vollständig entkleidet worden, Schuhe eingeschlossen. Die Sachen waren ihm eher vom Leib gerissen als ausgezogen worden. Ihm wurden Schläge mit einem großen Stein beigebracht. Der erste ließ ihn nach hinten kippen. Auf seinem Rücken fanden sich später Abdrücke der Kieselsteine vom kleinen Strand, auf den er mit seinem ganzen Gewicht gestürzt war. Der zweite Schlag, so hofften zumindest die Gerichtsmediziner, hatte bewirkt, dass er das Bewusstsein verlor. Dann beugte sich der Angreifer über seinen leblosen Körper und drosch auf sein Gesicht ein. Mindestens acht, vielleicht sogar zehn Mal. Dabei wurde das linke Auge vollständig zerstört, die Augenhöhle bis zum Ohr aufgerissen. Die Nase war weg. Dort, wo die linke Wange gewesen war, klaffte ein Loch, das den Blick auf Zahnwurzeln, geborstene Knochen, zermalmte Knorpel und bröckeliges Fleisch freigab. Davor oder danach wurden mit dem großen Stein auch seine Genitalien bearbeitet, das Glied beinahe abgetrennt, die Hoden aufgeschlagen. Anschließend zerrte der Mörder den Leichnam mit dem Gesicht nach unten ins Wasser, als wollte er ihn nicht mehr sehen. Später nahm er Emmanuels Kleider und Schuhe mit, wohl aus Angst, sie könnten für die Ermittler verwertbare Spuren aufweisen.

Justines Kleider blieben an den Felsen liegen. Sie wurde ohne Anwendung von Gewalt ausgezogen, auch wenn einige der Berührungen, die sie erdulden musste, sie verletzten. Sie wurde vergewaltigt, vielleicht mehrmals, und zwar ausschließlich durch vaginale Penetration. Der Vergewaltiger ejakulierte weder in noch auf ihr. Das Blut auf einem der Felsen am Wasser stammte von ihrem zerrissenen Jungfernhäutchen. Sie wurde nicht geschlagen, weder ins Gesicht noch sonst wohin. Als ihr Peiniger ihren Kopf unter Wasser drückte, bis sie ertrank, kniete er vermutlich auf ihren Schulterblättern, die entsprechende Spuren aufwiesen, machte sich schwer. Sie versuchte, um sich zu schlagen. Sie wühlte mit den Händen im Schlamm und brach sich fast alle Nägel ab.

Dies alles geschah auf einem kleinen Areal, in einem Dreieck mit zwanzig Meter Seitenlänge zwischen Strand, Felsen und Zelten. Und die ganze Zeit über dröhnte die Tanzmusik aus dem Club durch den Wald.

Bevor es ganz hell wurde, packte ich meine Sachen und verwischte die Spuren meines Lagerfeuers. Ich biss die Zähne zusammen, als ich ins Wasser eintauchte, um zum Ufer zurückzuschwimmen. Mein Fahrrad stand noch an dem Baum. Inzwischen hing nicht mehr nur über dem See Nebel, sondern über der ganzen Gegend. Ich wusste, dass ich so schnell nicht wiederkommen würde, dass dies das Ende meiner Begegnung mit dem See war. Nicht nur, dass er mich nicht mehr anzog. Er war für mich in nur einer Nacht unerträglich geworden.

Es dauerte lange, bis mir warm wurde, denn ich fühlte mich vollkommen ausgelaugt. Trotzdem schaffte ich es in einem Stück zurück nach Fonbelle. Als sei der Wind mein Verbündeter und blase mir in den Rücken, um mich so schnell wie möglich von diesem Ort wegzubringen.

17

Da ich meine Arbeit vernachlässigt hatte, sah ich dem Semesterbeginn mit einer gewissen Unruhe entgegen. Außerdem hatte der nächtliche Ausflug ein ungutes Gefühl in mir hinterlassen, weshalb ich erneut an der Richtigkeit meiner Nachforschungen zu zweifeln begann. Es kam mir so vor, als hätte ich mich zwei Monate lang eingeschlossen, zuerst in Toulouse, dann in Fonbelle. Obendrein meldeten sich meine Schlafstörungen zurück. Der Umzug ins Dorf hatte also nur vorübergehend geholfen.

Mir blieben zwei Wochen, bis ich wieder an die Uni musste. Ich beschloss, eine davon zu nutzen, um dem Alltag zu entfliehen und den Kopf freizukriegen. Mich ans Steuer zu setzen und zu sehen, wohin es mich verschlug. Auf der Umgehungsstraße von Toulouse ließ ich mich von meinem Instinkt leiten und nahm die Straße Richtung Bordeaux. Ich hatte Lust auf den Atlantik. Doch dann trieb es mich weiter bis nach La Rochelle, wo mich wiederum die Vorstellung reizte, trotz des schlechten Wetters in die Bretagne zu fahren. Ich übernachtete in Dinard, aber schon am frühen Morgen sagte mir der Ort nichts mehr. Also setzte ich meinen Weg in nördlicher Richtung bis nach Granville fort und landete schließlich in Cherbourg. Als ich auf dem Kai zu Mittag aß, wurde mir bewusst, dass ich soeben einmal durch Frankreich gefahren war, ohne mich jedoch befreit zu fühlen. Da sah ich, wie eine Fähre das Hafenterminal Richtung England verließ. Das machte mir Lust. Ich ging zum Schalter des Fährbüros und erstand einen Platz auf der Abendfähre nach Portsmouth. Als die junge Frau mich nach dem Rückreisedatum frage, wusste ich nicht, was ich sagen sollte. Sie fand für mich eine Rückfahrt fünf Tage später; alles andere war bereits ausgebucht. Um achtzehn Uhr stand ich an Bord und sah zu, wie der Hafen in unserem Kielwasser in die Ferne rückte. Zwei Stunden später erreichten wir Portsmouth, und seit unserer Abfahrt hatte es pausenlos geregnet. Ich ging ins nächstbeste Hotel und versuchte zu schlafen. Nach einer Weile gab ich es auf. Während ich mit offenen Augen dalag und darauf wartete, dass der Tag anbrach, verdaute ich die Tatsache, dass es mich nicht zufällig hierher verschlagen hatte. Ich hatte zwar beschlossen, Basse-Misère für einige Zeit loszulassen, aber Basse-Misère weigerte sich, mich loszulassen.

Also kaufte ich eine Straßenkarte und zeichnete beim Frühstück meine Reiseroute ein. Dann machte ich mich auf den Weg nach Cornwall, wo ich auf den Spuren von Florie Nipperday wandeln wollte.

Nach dem Massaker am See tat John-Henry Nipperday sein Möglichstes, um seine Tochter zu schützen. Es gelang ihm, die Journalisten auf Abstand zu halten und sich zugleich in den Dienst der Ermittlungen zu stellen. Nie versuchte er, diese zu behindern, nicht einmal, als einige Leute Florie verdächtigten, ihre drei Gefährten getötet zu haben. Zwei Jahre nach dem Verbrechen willigte er sogar ein, seine Tochter hypnotisieren zu lassen, um Erinnerungen zutage zu fördern, die im Innersten ihres geschädigten Hirns verschüttet waren. Doch es kam nichts heraus, das ihren früheren Aussagen hätte hinzugefügt werden müssen.

Damals hatte man Florie mit Geduld zum Sprechen bewegen können: Gleich nach ihrer Ankunft auf der kleinen Insel hatten sie die Zelte aufgebaut, das der Jungs links und das der Mädchen rechts. Danach hatte sich Guillaume ums Feuermachen gekümmert. Sie hatten ihr Essen zubereitet und verzehrt. Sie hatten viel geredet: ein wenig über die Ferien und jede Menge über den nahenden Schulbeginn. Aus Justine war es nur so herausgesprudelt. Sie hatte davon geträumt, wieder Theater zu spielen, und gehofft, dass sie ihre Französischlehrerin dazu bewegen könnte, ihren Plan, Ende des Jahres ein neues Stück aufzuführen, zu unterstützen. Dieses Stück hatte sie selbst schreiben wollen, gewissermaßen als Neuauflage ihres gescheiterten Versuchs im Club. Es sollte eine Bühnenfassung von *Das Phantom der Oper* werden, in der die Heldin nicht Sängerin, sondern Startänzerin war. Guillaume hatte bereits ans Skifahren gedacht, das er sehr liebte, und an die von den Pfadfindern von Valdérieu organisierte Wohltätigkeitsreise im Frühjahr nach Madagaskar. Er hatte gesagt, wenn seine Eltern es erlaubten, würde er nach der Neunten von der Schule abgehen und Bergführer werden, aber seine Hoffnung, dass sie damit einverstanden wären, hatte sich in Grenzen gehalten. Emmanuel hatte wenig geredet. Schon gar nicht übers Gymnasium. Und was Florie selbst anging, so erinnerte sie sich nicht, überhaupt den Mund aufgemacht zu haben. Sie hatte einfach nur zugehört. Sie war ängstlich und traurig gewesen. Ängstlich wegen der kommenden Wochen und traurig, weil sie Justine verlassen musste. Sie hätte gern in dem Stück mitgespielt, wie es für den Fall geplant gewesen war, dass es beim Sommerfest im

Club aufgeführt wurde. Justine hatte ihr die Geschichte erzählt, was sie so gut konnte, und Florie hatte sie großartig gefunden. Sie mochte es sehr, wenn Justine von einem Buch, das sie gelesen, oder einem Film, den sie gesehen hatte, erzählte. Manchmal machte sie eine neue Geschichte daraus. Ihre Beschreibungen waren so anschaulich, dass Florie das Gefühl hatte, alles vor sich zu sehen, selbst wenn es im Zimmer stockdunkel war.

Am Abend hatte Justine Geschichten von Inseln und Schiffbrüchigen erzählt. Emmanuel hatte an bestimmten Stellen laut lachen müssen, und wenn er lachte, hatte sein Gesicht wirklich furchterregend ausgesehen. Florie wäre es lieber gewesen, er wäre nicht mitgekommen.

Sie hatten nicht viele Sternschnuppen gesehen, es war kalt gewesen, und vor allem hatte der lange Tag sie angestrengt. Deshalb waren sie zeitig schlafen gegangen. Justine war angezogen in ihren Schlafsack geschlüpft, um sich aufzuwärmen. Florie hatte es ihr nachgemacht. Sie hatten sich noch ein bisschen unterhalten, aber leise, damit die Jungs sie nicht hörten. Justine hatte gesagt, sie hätte die Macht, Emmanuels Leben zu ändern, und könnte dafür sorgen, dass die anderen nicht länger gemein zu ihm wären, und zwar, indem sie ganz einfach für eine Weile seine Freundin würde. Florie hatte sie gefragt, ob sie es denn über sich bringen würde, ihn auf den Mund zu küssen. Justine hatte Ja gesagt, aber auch, dass sie auf den richtigen Moment warten müsse, weil sie ihm auf keinen Fall noch mehr wehtun wolle als die anderen, indem sie ihm gestand, dass sie nicht in ihn verliebt war. Als sie sich im Jahr zuvor im Gymnasium mit ihm gezeigt und ihm jeden Morgen einen Kuss gegeben habe, sei alles nur noch schlimmer geworden. Sie müsse es also künftig geschickter anstellen.

Florie hatte erwidert, dass sie Guillaume lieber mochte und sich, wenn sie zu viert auf einer einsamen Insel stranden würden und sie sich einen Liebsten aussuchen müsste, für ihn entscheiden würde. Darüber hatten sie beide gelacht. Dann hatte Justine gesagt, sie sollten nun schlafen, denn der nächste Tag sei wichtig; es wäre schade, wenn sie davon auch nur ein kleines bisschen versäumen würden. Florie hatte sie nach der Uhrzeit gefragt, und Justine hatte geantwortet, es sei schon fast ein Uhr morgens.

Also hatte Florie sich umgedreht und vom Schlaf übermannen lassen. Sie hatte sich so gefreut, dass sie auf der kleinen Insel zelteten, das war wieder mal eine geniale Idee ihrer Cousine gewesen! Sie war praktisch sofort eingeschlafen.

Als sie den Zeltreißverschluss hörte, war sie aus dem Schlaf hochgefahren. Es war dunkel gewesen. Justine hatte sich angeschickt, in die Nacht hinauszukriechen. Draußen war ein Geräusch gewesen. Von etwas Schwerem, etwas Beängstigendem, das aus dem See gekommen war. Ihre Cousine hatte gesagt, sie solle sich keine Sorgen machen, im Warmen bleiben und versuchen, wieder einzuschlafen. Sie hatte ihr die Taschenlampe dagelassen und versprochen, schnell zurückzukommen. Bestimmt seien das nur die Jungs, die Blödsinn machten, hatte sie gesagt, sie bräuchten also keine Angst zu haben, und falls sie trotzdem welche hätten, sollten sie es nicht zeigen. Sie hatte Florie noch einmal geraten, sich nicht zu bewegen, mucksmäuschenstill zu sein und so zu tun, als sei das Zelt leer. Das hatte Florie noch mehr beunruhigt. Sie hatte genau gespürt, dass auch Justine verunsichert war. Sogar im Dunkeln hatte sie das gespürt.

Dann war einige Zeit vergangen, wie viel, wusste sie nicht. Plötzlich war alles um sie herum zusammengebrochen, und sie hatte keine Luft mehr bekommen. Dann war da der erste

Schlag auf die Stirn gewesen, anschließend der zweite und dann Leere ... Sie war in einem ganz und gar weißen Krankenhauszimmer aufgewacht. Ihr Vater und ihre Mutter hatten Seite an Seite an ihrem Krankenbett gesessen, die Schultern der beiden hatten sich berührt. Das hatte sie als Erstes gesehen: dass sich die Schultern der beiden berührten. Sie hatte ihnen sagen wollen, dass sie sich darüber freue, aber die Worte hatten ihr nicht über die Lippen kommen wollen. Schlagartig hatte sie wieder diese Leere verspürt. Und sie hatte das Gefühl gehabt, in die Leere hineinzufallen, ein Sturz, der kein Ende hatte nehmen wollen und sie vor Entsetzen hatte schreien lassen, doch auch ihre Schreie waren lautlos gewesen.

Die Eheleute Nipperday hatte sich gegenseitig regelrecht zerfleischt. Der Vater hatte der Mutter vorgeworfen, ihre einzige Tochter in Valdérieu allein gelassen zu haben, um mit ihrem Liebhaber in die Bretagne zu fahren. Er hatte sie unverhohlen verantwortlich gemacht für das, was Florie widerfahren war. Er war reich und mächtig, und seine Geschäfte florierten, im Gegensatz zu denen der Brunet-Auriacs. Bei der Scheidung hatte er allen die Stirn geboten: seiner Frau, seinen Schwiegereltern und ihrer Horde von Anwälten. Er hatte sie fertiggemacht. Das Gericht hatte ihm das alleinige Sorgerecht zugesprochen, und er hatte sich verpflichtet, fortan all seine Zeit seiner Tochter zu widmen. Er hatte Wort gehalten. Nachdem er alles, was er in Frankreich besessen und nicht seiner Exfrau überlassen hatte, verkauft und die Leitung seines Unternehmens abgegeben hatte, war er nach Cornwall gegangen und hatte ein schönes Haus in der Nähe von Penzance gekauft, wo er als Kind oft gewesen war. Seit zweiunddreißig Jahren lebte er dort mit Florie.

Ich fuhr bis zu der Halbinsel im äußersten Westen. Dabei war mir klar, dass ich wie Pastre und viele andere vor mir an dem Bollwerk, das John-Henry Nipperday rund um seine Tochter errichtet hatte, abprallen würde. Ich war nicht so vermessen, mit Florie sprechen zu wollen, ich hatte lediglich den Wunsch, sie zu sehen, wenn auch nur von Weitem.

In Penzance angekommen, fuhr ich direkt zu ihrem Haus. Es lag an einem vom Meer abgewandten Hang. Ich hatte mit einem riesigen, von hohen Mauern umgebenen Anwesen mit großem Park, breiter Auffahrt und Herrenhaus gerechnet. Stattdessen gelangte ich zu einem schönen Haus von vernünftiger Größe in einem kleinen grünen Park, gesäumt von wenigen, aber majestätischen und trotz des stetigen Windes kerzengeraden Bäumen. Anstelle von Mauern gab es ein Geflecht aus lebenden Hecken, deren Dornen den Weg versperrten, Blicke aber durchließen. Die unmittelbare Nachbarschaft bestand aus nichts als Weiden und Wäldchen.

Ich parkte ein Stück entfernt und näherte mich dem Haus zu Fuß, beeindruckt und beklommen zugleich. Florie war hier, ganz in meiner Nähe. Zum ersten Mal spürte ich, dass sie lebte. Zum ersten Mal war sie nicht mehr das kleine Mädchen mit dem Schmollmund, dem traurigen Blick und dem zu langen Pony. Zum ersten Mal waren wir gleich alt. Für sie war die Zeit vergangen, während sie für die drei anderen angehalten hatte. Sie war aus den Fotos herausgetreten. Sie war ihnen entkommen, um vierunddreißig Jahre später hier auf mich zu warten.

Ich fuhr wieder nach Penzance hinunter, nahm mir ein Zimmer in einem charmanten, kleinen, farbenfrohen Hotel und verbrachte endlich einmal eine relativ ruhige Nacht. Am nächsten Morgen fuhr ich wieder hinauf und schlich um den Park herum, umrundete ihn einmal auf Feldwegen. Ich versuchte aus verschiedenen Perspektiven mehr zu sehen und hoffte, einen Blick auf Florie im Garten oder hinter einem Fenster zu erhaschen. Zu mehr konnte ich mich nicht überwinden. Anschließend aß ich im Pub eines Nachbardorfs zu Mittag. Eine fidele kleine Frau mit makellos weißem Haar begrüßte mich warmherzig, als sie merkte, dass ich Franzose war.

»*Ah! La France!*«, sagte sie immer wieder und spulte eine Reihe französischer Wörter ab, die sie aufgeschnappt hatte, deren Bedeutung sie aber offensichtlich nicht verstand.

Außer mir gab es noch einen weiteren Gast. Er stand, die Ellbogen aufgestützt, an der Theke, drehte sich zu mir um, hob sein halb leeres Bierglas und rief: »*Good team! Congratulations!*«

Spontan gab ich ihm noch ein Bier aus, und wir plauderten über die Weltmeisterschaft. Ich hörte mir an, wie er über die erbärmliche Leistung der englischen Nationalmannschaft klagte, und genoss dabei das beste Hähnchen-Sandwich, das mir je vorgesetzt worden ist. Dank meiner – wenn auch alles andere als perfekten – Englischkenntnisse und meines etwas fundierteren Fußballwissens konnte ich mich mit diesen Leuten unterhalten und es wagen, vorsichtig nach den Menschen zu fragen, die in dem schönen, abgeschiedenen Haus an der Straße nach Penzance wohnten.

Alle hier in der Gegend wussten, was die junge Frau als Kind durchgemacht hatte: Sie war die einzige Überlebende eines schrecklichen Massakers, das Anfang der 1980er-Jahre irgendwo in Frankreich begangen worden war.

»Sie dürften zu jung sein, um sich daran zu erinnern«, meinte die Wirtin des Pubs.

Ihr Vater hatte sie hierhergebracht. Sie lebten sehr zurückgezogen und legten auf diese Zurückgezogenheit großen Wert. Wer bei ihnen arbeitete, musste eine Verschwiegenheitsklausel unterschreiben, die es allen Angestellten untersagte, über die Vorkommnisse auf dem Anwesen zu sprechen, vor allem gegenüber Journalisten.

Bekanntermaßen hatte die arme junge Frau nicht mehr alle Sinne beisammen. Anfangs waren sie und ihr Vater gewissermaßen unsichtbar gewesen. Sie hatten ihr Grundstück nur verlassen, um zu Arztbesuchen nach Exeter, Bristol oder London zu fahren. Später war der Vater dazu übergegangen, sich zu zeigen. Man sah ihn in der Stadt oder den umliegenden Dörfern. Er hatte Stil, war stets erlesen gekleidet und zeigte sich gegenüber jedermann sehr liebenswürdig. Irgendwann hatte auch die Tochter begonnen, das Haus hin und wieder zu verlassen. Ab und zu begleitete sie ihren Vater nach Penzance, aber meistens sah man sie hier draußen zusammen spazieren gehen. Diese Spaziergänge waren mittlerweile tägliche Gewohnheit: Nachmittag für Nachmittag, bei jedem Wetter. Sie trug immer eine große Haube, sogar im Sommer. Man erzählte sich, dass die Spaziergänge eine beruhigende Wirkung auf sie hätten – vorausgesetzt, sie gingen nicht ans Meer, denn sie hatte eine Wasserphobie.

»Das viele Geld hat dem Mann den Kummer nicht ersparen können«, bemerkte mein Nachbar am Tresen betrübt.

Er war den beiden schon mehrmals begegnet. Es war nicht zu übersehen, dass der Vater die Last eines doppelten Schmerzes auf seinen Schultern trug: die seines eigenen und die des Schmerzes seiner Tochter.

»Unmöglich zu sagen, welcher schwerer wiegt.«

Manchmal kamen sie auch in dieses Dorf. Einmal hatten sie sogar im Pub einen Tee getrunken. Die kleine Frau mit dem weißen Haar hatte es nicht gewagt, der Tochter ins Gesicht zu blicken.

»Sie muss ja nicht wie ein Tier im Zoo angestarrt werden!«

Allerdings machte sie sich Gedanken darüber, was aus der jungen Frau werden sollte, wenn ihr Vater einmal nicht mehr war.

Nachdem ich von den täglichen Spaziergängen erfahren hatte, verließ ich den Pub. Allerdings nicht übereilt, um nicht unhöflich zu wirken. Diesmal parkte ich an einer Stelle, von der aus ich freien Blick auf das Tor des Nipperday'schen Anwesens hatte, und wartete.

Gegen fünfzehn Uhr sah ich sie tatsächlich durchs Tor treten. Sie kehrten mir den Rücken zu und gingen in die entgegengesetzte Richtung davon. John-Henry war mittlerweile ein alter Mann und nicht so groß, wie ich ihn mir vorgestellt hatte. Er benützte einen Spazierstock. Von Florie, die neben ihm ging, war zunächst nichts weiter zu sehen als ein beiger Regenmantel, Gummistiefel und eine dunkelblaue, spitz zulaufende Haube.

Unversehens wurden meine Augen feucht. Ich versuchte nicht, mich zusammenzureißen, und so lief mir gleich darauf eine Träne über die Wange. Während die beiden Gestalten hinter der ersten Biegung verschwanden, saß ich in meinem Wagen und heulte wie ein Schlosshund. Seit Ewigkeiten hatte ich nicht mehr geweint.

Ich ließ den Motor an und fuhr langsam hinterher, um sie einzuholen. Dazu gaben sie mir jedoch keine Gelegenheit. Kaum tauchten sie in meinem Gesichtsfeld auf, bogen sie auch schon links in einen Weg ein, der sich hinter zwei Hecken aus Brombeergestrüpp und Büschen quer über die Felder schlängelte. Hier konnte ich ihnen unmöglich folgen. Also hielt ich nach der erstbesten Straße zur Linken Ausschau, um parallel zu ihnen fahren zu können. Ich schätzte ab, wo ihr Weg enden würde, und postierte mich an einer Stelle, wo ich vor ihren Blicken geschützt war. Kurz darauf sah ich sie von Weitem kommen. Allerdings kreuzten sie die kleine Straße nur und gingen auf einer anderen weiter, die zu einem kleinen Ort führte.

Ich fuhr die zwei Kilometer bis dorthin, parkte und folgte zu Fuß einem Feldweg, der zum Ortskern führte und meinen Schätzungen nach mit großer Wahrscheinlichkeit den ihren kreuzen würde.

Das Wetter war schön. Es war Wind aufgekommen, aber hier im Landesinneren spürte ich nur die Ausläufer, die über die Baumwipfel strichen. Ich rechnete an jeder Biegung damit, die beiden vor mir auftauchen zu sehen. Meine Kehle war wie zugeschnürt, denn ich erwartete diesen Moment ebenso ungeduldig wie bang. Aber es kam nicht dazu. Ich begegnete ihnen nicht. Mein Weg traf auf einen anderen und danach wiederum auf einen anderen. Jedes Mal gab es eine Kreuzung mit vier Armen und ebenso vielen Möglichkeiten. Die Hecken waren zu hoch, um dahinter jemanden sehen zu können. Ich legte einen Schritt zu und unternahm mehrere Versuche, wobei ich jeweils nach kurzer Zeit zum Ausgangspunkt zurückkehrte und in eine andere Richtung ging, um wenig später erneut zurückzukommen. Ich musste mir eingestehen, dass mein Plan nicht aufgegangen war. Mir blieb nur eine Möglichkeit: zu ihrem Tor zurückzukehren und dort auf sie zu warten. Ich hatte noch etwas Zeit. Mein Blick fiel auf die hübsche Vorderfront eines Lokals, zwei große, weiß gerahmte Fenster, über denen ein Schild mit der Aufschrift »Pub« hing. Ich trat ein und setzte mich in Türnähe an einen großen Tisch. Der in Weißtönen gehaltene Raum war sehr hell, die Holzbalken waren in blassem Himmelblau gestrichen. Das Ganze sah eher nach einem Salon de Thé als nach einem Pub aus. Als ich mich etwas genauer umschaute, begriff ich, dass es sich um den Anbau eines Bed and Breakfast handelte, das den am Tresen aufgehängten Empfehlungen diverser Reiseführer zufolge einen ausgezeichneten Ruf genoss. Der Mann, der kam, um meine Bestellung aufzunehmen, erklärte sogleich, er habe kein Zimmer mehr frei. Er sagte das mit betrübter Miene, fand aber sein Lächeln wieder, als ich erwiderte, ich wolle nur einen Tee trinken.

Alles an diesem Ort wirkte beruhigend. In einer Ecke saß ein Mann reiferen Alters und las. Ein paar Tische weiter plauderten zwei Frauen leise miteinander. Ein junges Pärchen hielt einfach nur Händchen und blickte sich tief in die Augen. Auf der Theke standen unter Glasglocken appetitliche Kuchen. Durch die offene Tür im hinteren Teil blickte man in einen blühenden Garten, dessen Düfte bis zu mir drangen. Ich gab mich ihnen hin, entspannte mich ein wenig und versuchte zu vergessen, wie sehr Flories Anblick mich verstört hatte. Und ich bedauerte, dass ich es nicht wie der ältere Herr gemacht und ein Buch mitgebracht hatte, denn dieser Raum erschien mir perfekt zum Lesen. Wenn an kühleren Nachmittagen oder Abenden im Kamin ein Feuer brannte, war er bestimmt der ideale Zufluchtsort.

Auch zwei Radsportler verschlug es auf ihren schwer bepackten Drahteseln hierher. Sie hielten vor dem Pub, verzogen beim Absteigen leicht das Gesicht und zupften nicht gerade unauffällig ihre Radhosen samt Inhalt zurecht. Der eine stieß die Tür auf, und der Wirt ging ihm entgegen. Sie hatten ein Zimmer reserviert. Ich glaube, es waren Niederländer. Ihre Ankunft war wie eine kleine Welle, die die Ruhe des Ortes ein wenig störte. Sie wurden gebeten, ums Haus herumzufahren und die Räder im Garten abzustellen, bevor man sie zu ihrem Zimmer führte. Als sich die Eingangstür wieder schloss, kehrte die Stille schlagartig zurück. Nicht einmal zwei Minuten später wurde sie erneut geöffnet, diesmal jedoch behutsamer. Da ich mit dem Rücken zur Tür saß, glaubte ich, der Inhaber des Lokals sei zurückgekommen, um seine Stellung hinter der Theke und den Kuchen, die mich anlachten, wieder einzunehmen. Aber er war es nicht.

John-Henry und Florie Nipperday traten ein und setzten sich mir genau gegenüber in einer Ecke an einen Tisch. Florie entschied sich für einen der Stühle mit dem Rücken zur Wand. Ihr Vater beugte sich zu ihr hinunter, um ihr etwas ins Ohr zu flüstern, und verschwand in Richtung Toilette. Sie zog den Regenmantel aus, behielt die Haube jedoch auf. Dann legte sie die Hände flach auf den Tisch. Sie hatte dieselben tiefblauen Augen, dieselben feinen Gesichtszüge, dieselben vollen Lippen wie früher. Trotzdem sah sie aus wie ein anderer Mensch, und daran waren nicht nur die Jahre schuld. Sie wirkte vollkommen abwesend. Das lag nicht allein an ihrem Blick. Alles an ihr zeugte von diesem Vergessen. Selbst ihre Gesten, die so bedächtig und ruhig waren, dass sie fast unnatürlich wirkten. Es war, als gebe es um sie herum nichts als Leere.

Ich konnte den Blick nicht von ihr wenden, wohingegen sie mich nicht einmal wahrnahm. Wieder spürte ich, wie mich meine Gefühle überwältigten. Sie drehte sich zum Fenster. Auf ihre Lippen trat ein leises Lächeln. Ein selbstbezogenes Lächeln, eines von denen, die nicht dazu bestimmt sind, geteilt zu werden.

Ihr Vater kam zurück und setzte sich zu ihr. Ich hörte auf, sie anzustarren, und tat so, als sei ich mit dem Inhalt meiner Porzellantasse beschäftigt. Er bestellte Tee für sie beide und ein Stück Himbeerkuchen. Dann zog er ein schmales Buch aus der Tasche seines Samtjacketts und anschließend eine Brille, die er aufsetzte, bevor er sich in die Lektüre vertiefte. Seine Tochter veränderte ihre Haltung nicht im Geringsten. Sogar als sie ihren Tee trank und den Kuchen aß, blickte sie weiter aus dem Fenster. Ich beobachtete sie über die gebeugte Schulter ihres Vaters hinweg.

Ich glaube, ich bin in meinem Leben nicht vielen Überlebenden begegnet. In der neunten Klasse hat uns ein ehemaliger Soldat besucht; er war von einer Granate verstümmelt worden, die jemand aus Jux in sein Bett geworfen hatte. Zwei Jahre später kam ein ehemaliger Widerstandskämpfer, der in einem Konzentrationslager gewesen war und uns die Tätowierung an seinem Unterarm zeigte. Als Student hatte ich beim Camping einen der wenigen Geretteten des Busunglücks bei Beaune zum Nachbarn. Er hat mir erzählt, wie die meisten anderen Kinder aus seinem Viertel vor seinen Augen verkohlt waren. Trotzdem konnte ich nicht einen Augenblick lang nachvollziehen, was es bedeutet, wie durch ein Wunder dem Tod entronnen zu sein. Genauso erging es mir beim Sichten der Tonne von Zeugenaussagen aus dem Ersten Weltkrieg, und daher rührte auch ein Teil der gegen mich vorgebrachten Kritik. Bei Florie Nipperdays Anblick jedoch wurde mir bewusst, was Überleben heißt.

Nach knapp einer Stunde sagte ihr Vater etwas zu ihr, das ich nicht verstand. Wie in Zeitlupe zog sie ihren Mantel an und stand auf. Beim Hinausgehen kamen sie an mir vorbei. Ich schaute ihnen hinterher. Sie überquerten den Platz und bogen hinter der ersten Hausecke ab.

Statt ihnen nachzugehen, blieb ich noch eine Weile sitzen, aß ebenfalls ein Stück Kuchen und trank noch eine Tasse Tee. Danach kehrte ich, fest entschlossen, sie auch bei ihren Spaziergängen an den kommenden Nachmittagen verstohlen zu beobachten, nach Penzance zurück. Flories Anblick hatte meinen Nachforschungen einen echten Sinn gegeben. Endlich war ich mit mir im Reinen.

Nach dem Abendessen schlenderte ich, die Hände in den Taschen, die Uferpromenade auf und ab und ließ meinen Gedanken freien Lauf. Außer mir waren noch ein paar Leute unterwegs, vor allem junge Ausländer, die einen Sprachaufenthalt absolvierten und die unbestrittene Beschaulichkeit des Ortes störten. Ich wusste nicht, wohin mit meiner Langeweile. Das Kino, das ich im oberen Teil der Stadt entdeckt hatte, reizte mich nicht. Der nächstbeste Pub ebenso wenig. Also irrte ich ein wenig herum, bevor ich kehrtmachte, um zum Hotel zurückzukehren. In diesem Moment sah ich ihn: Auf dem Kopf eine Mütze und in einen langen Regenmantel mit hochgestelltem Kragen gehüllt, stand er kerzengerade mitten auf der Promenade. Den Gehstock hatte er nicht dabei, stattdessen hatte er die Hände wie ich in die Taschen geschoben. Er ließ mich nicht aus den Augen. Sein Blick war finster und ziemlich ungemütlich. John-Henry Nipperday wartete auf mich.

18

Während ich auf ihn zuging, kam ich mir wie ein kleiner Junge vor, der gerade bei einer großen Dummheit erwischt worden ist. Flories Vater bedachte mich mit einem strengen Blick, aus dem Verärgerung sprach.

»Ein französisches Auto bleibt hier in der Gegend nicht unbemerkt. Und wenn es mein Haus umkreist, erregt es meine Aufmerksamkeit. Vor allem wenn der Fahrer sich in den Kopf gesetzt hat, mich zu beschatten.«

Sein Ton war kalt, ernst. Er sprach Französisch mit kaum hörbarem Akzent.

»Auf meinem Grundstück sind mehrere Überwachungskameras installiert. Sie dachten heute Nachmittag, Sie folgen uns. Dabei bin ich Ihnen gefolgt, und zwar bis in diesen Salon de Thé, weil ich herausfinden wollte, was Sie für einer sind.«

Das ermutigte nicht gerade zu einer Erwiderung. Trotzdem bemühte ich mich, einigermaßen die Fassung wiederzuerlangen.

»Es tut mir leid, Mister Nipperday.«

»Das will ich hoffen. Zumal Sie wissen dürften, dass ich nicht mit Journalisten spreche.«

»Ich bin kein Journalist.«

»Dann ist es vielleicht noch schlimmer, als ich dachte … Was genau wollen Sie?«

»Ich bin Historiker. Ich beschäftige mich mit der Geschichte von Valdérieu und seinem Tal…«

»Dann war dieser Brief also von Ihnen! Das hätte ich mir denken können… Erlauben Sie, dass ich Ihnen ins Gesicht sage, was ich Ihnen nicht geschrieben habe. Diese blödsinnige historische Studie kaufe ich Ihnen ebenso wenig ab wie Ihre Ausreden. Ich glaube, dass Sie wie so viele vor Ihnen in der Scheiße wühlen wollen, weil Sie hoffen, etwas zu finden, das bislang niemand gefunden hat. Warum sonst sind Sie jetzt hier, so weit weg von Ihrem Studienobjekt?«

»Ich wollte Ihre Tochter nur sehen.«

»Aber in Ihrem Brief haben Sie um ein Interview gebeten, oder irre ich mich? Sie haben den Wunsch geäußert, mit ihr zu sprechen. Und jetzt, wo Sie sie angestarrt haben wie ein seltsames Tier – sind Sie jetzt zufrieden?«

»Es tut mir wirklich leid.«

Ich wusste nicht, was ich sonst antworten sollte.

»Verschwinden Sie aus unserem Leben. Meine Tochter wird nicht mit Ihnen sprechen. Und ich auch nicht.«

Wir standen einander gegenüber. Ich kam mir kleiner vor als er, obwohl es in Wirklichkeit umgekehrt war. Er taxierte mich, um mich noch weiter zu erniedrigen. Er hatte mich durchschaut, mein dürftiges Selbstbewusstsein bemerkt. Er hätte auf dem Absatz kehrtmachen und mich stehen lassen können, aber er wartete darauf, dass ich als Erster ging. Ich blieb jedoch standhaft und lief nicht weg.

»Ich bin in Valdérieu geboren, Mister Nipperday. Was an dem See passiert ist, verfolgt mich seit Langem. Ich versuche zu begreifen, warum diese Tragödie in meinem Leben so große Bedeutung erlangen konnte. Ich möchte mich wirklich als Historiker betätigen. Nicht um von mir reden zu machen, sondern um eine Last loszuwerden.«

»Was glauben Sie, was für eine Last ich trage? Oder Florie? Was meinen Sie? Für wen ist es Ihrer Ansicht nach schlimmer: für Sie oder für uns?«

»Bis zum heutigen Tag war Florie für mich immer neun Jahre alt. Sie war das Kind auf den Fotos. All die Jahre habe ich es wie die anderen gehalten: Für mich war sie tot. Heute Nachmittag ist sie wieder lebendig geworden.«

Er holte tief Luft. Es war ein Atemzug, der bis weit hinein, bis ins Innerste seiner Eingeweide reichte.

»Ich wünschte, das könnte ich auch sagen.«

Nun schien er derjenige zu sein, der kleiner wurde.

»Vor ein paar Tagen habe ich auf der kleinen Insel übernachtet. Eine idiotische Idee, fürchte ich. Für mich war es eine Herausforderung. Mich Ihrer Tochter zu nähern, war ebenfalls eine. Noch so ein unsinniges Unterfangen. Ich komme mit den Berichten, die über die Tragödie abgefasst worden sind, nicht klar, deshalb ist es für mich unerlässlich, mir selbst ein Bild zu machen.«

»Das war unsinnig, da haben Sie völlig recht. Rollen Sie bloß nicht alles neu auf, ich bitte Sie.«

Er machte einen Schritt zur Seite, um zu seinem Wagen zu gehen, hielt jedoch mitten in der Bewegung inne.

»Auch ich kann mir vieles nicht erklären. Auch ich habe versucht, alles zu begreifen, und mich zu unsinnigen Dingen hinreißen lassen. Das passiert mir übrigens immer noch. Wissen Sie, warum ich meine Tochter in diesen entlegenen Winkel gebracht habe? Warum ich die Umgebung meines Grundstücks so intensiv überwache? Weil ich nach wie vor davon überzeugt bin, dass derjenige, der das getan hat, eines Tages hier aufkreuzen wird, um sich Florie vorzunehmen – aus Angst, sie könnte ihr Gedächtnis wiederfinden und ihn entlarven. Und wenn man mir noch so oft sagt, dass der Mörder hinter Schloss und Riegel sitzt und bis zu seinem Lebensende dort bleiben wird – für mich treibt er sich immer noch irgendwo da draußen herum. Sie hätten er sein können.«

»Sie haben mich für den Mörder gehalten?«

»Sie haben das Wappen dieser verfluchten Region auf Ihrem Nummernschild …«

Der Wind hatte aufgefrischt. Er war kalt und unangenehm geworden, aber er war nicht der Grund, warum ich fröstelte.

»Ich spüre, dass er immer noch hinter meiner Tochter her ist. Und ich weiß, wenn er vor mir steht, werde ich ihn erkennen.«

»Konitz.«

Der Name war mir herausgerutscht.

»Wie meinen Sie?«

Es war mir peinlich, aber ich kniff nicht.

»Konitz ist der Name, den ich diesem Monster als Kind gegeben habe. Damals dachte ich, er wäre hinter mir her. Ich bin auch davon überzeugt, dass ich ihn erkennen würde.«

John-Henry Nipperday musterte mich nicht mehr ganz so streng. Ich meinte sogar so etwas wie Dankbarkeit in seinem Blick zu erkennen.

»In meinem Hotel gibt es eine Bar. Vielleicht darf ich Sie auf ein Glas einladen?«, fragte ich.

»Ich möchte nicht zu lang von ihr wegbleiben. Aber Sie dürfen mich stattdessen gern zu meinem Wagen begleiten.«

Wir gingen nebeneinanderher. Ich wagte nicht, den Mund aufzumachen, weil ich das zarte Band, das gerade erst zwischen uns geknüpft war, unter keinen Umständen zerstören wollte. Zum Glück war er jetzt zum Reden aufgelegt.

»Lieben Sie das Meer? Ich habe es immer geliebt. Soweit ich zurückdenken kann, habe ich immer in seiner Nähe gelebt... Florie erträgt es nicht mehr. Sie hat schreckliche Angst davor. Der einzige Ort, an dem sie bereit ist, ihm ein kleines Stück näher zu sein, ist hier. Weil die Hecken es verbergen... Wissen Sie, dass gewisse Leute meine Tochter damals verdächtigt haben, die Mörderin zu sein? Herrgott, sie war noch nicht einmal zehn! Diese Leute haben behauptet, ihr Hirn sei schon seit Langem krank gewesen und der Wahnsinn, der darin geschlummert habe, sei durch die Scheidung ausgebrochen. Meine Frau und ich, wir waren... Wie soll ich sagen? Wir waren kein Paar mehr. Sie lebte ihr Leben und ich meins. Wir sind insofern schuld, als wir unsere Tochter so sehr vernachlässigt haben. Eigentlich müsste ich mich schämen, das einzugestehen, aber ich habe mich erst als Vater gefühlt, als ich sie in ihrem Krankenhausbett im Koma habe liegen sehen... Haben Sie Kinder?«

Mit Mühe brachte ich ein »Nein« heraus.

»Ich hatte nur Florie. Ich habe zehn Jahre gebraucht, um zu merken, dass ich nur sie hatte. Zehn Jahre! Ich würde all meine restliche Lebenszeit dafür geben, ein paar Augenblicke aus diesen Jahren erleben zu dürfen. Zu sehen, wie sie lebt; zu hören, wie sie spricht und lacht; sie anzuschauen, wie sie friedlich schläft... All das bleibt mir für immer verwehrt. Und zugleich habe ich Angst davor, dass sie eines Morgens aufwachen und in ihrem Kopf alles wieder normal sein könnte. Denn dann würde ich sie verlieren. Sie haben vorhin von unsinnigen Dingen gesprochen. Ich habe eingewilligt, dass sie sich hypnotisieren lässt. Zweimal. Einmal in Frankreich und einmal in London. Ich habe für viel Geld einen Privatdetektiv engagiert, der die Wahrheit herausfinden sollte, und als ich mit ihm nicht mehr zufrieden war, habe ich einen anderen engagiert. Und dann noch einen. Ich habe auch einer Art Medium vertraut, das behauptet hat, es könne Florie von dem Ort, an dem sie verloren gegangen ist, zurückholen. Ich habe diesem Delmas geschrieben, um ihn zu einem Geständnis zu bewegen … Alles vergebens. Heute will ich nur noch Frieden finden, denn das ist das, was Florie verdient: Frieden. Leider stelle ich es nicht sonderlich geschickt an. Sonst wäre ich nicht zu Ihnen gekommen und hätte auf unserem Grundstück keine Kameras und Alarmanlagen anbringen lassen.«

Er blieb stehen.

»Hier ist mein Wagen … Ich bin mit dem festen Vorsatz hergekommen, Ihnen einen Tritt in den Hintern zu verpassen. Und jetzt unterhalte ich mich mit Ihnen, als wären wir alte Bekannte.«

»Ich werde Sie nicht mehr behelligen, Mister Nipperday. Weder Sie noch Ihre Tochter. Ich reise morgen ab.«

Er nickte. Seine Hände steckten noch immer in den Manteltaschen.

»Sie hat keine Ahnung, was auf dieser gottverdammten Insel passiert ist. Sie ist nicht verrückt. Und sie simuliert auch nicht. Ihr Gehirn hat irreparablen Schaden genommen. Alles musste ihr neu beigebracht werden, sogar das Gehen. Sie kann sprechen und lesen, aber sie weigert sich. Die Ärzte vergleichen ihren Fall mit einer Art ausgeprägter mentaler Anorexie. Zu Anfang war sie noch in der Lage, eine Aussage zu machen, aber dann hat sich ein Schleier über ihr Gedächtnis gelegt. Heute weiß sie nicht einmal mehr, dass das alles passiert ist. Sie erinnert sich noch nicht einmal an ihre Cousine. Dabei hat sie etwas von ihr: das Buch, aus dem ein Theaterstück werden sollte: *Das Phantom der Oper*. Eine ihrer größten Freuden ist es, wenn ich ihr daraus vorlese. Der Roman gehört zu ihrem Leben. Wie ich. Wie die Sonne, die Bäume, das Bett in ihrem Zimmer … Sie stellt sich nicht die Frage, wie er mit ihrer Vergangenheit zusammenhängt. Sie weiß nicht mehr, wie man sich solche Fragen stellt. Dieses verflixte Buch! Mittlerweile habe ich einen Horror davor. Manchmal verfolgt es mich sogar bis in den Schlaf … Ich erzähle Ihnen das alles, weil ich den Eindruck habe, dass Sie sie ein bisschen lieb haben. Der Art, wie Sie ihren Vornamen gesagt haben, war zu entnehmen, dass sie Ihnen wichtig ist. Wenn Sie mit ihr sprechen könnten, was würden Sie sie fragen?«

»Ich glaube, ich würde gar nichts sagen.«

Er lächelte.

»Ich habe mich nicht getäuscht: Sie haben sie ein bisschen lieb.«

»Gestatten Sie mir eine letzte Frage?«

Sein Lächeln erstarb. Wieder erschien diese Strenge in seinem Gesicht.

»Warum glauben Sie nicht, dass Thierry Delmas der Mörder ist?«

Er zögerte und fixierte einen unbestimmten Punkt. Es trat ein langes Schweigen ein, das durch den Wind kaum gestört wurde. Wieder holte er tief Luft, bevor er antwortete.

»Manchmal zeichnet Florie. Graue, vollkommen abstrakte Bilder. Auf vielen ist ein schwarzer Schatten zu sehen. Die Größe ändert sich, aber es bleibt immer exakt dieselbe Form. Sie erinnert mich an einen Vogel. Es gibt ein französisches Chanson, das ich einmal sehr gemocht habe und das von einem schwarzen Vogel am See handelt. Nach dem, was mit Florie passiert ist, konnte ich es nicht mehr hören. Es widert mich an. Vor ein paar Jahren habe ich nämlich erfahren, dass das Chanson auf die inzestuösen Handlungen anspielt, zu denen die Sängerin als Kind von ihrem Vater gezwungen wurde. Als ich es noch hören konnte – und Gott allein weiß, wie oft ich es mir angehört habe –, war mir nicht bewusst, was für ein Albtraum sich dahinter verbirgt … Ich kriege es einfach nicht aus dem Kopf, dass jemand meiner kleinen Tochter so etwas angetan haben könnte. Dass dieses Chanson und die Zeichnungen Hinweise, ja verborgene Botschaften sind. Dass dieses Monster ganz in der Nähe war und mit den anderen im Club gefeiert hat. Und dass es immer noch dort ist.«

19

Ich verließ Penzance am nächsten Morgen in aller Frühe. Als ich meine Überfahrt nach Frankreich vorverlegen wollte, hieß es in Portsmouth, das sei unmöglich, alle Schiffe seien ausgebucht. Also irrte ich zwei Tage an der Küste umher, zwei schreckliche Tage im Exil, während derer ich so litt wie selten in meinem Leben.

An Bord der Fähre zu gehen war eine riesige Erleichterung, die reinste Frischluftkur. Kaum wieder an Land, fuhr ich an einem Stück bis Toulouse durch. Ich konnte es kaum erwarten, nach Hause zu kommen. Dort war ich zwar nicht weniger allein, aber diese Einsamkeit war besser zu ertragen, weil ich von Dingen umgeben war, die ihr einen Rahmen, ja, Grenzen gaben, sodass sie nicht endlos schien.

In der Post war ein Gruß von Siobhan, eine schöne Postkarte mit einer Ansicht von New York am frühen Morgen. Auf der Rückseite stand in ihrer hübschen, ungebundenen Schrift nur ein einziger Satz: *Hier gibt es ein schönes Morgenrot, aber leider nur Tage ohne Dich.* Noch kurz zuvor hätte mich das zur Verzweiflung gebracht. Als ich die Karte aber nach zehn oder mehr Stunden im Auto unter all den Rechnungen und Prospekten entdeckte, empfand ich sie sogar als wohltuend. Jemandem wichtig zu sein verlieh mir neuen Schwung. Ich musste daran denken, wie John-Henry Nipperday den Platz beurteilt hatte, den ich seiner Tochter in meinem Leben einräumte. Nun verstand ich ihn besser.

Ich schaute kurz in der Uni vorbei. Eine erste Bilanz der Einschreibungen ließ einen leichten Rückgang der Teilnehmerzahl in meinen Spezialisierungskursen erkennen. Von einigen beruflichen Postsachen abgesehen hielt mich nichts im Büro. Die Familien von Basse-Misère hatten mir nicht geantwortet.

Auf der Rückfahrt nach Fonbelle stoppte ich an einer Buchhandlung, um mir *Das Phantom der Oper* zu kaufen, das ich noch nie gelesen hatte. Anschließend kehrte ich in mein altes Haus mit den beruhigend dicken Mauern zurück. Und damit zu den Archiven und Fotos. Flories Porträt hatte eine seltsame Wirkung auf mich. Fast war mir, als bestünde zwischen uns eine gewisse Komplizenschaft. Als müssten wir ein Geheimnis bewahren, damit die anderen nicht noch mehr litten. Sie lebte und existierte nicht nur auf den Bildern.

Laut Stundenplan begannen meine Vorlesungen am Montagnachmittag und freitags hatte ich frei. Also nahm ich mir vor, immer am Wochenende herzukommen, denn ich hatte das Gefühl, dass ich hier arbeiten und vielleicht das eine oder andere neue Morgenrot in meinem Dasein entdecken könnte. Bald erwies die Heizung sich als Problem. Obwohl der Sommer noch nicht vorbei war, musste ich Feuer machen, um gegen die abendliche Kühle anzukämpfen. Es waren zwar noch ein paar Raummeter Holz da, aber der Kamin allein schaffte es nicht, das ganze Haus zu wärmen. Also legte ich mir zur Unterstützung für die kälteren Tage zwei Heizgeräte zu.

Ich schloss die Fensterläden, um den allzu kühlen Abend auszusperren, setzte mich an den Kamin und begann den Roman zu lesen, der Florie mit der Vergangenheit verband. Im

Geiste sah ich mich ihr sogar in Cornwall vorlesen, anstelle ihres Vater auf sie aufpassen, sie Tag für Tag begleiten und so viel Licht wie möglich in das Dunkel bringen, in dem sie eingeschlossen war. Auch versuchte ich mir vorzustellen, wie Justine die Geschichte umgeschrieben haben mochte. Zuerst steckte ich sie in das Kostüm der Hauptfigur Christine, doch dann überlegte ich es mir anders. Die Rolle, die sie sich selbst zugedacht hatte, konnte nur die von Erik sein, dem Engel der Musik, dem Phantom mit dem entstellten Gesicht. Insofern hatte die Rolle der jungen Frau nur Florie zufallen können. Emmanuel war für die des Persers wie geschaffen gewesen, dieses unheimlichen Geheimagenten, der das Phantom seit so vielen Jahren jagte. Keine Ahnung hatte ich dagegen, wer Raoul, Christines Verlobten, hätte verkörpern sollen. Wen hatte sie für den schüchternen Liebhaber vorgesehen? Sicher nicht Guillaume: Der passte überhaupt nicht zu dieser Figur.

Mir fielen Repliken auf, die sie bestimmt gern in ihre Dialoge eingebaut hatte: »Heute Abend haben die Engel geweint«; »Ich singe (»tanze« in ihrer Fassung) nur für Sie. Heute Abend habe ich Ihnen meine ganze Seele gegeben, und ich bin tot!«; »Unsere Liebe ist auf Erden zu traurig. Kommen Sie, sie soll sich im Himmel ergötzen!« … Ich ließ die Bleistiftspitze über die Seiten wandern. Ein Satz berührte mich mehr als die anderen, vermutlich wegen meiner Erlebnisse in den vergangenen Tagen. »Ich bin der kleine Junge, der Ihre Schärpe aus dem Meer gefischt hat.« Ich machte es wie mit der Fabel von La Fontaine: Ich schrieb ihn auf ein kleines Stück Pappkarton und klebte ihn neben das Foto mit den abfahrbereiten Kanus an die Wand.

Von meiner Reise hatte ich nicht nur *Das Phantom der Oper*, sondern auch John-Henry Nipperdays Zweifel mitgebracht. Sie knüpften an die Verdächtigungen aus der Vergangenheit an, als sich die Stadt, das Tal und fast das ganze Land auf die Suche nach dem Mörder gemacht hatten. Der Club Nautique war zu einer bevorzugten Zielscheibe geworden. Viele seiner Mitglieder waren Söhne und Töchter jener Industriellen, die der Gegend mit ihrer Kühnheit und ihrem Unternehmergeist zu Wohlstand verholfen hatten. Da sie sich jedoch als unfähig erwiesen hatten, in die väterlichen Fußstapfen zu treten, und damit begnügten, Erben zu sein und ihr Vermögen zu verprassen, galten sie als die Totengräber von Valdérieu. Die Gelegenheit, es ihnen heimzuzahlen, war einfach zu schön.

Jeder einzelne Mann aus dem Club wurde verdächtigt. Insbesondere, nachdem die Bemerkungen bekannt geworden waren, die der eine oder andere unvorsichtigerweise über Justines Schönheit hatte fallen lassen. Immer neue Geschichten über die Gepflogenheiten dieses kleinen vermögenden Zirkels machten in der Stadt die Runde. Nicht unbedingt stubenreine Geschichten. Dabei spielte es keine Rolle, dass manche dieser Männer weder reich waren noch einer der sogenannten »großen Familien« angehörten: Dadurch, dass sie im Club verkehrten, begingen sie Verrat an ihrer bescheidenen Herkunft. Deshalb gerieten am Ende vermutlich gerade jene in Verdacht, die im Club Randfiguren waren, denn sie wandelten zwischen beiden Welten.

Drei von ihnen waren einer nach dem anderen als Mörder von Basse-Misère abgestempelt worden. In den Akten stieß ich auf eine Reihe von Hinweisen, die andere Mitglieder des Club Nautique gegeben hatten. Anscheinend waren sie erleichtert gewesen, dass die Verdächtigungen nicht länger auf ihnen lasteten. Und dann hatten sie Abbitte geleistet und eine gewisse Mitverantwortung eingeräumt.

Sie selbst hatten Gilles Mahous eingeladen und damit »den Fuchs in den Hühnerstall gelassen« – ein Ausdruck, den sie häufig in den Mund nahmen.

Sie hatten Bernard Bardys Zorn erregt, seinen »Hang zu jungen Männern« aber dennoch lieber verschwiegen.

Sie hatten den unbekannten jungen Mann ignoriert, der den ganzen Samstagnachmittag über das Treiben im Club mit Stielaugen beobachtet und sich unmittelbar an der Grenze des Grundstücks aufgehalten hatte. Sie hatten versagt. Sie gaben es zu. Wie sie es taten, wenn eine ihrer Fabriken schloss.

Gilles Mahous sah sich als Erster ihren Beschuldigungen ausgesetzt. Ihn belasteten mehrere Tatsachen, von denen am schwersten die wog, dass man ihn just in dem Moment aus den Augen verloren hatte, als ein paar Hundert Meter weiter die Morde verübt wurden. Es dauerte nicht lang, bis herauskam, dass er an der Küste, unter anderem in Cap d'Agde, in libertinistischen Kreisen verkehrte und aus seiner Vorliebe für junge, wenn nicht sogar sehr junge Frauen keinen Hehl machte. Seine Vernehmung zog sich in die Länge. Das genügte, um ihn in Verruf zu bringen und ihm einen unauslöschlichen Stempel aufzudrücken. Wie meinte seinerzeit die 53-jährige Hausfrau Josette A., als sie nebst anderen Einwohnern der Stadt von einer landesweiten Zeitung befragt wurde: »Wo Rauch ist, da ist auch Feuer.«

Mahous besaß in der Stadt ein gut gehendes Sportartikelgeschäft. Jeder kannte ihn. Er war selbst ein großer Sportler. Als vielversprechender Nachwuchsspieler von Sporting hatte er mit mehreren Rugby-Mannschaften an den französischen Jugendmeisterschaften teilgenommen: Er war schnell wie der Blitz und konnte so jäh die Richtung wechseln, dass er seine Gegner überrumpelte. Leider hatte er den Durchbruch nicht geschafft. Als er sich bei den Seniorenmeisterschaften versuchte, hatten seine Gegenspieler ihm eine »Spezialbehandlung« verpasst, denn sie hatten eins begriffen: Wenn man ihn nicht einholen konnte, musste man ihn sich beim Start schnappen. Dabei war er zweimal verletzt worden. Beim zweiten Mal hatte er geglaubt, seine Beine nie wieder gebrauchen zu können, und noch im Krankenhausbett verkündet, dass mit dem Rugby Schluss für ihn sei. Er hatte Wort gehalten und sich lieber in anderen Sportarten ausprobiert. Stets mit ansehnlichem Erfolg. Sein Name war bei Mountainbike- und Langlaufwettbewerben aufgetaucht, immer auf guten Plätzen. Ich erinnere mich, dass vor dieser traurigen Geschichte sein Geschäft *die* Adresse war, wo hinging, wer fachkundige Beratung und eine ordentliche Ausrüstung brauchte. Es lief immer Musik, die gut sortierte Ware war ansprechend präsentiert, und er hatte charmante junge Verkäuferinnen. Man sagte »Ich gehe zu Mahous«, so wie man »Ich gehe aufs Rathaus« oder »Ich gehe ins Schwimmbad« sagte. Er war eine Institution.

Mahous war mit einer Lehrerin verheiratet, die an einer öffentlichen weiterführenden Schule außerhalb des Tals Naturwissenschaften unterrichtete. Eine hübsche Frau, den Fotos nach, und den Nachbarn zufolge sehr zurückhaltend. Die beiden hatten einen Sohn namens Cédric und eine jüngere Tochter namens Céline. Einen großen Teil des Jahres überließ Mahous die drei zu Hause sich selbst, um seine Sportbegeisterung und

Wettkampflust auszuleben. Es war bekannt, dass er bei Frauen sehr gut ankam. In Valdérieu verhielt er sich bewusst diskret. Man ahnte zwar, dass er seiner Frau nicht unbedingt treu war, aber das waren nicht mehr als Gerüchte, für die es keine konkreten Anhaltspunkte gab.

Sein Faible für den Wassersport hatte ihn veranlasst, eine Wohnung in Valras zu kaufen. Dort verbrachte seine Familie einen Großteil der Ferien, er selbst jedoch gesellte sich nur in den zwei Wochen Urlaub, die er sich genehmigte, und an den Wochenenden zu ihnen. Am Samstag, dem 23. August 1980, hatte er eine Ausnahme gemacht. Er war mit seinem Sohn vom Meer zurückgekommen, hatte Frau und Tochter aber dort gelassen, damit sie den Strand noch ein wenig genießen konnten, bevor die Schule wieder anfing. Cédric hatte er erlaubt, mit zwei Freunden in das Landhaus bei Fourcaric zu fahren und bis Sonntag dort zu bleiben. Gilles Mahous war streng mit seinen Kindern. Er kontrollierte ihre Noten und erlaubte ihnen nur selten auszugehen, insbesondere seinem Sohn, einem lebhaften, nicht eben fleißigen Schüler. Diesmal jedoch hatte er sich nachgiebiger gezeigt. Weil Ferien waren; weil die drei Jugendlichen ohne fahrbaren Untersatz ohnehin nicht weit kommen würden – Fourcaric liegt abgeschieden in den Hügeln; weil rund um das alte Haus seiner Schwiegereltern Nachbarn wohnten und wussten, wo sie ihn erreichen konnten, falls es ein Problem gab; weil die Jungen zusammen Musik machen wollten und er erleichtert war, dass Cédric sich endlich einmal für etwas begeisterte.

Er hatte die drei Jungen also in dem Dorf abgesetzt, das am selben Hang liegt wie Basse-Misère. Danach war er auf Nebenstraßen nach Les Crozes gefahren, doch davon hatte er weder seiner Frau noch den Kindern etwas erzählt. Er brannte darauf, in den Club aufgenommen zu werden. Die Einladung zum Fest war ein wichtiger Schritt. Nur aus diesem Grund war er vom Meer zurückgekommen. Seiner Familie hatte er nichts gesagt, weil er warten wollte, bis ihre Mitgliedschaft beschlossene Sache war. Er wollte sie überraschen.

Ein paar Leute aus dem Club wussten, dass Mahous seine Frau tatsächlich betrog, dass es sich nicht nur um Gerüchte handelte. Sie waren mit ihm segeln gewesen oder hatten in den Alpen eine Skitour mit ihm gemacht. Dabei hatte er sich etwas geöffnet, nur ein klein wenig natürlich, aber ein paar Dinge hatte er aus dem Sack gelassen. Er war der Meinung, dass ihm nur sehr wenige Frauen widerstehen konnten. Aber er nahm die Sache sportiv; für leichte Herausforderungen hatte er nicht viel übrig. Deshalb stürzte er sich in Eroberungen, die auf den ersten Blick aussichtslos wirkten. Und triumphierte häufig. Daher die Anekdoten, die er nicht hatte für sich behalten können. Er hatte an einem vom Freundeskreis der Schule organisierten Wochenende in den Bergen mit einer Kollegin seiner Frau geschlafen. Einer engen Freundin seiner Frau, die Letztere in Bezug auf ihn seit Jahren gewarnt hatte. Er hatte sie in ihrem Zelt gevögelt, das gleich neben seinem eigenen gestanden hatte, und am nächsten Tag auf der Wanderung, an einen Felsen gelehnt, noch einmal, ohne dass jemand ihre Abwesenheit bemerkt hatte. Außerdem hatte er in Valdérieu mittags mit zwei Frauen gleichzeitig geschlafen, im Haus der einen. Dann war da noch eine junge Betreuerin im Ferienlager gewesen, als er Céline in Les Landes abholen musste, weil sie sich das Schlüsselbein gebrochen hatte. Und natürlich mehrere seiner Verkäuferinnen.

Dies waren Indiskretionen, ein kleines, unter Männern enthülltes Jagdtableau, aber es war auch Prahlerei. Danach behaupteten mehrere Personen, die auf dem Fest gewesen waren, sie hätten ihm misstraut, weil sie glaubten, dass seine Libido durch alles gereizt werde, das auch nur ein Fitzelchen nackte Haut zeige und gut gebaut sei.

Bei seiner Vernehmung verwahrte Mahous sich gegen die Kommentare über sein angeblich zweideutiges Verhalten gegenüber Justine. Nicht nur sie sei bei den Spielen mit ihm im Wasser gewesen, sondern auch andere Jugendliche, und zwar Jungen und Mädchen. Mit ihnen habe er genauso viel Spaß gehabt. Und ja, er habe lange mit Justine geredet, aber vor allem über das Gymnasium und die schwachen schulischen Leistungen seines Sohns. Daran sei absolut nichts Zweideutiges.

Natürlich sei er nicht blind. Wie viele andere habe auch er bemerkt, dass Justine im Begriff war, zu einem sehr schönen Mädchen heranzuwachsen. Aber er habe in ihr nichts anderes gesehen als ein junges Ding, eine Klassenkameradin von Cédric.

Als die vier Kinder am Spätnachmittag aufgebrochen seien, habe er das für eine geniale Idee gehalten. Sie habe ihn in der Überzeugung bestärkt, dass die Mitgliedschaft im Club eine gute Sache für seine Kinder wäre. Am Ende sei er länger als beabsichtigt geblieben, weil man darauf bestanden habe. Er habe sich wirklich amüsiert. Die Musik und der Alkohol hätten viele Leute gelockert. Trotzdem habe er sich nicht so an die Frauen herangeschmissen, wie man es ihm unterstellte. Als die Schmusetänze begannen, habe er die Tanzfläche sogar verlassen. Er habe die Gesellschaft der Rugby-Spieler Serge Ramond und Pascal Rouquier vorgezogen, die auch wussten, wie man an so einem Abend für Stimmung sorgte.

Gegen ein Uhr nachts war er verschwunden. Nach einer so sichtbaren Präsenz war seine Abwesenheit aufgefallen. Als er später wieder aufgetaucht war, hatte er dieselben hellen Sachen getragen, und sie waren nicht mit Blut befleckt gewesen.

Diese zweistündige Lücke in jener Nacht wäre ihn um ein Haar teuer zu stehen gekommen. Anfangs behauptete er, er habe zu viel getrunken und ihm sei schlecht geworden. Er habe sich hinter einem Baum übergeben und sich dann ein Stück weiter weg ins Gras legen müssen. Er sei eingeschlafen und erst gegen drei Uhr wieder aufgewacht. Da das Gras sehr feucht gewesen war, wollte man eine Erklärung dafür, warum seine Kleidung bei dem Schläfchen keine Flecken bekommen hatte. Auch bat man ihn zu erklären, wie ihm hatte übel werden können, da doch die meisten Zeugen, allen voran die beiden Rugby-Spieler, gesehen hätten, dass er lediglich Limonade und Mineralwasser getrunken hatte. In beiden Fällen war er die Antwort schuldig geblieben.

Der Beamte, der ihn vernahm, sagte ihm daraufhin, wie er die Sache sah: Er glaubte, Mahous sei in den fraglichen zwei Stunden zur kleinen Insel geschwommen. Er habe sich am Wasser ausgezogen, die Präservative, die er immer dabeihatte, aber mitgenommen und sei zu den Jugendlichen hinübergeschwommen, mit denen er sich nachmittags so amüsiert hatte. Er habe sich nun jedoch nur noch mit Justine amüsieren wollen, und zwar bei einer anderen Art Spiel. Aber sie sei nicht sehr entgegenkommend gewesen. Die beiden Jungen seien aufgestanden, weil der Lärm sie aufgeschreckt habe. Sie hätten ihn dabei überrascht, wie er ihre Freundin vergewaltigen wollte. Da sei er in Panik geraten und habe versucht, die beiden zum Schweigen zu bringen. Vielleicht habe er im Affekt gehandelt und sei sich seines Tuns nicht bewusst gewesen. Um zu schützen, was sein Leben ausmache, habe er drei, ja, fast vier andere Leben ausgelöscht.

Gilles Mahous widersprach dieser Version auf das Heftigste. Zwei Polizisten mussten einschreiten, um ihn zu beruhigen und davon abzuhalten, auf sein Gegenüber loszugehen. Trotzdem blieb der vernehmende Beamte bei seiner Darstellung.

Schon vor der Vernehmung war in Mahous Privatangelegenheiten herumgeschnüffelt worden, in Valdérieu, aber vor allem an der Küste. Er hatte sich in Le Grau d'Agde einem kleinen libertinistischen Zirkel angeschlossen. Er frequentierte die Swingerclubs am Cap sowie mehrere Orte, die fest in der Hand von Exhibitionisten waren. Seine Frau räumte ein, von seinen Neigungen und seiner wiederholten Untreue gewusst zu haben. Ein paar Jahre zuvor hatte er sie gefragt, ob sie sich auf einen Partnertausch einlassen würde. Sie hatte sich geweigert, und er hatte das Thema nie wieder angesprochen. Eine seiner ehemaligen Verkäuferinnen dagegen, eine üppige Blondine, die zu seiner Geliebten geworden war, hatte seinem Begehren nachgegeben. Sie berichtete, dass in einer der schönen Villen von Le Grau regelmäßig freizügige Abende organisiert wurden und Mahous sie gebeten hatte, dort mit anderen Männern zu schlafen, weil ihn das erregte. Hauptsächlich wegen dieser Sache hatte sie die Affäre beendet.

Als die Ermittler der Angelegenheit weiter nachgingen, fanden sie heraus, dass Mahous zu einem dieser Abende auch zwei Gymnasiastinnen mitgeschleppt hatte, die nicht gerade schüchtern, aber minderjährig waren. Mancherorts fand man ihre Jugend vielleicht stimulierend, nicht aber in der Villa in Le Grau, wo ihnen der Zutritt verwehrt wurde. Der Besitzer informierte umgehend die Polizei, die bald darauf an Mahous' Tür klingelte.

Mahous leugnete seine Umtriebe keineswegs. Er liebte den Sex. Er habe nie jemandem wehgetan und auch keine Frau je gezwungen, sich seinen Phantasien zu beugen. Alles sei in beiderseitigem Einvernehmen geschehen. Was die Gymnasiastinnen betraf, so erklärte er, sie hätten ihn hinsichtlich ihres Alters angelogen. Als er nach dem höchst unerfreulichen Empfang, den man ihnen in Le Grau bereitet hatte, die Wahrheit erfahren habe, habe er ihren »Experimenten« sofort ein Ende bereitet, denn junge Gören seien nicht sein Fall. Einmal sei er von einem Paar zu einem freizügigen Wochenende in die Schweiz eingeladen worden. Bei seiner Ankunft habe er jedoch festgestellt, dass sich unter den »Gästen« im Haus der beiden auch minderjährige Jungen und Mädchen befanden. Er habe augenblicklich die Tür zugeknallt und auf dem Absatz kehrtgemacht.

Die Enthüllungen über sein Privatleben wurden rasch in der Presse breitgetreten. Das traf seine Familie hart. Er habe nicht reden wollen, um sie zu schützen, erklärte er: Da er unschuldig sei und die entsetzlichen Verbrechen, die ihm angelastet würden, nicht begangen habe, sei er davon ausgegangen, dass er nur so lange an seiner Lüge festhalten müsse, bis man ihn in Ruhe ließ. Bei der zweiten Vernehmung hielt ihn nichts mehr. Nun erzählte er, dass er sich zwischen ein und drei Uhr nachts nicht übergeben und auch nicht geschlafen habe. Vielmehr sei er auf dem Feld hinter dem Clubgebäude in einem der Zelte gewesen, das mit einigem Abstand zu den anderen gestanden habe. Er habe mit einem Mädchen – er korrigierte sich auf der Stelle und sagte: »mit einer Frau« – geschlafen, die wie er auf dem Fest gewesen sei und ihn immer wieder aufgefordert habe, es noch einmal zu machen. Er habe versucht, ihre Identität geheim zu halten, aber in seiner Lage sei das nicht länger möglich.

Es handele sich um die Frau von Serge Ramond, dem berühmten Rückraumspieler von Sporting. Die junge Frau wurde vorgeladen. Unter Tränen bestätigte sie, was Mahous angegeben hatte. Aufgrund ihrer Aussage sowie des Fehlens jeglicher Beweise verzichtete der Richter darauf, Gilles Mahous in Gewahrsam zu nehmen, und sah sich genötigt, ihn für unschuldig zu erklären.

In Valdérieu war man über diese Enthüllungen empört. Kam bei uns zu Hause die Sprache auf diese Facette des Falls, wurden in meiner Gegenwart nicht allzu viele Worte darüber verloren, und wenn ich trotzdem versuchte, mehr zu erfahren, hieß es, das sei nichts für einen Jungen in meinem Alter – was meine Neugier nur noch verstärkte. Einmal belauschte ich eine Unterhaltung meiner Großeltern. Es ging um den Sportartikelhändler, der angeblich mit seiner Frau auf einen Parkplatz fuhr und sie zwang, sich nackt auszuziehen, damit andere Männer sie durch die Scheibe ansehen konnten. Ich war schockiert, ja, entrüstet und stellte mir vor, meine Eltern täten so etwas. In den Unterlagen, die ich nun durchging, fand sich jedoch keine Spur eines derartigen Berichts. Fest steht allerdings, dass Gilles Mahous' Ehefrau von den Gerüchten nicht verschont blieb. Eines von denen, die mir zu Ohren kamen, besagte, dass sie mit ihrem Mann doch Partnertausch betrieben habe. Sie habe seinem Drängen nachgegeben, und er sei derjenige gewesen, der beschlossen habe, die Sache zu beenden, weil sie sich eines Abends bei einem Paar in der Gegend von Toulouse gewaltig vergnügt habe. Daraufhin sei er beleidigt gewesen und habe es vorgezogen, sie aus seinen Spielchen herauszuhalten.

Das Ehepaar Mahous ließ sich kurz darauf scheiden. Sie erwirkte ihre Versetzung und zog mit den beiden Kindern in den Norden des Départements. Im Zuge dessen verkaufte sie alles: das Haus in Valdérieu, das in Fourcaric und auch die Wohnung in Valras.

Er versuchte in der Stadt zu bleiben, musste sie jedoch nach einer gewissen Zeit verlassen. Er stieß sein Geschäft zu einem Spottpreis ab und zog ans Meer, wo er in der Versenkung verschwand. Ich weiß, nicht, ob er weiter in freizügigen Kreisen verkehrte. Was ich aber weiß, ist, dass er 2002 an Hodenkrebs starb. Pastre hat in seinen Akten Bemerkungen notiert, die er in der Stadt diesbezüglich aufgeschnappt hatte: Die Leute freuten sich, dass ihn die passende Strafe für seine Ausschweifungen ereilt hatte.

20

Jetzt, wo Mahous nicht mehr unter Verdacht stand, mussten die Ermittlungen wieder anlaufen. Die meisten potenziellen Verdächtigen waren reich und mächtig und verfügten über beste Beziehungen, und so erzählte man sich, dass sie die Angelegenheit zu vertuschen suchten, weil sie wüssten, wer der Schuldige sei, es aus Angst vor Kollateralschäden aber nicht sagen wollten.

Der Richter und die Ermittler, die bereits unter dem Druck der zuständigen Ministerien standen, kannten diese Gerüchte. Sie wollten ihnen ein Ende machen und beweisen, dass sie vor nichts und niemandem in die Knie gingen. Anstatt zurückzuweichen, preschten sie vor, ja, sie galoppierten geradezu drauflos und vergaßen, einen objektiven, klaren Blick zu bewahren.

Insbesondere der Richter hatte sich auf den Medienzirkus eingelassen, und dieser hatte ihn mit Haut und Haaren verschlungen. Es war sein erster großer Fall. Außerdem kam er im Fernsehen sehr gut rüber: Er war jung, dynamisch, kompromisslos. Die Leute wollten exklusive Informationen, Sensationen und einen glücklichen Ausgang? Das sollten sie kriegen. Als der Fall Bardy auf seinem Schreibtisch landete, war das für ihn der reinste Glückstreffer. Er stürzte sich, von seinen Gewissheiten geblendet und vom Volkszorn getrieben, darauf, ohne die geringste Vorsicht walten zu lassen.

Auf die Frage: »Hatte Ihres Wissens jemand Grund, einer oder mehreren von der Tragödie betroffenen Familien etwas anzutun?«, fiel in den Antworten der Clubmitglieder sechsmal der Name Bardy.

Bardy hatte mehrere Sommer zuvor auf einem kleinen Grundstück, das er in der Nähe von Basse-Misère gekauft hatte, einen Wohnwagen mit Vordach, ein großes Zelt für die Kinder und eine Campingdusche aufgestellt. Im Sommer 1980 sah man ihn oft am See. Er hatte nicht mehr genug Geld, um in den Ferien an die Küste zu fahren, und war sogar gezwungen gewesen, sein Segelboot zu verkaufen. Alle Betriebe im Tal waren angeschlagen, doch mit seinem Papierwarenladen ging es noch rascher bergab als mit den anderen. Hinter vorgehaltener Hand erzählte man sich, er stehe kurz vor der Pleite. Nicht zuletzt deshalb, weil er seit seiner Ausgrenzung aus dem Club die großen Unternehmen der Gegend nicht mehr belieferte. Obwohl er nun mehr Zeit in Basse-Misère verbrachte, hielt er sich vom Club Nautique fern und zog den Strand von Bouscadié oder, häufiger noch, die kleine Bucht dahinter vor. Das zwang ihn allerdings zu einer regelrechten Rundreise, wenn er den kleinen Optimisten zu Wasser lassen wollte, der in einer Ecke seines Grundstücks auf einem Anhänger stand.

Bernard Bardy nahm das Scherbengericht, dessen Opfer er war, klaglos hin. Das war typisch für ihn! Ganz gleich, ob sich sein Bankier oder seine Stammkunden von ihm abwandten: Er akzeptierte die Sanktion, zog den Kopf ein und ging ohne erkennbaren Protest seines Weges. Und es war allgemein bekannt, warum er sich so verhielt: Er hatte zu viel zu verbergen, als dass er es sich hätte erlauben können, die Aufmerksamkeit auf sich zu ziehen.

Man wusste, dass er am Abend des Sommerfestes allein in

seinem Wohnwagen gewesen war. Seine Frau und die beiden Kinder wollten vom See nichts mehr wissen; sie fühlten sich durch den Ausschluss aus dem Club gedemütigt. Das Motiv für den Ausschluss war übrigens geheim geblieben. Man vermutete, dass die Bardys sich die Flügel verbrannt hatten, als sie in einer Welt verkehren wollten, die nicht ihre war; dass die besorgniserregende Situation ihres Bankkontos und ihres Geschäfts sie in Richtung Ausgang getrieben hatte; dass sie sowieso nicht mehr die Mittel gehabt hätten, um den Jahresbeitrag zu bezahlen. Niemand im Club hatte sich dazu herabgelassen, ihnen die Hand zu reichen.

Bardy war am Nachmittag ein wenig gesegelt und mehrmals schwimmen gegangen, bevor er seine Sachen zusammengepackt hatte und zu seinem Grundstück zurückgefahren war. Bis vier Uhr morgens hatte ihn niemand mehr gesehen. Um diese Uhrzeit verließ das Ehepaar Fraysse das Fest und trat zu Fuß den Heimweg an. Die beiden besaßen eins der schönsten Häuser in Bouscadié, nämlich das auf dem Hügel mit dem besten Blick über den See. Sie bemerkten eine Gestalt, die ihnen entgegenkam und sich plötzlich in den Wald schlug. Die Gestalt eines großen, eher hageren Mannes in heller Kleidung. Für sie bestand kein Zweifel: Das war Bardy. Zumal Monsieur Fraysse, der sich ein Stück zurückfallen ließ, um eine letzte Zigarette zu rauchen, sah, dass in der Ferne hinter der ersten Baumreihe im Wohnwagen ein Licht brannte, das wenige Minuten zuvor noch aus gewesen war.

Das Protokoll der ersten Vernehmung, der Bardy durch den Richter unterzogen wurde, beschreibt ihn als zögerlich und vage. Auf die Frage, ob er die Absicht gehabt habe, sich in der Nähe des Festes herumzutreiben und vielleicht nach einer Gelegenheit zu suchen, wie er sich rächen könnte, antwortete er, er wolle mit den Leuten im Club nichts mehr zu tun haben. Aber der See gehöre nicht denen; auch er habe das Recht, nach Lust und Laune an den See zu kommen und dort zu übernachten. Basse-Misère sei sein Lieblingsort, sein kleines Stück vom Paradies. Angesichts all der Sorgen, vor allem der geschäftlichen Probleme, mit denen er sich herumschlagen müsse, komme er oft hierher, um ein bisschen Zuversicht und Energie zu tanken. Unter Druck gesetzt, gestand er, dass er nachts gern Flusskrebse fischen ging, doch er war nicht in der Lage, genauere Angaben zu machen, und als er es versuchte, verstrickte er sich in Lügen. Man befragte ihn zu seiner hellen, ziemlich gepflegten Kleidung, die sich nicht gerade zum Krebsfischen eigne. Er antwortete, er habe nicht daran gedacht, andere Kleidung mitzunehmen. In seinem Wohnwagen fanden sich aber alte Sachen, die er für Bastelarbeiten, zum Rasenmähen oder für frühmorgendliche Ausflüge an den See dort liegen hatte. Als er gefragt wurde, was er mit seinem Fang gemacht habe, antwortete er unvorsichtigerweise, er habe ihn am nächsten Morgen nach Hause gebracht. Seine Frau, die anschließend allein befragt wurde, bestätigte, dass er am Sonntag kurz vor dem Mittagessen heimgekommen sei und ihr erschüttert über den Dreifachmord berichtet habe. Sie hatten die Kinder, die massakriert worden waren, gut gekannt. Vor allem Justine, die immer so nett zu ihnen gewesen sei, auch nachdem sie ausgeschlossen worden waren. Allerdings musste sie eingestehen, dass er mit leeren Händen zurückgekehrt war.

Durch die Aussage seiner Frau in die Enge getrieben, änderte Bardy seine Version. Er habe die Flusskrebse gleich nach seiner Rückkehr in den Wohnwagen gebraten und aufgegessen, erklärte er; der nächtliche Streifzug durch den Wald habe ihn hungrig gemacht.

Da Bardy keine Zeugen hatte und sein Alibi auf wackligen Beinen stand, beschloss der Richter, ihn auf die Gerüchte anzusprechen, die über ihn in Umlauf waren. Auf die Frage: »Lieben Sie Männer?« antwortete Bardy zunächst: »Nein, ich bin verheiratet und habe Kinder.« Er beteuerte, nicht zu wissen, woher das Gerede über seine vermeintliche Homosexualität komme. »Wenn ich in Ihrem Privatleben nachforsche, werde ich also nichts Verfängliches finden?«, fragte der Richter. »Nein, Monsieur. Nichts.«

Bernard Bardy wurde in einem kleinen Dorf in den Monts d'Autan geboren, an einem Berghang, der die Ebenen des Département Aude beherrscht. In seiner Jugend waren ein paar »Dinge« vorgefallen, über die niemand Genaueres wusste, die jedoch dazu geführt hatten, dass er ausgegrenzt wurde. Als er sich zur Marine gemeldet hatte, war das allen als eine Flucht erschienen. Lange war er nicht zur See gefahren. Man hatte ihn bald vom Dienst suspendiert und schließlich abberufen, und seine Akte kündet von »widernatürlichen Verhaltensweisen« sowie »eindeutigen sexuellen Annäherungsversuchen gegenüber mehreren Kameraden«. Sie mussten der Grund gewesen sein, weshalb er bei einem Zwischenstopp in Senegal nach Strich und Faden verprügelt worden war. Offiziell war nur von einem Überfall die Rede, dem er eines Abends in der Hafengegend zum Opfer gefallen sei. Allerdings war dieser Überfall derart brutal gewesen, dass Bardy anschließend tagelang zwischen Leben und Tod geschwebt war. Nach seiner Abberufung war er in sein Heimatdorf zurückgekehrt. Wenig später war er einer jungen Frau begegnet, die aus derselben Gegend stammte. Sie hatten alles so gemacht, wie es sich gehörte, und schließlich geheiratet. Aber das Echo trägt weit an eingekesselten Orten wie diesem, und so hatte sich der Ruf des jungen Mannes rasch verbreitet. Seine Zukünftige war ins Bild gesetzt worden, aber da sie keinen anderen Ehemann gefunden hatte und er besonders nett gewesen war – den Kopf voller Pläne und auf den Lippen das Versprechen, sie aus dem Dorf herauszuholen und mit ihr in die Stadt zu ziehen –, hatte sie beschlossen, den Tratsch zu ignorieren.

Und bei dieser Haltung war sie geblieben. Sie stellte sich taub und blind. Dabei wusste sie Bescheid. Sie hatte immer Bescheid gewusst. Sie hatte früh begriffen, dass an den Gerüchten etwas dran war. Doch dann waren die Kinder gekommen. Ihnen zuliebe musste sie sich zusammenreißen und den Schein wahren. Selbst wenn ihr Ältester weinend aus der Schule heimkam, weil andere gesagt hatten, sein Vater sei schwul. In Augenblicken wie diesem galt es erst recht, den Schein zu wahren.

Außerdem hatten sie den Laden. Sie arbeitete unermüdlich und hielt das Geschäft in den letzten Jahren praktisch allein am Laufen. Und da waren ihr Haus und die Familie, die sie gegründet hatten. Das reichte ihr voll und ganz. Es machte nichts, dass Bernard sich seit ihrer ersten Begegnung davor ekelte, sie zu berühren; dass sie schon beim ersten Mal, als sie sich gemeinsam in der Öffentlichkeit zeigten, gespürt hatte, dass sie ihm als Alibi diente; dass sie die Situation in ihrer Not ausgenutzt und ihn erpresst hatte, damit er ihr einen Sohn machte und danach noch eine Tochter, weil getuschelt wurde, der Erstgeborene könne nicht von ihm sein. Es machte nichts, dass er regelmäßig aushäusig schlief. Und es machte auch nichts, dass er anfing, ihr ganzes Geld auszugeben und immer öfter in die Ladenkasse zu greifen. Diesen Preis musste sie bezahlen für das Leben, das sie sich ermöglicht hatte. Sie, die mit neunzehn – ohne einen Sou in der Tasche, ohne eine Zukunft, an die sie sich hätte klammern können – noch die elterlichen Kühe gehütet hatte. Sie, die mit ihrer roten Mähne und ihrem Pferdegebiss die Hoffnung aufgegeben hatte, jemals einen Mann zu finden.

Sehr lange musste der Richter nicht forschen, bis alles ans Licht kam. Ein Straßenkehrer hatte mehreren seiner Kollegen von den Stadtwerken erzählt, dass die öffentlichen Toiletten in der Bahnhofsgegend ein Treffpunkt für »Päderasten« seien, dass er schon mehrmals Männer zu zweit in einer Kabine erwischt habe und dass unter diesen Männern Bardy gewesen sei. Als Bardy auf die Wache bestellt wurde, bestätigte er das Gerede. Ein Paar, das gern in den Bergen wandern ging, war auf einem Forstweg auf ein Auto gestoßen, in dem man es offenbar gerade trieb: Der Wagen habe so gewackelt, und die Scheiben seien beschlagen gewesen. Die beiden waren weitergegangen, aber das Schlagen einer Autotür habe sie neugierig gemacht. Zwei Männer seien aus dem Wagen gestiegen. Einer davon sei Bernard Bardy gewesen, hatten die beiden ausgesagt.

Der Richter wiederholte die Frage: »Lieben Sie Männer? Sind Sie homosexuell?«

Bardy antwortete nicht. Daraufhin wurde ihm die Frage erneut gestellt. Schließlich gestand er: »Ja.«

»Lieben Sie junge Männer?«

Keine Antwort.

»Lieben Sie Männer, die jünger sind als Sie, Monsieur Bardy?«

»Ja.«

»Hatten Sie schon mal sexuelle Kontakte mit jüngeren Männern?«

»Ja.«

»Waren unter diesen jungen Männern auch Minderjährige?«

»Nicht, dass ich wüsste.«

»Hatten Sie sexuellen Kontakt mit einem der beiden Jungen, die am See getötet wurden?«

»Nein! Natürlich nicht!«

»Hätte es Sie gereizt?«

»Nein.«

»Haben Sie sich in der Nacht vom 23. auf den 24. August auf die Îlot des Bois-Obscurs begeben?«

»Nein.«

»Richtig, ich vergaß: Da waren Sie ja Flusskrebse fischen ...«

Da sich die ihn belastenden Hinweise häuften, wurde Bernard Bardy in Gewahrsam genommen. Der Richter befürchtete wohl, man werde ihm den unglücklichen Präzedenzfall Gilles Mahous unter die Nase reiben, und beschloss daher, sich sofort an die Journalisten zu wenden. Er sprach von einem »dringend Tatverdächtigen« – alle verstanden »Schuldigen«, weil er sich so missverständlich ausdrückte –, sagte etwas von »tiefster Überzeugung« und versprach in Kürze neue Beweise.

Bardy hatte alles getan, um die Gerüchte, die über ihn kursierten, zum Verstummen zu bringen. Er hatte sich bemüht, sein heimliches Leben möglichst weit entfernt vom Tal zu führen. Sicher hatte es den einen oder anderen Fehltritt vor Ort gegeben, aber er verwies darauf, dass die Zeugen sich immer nur die Mühe gemacht hatten, ihn zu identifizieren, nie jedoch seine Partner. Nie war er wegen des Anwerbens von Freiern, Sittlichkeitsdelikten oder Ähnlichem belangt worden. Der Vorfall mit dem Sohn der Azémas war der einzige nachweisliche »Ausrutscher« gewesen und hatte keine Anzeige nach sich gezogen.

Seine diversen Partner, die diskret zur Aussage vorgeladen wurden, beschrieben ihn als »sexuell sehr gierig«. Diese Gier befriedigte Bardy woanders. Unter anderem in Toulouse, wo man in den Schwulenbars und Diskotheken sowie an anderen einschlägigen Orten wie Rastplätzen, öffentlichen Parks und Kinosälen mühelos seine Fährte aufnahm. Er suchte die Gesellschaft junger Männer, egal ob sie aktiv oder passiv waren. Ein Großteil seines Geldes ging dafür drauf, sich die Gunst interessierter Schönlinge zu sichern oder gar männliche Prostituierte zu bezahlen.

Man trieb Leute auf, die bereit waren, ihn noch tiefer hineinzureiten. Vor allem nachdem die Presse seine Geschichte breitgetreten hatte. Ein Fernfahrer behauptete, gesehen zu haben, wie Bardy mitten in der Nacht auf einem Parkplatz auf Freiersuche gegangen sei. Er sei ihm gefolgt, habe ihn sich geschnappt, ihm eine reingehauen und ihn in den Canal du Midi geworfen. Der Mann war in der Lage, das genaue Datum samt Uhrzeit anzugeben, und tatsächlich war Bardy an jenem Tag in der Notaufnahme des Krankenhauses von Valdérieu erschienen, angeblich, weil er zu Hause die Treppe heruntergefallen war. Ein Kinobetreiber im Stadtzentrum von Toulouse erkannte ihn ebenfalls. Ihm zufolge war Bardy mehrmals in seinem Kino gewesen, und zwar immer in der Vierzehn-Uhr-Vorstellung am Donnerstagnachmittag. Wie oft genau, vermochte er nicht mehr zu sagen, aber er erinnerte sich an die Beschwerden dreier verschiedener Kunden, allesamt junge Männer, die berichtet hatten, dass sich Bardy, der sich für den Film offensichtlich wenig interessierte, im fast leeren Kinosaal genau neben sie gesetzt hatte. In allen drei Fällen hatten die Männer es vorgezogen, den Sitzplatz zu wechseln, und ihrer Empörung später bei einer der Kassiererinnen Luft gemacht. Beim dritten Mal hatte sich der Kinobetreiber den großen, hageren Mann vorgeknöpft, doch der hatte erklärt, er sei verabredet gewesen und habe sich in der Person geirrt. Allerdings hatte sich dieses Spielchen ein paar Wochen später wiederholt. Als man den Film angehalten und schlagartig die Lichter eingeschaltet hatte, war Bardy beim Oralverkehr mit seinem Sitznachbarn ertappt worden. Diesmal hatte ihn der Kinobetreiber hinausgeworfen und damit gedroht, ihn in aller Form anzuzeigen, sollte er je wieder seinen Fuß in dieses Kino setzen.

Kein handfester Beweis, Verdächtigungen, die im Wesentlichen seinem Ruf geschuldet waren, den eigenen Sexualtrieb nicht unter Kontrolle zu haben, und dennoch wurde Bernard Bardy in Haft genommen. Die Durchsuchung seines Wohnwagens, Grundstücks, Hauses und Geschäfts ergab nichts – abgesehen von ein paar unter dem Ladentisch verkauften Pornoheftchen.

Als Bardy sah, dass sein Privatleben in den Zeitungen breitgewalzt wurde, der Richter sich weder an das Ermittlungsgeheimnis noch an die Unschuldsvermutung hielt und sein Pflichtverteidiger der Sache nicht gewachsen war, beschloss er auszupacken.

Ja, er suche sich seine Sexpartner außerhalb des Tals, erklärte er. In den vergangenen Jahren fast jede Nacht. Weil er nicht mehr darauf verzichten könne. Das sei der Preis dafür, dass er so lange gelogen habe. Mehr als einmal habe er sich verliebt. Aber er sei alt, nicht sonderlich gut aussehend, weder sehr kultiviert noch vermögend. Und er schäme sich seiner. All das habe ihn daran gehindert, eine dauerhafte Beziehung mit einem Jüngeren einzugehen, einem, der für das Leben, das Licht, die

Wahrheit stehe... Also sein genaues Gegenteil sei. Jedes Mal, wenn ihm das Herz gebrochen wurde, habe er gewissermaßen die Flucht nach vorn angetreten und sich in den Abgrund gestürzt, um sich zu bestrafen und selbst zu erniedrigen. Aber er habe nie jemandem wehgetan, zumindest nicht vorsätzlich, denn ihm sei klar, was seine Frau und seine Kinder seinetwegen durchgemacht hätten. Der Sohn der Azémas habe im Übrigen gelogen: Der junge Mann habe ihn sehr wohl ermutigt, sich ihm zu nähern. Er habe selbst seinen Hosenschlitz geöffnet und seine, Bardys, Hand zu sich herangezogen. Er habe nur deshalb von »sexueller Belästigung« gesprochen, weil sie erwischt worden seien.

In der Nacht des Dreifachmordes von Basse-Misère sei er nicht beim Krebsfischen, sondern mit einem Mann zusammen gewesen. Einem Studenten, den er auf dem Campus der Fakultät für Sozialwissenschaften kennengelernt habe, wohin er manchmal gehe, weil die dortigen Toiletten Treffpunkte seien oder, genauer gesagt, weil man dort über Nachrichten, die man mit Textmarkern an die Kabinenwände schreibe, Verabredungen treffe. So sei er in Kontakt mit dem jungen Mann gekommen, der sich Charlu nannte. Kein Nachname, keine Adresse, keine Telefonnummer, nur ein Deckname und heimliche Rendezvous. Er habe mit dem jungen Mann alles teilen, mit ihm über seine Familie, sein Geschäft, seine Kindheit reden wollen, aber der andere habe davon nichts hören wollen, er habe um jeden Preis ungebunden bleiben und seine Lust ausleben wollen. Charlu habe etwas Zügelloses gehabt. Er, Bardy, habe sich nichts vormachen lassen, er habe erahnt, dass sich hinter der Fassade der Selbstsicherheit ein Abgrund verbarg, genau wie bei ihm. Für ihn selbst sei es zu spät gewesen, aber Charlu habe noch »gerettet« werden können – genau dieses Wort benutzte der Schreibwarenhändler. Also habe er ihm seine Hilfe angeboten. Der junge Mann habe sich über ihn lustig gemacht und ihm sein Alter und seine Verklemmtheit vorgeworfen. Sie hätten sich nicht wiedergesehen – bis zum Tag des Sommerfestes im Club, als Charlu nachmittags am Strand von Bouscadié aufgetaucht sei. Sie hätten sich ein Stück weiter weg im Wald getroffen. Er habe geglaubt, der Student habe es sich anders überlegt und sei gekommen, um seine Hilfe anzunehmen. Leider sei dem nicht so gewesen. Zwei Niederländer hätten in einem alten, abgelegenen Bauernhaus in den Bergen einen Abend »der besonderen Art« veranstaltet. Da nur Paare eingeladen gewesen seien, habe Charlu gedacht, dass Bardy ihn begleiten könnte.

Bernard Bardy hatte auf diese Art von Veranstaltung keine Lust. Er wollte lieber mit Charlu allein sein. Da das aber nicht infrage kam, gab er nach und willigte schließlich ein, ihn zu begleiten.

Nachdem er den Nachmittag am See verbracht hatte, zog Bardy sich um und ging zu Fuß die drei Kilometer durch den Wald, in dem er sich so gut auskannte, bis zu der Straße, wo Charlu in seinem alten Renault auf ihn wartete. Sie fuhren rund dreißig Kilometer nach Nordosten. Als sie den Bauernhof erreichten, war schon rund ein Dutzend Leute aller Altersklassen, überwiegend Männer, anwesend. Offenbar war es doch nicht zwingend nötig, paarweise zu erscheinen. Charlu ließ seinen Begleiter stehen, kaum dass sie das Haus betreten hatten, sodass Bardy auf sich gestellt war. Er kam sich alt und dumm vor. So schoss er seinen Studentenfreund in den Wind. Er wollte nur noch eins: so schnell wie möglich weg. Er verließ den Bauernhof, denn nichts von dem, was sich dort abspielte, konnte ihn erregen. Es dauerte lange, bis er jemanden fand, der ihn zurückfahren konnte. Ein Deutscher, ein Typ in seinem Alter, der seinen Urlaub am Meer verbrachte, erklärte sich bereit, einen Umweg zu machen und ihn in die Nähe seines Wohnwagens zu bringen. Der Mann wirkte von dem Abend begeistert, zumindest verstand Bardy es so, denn der andere sprach sehr schlecht Französisch. Den Vornamen des Mannes wusste er nicht, nur, dass er einen schwarzen Saab 900 fuhr.

Der Deutsche setzte ihn an einer Kreuzung ab. Von dort aus ging er zu Fuß weiter in Richtung Bouscadié. Als er vor sich auf der Straße zwei Gestalten zu erkennen glaubte, schlug er sich in den Wald, um ihnen nicht zu begegnen. Im Wohnwagen angekommen, sah er auf die Uhr. Es war halb fünf Uhr früh. Aus dem Club war keine Musik mehr zu hören.

Man fand den Bauernhof, dessen Lage er beschrieben hatte, schnell. Tatsächlich gehörte er einem holländischen Pärchen, das bestätigte, dort in der Nacht vom 23. auf den 24. August ein Fest veranstaltet zu haben, aber bestritt, Bernard Bardy eingeladen oder ihn gesehen zu haben. Die beiden hatten ihre Gäste unter den Touristen an der Küste rekrutiert, ohne deren Namen zu kennen. Deshalb konnten sie unmöglich wissen, ob sich unter ihnen ein Deutscher befunden hatte, der einen schwarzen Saab fuhr.

Und Charlu blieb ein Phantom. Auch in den Toiletten der Fakultät für Sozialwissenschaften fand sich keine Spur von ihm. Die Kabinenwände waren über den Sommer abgewaschen und neu gestrichen worden.

Die Öffentlichkeit hatte Bardy längst verurteilt. Trotzdem übernahm es eine Minderheit, ihn zu verteidigen. Man forderte vom

Richter Beweise, die er nicht hatte. Zahlreiche Unstimmigkeiten wurden festgestellt. Man sprach von Diskriminierung, was für die Regierung, die Homosexualität eben erst für straffrei erklärt hatte, peinlich war. Erst recht, da es mit großen Schritten auf die Wahlen zuging. Der Richter stand mit dem Rücken zur Wand. Trotzdem wurde Bardy nicht freigelassen. Doch dann hörte Charlu auf, ein Phantom zu sein. Ein Student der Rechtswissenschaften wurde bei der Polizei vorstellig und behauptete, der junge Mann zu sein, mit dem Bardy sich getroffen habe. Und er war in der Lage, ihre Verbindung nachzuweisen. Zur gleichen Zeit wurde der Deutsche mit dem Saab ausfindig gemacht, und auch der bestätigte Bardys Version.

Dem Richter wurde der Fall entzogen, die Ermittlungen begannen wieder bei Null. Bernard Bardy kam auf freien Fuß, war aber in den Augen vieler deshalb nicht unbedingt unschuldig. Er hatte zwanzig Jahre lang ein Scheinleben geführt. Dennoch war es ein Leben. Und von dem war nichts mehr übrig. Sein Geschäft hatte er dichtmachen müssen. Sein Haus war gepfändet worden. Seine Frau und seine Kinder waren weg. Was blieb, waren schlüpfrige Details, die ihn als Geistesgestörten hinstellten, und viel zu viele offene Fragen.

Man kritisierte, dass der berühmte Charlu genau zum richtigen Zeitpunkt aufgetaucht war. Dass Bardys Alibi sich auf die Aussagen von nur zwei Männern stützte, die wie er homosexuell und somit nicht unbedingt objektiv waren. Man unterstellte, dass eine Gruppe von Leuten unter der Führung einiger sehr bekannter, einflussreicher Persönlichkeiten unter der Hand Druck ausgeübt hatte. Man behauptete auch, die aus dem Rathaus scheidende Mehrheit wolle den Fall Bardy so schnell wie möglich vom Tisch haben, damit er ihr nicht im ungünstigsten Moment um die Ohren fliege.

An einem Montag im Mai kehrte Bernard Bardy frühmorgens nach Valdérieu zurück. Er stellte seinen Wagen auf dem aufgelassenen Parkplatz neben den Lagerhallen am Stadtrand ab. Dann schlich er zum Bahngleis und wartete auf den Sieben-Uhr-fünfzehn-Zug nach Toulouse, und zwar an der Stelle, an der dieser Fahrt aufnahm. Er warf sich davor, ohne dass der Zugführer die geringste Handlungsmöglichkeit hatte. Sein Körper wurde rund fünfzig Meter mitgeschleift, bevor die Lokomotive stoppte. In seinem Auto fand man einen Brief, den er gut sichtbar aufs Armaturenbrett gelegt hatte. Darin bat er seine Familie um Vergebung. Er wisse, dass er an ihrem Unglück schuld sei. Als Lebender sei er nichts mehr wert. Als Toter sei er zwar nicht mehr wert, aber wenigstens sei er nicht mehr da.

Trotz allem, was ich über Bernard Bardy und Gilles Mahous aufgeschnappt hatte, war meine kindliche Phantasie nie bereit gewesen, die beiden mit Konitz in Verbindung zu bringen. Er hatte keine Ähnlichkeit mit ihnen.

Der Fall Bardy verlieh den Ermittlungen ein anderes Gesicht. Die Journalisten wurden geschmäht, vor allem nach Bardys Selbstmord. Die Polizisten und der junge Richter wurden verhöhnt und der Laxheit sowie der Stümperei bezichtigt. Dem neuen Ermittlungsrichter blieb nichts anderes übrig, als äußerst behutsam vorzugehen. Man müsse sich wieder auf die Fakten besinnen, hieß es, allein auf die Fakten. Und auf deutlich mehr Diskretion. Soeben habe man erfahren, dass der »Unbekannte vom See« identifiziert und entlastet worden sei.

21

Es gab eine Personenbeschreibung des jungen Mannes, und zwar eine so genaue, dass ein Phantombild angefertigt und veröffentlicht wurde. Niemand schien ihn zu kennen. Man hatte ihn in dieser Gegend noch nie gesehen. Sein Fahrzeug war unter all den anderen am Straßenrand geparkten nicht aufgefallen. Man wusste noch nicht einmal, um wie viel Uhr er gegangen war. Nachdem er den Nachmittag mit Lesen und Schwimmen verbracht hatte, war er plötzlich verschwunden.

Der Zeugenaufruf hatte nichts gebracht. Auch die goldenen Brücken nicht, die man dem jungen Mann gebaut hatte, damit er sich bei der Polizei meldete. Er stellte sich tot, und man kam ihm einfach nicht auf die Spur. Das hätte lange so weitergehen können, hätte Marie Greffier die Ermittler nicht auf seine Fährte gebracht.

Die kleine Gemeinschaft des Club Nautique war auseinandergeflogen. Mehr noch als die Tragödie selbst hatte die Zeit danach sie zerrüttet. Bei den zahllosen Vernehmungen hatten manche die Zunge nicht im Zaum halten können, alter Groll war wieder hochgekommen. Alle standen unter Verdacht. Frühere Unstimmigkeiten zwischen den tonangebenden Familien, Vermögensunterschiede, unglückliche Bemerkungen: In allem sah man ein mögliches Motiv.

Insbesondere richteten sich die Verdächtigungen gegen Marie Greffier, deren Name häufig in der Liste derjenigen auftauchte, »bei denen man sich vorsehen muss«. Sie war lesbisch. Das war ein offenes Geheimnis, auch wenn es nie jemand hatte beweisen können. Sie kleidete sich eben immer sehr männlich, ging wie ein Fernfahrer, stand in dem Ruf, ein richtiger Drachen zu sein, und war noch nie, weder von nah, noch von fern, mit einem Mann gesehen worden. Sie war eine rational denkende, vermögende Frau, die nichts und niemanden fürchtete. Im Club wurde sie toleriert, weil es nie einen Anlass gegeben hatte, sich über sie zu beklagen. Man sah einfach über ihre Neigungen hinweg. Selbst die anderen Frauen misstrauten ihr nicht wirklich, obwohl sie nie einen Badeanzug trug und lieber am Steuer ihres Bootes stand, als sich am Strand zu räkeln. Die Umkleidekabinen und Duschen suchte sie nur auf, wenn sie sicher sein konnte, dass sie dort ungestört war, und das war allen nur recht. Wenn ihr etwas gegen den Strich ging, was häufig vorkam, war es besser, einen Bogen um sie zu machen. Trotzdem stellten die Leute sie nach der Tragödie als potenzielle Mörderin hin. Einige behaupteten, sie sei stark und kaltblütig genug. Und es gebe einen Riss in ihrem Panzer, und dieser Riss heiße Justine Brunet-Auriac.

Marie Greffier hatte Justine oft auf ihrem Boot mitgenommen. Das junge Mädchen war die Einzige gewesen, die ab und zu das Kommando übernehmen durfte. Das einzige Kind aus dem Club, das sich gut mit ihr zu verstehen schien, wohingegen die anderen sie wie die Pest mieden. Vielleicht hatte diese Nähe Marie Greffier auf Ideen gebracht, die sich irgendwann verselbstständigt hatten. Sie verwahrte die Schlüssel zum Bootshaus und hätte die Möglichkeit gehabt, klammheimlich zur kleinen Insel zu fahren. Da die Zeugenaussagen so widersprüchlich waren, wusste niemand mehr genau, wann sie das Fest verlassen hatte, um auf dem Feld hinter dem Clubhaus den Zerberus zu spielen.

Als Marie Greffier erfuhr, wessen man sie verdächtigte, machte sie ihrem Ruf alle Ehre. Sie schmetterte die Anschuldigungen eiskalt ab, drohte damit, eine Verleumdungsklage anzustrengen, und weigerte sich, auch nur das kleinste Detail über ihr Privatleben preiszugeben. Sie konnte beweisen, dass sie das Fest um zwei Uhr morgens verlassen hatte, um sich in ihrem Zelt schlafen zu legen. Es stand in der Mitte des improvisierten Campingplatzes, auf dem sie wie jedes Jahr allein durch ihre Anwesenheit für Ruhe und Ordnung sorgte. Abschließend ließ sie die Bemerkung fallen, dass »der Unbekannte vom See« gar nicht so unbekannt sei. Er habe sich nicht zufällig neben ihren Strand gesetzt. Ihr seien sein Mienenspiel und das von Michèle Brunet-Auriac aufgefallen. Sie sei sich sicher, dass die beiden einander kannten.

Justines Mutter wurde mit größtmöglicher Diskretion vernommen. Die Ermittler mussten ihr massiv zusetzen und sogar bluffen, bis sie sich endlich durchrang, alles zuzugeben. Der fragliche junge Mann sei ihr Liebhaber. Sie habe versucht, ihm klarzumachen, dass sie ihm nicht mehr als ihre paar Schäferstündchen bieten könne, aber er habe nicht lockergelassen. Am Tag des Festes sei er nur zum See gekommen, um sie zu provozieren. Alles in ihrem Leben sei in dieser einzigen Nacht zusammengebrochen. Sie habe nicht gewollt, dass es ihm genauso erging. Als er ihr trotz allem in diesen schwierigen Stunden habe beistehen wollen, habe sie mit ihm Schluss gemacht. Sie habe ihn angefleht, aus ihrem Leben zu verschwinden, um sie und das, was inmitten der Trümmer noch stand, zu schützen. Aus Liebe habe er auf sie gehört.

Er sei ein anständiger, brillanter junger Mann und außerstande, eine Schandtat wie die von Bois-Obscurs zu begehen. Sie wolle nicht, dass ihm beziehungsweise ihr und ihm das Gleiche widerfahre wie Mahous oder Bardy, und bitte daher den Richter, ihr Diskretion zuzusichern, was er tat. Dann machte sie einen Telefonanruf. Knapp drei Stunden später erschien der »Unbekannte vom See« atemlos im Büro des Ermittlungsrichters. Er war die Strecke von Bordeaux an einem Stück gefahren.

Er hatte Michèle Brunet-Auriac bei einer Abendeinladung im Winter vor dem Massaker von Basse-Misère kennengelernt. Die rassige, strahlend schöne Frau, die ihr inneres Feuer hinter einem kühlen Äußeren zu verbergen suchte, war ihm sofort aufgefallen. Er hatte sie angesprochen. Sie hatte ihm lächelnd zugehört. Kurz darauf hatten sie sich im Park getroffen. Es war kalt gewesen, aber als sie ihn küsste, hatte er die Kälte nicht mehr gespürt. Danach hatten sie sich immer häufiger heimlich gesehen. Mal für ein, zwei Stunden, mal länger. Einmal hatte sie sogar drei Tage mit ihm in seiner kleinen Studentenbude verbracht. Die schönsten Tage seines Lebens … Er hatte sich gewünscht, dass es nie aufhöre, aber sie hatte erklärt, das sei nicht möglich. Sie wollte ihn in Valdérieu nicht sehen. Ihre Rendezvous hatten immer woanders stattgefunden. Da er nicht mehr ohne sie leben konnte, hatte er sich im Sommer über das Verbot hinweggesetzt. Michèle hatte versucht, ihn abzuwimmeln. Er wusste, dass sie nicht gerade ein Ausbund an Tugendhaftigkeit war und ihre Ehe nur eine Fassade, der schon mehrere Risse zugefügt worden waren, unter anderem mit Männern aus Valdérieu. Denen zu begegnen nahm sie hin, sogar im Club, in seinem Fall jedoch wollte sie das nicht. Das hatte er zuerst ungerecht gefunden, doch dann hatte er seine Meinung geändert und es als Zeichen dafür genommen, dass ihr etwas an ihm lag. Mehr als an allen anderen. Er hatte die Hoffnung nicht aufgegeben, sie überzeugen und ihr zeigen zu können, dass das Leben, das er ihr bot, viel besser war als das, dem sie auf den Leim gegangen war. Deshalb war er an jenem Samstagnachmittag nach Les Crozes gekommen. Damit sie ihn sah. Damit sie einen Vergleich zu dem grässlichen goldenen Käfig hatte, in dem sie saß.

Er hatte ihren Mann, ihre Tochter und ihre Freundinnen beobachtet. Er hatte versucht, ihre früheren Liebhaber auszumachen, zu denen auch einer der Rugbyspieler zählte. Irgendwann nach dem Wettschwimmen hatte sie ihm ein Zeichen gegeben. Sie hatten sich in einiger Entfernung, gegen fremde Blicke geschützt, in einem Wäldchen getroffen. Anfangs hatte sie ihn beschimpft. Dann hatten sie sich, gegen einen Baum gelehnt, im Stehen geliebt. Er hatte sie noch nie so schön und begehrenswert erlebt wie da, mit ihrem von einer transparenten Tunika nur notdürftig verhüllten Badeanzug, ihrer gebräunten Haut, ihrem offenen Haar und ihrer Erregung darüber, die anderen so in der Nähe zu wissen – man hatte ihr Lachen und ihre Rufe gehört.

Danach hatte sie ihn gebeten zu gehen. Sie hatte versprochen, sich am folgenden Dienstag mit ihm zu treffen und den ganzen Tag, vielleicht sogar die Nacht mit ihm zu verbringen. Also war er geradewegs nach Bordeaux zurückgefahren. Er hatte die schreckliche Nachricht erst am Montagmorgen vernommen. Dann war alles wie ein langer Tunnel gewesen. Er hatte mit Michèle sprechen, für sie da sein wollen. Aber sie hatte sich geweigert, seine Anrufe entgegenzunehmen. Als sie schließlich doch ans Telefon gegangen war, hatte sie ihn inständig gebeten, ihre Beziehung mit keinem Wort zu erwähnen. Er hatte geglaubt, sie brauche Trost, und festgestellt, dass sie sich Sorgen um ihren Ruf machte. Ein paar Tage später hatte er einen kurzen Brief erhalten, in dem sie ihn anflehte, in Deckung zu bleiben. Einen Brief, an dessen Ende etwas von Schmerz und Trennung stand.

Als die Suche nach ihm verschärft worden war, hatte er damit geliebäugelt, sich zu stellen. Er galt als Kindsmörder, als Monster. Reden hätte gereicht, um ihn zu entlasten. Aber da hatte Michèle sich wieder bei ihm gemeldet und sich im Namen der Liebe, die sie ihm immer noch schwor, versichern lassen, dass er nichts in dieser Richtung unternehmen werde. Niemand habe ihn identifizieren können. Er sei nichts weiter als ein Phantom, und das solle er auch bleiben.

Der Anruf, den er wenige Stunden zuvor erhalten hatte, war die Erlösung, der Schlüssel zu seinem Gefängnis gewesen. Der Richter hielt Wort. Er ließ lediglich mitteilen, dass der »Unbekannte vom See« aus freien Stücken bei der Polizei erschienen sei und nicht länger verdächtigt werde, weil er in der Mordnacht Freunde besucht habe, die am Rand der Bucht von Arcachon ein Haus gemietet hatten. Weder ein Vor- noch ein Nachname sickerte durch.

Den Ehemann täuschte die Diskretion hingegen nicht. Philippe Brunet-Auriac wusste, dass seine Frau ihm untreu war. Er hatte beschlossen, sich nichts daraus zu machen, solange es sich um Männer handelte, die er kannte, wie etwa den Vorarbeiter, den er ein paar Jahre zuvor umgehend entlassen hatte. Vom Rugbyspieler wusste er allerdings nichts. Seit einigen Monaten ahnte er, dass ein wichtiger Mann ins Leben seiner Frau getreten war. Da sie ihn nicht verlassen konnte, machte er sich deswegen keine übermäßigen Sorgen. Nie hätte er sich vorstellen können, dass es sich bei diesem Mann um ein halbes Kind handelte.

22

Die Familien Brunet-Auriac und Armengaud schoben sich die Verantwortung für den Dreifachmord gegenseitig zu, machten aber ihren ganzen Einfluss geltend, damit sich die Ermittler intensiv mit den anderen Mitgliedern des Clubs beschäftigten. Und danach mit den Einwohnern von Bouscadié, auch mit den wenigen, die am fraglichen Abend zu Hause geblieben waren, nämlich einer durch eine Sommergrippe ans Bett gefesselten Frau und dem Sohn der Familie Fraysse, der nach den Vorkommnissen auf dem Fest davor zur Persona non grata erklärt worden war. Nicht zu vergessen die beiden Halbstarken, die am Samstagnachmittag mit aller Macht versucht hatten, sich Zutritt zum Club zu verschaffen.

François Pastre hatte die Namen sämtlicher Personen aufgelistet, die am Fest teilgenommen hatten beziehungsweise in Bouscadié geblieben waren. Bei jedem Einzelnen hatte er das Alibi und den Ort vermerkt, an dem er sich zwischen ein und drei Uhr morgens aufgehalten hatte. Das Bild, das sich dadurch ergab, war mehr als verwirrend. Jemand, den zwei Gäste überhaupt nicht gesehen hatten, hatte nach Aussage ebenso vieler wenige Meter von der Tanzfläche entfernt eine Zigarette geraucht und geplaudert. Einen anderen, der den Großteil des Abends getanzt hatte und dabei von einem halben Dutzend Zeugen gesehen worden war, hatten die beiden Rugbyspieler an der Bar nicht bemerkt, während drei andere Gäste behauptet hatten, dieser Mensch sei an dem Abend gar nicht da gewesen. Ein heilloses Chaos.

Da der Ausflug auf die kleine Insel bekanntermaßen den Neid der anderen Kinder hervorgerufen hatte, bestand Philippe Brunet-Auriac darauf, auch sie zu den potenziellen Verdächtigen zu zählen. Es konnte doch sein, dass ein paar von ihnen Justine und ihren Freunden hatten eine Lektion erteilen und Angst machen wollen und dass die Dinge außer Kontrolle geraten waren. Die leitenden Ermittler versuchten, ihn zur Vernunft zu bringen, kamen seinem Wunsch aber dennoch nach und befragten die Kinder. Die meisten von ihnen waren ziemlich früh schlafen gegangen. Die Zeltübernachtung war für sie ein fester Bestandteil des Festes, vielleicht sogar der Höhepunkt. Außerdem waren sie nach einem ganzen Tag an der frischen Luft und mit allerlei Aktivitäten im Wasser schlicht müde gewesen. Ein paar waren später schlafen gegangen, sie hatten getanzt, der Musik zugehört oder Liegestühle okkupiert und von dort Sternschnuppen beobachtet. Es war ihnen untersagt worden, schwimmen zu gehen oder die Boote zu benützen. Auch das Clubgelände hatten sie nicht verlassen dürfen. Man fand heraus, dass sich mehrere dem Verbot widersetzt hatten, darunter auch Arnaud Armengaud, der daraufhin ein paar ungemütliche Minuten bei den Ermittlern verbrachte.

Dieser Vorfall vertiefte den Graben zwischen den Armengauds und den Brunet-Auriacs noch.

Die anderen Clubmitglieder nutzten die Gelegenheit, um zurückzuschlagen. Auf die Frage: »Kennen Sie jemanden, der Gründe gehabt haben könnte, den Familien der Opfer etwas anzutun?« gab es einige, die etwas anderes als »Bernard Bardy«

antworteten und damit die Aufmerksamkeit der Ermittler auf die Geschäfte der beiden Familien lenkten.

Unternehmerische Erfolge, wie sie sie vorzuweisen hatten, stellen sich nicht ein, ohne dass man anderen auf die Füße tritt, wenn nicht gar Schlimmeres tut. Doch bis auf ein paar unter dem Tisch weitergereichte Kuverts kam nichts wirklich Kompromittierendes ans Licht. Jedenfalls nichts, was das Gerücht bestätigt hätte, demzufolge Philippe Brunet-Auriac sich auf ein anrüchiges Immobiliengeschäft an der Riviera eingelassen hatte, bei dem die Mafia die Finger im Spiel hatte. Er hatte immer nur in Immobilien investiert, die er selbst nutzen wollte.

Mit seinen Betrieben ging es nach Basse-Misère, wie mit den anderen auch, rasch weiter bergab. Aber es hat den Anschein, als habe er nichts zu ihrer Rettung unternommen, obwohl er damals die Zügel noch fest in der Hand hielt. Manche glaubten, dies sei seine Rache: Indem er von der wirtschaftlichen Landkarte des Tals verschwand, verdammte er es binnen kürzester Zeit zum Niedergang. Er allein weiß, ob das stimmt. An den Tatsachen allerdings ist nicht zu rütteln: Die Wirtschaft in der Region brach innerhalb weniger Jahre zusammen. Sicher, sie hatte vor dem Dreifachmord schon jahrelang aus dem letzten Loch gepfiffen. Die Tragödie wurde als Gnadenstoß betrachtet. Als das Grand Hôtel, eines der Prunkstücke des Goldenen Zeitalters, 1983 in Flammen aufging, munkelte man, der Eigentümer selbst habe es in Brand gesteckt, um die Versicherungsgelder zu kassieren und damit seine Schulden zu begleichen. Als dann die beiden letzten noch betriebenen Fabriken an der Reihe waren, kursierten ähnliche Gerüchte. Nach dem Hotel brannten innerhalb weniger Wochen zwölf weitere Gebäude. Die maroden Überbleibsel aus der alten Zeit zerfielen zu Schutt und Asche. Das ganze Tal hatte sich in einen Feuerkessel verwandelt. Brunet-Auriac hatte gezündelt.

In diesen Zeiten der Flaute wurden die Armengauds als beispielhaft hingestellt. Weil sie zugelassen hatten, dass Arnaud wie jeder andere Verdächtige auch vernommen wurde, und der Junge das Verhör mit beeindruckender Offenheit gemeistert hatte. Vor allem aber, weil sie blieben. Von den drei Fabriken aus ihrem Besitz war nur noch eine übrig. Natürlich hatte man die Produktion zurückfahren müssen, aber ihre Tore blieben weiterhin trotzig geöffnet. Keine der beiden anderen Fabriken war abgebrannt. Die Armengauds hatten nicht die Einwohner von Valdérieu für ihre Misere bezahlen lassen. Die Mutter zeigte sich nach wie vor in der Stadt, wohingegen sich Michèle Brunet-Auriac, solange sie noch dort lebte, nicht mehr blicken ließ. Die Kinder der Armengauds besuchten öffentliche Schulen. Der Vater engagierte sich in der Kulturpolitik und für den Tourismus im Tal. Deshalb war man – bei aller Arroganz, die sie nach wie vor an den Tag legten – bereit, sie zu bedauern.

Das war jedoch nichts, verglichen mit den Garcès, die als Märtyrer galten.

Monsieur Garcès war nun doch bereit, mich zu treffen und mit mir zu reden. Er bat mich, ihn anzurufen, damit wir etwas ausmachen könnten. Das Treffen sollte bei ihm in Valdérieu stattfinden, weil man dort alles besser verstehen könne.

Als ich ihn anrief, erklärte er mit schleppender Stimme, er freue sich, dass sich noch jemand für diese Geschichte und für seinen Sohn interessiere, und erwarte meinen Besuch voller Ungeduld.

23

Bei den Garcès schien die Zeit stehen geblieben zu sein. Nichts regte sich. Sie bewohnten seit jeher dasselbe Haus in einer der Alleen, die zu Zeiten des Aufschwungs Schneisen in die Stadt geschlagen hatten. Es war ein Eckhaus; an der Stelle zweigte eine schmale Einbahnstraße von der Allee ab. Das herrschaftliche Haus samt Anwesen glich vielen anderen des Viertels: massiv, solide, eingeschossig mit ausgebautem Dachstuhl, und dazu über die gesamte Breite ein Garten, der durch eine hohe Mauer abgeschirmt war. Es hatte nichts Luxuriöses mehr, rief aber Erinnerungen an eine längst verflossene Blütezeit wach. Das Interieur passte zum Haus: abgenutztes Eichenparkett, überhohe, rissige Zimmerdecken, ein Licht, das sich nur mit Mühe zwischen den zahlreichen Türen und Wänden hindurchzwängte, und dann auch noch ausgesprochen dunkle Möbel, deren Schatten es zu umrunden hatte.

Jacques Garcès war Makler gewesen. Er hatte seinen Beruf von der Pike auf gelernt, ganz unten auf der Karriereleiter angefangen und sich hochgearbeitet. Zuerst in der bescheidenen Zweigstelle, die sein damaliger Schwiegervater *in spe* am Leben zu erhalten versuchte, und später bei den Brunet-Auriacs. Das Haus gehörte seiner Schwiegerfamilie. Früher hatten sie alle zusammen darin gewohnt, die Alten im Erdgeschoss, ihre Tochter, ihr Schwiegersohn und die drei Kinder oben. Jetzt hatten seine Frau und er es für sich allein. Die Töchter waren längst flügge. Geblieben waren ihnen zu viele zu große Zimmer, eine überdimensionierte Treppe, deren Stufen bei jedem Schritt knarrten, als stießen sie Schmerzensschreie aus, und ein Garten, der trotz des sorgfältig gemähten Rasens und der noch blühenden Hortensien grau und unbeseelt wirkte. Wie der Mann, der mir öffnete. Sein Sohn hatte genauso ausgesehen wie er: dieselben hervorstehenden schwarzen Augen, dieselben wulstigen Lippen, derselbe ovale, spitz zulaufende Schädel. Aber weniger streng.

Er begrüßte mich etwas steif mit verhaltenem Händedruck und presste dabei die dicken Lippen zusammen. Mit Worten ging er sparsam um. Das wenige, was er sagte, wirkte jedoch reiflich überlegt und abgewogen, wodurch seine Art zu sprechen ungewöhnlich langsam erschien. Er führte mich in ein großes Zimmer, das zum Garten hin lag und von einem riesigen Tisch, dessen Beine in einem verschossenen bunten Teppich versanken, fast erdrückt wurde. Am einzigen Fenster gab es eine kleine Salonecke. Auf dem Sofa saßen zwei Frauen: seine Ehefrau, die wie erloschen und in ihrem Bestreben, nicht da zu sein, fast durchsichtig wirkte, und seine Schwägerin, die von den dreien den lebendigsten Eindruck machte.

Ich wurde aufgefordert, in einem der beiden Sessel Platz zu nehmen, Jacques Garcès setzte sich in den anderen. Dann machte sich Schweigen breit. Sie musterten mich regungslos, tasteten mich mit Blicken ab. Nur Emmanuels Tante wagte eine Bewegung: Sie wickelte ihre ergrauten Locken mit den Fingern der linken Hand auf und wieder ab.

»Sie sind also Historiker ...«

Der Vater brach das Schweigen so abrupt, dass ich zusammenzuckte. Ich war kurz davor gewesen, im Halbdunkel dieses Zimmers ebenfalls dahinzuschwinden.

»An Sie erinnere ich mich zwar nicht, aber sehr wohl an Ihren Vater und sein Geschäft.«

Seine Frau nickte und stieß ein leises Zischeln aus.

»Ich habe Ihren Namen neulich im Zusammenhang mit der Gedenkfeier zum Ersten Weltkrieg in der Zeitung gelesen.«

Erneutes Nicken und Zischeln, diesmal vielleicht etwas deutlicher.

»Ich liebe Geschichte, insbesondere das Mittelalter. Ich habe jede Menge Bücher darüber, vor allem über die Katharer.«

Diesmal ließ sich seine Frau zu einem fast hörbaren »Oh ja!« hinreißen, wobei sich ihre Hände hoben und ein wenig in der Luft flatterten, um dann wieder sittsam auf die aneinandergepressten Knie zu sinken und reglos dort liegen zu bleiben.

»Ihr Projekt interessiert mich. Über Emmanuel zu reden interessiert mich immer. Aber in Ihrem Fall kommt noch der wissenschaftliche Aspekt hinzu, wenn Sie mir diesen Ausdruck gestatten. Meines Wissens sind Sie der erste Hochschullehrer, also der erste anerkannte Forscher, der sich mit dieser dunklen Geschichte beschäftigt und sie erzählen möchte.«

Ich war es mir schuldig, die Dinge möglichst schnell richtigzustellen, selbst auf die Gefahr hin, ihn vor den Kopf zu stoßen.

»Es ist nicht ganz so, Monsieur Garcès. Ich möchte nicht die Tragödie von Basse-Misère erzählen. Ich möchte zeigen, welche Rolle sie im Leben der Menschen in diesem Tal und bei seinem Niedergang gespielt hat. Und was danach kam, nämlich die Trauer, Ihre Trauer, und die Angst.«

Der Ausdruck seines Gesichts hatte sich, seit er mir die Tür geöffnet hatte, nicht verändert. Es hatte etwas von einer Wachsmaske. Wieder ließ er Schweigen einkehren. Sein Mundwinkel zuckte.

»Das habe ich durchaus verstanden, Monsieur Peiresoles. Deshalb sind wir drei hier: um mit Ihnen über das ›Danach‹ zu sprechen. Allerdings kann es nur ein ›Danach‹ geben, wenn es auch ein ›Davor‹ gegeben hat. Und dieses ›Davor‹ ist Emmanuel. Haben Sie ihn etwas gekannt?«

»Ich glaube, ich bin ihm mal im Schwimmbad begegnet …«

Ich glaube, dass er es war. Ich bin mir fast sicher. Ich hatte es wie jedes Mal so eingerichtet, dass ich freigestellt worden war. Ich konnte nämlich nicht schwimmen und hatte Angst vor dem Wasser. Zusammen mit den zwei oder drei anderen, die auch nicht mitschwammen, musste ich auf der Bank sitzen und zuschauen. Die Fünftklässler des Lycée Saint-Jacques waren gerade aus dem Becken gestiegen. Mein Lehrer hatte mich zu unserer Sammelumkleide geschickt und mir den Schlüssel anvertraut, damit ich etwas für ihn holte. Was, weiß ich nicht mehr. Ich musste mich also in das Gewirr aus Gängen wagen und fürchtete, der lärmenden Horde der »Großen« zu begegnen. Es gelang mir jedoch, mich unbemerkt bis zu unserer Umkleide durchzuschlagen. Ich hörte im Raum gegenüber Jungen herumbrüllen und sich gegenseitig die wüstesten Schimpfwörter an den Kopf werfen. Ihre Tür stand einen Spalt offen. Einer von ihnen hatte gerade seine nasse Badehose ausgezogen und versuchte sich wie die anderen mit seinem Handtuch zu bedecken. Da schnappte sich ein Junge, der kräftiger war als er, einen Zipfel des Handtuchs, um es wegzureißen. Der Erste klammerte sich mit aller Kraft daran und schrie: »Nein! Nein! Nein!« Er hielt es so fest, dass er ein Stückchen hochgehoben wurde, bevor sich das Handtuch abwickelte und er eine komplette Drehung um die eigene Achse machte. Schließlich landete er auf dem Boden und blieb dort nackt wie ein Wurm liegen. Die anderen brachen in Gelächter aus, in schlüpfriges Gelächter. Der Junge wusste nicht, wohin mit sich. Sein Handtuch war nicht weit von mir mitten auf dem Gang gelandet. Die anderen johlten: »Je kleiner, desto schnuckliger!« Dieser splitternackte Junge, dessen Augen irgendwann meinem entgeisterten Blick begegneten, der nicht wusste, ob er mit den anderen lachen oder weinen sollte, und schließlich beides tat, dieser Junge war Emmanuel Garcès.

»Aber ich kannte ihn nicht«, fügte ich hinzu. »Deshalb bin ich hauptsächlich zu Ihnen gekommen: um das zu ändern und ihn kennenzulernen.«

Sie schienen sich alle drei über meine vorab zurechtgelegte Antwort zu freuen, denn es kam gleichzeitig Bewegung in sie, und das Parkett knarrte vor Wohlbehagen.

Sie hatten ein Fotoalbum bereitgelegt. Ich durfte selbst darin blättern. Ab und zu lieferte mir der Vater eine kurze Erklärung bezüglich Datum und Ort der Aufnahme. Die Mutter nickte weiterhin zustimmend. Wenn sie einatmete, dachte man manchmal, dass sie gleich etwas sagen würde, aber es wollten keine Worte herauskommen, was sie nicht sonderlich zu stören schien.

Auf diese Weise sah ich Emmanuel innerhalb weniger Minuten groß werden. Als kleiner Junge erschien er mir lebhafter, er lächelte häufig und war offenbar ein rechter Zappelphilipp. Im Lauf der Jahre legte sich jedoch eine Maske über sein Gesicht. Er bekam die starren Züge seines Vaters, und in seine Augen trat eine gewisse Härte, die mir auf den von Pastre zusammengetragenen Fotos nicht aufgefallen war, jetzt aber ganz offensichtlich schien. Er sah aus, als sei er in seiner Hülle, seinem unvorteilhaften Äußeren, seinem noch kindlichen Körper und der aus der Mode gekommenen Kleidung gefangen. Als wollte er sich immer ein wenig verstecken. Außer auf den Fotos, die im Club Nautique gemacht worden waren. Da hatte er nicht versucht, vor dem Objektiv zu fliehen, obwohl er schmächtig und mit dieser scheußlichen Badehose ausstaffiert war, die ihm bis zum Bauchnabel reichte. Das letzte Bild im Album war das von der Abfahrt der Kanus, das ich so gut kannte.

Ohne jede Überleitung fuhr der Vater fort: »Ich bin für das, was ihm passiert ist, verantwortlich. Meine Begeisterung für Boote und mein Stolz sind schuld daran, dass mein Sohn sterben musste. Aus diesen beiden Gründen bin ich dem Club beigetreten. Ohne sie wäre er heute noch unter uns.«

Diesmal nickte seine Frau nicht. Ein Gewicht war auf ihre Schultern gefallen. Ihr Kopf kippte nach vorn, und ihr Blick verlor sich zwischen den staubigen Dielen, als suche sie nach einer Möglichkeit, darin zu versinken.

»Seit jenem traurigen Tag war ich nicht mehr segeln.«

Selbst bei diesen Worten zeigte er keinerlei Regung. Ich klappte das Album zu und reichte es ihm. Er ergriff es mit einer schlaffen Bewegung und legte es wieder auf den kleinen runden Tisch neben seinem Sessel.

»Auf den Fotos aus dem Club sieht er glücklich aus.«

»Ich glaube, er war es auch. Er ist gerne dorthin gegangen. Selbst wenn keine anderen Jugendlichen da waren. Manchmal haben wir ein Boot herausgeholt und sind zu zweit auf den See hinausgesegelt. Ich habe ihn die Manöver machen lassen. Er hat sich sehr geschickt angestellt.«

Die Mutter war zu uns zurückgekehrt. Sie hörte zu und tat so, als sei sie damals dabei gewesen.

»Das Sommerfest war nicht gerade seine Lieblingsveranstaltung. Er hat es gehasst, wenn so viele Leute zusammenkamen. Außerdem war es zwei Jahre zuvor nicht so gut verlaufen. Die Kinder einiger Gäste hatten sich am Samstagabend danebenbenommen, und mehrere von unseren Kindern hatten sich mitreißen lassen, darunter auch Emmanuel. Anschließend ist er bestraft worden. Er hatte schreckliche Erinnerungen daran und hat deshalb gebettelt, nicht zum nächsten Fest gehen zu müssen. Bis zum allerletzten Augenblick, also bis zum Samstagmorgen, hat er darauf bestanden, zu Hause zu bleiben. Dabei wusste er, dass die auswärtigen Gäste ohne ihre Kinder kommen würden. Ich musste erst wütend werden, damit er sich umzog und ins Auto stieg. Ich habe die Stimme erhoben, Monsieur Peiresoles. Er war den Tränen nahe. Ich habe mich ans Steuer gesetzt und ihn dem Tod entgegengefahren. Im Nachhinein sage ich mir, dass er bestimmt etwas geahnt hat. Das macht meine Schuldgefühle umso größer.«

Er verzog nach wie vor keine Miene, seine Augen blieben trocken, seine Hände auf den Armlehnen reglos. Lediglich Emmanuels Tante kam ein wenig aus der Reserve. Mir war aufgefallen, dass sie mich unverwandt ansah. Ihr Kiefer war so verkrampft, dass sich um ihre bleichen Lippen unnatürlich tiefe Furchen bildeten. Doch sie hielt still, als ihr Schwager weitersprach.

»Kaum waren wir angekommen, waren seine Vorbehalte verflogen. Er fand sein Lächeln wieder und schlurfte nicht mehr so lustlos herum. Ich habe gesehen, dass er den ganzen Tag Spaß hatte. Immer am Wasser. Da war er in seinem Element.«

Oh, ja!, schien seine Frau ihm im Stillen beizupflichten.

»Mit den anderen Jugendlichen verstand er sich nicht besonders. Er betrachtete sie nicht als Freunde, wenn Sie wissen, was ich meine. Außerhalb des Clubs trafen sie sich nie, nur im Gymnasium liefen sie sich über den Weg. Am See aber sonderte er sich nicht ab, sondern schloss sich, zusammen mit seinen Schwestern, schnell der Gruppe an. Trotzdem war ich überrascht, als er mit Justine zu mir kam und fragte, ob er mit auf der kleinen Insel zelten dürfe. Ich habe nur zugestimmt, weil die anderen Eltern sich schon hatten breitschlagen lassen, auch Monsieur Brunet-Auriac, mein Chef. Eigentlich war vorgesehen, dass unsere Kinder wie jedes Jahr auf dem Feld kampieren. Meine Töchter haben sich darauf gefreut. Emmanuel auch. Dort sollten wir sie in der Obhut einiger Eltern, die ebenfalls dort übernachteten, und Madame Greffiers lassen, die eine durch und durch vertrauenswürdige Person ist. Aber Justine hatte von langer Hand geplant, um zu kriegen, was sie wollte. Wie immer.«

»Ihr Sohn verstand sich ziemlich gut mit ihr, oder?«

»Ja, das muss ich einräumen. Er mochte sie gern. Sie war ein nettes Mädchen und sehr höflich … Aber ich bin bis heute felsenfest davon überzeugt, dass sie mit ihm gespielt hat.«

»Inwiefern?«

»Ich glaube, sie war nicht ganz aufrichtig. Sie war ihm wichtig, aber ich bin mir nicht sicher, ob es umgekehrt genauso war. Dieses Mädchen begegnete allen gleich. Dass er mit Justine auf die Insel wollte, war nicht das, was mich am meisten erstaunte; sie hatte ihn um den kleinen Finger gewickelt. Der Beweis: Sie hatte ihn, diesen schüchternen, zurückhaltenden Jungen, zum Theaterspielen überredet, obwohl er genau wusste, dass es für ihn eine schreckliche Qual sein würde, auf der Bühne zu stehen. Erstaunt war ich vor allem darüber, dass er mit einem der

Söhne der Armengauds etwas unternehmen wollte. Er konnte sie nämlich überhaupt nicht leiden. Auf jeden Fall habe ich nachgegeben, und das werde ich bis zum letzten Atemzug bereuen … Wir haben das Fest ziemlich zeitig verlassen, schon kurz nach dem Dessert. Während das Schlimmste passiert ist, waren wir hier in diesem Haus und haben tief und fest geschlafen. Es ist schwer, mit dieser Schuld zu leben, Monsieur Peiresoles. Und genauso schwer ist es, mit den letzten Bildern zu leben, die wir von ihm haben: den Bildern von seinem geschundenen Körper, seinem zertrümmerten Kopf … Ich bin an jenem Sonntagvormittag nicht mit zur kleinen Insel geschwommen. Ich gehörte zu der Gruppe, die das Frühstück vorbereiten sollte, und war ab sieben vor Ort. Alles war so ruhig! Madame Greffier kam zu uns, als wir gerade die Tische aufstellten. Sie sagte, die Nacht sei gut verlaufen und sie habe keinen Grund gehabt, sich zu ärgern. Über dem See lag ein wundervolles Licht. Das hat sich mir eingeprägt, weil wir irgendwann eine Pause gemacht und in kleiner Runde einen Kaffee getrunken haben. Ich traue mich, es zu sagen, Monsieur Peiresoles: Ich habe diese zwei Stunden sehr genossen, während einen Steinwurf entfernt mein Sohn im Wasser lag. Ich habe mich nicht verrückt gemacht, als unsere Kinder zur vereinbarten Zeit nicht zurückgekommen sind. Ich war beschäftigt und habe gar nicht gemerkt, wie die Zeit verging. Nichts habe ich in diesen verfluchten zwei Tagen richtig gemacht. Gar nichts!«

Seine Frau, die ihn nicht ansah, schien seine Worte innerlich zu wiederholen. Die Tante musterte mich immer noch. Es lag auf der Hand, dass es zwischen den dreien eine Abmachung gab: Der Vater redete und bezog seine Frau nur selten in seine Erzählung ein. Für Gejammer oder Tränen war kein

Platz. Doch die Schwägerin konnte es kaum erwarten, diese Abmachung zu brechen.

»Das Leben danach, Monsieur Peiresoles, bestand aus Kummer und Reue. Unser einziges Glück ist es, dass wir im Glauben die Kraft gefunden haben durchzuhalten. Meine Schwiegereltern sind an dieser Prüfung zugrunde gegangen. Sie haben Emmanuel gerade einmal zwei Jahre überlebt. Wir aber hatten eine Verpflichtung unseren Töchtern gegenüber, wir durften uns nicht unterkriegen lassen. Vielleicht sind Sie kein gläubiger Mensch. Dann dürfte es für Sie schwierig sein, zu verstehen, wie viel Mut der Bund mit Unserem Herrn spenden kann. Wir sind nicht zusammengebrochen. Wir sprechen mit unserem Sohn. An jedem von Gott erschaffenen Tag beten wir für ihn und die drei anderen. Wir suchen noch nach der Kraft, demjenigen, der diese Morde begangen hat, zu vergeben. Ich weiß, dass wir sie eines Tages finden werden. Es darf in unserer, in Emmanuels Geschichte keine Wut geben. Er war so ein netter, folgsamer, fleißiger Junge … Ein guter Sohn, ein sehr guter Sohn. Ich spüre, dass er bei uns ist und über uns alle wacht. Meine Frau spürt es auch. Manchmal, wenn sie Glück hat, spricht er auch mit ihr.«

Die Ehefrau nickte, ohne den Kopf zu heben.

»Mir wird er erst antworten, wenn es mir gelungen ist zu vergeben. Ich sehne diesen Moment herbei!«

In dem Raum war es sowieso nicht besonders hell. Und dennoch kam es mir so vor, als würde sich das kümmerliche Tageslicht, das sich durch die Spitzenvorhänge zwängte, noch weiter verdunkeln.

»Bitte entschuldigen Sie, Monsieur Peiresoles. Sie sind wegen Emmanuel gekommen, und jetzt rede ich nur von uns. Möchten Sie uns vielleicht in sein Zimmer folgen? Dort können Sie ihn besser kennenlernen.«

Im Gänsemarsch gingen wir zu viert nach oben. Der obere Treppenabsatz, auf den das Licht durch ein großes Fenster zum Garten fiel, erschien mir heller als der Rest des Hauses. Jacques Garcès öffnete rechter Hand eine Tür, die zu einem geräumigen, ja, riesigen Zimmer führte. Es badete gleichfalls in einem milden Licht, das durch die Tapete mit den großen beige- und orangefarbenen Blumen nur leicht getrübt wurde. Das Einzelbett nahm sich in dem großen Raum winzig aus. Vor dem Fenster stand ein alter Schreibtisch, der Stuhl war ordentlich unter die Platte geschoben und schaute Richtung Garten. Zwei Wandschränke, an deren Zierleisten die Farbe abblätterte, flankierten einen in Marmor eingefassten kleinen Kamin, der mit einer Metallplatte verschlossen war. Auf der Kommode thronte ein spektakuläres Aquarium mit üppiger Pflanzenwelt und vielen bunten Fischen. Davon abgesehen war der Raum leer, und diese Leere war umso verstörender, wenn man erfuhr, dass das Zimmer noch genau so war wie zu Emmanuels Lebzeiten.

»Das Aquarium hat ihm gehört. Er hat sich gewissenhaft darum gekümmert und war bei der Anschaffung neuer Fische sehr anspruchsvoll. Seit seinem Tod bemühe ich mich, dieser Aufgabe gerecht zu werden, aber ich fürchte, ich habe kein so gutes Händchen wie er … Also, hier war sein Reich. Er lag gern auf dem Bett oder dem Boden und umgab sich mit Büchern und Zeitschriften über das Meer. Stunden konnte er hier verbringen. Zeigst du Monsieur Peiresoles die Zeitschriften?«

Seine Frau ging wortlos an uns vorbei. Sie bewegte sich so fließend durchs Zimmer, als gleite sie über das mit Bohnerwachs zugekleisterte Parkett. So steuerte sie auf den zweiten

Schrank zu und öffnete ihn. Zum Vorschein kamen Regalbretter, die sich unter dem Gewicht von Büchern und Zeitschriftenstapeln bogen.

»Ich sorge für das Aquarium, meine Frau kümmert sich um den Rest, und ich weiß, sie mag es nicht, wenn man etwas anrührt«, erklärte Jacques Garcès und neigte sich zu mir hin, als teile er mir etwas Vertrauliches mit, dabei sprach er mit lauter Stimme. »Bitte, treten Sie ruhig näher …«

Widerstrebend kam ich der Aufforderung nach. Die Schwägerin blieb als Einzige in der Türöffnung stehen. Sie sträubte sich ganz offensichtlich, auch nur einen Schritt weiterzugehen, so als könnte der Boden unter ihren Füßen nachgeben.

Ich warf einen flüchtigen Blick ins Innere des Schranks. Dann schloss die Frau ihn wieder und ging zu dem anderen. Ihr Mann kam ihr mit seiner Erklärung nur knapp zuvor.

»Hier drin sind seine Kleidung und seine Schulsachen. Wir hatten schon alles für die siebte Klasse gekauft.«

Die Kleidung war wie auf den Fotos: schlicht, viel zu klassisch und völlig aus der Mode. Auf einem der Regalbretter war, der Größe nach geordnet, Schulbedarf aufgereiht. Die Mutter nahm den großen Schulranzen mit Trageriemen aus dem Schrank, stellte ihn auf den Schreibtischstuhl und ging daran, den Inhalt übervorsichtig auf den Tisch auszuleeren. Der Vater wartete ab, bis alles ausgebreitet war. Alles war in tadellosem Zustand, bis hin zu dem weißen Baumwollhemd, auf dessen Brusttasche mit rotem Faden der Vor- und Zuname ihres Sohnes gestickt war.

»Emmanuel ging pfleglich mit seinen Sachen um, wie wir es ihm beigebracht hatten. Diese Disziplin kommt durchs Segeln: Das Material muss in einwandfreiem Zustand sein, nichts darf an Bord herumliegen.«

Mir wurde der Inhalt des Federmäppchens vorgeführt. Dabei machte sich ein Bleistift selbstständig und rollte auf den Schreibtisch. Ein weißer Bleistift mit eingestanztem rotem Coca-Cola-Logo. Ein Rebell in der Truppe aus schwarzen und grauen Stiften.

»Der ist von seiner Tante«, erklärte Jacques Garcès, als müsse er sich rechtfertigen. »Sie hatte schon immer ein Faible für Schnickschnack und hat ihm ein paar von diesen Stiften geschenkt.«

Die Mutter zog den kleinen Bruder des weißen Bleistifts heraus, der ganz rot war. Dann den dazu passenden Spitzer. Im Schrank lagen außerdem auf einem eigenen Stapel ein Schnellhefter mit dem Aussehen einer Filmklappe, ein wunderschönes buntes Heft mit einem dekorativen Gummiband sowie ein großer Radiergummi, der nach Erdbeeren roch. So viele Sonnenstrahlen im grauen Einerlei!

»Er hat die Schule ernst genommen«, fuhr der Vater fort, während die Mutter alles zurücklegte. »Nicht eine einzige Strafe, nicht ein Tadel. Dabei war er nicht unbedingt ein guter Schüler. Aber er hat sein Bestes gegeben. In dieser Hinsicht war ich strikt: Das Segeln, das Aquarium, die Zeitschriften – das alles hing von seinen schulischen Leistungen ab. Es war ein Geben und Nehmen.«

Verstohlen drehte ich mich zu seiner Schwägerin um, die die Szene aus einiger Entfernung beobachtete und ihre Verbitterung kaum verbergen konnte. Sie erwiderte meinen Blick.

Ich stellte mir einen Jungen vor, der viel zu brav war, so brav, dass er daran erstickte. Trotz dieses übergroßen Zimmers hatte er bestimmt kaum Freiraum gehabt. Das Meer, der Ozean – sie waren für ihn eine Fluchtmöglichkeit gewesen, Orte ohne Grenzen unter freiem Himmel. Und ein Refugium, ein Raum, in dem er sich sicher gefühlt hatte. Denn ich wusste, wie sein Leben außerhalb dieses grauen Hauses ausgesehen hatte. Es war ein hartes Leben gewesen, so hart wie das, was ich im Schwimmbad miterlebt und was man mir im Gymnasium über ihn erzählt hatte.

Als wir wieder nach unten in das große düstere Wohnzimmer gingen, hatte ich das Gefühl, dass Emmanuel uns folgte. Jacques Garcès bot mir einen Kaffee an, den ich nicht ablehnen konnte. So hatte er Zeit, mir mehr über seinen Sohn zu erzählen: über die Bootsmodelle, die er gebaut hatte – der stolze Vater zeigte sie mir sogar, sie waren in seinem Büro ausgestellt –, über seine beschützende Art seinen Schwestern gegenüber, über die Momente, da er auf dem Segelboot gewesen war und kein Wort mehr gesagt hatte, als hätte ihn das Meer mit Haut und Haaren verschluckt …

Anschließend kam er kurz auf die Ermittlungen zu sprechen. Sie waren alle vernommen worden: er, seine Frau und auch ihre Töchter. Natürlich waren sie nicht lange verdächtigt worden, allenfalls ein paar Sekunden lang, aber diese Sekunden waren schwer zu vergessen.

»Haben Sie die anderen Familien schon getroffen?«

»Nein, Sie sind die Ersten und bislang Einzigen, die auf meine Briefe geantwortet haben.«

Meine Reise nach Cornwall und die Begegnung mit Florie und ihrem Vater verschwieg ich lieber.

»Ich hätte es Ihnen gern ermöglicht, mit unseren Töchtern zu sprechen, aber sie wohnen nicht mehr hier in der Gegend. Außerdem sind sie wie meine Frau: Sie reden nicht gern über ihren Schmerz.«

Ich musste mich noch fast eine Stunde gedulden, bis ich

mich endlich verdrücken konnte. Der Vater begleitete mich zur wuchtigen Haustür.

»Nehmen Sie bei Bedarf gerne wieder Kontakt mit uns auf. Ich bin auf Ihr Buch gespannt, Monsieur Peiresoles. Es ist schön, dass sich ein Kind unserer Heimat dieser Geschichte annimmt.«

Erleichtert trat ich hinaus auf den Gehsteig. Ich ging ein paar Schritte, um Sonne und frische Luft zu tanken. Mein Wagen stand ein Stück weiter oben in der Allee. Ich setzte mich hinein und wartete, bis auch die Tante das Haus verließ.

Ich folgte ihrem Auto bis zur ersten roten Ampel. Da bemerkte sie mich im Rückspiegel. Wir parkten hundert Meter weiter in einer weniger belebten Straße, und ich setzte mich zu ihr in den Wagen.

»In einem Punkt hat sein Vater recht: Er war ein netter Junge, ein sehr netter sogar. Sie können sich nicht vorstellen, wie sehr mir der Kleine nach all den Jahren immer noch fehlt.«

Jetzt versuchte sie nicht länger, an sich zu halten: Sie konnte kaum noch aufhören zu weinen.

»Jacques erträgt keine Tränen. Er verbietet es sich selbst, sein Herz auszuschütten oder zu jammern, und duldet es auch bei niemandem sonst. Er war schon immer sehr streng, aber seit Emmanuels Tod ist es noch schlimmer geworden. Er versagt sich jegliche Aufheiterung, jeden Lichtblick. Meine Schwester hat sich dafür entschieden, den Mund zu halten und zu verkümmern. Glauben Sie bloß nicht, dass sie mir gegenüber gesprächiger ist! Manchmal sagt sie den ganzen Tag nichts. Jedenfalls nicht mit Worten. Wenn man sie besser kennt, sieht man nämlich, dass sie sehr wohl etwas sagt, dass sie die Dinge regelrecht herausschreit.«

Sie trocknete sich die Augen.

»Es ist immer dasselbe, wenn ich sie besuche: Sobald ich ihr Haus verlasse, muss alles raus, was sich angestaut hat…«

Und dann begann sie von Emmanuel zu erzählen, ohne dass ich auch nur eine Frage stellen musste.

»Er wirkte so verletzlich, dass ich gar nicht anders konnte, als ihn beschützen und auch ein bisschen trösten zu wollen. Was sein Vater Ihnen nicht erzählt hat, weil er nämlich nichts davon wissen will, ist, dass sein Sohn außerhalb des Elternhauses die Hölle durchgemacht hat. Ich möchte nicht behaupten, dass es zu Hause besser war, aber zumindest war er da in Sicherheit. Im Gymnasium dagegen haben ihm die anderen das Leben schwer gemacht, und zwar fast täglich. Er war der Prügelknabe. Darum hatte er Angst, auf das Fest im Club zu gehen. Meistens verkroch er sich und betrachtete Gleichaltrige als ständige Gefahr, sogar die, von denen er nichts zu befürchten hatte.«

»Auch wenn Justine dabei war?«

»Vor allem, wenn sie dabei war. Sie war sein Sonnenschein. Er hat sie wirklich geliebt. Und ich glaube auch nicht, dass sie mit ihm gespielt hat. Ich denke, sie hat wie ich versucht, ihn zu beschützen.«

Im Gymnasium gehörte Emmanuel zu den Außenseitern. Er machte sich durch sein kindisches Verhalten zum Gespött. Seine krankhafte Schüchternheit führte dazu, dass er noch unbeholfener und scheuer wurde. Die anderen hielten ihn für sonderbar und dumm. Und sie machten sich über ihn lustig: über sein Aussehen, seine Kleidung, seinen Tick, ständig zu rennen und vor allem Angst zu haben. Der Spott war die einzige Aufmerksamkeit, die sie ihm entgegenbrachten. Nie wurde er zu einem Geburtstag oder einer Fete eingeladen. Und er lud nie jemanden zu sich nach Hause ein. Die Hierarchie unter den Jugendlichen hatte Mauern hochgezogen, die schwer zu überwinden waren.

Justine hatte versucht, Breschen zu schlagen. Sie hatte ihre Freundinnen im Gymnasium morgens mit einem Küsschen begrüßt und war dann demonstrativ auf die andere Straßenseite gegangen, um Emmanuel ebenfalls zu küssen. Der arme Junge wurde jedes Mal knallrot. Einige nutzten das aus und fragten ihn, ob er jetzt einen Steifen habe, oder sie riefen in die Runde, dass er gerade in seine Unterhose ejakuliert hätte. Justine ließ sich dadurch nicht beirren, auch nicht, als sie die hässlichen Bemerkungen hörte: »In Deckung, gleich geht ihm einer ab!« Sie hielt dagegen, indem sie sagte, das beweise nur, dass bei ihm alles an der richtigen Stelle sei, anders als bei den anderen. Als sie merkte, dass das nicht viel änderte, reagierte sie irgendwann nicht mehr darauf, verbrachte aber weiterhin Zeit mit Emmanuel. Und zwar nicht aus Mitleid, sondern aus echter Freundschaft. Die beiden kannten sich aus dem Club Nautique, und das war ihre eigene kleine Welt, in der die Idioten aus dem Gymnasium nichts zu melden hatten. Wer sich wie sie auf beiden Seiten des Zauns bewegte, hatte diese Regel zu respektieren. Das galt auch für Guillaume Armengaud. Er war im Lycée Saint-Jacques keiner von den ganz Fiesen, bei Weitem nicht. Er beachtete Emmanuel nur einfach nicht und machte sich nicht mal die Mühe, ihn zu grüßen. Im Club dagegen mied er ihn nicht, sondern betrachtete ihn als ebenbürtig – oder so gut wie –, weil Justine alles andere nicht akzeptiert hätte.

Im Frühjahr 1980 machte sie zu ihrem Geburtstag eine Party. Sie lud auch Emmanuel ein, aber er ging lieber nicht hin, obwohl er wahnsinnige Lust gehabt hätte. Stattdessen ließ er sich eine abstruse Ausrede einfallen, weil er wusste, dass er auf der Party unter all den Leuten keinen Schutz genießen würde, dass er auf feindlichem Gebiet und damit den anderen ausgeliefert wäre. So gab er Justine auch nicht das Geschenk, das er für sie gekauft hatte, nämlich ein Exemplar von *Der Fänger im Roggen*. Seine Tante hatte ihm den Roman empfohlen und gesagt, er sei eines der schönsten Bücher über die Jugend, wenn nicht das schönste überhaupt. Und er wusste ja, dass Justine schöne Bücher liebte.

»Ich habe es aufgehoben. Es ist noch in das Geschenkpapier aus der Buchhandlung eingeschlagen. Ich habe es nach seinem Tod in seiner Nachttischschublade gefunden. Das Schlimme ist, dass Justine das Buch von jemand anderem geschenkt bekommen hat. Sie hat es geliebt und immer wieder gesagt, es sei eins der schönsten Geschenke, die sie im Leben bekommen habe … Ich habe ihm gesagt, dass er sich wehren muss, dass vielleicht ein Mal schon reichen würde. Das Problem war, dass er nicht die Kraft dazu hatte. Er hat lieber den Mund gehalten und alles geschluckt. Er dachte, wenn er gar nicht reagiert, wenn er weder heult noch wütend wird, werden seine Peiniger es schon irgendwann leid werden.«

Welchem Umstand hatte ich es zu verdanken, dass ich im Gymnasium so glimpflich davongekommen war? Ich war genauso ängstlich wie Emmanuel und mit Sicherheit genauso schüchtern. Mir hat im Schwimmbad niemand das Handtuch weggerissen. Mir hat in Sport niemand auf den Kopf gespuckt oder in der Umkleide die Unterhose geklaut, um sie in der nächsten Unterrichtsstunde mitten im Klassenzimmer fallen zu lassen, damit jeder die braunen Spuren sehen würde. Niemand hat an meinem Fahrrad ein zweites Schloss angebracht und mich damit gezwungen, zu Fuß nach Hause zu gehen. Mich hat niemand mit dem Zirkel in den Hintern oder Rücken gepikst …

Bei Emmanuel kannten sie keine Gnade. Er wurde Tag für Tag mit Spötteleien empfangen, und am schlimmsten war es, wenn er beim Friseur gewesen war. Dann musste er den ganzen Tag lang Demütigungen und Schikanen ertragen. Abends trat er auf dem Heimweg umso fester in die Pedale, weil er froh war, dass es mal wieder vorbei war – zumindest bis zum nächsten Tag.

Seine Tante hatte versucht, seine Eltern ins Bild zu setzen, aber die hatten nichts unternehmen wollen. Ihr Sohn ließ sich nicht verhauen, ihm nahm man die Sachen nicht weg! Als er zu Fuß nach Hause gekommen war, hatte er nichts von dem zweiten Fahrradschloss erzählt, sondern behauptet, er hätte den Schlüssel zu seinem Schloss verloren. Sein Vater hatte ihm einen Seitenschneider geliehen und angekündigt, dass ihm der Betrag für das neue Fahrradschloss vom Taschengeld abgezogen würde. Er hatte ihm wiederholt erklärt, die Meinung der anderen zähle nicht, man dürfe sich nicht von ihr abhängig machen, sondern müsse im Gegenteil stolz darauf sein, sich abzuheben. Und er hatte darauf hingewiesen, dass das Leben hart sei und man sich stählen müsse, wenn man in ihm bestehen wolle.

»Im Club Nautique gab es Justine. Er wäre lieber gestorben, als vor ihren Augen gedemütigt zu werden. Sie zeigte ihm ein Bild von ihm, das ihm gefiel. Stellen Sie sich vor: Für ihre Theateraufführung hatte sie vor, *Das Phantom der Oper* umzuschreiben! Entgegen dem, was sein Vater Ihnen erzählt hat, fand Emmanuel das alles sehr aufregend. Er hat mir die Dialoge gezeigt, die Justine geschrieben hatte. Für ihn waren es wahre Schätze: ihre Handschrift, ihr Duft … Ich weiß nicht, ob diesem

Mädchen bewusst war, wie glücklich es ihn machen konnte. Wissen Sie, welche Rolle Justine ihm zugedacht hatte? Nicht etwa die des Monsters, die wollte sie selbst übernehmen. Auch nicht die irgendeines Handlangers, sondern die des Persers, des Polizisten, der das Phantom bis in den Bauch von Paris verfolgt. Die Rolle eines Helden, eines Retters und mutigen Mannes. Das hat ihn so stolz gemacht! Als ich Anfang August ein paar Tage bei ihnen war, wollte er jeden Abend, dass ich in seinem Zimmer mit ihm probe. Er hat sich so auf die Schlussszene gefreut: Justine hatte geplant, in seinen Armen zu sterben.«

Sie brach ab, weil ihr wieder die Tränen kamen.

»Da habe ich ihn zum letzten Mal gesehen … Ich war mit einer Freundin in Griechenland, als es passiert ist.«

Sie holte tief Luft, um sich in den Griff zu bekommen. Die Wut half ihr.

»Herr im Himmel! Warum hat diese Bestie ihn so ein Martyrium durchleiden lassen? Wie kann man das Gesicht eines Kindes mit einem Stein zertrümmern? Er hat nie jemandem etwas zuleide getan. Er hat sich mit dem Platz zufriedengegeben, der ihm zugewiesen worden war. Sogar wenn er vom Meer und von Segelbooten geträumt hat, tat er es im Stillen … Ich bin nicht wie meine Schwester. Ich kann nicht vergeben, ich versuche es nicht einmal. Ich schwöre bei Gott: Sollte Delmas eines Tages freikommen, bringe ich ihn eigenhändig um. Ich zertrümmere ihm den Schädel und die Genitalien. Und niemand wird mich davon abhalten!«

24

Das Semester ließ sich merkwürdig an. Ich war nicht wirklich bei der Sache. Abgesehen von meiner Einführung über den Gedenkmarathon rund um den Ersten Weltkrieg hatte ich meine Vorlesungen nicht überarbeitet. Es war nicht das erste Mal, dass ich sie einfach wiederverwertete. Ich traute mir durchaus zu, die Themen auszuschmücken oder gar zu improvisieren, je nachdem, wie ich selbst oder meine Zuhörerschaft aufgelegt war. Die Reihen waren spärlicher besetzt als zur Zeit meines Ruhms. Selbst das Wiedersehen mit meinen Master-Studenten, einer kleinen, handverlesenen Gruppe, konnte mir nicht zu einem Motivationsschub verhelfen. In meinem Leben ging es drunter und drüber, und meine Arbeit für die Universität war in diesem Chaos untergegangen.

Die Geschichte von Basse-Misère hatte sich als anspruchsvolle Gefährtin entpuppt. Ich hatte zugelassen, dass sie immer mehr Raum einnahm. Das Haus in Fonbelle war, ungeachtet seiner Schönheitsfehler, auch nicht willens, mich zu teilen. Es zu verlassen, und sei es nur für ein paar Tage, wurde für mich zur Zerreißprobe. Also ging ich dazu über, zwischen Valdérieu und Toulouse zu pendeln, was mich nötigte, in aller Herrgottsfrühe aufzustehen. Ich hielt meine Vorlesungen, nahm an Sitzungen teil und machte mich so schnell wie möglich wieder aus dem Staub. Mein Forschungsgegenstand verschaffte mir für eine Weile Rückendeckung und rechtfertigte meine verminderte Präsenz in den Gängen der Fakultät sowie in der Maison de la Recherche. Meine Wohnung suchte ich nur noch auf, um die Post zu holen und ein paar Sachen oder Möbel mitzunehmen. So leerte sie sich im Lauf der Wochen zusehends. Schließlich bot ich sie am Tag vor meinem Vortrag vor den Prüfungskandidaten über eine Agentur zum Verkauf an.

Als Fachgruppenleiter hatte Jean-Henri die Aufsicht über die Beiträge der anderen Dozenten vor den Prüfungskandidaten zu führen. Wir waren uns seit Semesterbeginn nur selten begegnet, und er hatte mich jedes Mal überschwänglich ignoriert. Aber ich wusste, dass er an diesem Dienstag neben mir Platz nehmen würde und wir beide uns dem vollbesetzten Hörsaal gegenübersähen. Ich musste wieder an den Traum denken, den wir viele Jahre zuvor gehegt hatten, und war überzeugt, dass auch er ihn nicht vergessen hatte. In Anspielung darauf hatte ich mir vorgenommen, meine Vorlesung mit einem Zitat zu eröffnen und zu beschließen.

Als ich die Tür zum Hörsaal aufstieß, waren die Reihen bereits gut besetzt. Ich nahm mir die Zeit, auf dem großen Schreibtisch in der Mitte des Podiums meine Sachen bereitzulegen und den Beamer sowie das Mikrofon zu testen. Mein Puls war auf hundertachtzig. Ich hatte Lampenfieber. Mir war klar, dass ich nicht versagen durfte und dass mir die zwei vor mir liegenden Stunden die Erlösung bringen konnten. Unter den Zuhörern erkannte ich ein paar ehemalige Studenten, die sich über meine Gegenwart sichtlich freuten. Der Beginn rückte näher, und ich war immer noch allein. Jean-Henri ließ sich nicht blicken. Ich nahm an, dass er absichtlich erst im letzten Moment auftauchen würde.

Tatsächlich tauchte er gar nicht auf. Stattdessen hielt Pascal Caubère Einzug, und zwar mit genau so viel Verspätung, wie nötig war, um seine Geringschätzung zum Ausdruck zu bringen.

»Jean-Henri konnte sich heute nicht freimachen«, raunte er mir ins Ohr und gab mir schlaff die Hand. »Er hat mich gebeten, als Tutor einzuspringen.«

Ohne mir Zeit zu lassen, die Nachricht zu verdauen, tippte er aufs Mikrofon und bat mit fester Stimme um Ruhe, um klarzustellen, wer der Chef war.

»Guten Tag allerseits. Wir begrüßen heute unseren eminenten Kollegen Marc-Edouard Peiresoles, den viele von Ihnen sicherlich kennen, wenn auch nur dem Ruf nach. Im Namen von Monsieur Olivier danke ich ihm herzlich, dass er für heute zugesagt hat und sich somit in den Dienst Ihres Erfolges stellt, der zugleich der unserer Universität ist. Marc-Edouard, du hast das Wort …«

Er setzte sich und zog ein großes Spiralheft aus seiner Aktentasche sowie einen schönen Kugelschreiber aus der Innentasche seines Jacketts, um sich wie jeder x-beliebige Student im Saal Notizen zu machen.

Die Lust, den Dreckskerl umzubringen, war mir noch nicht vergangen. Ich war wie vor den Kopf geschlagen von dem üblen Streich, den Jean-Henri mir spielte. Es dauerte einen Moment, bis ich wieder klar denken konnte, dann nahm ich das Mikrofon, begrüßte die Anwesenden und verkündete das Thema des Tages. Normalerweise bin ich in solchen Situationen sehr entspannt, doch diesmal tat ich mich wahnsinnig schwer. Ich opferte mein Anfangszitat, weil es sinnlos geworden war, und meine Einleitung geriet schleppend und ohne Pfiff. Schnell dämmerte mir, dass meine Vorlesung nicht so verlaufen würde, wie ich gehofft hatte. Caubères Anwesenheit brachte mich aus dem Konzept, und ich war sicher, dass er das merkte und sich daran weidete. Allerdings fasste ich wieder Fuß, und nach der ersten halben Stunde lief es besser. Im Saal herrschte wissbegieriges Schweigen. Als mein Podiumsnachbar feststellte, dass ich das Heft wieder in die Hand nahm, fing er an, genervte Gesten zu machen. Ich bemerkte das Theater aus den Augenwinkeln. Zuerst schnitt er, noch immer über sein Heft gebeugt, missbilligende Grimassen. Dann folgten wiederholte Seufzer, gepaart mit Schulterzucken. Schließlich knallte er seinen Stift auf den Tisch und hörte auf zu schreiben, als lohne sich das nun wirklich nicht. Er schob den Stuhl zurück, streckte sich und verschränkte die Arme vor der Brust. Dann richtete er seine Aufmerksamkeit auf die Decke des Hörsaals und die Fenster. Den Studenten entgingen seine Faxen nicht. Ich sah, wie die vorderen Reihen ihn amüsiert beobachteten. Derart ermutigt, fuhr er mit seinen Grimassen und seinem zweifelnden Gebrummel fort und schaute immer wieder auf die Uhr. Er wartete nur auf eins. Das wusste ich, weil ich ihn mittlerweile kannte: Er wollte, dass ich auf die Barrikaden ging, dass ich vor mehr als zweihundert Studenten die Beherrschung verlor, damit er das Wort ergreifen und erklären konnte, warum er meinen Worten so heftig widersprach.

Dieses Vergnügen gönnte ich ihm nicht. Ich hob lediglich die Stimme und fuhr nach Plan fort. Caubère beruhigte sich etwas. Die vorderen Reihen lauerten nicht länger auf seine Mätzchen, sondern widmeten sich wieder ihren Notizen. Und ich hatte Ruhe bis zu meiner Zusammenfassung, bei der ich versuchte, es ihm heimzuzahlen.

»Will man begreifen, wie die Franzosen die unterschiedlichen Kriegseintritte erlebt haben, ist es, als ginge man über ein frisch gepflügtes Feld: Man kommt nur mühsam voran, an den Schuhen bleibt immer mehr Dreck hängen, es gibt Mulden und Buckel, hinter denen sich weitere Mulden und Buckel verbergen. Man weiß nicht, was irgendwann einmal auf diesem Acker wachsen wird. Um das herauszufinden, muss man ein paar Jahre später wiederkommen. Man muss den Dreck berühren, die Füße und mitunter auch die Hände hineinstecken, selbst wenn er daran kleben bleibt. Man muss akzeptieren, dass man vielleicht auf neue Fakten stößt, und Vorstellungen hinterfragen, die man für gesichert hielt. Wissen Sie, wenn man von einem Menschen sagt, er habe die Bodenhaftung verloren, weil er von sich oder seiner vermeintlichen Bildung zu sehr eingenommen ist, dann sollte man eines nicht vergessen: dass man von allzu weit oben nur die glatte Oberfläche sieht.«

Mein Blick, der eben noch über die Reihen geschweift war, landete unvermittelt auf Caubères Schultern.

»Unterrichten Sie keine glatte Geschichte, schreiben Sie keine glatte Geschichte. Und für den Augenblick: Lernen Sie keine glatte Geschichte … Ich danke Ihnen für Ihre Aufmerksamkeit.«

Vereinzelt wurde applaudiert. Nicht gerade umwerfend, aber ich war zufrieden. Pascal Caubère neben mir hatte sein spöttisches Grinsen eingebüßt. Alle Farbe war aus seinem Gesicht gewichen. Hastig packte er seine Sachen zusammen, während sich im Saal Stimmengewirr erhob.

»Sehr gute Arbeit, Marc-Edouard.«

Er gab mir nicht die Hand. Beim Hinausgehen bemühte er sich um einen gemessenen, raumgreifenden Gang, doch die Wut trieb ihn in kleinen Schüben vorwärts.

Diese zwei Stunden waren für mich die einzigen an der Universität, die ein wenig herausstachen. Kaum waren sie vorbei, kehrte ich zu meiner Apathie und meinen Vorlesungen nach Schema F zurück. Im Grunde langweilte mich alles. Alles außer Basse-Misère.

Wie geplant hielt ich in der Mediathek von Valdérieu meinen Vortrag über den Ersten Weltkrieg. Das Publikum war ziemlich überschaubar. Ich referierte darüber, wie das Tal den Krieg erlebt hatte, und beantwortete danach ein Dutzend Fragen, einige davon noch während des Buffets, das uns im Anschluss geboten wurde. Unter den Gästen befand sich ein Mann, der den ganzen Abend lang kein Wort gesagt hatte und mich pausenlos anstarrte, als kenne er mich seit Langem und warte darauf, dass ich ihn einordnete. Er war ziemlich beleibt und hatte dickliche Hände. Er musste weit über sechzig sein, hatte sich aber gut gehalten. Sein Gesicht war mir nicht unbekannt, doch es gelang mir nicht, ihm einen Namen zu geben. Zuerst glaubte ich, es handele sich um einen ehemaligen Lehrer oder den Vater eines Klassenkameraden. Beim Buffet stand er ein wenig abseits. Ab und zu gesellte sich jemand zu ihm, um ein paar Worte mit ihm zu wechseln. Er ließ es ohne ein Lächeln und mit einem gewissen Selbstbewusstsein über sich ergehen, hatte aber offensichtlich kein Interesse an den Gesprächen, die denn auch rasch versiegten.

Als sich die Leute ans Gehen machten, blieb er. Ich war jetzt weniger gefragt und hatte mich bis zu der Platte mit den Fruchttörtchen vorarbeiten können, und plötzlich wusste ich, wer er war. Ich begriff, dass er wartete, bis ich allein war. Er war der Vater von Guillaume Armengaud.

Da mir womöglich ein längerer Abend bevorstand, kam ich ihm zuvor und ging auf ihn zu.

»Bertrand Armengaud«, erwiderte er trocken und mit strengem Blick, als ich ihm die Hand reichte. »Sie haben uns vor ein paar Wochen einen Brief geschickt.«

Er war hier, um sich ein Bild von mir zu machen. Das war seine Antwort.

»Ich schätze, wir sind nicht die Einzigen, die Sie kontaktiert haben. Die Garcès hatten es bestimmt eilig, Ihnen zu antworten. Sie lassen sich auf alles ein, wenn es um ihren Sohn geht. Statt uns aber in dem Verein, den wir gegründet haben, zu unterstützen, glänzen sie durch Abwesenheit.«

Ich hatte mir die Internetseite dieses Vereins angesehen. Die Familien der Opfer, an deren Tod Delmas nicht schuld sein wollte, hatten ihn gegründet. Er übte harsche Kritik an der »Nottingham-Zelle«, die immer noch existierte.

»Von mir aus können wir uns gern über die Ermittlungen unterhalten, Monsieur Peiresoles. Allerdings bezweifle ich, dass ein Buch mehr oder weniger irgendjemanden von uns weiterbringen wird.«

»Es geht nicht um die Ermittlungen, Monsieur …« Er ließ mich den Satz nicht beenden.

»Ach ja, ich vergaß! Ihre Doktorarbeit befasst sich mit dem Niedergang und der Angst.«

»Ich verteidige diese Doktorarbeit seit Langem.«

»Lassen wir diese Spitzfindigkeiten, ich bitte Sie! Im Gegensatz zu Ihnen interessieren mich einzig und allein die Ermittlungen. Der Rest ist nicht wirklich von Interesse und geht sowieso nur uns etwas an. Was wollen Sie wissen? Ob wir Angst hatten? Ich kann mich nicht erinnern, Angst gehabt zu haben,

Monsieur Peiresoles. Wir sind nicht aus der Stadt weggezogen. Ich habe meine beiden anderen Söhne nicht zu Hause eingesperrt. Ich habe niemanden zu unserem Schutz abgestellt, wie Philippe Brunet-Auriac es getan hat… Woran ich mich aber sehr wohl erinnere, ist die Wut. So müssten Sie Ihre Arbeit nennen: Die Memoiren der Wut. Das erscheint mir zutreffender.«

»Ich würde vor allem gern über Ihren Sohn sprechen, um ihn besser kennenzulernen.«

Ich versuchte es mit derselben Annäherungsstrategie wie bei den Garcès.

»Dummes Zeug! Mein Sohn ist seit Jahrzehnten tot. Erklären Sie mir, was es da noch kennenzulernen gibt!«

»Monsieur Armengaud, ich bin kein Journalist. Ich habe nicht die Absicht, ein reißerisches Buch zu schreiben oder den x-ten Dokumentarfilm zu machen. Ich will einfach nur verstehen. Weil ich in dieser Stadt aufgewachsen bin und weil ich sehr wohl Angst hatte. Das Geschehen auf der kleinen Insel hat hier enorm viel verändert. Natürlich könnte ich einfach zusammenschreiben, was zu diesem Thema bereits gesagt und geschrieben worden ist, aber dann würde mir die Stimme der Menschen fehlen, die dieses Drama von innen heraus erlebt haben und danach keine Wahl hatten, die weiterleben mussten. Selbst wenn Ihr Erinnerungsvermögen selektiv ist und Sie nicht objektiv sein können, ist Ihre Stimme wichtig.«

Er tat so, als denke er nach. Dabei hatte er seine Entscheidung längst getroffen, bevor er zu meinem Vortrag gekommen war: Er war bereit, mit mir zu sprechen. Vorher wollte er allerdings noch sein Terrain abstecken und meine Position schwächen.

»Ich möchte nicht, dass dieser Prolet von Garcès die einzige Stimme ist, die Sie einfangen.«

»Er ist nicht die Einzige. Ich habe auch mit Flories Vater gesprochen.«

»Der war dazu bereit? Das kann ich kaum glauben.«

»Ich habe ihn Ende August in Cornwall getroffen.«

»Haben Sie seine Tochter gesehen?«

»Ja, habe ich.«

»Haben Sie mit ihr gesprochen?«

»Nein. Sie spricht schon lange mit niemandem mehr.«

»Was sehr bedauerlich ist, da werden Sie mir sicher beipflichten. Und unserem Mörder passt es gut in den Kram … Reden wir nicht länger um den heißen Brei herum: Meine Frau und ich sind bereit, Ihre Fragen zu beantworten. Wir geben Ihnen eine Stunde, keine Minute mehr. Morgen Nachmittag um vierzehn Uhr. Das ist nicht verhandelbar.«

Er zog eine Visitenkarte aus seiner Brieftasche und gab sie mir. Dann stellte er seinen noch vollen Plastikbecher ab und wandte sich zum Gehen, ohne sich die Mühe zu machen, irgendjemandem zuzunicken. Nach zwei oder drei Schritten drehte er sich noch einmal um.

»Vergessen Sie die Wut nicht, Monsieur Peiresoles. Vergessen Sie nicht die Wut!«

25

Die Nachsaison war in Valdérieu eigentlich immer schön, weil die Herbstfarben selbst die finsteren Berghänge zum Leuchten brachten, doch diesmal schien sich das Grau Ende Oktober dauerhaft einrichten zu wollen.

Das Haus in Fonbelle zeigte nun ein anderes, weniger heiteres Gesicht. Ich musste täglich einheizen, weil sonst die Temperaturen in den Keller fielen und die Feuchtigkeit überallhin kroch. Trotzdem vermisste ich meine mollig warme Wohnung kein bisschen. Im Gegenteil, ich hatte es sogar eilig, sie loszuwerden. Der Makler hatte mich darüber informiert, dass mittlerweile ein knappes Dutzend Besichtigungen stattgefunden hatte. Ich passte mich den Anforderungen meines neuen Daseins an. Im September hatte ich zehn Ster gutes Holz anliefern lassen. Die beiden Ölradiatoren sowie der abendliche Pullover waren zu unverzichtbaren Hilfsmitteln geworden. Auch wenn ich spät heimkam, wenn es stockfinstere Nacht war, Nebelschwaden die Sicht behinderten und das geduckte, abseits vom Dorf gelegene Haus, dieser schwarze Kasten, den jeder andere außer mir als düster empfunden hätte, wenig einladend aussah – meine Begeisterung war ungebrochen.

Während sich nach meinem Vortrag abends im Haus langsam Wärme ausbreitete, betrachtete ich die Fotos an der Wand, vor allem die, auf denen Guillaume zu sehen war. Von den vieren aus Basse-Misère fühlte ich mich ihm am wenigsten nahe. Ich sah in ihm ein Anhängsel, einen Eindringling in Justines Welt. Sein rundes Gesicht war nicht sehr ausdrucksstark. Selbst im Kanu, wo alle vor Freude strahlten, zeigte es kaum eine Regung. Und genau deshalb tat ich mich schwer mit ihm: Mit seinem glatten Gesicht hielt er mir in gewisser Weise einen Spiegel vor.

Während der Studienzeit hatte mir ein Mädchen aus unserer Arbeitsgruppe – nicht das, in das ich verliebt war, sondern ein anderes, weniger hübsches und viel bissigeres – eines Montagmorgens verkündet, dass es mich für angepasst hielt. Wie immer hatte ich nichts darauf gesagt, weil ich nicht schlagfertig war. Dabei hatte mich ihre Bemerkung zutiefst verletzt. Sicher, ich führte kein exzessives Leben wie Jean-Henri. Ich konnte in Diskussionen nicht dezidiert meine Meinung vertreten. Vermied es tunlichst, jemanden vor den Kopf zu stoßen. Tatsächlich war ich dem Anschein nach ein angepasster Mensch. Oder, um es mit den Worten dieses Mädchens zu sagen: durchschaubar und nichtssagend. Trotzdem spürte ich, dass es in meinem Innersten ständig brodelte, dass ich nur aus Ecken und Kanten bestand. Wenig später auf Korsika, wo ich Ferien machte, gestand mir ein anderes Mädchen, bevor es mich richtig kennengelernt und angefangen habe, mich sehr zu mögen, sei es ihm schwergefallen, auf mich zuzugehen, weil es mich für eine polarisierende Persönlichkeit gehalten habe. Insgeheim war ich diesem Mädchen dankbar. Ich frage mich, wo die beiden heute sind. Wiederholt habe ich versucht, sie über das Internet ausfindig zu machen, jedoch ohne Erfolg. Jedenfalls bewogen mich diese Erinnerungen, mit Guillaume Armengaud nicht so hart ins Gericht zu gehen. Schließlich ist niemand so langweilig und glatt, wie es auf den ersten Blick scheinen mag. Manche haben einfach ein dickeres Fell, das ihre Rauheiten sehr gut verbirgt.

Seine Eltern wohnten in einem wohlhabenden Viertel, einem von denen, in denen sich die Söhne und Töchter der tonangebenden Familien angesiedelt hatten, als es an der Zeit war, fern vom Elternhaus die eigene Macht und den eigenen Reichtum zu demonstrieren. Die Grundstücke hier waren riesig, die Häuser von Parks umgeben, die gestalterisch miteinander wetteiferten. Die Häuser selbst waren weitläufig, niedrig und hell, das genaue Gegenteil der elterlichen Herrenhäuser am Rand des Stadtzentrums. Das Viertel machte einen ruhigen und trotz des Sprühregens, der seit dem Morgen niederging, fast idyllischen Eindruck.

Ich war vor vierzehn Uhr da und wartete im Auto, bis ich bei den Armengauds klingeln konnte. Ihr Haus war das größte und schönste in der Straße. Der Vater öffnete mir. Er zeigte sich unverändert spröde.

»Monsieur Peiresoles, Sie sind sehr pünktlich. Ich gratuliere!«

Er wirkte tatsächlich erfreut, dass ich ihm gehorcht, seine Autorität und damit seine Überlegenheit anerkannt hatte.

»Wir gehen ins Wohnzimmer. Wie gesagt, meine Frau und ich können Ihnen nur eine Stunde widmen. Daher wäre es das Beste, Sie kämen gleich zur Sache. Das Beste für Sie, meine ich.«

Das Wohnzimmer, in das er vorausging, war hell: lachsfarbene Wände mit blendend weißen Stuckleisten, große Terrassentüren, die zum Park hinausführten, und moderne Möbel, die den Raum nicht dominierten. Seine Frau erwartete uns, sie saß auf einem pastellfarbenen Sofa und blätterte in einer Zeitschrift, die sie nicht wirklich las. Nun erhob sie sich widerstrebend und stellte sich mir mit einem gezwungenen Lächeln und aufgesetzter Herzlichkeit vor. Ich glaubte in ihrem Blick so etwas wie Geringschätzung zu erkennen. Ihr Mann bat mich, ihnen gegenüber Platz zu nehmen.

»Monsieur Peiresoles möchte, dass wir ihm etwas über Guillaume erzählen. Ist das richtig?«

Über dem Kamin hing ein großes, hübsch gerahmtes Foto von Guillaume und seinen beiden Brüdern. Die Aufnahme war in einem Fotoatelier gemacht worden, die Pose der drei war kein bisschen natürlich. Guillaume stand hinter seinem jüngeren Bruder Arnaud, der einen Kopf kleiner war als er. Während Guillaume weizenblond war, hatte Arnaud die schwarzen Haare seines Vaters. Der Kleinste dagegen, der mit beinahe verschrecktem Gesichtsausdruck neben Arnaud auf einem Stuhl saß und zu kurze Beine hatte, um sie herunterbaumeln zu lassen, hatte viel mehr Ähnlichkeit mit dem Ältesten. Allerdings wirkte er lebhafter, dynamischer.

»Von wann ist das?«, fragte ich und zeigte auf das Foto.

»Es ist an Arnauds Geburtstag im Januar 1980 gemacht worden. Arnaud ist unser Zweitältester. Der Kleinste ist Loïc. Er hat die ganze Zeit gegen die Tränen angekämpft. Er war damals erst drei, und ich glaube, ich habe ihn zu sehr verzärtelt. Er hing immer an meinem Rockzipfel und konnte es auch da, beim Fotografen, nicht ertragen, dass ich weggehe.«

Im Unterschied zu ihrem Mann sprach Madame Armengaud wie jemand aus Paris. Sie gab sich alle Mühe, ihren Südwest-Akzent zu verbergen. Das Foto verdeutlichte die Hierarchie unter den Brüdern. Guillaume stand hinter den beiden anderen und hatte eine Hand auf die Rückenlehne des Stuhls gelegt. Sein

Körper war zu drei Vierteln verdeckt. Sein Lächeln wirkte erstarrt, verlegen, wohingegen Arnaud wie einer aussah, der sich nichts gefallen lässt und vor Selbstbewusstsein strotzt.

»Ich habe Arnaud flüchtig gekannt. Wir waren mal zusammen Ski fahren. Im Ferienlager.«

Im Gegensatz zu Guillaume hatten seine Brüder nicht das Lycée Saint-Jacques besucht.

»Was macht er beruflich?«

»Er ist Pharma-Ingenieur. Er leitet für ein großes Labor eine Forschungsabteilung. In der Nähe von Lyon.«

Die Worte »Ingenieur« und »leitet« hatte der Vater extra betont.

»Er versucht, andere zu heilen. Er hat sich schon immer für dieses Fach interessiert und den Wunsch gehegt, seinen Mitmenschen zu helfen. Ich wusste nicht, dass Sie befreundet waren.«

»Wir waren nicht befreundet. Wir kannten uns nur vom Sehen aus der École Sainte-Marie. Beim Skifahren hat das unter den vielen Kindern eine gewisse Solidarität hervorgerufen. Aber ich bin ein Jahr älter als er, deshalb waren wir nicht im selben Schlafsaal und auch nicht in derselben Skigruppe.«

»Vielleicht erinnert er sich an Sie. Er kommt bestimmt bald für ein paar Tage, denn Loïc ist gerade hier. Unsere Söhne sind in alle Richtungen verstreut. Loïc kommt und geht. Unser Haus ist sozusagen das Basislager für ihre diversen Gipfelbesteigungen. Sie kommen regelmäßig her, um ihre Batterien aufzuladen.«

Ich konnte mich nicht dazu durchringen, über Guillaume zu sprechen, und sie offenbar auch nicht. Wäre er nicht auf dem großen Foto zu sehen gewesen, hätte man meinen können, er habe nie existiert.

»In diesem Ferienlager bin ich auch Guillaume begegnet. Er gehörte zu den Großen, und die hatten mit uns nicht viel zu tun.«

»Wie lauten Ihre Fragen?«, fragte die Mutter ungeduldig.

»Die Zeitungen haben ihn damals als sehr zurückhaltenden Jungen beschrieben. Das ist eine sehr vereinfachte Sichtweise. Wie war er wirklich?«

Bertrand Armengaud rutschte auf dem Sofa hin und her.

»Sie haben ihn quasi als Waschlappen hingestellt. Sogar sein Tod wurde als zweitrangig eingestuft, und zwar einzig und allein deshalb, weil er nicht so sehr hatte leiden müssen. Die Leute fanden, das sei weniger schlimm als gefoltert oder vergewaltigt zu werden. Wissen Sie, was einer der Polizisten damals gesagt hat? ›Er ist glimpflich davongekommen …‹«

»Er fiel nicht gern auf«, fuhr seine Frau fort. »Aber so unscheinbar war er auch wieder nicht. Wir hatten ihn bei den Pfadfindern angemeldet, um sein Selbstvertrauen zu stärken. Seine Eigeninitiative und sein Verantwortungsgefühl wurden dort einhellig gelobt. Und später, auf dem Gymnasium, war er auch nicht so ruhig. Er hat einige Male über die Stränge geschlagen, was uns einen Brief vom Direktor eingebracht hat.«

»Mit der Schule hatte er es nicht so. Er hat sich angestrengt, weil wir etwas anderes nicht geduldet hätten, aber er tat sich schwer. Was das Über-die-Stränge-Schlagen angeht, haben die Lehrer später eingeräumt, dass er sich von den anderen hatte mitreißen lassen. Er war ganz bestimmt zu nett. In den Augen mancher Menschen ist Nettigkeit ein Eingeständnis von Schwäche. Wissen Sie, Monsieur Peiresoles, wir haben Wert darauf gelegt, dass unsere Söhne wie alle anderen Kinder aufwachsen und nicht zu viele Privilegien genießen. Denn nur so formt man einen Charakter. Als ich in der Fabrik meines Vaters anfing, hat er mich erst einmal ein knappes Jahr lang fegen und später die Tanks ausspülen lassen. Danach kam ich an die Maschinen zu den anderen Arbeitern. Wäre ich immer hübsch im Warmen geblieben und hätte das Papasöhnchen gespielt, hätte ich, als ich die Firma übernehmen musste, keine zwei Jahre durchgehalten. Bei meinen Söhnen habe ich es genauso gemacht. Sie hatten das Glück, dass sie in wohlsituierte Kreise hineingeboren wurden und ein besseres Blatt in der Hand hielten als die meisten ihrer Kameraden. Mir war es wichtig, dass sie den Rest aus eigener Kraft schaffen. Guillaume brachte es nicht über sich, hart zu sein, weder gegen sich selbst noch gegen andere. Er war noch nicht so weit ...«

Während ich sie so reden hörte, gewann ich den Eindruck, dass beide, er genauso wie sie, von einem gescheiterten Versuch sprachen, von einer Art Testlauf, der vom strahlenden Erfolg der nachgeborenen Söhne in den Schatten gestellt worden war.

»Diese mangelnde Härte und dieses Sich-mitreißen-Lassen, galt das auch für den Club?«

Meine Frage schien sie zu überraschen.

»Warum hätte es dort anders sein sollen?«

»In kleinerem Kreis und in vertrauter Umgebung ohne Konkurrenz kann man Selbstsicherheit gewinnen ...«

Keiner von beiden gab eine Antwort. Der Vater hob lediglich das Kinn.

»In den Beschreibungen der Augenzeugen heißt es, Guillaume sei ein sehr guter Schwimmer und Wasserskifahrer gewesen.«

»Ja, das stimmt, er hat sich in beidem recht geschickt angestellt. Man muss aber dazusagen, dass er schon auf Skiern stand, bevor er laufen konnte ... Ich verstehe den Sinn Ihrer Frage nicht ganz, Monsieur Peiresoles. Unser Sohn war keine gespaltene Persönlichkeit.«

»Hat er sich oft mit Justine Brunet-Auriac und den anderen Jugendlichen aus dem Club getroffen?«

Bertrand Armengaud stieß einen Seufzer aus, seine Frau wirkte weniger genervt.

»Ja, oft. Die meisten von ihnen kannten sich von klein auf. Außerdem gingen Justine und er jahrelang in eine Klasse ...«

»Darüber reden wir nicht gern, also lassen Sie es uns bitte kurz machen. Meine Jungen hatten Freunde im Club. Mit ein paar von ihnen haben sie sich besser verstanden als mit den anderen. Wir wollten uns nie in ihre Freundschaften einmischen. Was die kleine Brunet-Auriac angeht, gab es zwischen Guillaume und Arnaud angeblich so etwas wie eine amouröse Rivalität. Deshalb wurde Arnaud auch lang von der Polizei verhört, ja, er wäre fast verdächtigt worden, als er zugab, dass er sich der kleinen Insel in der Nacht genähert hatte. Zwischen unseren Söhnen gab es keine Rivalität. So haben wir sie nicht erzogen. Kann sein, dass Justine allen den Kopf verdreht hat. Aber selbst wenn es so war – sie hätte es nicht geschafft, das Band zwischen den beiden zu zerstören.«

Angestiftet von Arnaud Armengaud, der später alles sehr schnell zugab, hatten sie zu dritt dem Verbot getrotzt und sich vom Fest abgesetzt. Im Verhör bewies Arnaud Mut und Offenheit. Er erklärte, er habe Justines Einladung abgelehnt, weil sein älterer Bruder ihn darum gebeten habe. Er habe es den ganzen Tag bereut, und der Moment, als die Kanus losgefahren seien, sei für ihn besonders schmerzlich gewesen. Wie Guillaume sei er in Justine verliebt gewesen. Sie habe ihm ein paar Tage vorher sogar hinter dem Clubhaus einen Kuss gewährt. Er habe zum Ufervorsprung vis-à-vis der kleinen Insel gehen und nachschauen wollen, ob er die Zelte von dort aus sehen könne. Da er sich allein nicht getraut habe, ungehorsam zu sein, habe er zwei weitere Jungs zum Mitkommen überredet, und die hätten die Vorstellung, sich im Dunkeln zum Waldrand vorzuwagen, aufregend, aber auch unheimlich gefunden, weil es schon auf Mitternacht zuging. Sie seien nur ein paar Minuten geblieben. Er habe lediglich den Schein des Lagerfeuers erkennen können, der hinter den niedrigen Tannenzweigen tanzte. Die Stimmen und das Gelächter hätten ihm nur noch mehr wehgetan. Vor allem Justines Lachen. Nachdem er sich eine Weile damit herumgequält habe, sei er lieber zum Club zurückgekehrt.

»Guillaume ist zum Zelten auf die kleine Insel gefahren, und Arnaud hat sich geweigert, so viel steht fest. Guillaume hat mitgemacht, weil ich es ihm erlaubt habe. Ich habe es für eine ausgezeichnete Idee gehalten: Ich wusste, dass ich mir keine Sorgen machen muss, wenn er dabei ist. Und ich habe ihn am Sonntagvormittag gefunden. Damit will ich nicht sagen, dass alles meine Schuld ist oder seine oder die von Justine, vom Sohn der Garcès oder von der kleinen Engländerin. Es ist passiert, weil sich irgend so ein Schwein in der Gegend herumgetrieben hat, eine Bestie, die ebenso gut über die Kinder hätte herfallen können, die auf dem Feld übernachtet haben, oder über die Touristen auf dem Campingplatz von Saint-Pierre. Das ist die einzig gültige Erklärung. Es gibt nur einen Schuldigen. Alle anderen sind Opfer, auch wir.«

Aus seiner Art, zu reden und die Stimme zu heben, schloss ich, dass er nicht gewillt war, länger über diese Sache zu reden.

»Nicht, dass Sie denken, wir hätten keine Schuldgefühle gehabt«, differenzierte seine Frau, die womöglich befürchtete, ich könnte sie und ihren Mann für gefühllos halten. »Es vergeht nicht ein Tag, an dem mein Mann und ich nicht an Guillaume denken. Trotzdem sind wir es uns schuldig, weiterzuleben und im Unglück zusammenzustehen. Seinet- und seiner Brüder wegen. Vor allem wegen seiner Brüder, die er über alles geliebt hat.«

»Ich erzähle Ihnen jetzt etwas, das Sie verblüffen wird, sofern Sie es nicht schon von jemand anderem erfahren haben: Wir waren jahrelang Mitglied im Club Nautique. Trotzdem sind wir nie auf die Idee gekommen, ein Haus am See zu kaufen, wie manch anderer es getan hat. Es ist nur ein kleiner See und der Horizont nicht gerade weit. Nach Guillaumes Tod und der Stilllegung des Clubs haben wir eins gekauft, und zwar auf dem letzten Hügel vor Les Crozes. Und es lag uns am Herzen, immer wieder hinzufahren. Arnaud und Loïc haben weiter in dem See gebadet, der als verflucht galt. Dafür sind wir verurteilt worden. Die Leute nannten uns leichtfertig oder, schlimmer noch, gefühlskalt. Wenn Sie nicht schwindelfrei sind, meiden Sie den Abgrund, oder Sie üben sich darin, sich jeden Tag ein kleines bisschen weiter darüberzubeugen. Irgendwann sind Sie von Ihrem Schwindel geheilt. Wir wollten, dass sich unsere beiden anderen Söhne so bald wie möglich dem Abgrund stellen, Monsieur Peiresoles, damit sie nicht ihr Leben lang leiden müssen. Guillaume ist bei uns. Er ist immer bei uns gewesen. Es ist eine friedliche Präsenz, wie er sie immer gewollt hat. Sie würde es nicht vertragen, durch irgendeinen Fluch beschmutzt oder belastet zu werden.«

»Trotzdem haben Sie gestern Abend von Wut gesprochen und mir sogar empfohlen, sie nie zu vergessen.«

»Dass wir ein sanftes Bild von Guillaume in Erinnerung behalten wollen, heißt nicht, dass wir selbst sanft und milde geworden sind. Ja, wir sind wütend! Wir sind es seit Jahrzehnten und pochen auf unser Recht auf Vergeltung. So viele Jahre. Mir war von Anfang an klar, dass da ein Monster unterwegs war, das zur Strecke gebracht werden muss. Also habe ich mich auf die Jagd gemacht. Ich dachte, es wäre Bardy. Die Beweise für seine Unschuld haben mich nie wirklich überzeugt. Ich schwöre Ihnen: Hätte ich ihn in die Finger gekriegt, ich hätte mir keinen Zwang angetan und ihn zum Reden gebracht! Und dasselbe würde ich heute tun, wenn ich mit diesem Dreckskerl Delmas allein wäre.«

»Wir wollen nur, dass für Gerechtigkeit gesorgt wird. Dass dieser Mörder die Tat zugibt, dass ihm der Prozess gemacht und er für das, was er uns angetan hat, verurteilt wird.«

»Jeder ist wütend, Monsieur Peiresoles. Auf mich. Auf Gott. Auf Justine Brunet-Auriac, weil sie die Idee hatte, auf der kleinen Insel zu zelten. Auf den Richter, weil er seine Arbeit nicht gut gemacht hat. Auf die Polizisten, weil sie sich in ihrer Unfähigkeit gegenseitig übertroffen haben. Auf die, die das Fest im Club besucht haben. Auf Bardy, der sich umgebracht hat. Auf die Fabrikbesitzer, die ihre Werke im Tal geschlossen haben. Auf die, die noch dort wohnen … Selbst Sie sind wütend. Warum sonst beschäftigen Sie sich mit dieser Geschichte?«

Bertrand Armengaud erhob sich von der Couch und drehte sich zu seiner Frau um, damit sie ebenfalls aufstand. Das war ihre Art, mich zu verabschieden. In diesem Augenblick kam ein junger Mann herein. Ich hatte seine Anwesenheit im Haus nicht bemerkt.

»Darf ich Ihnen Loïc vorstellen? Loïc, das ist Marc-Edouard Peiresoles.«

»Meine Eltern haben mir von Ihnen und Ihrem Vorhaben erzählt, gleich damals, als sie Ihren Brief erhalten haben.«

Er kam auf mich zu und drückte mir warmherzig die Hand. Sein Lächeln wirkte nicht aufgesetzt. Er hatte nichts mehr von dem traurigen kleinen Jungen mit den kurzen Haaren, der vornehm herausgeputzt auf dem Stuhl saß. Er war groß und schlank. Sein sehr langes, lockiges Haar war zu einem Pferdeschwanz zusammengebunden. In der Leinenhose mit den vielen Taschen und dem eher unförmigen Hemd sah er aus wie ein Surfer, der sich im Winter notgedrungen und widerwillig etwas übergezogen hat. Ich fand ihn sofort viel sympathischer und natürlicher als seine Eltern.

»Ihr Projekt interessiert mich. Ich habe gelesen, was Sie über den Ersten Weltkrieg geschrieben haben. Mir gefällt der Blick, den Sie auf die Geschichte werfen, und die Art und Weise, wie Sie den Leser einbeziehen. Ich habe mich in Ihre Unterhaltung nicht eingemischt, weil ich über diese Phase unseres Lebens nicht viel zu berichten habe. Kurz gesagt: Ich erinnere mich kaum an meinen ältesten Bruder. Ich habe deshalb ein schlechtes Gewissen, aber so ist es nun mal, es will mir einfach nicht gelingen. Diese berühmte ›Welt davor‹ kenne ich nur aus Erzählungen. Ich bin sicher, dass ich sie mit Ihrer Hilfe wieder zum Leben erwecken und darin vielleicht auch Guillaume finden kann. Mein Bruder Arnaud wäre Ihnen bestimmt von größerem Nutzen.«

»Es ist nicht nötig, deinen Bruder zu behelligen. Du weißt genau, dass ihn dieses Thema sehr aufwühlt, und er kommt hierher, um sich auszuruhen.«

Loïc Armengaud gehörte sicherlich nicht zu denen, die Befehlen gehorchen, aber er gab auch nicht den schlecht erzogenen Rebellen. Seine Aufsässigkeit war von subtilerer Art. Er beachtete seinen Vater einfach nicht.

»Ich habe mir bereits die Freiheit genommen, mit ihm zu sprechen«, fuhr er fort, »und er kann es kaum erwarten, Sie kennenzulernen. Er erinnert sich an Sie. Er meint, dass Ihr Name an der École Sainte-Marie sehr bekannt ist, sogar unter den jüngeren Schülern. Und er hat mir erzählt, dass Sie im Skilager mal sehr nett zu mir waren. Auch daran habe ich leider keine Erinnerung.«

Ich dagegen erinnerte mich gut daran, denn diese Geschichte geht mir bis heute nicht aus dem Kopf.

Ab dem Winter 1980 war ich vier Jahre hintereinander in den Februarferien im Skilager in den Pyrenäen. Alles in allem vier Wochen, nicht mehr, aber sie haben in mir unauslöschliche Erinnerungen hinterlassen, gute wie schlechte. Das erste Mal war eine harte Prüfung. Ich war der Einzige aus meiner Klasse, kannte niemanden und verreiste zum ersten Mal ohne meine Eltern. Ich bekam meine erste Medaille, auf der Rückfahrt im Bus war mir hundeelend, und ich bewunderte die Jugendlichen, die auf der Piste angehalten hatten, um ein Picknick zu machen. Im nächsten Jahr fuhr ich nur wieder hin, weil zwei Freunde aus der Sechsten ebenfalls dabei waren. Meine Eltern hätten sicherlich ohnehin darauf bestanden: In ihren Augen brauchte ich nach den schmerzlichen Ereignissen des Sommers einen kleinen Tapetenwechsel. In dem Jahr hatte ich viel mehr Spaß als beim ersten Mal, und das galt auch für die beiden folgenden Aufenthalte.

Eine Erinnerung hat sich jedoch tiefer eingegraben als alle anderen. Es war im letzten Skilager. Eine Gruppe von Stammgästen, darunter auch die talentiertesten Skifahrer, hatte bei der Zimmerbelegung mich und einen Freund hinzugewählt. Wir bekamen also die zwei letzten freien Betten in ihrem Schlafsaal zugeteilt und mussten bei allen Mahlzeiten an ihrem Tisch sitzen. Ich bereue es noch heute, dass ich zugestimmt habe. Wäre ich woanders und nicht bei diesen Fieslingen untergekommen, hätte ich bestimmt mein goldenes Skiabzeichen machen und eine entspanntere Woche haben können.

Eines Morgens mussten wir uns aus einem Grund, an den ich mich nicht erinnere, beim Frühstück aufteilen. Ein paar von uns, darunter auch ich, sollten zu den Kleinen in den Speisesaal gehen. Das war die größte Demütigung überhaupt. So kam es, dass ich plötzlich bei den Armengaud-Brüdern saß.

Alle wussten, wer sie waren. Hinter ihrem Rücken wurde ständig getuschelt. Sie waren durch Basse-Misère gebrandmarkt. Ich kannte Arnaud vom Sehen aus der Grundschule, wo er eine Klasse unter mir gewesen war. Wir hatten nie etwas miteinander zu tun gehabt, weder im Pausenhof noch beim Skifahren, aber wir Schüler von der École Sainte-Marie erkannten einander. Waren wir in der Fremde, hielten wir normalerweise zusammen, ganz gleich, wie groß der Altersunterschied war oder ob es vielleicht noch die eine oder andere offene Rechnung gab. In meinem ersten Ferienlager hatten mich zwei ältere Jungen unter ihre Fittiche genommen, damit die Großen mich nicht ärgerten, und zwar einfach nur deshalb, weil sie sich daran erinnert hatten, mich in der École Sainte-Marie in der Ecke des Pausenhofs gesehen zu haben, die den Kleineren vorbehalten war. Als ich mir nun beim Frühstück einen Platz suchen musste, bemerkte ich Arnaud, und er bemerkte mich. Er warf mir einen komplizenhaften Blick zu und zeigte auf den freien Platz neben sich.

Ansonsten setzte sich niemand an ihren Tisch, und wir blieben zu dritt. Der kleine Loïc saß uns gegenüber. Wenn ich richtig gerechnet habe, war er damals sechs Jahre alt. In meiner Erinnerung kommt er mir allerdings jünger vor. Er verzog das Gesicht. Er wollte seine heiße Schokolade nicht anrühren und beäugte mich misstrauisch. Arnaud war zugänglicher. Wir unterhielten uns, und irgendwann kamen wir auch auf seinen kleinen Bruder zu sprechen, der weder aß noch trank, was vor einem Tag auf der Piste nicht gerade vernünftig war.

»Ihm war heute Nacht schlecht. Er hat sich mehrmals übergeben, der Arme.«

Liebevoll strich Arnaud seinem Bruder über den lockigen Schopf. Nicht nur diese Geste, sondern auch der Ton, in dem er das sagte, gingen mir unter die Haut. Ich sehe die Szene noch heute vor mir. Ich selbst war damals in den Flegeljahren, in denen man nicht zeigen durfte, dass man an seiner Familie hing, sondern im Gegenteil beweisen musste, dass man größer wurde und zu einem hartgesottenen Kerl heranwuchs, der sich unter dem mütterlichen Rock hervorwagte. Ich weiß, wir waren damals gemein zu unseren Nächsten. Wenn meine Freunde ihre Geschwister überhaupt erwähnten, dann nur, um über sie zu lästern und zu beklagen, dass sie auf der Welt waren. Ich hatte nie erlebt, was es bedeutet, einen großen Bruder zu haben, der es gut mit einem meint und einen beschützt, ohne sich dafür zu schämen. Tag für Tag setzte Arnaud sich über die Sticheleien hinweg und kam zum Frühstücken in den Speisesaal der Kleinen, um bei seinem Bruder zu sein und sich zu vergewissern, dass es ihm gut ging. An jenem Morgen tat Loïc ihm aufrichtig leid, und er bedauerte, nachts nicht bei ihm gewesen zu sein. Er versteckte sich nicht hinter einer Maske. Er hatte einen kleinen Bruder, und er liebte ihn. Es machte ihm überhaupt nichts aus, das zu zeigen. Was ihn mit diesem kleinen Jungen verband, war stärker als alles, was ich bis dahin kennengelernt hatte. Loïc sah mich mit seinen traurigen, flehentlichen Augen an. Bestimmt ging er davon aus, dass ich mich wie die anderen über ihn lustig machen würde. Als ich das jedoch nicht tat, begann er, zur Bekräftigung dessen, was Arnaud erzählt hatte, zu nicken.

Ich weiß nicht, ob mich die alljährlichen Skilager abgehärtet haben, aber dieses Frühstück hat mein Leben verändert. Plötzlich fand ich mich durchschnittlich, egoistisch und unsensibel. Ich verspürte den Wunsch, genauso wohlwollend zu sein wie mein Tischnachbar und es bis ans Ende meiner Tage zu bleiben, was leider nicht geklappt hat. Jedenfalls schenkte ich dem Kleinen ein mitfühlendes Lächeln.

»Die anderen waren nicht nett zu ihm«, fuhr Arnaud fort. »Er will nicht Ski fahren gehen, sondern lieber allein hierbleiben.«

Um ein Haar hätte ich geweint. Ich spürte, wie mir die Tränen in die Augen stiegen. Da erzählte ich den beiden, wie mir einmal im Bus schlecht geworden war. Ich litt unter Reisekrankheit, und deshalb hatten meine Eltern vorgesorgt: Ich hatte immer Plastiktüten dabei. Als ich gespürt hatte, wie es mir hochkam, hatte ich eine Tüte hervorgeholt und unauffällig hineingespuckt. Nicht einmal der Junge, der neben mir saß, hatte etwas mitbekommen. Voller Stolz, dass niemand etwas bemerkt hatte, hatte ich einen der Betreuer gerufen, damit er die Tüte wegwarf, denn ich durfte meinen Platz nicht verlassen. Der Betreuer hatte angefangen zu schreien, als er feststellte, dass die Plastiktüte ein Loch hatte und ich dabei war, den Inhalt im ganzen Gang zu verteilen. Auch auf meinem Oberschenkel hatte sich Erbrochenes gesammelt. Danach war ich fürchterlich aufgezogen worden, aber nur kurz, und deshalb war es nicht allzu schlimm gewesen. Der kleine Junge musste über meine Geschichte lächeln. Arnaud, der ihn immer noch liebevoll ansah, lächelte auch.

»Mein Kurs ist erst nachmittags. Wenn du dich fit genug fühlst, kannst du am Vormittag mit mir Ski fahren«, schlug ich Loïc vor. »Ein guter Freund von mir und drei Mädchen aus dem Gymnasium kommen auch mit. Du bist mein Gast. Niemand wird sich über dich lustig machen, das garantiere ich dir. Und wer es doch wagt, kriegt es mit mir zu tun.«

Das war nur Bluff. Ich traute mir gar nicht zu, es mit wem auch immer aufzunehmen. Aber der Kleine glaubte mir, und sein Lächeln wurde breiter. Dankbar sah er mich an. Ich fühlte mich stark, so stark wie nie zuvor. So etwas hatte ich noch nicht oft gespürt. Deshalb ist dieser Augenblick in meinen Augen so kostbar.

Loïc kam dann doch nicht mit uns zum Skifahren. Er blieb bei seinen Freunden, und ich sah ihn bis zum Ende des Skilagers nicht wieder. Obwohl es mich wahnsinnig reizte, setzte ich mich am nächsten Morgen nicht in den Speisesaal der Kleinen, sondern hielt mich an die Vollidioten aus meinem Schlafsaal und wurde wieder genauso mittelmäßig wie sie. Loïc Armengaud sah ich erst wieder, als er dreißig Jahre später im Wohnzimmer seiner Eltern erschien.

26

Auch Arnaud hatte ich seit jenem Erlebnis im Skilager nicht mehr gesehen. Ihn allerdings erkannte ich wieder. Er hatte sich äußerlich nicht sehr verändert: dasselbe runde Gesicht, dieselben schwarzen kurz geschnittenen Haare, dieselbe gesetzte Art. An seine Art zu reden, die ziemlich irritierend war, erinnerte ich mich jedoch nicht: Auch er versuchte seinen Akzent hinter einer gekünstelten Aussprache zu verbergen, und sein Ton war ähnlich herablassend wie der seiner Mutter. Vielleicht hatte ich damals nicht so sehr darauf geachtet.

Wir trafen uns gleich am darauffolgenden Dienstag in den Allerheiligenferien. Bevor ich mich von seinen Eltern verabschiedete, hatte Loïc mich um meine Telefonnummer gebeten, und als sein Bruder nach Valdérieu kam, hatte er mich sofort angerufen. Die beiden hatten ihre eigenen Erinnerungen an das Drama, das die Familie durchgemacht hatte. In diesem Punkt hatten sie sich über die väterliche Zensur hinweggesetzt. Allerdings waren sie nicht so weit gegangen, sich mit mir in ihrem Elternhaus zu verabreden.

»Fassen Sie es nicht als Provokation auf«, hatte Loïc gesagt, »aber wir könnten uns in dem Haus am See treffen, von dem mein Vater Ihnen erzählt hat.«

Ich war die Straße zum See seit meiner Augustnacht auf der kleinen Insel nicht mehr entlanggefahren. Während sie mir im

Sommer mit dem Blattwerk, durch das das Sonnenlicht fiel, und den saftigen Wiesen, die immer wieder unverhofft auftauchten, so angenehm erschienen war, zeigte sie sich nun geradezu feindselig. Die Bäume waren kahl, das Gras auf den Feldern braun, der Wald unheimlich, düster, geschunden. Alles triefte vor Feuchtigkeit, die Farben wirkten verwaschen. Vielleicht war ich aber auch einfach nicht mehr in der Lage, sie zu erkennen.

Als der See schließlich auftauchte, erblickte ich drei Häuser am Straßenrand. Zuerst die große Pension, dann ein von Efeu überwuchertes, offensichtlich verlassenes Häuschen und, ein Stück weiter, etwas von der Straße zurückgesetzt, einen ehemaligen Bauernhof mit u-förmig angeordneten Gebäuden. Bertrand Armengaud hatte ihn im Winter nach dem Massaker gekauft. Die Zufahrt zweigte in der Kurve ab, die die Straße beschrieb, bevor sie wieder im Wald verschwand; ein kleiner Weg, der direkt in den mit Kies bestreuten Hof führte. Ganz hinten stand das eigentliche Wohnhaus, ein schmucker, im Stil der Gegend renovierter Bau. Die Fensterscheiben des Gebäudes links davon waren von dicken Spinnennetzen überzogen, der Anstrich der Holzteile abgeblättert. Auf der anderen Seite standen dicht nebeneinander zwei geräumige und mit großen Schiebetoren verschlossene Scheunen. Zur Toreinfahrt grenzte daran ein alter Hühnerstall mit halb eingestürzten Mauern an.

Als die Brüder Armengaud meinen Wagen hörten, traten sie aus dem Haus. Loïc war viel größer als Arnaud, der seine eher dickliche Figur behalten hatte. Letzterer kam mit entschlossenem Schritt auf mich zu. Dummerweise begann es in diesem Moment zu nieseln. Und mir fiel sein unangenehm näselnder Ton auf.

»Wie geht es dir, Marc-Edouard? Ich freue mich, dich zu sehen. Komm, bleiben wir nicht im Regen stehen …«

Auch sein Bruder begrüßte mich, und kurz darauf betraten wir ein schönes Wohnzimmer, das mit einem riesigen Panoramafenster mit Blick auf den See und den Staudamm weiter unten ausgestattet worden war. Der Raum hatte nichts Protziges. Die spärlichen Möbel waren rustikal. Es roch nach kalter Asche und abgestandener Luft, jedoch nicht unangenehm. Vor allem war es hier schön warm. Die Feuchtigkeit und die mit ihr einhergehende Kälte waren vor der Tür geblieben.

»Unser Vater wollte das Haus wieder verkaufen, aber wir haben darauf bestanden, dass er es behält. Daraufhin hat er es uns überschrieben. Unsere Eltern wollen schon seit Längerem nicht mehr hier wohnen. Ich habe diesen Ort meine ganze Jugend hindurch gehasst. Mir hat davor gegraut, hierherzukommen. Aber als es so aussah, als würden wir das Haus verlieren, habe ich plötzlich gemerkt, wie sehr ich daran hänge.«

Darauf erzählte ich von meiner Verbundenheit mit dem Haus meines Großvaters in Fonbelle.

»Unsere Wurzeln reichen tiefer, als wir gedacht hätten, was? Ein bisschen so wie bei großen Bäumen … Als Loïc mir von deinem Brief erzählt hat, ist mir vieles wieder eingefallen. An der École Sainte-Marie wurde oft über dich gesprochen, auch als du längst weg warst. Marc-Edouard Peiresoles, das war einer! Du hattest die Latte für uns andere sehr hoch gelegt. Ich kann es dir ja verraten: Du warst für etliche Jungs ein Vorbild, auch für mich … An das Skilager habe ich mich auch erinnert. An den Tag, an dem du Loïc gegen alle in Schutz nehmen wolltest, die sich über ihn lustig machten.«

Ich tat so, als wüsste ich nicht, wovon er sprach.

»Weißt du denn nicht mehr? Du hattest dich beim Frühstück zu uns an den Tisch gesetzt. Es hat mich ziemlich beeindruckt, dass du mich unter all den anderen erkannt hast … Jedenfalls habe ich mich sehr gefreut, als ich hörte, dass du dich mit unserer Geschichte beschäftigen willst. Deine Herangehensweise sagt mir absolut zu: die Welt davor, die Welt danach … Und die Sache mit der Angst kann ich zu hundert Prozent bestätigen. Ich habe so lange mit ihr gelebt! Wir alle haben mit ihr gelebt. Wer etwas anderes behauptet, lügt.«

»Wie unsere Eltern«, fuhr Loïc fort. »Die Wut, mit der mein Vater dir letzten Samstag in den Ohren gelegen hat, ist nur eine Folge dieser Angst.«

»Alle mussten diese ständige Angst ertragen, jeder hat sich seine eigene gezimmert, aber das Fundament war bei allen dasselbe. Ich war in gewisser Weise erleichtert zu hören, dass es jemanden gibt, der das begriffen hat. Vor allem als ich hörte, dass du dieser Jemand bist.«

»Unsere Eltern sind sehr misstrauisch und reden nicht gerne über das, was passiert ist. Wenn Arnaud nicht gewesen wäre, hätte ich nicht viel über unseren Bruder Guillaume und die Umstände erfahren, unter denen er uns genommen wurde. Wie gesagt, ich habe ihn kaum gekannt und habe Schwierigkeiten, mich an ihn zu erinnern. Trotzdem fehlt er mir wahnsinnig. Ich rede gern über ihn. Und ich höre gern Geschichten aus der Zeit, als wir drei noch zusammen waren. Es würde mir sehr gefallen, wenn du darüber schreibst, wenn du uns auf deine Art in die Vergangenheit führst, damit wir uns nach Belieben darin bewegen können. Was immer wir tun können, um dir zu helfen – wir werden es tun.«

Ich zog mein Notizbuch heraus, in das ich ungeordnet meine

Fragen an Arnaud geschrieben hatte. Mit seinen Antworten entführte er uns in die Vergangenheit.

Er sah Justine nur im Club Nautique. Sie war immer nett zu ihm und gab ihm nie das Gefühl, überflüssig zu sein, nur weil er ein bisschen jünger war. Natürlich war sie hübsch, sehr hübsch sogar. Aber woran er sich vor allem und auch jetzt noch erinnerte, waren ihre Freundlichkeit, ihre Lebensfreude und die Tatsache, dass es einem, wenn sie mit einem sprach oder einen anlächelte, so vorkam, als sei man einzigartig für sie, einzigartig und wichtig. Guillaume hatte das Glück, ihr jeden Tag im Gymnasium zu begegnen.

Aber vielleicht war das gar kein Glück. Er war in sie verliebt. Schon lange. Das hatte er zwar niemandem verraten, aber es war ihm an der Nasenspitze anzusehen. Arnaud nahm es nicht sehr ernst. Wie die anderen zog er seinen Bruder und Justine auf, wenn sie am Strand nebeneinanderlagen oder miteinander tuschelten. Er begriff nicht, dass sie für seinen Bruder viel mehr war als nur eine hübsche Freundin, mit der er aufgewachsen war. Im Club hatte Guillaume sie praktisch ganz für sich. Die anderen »Großen« waren für ihn keine Konkurrenz: der Sohn der Bardys nicht, weil der nur Sport im Kopf hatte und in Justines Gegenwart in Panik geriet, und Emmanuel Garcès nicht, weil er so hässlich war, dass er bei Mädchen sowieso keine Chance hatte. Im Gymnasium dagegen musste Guillaume sie teilen. Schlimmer noch, er wurde in die zweite Reihe abgedrängt, weit hinter die Jungs, die mehr Selbstbewusstsein und Ausstrahlung hatten als er. Er war dann nur noch der gute Freund, so etwas wie ein Familienmitglied, schmückendes Beiwerk, das sie an manchen Tagen nicht einmal zu bemerken schien. Es gab einen Haufen Jungs, die sie umschwärmten und ihre Nähe suchten. Allen voran ein Schüler aus der Abiturklasse, der es sich zur Gewohnheit gemacht hatte, sie auf seinem Moped nach Hause zu fahren. Alle dachten, die beiden gingen miteinander. Doch nach einem Monat verschwand er von der Bildfläche, und das Karussell um Justine drehte sich von Neuem. Sie behauptete, sie habe noch nie einen Freund gehabt, sie halte das nicht unbedingt für nötig, und ein Junge müsse wirklich etwas Besonderes sein, damit sie ihre Meinung ändere. Hinter ihrem Rücken wurde mit unpassenden, schlüpfrigen Bemerkungen nicht gespart. Guillaume hörte alles. Er bemühte sich, nichts auf diese dauernden Anzüglichkeiten zu erwidern und sogar über die eine oder andere zu lächeln. Dabei hatte er nur einen einzigen Wunsch, nämlich diesen Typen eins auf die Fresse zu geben.

Irgendwann machte er seinem Herzen Luft. Er vertraute sich Arnaud an, obwohl sie über solche Dinge normalerweise nicht redeten. Je mehr er Justine liebte, desto mehr ging er zu ihr auf Distanz. Im Club steckten sie nicht mehr so viel zusammen wie früher. Sie schien die Gesellschaft anderer vorzuziehen, vor allem die von Emmanuel. Das ärgerte ihn. Auf der abendlichen Fahrt zurück nach Valdérieu, erzählte Arnaud, habe Guillaume in jenem letzten Sommer oft geschwiegen und nur mit finsterem Blick aus dem Autofenster geschaut. Er war missmutig, konnte es aber trotzdem kaum erwarten, am nächsten Tag wieder an den See zu fahren. Als Justine über ihr Theaterstück sprach, das sie am Festwochenende aufführen wollte, und die Rollen zu verteilen begann, wurde alles noch schlimmer. Sie überging Guillaume nämlich, wohingegen Arnaud zur Truppe gehörte und eine wichtige Rolle bekam, die von Raoul, Christines schüchternem Liebhaber. Die Proben fanden immer spätnachmittags statt. Anfangs war Arnaud mit Begeisterung dabei, auch wenn Florie seine Liebste spielen sollte, was ihn in Verlegenheit brachte. Erst später begriff er, dass sein großer Bruder sehr unter der Situation litt, dass ihm das Theaterstück ganz und gar nicht »scheißegal« war, wie er immer wieder lautstark beteuerte. Arnaud war zu jung und zu sehr mit sich selbst beschäftigt gewesen, um zu erkennen, wie die Dinge wirklich lagen. Sobald es ihm jedoch dämmerte, kurz bevor sie alle in die Ferien fuhren, nahm er all seinen Mut zusammen und erklärte, er verzichte auf seine Rolle. Er gab vor, die Schauspielerei nicht wirklich zu mögen und nicht derjenige sein zu wollen, der alles vermasselte. Justine erdolchte ihn mit Blicken, sagte aber nichts.

Anfang August fuhren sie für vierzehn Tage ans Meer. Eines Abends standen die beiden Brüder auf dem Balkon ihres Zimmers und betrachteten den Mond, der sich im Wasser spiegelte. Obwohl es zwischen ihnen eine enge Bindung gab, hatten sie nie viel miteinander geredet. Aber an jenem Abend konnte Guillaume nicht länger an sich halten und erzählte von Justine, davon, was er im Lauf des Jahres im Gymnasium gesehen und gehört hatte und was er für sie empfand. Er, der sonst so schweigsam war, konnte nicht aufhören zu reden. Er liebte Justine. Er wollte sich ein Herz fassen und es ihr sagen. Wenn er sich keinen Ruck gab, würde sie ihm entgleiten. Bei Schulbeginn im September würde es zu spät sein. Da würde bestimmt ein neuer Idiot mit Moped auftauchen oder irgendein anderer Junge, an dem sie plötzlich verborgene Qualitäten entdeckte.

»Jetzt oder nie!«, presste er zwischen den Zähnen hervor. »Wenn ich es nicht tue, krepiere ich!«

Früher hatten sie immer Spaß zusammen gehabt. Sie hatten

über alles reden können, auch über sehr persönliche Dinge. Er konnte nicht verstehen, warum der Faden nun, ein Jahr später, gerissen war. Seit Wochen brachte er es nicht einmal mehr über sich, mit ihr zu sprechen. Schon ihre Nähe machte ihn total verlegen.

»Aber sie ist doch wie immer«, wandte Arnaud ein.

»Ich weiß, dass es an mir liegt. Das versaut mir das ganze Leben, verdammt! Es macht mich fertig.«

Arnaud hatte das Gefühl, sein Bruder könne jeden Moment in Tränen ausbrechen. Er konnte sich nicht erinnern, ihn je weinen gesehen zu haben. Das hatte eine seltsame Wirkung auf ihn. Er hätte alles dafür gegeben, Guillaume zu helfen. Plötzlich kam ihm eine Idee.

»Wenn du nicht mit ihr reden kannst, dann schreib ihr doch. Damit sie kapiert, dass du nicht sauer auf sie bist.«

»Daran habe ich auch schon gedacht. Aber sie liest und schreibt selber den ganzen Tag. Du kannst dir also vorstellen, wie albern sie meinen Brief finden würde. Selbst wenn jemand meine Fehler korrigieren würde, wäre das Ergebnis ein Witz. Da kann ich ihr auch gleich gestehen, dass ich ein Schwachkopf bin.«

»Warum schenkst du ihr nicht etwas? Etwas, das sie sehr mag. Und legst eine kleine Karte dazu, um ihr zu zeigen, was du fühlst. Sie wird dich bestimmt nicht auslachen. Weißt du noch, was sie getan hat, wenn wir euch beide aufgezogen und rumposaunt haben, dass ihr verliebt seid?«

»Sie hat meine Hand genommen und fest gedrückt oder ihren Kopf an meine Schulter gelehnt und gesagt: ›Ja, wir sind verliebt! Vielleicht heiraten wir sogar irgendwann. Ihr stört uns, wir denken uns nämlich gerade den Namen für unser erstes

Kind aus.‹ Das hat sie gesagt, um euch das Maul zu stopfen, aber gedacht hat sie es nicht.«

»Ein Mädchen, das so etwas von sich gibt, hört zu, wenn man ihm sagt, dass man es liebt.«

Während des gesamten restlichen Urlaubs suchte Guillaume nach einem Geschenk. Leider fand er nichts Passendes.

»Ich kann auf keinen Fall mit einem Armbandanhänger ankommen oder mit etwas, das schon alle haben. Das Geschenk muss ihr unter die Haut gehen, es muss etwas ganz Besonderes sein, damit sie begreift, dass ich sie besser kenne als alle anderen …«

Justine liebte Bücher. Sie verschlang sie regelrecht. Und wenn sie ein Buch ausgelesen hatte, erzählte sie es gern in allen Einzelheiten nach; mit einer solchen Begeisterung, dass man Lust bekam, es ebenfalls zu lesen. Zu Beginn der Ferien hatte Arnaud sie nicht weniger als drei Bücher nacherzählen hören, *Das Phantom der Oper* nicht mitgezählt. In dieser Richtung musste man also suchen. Guillaume erkundigte sich, aber am Ende kehrte er mit leeren Händen und total frustriert nach Valdérieu zurück.

Daraufhin hatte Arnaud die Idee, sich von denen beraten zu lassen, die ihr nahestanden, also von ihrer Cousine Florie und Emmanuel Garcès. Vielleicht wussten die beiden, auf welchen Roman sie Lust hatte, welchen sie unbedingt haben wollte. Wenn er, Arnaud, sie fragte, würden sie bestimmt keinen Verdacht schöpfen. Trotzdem sah Florie ihn schief an und weigerte sich zu antworten. Emmanuel dagegen sträubte sich nicht. Als Arnaud einen Moment mit ihm allein auf der Badeinsel war, nutzte er die Gelegenheit.

»Wenn du Justine ein Buch schenken müsstest, welches würdest du nehmen?«

Emmanuel sah ihn erstaunt an.

»Warum? Willst du Justine ein Buch schenken?«

»Keine Ahnung.«

»Warum fragst du ausgerechnet mich?«

»Weil du einer ihrer besten Freunde bist.«

Emmanuel verzog das Gesicht, was ihn fast furchterregend aussehen ließ. Dann schaute er weg.

Arnaud stand auf, aber bevor er ins Wasser sprang, schickte er hinterher: »Macht nichts. Ich finde schon selbst eins. Sie scheint wegen der Sache mit ihrem Theaterstück ziemlich sauer zu sein … Ich dachte, du kennst sie gut genug, um mir einen Tipp zu geben.«

Da hielt Emmanuel ihn zurück.

»Eins gibt es, das passen könnte …«

Und er nannte ihm den Titel: *Der Fänger im Roggen*. Am nächsten Morgen ging Guillaume in die Stadt und kehrte stolz mit dem eingepackten Geschenk unter dem Arm zurück.

»Und was ist mit deiner Karte?«, fragte Arnaud.

»Ich habe ein Lesezeichen dazugekauft.«

Er zeigte es ihm, ein schönes, zartgrünes Lesezeichen mit goldenen Rändern.

»Ich schreibe etwas drauf und schiebe es in das Päckchen. Dann kann sie es behalten, wenn sie was anderes liest.«

Den restlichen Vormittag verbrachte er damit, die vier Worte »Ich liebe dich. Guillaume« zu schreiben, das Geschenkpapier vorsichtig zu öffnen, das Lesezeichen ins Buch zu schieben und das Päckchen sorgfältig wieder zu verschließen.

Nach dem Mittagessen fuhren sie mit ihrer Mutter und ihrem kleinen Bruder wie jeden Tag zum See hinauf. Guillaume war nervös. Das Geschenk hatte er in seiner Tasche versteckt.

Bei ihrer Ankunft war Justine schon da, die Füße im Wasser und Florie mal wieder neben sich. Er traute sich nicht, sie anzusprechen. Nie war sie allein, und er wollte ihr das Geschenk nicht vor den anderen überreichen. Er quälte sich durch den Nachmittag und ging noch mehr auf Abstand. Ja, er sonderte sich sogar von den anderen ab und hoffte, dass Justine nach ihm schauen und fragen würde, was mit ihm los sei. Aber sie kam nicht. Kurz vor der Abfahrt, als ihm nichts anderes mehr übrig blieb, ging er zu ihr, drückte ihr wortlos und fast rabiat das Päckchen in die Hand und lief weg.

Tags darauf fuhren sie wie früher nach Les Crozes, weil ihr Vater dabei war. Der aß, wenn er Zeit hatte, gern im Club zu Mittag. Schon die Fahrt war für Guillaume die reinste Qual. Kaum angekommen, grüßte er nur knapp, stürzte sich in den See, schwamm, als hinge sein Leben davon ab, und stellte sich dann mit dem Rücken zum Strand auf die noch im Schatten liegende und deshalb menschenleere Badeinsel. Arnaud schloss sich seinen Freunden an. Sie hatten vor, bis zum Ende der Ferien eine Hütte zu bauen. Aus den Augenwinkeln beobachtete er allerdings, was sich ein Stück weiter weg abspielte. Er sah, wie Justine ins Wasser ging und zu seinem Bruder schwamm. Sie zog sich auf die Badeinsel hoch, wrang mit beiden Händen das lange Haar aus und setzte sich neben Guillaume.

Arnaud verspürte ein gewisses Missbehagen. Etwas, das er nicht vorausgesehen hatte, einen Anflug von Eifersucht. Deshalb schaute er lieber nicht länger hin, sondern wandte sich wieder der Hütte zu. Er sah nur noch, dass Guillaume dicht neben ihr saß. Trotzdem wirkte er traurig.

Abends wollte er Arnaud unbedingt alles erzählen. Justine hatte ihm für das Geschenk gedankt. Sie hatte das Buch schon angefangen und war ganz begeistert. Dann war sie auf seine kleine Nachricht zu sprechen gekommen.

»Im Moment habe ich keine Lust auf einen Freund. Tut mir leid.«

Dieselbe Antwort hatte sie den anderen Jungs im Gymnasium gegeben. Dabei hatte er sie gar nicht gefragt, ob sie mit ihm gehen wolle, sondern ihr lediglich geschrieben, dass er sie liebte. Aber darauf war sie mit keinem Wort eingegangen.

»Wenn es das ist, was schon die ganzen Ferien in dir rumort, kannst du jetzt ja vielleicht wieder so nett sein wie früher. Du hast mir nämlich sehr gefehlt«, hatte sie gesagt.

Das war besser als nichts. So sah er die Sache. Am schlimmsten war Arnauds Erleichterung darüber, dass der Trick mit dem Geschenk nicht funktioniert hatte.

Zwei oder drei Tage vergingen. Die Hütte wurde und wurde nichts. Sie wollte einfach nicht gerade stehen. Also machte sich Arnaud in einem anderen Winkel des Walds auf die Suche nach stabilerem Baumaterial. Als er nach einer Weile mit leeren Händen zurückkehrte, stieß er hinter dem Bootshaus auf Justine. Sie saß mit angezogenen Beinen auf dem Boden, hatte den Rücken an die Wand gelehnt und träumte, einen Grashalm im Mundwinkel, vor sich hin.

»Mann, Arnaud! Du hast mir einen schönen Schreck eingejagt! Ich dachte schon, du wärst ein Tier!«

»Ich habe nach dickeren Ästen für die Hütte gesucht. Warum bist du nicht bei den anderen? Habt ihr euch gestritten?«

»Nein. Ich muss nur ab und zu mal allein sein. Die Kleinen werden nach einer Weile ganz schön anstrengend.«

»Dann lasse ich dich mal lieber in Ruhe.«

»Nein, du kannst bleiben. Mit dir ist es was anderes. Komm, setz dich ein bisschen zu mir.«

Er wusste nicht recht, was er tun sollte. Zum ersten Mal war er allein mit ihr und hatte Angst, sein Bruder könnte sie überraschen.

»Ich habe jetzt endlich kapiert, warum du dich geweigert hast, in meinem Stück den Raoul zu spielen.«

»Tut mir leid. Ich habe es nicht so mit dem Theater. Ich hätte sofort Nein sagen müssen, dann hättest du Zeit gehabt, einen anderen zu finden.«

»Guillaume hat dich gebeten, auf die Rolle zu verzichten. Zuerst dachte ich, es wäre wegen Florie. Aber dann bin ich draufgekommen, dass du es für deinen Bruder getan hast. Deshalb hängst du auch nie mit uns rum.«

»Er hat mich nicht darum gebeten. Er war traurig, weil du ihn vergessen hattest.«

»Daran ist er selbst schuld, wenn er die ganze Zeit die beleidigte Leberwurst spielt!«

»Du hast doch seine Nachricht bekommen. Du weißt, warum er sich so verhalten hat.«

»Ja, das war rührend, aber überrascht hat mich die Nachricht nicht. Das war mir schon lange klar.«

»Und was ist mit dir? Liebst du ihn nicht?«

»Wenn ich dir antworte, erzählst du es ihm dann?«

»Nein, ich schwöre es.«

»Versprochen?«

»Ja, versprochen!«

»Nein, ich liebe ihn nicht. Nicht so, wie er es gern hätte.«

»Schade. Das wird ihn sehr treffen.«

»Du hast mir dein Wort gegeben!«

»Du musst es ihm selbst sagen.«

»Kommt nicht infrage! Ich denke nicht daran! Er hat mir beigebracht, wie man einen Köpfer macht und auf Bäume klettert. Er hat mich auf dem Rücken getragen, als wir Pilze sammeln waren und ich mir den Knöchel verstaucht habe ... Er ist seit Jahren mein Freund. Ich möchte ihm nicht wehtun. Alles wird wieder wie früher. Früher ging es uns gut. Alles war in Ordnung.«

Arnaud wollte das gar nicht wissen. Es wäre ihm lieber gewesen, sie hätte sich ihm nicht anvertraut. Also versuchte er seinerseits, sie zu verletzen.

»Guillaume hat mir erzählt, dass im Gymnasium manche behaupten, du magst Mädchen lieber als Jungs.«

»Ich weiß. Das sagen sie, weil sie beleidigt sind, dass ich sie nicht beachte. Sie sind es nicht gewohnt, dass ihnen ein Mädchen widersteht. Ich mache mir nichts aus ihnen und ihrem Gerede.«

»Bist du denn in niemanden verliebt?«

»Nein, ich glaube nicht. Und du?«

»Nicht mehr ... Es gab ein Mädchen, das ich dieses Jahr sehr gern hatte, aber das ist vorbei.«

»Warum?«

»Als wir nach Plaisance in den Zoo gefahren sind, hat sie im Bus mit den anderen Jungs und Mädchen aus unserer Klasse rumgealbert. Sie haben Pärchen ausgelost, und die mussten sich auf den Mund küssen.«

»Hast du nicht mitgemacht?«

»Nein, ich saß zu weit weg.«

»Und wenn du näher dran gesessen hättest, hättest du es dann gemacht?«

»Nein, bestimmt nicht.«

»Weil du es eklig findest und deine Freundin für dich jetzt ein Flittchen ist?«

»Sie ist nicht meine Freundin … Und du? Hast du schon mal jemanden geküsst?«

»Ich habe schon eine ganze Menge Jungs geküsst, viel mehr als das Mädchen im Bus. Aber nur im Traum oder in meiner Einbildung. In echt habe ich es noch nie gemacht.«

»Auch nicht den Jungen aus der Abiklasse, den mit dem Moped?«

»Den? Machst du Witze? Er wohnt bei uns in der Nähe. Ich fand es nett, dass er mich nach Hause gefahren hat – bis der Blödmann damit geprahlt hat, dass wir miteinander gehen, was nicht gestimmt hat.«

»Auch nicht die, mit denen du Partys feierst?«

»Was hat dir dein Bruder bloß alles erzählt? Nein, die auch nicht.«

»Also interessiert es dich gar nicht?«

»Doch, es interessiert mich schon. Ich mag Jungs und bin nicht so brav, wie ich aussehe. Soll ich dir ein Geheimnis verraten? Letzten Sommer habe ich dem Sohn von den Bardys erlaubt, mich beim Duschen zu sehen. Hier in der Umkleide. Ich habe ihm erklärt, wo er sich zum Gucken hinstellen soll, und als ich gemerkt habe, dass er an seinem Platz stand, habe ich meinen Badeanzug ausgezogen.«

»Ganz?«

»Ganz.«

»Warum hast du das gemacht?«

»Weil ich Lust hatte. Weil ich es aufregend fand. Bin ich jetzt auch ein Flittchen?«

»Nein, du nicht!«

»Aber das ist doch schlimmer als auf einem Schulausflug mit ein paar Jungs rumzuknutschen, oder nicht?«

»Warum hast du dir ausgerechnet den Sohn von den Bardys ausgesucht?«

»Einfach so. Weil ich ihn harmlos fand, weil er mir nicht so wichtig war wie ihr. Mit Emmanuel, Guillaume oder dir hätte ich so was nie machen können. Da hätte ich das Gefühl gehabt, etwas zu beschmutzen. Aber bei ihm … Vielleicht siehst du deine Exfreundin jetzt mit anderen Augen. Vielleicht gehst du, wenn die Schule wieder anfängt, zu ihr und sagst ihr, dass dir was an ihr liegt.«

»Das werde ich nicht tun. Sie liebt mich nicht. Sie findet mich hässlich.«

»Das hat sie gesagt: ›Ich liebe dich nicht, und ich finde dich hässlich‹?«

»Ja. Sie hat mir einen Spitznamen verpasst: Ferkel.«

»Dann hast du recht, dass du sie sitzen lässt. Weißt du, als ich klein war, wollten mir meine Eltern unbedingt einen Hund schenken. Ich durfte ihn mir selbst aussuchen. Da war eine Hündin mit einem Haufen Welpen. Die waren wirklich wahnsinnig süß. Aber ich habe mir den ausgesucht, der sich ein bisschen abseits gehalten hat, kleiner war als die anderen und einen komischen Kopf hatte. Mein Vater hat versucht, ihn mir auszureden; er meinte, dass dieser Hund bestimmt der Letzte aus dem Wurf war, dass er immer schwächlich sein würde und vor allem sehr hässlich sei. Aber ich bin standhaft geblieben und habe den Hund gekriegt. Ich weiß auch nicht, wie ich es erklären soll, ich hatte mich einfach in ihn verguckt.«

»Hast du ihn noch?«

»Nein, er ist vor drei Jahren direkt vor unserem Haus überfahren worden. So getrauert habe ich noch nie in meinem Leben. Manchmal weine ich jetzt noch, wenn ich an ihn denke.«

»Erzählst du mir das, weil du mich auch hässlich findest?«

»Überhaupt nicht. Du bist nicht hässlich, Arnaud. Ich finde dich sogar richtig süß mit deinen Kulleraugen, deinen niedlichen Backen und deiner Art, bei allem, was du machst, wie auf rohen Eiern zu gehen.«

Sie beugte sich zu ihm und küsste ihn auf den Mund. Nicht etwa flüchtig, sondern lang. Er spürte ihre feuchten Lippen auf seinen, ihre Hand an seiner Wange. Im ersten Moment wollte er sich aus ihrer Umarmung befreien, aber kein Teil seines Körpers schien ihm zu gehorchen, also ließ er es geschehen. Es dauerte und dauerte. Ihm kam es so vor, als hauche Justine ihm eine leichte, warme Brise in den Mund, die Kehle und den Bauch. Als sei die Luft, die er atmete, plötzlich leichter, frischer geworden.

Dann lehnte sie sich zurück und sah ihn mit ihrem hübschen Lächeln an.

»Das soll unser Geheimnis sein. Daran werden wir uns ein Leben lang erinnern, einverstanden? Der erste Kuss, und zwar für uns beide.«

Sie stand auf, klopfte ihre Shorts ab und fragte, als sei nichts geschehen, ob er gleich schwimmen gehen werde.

»Ich weiß nicht. Vielleicht …«

»Und mach dir wegen des Theaterstücks keinen Kopf. Es ist nicht deinetwegen ins Wasser gefallen. Ich wäre sowieso nicht rechtzeitig fertig geworden.«

Dann ging sie zurück zu den anderen.

In den Tagen danach kam es Arnaud so vor, als wüsste sein

Bruder Bescheid. Er hatte das Gefühl, dass Guillaume ihm gegenüber misstrauisch, mitunter sogar aggressiv war. Er sprach nicht mehr mit ihm über Justine oder das, was im Club los war. Arnaud fühlte sich elend, weil er ihn hintergangen hatte. Und weil er jetzt wusste, dass Justine Guillaume nicht liebte. Das war der Grund, weshalb er, als sie ihn fragte, ob er mit ihnen auf die kleine Insel wolle, Nein sagte.

Seit dem Kuss blieb er zu ihr auf Abstand. Er gesellte sich nicht einmal mehr zu den anderen, um sich die Geschichten anhören, die sie so gut erzählen konnte. Er bekam nur mit, dass *Der Fänger im Roggen* zu ihrem Lieblingsbuch geworden war, dass sie immerzu davon redete und behauptete, es würde einen bleibenden Eindruck hinterlassen. Wie ihr Kuss …

Als die Kanus am Festabend vom Strand ablegten, hatte er vor Wut geheult. Später hatte er seine beiden Freunde überredet, mit ihm zur Uferspitze zu gehen. Sie waren kurz geblieben, um zu beobachten, was sich auf der Îlot des Bois-Obscurs abspielte. Er hatte noch immer Justines Lippen auf seinen gespürt, und es hatte sich angefühlt wie ein schmerzhafter Biss.

Als Arnaud verstummte, fand ich mich unvermittelt in dem herbstlich dunklen Haus wieder, als sei ich gerade zurückgebeamt worden und hätte Justine und die anderen im Sommer am Ufer des Sees zurückgelassen, von dem ich durch das große Fenster in der Ferne ein Stück erkennen konnte.

»Das Leben danach, Marc-Edouard, das waren unsere Eltern, die versuchten, ihre Wut zu besänftigen; dieses Haus, in das wir immer wieder kommen mussten; dieser See … Der Blick der anderen Kinder in der Grundschule und später im Gymnasium. Die Skilager im Winter und die Ferienlager am

Meer im Sommer, die uns beiden die Freude an den Ferien vergällt haben. Ich wollte damals nur eins: in Ruhe gelassen werden und mit meinem kleinen Bruder zu Hause in unserem Zimmer sein.«

»Für Arnaud war es härter als für mich, weil er sofort wusste, was er verloren hatte.«

»Guillaume fehlt mir wahnsinnig. Niemandem war wirklich bewusst, wie viel Platz er eingenommen hat. Die Lücke ist einfach riesig. Gewaltig. Ich habe mir nicht nur einmal gewünscht, dass ich an seiner Stelle oder zusammen mit ihm auf der kleinen Insel gestorben wäre. Was ohne diesen Kuss auch passiert wäre … Justine hat mir das Leben gerettet, indem sie mich geküsst hat. Monatelang habe ich jeden Abend vor dem Einschlafen an diese letzten Tage gedacht, um im Schlaf zu ihnen zurückkehren und dortbleiben zu können. Ich habe fest daran geglaubt, dass ich dann nicht mehr aufwachen würde. Aber es wäre kein wirklicher Tod gewesen, denn ich wäre ja wieder bei ihnen gewesen. Wenn ich dann morgens aufgewacht bin, fing mein Albtraum erst richtig an. Das war es, wovor ich Angst hatte: das Aufwachen. Irgendwann habe ich die Augen aufgeschlagen und Loïc gesehen. Er hat mich angeschaut, wie ich Guillaume früher angesehen habe. Ihm verdanke ich es, dass ich das alles durchgestanden habe. Er war noch so klein und sah immer so traurig aus, aber er hat mir wahnsinnig viel Kraft gegeben.«

Die Brüder sahen einander mit derselben Liebe an, die ich im Skilager erlebt hatte, als wir vor unseren Plastikschalen mit heißer Schokolade und Butterbroten vom Vortag saßen.

»Manchmal waren wir wütend auf unsere Eltern«, fuhr Loïc fort. »Aber heute sind wir dankbar für das, was sie für uns getan haben. Sie sind nicht zusammengebrochen, obwohl es sie übermenschlich viel Kraft gekostet hat, und sie haben uns gelehrt, es auch nicht zu tun.«

»Unterstützt ihr das Ziel, das sie mit dem Verein verfolgen?«

»Guillaumes Mörder sitzt hinter Schloss und Riegel. Das genügt uns. Ob er nun gesteht oder nicht.«

Arnauds Antwort fiel zurückhaltender aus.

»Ich kann nicht wütend auf ihn sein. Es ist, als ob es keinen Mörder gäbe, als ob sie gestorben wären, ohne dass jemand Hand an sie gelegt hat. Außerdem ist es für mich bequemer, die Dinge so zu sehen. Es hat Jahre gedauert, bis mir klar geworden ist, dass meine beiden Freunde und ich, als wir uns entgegen dem Verbot durchs Unterholz nach Bois-Obscurs durchgeschlagen haben, bestimmt ganz dicht an dem Mörder vorbeigekommen sind. Er muss sich ja irgendwo am Ufer versteckt haben. Wir hätten seine Gegenwart spüren, ja, ihn sogar aufstören können. Wie viele Schritte oder Minuten haben uns damals wohl von ihm getrennt?«

In seinem Rücken wurde es zusehends dunkel. Der See war nur noch eine graue stumpfe Klinge, die sich durch die schaurige schwarze Masse des Waldes schnitt. Für lange Zeit kehrte Schweigen ein. Niemand dachte daran, Licht zu machen. Arnaud Armengauds Gestalt hob sich im Gegenlicht von dem Panoramafenster ab. Einen Moment lang glaubte ich zu sehen, wie er sich mit den Fingern über die Lippen strich, und sagte mir, dass er wohl gerade in die Vergangenheit zurückgekehrt war. Fast beneidete ich ihn darum.

27

Wieder zu Hause, erlebte ich einen Abend, der wie aus der Zeit gefallen schien. Zum ersten Mal war mir nicht kalt; das Feuer, das ich gemacht hatte, schien das große Zimmer rascher zu erwärmen als sonst. Ich setzte mich in einen Sessel und fühlte mich herrlich wohl, ruhig und friedlich. Ich wollte diesen Moment in die Länge ziehen, ihn nicht durch jähe oder überflüssige Gesten verderben. Ich war durchlässiger geworden, sog die Dinge regelrecht in mich auf. Ich war ein wenig Guillaume und ein wenig Arnaud. Ein wenig Emmanuel und ein wenig die kleine Florie. Oder auch der Sohn der Bardys, der Justine nackt unter der Dusche gesehen hatte. Ich war unsichtbar und spazierte nach Herzenslust auf dem schönen Gelände des Club Nautique herum, ein unbeteiligter Zuschauer wie damals beim Skifahren. Ich sah ihnen zu, wie sie lebten in dieser kleinen Welt, die sich bald weitete, bald verengte und ihre Konturen veränderte, um sie anschließend umso klarer neu zu definieren. Das Herzstück dieser Welt war Justine. Die einzige Person, die zu sein mir nicht gelang.

Ihr Vater hatte mir immer noch nicht geantwortet. Also schrieb ich ihm einen zweiten Brief, in dem ich meine Anfrage erneuerte und berichtete, dass die anderen Eltern eingewilligt hatten, mit mir zu sprechen, auch sein Ex-Schwager. Ich versuchte, aufrichtiger zu sein als beim ersten Mal, schrieb, dass an Justine kein Weg vorbeiführe, dass sie in der »Welt davor« der Schlüsselstein des gesamten Gebäudes gewesen sei. Ich konnte mir nicht erklären, warum sie aus meinem Gedächtnis verschwunden war. Ich erinnerte mich, Guillaume und Emmanuel begegnet zu sein, aber an sie hatte ich keinerlei Erinnerung, nicht die geringste. Dabei war unsere Stadt nicht so groß, sie erschien für ein Mädchen wie sie sogar eher zu klein.

Während ich auf seine Antwort wartete, fasste ich den Entschluss, Marie Greffier einen Besuch abzustatten. Sie hatte das letzte Foto gemacht, das mit den Kanus. Vielleicht gab es weitere Aufnahmen? Ein ums andere Mal las ich ihre Aussage, in der sie die Wut beschrieb, die in ihr aufgestiegen war, als man sie wegen ihrer kompromittierenden Nähe zu Justine verdächtigte. Pastre hatte in der Akte, die er über sie angelegt hatte, in eine Ecke mit Rotstift das Wort »Drachen« geschrieben und dahinter mehrere Ausrufezeichen gemacht.

Sobald ich mich stark genug fühlte, um mich einem Sturm auszusetzen, versuchte ich mein Glück. Sie besaß noch immer ihre Versicherungsagentur im Erdgeschoss eines schönen Mietshauses. Durch das große Portal gelangte man in eine gepflasterte Vorhalle. Von dort führte eine verglaste Flügeltür zu dem hübschen, von Mauern eingefassten Garten, zu dem hin die Büroräume lagen. Es war eine große Agentur, die allem Anschein nach florierte, was in diesem Tal eine Seltenheit war. In dem Büro ging es äußerst geschäftig zu. Ein Dutzend Angestellte wirkte sehr fleißig, die Drucker ratterten, auf den Tischen stapelten sich die Papiere, und die Telefone klingelten pausenlos. Hinter einer der blau gestrichenen Türen wachte der Drache über sein Gefolge. Obwohl man ihn nicht sah, konnte man ihn leicht erahnen: den Drachen in seiner Höhle.

Zuerst bat ich darum, sie sprechen zu dürfen. Als man mich nach dem Grund fragte und besorgt feststellte, dass ich keinen Termin hatte, erwiderte ich, es gehe um ein Foto, das sie vor vielen Jahren gemacht habe. Ich hatte es bei mir, in einer alten Zeichenmappe, die ich bei meinem Umzug gefunden hatte. Die Sekretärin rief ihre Chefin in meinem Beisein an. Das Gespräch dauerte nur zwei Sekunden, ohne dass am anderen Ende der Leitung die Stimme erhoben wurde.

»Es geht leider nicht, Monsieur. Madame Greffier kann Sie nicht empfangen.«

»Ich kann warten.«

»Das wird nicht nötig sein. Sie ist sehr beschäftigt.«

In anderen Zeiten hätte ich nicht insistiert, sondern mich höflich verabschiedet. Aber die Zeiten änderten sich gerade.

»Könnten Sie ihr wenigstens meinen Namen durchgeben: Marc-Edouard Peiresoles? Und ihr sagen, dass ich kein Journalist bin und dass es um Justine geht?«

»Justine? Und wie weiter?«

»Sagen Sie einfach nur ›Justine‹, dann versteht sie schon.«

Die Sekretärin griff erneut zum Hörer. Diesmal hatte ich Gelegenheit, das Gebrüll ihrer Chefin mit anzuhören. Die junge Frau wurde blass. Sie wagte nicht, etwas zu erwidern, und legte auf.

»Es bringt nichts, darauf zu beharren, Monsieur Peiresoles. Madame Greffier will Sie nicht empfangen.«

»Könnte ich dann vielleicht einen Termin vereinbaren?«

»Wenn es sich nicht um eine Vertragsangelegenheit oder einen Schadensfall handelt, kann ich nichts für Sie tun. Tut mir leid.«

Immerhin, so sagte ich mir, hatte ich gerade ein paar Köder ausgelegt und vielleicht bewirkt, dass sie mehr über mein Vorhaben erfahren wollte. Womit ich allerdings nicht rechnete, war, dass sie so schnell reagieren würde. Als ich die Agentur mit der großen Mappe unter dem Arm verließ und an der Flügeltür zur Vorhalle war, ertönte in meinem Rücken vom Garten her eine laute, raue Stimme.

»Was soll diese Geschichte mit dem Foto? Sind Sie wirklich kein Journalist?«

Sie hatte eine frisch angezündete Zigarette in der Hand. Eine eher kleine Frau mit breiten Schultern. Sie hielt sich sehr gerade. Ihr Gesicht wirkte streng, genau wie ihr Blick und der akkurate Schnitt ihrer grau melierten Haare.

»Nein, Madame. Ich bin Historiker.«

»Sie sehen eher aus wie ein in die Jahre gekommener Kunststudent.«

»Das Foto ist vergrößert worden. Ich wollte es nicht beschädigen.«

Ich schnürte das Bändchen auf und zeigte ihr das Bild.

»Das haben Sie gemacht, und zwar ein paar Stunden, bevor …«

»Ich weiß, dass es von mir ist. Und?«

Sie trug eine marineblaue Leinenhose, die schlecht saß und zu kurz war. Mit der weißen Nadelstreifenjacke und dem Halstuch sah sie aus wie der Kapitän einer Jacht.

»Haben Sie noch andere Fotos aus jenem Sommer oder früheren im Club Nautique?«

»Warum haben Sie Justine erwähnt? Wollten Sie mich beeindrucken?«

»Weil ich mich für sie interessiere.«

»Und was wollen Sie zusammenschmieren? Einen Artikel? Oder ein Buch über das Massaker?«

»Ich beschäftige mich eher mit der Erinnerung, Madame. Und Fotos sind eine Form der Erinnerung, vor allem wenn sie so aussagekräftig sind wie Ihres.«

»Aussagekräftig? Wenn ich Sie richtig verstehe, versuchen Sie zu ergründen, welche Spuren diese traurige Geschichte hinterlassen hat.«

»Ich glaube, so könnte man es umschreiben.«

»Bei Katastrophen gibt es, vorsichtig geschätzt, Hunderte oder Tausende Tote. Bei den Twin Towers in New York waren es dreitausend. Die beiden Weltkriege zusammen dürften es auf … wie viele bringen? Achtzig Millionen Opfer? Inwiefern stellt der Tod dieser drei Kinder in einem so entlegenen Nest wie unserem ein so interessantes Studienobjekt dar?«

»Ich bin hier aufgewachsen, Madame Greffier. In gewisser Weise ist es auch meine Geschichte.«

»Peiresoles, richtig? Sie sind der Sohn von dem mit der Baustoffhandlung, nicht wahr?«

Ich nickte.

»Sie wissen, was mich diese Geschichte gekostet hat, oder? Welcher Schmach ich wegen Fotos wie dem, das Sie da haben, ausgesetzt war? Meine wichtigsten Kunden haben sich von mir abgewandt, ich habe sie einen nach dem anderen verloren. Sie dachten, sie würden mich in den Ruin treiben, dabei sind sie selbst untergegangen. Ich wäre nicht gern ihr Versicherer gewesen, als es 1983 all diese Brände gab … Ich habe keine weiteren Fotos, Monsieur Peiresoles. Nachdem das damals passiert ist, habe ich alles weggeworfen.«

»Ich erinnere mich nicht an Justine, Madame Greffier. Man könnte meinen, wir hätten nicht in derselben Stadt gewohnt. Ich brauche jemanden, der mir von ihr erzählt.«

Sie drückte ihre Zigarette in einem Tontopf aus, der auf dem Sims einer niedrigen Mauer stand.

»Kommen Sie. Wenn wir noch eine Minute länger hier stehen, bringt uns der Luftzug um.«

Wir gingen um das Gebäude herum und betraten ihr Büro durch eine Terrassentür. Die einzige Dekoration, die sie sich gestattet hatte, waren mehrere Fotos von Booten. Ansonsten nur weiße Wände, hellbrauner Boden und helle Möbel. Sie bat mich, Platz zu nehmen.

»Ich dagegen erinnere mich gut an sie«, fuhr sie ohne Überleitung fort. »Manchmal wünschte ich, ich hätte nicht so ein gutes Gedächtnis oder wäre nicht mehr so klar im Kopf und könnte ein paar Dinge vergessen. Nicht alle. Nur bestimmte.«

Mir fielen ihre kurzen Finger und die zu kurz geschnittenen Nägel auf. Weder trug sie Schmuck, noch war sie geschminkt. Obwohl ihr Gesichtsausdruck etwas milder geworden war, hatten die Augen nach wie vor etwas von zwei Nadeln, die bereit waren, jeden, der es wagte, gewisse Grenzen zu überschreiten, sofort aufzuspießen. Wobei ich ahnte, dass diese Grenzen fließend waren.

»Justine ist immer als fröhlich, stets vergnügt, herzlich und entgegenkommend beschrieben worden. Das ist zwar nicht falsch, trifft es aber auch nicht ganz. Ich durfte auch ihr anderes Gesicht kennenlernen, das sie lieber versteckte. Sie ist gern zu mir aufs Boot gekommen. Ich weiß nicht, ob es daran lag, dass sie meine Gesellschaft interessant fand, oder ob sie einfach weit weg von den anderen sein wollte, ein wenig für sich und vor Blicken geschützt. Wir haben da nicht viel geredet. Sie hat die Stille genossen. Ich glaube, ich habe nie jemanden gesehen, der die Stille so genossen hat wie sie. Oft habe ich den Motor ausgestellt, wenn wir weit weg vom Club auf dem See waren, und das Boot langsam treiben lassen … Sie hatte so eine Traurigkeit in sich. Sie wusste, dass ihre Eltern sich nicht verstanden und dass sie ihnen gleichgültig war. Eigentlich hätte sie sie hassen müssen, weil sie immer zuerst an sich dachten und weil sich bei ihnen alles um Kohle oder Sex drehte oder um beides. Aber sie war einfach nur traurig. Einmal hat sie zu mir gesagt, es sei ihre Schuld, dass ihre Eltern so seien, sie hätten ihretwegen heiraten müssen, als ihre Mutter schwanger geworden war. Ich habe mit Sentimentalitäten nichts am Hut, aber als ich das gehört habe, hat es mir die Kehle zugeschnürt. Wenn ein Kind so etwas sagt, wenn es ihm leidtut, auf der Welt zu sein – das geht einem an die Nieren. Umso mehr, wenn es ein Kind wie Justine ist. Aber das war noch nicht alles. Sie merkte, wie sie größer wurde, und es ging ihr zu schnell. Ihr war klar, dass sie vieles verlieren würde, dass ihre Welt auseinanderfallen und einer anderen, neueren Platz machen würde. Davor hatte sie große Angst. Dass sie mir derart ihr Herz ausgeschüttet hat, lag nicht daran, dass ich ihr mehr bedeutet hätte als andere, sondern es war einfach der richtige Moment. Es gab einen großen Unterschied zwischen der Justine, die sich im Club zeigte, und der, die mir begegnete, wenn wir allein waren. Jedenfalls in jenem letzten Sommer, in dem sie mir so viel von sich erzählt hat. Ich war ihr dankbar, dass sie mir ihr Vertrauen schenkte. Und ich mochte diese Augenblicke, die wir für uns allein hatten. Sehen Sie, Monsieur Peiresoles, ich habe Jahre gebraucht, bis ich das sagen konnte: Ich mochte die Augenblicke, die wir für uns allein hatten. Die anderen haben es mit ihren dämlichen Verdächtigungen nämlich geschafft, diese Augenblicke zu beschmutzen und mir Schuldgefühle einzureden. Es hat lange gedauert, bis ich mich nicht mehr dafür geschämt habe.«

Sie verstummte, schwang auf ihrem Drehstuhl herum und blickte in den Garten. Dabei atmete sie tief ein und aus, und bei jedem Einatmen hoben sich ihre Schultern fast übertrieben.

»Sie war ein durch und durch anständiges Mädchen. Wie konnten die Leute nur denken, dass ich … Herrgott noch mal! Ich habe sie geliebt, wie ich meine eigene Tochter geliebt hätte, wäre mir eine vergönnt gewesen! Ich bin eine alte, einsame, kinderlose Lesbe. Justine war ein bisschen das Kind, das ich nie hatte. Nach etwas anderem stand mir nie der Sinn. Nie! Im Club dagegen hätte sich manch einer keinen Zwang angetan. Sie hätten sehen sollen, wie Gilles Mahous sich an jenem Samstagnachmittag ihr gegenüber benommen hat. Das war zum Kotzen! Er hat sie die ganze Zeit begrapscht und dabei so getan, als würde er mit ihr spielen. Wenn er sie auf seine Schultern gesetzt hat, um sie rückwärts abzuwerfen, hat er sie länger an sich gedrückt als die anderen Kinder. Er hat die Hände auf ihre Schenkel gepresst und den Kopf weit nach hinten gelegt, um ausgiebig an ihrem Schritt zu schnuppern. Und wie er sie angestarrt hat – als wollte er ihren Badeanzug mit Blicken durchbohren! Als wir hörten, dass sie vergewaltigt worden war, habe ich sofort an ihn gedacht. Nie im Leben wäre ich auf die Idee gekommen, dass andere mir zutrauen könnten, was ich Mahous zugetraut habe … Zwei oder drei Wochen vor diesem verfluchten Fest hat Justine mich gefragt, wann ich gemerkt hätte, dass ich Mädchen lieber mochte. Damals bin ich jedem, der mich als Lesbe bezeichnet hat, an die Gurgel gegangen. Ihr nicht. Ihre Art, mich das zu fragen, so ganz ohne Wertung, so als sei das völlig in Ordnung, war schön. Sie hat mir erzählt, dass im Gymnasium behauptet wurde, sie sei homosexuell, weil sie keinen Freund hatte und auch keinen haben wollte. Dabei fühlte sie sich zu Jungen hingezogen und malte sich Dinge aus, die sie erröten ließen. Aber im wirklichen Leben hatte sie auf nichts Lust. Deshalb dachte sie, sie könnte vielleicht lesbisch sein. Das schien ihr nichts auszumachen, sie wollte es nur herausfinden. Ich habe ihr gesagt, dass sie noch zu jung sei, um sich wirklich zu kennen. Dass die Zeit kommen werde und sie Geduld haben müsse. An ihre Antwort erinnere ich mich sehr gut: ›In einer Stadt wie Valdérieu Mädchen zu lieben, ist bestimmt kein Honigschlecken …‹«

Wieder kehrte Schweigen ein. Hinter der Tür hörte man die Angestellten hin und her laufen und die Telefone klingeln, die eins dem anderen wie ein Echo zu antworten schienen. Nach einer Weile schwang Marie Greffier auf ihrem Stuhl wieder herum und sah mir in die Augen.

»Ich war diejenige, die sie an dem Sonntagvormittag gefunden hat. Ich habe das Boot geholt, um das gegenüberliegende Ufer abzusuchen. Nicht eine Sekunde habe ich geglaubt, dass sie weggelaufen ist. Sie hätte ihre kleine Cousine nie allein gelassen. Mir war klar, dass ich nach ihrer Leiche suchte.«

Sie brach ab. Eine Mauer hinderte sie am Weitersprechen, und diese Mauer musste sie allein überwinden.

»Ich habe Sie angelogen, Monsieur Peiresoles. Ich habe nicht alle Fotos weggeworfen. Eins habe ich noch.«

Sie griff nach einer Umhängetasche, die gegen ihren Schreibtisch gelehnt auf dem Boden stand, und zog ein Portemonnaie aus schwarzem Leder heraus. Es war so abgegriffen, dass es zwischen ihren dicken Fingern fast auseinanderzufallen schien. Sie klappte es auf bis zum letzten Fach und reichte es mir. Unter der durchsichtigen Plastikfolie steckte ein Foto von Justine. Sie stand am Ruder des Motorbootes, in eine dunkle Windjacke gehüllt, die ihr bis zu den Waden reichte. Ihre Beine waren nackt, braun gebrannt und perfekt geformt. Lachend blickte sie in die Kamera. Aber es war ein fast scheues Lachen, ihre hübschen Wangen waren zauberhaft gerötet. Die blauen Augen wirkten dadurch noch tiefer. Ihr Haar war vom Wind zerzaust. Hinter ihr war verschwommen das Ufer von Basse-Misère mit seinen hohen Tannen zu erkennen.

Marie Greffier sagte nichts. Sie hatte mir das Foto in die Hand gedrückt und ließ es mich betrachten. Kein anderes Bild hatte diese Furcht, diese Melancholie, die Justines Lächeln kaum überspielen konnte, eingefangen.

Ich weiß nicht, wie lange ich es ansah, bevor ich das Portemonnaie zurückgab.

»Ich glaube, das wäre dann alles, Monsieur Peiresoles. Ich wäre Ihnen verbunden, wenn Sie durch den Garten hinausgingen.«

Sie erhob sich von ihrem Stuhl und war wieder streng, fast erschreckend streng. Statt mir die Hand zu geben, hielt sie einfach die Terrassentür auf. Also erhob ich mich ebenfalls.

»Ich habe ihren Vater angeschrieben, aber er hat mir noch nicht geantwortet.«

»Das wird er auch nicht. Er hat die Politik der verbrannten Erde betrieben, im Sinne des Wortes.«

»Und wo ihre Mutter ist, weiß ich nicht.«

»Sie pendelt zwischen den verschiedenen Wohnungen, die ihr Mann ihr gekauft hat. Und zwischen verschiedenen Männern … Von ihr haben Sie auch nichts zu erwarten. Sie wirkte damals extrem losgelöst, als habe sie sich an jenem unglückseligen Sonntag abgemeldet und sei nie zurückgekommen. Ich mache ihr keinen Vorwurf. Bevor das alles passiert ist, waren wir Freundinnen.«

»Hat sie Ihnen von ihrem Liebhaber erzählt, oder sind Sie selbst draufgekommen?«

Ich war der Grenze gerade gefährlich nahe. Vielleicht hatte ich sie sogar überschritten.

»Ich dachte, die Ermittlungen interessieren Sie nicht! Was fragen Sie mich als Nächstes? Ob ich mir sicher bin, dass ich in der Nacht nichts gehört habe? Oder wer Zeit hatte, auf der Insel die Spuren zu verwischen, bevor die Polizei eintraf?«

Ich entschuldigte mich. Dann schob ich mich, voller Respekt vor ihrer Wut und ihrem stechenden Blick, an ihr vorbei. Gleich darauf spürte ich den Atem des Drachens im Nacken. Kaum war ich die zwei Stufen zum Garten hinuntergegangen, schlug sie die Terrassentür hinter mir zu. Die Steinplatten unter meinen Füßen bebten.

Justine war das fehlende Glied in der Kette. Gerade hatte ich sie ein Stück weit wiedergefunden. Einmal mehr nahm ich mein Exemplar von *Das Phantom der Oper* zur Hand und las aufs Geratewohl darin. Ich stellte mir vor, wie Justine die Geschichte den Kindern im Club erzählte, wie sie in alle Rollen schlüpfte, wie sie die Stimme senkte, wenn es spannend wurde, und plötzlich wieder hob, um die Zuhörer aufzurütteln. Ich saß inmitten der anderen. Ich war knapp zehn Jahre alt und hörte ihr begierig zu.

Anders als bei Emmanuel und Guillaume fiel es mir bei Justine schwer, sie als tot zu betrachten. Selbst beim Anblick der Fotos, die im Krankenhaus von ihrem Leichnam gemacht worden waren und die sie mit dem aufgedunsenen, von Schmerz und Entsetzen gezeichneten Gesicht, der schmutzigen, schlaffen Haut, den schwarzen Fingernägeln, dem verkrusteten Blut auf Schenkeln und Gesäß und den leeren Augen zeigten. Fehlte nur noch dieser eine Schritt: Ich musste die Tatsache akzeptieren, dass sie nicht davongekommen war; dass sie sich nicht irgendwo versteckt hielt und darauf wartete, dass ich sie fand, und zwar lebend; dass sie nicht auf mich wartete … Ein Schritt, dann hätte ich es geschafft.

Jetzt verstand ich besser, was François hatte sagen wollen, als er versucht hatte, mir zu erklären, warum er sich weigerte, seine Nachforschungen zu beenden, warum er bis zum Schluss stets eine Tür oder ein Fenster einen Spalt offen, einen Zweifel, eine Ungewissheit, eine Lüge, die ausgeräumt werden musste, übrig gelassen hatte. Was würde mir danach noch bleiben?

VIERTER TEIL

»Es fängt an, wenn ich gerade sterbe …«

28

Ich fühlte mich besser. Die Dinge des Alltags konnten an mir abperlen, ohne mir nahezugehen. Die ständige Unruhe war zwar noch da, ich konnte sie spüren, aber sie war eingeschlafen. Die Therapie, die sich der Psychiater für mich ausgedacht hatte, schlug offenbar an.

Die Arbeit an der Universität ließ ich nach wie vor schleifen. Niemand erwartete etwas von mir, und das war nur recht und billig, denn ich hatte auch nichts zu geben. Der Anflug von Begeisterung aus dem Frühjahr hatte kurz vor dem Winter einer neuerlichen Gleichgültigkeit Platz gemacht. Es gab keine Hoffnung, dass mich am Fuß des Abhangs, den ich – ab und an bremsend – hinunterraste, etwas zurück nach oben katapultieren oder dass es auf der anderen Seite mit mir wieder bergauf gehen würde.

Eines der wenigen Male, dass sich jemand nach dem Fortschritt meiner Recherchen erkundigte, war bei einem Mittagessen. Ich traf mich mit einem Kollegen, der sich auf die präkarolingische Zeit spezialisiert hatte, einem dicken Kerl, mit dem ich mich noch nie wirklich unterhalten, sondern lediglich ein paar Höflichkeitsfloskeln ausgetauscht hatte. Mir war bekannt, dass er einen Großteil des vergangenen Jahres aus gesundheitlichen Gründen gefehlt hatte. Gerüchten zufolge war eine Depression daran schuld gewesen. Ich habe nie herausgefunden, ob das stimmte. Allerdings spürte ich in der Art und Weise, wie er mit mir sprach, eine echte Fragilität. Seine Worte waren wie dünnes Glas, das jederzeit brechen konnte.

»Ich habe gehört, du schreibst eine Abhandlung über die Angst. Ein faszinierendes Thema. Wie weit bist du?«

»Es geht voran, wenn auch langsam. Ein paar Lücken muss ich noch füllen.«

»Ich wusste gar nicht, dass du aus Valdérieu bist. Ich war nie dort, aber als ich hierherkam, wurde viel darüber geredet. Das war Anfang der 1970er-Jahre. Zeitweise kam es mir so vor, als hätten die Menschen hier gegenüber deinem Tal einen Komplex. Ich erinnere mich auch an die Brände, die in einem einzigen Sommer alles verwüstet haben. In welchem Jahr das war, weiß ich allerdings nicht mehr.«

Mich beschlich das ungute Gefühl, dass er mir auf den Zahn fühlen wollte.

»1983.«

»Richtig! Der Sommer 1983, der ›rote Sommer‹! Den Presseberichten nach hätte man glauben können, die ganze Stadt habe gebrannt und sei danach brutal von der Landkarte gestrichen worden. An der Straße, auf der ich täglich hierherfahre, gab es früher ein Schild, das in Richtung Valdérieu zeigte, aber als sie die Kreuzung neu gemacht haben, wurde es entfernt. Alle anderen sind geblieben. Das ist ein Symbol! Warst du damals vor Ort, als die Brände wüteten?«

»Ja, war ich. Anfangs jedenfalls. Dann sind wir in die Ferien gefahren. Meine Großmutter hat uns telefonisch auf dem Laufenden gehalten.«

Ich sah das brennende Grand Hôtel vor mir. Die Flammen schlugen hoch, sie züngelten bis zu den Sternen. Es war gerade erst dunkel geworden. Wir waren noch nicht im Bett. Es war heiß. Wir waren draußen, als es bei unseren Nachbarn hektisch wurde. Über die Hecke hinweg informierten sie uns, dass das Grand Hôtel in Flammen stünde. Wir rannten zur Kreuzung am Ende unserer Straße. Die Stadt war in ein ungewöhnliches Licht getaucht. Ein orangefarbenes Licht. Wir waren nicht die Einzigen. Das ganze Viertel schien auf den Beinen zu sein. Trotzdem herrschte tiefe Stille, Totenstille. Mein Vater sagte: »Das muss ich mir ansehen!« Nicht aus Voyeurismus oder Sensationsgier. Er war wirklich ergriffen. Etwas Bedeutendes war im Begriff unterzugehen. Wie Dutzende andere wollte er so nah wie möglich dran sein, um es nicht allein untergehen zu lassen.

»Und als sich dieses schreckliche Massaker ereignete?«

Schlagartig kehrte ich aus der Vergangenheit zurück.

»Ja, da war ich auch dort.«

»Kanntest du die Kinder, die so bestialisch umgebracht worden sind? Sie müssen doch ungefähr in deinem Alter gewesen sein.«

»Ja, ich kannte sie«, log ich. »Ich kannte sie alle vier.«

Ich hatte Caubère im Verdacht, dass er den Kollegen als Spitzel vorgeschickt hatte. Sofern es nicht Jean-Henri gewesen war. Ich hatte seit über drei Monaten nichts mehr über meine Arbeit verlauten lassen. Und ich war auch nicht zur letzten Besprechung in der Maison de la Recherche erschienen. Wenn ich nichts Konkretes vorwies, würden sie wohl bald meine finanzielle Ausstattung überdenken und die Zahl meiner Vorlesungen nach oben korrigieren.

Nachdem ich mich abends in Fonbelle mit dem Kamin herumgeschlagen hatte, setzte ich mich mit den schönen großen Bänden des *Écho de l'Autan* an den langen Tisch. Ich hatte beschlossen, mich ein paar Tage lang wieder als klassischer Historiker zu betätigen und sämtliche Ausgaben der Zeitung auf der Suche nach Wasser für meine Mühle durchzugehen. Eine Mühle, die sich ausschließlich für meine Kollegen drehte. Die Archivierung begann im April 1983, als Pastre die Zeitung nach seiner Entlassung bei *La Dépêche* übernommen hatte. Er hatte ihr von Anfang an eine gewisse Dynamik eingehaucht, sämtliche Artikel selbst geschrieben und sogar die Fotos gemacht. Die vom »roten Sommer« waren wirklich spektakulär und von hoher Qualität. Die dazugehörigen Texte erwiesen sich als lebendig, wütend und scharfzüngig und hoben sich deutlich von den eher harmlosen Kolumnen ab, die es sonst in der kleinen Zeitung gab. Mitunter schwang sich Pastre zu lyrischen Höhenflügen auf. Was den Brand des Grand Hôtel betraf, hatte er sich sogar zu einem Vergleich mit dem Untergang der *Titanic* verstiegen und an die glorreichen Zeiten dieses unsinkbaren Flaggschiffs erinnert, das die Unternehmer des Tals ihren auswärtigen Kunden und Teilhabern geschenkt hatten und in dessen Restaurant allabendlich das Orchester aufgespielt hatte. Beinahe sei dieses Orchester inmitten des Flammenmeers zu hören gewesen, so als sei es geradewegs aus den 1930er-Jahren wiederauferstanden und habe wie das des Ozeandampfers bis zum Schluss gespielt. Das Bild des sinkenden Schiffs hatte es Pastre angetan. Ich stieß in der Folge noch mehrmals darauf.

Ich ertappte mich dabei, wie ich über einige seiner Texte lachte. Ob er über die jüngste Stadtratssitzung, die Feier einer Goldenen Hochzeit oder ein Rugby-Match am Sonntagnachmittag berichtete – er ging gern in die Vollen und formulierte mal bissig, mal liebevoll, je nachdem.

Basse-Misère war unter seiner Federführung ein häufig wiederkehrendes Thema. Bis zu seiner Pensionierung nahm er darauf Jahr für Jahr in der Ausgabe, die um den Jahrestag des Massakers herum erschien, Bezug. Des Weiteren gab es drei Sonderausgaben über Delmas. Außerdem ein paar Zeilen über die Restaurierung der Gedenktafel im Lycée Saint-Jacques, zwei Reportagen über den See, der sich nach Kräften um ein neues Image bemühte, sowie einige Zeit nach den Enthüllungen über die Verstrickung des »Mörders von Toulouse« ein langes Interview mit der Familie Garcès mit dem pompösen Titel: »Die Macht der Vergebung«.

Nirgends jedoch stieß ich auf die Angst, die er mit Sicherheit nicht hatte erkennen können. Höchstens ein Mal vielleicht, als er sich zu einem Artikel über den Selbstmord des Sohns der Fraysses im Jahr 1994 durchgerungen hatte. Er verwendete darin den Ausdruck »die verdorbene Generation« – eine verwirrende Anspielung auf den Titel meines verfluchten Buchs – und schrieb, dass Basse-Misère noch immer töte. »Jeder dürfte begriffen haben, dass die Stunden, in denen dieser junge Mann umherirrte, bevor er sich in der Nähe des Sees das Leben nahm, und die Nachricht, die er seiner Familie hinterließ, im Zusammenhang mit dem Massaker vom August 1980 zu sehen sind. Wenn man mit dreizehn Jahren miterlebt, wie sich direkt vor einem das Reich der Finsternis auftut, erholt man sich davon niemals ganz. Manch einer zieht es dann sogar vor zu sterben.«

Ich notierte mir zuerst einmal alles, was den »roten Sommer« betraf. Dann legte ich Karteikarten an und sammelte alles, was mehr oder weniger direkt mit dem Niedergang des Tals im Zusammenhang stand: die standesamtlichen Nachrichten am Mittwoch, die Sportergebnisse, das Programm der beiden Kinos, das den immer größer werdenden Rückstand zu den Filmstarts im übrigen Land zeigte. Die Kleinanzeigen am Freitag waren ebenfalls eine Goldmine. Darin wimmelte es von zum Verkauf stehenden Immobilien, deren Preise sechs Monate später nach unten korrigiert wurden.

Natürlich las ich nicht alles auf einmal. Ich ging in regelmäßigen Abständen die Ausgaben einer ganzen Woche durch und sah auf diese Weise die Jahre vorbeiziehen. Es war mein Ziel, bis Weihnachten ein paar gelungene Seiten meiner Arbeit in Umlauf zu bringen und daraus bis zum Ende des Winters einen Artikel zu basteln. Wenn ich das schaffte, hatte ich mindestens anderthalb Jahre Ruhe, vielleicht sogar länger.

Es war nicht unangenehm, anhand dieser kleinen Zeitung durch die Zeit zu reisen. Ich sah, wie Menschen geboren wurden, lebten und starben. Sie heirateten. Sie unternahmen eine Klassenfahrt nach Schottland oder Katalonien. Sie gingen wählen. Sie schimpften, wählten beim nächsten Mal aber wieder dasselbe. Sie stellten fest, dass die Mehrwertsteuer gestiegen war. Sie kämpften mit den Unbilden des Wetters oder wurden Opfer eines Einbruchs. Sie besuchten einen Ball. Sie spielten von November bis Februar jedes Wochenende Lotto. Sie gingen im Frühjahr auf die verschiedenen Jahrmärkte … Am Freitag hatten sie auf der vorletzten der acht Seiten ihren Hund oder ihre Katze verloren und suchten verzweifelt nach ihrem Liebling. Sie verkauften ihr Auto, einen alten Traktor oder Brennholz. Sie beklagten einen Vermissten. Sie schrieben Liebesbotschaften … Manchmal gab es zwischen zwei Annoncen Sätze ohne Verfasser oder Adressat, die wie hingeworfen schienen: »Ach, Schatz, ich liebe dich auch«, »Ich renne nicht mehr, ich bleibe dort stehen«, »Dieser Sonntag war herrlich«, »Omi, du verpasst nicht viel« … Ich schrieb mehrere davon in mein Notizbuch. Am besten gefiel mir: »Dir gefällt *gar* nichts, was passiert.« Das hätte von mir sein können! Und auch dieser hier, den ich als Fortsetzung oder Antwort zwei Freitage später deutete: »Ich bin nicht mehr wütend auf dich.«

Ich hatte bis 1987 hier gelebt. Trotzdem fand sich in dieser Zeitung keine Spur von mir. Nur die eine oder andere Reklame für das Geschäft meines Vaters. Zum zweiten Mal seit meiner Rückkehr wurde mir klar, dass meine Stadt sich ohne mich weiterentwickelt hatte. Ich war fortgegangen. Das hatte sie nicht geschert.

Ein bisschen Methodik, ein paar Statistiken, eine Prise Organisation, ein ansprechender Stil, und schon konnte ich eine recht schlüssige Gesamtschau über Valdérieu liefern, das zwei Jahrzehnte lang dem eigenen Verfall zugesehen hatte. Bei der vor den Weihnachtsferien stattfindenden Besprechung in der Maison de la Recherche gratulierte man mir. Aus den Kleinanzeigen abzuleiten, wie es um diese Gegend stand, galt plötzlich als geniale Idee. Der Herausgeber der Zeitschrift für Zeitgeschichte kündigte sogar an, einen Großteil der Ausgabe im März 2015 für meinen Text zu reservieren.

Schon stand die nächste Weihnachtsfeier vor der Tür. Das Jahr war wie im Flug vergangen. Wie immer erhielten wir Weisung, uns im Schloss sehen zu lassen. Und wie immer schickte ich mich in die lästige Pflicht.

Ich traf mit exakt so viel Verspätung ein, wie nötig war, damit meine Anwesenheit bemerkt wurde. Das sollte es mir erlauben, mich bald wieder zu verdrücken. Instinktiv neigten die Fachschaften dazu, sich fakultätsweise zusammenzufinden. So hielt sich eine größere Gruppe von Historikern in der Nähe der Bar auf. Ich mischte mich für eine Weile unter sie. Jean-Henri hatten sich längst die hohen Tiere geschnappt, er war in irgendeinem anderen Saal. Caubère hielt Vorträge, wie es seine Art war. Er reiste in den Ferien nach Prag und Wien und hatte sich in eine Analyse des Zusammenbruchs der K.-u.-k.-Monarchie und der nationalistischen Bestrebungen gestürzt, die zu ihrer Verknöcherung geführt hatten.

»Das Problem ist«, dozierte er, »dass die Vorstellung von einem geeinten Mitteleuropa nicht nur eine Utopie war.«

»*Mitteleuropa*?«, fragte ein Mediävist nach und beging damit einen irreparablen Fehler, was man ihm jedoch nachsehen musste, denn er war erst seit September bei uns und hatte noch keine Gelegenheit gehabt, sich ein Bild von unserem Kollegen zu machen.

»Du weißt nicht, was mit *Mitteleuropa* gemeint ist. Wie soll ich es dir erklären? Na los, Marc-Edouard, wie würdest du es umschreiben?«

Er begnügte sich nie mit einer einfachen Antwort. Er ließ keine Gelegenheit aus, seine Überlegenheit zu demonstrieren und uns zu belehren, egal, was wir antworteten. Ich beschloss, ihm eine Antwort zu liefern, mit der er sich zufriedengeben musste.

»Wenn ich es richtig in Erinnerung habe, könnte man vereinfacht sagen, dass es sich um eine fette Torte handelt. Mit viel Sahne und ziemlich ekligem Geschmack, was einen davon abhält, zu viel davon zu essen. Und das ist auch gut so, denn von Prag bis Wien heißt es, dass man umso dämlicher wird, je mehr man davon isst.«

Vereinzeltes Gelächter.

»Unser Freund ist heute Abend der reinste Scherzkeks …«

Caubère warf mir einen vernichtenden Blick zu und holte zu einer Erklärung aus, die mit Sicherheit mehrere Minuten dauern würde.

Ich hörte sie jedoch nicht mehr, sondern nutzte die Gelegenheit, um ein Stück weiterzugehen. Das Buffet war meist ausgezeichnet, vor allem die Patisserien. Ich gab mir noch eine halbe Stunde. Das sollte reichen, um ein, zwei Bücklinge zu machen und mir den Bauch vollzuschlagen.

Da tauchte Marielle hinter mir auf.

»Guten Abend, Marco.«

Ihre Stimme erwischte mich kalt. Ich brauchte eine Ewigkeit, um mich umzudrehen. Sie war wunderschön in ihrem roten Kleid und mit dem hochgesteckten Haar. Sie hatte immer phantastisch ausgesehen, aber ihre Schönheit wirkte jetzt weniger kühl, weniger durchscheinend.

»Guten Abend, Marielle.«

Mit dem vollen Glas in der rechten und einem klebrigen Erdbeertörtchen in der linken Hand kam ich mir ziemlich idiotisch vor. Marielle lächelte. Sie hatte ein wenig zugelegt, was ihr ausgesprochen gut stand.

»Wie geht es dir?«

»Ganz gut, danke. Und dir? Ich habe von deinem Baby gehört… Glückwunsch! Das Muttersein bekommt dir offensichtlich hervorragend.«

»Das ist sehr nett von dir, danke. Alles läuft bestens.«

Ich hatte seit fast zwei Jahren weder mit ihr gesprochen noch ihr geschrieben. Und ich hatte es nicht einmal fertiggebracht, ihr zur Geburt ihres Sohnes etwas zu schicken. Dafür schämte ich mich.

»Bist du allein hier?«

Die Frage traf mich unvorbereitet. Ich nickte.

»Sébastien schleimt sich gerade oben beim Dekan ein. Ich habe dich vorbeigehen sehen und dachte, wir sollten endlich mal wieder miteinander reden.«

»Du hast recht.«

»Fährst du in den Ferien weg?«

»Nein, ich habe nichts geplant.«

»Und zu Weihnachten?«

Plötzlich befürchtete ich, sie könnte mich einladen, Weihnachten bei ihnen zu verbringen. Trotzdem versuchte ich gar nicht erst zu lügen.

»Ich habe nichts Besonderes vor. Und ihr?«

»Wir sind an Weihnachten bei meinen Eltern. Danach fahren wir eine Woche in die Alpen … Wie es aussieht, wohnst du gar nicht mehr in Toulouse.«

»Nein. Ich bin wieder nach Valdérieu gezogen. Ich habe das Haus meines Großvaters zurückgekauft.«

»Das berühmte Haus! Du hast dir also endlich einen Ruck gegeben …«

Ich bin sicher, sie hätte fast noch »Das sieht dir gar nicht ähnlich« hinterhergeschickt. Bestimmt hat sie sich das im letzten Moment verkniffen.

»Und lebst du dort allein? Ich meine, gibt es in deinem Leben jemanden?«

Diese Frage kränkte mich.

»Entschuldige, das war taktlos.«

»Nein, nein, ist schon in Ordnung … Es gibt niemanden.«

»Und was ist mit Siobhan?«

»Als ich das letzte Mal von ihr gehört habe, war sie in New York.«

Betretenes Schweigen machte sich zwischen uns breit. Aus den anderen Räumen drangen laute Stimmen und Gelächter herüber. Marielle knetete ihre Hände. Die Ader, die quer über ihre Stirn verlief, war noch blauer geworden, ein Zeichen dafür, dass etwas sie beschäftigte. Sie hatte ihre Gefühle noch nie verbergen können.

»Was ist los, Marielle? Warum wolltest du mit mir sprechen?«

Sie runzelte die Stirn und schnitt eine Grimasse, als müsse sie sehr an sich halten.

»Jetzt machst du wieder dieses Gesicht nach dem Motto: ›Da ist etwas, was ich dir sagen muss, aber ich weiß nicht, wie.‹«

»Ich mache mir Sorgen um dich.«

»*Du* hast *mir* immer vorgeworfen, dass ich mir zu viele Sorgen mache. Hoffentlich habe ich dich nicht angesteckt.«

»Du siehst schlecht aus. Du bist allein und lebst in diesem gottverlassenen Nest. Und bei der Arbeit läuft es anscheinend auch nicht gerade super.«

»Wer sagt das?«

»Das tut nichts zur Sache. Jedenfalls bin ich im Bilde. Wie soll ich mir da keine Sorgen machen?«

»Ich fühl mich aber nicht schlecht. Du kannst also beruhigt sein. Ich habe lediglich beschlossen, mein Leben ein wenig zu ändern und ein neues Forschungsprojekt anzugehen. Es trägt bereits erste Früchte. Ich gehe fest davon aus, dass ich auf die Füße fallen werde.«

Sie musterte mich mitleidig.

»Sie haben dir eine Falle gestellt, Marco. Ich meine Caubère und seine Clique. Sie wollen deinen Kopf, und sie haben einen Weg gefunden, ihn zu kriegen. Der Vortrag, den du in ein paar

Wochen halten sollst, ist ein Hinterhalt. Sie haben vor, dich in aller Öffentlichkeit auseinanderzunehmen.«

»Woher weißt du das?«

»Es gibt Gerüchte. Erinnerst du dich an die Kollegin, die bei einem eurer Seminare niedergemacht wurde? Das hat dich damals furchtbar aufgewühlt. Sie ist nie darüber hinweggekommen. Ihr blieb nichts anderes übrig, als ihre Stelle aufzugeben.«

Selbstverständlich erinnerte ich mich! Eine regelrechte Hinrichtung, angezettelt von einem Kerl, der zwar auf dem Gebiet der Altertumskunde als Kapazität galt und heute einen Lehrstuhl am Collège de France innehat, aber bis dato noch nie von sich reden gemacht hatte. Bei dem fraglichen Seminar war er mit furchtbarer Boshaftigkeit über unsere arme Kollegin hergefallen. Es war das reinste Gemetzel gewesen, und das vor der versammelten Studentenschaft der höheren Semester.

»Was sie gegen dich aushecken, wird noch schlimmer. Es werden mehr Leute da sein, viel mehr Leute.«

»Warum sollten sie das tun? Ich stelle niemanden mehr in den Schatten.«

»Ich weiß weder warum noch wie, aber sie werden es tun. Geh nicht zu diesem Vortrag. Er ist eine Farce.«

»Ich kenne mein Thema in- und auswendig und fühle mich durchaus in der Lage, mich zu verteidigen.«

»Du unterschätzt Caubère gewaltig. Er weiß, wie er dich drankriegt. Er bereitet sich seit Monaten darauf vor, und es ist ein offenes Geheimnis, dass du deine Redebeiträge nicht mehr so gründlich ausarbeitest wie früher. Rechne nicht mit einem Vortrag, sondern mit einem Prozess, bei dem das Urteil schon vorher feststeht. Sie werden deine Karriere und deinen Ruf vernichten. Sag ab, und mach ihnen einen Strich durch die Rechnung.«

Sie hatte so oft miterlebt, wie ich gekniffen hatte, dass sie glaubte, sie brauche mir nur ein bisschen Angst zu machen, damit ich einknickte.

»Du hast mir schon mal mehr zugetraut, Marielle.«

»Das war zu der Zeit, als du noch an das geglaubt hast, was du tust. Du bist nicht mehr der Erste in der Seilschaft. Sie brauchen nur das Seil zu kappen …«

»Jean-Henri macht mit ihnen gemeinsame Sache, nicht wahr? So hast du davon erfahren.«

Sie antwortete nicht.

»Es ist nett, dass du mich warnst, aber ich werde nicht kneifen. Vielleicht ist es ja genau das, was sie wollen.«

»Meinst du, ich stecke mit ihnen unter einer Decke?«

»Nein, das habe ich nicht gesagt. Andererseits musst du zugeben, dass du schon länger von dem Plan weißt, obwohl er doch angeblich so geheim ist. Insofern … Ganz sicher wollten sie, dass du bestimmte Dinge aufschnappst und mir weitererzählst.«

»Du bist wirklich ein Widerling, Marc-Edouard. Ich wollte einfach nur nett sein. Warum musst du alles so verdrehen? Weißt du was? Du kannst mich mal! Lass dich doch ans Kreuz nageln, wenn dir danach ist. Von mir aus kannst du danach in deinem bescheuerten Haus verrotten!«

Sie machte auf dem Absatz kehrt und ließ mich mit meinem Kuchen und meinem leeren Glas stehen.

Ich tat, was sie gesagt hatte. Ich fuhr zurück nach Fonbelle, um dort zu verschimmeln. Ich nahm mir vor, jeden Tag einen ausgedehnten Spaziergang zu machen. Kaufte mir einen Vorrat an DVDs und Büchern, die für die gesamten Ferien und darüber hinaus reichen würden. Bereitete mir ein paar schmackhafte kleine Mahlzeiten zu und nahm sie am Kamin ein, zu dem sich mein Verhältnis entspannt hatte. Allerdings hielt ich dieses schöne Programm nicht länger als drei Tage durch. Weihnachten ganz allein zu verbringen, war mir in den ersten Jahren wie eine Befreiung vorgekommen. Jetzt war es härter. Viel härter.

Ich war einsam. Fühlte mich leer. Ich hatte niemanden, dem ich mich zuwenden konnte. Mir war nichts geblieben als die Gespenster von Basse-Misère. Nachdem ich einen Monat ohne sie verbracht hatte, fehlten sie mir.

Um sie wiederzufinden, versenkte ich mich erneut in meine Notizen und die Fotos. Aber dort waren sie nicht. Es reichte nicht mehr, einfach noch einmal durchzugehen, was ich mir bisher zurechtgezimmert hatte. Eine letzte Tür gab es noch, durch die ich treten konnte. Ich war noch nicht allen Spuren nachgegangen. Am Vormittag des 24. Dezember fasste ich den Entschluss, diese Tür aufzustoßen. Ich brauchte weniger als eine Stunde, um mich fertig zu machen und hinters Lenkrad zu setzen. Und falls Philippe Brunet-Auriac sich weigern sollte, mich zu empfangen – auch nicht schlimm. Dann hatte ich mir wenigstens einen Tapetenwechsel gegönnt, und wenn ich zurückkam, war Weihnachten vorbei.

29

Noch vor achtzehn Uhr erreichte ich die Umgebung von Nantes. Ich nahm mir ein Zimmer in einem Hotel, das verloren mitten in einem riesigen Gewerbegebiet lag. Nebenan gab es ein Kino – eine Art wie jede andere, den Heiligabend zu verbringen. Ich hatte mit praktisch leeren Sälen gerechnet. Von wegen! Pärchen, Familien, einzelne Gestalten. Selbst die Pizzerias und Fast-Food-Restaurants waren gut besucht. Allein an einem Tisch zu sitzen war jedoch zu viel für mich. Also verkroch ich mich nach dem Film in meinem Zimmer, wo ich mir aus allem, was die Minibar hergab, ein Menü zusammenstellte. Ich setzte mich auf den Boden, aß und schaute fern. In Fonbelle wäre es bestimmt auch nicht schlimmer gewesen. Kurz vor Mitternacht ging ich zu Bett in der Hoffnung, dass mir die Müdigkeit nach der langen Fahrt beim Einschlafen helfen würde. Irgendwo hörte ich eine Gruppe Jugendlicher grölen. Ich glaube, es waren dieselben, die etwas später nah am Hotel vorbeizogen und »Frohe Weihnachten!« krakeelten. Ich dachte an meine Eltern, an unser Haus, an Heiligabend mit der Familie, an das Weihnachtsessen am nächsten Tag, als das Esszimmer meiner Großmutter all die Menschen kaum hatte fassen können. Ich wusste nicht einmal, wo diejenigen, die von dieser Tischrunde noch am Leben waren, inzwischen wohnten.

Es war zu warm in dem Zimmer. Ich hatte das Gefühl, nicht

genügend Luft zu bekommen, also stand ich auf und zog den Verdunkelungsvorhang zurück. Die Straßenlaternen tauchten die Nacht in orangefarbenes Licht. Als ich das Fenster öffnete, schlug mir Kälte entgegen, sodass ich es schnell wieder schloss. Ich ließ den Vorhang offen, blieb splitternackt vor der Scheibe stehen und blickte auf den leeren Parkplatz. Da fing mein Telefon auf dem Nachttisch an zu vibrieren. Ich zuckte zusammen. Auf dem Display stand »Siobhan«.

Da war das eine Mal gewesen, als Jean-Henri in meinem Studio aufgetaucht war, um mich aufzurichten. Er hatte an meiner Tür geklingelt, ohne dass ich ihn darum gebeten hatte. Und da war das eine Mal, als Siobhan mich am Heiligabend anrief. Genau zum richtigen Zeitpunkt.

Sie klang zaghaft, fast schläfrig.

»Frohe Weihnachten, Marc-Edouard.«

»Frohe Weihnachten, Siobhan.«

»Ich war mir nicht sicher, ob du rangehst. Bist du womöglich gerade beschäftigt?«

»Nein, ich freue mich sehr, dass du anrufst.«

»Wirklich?«

Sie lachte vor Freude kurz auf, und ihr Lachen klang genauso bezaubernd wie ihr Akzent.

»Hätte ich das gewusst, hätte ich schon früher angerufen.«

»Und du? Bist du beschäftigt?«

»Abgesehen davon, dass ich gerade an dich denke – nein. Ich habe Nachtdienst. Dafür zahlen sie das Doppelte.«

»Arbeitest du denn nicht mehr in diesem Verlag?«

»Nein, das war eine schlechte Idee. Ich habe einen Job in einem schicken Hotel gefunden.«

»Ich bin auch in einem Hotel. Ich fahre gerade durch ganz Frankreich, um einen Kerl zu treffen, der sich aller Wahrscheinlichkeit nach weigern wird, mit mir zu reden. Wie spät ist es bei dir?«

»Ungefähr so spät wie bei dir.«

»Bist du denn nicht in New York?«

Es gab einen Aussetzer. Ich glaubte schon, die Verbindung sei abgebrochen, als ich hörte, wie Siobhan sich räusperte.

»Ich bin vor zwei Monaten wiedergekommen.«

»Du bist wieder in Toulouse?«

»Mal in Toulouse, mal anderswo. Zurzeit bin ich in Biarritz.«

»Warum hast du dich nicht gemeldet?«

»Die Frage gebe ich an dich zurück, Marco. Du hast doch bestimmt meine Postkarte bekommen.«

»Ja, habe ich. Und ich habe dir nicht geantwortet.«

»Schweigen ist auch eine Antwort.«

Ich sah sie wieder im Hörsaal sitzen mit ihren großen schwarzen Augen und dem Bleistiftstummel, auf dem sie ständig herumkaute. Dieses Mädchen hatte ich gerade am Telefon, nicht das andere der letzten Jahre, das mit Medikamenten vollgestopft war und immer am Abgrund wandelte.

»Du hast meinen Rat also befolgt und dich in diesem Dorf niedergelassen. Hast du dort gefunden, wonach du gesucht hast?«

»Nur zum Teil … Warst du bei meiner Wohnung?«

»Nein. Ich hatte mir für den Herbst vorgenommen, sicherheitshalber auf Abstand zu dir zu gehen. Bis heute habe ich durchgehalten. Aber der Herbst ist ja auch vorbei … Ich habe Marielle letzten Monat zufällig getroffen. Obwohl … ›zufällig‹

stimmt nicht ganz. Ich wollte die Theatergruppe besuchen und wusste nicht, dass sie wieder dabei ist. Sie hat mir von deinem Umzug erzählt.«

Marielle, die mich vor sechs Tagen gefragt hatte, ob ich etwas von Siobhan gehört hätte, und sich ahnungslos gestellt hatte, als ich antwortete, die sei in den USA.

»Ich muss jetzt auflegen. Eigentlich darf ich keine persönlichen Telefonate führen.«

»Nein, warte!«

Das war mir herausgerutscht. Am anderen Ende der Leitung ertönte wieder dieses kurze Lachen.

»Und ich bin fast gestorben vor diesem Anruf, weil ich Angst hatte, dass du mich nicht gerade freundlich begrüßen würdest! Mach doch einen Abstecher hierher, wenn du Lust hast. Mein Vertrag läuft noch bis zum Ende der Feiertage. Das Meer ist herrlich, und die Gegend ist sehr angenehm.«

»Danke, dass du mich angerufen hast, Siobhan.«

»An einem Abend wie diesem war mir das wichtig.«

»Für mich ist es auch wichtig.«

»Zum Schluss wage ich auch noch, dich zu meinem Geburtstag einzuladen. Ich wusste nicht recht, wie ich es sagen soll. Ich würde mich sehr freuen, wenn du an meinem Dreißigsten an meiner Seite wärst. Es wird ein Wochenende im kleinen Kreis, nur mit Leuten, die ich mag. Ich habe eine Hütte in den Bergen gemietet, mitten im Nirgendwo und mit tonnenweise Schnee rundherum. Du *musst* kommen, Emmy.«

»Ich werde kommen.«

Ich hatte nicht eine Sekunde gezögert.

»Ist das wahr? Versprochen? Das ist das schönste Weihnachtsgeschenk, das ich mir vorstellen kann.«

»Frohe Weihnachten, Siobhan.«
»Frohe Weihnachten. Und bis ganz bald.«

Ich hätte nicht gedacht, dass Siobhans Rückkehr in mein Leben mir die Luft wiedergeben könnte, die mir fehlte. Gerade sie, die mir so viel davon genommen hatte! Doch genau so war es. Kurz nach ihrem Anruf ging ich wieder ins Bett. Meine Atmung hatte sich normalisiert, die Wärme erschien mir nicht mehr so drückend, und ich schlief sofort ein.

Am nächsten Morgen fuhr ich trotz des schlechten Wetters weiter bis nach Quiberon. Dabei wusste ich nicht einmal, ob ich eine Überfahrt nach Belle-Île bekommen würde. Tatsächlich ging ein Schiff am späten Nachmittag. Es war so gut wie leer. Die Überfahrt dauerte eine Dreiviertelstunde. Es war schon dunkel, als ich meinen Wagen über die Landungsbrücke steuerte und nach dem Hotel suchte, in dem ich telefonisch ein Zimmer reserviert hatte. Schließlich fand ich es. Es stand direkt an der Küste, als wollte es dem Ozean trotzen. Das Restaurant war zwar geschlossen, aber man erklärte sich bereit, mir aus den Resten des Weihnachtsmenüs ein Abendessen zusammenzustellen und im großen Speisesaal zu servieren, wo ich der einzige Gast war. Die beiden Tage, die mir so sehr im Magen gelegen hatten, waren überstanden. Diese Prüfung lag hinter mir, und ich hatte sie ohne allzu große Läsionen überstanden. Aber eine weitere kündigte sich an: Justines Vater.

Er wohnte in Sauzon und pendelte zwischen seinem Haus, das auf einer Anhöhe stand, und seinem in dem kleinen Hafen liegenden Segelboot. Seine Geschäfte hatte er aufgegeben, und nebenbei hatte er einen satten Gewinn eingestrichen. Von seinen Immobilien in Valdérieu hatte er keine behalten, nicht einmal sein Elternhaus. Die in Cap Ferret und Ramatuelle waren ebenso wie die Wohnungen in Val d'Isère sowie die in Jardins de Bercy an seine Frau gegangen. Die beiden hatten sich zwar nie scheiden lassen, lebten aber getrennt, und sie verfügte nach Belieben über diese Domizile, ohne dass dafür eine Gegenleistung verlangt wurde außer der, nie wieder Kontakt zu ihrem Mann aufzunehmen. Philippe Brunet-Auriac verbrachte einen Großteil seiner Zeit mit Segeln. Er hatte mehrmals allein den Atlantik überquert und sich anschließend in der Karibik herumgetrieben. Ich war mir nicht sicher, ob ich ihn überhaupt zu Hause antreffen würde.

Mühelos fand ich sein Haus, das ein wenig abgeschieden und vom Westwind abgekehrt oberhalb des Hafens lag. Die weiße Fassade war fast zu weiß. Das Rot der lackierten Holzteile, einschließlich des kleinen Anbaus, wirkte dadurch umso knalliger, ja, aufdringlich. Die Fensterläden waren offen. Aus dem Schornstein quoll Rauch. Vom Hafen aus konnte ich sogar hinter den großen Fenstern Licht sehen.

Auch sein Segelboot entdeckte ich. Es lag an der Mole, war mindestens fünfzehn Meter lang und damit größer als alle anderen Boote in Sauzon. Damit war klar, wer der Herr des Hafens war. Und oben auf der Steilküste stand sein Herrenhaus, blutrot wie der Name, auf den das Boot getauft war: *Justine.*

Ich drehte ein paar Runden in dem kleinen, menschenleeren Hafen, auf den ein feiner Regen niederging. Erst nach dem Mittagessen brachte ich den Mut auf, an der Haustür zu klingeln. Hinter einer der Terrassentüren, die zur Auffahrt gingen, nahm ich eine Gestalt wahr, die Gestalt eines ziemlich großen Mannes. Er beobachtete mich aus der Distanz, er im Schatten, ich im Regen. Das ging etwa eine Minute lang so. Die Gegensprechanlage blieb stumm, und auch der automatische Toröffner wurde nicht betätigt. Dann verschwand die Gestalt im Inneren des Hauses. Sie hatte sich entschieden, mich zu ignorieren.

Ich stellte mich einen Moment unter, um auf eine Seite meines treuen Notizbuchs eine kurze Nachricht zu kritzeln: *Monsieur Brunet-Auriac, ich wollte nur mit Ihnen über Justine reden. Sollten Sie Ihre Meinung ändern – ich bin noch eine Weile in der Gegend. Marc-Edouard Peiresoles.* Dazu schrieb ich den Namen meines Hotels sowie meine Handynummer. Dann riss ich das Blatt so ordentlich wie möglich heraus, faltete es und steckte es in den Briefkasten. Anschließend setzte ich mich wieder in den Wagen und fuhr die wilde Küste entlang.

Philippe Brunet-Auriac nahm keinen Kontakt zu mir auf. Als sich der Himmel am zweiten Tag aufhellte, unternahm ich einen langen Spaziergang. Der Ozean hatte sein Winterkleid angelegt und präsentierte sich in allen erdenklichen Grautönen. Es war Wind aufgekommen, der mitunter ziemlich stark, aber nie garstig wurde. Dieser Teil der Insel gefiel mir ausgesprochen gut. Erst in der Abenddämmerung kehrte ich ins Hotel zurück. Ich hoffte, dass dort eine Nachricht auf mich wartete, aber leider war das nicht der Fall. Also ließ ich die Nacht vergehen und fuhr am nächsten Tag erneut nach Sauzon.

Wieder ging ich zu seinem Haus hinaus – wieder ohne Erfolg. Diesmal war hinter den Fenstern keine Bewegung auszumachen. Es hatte den Anschein, als sei niemand zu Hause. Das Boot lag unverändert im Hafen, die Segel durch eine Persenning perfekt geschützt. Also schlenderte ich ein wenig umher und nahm mir vor, später noch einmal mein Glück zu versuchen. Ich wagte mich zu den Klippen und winzigen Buchten vor, die sich zu ihren Füßen verbargen. Dabei gelangte ich zu einem Golfplatz, der sich zwischen die Felswände schmiegte. Schon von Weitem erkannte ich die Gestalt von Justines Vater. Er stand allein im Wind und mühte sich grimmig, seine Bälle auf ein Green zu befördern, das auf einem felsigen Grat lag. Er schlug einen Ball nach dem anderen. Einige wenige blieben auf dem Green liegen, die meisten jedoch fielen in den Ozean oder prallten gegen die Felsen. Er führte einen einsamen Kampf gegen die heftigen Windböen und schien nicht bereit, klein beizugeben.

Ich beobachtete ihn aus der Ferne. Auch er bemerkte mich. Als er mich erkannte, hielt er mitten in der Drive-Bewegung inne. Dann nahm er seinen Kampf wieder auf, als sei ich nicht da. Mir wäre es lieber gewesen, er hätte mich zum Teufel gejagt.

Später spazierte ich am Hafen von Sauzon entlang und ging immer wieder an seinem Segelboot vorbei. Ich weiß nicht, ob man in der Tatsache, dass er es nach Justine benannt hatte, ein Zeichen der Reue oder eins der ewigen Trauer sehen sollte oder vielmehr die unsäglichste aller Geschmacklosigkeiten.

Am Nachmittag sah ich ihn wieder. Er stand an einem Fenster seines Hauses, das sah ich, als ich nach oben blickte. Er war nur als Schatten zu erkennen, und er neigte sich zu einem auf ein Stativ montierten Teleskop. Statt damit das offene Meer abzusuchen, richtete er es auf mich. Ich saß auf einer Bank und fühlte mich wie im Fadenkreuz eines Scharfschützen, der jeden Augenblick den Abzug drücken kann. Ich versuchte, unbeteiligt dreinzuschauen. Mit anderen Worten: Ich benahm mich wie ein Idiot. Und das war genau das, was Brunet-Auriac wollte.

Selbst als ich wieder am Hotel war und zum letzten Mal den Wind vom offenen Meer her spürte, fühlte ich mich noch beobachtet. Ein ähnliches Fernrohr wie seins stand im Speisesaal. Ich bat um Erlaubnis, es benutzen zu dürfen, obwohl es nichts weiter zu sehen gab als den leeren Ozean. Es ging mir darum, herauszufinden, wie genau er meine Gesichtszüge hatte lesen können. Hatte er meine ganze Schwäche erkennen können? Mit Sicherheit, wenn man die Vergrößerung des Instruments bedachte.

»Bei gutem Wetter kann man sogar die Menschen auf den Segelbooten zählen«, sagte der Kellner. »Aber das wird schnell langweilig. Genauso, wie wenn man die Sterne oder einen FKK-Strand beobachtet. Ich sage Ihnen das, weil ich hier in der Gegend ein Haus kenne, wo das Fernrohr im Sommer vor allem zu diesem Zweck aufgestellt ist ...«

In der Rückschau wird mir klar, dass dies der Moment war, in dem mein Leben aus den Fugen geriet, und schuld daran war das verflixte Fernrohr.

Eine dunkle Ahnung stieg in mir auf. Sie wurde im Lauf des Abends immer deutlicher und hielt mich einen Großteil der Nacht wach. Frühmorgens, noch vor Tagesanbruch, stand ich auf, schlang das Frühstück herunter, bezahlte meine Rechnung und fuhr in Windeseile nach Le Palais, um das erste Schiff zu erwischen. Die Überfahrt kam mir endlos vor. Mit der Strecke, die ich anschließend zu fahren hatte, war es noch schlimmer. Als ich in Fonbelle eintraf, fühlte sich mein Rücken an wie Blei, und meine Gelenke waren so steif, dass ich kaum gehen konnte. Ich begab mich geradewegs in das Zimmer mit dem Archivmaterial und dem Foto, das mich interessierte: das, das am Sonntagvormittag geschossen worden war, als man die Leichen von der kleinen Insel geborgen hatte. Ich verglich es mit der Aufnahme von den Kanus, die darunter hing. Auf beiden Fotos war im Hintergrund das Haus zu sehen, das mit dem großen, dem See zugewandten Panoramafenster, das hoch oben auf der Anhöhe von Bouscadié thronte. Das Haus der Familie Fraysse.

Ich nahm eine Lupe zu Hilfe, um auf Nummer sicher zu gehen. Am Samstagabend gegen neunzehn Uhr standen die Schiebefenster offen. Und da war ein Teleskop auf einem Stativ. Ich wusste, dass es dort war, schließlich hatte ich mir dieses Foto immer wieder angesehen! Am Sonntagvormittag stand das Fenster wieder offen, aber das Fernrohr war verschwunden. Ich suchte das Foto bis in den letzten Winkel ab: kein Fernrohr. Jemand hatte es weggeräumt.

30

Vielleicht hatte es mit dem verschwundenen Fernrohr überhaupt nichts auf sich. Vielleicht handelte es sich um ein Detail ohne jede Bedeutung. Doch dieses Detail blähte sich in meinem Kopf immer mehr auf. Ich ging hinauf zum Dörfchen Bouscadié und zum ehemaligen Haus der Familie Fraysse. Dort stellte ich mich unter das Panoramafenster. Vor mir fiel das lang gestreckte Feld zum Strand hin ab. Von hier aus überblickte man einen Großteil der Îlot des Bois-Obscurs.

Jean-Daniel Fraysse war am Abend des Festes allein in diesem Haus geblieben. Bestimmt hatte es ihn mächtig gewurmt, dass er auf diese Weise für sein früheres Fehlverhalten bestraft wurde. Vermutlich hatte er vor dem Schlafengehen mit dem Teleskop nach Sternschnuppen Ausschau gehalten. Sofern nicht der Schein des Lagerfeuers seine Aufmerksamkeit erregt hatte. Vom dunklen Wohnzimmer aus hatte er Justine und ihre Freunde beobachten können, ohne dass jemand es bemerkte. Als er am nächsten Tag erfuhr, was passiert war, hatte er das Fernrohr weggeräumt. Aus Scham. Vielleicht auch einfach nur aus Anstand.

Mit dieser Erklärung hätte ich mich zufriedengeben können. Aber Jean-Daniel Fraysse war 1994 für vier Tage verschwunden gewesen, bevor er Selbstmord begangen hatte. Er hatte sein Auto auf dem Parkplatz einer Diskothek in der Umgebung von

Valdérieu abgestellt und einen Zettel ans Lenkrad geklebt, auf dem in großen schwarzen Buchstaben stand: »Bin schon tot!«

Er war siebenundzwanzig Jahre alt. Er spielte in einem kleinen Fußballclub hinten im Tal. Am Samstagabend hatten seine Mannschaftskollegen wie so oft nach dem Spiel ein bisschen gefeiert und waren schließlich in einer Diskothek gelandet, und zwar in der an der Bundesstraße. Trotz seiner Beschwerden im Oberschenkel schien Fraysse sehr gern mit von der Partie zu sein. Er hatte im Match über Schmerzen im Quadrizeps geklagt und vom Platz gehen müssen. Aber man sah ihn sowieso nur selten tanzen. Kurz vor drei Uhr morgens brach er auf. Von ein paar seiner Mannschaftskollegen, denen er über den Weg lief, verabschiedete er sich mit den Worten, er sei müde. Danach wurde er nicht mehr gesehen.

Er hatte eine Wohnung an der Uferstraße. Er lebte allein und seinen Nachbarn zufolge sehr zurückgezogen. Seine Eltern stammten nicht aus Valdérieu. Sie hatten sich erst Ende der 1970er-Jahre dort niedergelassen, als der Vater eine Hautarztpraxis übernahm. Gut zehn Jahre später waren sie nach Rodez weitergezogen. Jean-Daniel war 1980 kurz nach Schulbeginn vom Lycée Saint-Jacques geflogen. Er hatte für die Schikanen, denen er Emmanuel Garcès ausgesetzt hatte, einen hohen Preis bezahlt. Emmanuel Garcès war daraufhin zum Märtyrer stilisiert worden. Ich hatte keinerlei Erinnerungen an Jean-Daniel. Er war in ein Internat in der Nähe von Albi gesteckt worden, hatte später eine Berufsschule besucht und einen Abschluss als Heizungsmonteur gemacht. Eine verkorkste Schullaufbahn. Seine Eltern hatten angegeben, dass er als Heranwachsender schwierig gewesen sei, allerdings nicht ihnen gegenüber – sie hätten nie Grund gehabt, sich über sein Verhalten zu beklagen, weder zu Hause noch in der Verwandtschaft –, dafür aber im Umgang mit Gleichaltrigen. Er habe sich immer schwergetan, Freunde zu finden; habe sich in seiner Haut nicht sehr wohl gefühlt und versucht, sein mangelndes Selbstbewusstsein hinter einer Persönlichkeit zu verstecken, die er sich selbst zurechtgezimmert hatte. Einer Persönlichkeit, die sich ständig in Szene setzen und den starken Mann markieren musste, was ihm regelmäßig Scherereien eingebracht hatte. Nach seinem Abgang vom Lycée Saint-Jacques war es noch schlimmer geworden. Die Tragödie von Basse-Misère hatte ihn zutiefst geprägt. Er hatte es zwar nie zugeben wollen, aber seine Eltern waren streng gewesen.

Sobald er die Möglichkeit sah, hatte er sich wieder in Valdérieu niedergelassen und ein paar Bekanntschaften geschlossen, vor allem im Fußballclub. An den Wochenenden ging er aus und trank viel, bei der Arbeit war er jedoch mehr als seriös. Er brüstete sich mit seinem Junggesellendasein, das ihm gut in den Kram passte: Es erlaube ihm, ein Leben ohne große Verpflichtungen zu führen und mit immer neuen Mädchen ins Bett zu gehen. Allerdings hatte man ihn nie mit einem Mädchen gesehen, weder beim Feiern noch sonst wo.

Sein Auto wurde im Lauf des Sonntagvormittags bemerkt. Es war das letzte auf dem Parkplatz der Diskothek. Man sagte sich, dass der Fahrer wohl nicht mehr in der Lage gewesen war, nach Hause zu fahren, oder die Schlüssel verlegt hatte, was häufig vorkam. Als der Wagen aber am Nachmittag noch immer nicht bewegt worden war, kam die Polizei. Die Beamten entdeckten die Nachricht am Lenkrad. Daraufhin klingelten sie bei Jean-Daniel zu Hause, aber niemand öffnete. Also riefen sie seine Eltern im Département Aveyron an, aber auch die hatten keine

Ahnung, wo er steckte. Erst am Montag, als er auch nicht zur Arbeit erschien – eine Premiere –, begann man ernsthaft nach ihm zu suchen.

Doktor Fraysse ging sofort vom Schlimmsten aus. Sein Sohn war schon immer labil gewesen. Zwar hatte er versucht, seine innere Not zu überspielen, aber sie war tief in ihm verankert gewesen, und wer ihn gut gekannt hatte, hatte sie ihm angemerkt. Der Vater rechnete damit, dass Jean-Daniel tot war.

Erst am Mittwochabend wurde er gefunden. Ein Förster stieß im Staatswald unterhalb des Staudamms von Basse-Misère auf seine Leiche. Der Mann wollte gerade nach Hause gehen, als er neben dem Weg an einem Baum weiter oben am Hang eine merkwürdige Form wahrnahm. Sicherheitshalber ging er nachsehen. Jean-Daniel Fraysse hatte sich am untersten Ast des Baumes erhängt, mit einem Stacheldraht, der tief ins Fleisch geschnitten hatte. Dem Gerichtsmediziner zufolge war er in der Nacht gestorben. Selbst wenn der Förster morgens vorbeigekommen wäre, hätte er nichts mehr für ihn tun können.

Man rekonstruierte, wie Jean-Daniel die vier Tage seines Umherirrens verbracht hatte. Er hatte den Parkplatz zu Fuß verlassen, sich in den Wald geschlagen und war den Berghang entlanggegangen. Er hatte seinen Lebensüberdruss mit sich herumgeschleppt und lange gezögert, bevor er das Unumkehrbare getan hatte. Am Schuppen des ehemaligen Hauses seiner Eltern in Bouscadié war das Vorhängeschloss aufgebrochen worden. Der Stacheldraht, den er verwendet hatte, um sein Leben zu beenden, stammte von dort. Anschließend war er zurück in Richtung Tal gegangen, wobei er Straßen und Wege geflissentlich gemieden hatte. Vier Kilometer weiter hatte er sich erhängt. Natürlich war die Verletzung an seinem linken Oberschenkel noch einmal Thema. Wie hatte er derart beeinträchtigt so weit gehen können? Bei der Autopsie konnte keine Verletzung des Oberschenkelmuskels festgestellt werden. Deshalb wurde angenommen, dass die vorgeschobene Verletzung Teil seines Plans und alles von langer Hand vorbereitet gewesen war. Und dass die Tragödie von Basse-Misère noch immer tötete, wie Pastre im *L'Écho* schrieb.

Ich hatte das Vernehmungsprotokoll von Jean-Daniel Fraysse bereits gelesen und darin nichts Besonderes entdeckt. Es war eine Zeugenaussage unter vielen, die eines dreizehnjährigen, sichtlich verängstigten Jungen. Jetzt nahm ich sie mir mit verändertem Blick erneut vor.

Es war bekannt, dass er zu denen gehört hatte, die Emmanuel im Gymnasium drangsaliert hatten, und dass Emmanuel Angst vor ihm gehabt und deshalb alles daran gesetzt hatte, dass Jean-Daniel vom »Fest in Les Crozes« ausgeschlossen wurde. Aus diesem Grund war Jean-Daniel etwas ausführlicher vernommen worden.

Er hatte den Samstagnachmittag am See verbracht, und zwar am Strand von Bouscadié. Hier badete er meistens, und hier ließ er mit seinem Vater das Ruderboot zu Wasser, wenn sie angeln gingen. Das Ruderboot war schwer. Man musste es zu zweit tragen. Am mühsamsten war es, es anschließend wieder zum Haus hochzuschleppen. Da es seinem Vater immer häufiger an Zeit mangelte, hatte er ihm zum Geburtstag ein leichtes Kanu geschenkt, das er problemlos allein transportieren konnte. Das hatte er an jenem Tag getan. Er war baden gegangen und hatte anschließend eine Runde auf dem See gedreht, weil für seinen Geschmack ein bisschen zu viele Menschen am Strand waren. Er war aber nicht nach Les Crozes gefahren. Er hatte nichts am Hut mit diesen Leuten, die sich den anderen überlegen fühlten. Sogar seine Eltern, die denselben Status für sich in Anspruch nehmen konnten, misstrauten ihnen. Sie hatten die diversen Einladungen nur angenommen, um als gute Nachbarn zu gelten. Und weil man dort so köstlich essen konnte. Jean-Daniel war also in die andere Richtung gepaddelt, Richtung Berge. Kurz vor achtzehn Uhr war er nach Hause gekommen. Sein Vater war bereits da gewesen und hatte sich gerade umgezogen. Seine Mutter war schon fertig gewesen. Da sie warten musste, hatte sie es sich auf der Terrasse gemütlich gemacht, hatte gelesen und sich gesonnt. Als das Badezimmer frei geworden war, hatte er geduscht. Anschließend hatten sich seine Eltern zu Fuß auf den Weg zum Fest gemacht. Sie waren ein wenig besorgt gewesen, weil sie ihn allein zurückließen. Er selbst hatte darin überhaupt kein Problem gesehen, im Gegenteil. Er hatte sich etwas zu essen aus dem Kühlschrank geschnappt, weil er einen Bärenhunger hatte. Da es für die Terrasse mittlerweile zu kühl war, hatte er sich vor den Fernseher gesetzt. Zum ersten Mal hatte er ihn für sich allein gehabt, doch zu seinem Leidwesen war in keinem der Programme etwas Gescheites gelaufen. Deshalb hatte er lieber Musik gehört, und zwar richtig laut, wie er es mochte, und das hatte keinen Ärger gegeben, weil die Nachbarn auch alle in Les Crozes waren. Danach war er ins Bett gegangen: So ein Tag am See war ziemlich anstrengend. Er hatte Radio gehört und wusste, dass er kurz nach Mitternacht eingeschlafen war. Er hatte sich schon riesig auf den nächsten Tag gefreut, denn sein Vater hatte ihm einen Angelausflug versprochen, den ersten seit Langem. Er hatte seine Eltern nicht vom Fest zurückkommen hören.

Ihm war vor dem Schlafengehen nichts Ungewöhnliches

aufgefallen. Außerdem hatte er alle Fenster geschlossen, damit keine Stechmücken hereinkamen. Die Polizisten hatten jedoch nicht lockergelassen, sie hatten ihn gedrängt, sich auch an die banalsten Details zu erinnern, etwa eine zufallende Tür, ein vorbeifahrendes Auto oder Menschen, die früher als geplant nach Hause kamen. Er gab immer dieselbe Antwort. Er war allein geblieben und hatte sich bemüht, kein allzu großes Chaos anzurichten, aber ein wenig ausgenutzt hatte er die Situation schon. Man konnte schließlich auch allein seinen Spaß haben. Im Jahr davor hatte er sich auf dem Fest im Club zu Tode gelangweilt.

Das war das Stichwort, um auf sein Verhältnis zu Emmanuel Garcès zu sprechen zu kommen. Er räumte ein, den Mitschüler ein paarmal traktiert zu haben, aber nicht mehr und nicht weniger als die anderen im Gymnasium. Er hatte einfach nur mitgemacht. Sicherlich war er zu weit gegangen, vor allem, als er ihm im Mathe-Unterricht den Zirkel in den Hintern gepikst hatte. Das bereue er bitter. Genau wie die Beleidigungen oder die peinlichen Situationen, in die er ihn gebracht hatte, nur um zu sehen, wie er puterrot anlief. Andere hatten jedoch viel schlimmere Dinge getan und dafür keinen Ärger gekriegt. Genau wie auf dem Fest im Jahr zuvor. Er hatte die ganze Schelte abbekommen, dabei war er nicht allein schuld gewesen. Gut, er hatte heimlich hinter dem Bootshaus geraucht, aber in das Bootshaus einzusteigen war nicht seine Idee gewesen. Als sie dann aber drin gewesen waren, hatte er darauf gedrängt, eins der Kanus herauszuholen, denn die brachten ihn immer ins Träumen, wenn er sie vorbeifahren sah. Er hatte Emmanuel bestochen, dass er mitmachte, und Emmanuel hatte sich breitschlagen lassen.

Jean-Daniel gab zu, seine Klassenkameraden belogen und

ihnen etwas vorgemacht zu haben, um in ihren Augen gut dazustehen. Gegenüber Emmanuel die Muskeln spielen zu lassen sei außerdem ein Versuch gewesen, auf die richtige Seite des Zauns zu kommen, also zu denen zu gehören, die zählten, die respektiert wurden ... Das konnte man ihm tatsächlich vorwerfen: dass er sich ungeschickt angestellt hatte, weil er unbedingt von den anderen akzeptiert werden wollte, denn als er auf das Gymnasium gekommen war, hatte er niemanden gekannt. Er war aus einer anderen Stadt hergezogen und auf sich allein gestellt gewesen. Für die anderen war er anscheinend Luft gewesen. Also hatte er alles getan, um das zu ändern.

Das Resultat war allerdings nicht so ausgefallen, wie er es sich erhofft hatte. Am Ende hatte er als Arschloch oder Fiesling dagestanden, wenn nicht als beides. Er hatte keinen Freund gehabt. Sonst hätte er am Samstag gern einen zum Übernachten in das Haus am See eingeladen, statt den Abend allein zu verbringen.

Das Teleskop erwähnte er bei der Vernehmung mit keinem Wort.

Alles Übrige wurde von seinen Eltern bestätigt. Ihr Sohn hatte sich – wie schon so oft – als vernünftig erwiesen. Als sie gegen vier Uhr morgens zurückgekommen waren, hatte er tief und fest geschlafen. Im Haus hatte keine allzu große Unordnung geherrscht. Er hatte vielleicht nicht abgespült, aber immerhin daran gedacht, die Lichter auszumachen, und darauf geachtet, keine Stechmücken hereinzulassen. Was die Vorfälle auf dem Fest im Jahr 1979 anging, hatten sie ihn bestraft. Ansonsten war ihnen klar, dass er nur den Boss spielte, um sich zu behaupten. Er bereute es immer sehr schnell, wenn er etwas Falsches gesagt oder getan hatte. Im Gymnasium war es dasselbe:

Ständig musste er sich aufspielen und auf den Putz hauen, und danach bereute er es und weinte sogar. Er war nicht der Junge, den man in Saint-Jacques beschrieb: unverschämt, großmäulig und durch und durch böse. So war er ganz und gar nicht.

Hier endete die Fraysse-Akte. Ganz hinten hatte François Pastre Kopien der Zeitungsartikel eingefügt, in denen über Jean-Daniels Verschwinden und später über seinen Selbstmord berichtet wurde. Ein trauriger Epilog.

Irgendetwas stimmte nicht. Jean-Daniel hatte gelogen, davon war ich überzeugt. Er hatte die kleine Insel durch das Fernrohr beobachtet. Er war zum Zuschauer geworden wie ich im Skilager bei der Gruppe der »Großen«. Ich an seiner Stelle hätte das jedenfalls getan. Die Frage war nur: Hatte er lange genug zugeschaut, um die Morde zu sehen?

31

Jean-Daniel Fraysse hatte viel geredet, oft blödes Zeug. Das berichteten mehrere seiner ehemaligen Kollegen, als ich sie zu ihm befragte. Was die Arbeit anging, gab es nichts auszusetzen: Er war zwar nicht gerade ein Vorbild an Tapferkeit gewesen, hatte aber getan, was man von ihm verlangte, und nie gefehlt. Das einzige Problem war, dass er den Mund immer sehr voll genommen hatte. Das war auf Dauer anstrengend gewesen.

Es hatte ihm zwar nie jemand ins Gesicht gesagt, aber vielen war aufgefallen, dass er ständig log. War ihm zum Beispiel beim Fußball eine Übung zu schwer, brach er das Training ab und schützte eine Verletzung vor, die genauso schnell heilte, wie sie aufgetaucht war. In den Spielen machte er es genauso, anstatt zuzugeben, dass er nicht der gute Spieler war, der er zu sein behauptete. Er war nicht in der Lage, auch nur die kleinste Schwäche zu zeigen. Alle sollten glauben, dass er die Sache im Griff hatte, und zwar jede.

Immer wieder gab er ungefragt intime Details aus seinem Privatleben preis. Das war oft peinlich. Zumindest jenen, die es nicht verstanden, seine Sprache zu entschlüsseln. Fragte der Chef seine Arbeiter im neuen Jahr, wie sie Silvester verbracht hatten, war Jean-Daniel stets der Erste, der antwortete, und zwar möglichst laut, damit alle ihn hörten. Tönte er: »Ah, die Silvesterparty! Von der erzähle ich lieber erst gar nicht!«, bedeutete das, dass er Neujahr allein verbracht hatte und nirgends eingeladen gewesen war. Behauptete er nach den Sommerferien, die Tage seien »nicht lang genug gewesen, um alles zu machen, von den Nächten gar nicht zu reden«, hieß das, dass er keineswegs mit einer Freundesclique, die genauso erfunden war wie die Villa, die sie angeblich gemietet hatten, am Meer gewesen war. Eines Morgens hatte er sich, den Schweißbrenner in der Hand, damit gebrüstet, in der Nacht zuvor »eine Jungfrau gevögelt« zu haben. »Alter, die hat so krass geblutet, dass ich eine Scheißangst gekriegt habe!« Seine Kollegen hatten daraus geschlossen, dass er vermutlich selbst noch Jungfrau war.

Irgendwann hatte er seinen Spitznamen weggehabt: Maulheld. Viele mochten ihn nicht. Er hatte die Gabe, anderen auf den Geist zu gehen, und wenn er ein Glas zu viel getrunken hatte, war es noch schlimmer. Dann hatte man das zweifelhafte Vergnügen, Schilderungen seiner sexuellen Abenteuer zu hören kriegen: mit der Mutter einer seiner Freundinnen zu der Zeit, als er noch Gymnasiast gewesen war, oder mit der Frau eines Freundes, die einen Dreier wollte, weil sein Freund keinen hochkriegte. Oder man durfte Berichten über seine Heldentaten lauschen: Bei einem Tauchausflug vor Korsika hatte einen Mann aus seiner Gruppe die Taucherkrankheit befallen. Er war immer tiefer gesunken und am Ende ertrunken, aber der Tauchlehrer hatte ihn, Jean-Daniel, daran gehindert, dem Mann zu Hilfe zu kommen, damit er nicht womöglich auch dort unten blieb. War es nicht beim Tauchen, dann hatte er beim Gleitschirmfliegen oder beim Skifahren abseits der Pisten üblen Gefahren getrotzt. Und wenn es um die Bergung von Verletzten ging, war er der unangefochtene Held.

Es gab niemanden mehr, der ihm glaubte, und trotzdem

mussten sie ihm alle zuhören. Ließen sie ihn abblitzen, fing er wenig später wieder an, als sei nichts gewesen.

Ich fragte seine Kollegen, ob sie ihn je über Basse-Misère hatten reden hören. Alle wussten, dass er ganz in der Nähe des Massakers gewesen war. Irgendwann einmal hatte jemand ihn zu den dramatischen Ereignissen befragt, und zum ersten Mal hatte Jean-Daniel nichts zu sagen gehabt. Er war ernst geworden und hatte einen anderen Ton angeschlagen. »Darüber darf man nicht sprechen! Nie!« Wenn er zu nervig wurde, kramte jemand, um ihn zu ärgern, die Geschichte vom See und die Tatsache heraus, dass er dazu verhört worden war. Es war die einzige Möglichkeit, ihn zum Schweigen zu bringen.

Eines Abends hatte er in der Diskothek von der Geschichte angefangen, ohne dass jemand ihn provoziert hatte. Derjenige, der mir die Szene schilderte, erinnerte sich sehr gut an das, was Jean-Daniel gesagt hatte, denn die Sache wäre um ein Haar ausgeartet.

»Alter, wenn du wüsstest, was ich da gesehen habe … Das würdest du nie verkraften! Du und die anderen, ihr würdet euch so in die Hose scheißen, dass ihr mich nie wieder mit dieser Geschichte verarschen würdet.«

Der Mann hatte gefragt, was er denn gesehen habe.

»Das kann ich dir nicht sagen. Wenn ich das sage, bist du tot.«

»Verdammt, J.-D.! Hör auf, dich wichtigzumachen! Warum bist du dann nicht tot?«

»Weil ich das Maul halte.«

»Schade, dass das nicht öfter vorkommt!«

Da war Fraysse von seinem Hocker gesprungen und auf ihn losgegangen. Der Barkeeper hatte eingegriffen, und als er sich nicht beruhigen wollte, hatte ihn der Rausschmeißer vor die Tür setzen müssen.

Die Kollegen hatten ihn zwar nicht gemocht, aber keiner von ihnen fand, dass er dieses Schicksal verdient hatte. Sonderlich überrascht hatte es sie allerdings nicht, denn ihnen war nicht entgangen, dass sein Leben hoffnungslos und leer gewesen war. Trotzdem hatte die Nachricht sie geschockt. Vielleicht hätten sie netter zu ihm sein sollen? Das Problem war, dass das nicht so einfach war. Über seine zwanghafte Lügerei hätte man vielleicht noch hinwegsehen können. Schwieriger wurde es, wenn er sich über andere lustig machte. Wie an jenem Abend, an dem er sich beim Essen über die Größe der Geschlechtsteile seiner Mannschaftskollegen ausgelassen und diese in drei Kategorien eingeteilt hatte: Schnecke, Würstchen und Knüppel. Anfangs hatte er keine Namen genannt, aber das Gelächter der anwesenden Frauen hatte ihn angespornt, die Sache weiterzutreiben. Er hatte die anderen Spieler jeweils mit einer dieser Bezeichnungen angesprochen und sich selbst schamhaft in die mittlere Kategorie eingeordnet. Nach derartigen Großtaten war er an vielen Orten und bei vielen Leuten nicht mehr gern gesehen. Die Frage war nur, wie er es geschafft hatte, nie eins auf die Fresse zu kriegen.

Um mit den Kollegen von Fraysse sprechen zu können, die noch immer im selben Betrieb beschäftigt waren, musste ich bis nach den Feiertagen warten, bei seinem Vater ging es schneller. Dessen Nummer fand ich im Telefonbuch. Er war inzwischen pensioniert und lebte nach wie vor in der Nähe von Rodez. Er ließ sich den Zweck meiner Nachforschungen erklären und willigte ein, mit mir über seinen Sohn zu sprechen. Wir verabredeten uns auf halber Strecke in einem Bistro in Albi.

Monsieur Fraysse war ein Mann von schlichter Erscheinung, besaß aber dennoch eine gewisse Präsenz. Er war vor mir da und erkannte mich in dem Moment, als ich durch die Tür trat. Seine Begrüßung war herzlich. Wir sprachen ein wenig über ihn selbst, über seine Frau, die drei Jahre zuvor an Darmkrebs gestorben war, und über das Leben nach dem Selbstmord ihres Sohnes, der so schwierig gewesen war … Sie hatten es nie geschafft, ihn aus der Sackgasse, in die er sich manövriert hatte, herauszuholen. Er hatte in seinem Verhältnis zu anderen ernsthafte Probleme gehabt, weil er sich selbst nicht geliebt hatte.

Alles hatte vor Basse-Misère begonnen, ja, sogar noch vor dem Umzug der Familie nach Valdérieu. Monsieur Fraysse wiederholte, was er seinerzeit der Polizei gesagt hatte, nämlich dass sein Sohn unter der Ausgrenzung litt und sich noch mehr isolierte, indem er jemand zu sein vorgab, der er nicht war. Nicht, dass sie ihn nicht gewarnt und mit ihm darüber gesprochen hätten. In den zwei Jahren Gymnasium hatte der Vater keinen Freund seines Sohnes kennengelernt, niemanden, mit dem er sich außerhalb der Schule traf. Jean-Daniel tat allerdings so, als gebe es einen, vor allem wenn er mittwochnachmittags ins Kino ging. Aber er log: Entweder ging er allein, oder er ging überhaupt nicht, sondern trieb sich während der Vorstellung in der Stadt herum. Außerdem beklagten sich die Lehrer über seine negative Einstellung. Vor den Sommerferien des Jahres 1980 wurden seine Eltern sogar zum Direktor von Saint-Jacques einbestellt. Dieser hatte eine lange Liste von Dingen aufgesetzt, die ihrem Sohn vorgehalten wurden, von mangelndem Fleiß über wiederholte Hänseleien und Schikanen gegenüber Mitschülern, darunter auch Emmanuel Garcès, bis hin zu Unverschämtheiten. Sie sollten die Einbestellung als letzte Warnung betrachten, sagte der Direktor. Falls sich die Dinge nach Schulbeginn im September nicht besserten, würde ihr Sohn schlicht und ergreifend von der Schule fliegen.

Und dann hatte sich das Drama am See ereignet. Jean-Daniel war danach traumatisiert. Natürlich hätte er es niemals zugegeben, aber er hatte wirklich Angst. Als jemand ihn verpfiff und man ihn mit einem Messer im Schulranzen erwischte, rechtfertigte er sich mit den Worten, er brauche es zu seiner Verteidigung. Er wurde gefragt, ob ihn jemand bedroht habe, und sagte, dass es nach dem, was passiert sei, besser sei, allen zu misstrauen. Er flog vom Gymnasium. Daraufhin beschlossen seine Eltern, ihn aus Valdérieu wegzuschicken, um ihm die Chance zu geben, woanders ein anderes Gesicht zu zeigen. Er kam nur an den Wochenenden nach Hause. Sie registrierten eine Verbesserung. Er wirkte ruhiger und schien sich wohler zu fühlen. Seine Noten waren zwar nicht berauschend, aber zumindest gab es keine Probleme mehr hinsichtlich der Disziplin. Auch sein Verhältnis zu den Mitschülern hatte sich gebessert.

Nach der Neunten steckten seine Eltern ihn in eine Berufsschule in Rodez, wohin sie kurz zuvor gezogen waren. Fortan kam er jeden Abend nach Hause. Bald stellte sein Vater fest, dass er sich getäuscht hatte, was die Verbesserungen anging. Eines Abends erhielt er einen Anruf von einem Mann, der sich als Vater einer Schülerin von Jean-Daniels Schule vorstellte und Letzteren zu sprechen wünschte. Doktor Fraysse antwortete, sein Sohn sei nicht da. Da erklärte der Mann unter Schluchzern, seine fünfzehnjährige Tochter sei schwanger. Auf die Frage, wer der Vater sei, habe sie irgendwann zwei Namen herausgerückt, und einer davon sei der von Jean-Daniel gewesen. Der Arzt antwortete, wenn sein Sohn eine Freundin habe, hätte er seiner Frau und ihm bestimmt längst davon erzählt, denn es sei für ihn ein Problem, dass er noch nie eine gehabt habe. Was dieses Thema angehe, lüge er und mache ständig Andeutungen, dass er sich mit Mädchen treffe. Seine Eltern kannten ihn jedoch gut genug, um zu wissen, dass das nicht stimmte. Da entschuldigte sich der Mann, bat ihn jedoch, mit seinem Sohn zu reden, sozusagen um sein Gewissen zu beruhigen. Das tat Monsieur Fraysse noch am selben Abend. Jean-Daniel fiel aus allen Wolken. Er kannte kein Mädchen besagten Namens. Der Anruf war ein Scherz gewesen, den sich Mitschüler ausgedacht hatten, um Jean-Daniel, der mit seinen unzähligen Eroberungen prahlte, in Verlegenheit zu bringen und zu demütigen. Es hatte sich also nichts geändert.

Jean-Daniel machte seinen Abschluss und fand eine Anstellung in Rodez, verkündete jedoch kurz darauf, dass er nach Valdérieu ziehen wolle, weil er dort eine besser bezahlte Stelle gefunden hätte. Er behauptete, er habe immer in die Stadt zurückkehren wollen. Sein Vater gab zu bedenken, dass mit ihr nicht nur gute Erinnerungen verknüpft seien, aber Jean-Daniel erwiderte, sie sei der einzige Ort, an dem er sich je wohlgefühlt habe. Also hatten sie ihn ziehen lassen. Unglücklicherweise hatte ihn dies das Leben gekostet.

Als die Polizei angerufen hatte, hatte er sofort gewusst, dass er seinen Sohn nicht lebend wiedersehen würde. Es war fast eine Erleichterung gewesen, als seine Leiche entdeckt wurde. Endlich hatte Jean-Daniel den Frieden gefunden, den niemand ihm hatte geben können.

Sein Vater rührte mich. Er versuchte nicht, um die Tatsachen herumzureden, sondern stellte sich ihnen mit einem Mut, von dem er vor allem selbst überrascht schien. Sein Sohn war der König der Großmäuler gewesen, und er war das genaue Gegenteil. Ich fragte ihn, ob er wirklich meine, dass die Ereignisse von Basse-Misère an Jean-Daniels Tod schuld seien. Er glaubte das nicht wirklich, weil Jean-Daniels Angst nach den ersten Monaten verflogen war, weil er nach seinem Umzug nach Valdérieu besser geschlafen und mit Appetit gegessen hatte und nicht mehr so schwermütig gewesen war. Das Haus am See hatten sie noch einige Zeit behalten. Eigentlich hatten sie es verkaufen wollen, aber es war schwierig gewesen, es zu einem anständigen Preis an den Mann zu bringen. Sein Sohn hatte sich geweigert, je wieder einen Fuß hineinzusetzen. Selbst als es nach drei Jahren zu einem Schleuderpreis verkauft worden war und ausgeräumt werden musste.

Ich erwähnte das Teleskop. Doktor Fraysse erinnerte sich daran, es hatte immer vor dem Panoramafenster im Wohnzimmer gestanden. Er hatte es seinem Sohn geschenkt. Eigentlich, damit er die Sterne beobachten konnte, aber Jean-Daniel hatte es lieber auf den See und den Wald gerichtet. Er erinnerte sich auch daran, dass es kurz nach dem Massaker verschwunden war. Auf Nachfrage hatte sein Sohn gesagt, er habe es in seinen Kleiderschrank geräumt. Der Vater hatte es sich angesehen, weil er dachte, sein Sohn wolle verheimlichen, dass er es beschädigt hatte, aber es war vollkommen intakt gewesen. Da hatte er sich gesagt, dass sein Sohn wohl die Freude daran verloren hatte, und nicht mehr davon gesprochen.

Ich bekam den Gedanken nicht mehr aus dem Kopf: Jean-Daniel hatte in jener Nacht etwas gesehen, das ihm schrecklich zugesetzt hatte und noch vierzehn Jahre später Angst machte. Er hatte sein Fernrohr versteckt, damit man ihm nicht auf die Schliche kam.

Falls er den Mörder gesehen hatte, warum hatte er dann nicht reden wollen? Warum hatte er nicht zum Helden werden wollen, indem er dafür sorgte, dass dieses Monster verhaftet werden konnte? Dadurch hätte er sich doch die Anerkennung gesichert, nach der er sich immer so sehr gesehnt hatte. Die Antworten, die ich auf diese Fragen fand, jagten mir einen kalten Schauer über den Rücken. Der, den er gesehen hatte, war für ihn kein Unbekannter gewesen. Er hatte ihn nicht anzeigen wollen. Sei es, weil er zu große Angst vor ihm hatte und glaubte, der Mörder würde der Justiz entwischen und es ihm heimzahlen, sei es, weil er ihn schützen wollte. Das hatte an ihm genagt, bis er daran zugrunde gegangen war.

Was auch der Grund gewesen war, eins stand fest: Thierry Delmas hatte er nicht gekannt; weder hatte er von ihm etwas zu befürchten gehabt, noch hatte er ein Interesse daran gehabt, ihn zu schonen. Falls ich richtig lag – und ich hoffte inständig, dass ich mich täuschte –, bedeutete dies, dass Konitz wieder in mein Leben getreten war.

32

In dieser Situation Klausuren zu korrigieren war die reinste Tortur. Obwohl sich die Prüfungsarbeiten auf meinem Schreibtisch stapelten, ging ich den Fall von Basse-Misère noch einmal Punkt für Punkt durch und versuchte, die Dinge von einer höheren Warte aus zu betrachten, nämlich vom Fenster des Hauses der Familie Fraysse.

Jean-Daniel hatte geschwiegen. Ich versuchte, mich in ihn hineinzuversetzen. Dazu machte ich es mir in meinem alten Sessel am Kamin bequem und stellte mir im Flammenschein vor, ich sei bei ihm zu Hause. Ich hatte sämtliche Lichter gelöscht, bevor ich das Auge ans Fernrohr presste. Ich beobachtete. Ich bespitzelte die schöne Justine. Es war, als hätte ich sie für mich ganz allein. Ich beneidete diesen Trottel von Garcès, den ich verachtete und der den Sternen in dieser Nacht so nah kommen durfte. Ich beneidete Guillaume, ja, sogar Florie beneidete ich. Ich war allein, sie waren es nicht. Und was ich sah, gab mir das Gefühl, dass sie es nie sein würden.

Sie gingen ziemlich früh schlafen, es gab also nichts mehr zu sehen. Warum klemmte ich mich wenig später trotzdem wieder hinters Fernrohr? Hatte ich im Dunkeln etwas bemerkt? Hatte ich auf der kleinen Insel Licht gesehen? Jedenfalls bezog ich meinen Posten wieder und entdeckte den absoluten Horror. Einen Toten gab es bereits, vielleicht sogar zwei. Justine wurde gerade vergewaltigt. Auf den Felsen. Ein kräftiger Mann beugte sich über sie. Ich war wie gelähmt, unfähig, mich zu bewegen oder die Augen zu schließen. Das alles kam mir vollkommen unwirklich vor. Ich wusste nicht mehr, ob ich wach war oder von einem Albtraum geplagt wurde. Der Mann schleifte Justine zum Wasser und ertränkte sie. Dann überließ er ihren nackten Körper der Strömung. Er drehte sich um. Ich sah sein Gesicht. Und erkannte ihn. Als er in meine Richtung schaute, gefror mir das Blut in den Adern. Er erwiderte meinen Blick durch das Objektiv des Teleskops, als könne er mich trotz der Dunkelheit, die mich einhüllte, sehen. Ruckartig wich ich zurück. Meine Brust brannte. Ich konnte kaum atmen. Ich kauerte mich zusammen, weil meine Beine den Dienst versagten und mein Herz zu zerspringen drohte. Als ich mich nach einer Weile wieder aufrichtete, war die Îlot des Bois-Obscurs in völlige Finsternis getaucht. Wenn der Mann mich gesehen hatte, kam er wahrscheinlich gerade über das Feld heraufgelaufen; er würde gleich bei mir sein. Ein Lichtreflex musste mich verraten haben, ein Aufblitzen des Mondes auf der Linse. So schnell, wie es mir in der Panik möglich war, baute ich das Teleskop ab und verstaute es in meinem Zimmer hinten im Schrank. Das Monster würde bestimmt auf die Terrasse kommen, um sich umzusehen. Wenn der Mann nichts entdeckte, würde er denken, er habe sich getäuscht, und der Sache nicht weiter nachgehen. Ich legte mich schlafen. Stellte mich tot. Ich war in diesem Haus gefangen. Allein. Noch nie im Leben hatte ich solche Angst gehabt. Was ich gerade mitangesehen hatte, hatte nie stattgefunden. Das versuchte ich mir einzuhämmern: Es hat nicht stattgefunden! Angespannt lauerte ich auf das leiseste Geräusch. Die Minuten verstrichen. Niemand drang in unser Haus ein. Als ich draußen Stimmen hörte, packte mich erneut das Entsetzen, aber dann erkannte ich meine Eltern. Es war vier Uhr morgens. Sie schlossen die Tür auf und betraten das Haus. Meine Mutter kam nachsehen, ob ich schlief. Ich ließ sie in dem Glauben. Dabei drängte es mich, aufzustehen, ihnen alles zu erzählen, ihnen zu sagen, dass es dort unten, auf der Îlot des Bois-Obscurs, nichts als Tote gab. Aber sie waren ohne jede Eile vom Fest zurückgekehrt, deshalb war ich mir jetzt sicher: Auf der kleinen Insel war nichts passiert, sie hätten es sonst mitbekommen. Es gelang mir, ein paar Stunden zu schlafen. Als ich die Augen aufschlug, war es hell. Alles war ruhig. Meine Eltern schliefen noch. Ich stand auf. Das schöne Wetter beruhigte mich schließlich. Wie hatte ich mir so etwas nur einbilden können? War mein Hirn so krank? Ich trat im Wohnzimmer an das große Fenster. Und sah die Aufregung, die Menschenansammlung am Ufer und auf der kleinen Insel. Sogar Schreie und Weinen hörte ich. Da wusste ich, dass ich nicht geträumt hatte. Der Mann hatte diese schrecklichen Dinge tatsächlich getan, und ich durfte nichts sagen.

Ich war auf der richtigen Fährte, davon war ich überzeugt. Sobald ich konnte, fuhr ich zum Lycée Saint-Jacques. Ich kannte dort niemanden mehr. Der Direktor, der sich bereit erklärt hatte, mich zu empfangen, war jünger als ich. Ich erklärte ihm den Zweck meiner Recherchen. Von der Sache mit dem Messer, das als Vorwand gedient hatte, um Jean-Daniel Ende September 1980 von der Schule zu werfen, wusste ich bereits. Aber vielleicht enthielt seine Akte weitere Details, von denen ich keine Kenntnis hatte, beispielsweise Angaben zu der Bedrohung, die er zu seiner Rechtfertigung angeführt hatte. Ich musste insistieren, bis man mir endlich gestattete, ins Untergeschoss zu gehen, wo sich

Kartons mit staubigen Unterlagen stapelten. Allerdings wurde meinem Wunsch erst stattgegeben, nachdem ich mich auf einen kleinen Handel eingelassen hatte: Das Gymnasium veranstaltete im Februar ein Fest für die ehemaligen Schüler, und man wünschte meine Anwesenheit. Ich sah mich also genötigt, mich anzumelden und auf der Stelle die fünfzehn Euro Unkostenbeitrag zu entrichten. Erst dann erhielt ich Zugang zum Keller.

Die Akte erwies sich als äußerst dürftig. In ihr stand etwas von Jean-Daniels Schwierigkeiten, sich zu integrieren, und von seiner Neigung, sich mit anderen Schülern anzulegen. Sie enthielt Aussagen mehrerer Mitschüler aus der siebten Klasse darüber, dass er Emmanuel Garcès tagtäglich schikaniert hatte. Außerdem einen Bericht über seine Einbestellung ins Büro des Direktors im Juni 1980 sowie den Verhaltensvertrag, den man ihn hatte unterschreiben lassen, bevor man seine Wiederanmeldung akzeptierte. Im Großen und Ganzen nichts, was ich nicht schon gewusst hatte.

Pastre hatte letztlich an Thierry Delmas' Schuld gezweifelt, Flories Vater ebenso. Sie waren nicht die Einzigen. Arnaud Armengaud ging es genauso. Als er mir von seiner nächtlichen Eskapade während des Sommerfestes erzählte, hatte er verraten, was er wirklich dachte. Er hatte gesagt, der Mörder hätte sich dicht neben ihnen versteckt und hätte jederzeit zuschlagen können. Dabei gingen die Ermittler davon aus, dass Delmas nicht nur im Kanu gekommen war, sondern noch dazu von der anderen Seite der kleinen Insel, also über den See.

Auch mir kamen Zweifel, und das fand ich sehr ungemütlich. Ich hätte viel dafür gegeben, bewiesen zu bekommen, dass ich mich täuschte und dass Jean-Daniel Fraysse nichts gesehen hatte. Dass er sich viele Jahre später das Leben genommen hatte, weil es schlicht unerträglich geworden war. Und zwar wegen seiner Einsamkeit und der Lügengebilde, hinter denen er sich verschanzt hatte, und nicht, weil diese Sache ihn von innen her aufgefressen hatte. Dummerweise konnte ich aber die Theorie, die ich mir selbst zurechtgebastelt hatte, nicht ignorieren.

Insofern war ich nicht mehr so begeistert von der Idee, zu Siobhans Geburtstagswochenende zu fahren; ich würde dort von Leuten umgeben sein, die ich nicht kannte oder auf die ich keine Lust hatte. Andererseits sagte ich mir, dass die zwei Tage eine gute Gelegenheit waren, ein bisschen Abstand zu gewinnen und den Kopf durchzulüften. Außerdem war ich es Siobhan schuldig. Ich durfte nicht vergessen, wie gut mir ihr Weihnachtsanruf getan hatte. Leider war sie seither in meiner Vorstellung wieder zu der jungen Frau geworden, die mir das Leben schwer gemacht hatte und vor der ich mich in Acht nehmen musste. Trotzdem wäre ich nicht so weit gegangen, ihr kurzfristig abzusagen.

Per E-Mail hatte ich das Foto einer zauberhaften, verschneiten Hütte erhalten, die sich in den Bergen am Saum eines riesigen Tannenwalds in eine Mulde schmiegte. Im Text stand, dass wir am Freitagabend auf dem Dorfplatz erwartet würden. Dort wollte Siobhan uns abholen, sobald wir sie anriefen.

Am Spätnachmittag traf ich ein. Wegen des Straßenzustands und der Schneeketten, deren Montage knifflig war, hatte ich reichlich Zeit eingeplant. Ich war besser durchgekommen als erwartet, und deshalb war ich zu früh. Der schneebedeckte Berg war im Licht der untergehenden Sonne wunderschön. Das

Dorf wappnete sich für eine eisige Nacht und igelte sich ein. Ich rief Siobhan an. Das fühlte sich komisch an, weil ich es seit Ewigkeiten nicht mehr getan hatte. Sie meldete sich sofort, und ihre Stimme klang aufgekratzt.

»Emmy, sag nicht, dass du nicht kommst! Ich flehe dich an!«

»Nein. Ich bin schon da.«

»Ich bin gleich bei dir.«

Ich suchte Zuflucht in einem kleinen Café, weil mir sogar im Wagen sehr kalt war. Hier in der Gegend gab es einige Touristen. Laut den Schildern, die schon unten im Tal Werbung machten, galt sie als Langlaufparadies. Ein paar Leute trugen noch ihre Sportkleidung; sie kommentierten anhand einer Karte die Strecke, die sie zurückgelegt hatten, und planten die Tour für den nächsten Tag. Es roch nach Sonnencreme und Lippenbalsam. Oder vielmehr bildete ich mir diese Gerüche ein, weil sie in meiner Erinnerung untrennbar mit meinen Aufenthalten im Skilager verknüpft waren, wo man uns jeden Morgen gezwungen hatte, uns das Gesicht einzuschmieren.

Siobhan fuhr mit einem alten Peugeot auf dem Dorfplatz vor. Es war das erste Mal, dass ich sie hinterm Lenkrad sah. Soweit ich mich erinnerte, besaß sie gar keinen Führerschein. Suchend sah sie sich um. Sie trug das Haar länger als früher. Ihr Gesicht war abgezehrt und hatte die kindlichen Rundungen, die es so lieblich gemacht hatten, verloren. Ihr Blick wirkte hart und unstet. Sie war in einen langen Parka eingemummelt, in dem sie verloren aussah und älter wirkte. Sie war nicht mehr die hübsche, exzentrische Studentin, die mich so angezogen hatte. Sie war klassischer geworden, ihre Schönheit zahmer. Als sie mich aus dem Café treten sah, wurde ihr Gesicht von einem schönen Lächeln erhellt, das ihre Unruhe verscheuchte.

Schamhaft gaben wir uns einen Kuss wie alte Freunde, die sich lange nicht gesehen haben. Vielleicht ließ sie ihre Hand ein wenig zu lang auf meinem Arm liegen.

»Ich danke dir, dass du gekommen bist. Das freut mich wirklich! Ich hoffe, das Wochenende wird dir gefallen.«

Ich hätte sagen sollen, dass das vor allem ihr zu wünschen sei, aber kaum war ich in ihrer Nähe, begab ich mich automatisch in die Defensive.

»Ich wusste gar nicht, dass du ein Auto hast.«

»Das habe ich mir geliehen. Beim Anlegen der Schneeketten musste ich mir helfen lassen. Deshalb mache ich sie jetzt nicht mehr ab.«

»Wann bist du angekommen?«

»Gestern Abend. Ich wollte, dass alles rechtzeitig fertig ist. Du wirst sehen, die Hütte ist ein Traum. Man hat das Gefühl, ganz allein auf der Welt zu sein ... Du brauchst mir einfach nur hinterherzufahren. Aber ich warne dich: Die Straße ist nur zum Teil geräumt. Wir müssen das Auto nachher stehen lassen und das letzte Stück zu Fuß gehen.«

Die Straße schien sich hinter dem Dorf im Wald zu verlieren. Als wir endlich wieder ins Freie kamen, war die Straße keine Straße mehr, sondern ein von hohen Schneewällen begrenzter Graben. Siobhan fuhr ruhig und ohne in Panik zu geraten, selbst als ihr Auto hinten ein wenig ausscherte. Mittlerweile hatte sich die Nacht auf uns herabgesenkt. Wir fuhren einen Berghang hinauf und durch drei enge Serpentinen. Nach der dritten bog Siobhan in einen Weg ein, der kaum zu erkennen war. Hier lag noch mehr Schnee. Weiter fuhr sie nicht. Ich parkte hinter ihr. Andere Autos waren nicht zu sehen.

»Ist sonst noch keiner da?«

Ich war leicht besorgt, weil die Straße, über die wir gekommen waren, schon bald vereist und jede Fahrt hinunter ins Dorf ein Wagnis sein würde.

»Doch, alle.«

Ich nahm mein Gepäck aus dem Kofferraum und stapfte hinter ihr her den Weg entlang, auf dem nur wenige Fußspuren zu erkennen waren. Wir versanken bis zu den Knien im Schnee. Am Ende des Wegs erblickte ich hinter den Bäumen schon bald die Lichter der Hütte. Kurz darauf war sie ganz zu sehen: Ganz und gar mit Holz verkleidet, hob sie sich, von einer gelben Aureole umgeben, bezaubernd von der Dunkelheit ab.

»Es war wirklich Liebe auf den ersten Blick. Ich habe sie gesehen und sofort beschlossen, im Winter herzukommen. Und als ich erfahren habe, dass man sie mieten kann, war mir klar, dass ich hier und nirgendwo sonst meinen Dreißigsten feiern will.«

Sie blieb sogar stehen, um das Bild einmal mehr in sich aufzunehmen. Um uns her herrschte vollkommene Stille, die nur durch das Knirschen des Schnees unter unseren Füßen ein wenig angekratzt wurde.

Im Innern war alles aus honigfarbenem Holz und rotem Stoff. Wir betraten einen sehr großen Raum. Hinter der Glasscheibe des Kamineinsatzes flackerte ein munteres Feuer, und es herrschte wohlige Wärme. Zur Linken öffnete sich eine Küche, eine Treppe führte ins obere Stockwerk, das sich unters Dach kauerte. Es duftete angenehm nach Kuchen und vor sich hin köchelndem Essen, aber es war niemand da, der uns willkommen geheißen hätte.

»Wo sind deine Gäste?«

Ich hätte es ahnen müssen!

»Ich habe dir doch gesagt, dass es ein kleiner Kreis sein

wird, dass nur Menschen kommen, die ich mag. Bitte, Emmy, jetzt mach nicht so ein Gesicht! Morgen ist mein Geburtstag! Gönn es mir doch einfach: ein Wochenende zu zweit. Nur ein Wochenende …«

Da waren sie wieder, ihr entwaffnendes Lächeln und ihre großen schwarzen Augen, die jetzt nichts Hartes mehr hatten. Ich versuchte erst gar nicht zu protestieren, sondern begnügte mich damit, beim Mantel-Ausziehen zu seufzen, um meiner Kapitulation ein wenig Würde zu verleihen.

Gleich in der ersten Nacht landete ich wieder in Siobhans Armen. Ich muss aber dazusagen, dass der Abend, den wir miteinander verbrachten, in jeder Hinsicht wunderbar war. Ihr Essen war köstlich, der Wein gut gewählt. In der Hütte war es angenehm, weil man sich darin so geborgen fühlte. Vor allem aber zeigte sich Siobhan von ihrer charmanten Seite. Sie schien wirklich glücklich zu sein, und das stand ihr ausgesprochen gut. Wir plauderten über dieses und jenes. Ich konnte mich nicht erinnern, wann ich das letzte Mal so viel geredet hatte. Nach dem Essen spülten wir gemeinsam ab und machten es uns in züchtigem Abstand zueinander auf der kuscheligen Couch am Kamin bequem, sie mit hübsch untergeschlagenen Beinen, ich halb fläzend.

Als sie auf ihren dreißigsten Geburtstag zu sprechen kam, verdüsterte sich Siobhans Miene ein wenig. Sie musste daran denken, dass sie sich nach dem Abitur ausgemalt hatte, wie sie in diesem Alter sein würde, und dass alles ganz anders gekommen war. Der Schatten, der sich auf ihr Gesicht legte, hatte jedoch nichts von dem, den ich an ihr so gut kannte und fürchtete. Er ähnelte vielmehr einem verhangenen Himmel nach einem Gewitter und ließ Siobhan irgendwie anrührender aussehen. Im Grunde schreckte es sie nicht, dreißig zu werden. Sie war davon überzeugt, dass das Leben jetzt erst richtig losging. Dass die Jahre davor nur so etwas wie ein Probelauf, ein Umherirren gewesen waren, von dem sich nur ein einziger Teil gelohnt hatte. Bei diesen Worten fixierte sie mich, bis ich die Augen niederschlug und errötete, worüber sie lachen musste. Ich war kurz zuvor fünfundvierzig geworden und hatte das Gefühl, immer noch in der Probephase zu sein. Davon sagte ich ihr aber nichts.

Wir sprachen auch über meine Arbeit über Basse-Misère. Ich hatte noch nie wirklich mit jemandem darüber geredet, jedenfalls nicht so. Allerdings verschwieg ich ihr meine jüngsten Erkenntnisse und die erschreckenden Schlussfolgerungen, die sich daraus ergaben, nämlich dass der Mörder immer noch frei herumlief. Ich erzählte ihr, wie es mir gelungen war, gewisse Türen zu öffnen, wie ich es geschafft hatte, mich in bestimmte Abschnitte der Vergangenheit zurückzuversetzen, und wie sich meine Sichtweise entwickelt hatte. Ich stellte ihr Justine vor, die sie auf Anhieb mochte. Danach Guillaume, wobei ich versuchte, ihn ein wenig mehr ins Licht zu ziehen, aber er schätzte das überhaupt nicht und sträubte sich dagegen, sodass er farblos und unscheinbar blieb. Auch Florie zeigte ich ihr, und zwar bis zu dem Moment, als ich ihr im Salon de Thé in Cornwall begegnet war. Zum Schluss Emmanuel und seinen albtraumhaften Alltag.

Ich wusste, dass Siobhan als junges Mädchen wie ein schwarzes Schaf behandelt worden war. Von zwei, drei sehr schmerzlichen Erlebnissen hatte sie mir bereits erzählt.

»Was ist die schlimmste Hänselei, die du je ertragen musstest?«, fragte sie, nachdem ich ihr von dem Vorfall berichtet hatte, den ich im Schwimmbad miterlebt hatte.

Ich wusste nicht, was ich darauf antworten sollte. Durch ihre Frage wurde mir klar, dass mir all diese Dinge erspart geblieben waren. Abgesehen von ein paar kleineren Unannehmlichkeiten, die sich mit der Zeit jedoch von allein erledigt hatten.

Da erzählte sie mir, wie sie einmal von anderen Mädchen aus ihrer Klasse auf der Toilette in die Enge getrieben worden war. Sie war damals dreizehn gewesen, hatte kurzes Haar und noch keine Rundungen gehabt. Deshalb hatten alle geglaubt, sie sei ein als Mädchen verkleideter Junge. Um die Wahrheit herauszufinden, hatten sie sie gezwungen, vor allen Mädchen, die sich da zusammengerottet hatten, auf der Toilette, in der sie festsaß, zu pinkeln. Als die anderen sahen, dass sie sich getäuscht hatten, hatten sie sie verhauen und ihren Kopf in die Kloschüssel getaucht. Später hatte sie gerade wegen ihrer Kurven Ärger bekommen. Man hatte sie wegen ihrer großen Brüste aufgezogen und »Milchkuh« genannt. Und es hatte geheißen, daran erkenne man die wahren Schlampen. Außerdem hatte jemand eine Fotomontage an ihren Spind geklebt, auf der sie splitternackt beim Tittenfick mit einem riesigen Schwanz abgebildet war, der auf ihr Kinn ejakulierte. Darauf stand in großen roten Buchstaben: »Wer will als Nächstes?«

Rückblickend meinte sie, sie hätte sich darum bemühen sollen, beliebter zu sein, zum Beispiel indem sie einwilligte, mit dem Jungen aus der Hockeymannschaft, der sie angebaggert hatte, auszugehen. Dann wäre bestimmt alles einfacher gewesen. Eine dicke Träne kullerte über ihre Wange. Ich hatte nur einen Wunsch: sie in den Arm zu nehmen und ihr zu sagen, dass das vorbei war, für immer. Normalerweise hätte ich die

Gelegenheit verstreichen lassen und es anschließend bereut. Diesmal rückte ich zu ihr hinüber und drückte sie an mich.

Am nächsten Morgen erwachten wir eng umschlungen. Draußen schneite es. Ich wünschte ihr alles Gute zum Geburtstag. Es war ein schöner Augenblick. Alles seit meiner Ankunft in den Bergen war schön gewesen, schön und klar. Jean-Daniel Fraysse hatte nichts gesehen. Konitz saß hinter Schloss und Riegel. Basse-Misère war weit weg. Auch das war vorbei, für immer.

Ich überreichte Siobhan das Geschenk, mit dessen Auswahl ich mich so schwergetan hatte, weil ich mich in der Annahme, dass wir nicht allein sein würden, nicht hatte entscheiden können, ob es etwas ganz Banales oder sehr Persönliches sein sollte. Am Ende hatte ich mich für einen aufklappbaren Anhänger entschieden, den ich bei einem Antiquitätenhändler aufgestöbert hatte. Er hatte die Form eines Wassertropfens, und öffnete man ihn, entdeckte man darin eine hängende Perle aus Bernstein. Siobhan nahm ihn wie ein kleines Wunderwerk entgegen, wobei ich fand, dass er dem Anlass eigentlich nicht gerecht wurde.

Später gingen wir in den Bergen spazieren. Sie hatte sich dafür in eine wahnwitzige Anzahl bunter Schals gewickelt, in denen sie bis auf ihre großen staunenden Augen und ihr ebenso bezauberndes wie strahlendes Lachen fast verschwand. Über zwei Stunden später kehrten wir erschöpft und steif gefroren zurück. Um uns aufzuwärmen, nahmen wir zusammen ein Bad. Ich wollte wissen, was sie jetzt vorhabe, wohin sie gehen wolle.

Sie erwiderte: »Morgen, Emmy. Morgen …«

Wir aßen den Kühlschrank leer. Danach legte sie Musik auf und bettelte so lange, bis ich mich breitschlagen ließ, mit ihr zu tanzen. Sie brauchte mich nur anzusehen, schon lächelte sie. Und ich brauchte sie nur anzusehen, um nicht mehr nach Hause zu wollen, schon gar nicht ohne sie.

Der Sonntag kam viel zu schnell. Es hatte aufgehört zu schneien. Der Morgen war nicht mehr so märchenhaft. Erneut befragte ich sie zu ihren unmittelbaren Zukunftsplänen.

Sie hatte in Biarritz jemanden kennengelernt. Einen irischen Touristen. Er hatte ihr vorgeschlagen, zu ihm zu ziehen.

»Er ist ein bisschen wie der Junge aus der Hockeymannschaft, nicht so sportlich, aber dafür reich. Er bietet mir ein leichteres Leben ...«

Ich kann mir bestens vorstellen, was ich für ein Gesicht machte.

»Wann reist du ab?«

»Ich habe nicht gesagt, dass ich sein Angebot angenommen habe.«

»Worauf wartest du?«

»Auf den Ausgang dieses Wochenendes ... Weißt du, es ist gar nicht so schwer, es zu sagen: ›Siobhan, ich will nicht, dass du fortgehst. Ich weiß nicht, ob das Leben mit mir leichter wird, aber es wird ein tolles Leben, das verspreche ich dir.‹ Und ich bin gewillt, dir zu antworten, dass ich Hockeyspieler sowieso nie leiden konnte. Oder, noch besser: ›Mit dir gehe ich überallhin, Marc-Edouard Peiresoles, denn von dem Augenblick an, als du dich im Hörsaal an den Schreibtisch gesetzt hast, wusste ich, dass ich genau dafür auf die Welt gekommen bin: um dich zu lieben.‹«

Ich stand auf und holte mein schwarzes Notizbuch und meinen Füller aus der Manteltasche. Fein säuberlich riss ich eine unbeschriebene Seite heraus und schrieb darauf: »Siobhan, ich will nicht, dass du fortgehst.« Dann ging ich zurück zum Bett und gab sie ihr.

»Reden war noch nie meine Stärke.«

Sie las es.

»Das ist für den Anfang schon recht gut… Ich warte gern, bis du irgendwann auch die Fortsetzung aufschreibst. Ja, ich warte gern.«

Sie faltete das Blatt und presste es gegen ihre Brust und den Anhänger, den ich ihr geschenkt hatte.

»Du hast das Notizbuch immer noch… Ich habe mich oft gefragt, was du da wohl reinschreibst. Ein paar Mal hatte ich den Impuls, heimlich darin zu lesen, aber ich habe mich nie getraut.«

Wieder stand ich auf, um das Buch zu holen, und reichte es ihr. Ich lag neben ihr, während sie darin blätterte, und beobachtete, wie sie lächelte oder die Stirn runzelte.

»Na so was! Ich hoffe, du hast an mich gedacht, als du das aufgeschrieben hast.«

»Was denn?«

»Die Aussprüche meiner Lieblingsfigur aus meinem Lieblingsbuch.«

»Von welchen Sprüchen redest du?«

»Du hast dabei also nicht an mich gedacht… ›Dir gefällt *gar* nichts, was passiert.‹ Und dann das hier: ›Ich bin nicht mehr wütend auf dich.‹ Ich habe das Buch so oft gelesen. Sogar auf Französisch, in bescheuerten Übersetzungen, über die ich immer geschimpft habe. Ich kann es auswendig.«

»Von welchem Buch redest du?«

»Du weißt nicht, woher diese Sätze stammen? Es sind Repliken von Phoebe, der kleinen Schwester der Hauptfigur aus *Der Fänger im Roggen*.«

33

»Die Anzeigen werden uns mit der Post zugeschickt oder direkt hier abgegeben. Sofern sie unseren Richtlinien entsprechen und bezahlt sind, veröffentlichen wir sie in der Freitagsausgabe. Einige Privatpersonen geben bei den Annoncen ihre Adresse an, anderen ist es lieber, wenn wir die Rolle des Vermittlers übernehmen. Wir selbst verschicken allerdings nichts. Wenn jemand bar bezahlt und anonym bleiben möchte, wüsste ich nicht, wie wir ihn ausfindig machen könnten, und auch nicht, warum wir es versuchen sollten.«

Die Redaktion des *L'Écho de l'Autan* befand sich im Erdgeschoss der Druckerei, der die Zeitung seit Jahrzehnten gehörte. Wie seinerzeit Pastre kümmerte sich auch heute ein einziger Journalist um den Inhalt. Ihm stand eine Sekretärin zur Seite. Diese übernahm es zunächst, meine Fragen zu beantworten, doch da sie aus ihnen eine gewisse Skepsis heraushörte, bat sie bald ihren Vorgesetzten, sich um die Sache zu kümmern. Seit Pastres Pensionierung war er der Vierte, der diesen Posten bekleidete – allem Anschein nach ohne Begeisterung.

»Sie müssen zudem bedenken, dass wir die Informationen zu den Anzeigen und die nicht abgeholten Antworten höchstens ein halbes Jahr lang aufheben. Nach dieser Frist wandert alles in die Müllverbrennung. Nach 2010 sind keine mehr erschienen, sagen Sie?«

»Ich habe jedenfalls keine mehr gefunden.«

Pastres Archive deckten die Zeit bis zu seinem Fortgang von der Zeitung Ende des Jahres 2010 ab. Den Rest hatte ich in der Mediathek von Valdérieu heraussuchen müssen.

Siobhan hatte sich in Fonbelle darangemacht, die in unserem Besitz befindlichen Ausgaben zu durchforsten. Sie hatte sich mit dem Rücken zum Kamin an den großen Tisch gesetzt und hochkonzentriert Zeile für Zeile durchgelesen, während sie auf Lakritzschnecken herumkaute, die sie komplett ab- und anschließend auf ihrem Zeigefinger wieder aufwickelte. Ich hatte ihr erklärt, warum die Tatsache, dass es sich um den *Fänger im Roggen* handelte, für mich von Bedeutung war. Letzten Endes war mir nichts weiter übrig geblieben, als ihr mehr zu erzählen, zum Beispiel von Jean-Daniel Fraysses Selbstmord und meinen Zweifeln bezüglich seiner Person.

Nach unserer Abreise aus der Hütte hatte Siobhan in Toulouse einen kurzen Stopp eingelegt, um das Auto zurückzugeben und ein paar Sachen zu holen. Gleich nach ihrer Ankunft bei mir hatte sie sich auf die Durchsicht der Zeitungen gestürzt. Ich hatte darin noch weitere Sätze dieser Art gelesen, hätte aber nicht sagen können, welche aus dem Roman stammten. Wenn ich in die Uni fuhr, ließ ich Siobhan noch schlafend unter dem Federbett zurück. Bei meiner Rückkehr sah ich sie dann mit ihrer Tüte voll Süßigkeiten und dem Stapel dicker Ordner am Tisch sitzen. Das Haus war geheizt. Es roch sauber und nach kaltem Tee. Es hatte Farbe bekommen und wirkte einladend, so wie ich es mir immer gewünscht hatte. Siobhan hatte es durch ihre bloße Anwesenheit geschafft, den dicken Mauern Leben einzuhauchen. Wenn ich hinter sie trat, um ihren Nacken zu küssen, gab sie mir oft einfach nur die Hand, um mir klarzumachen, dass ich sie nicht stören sollte. Fragte ich sie, ob es etwas Neues gebe, hob sie die andere Hand, um mich um Geduld zu bitten. Dann machte ich es mir bequem. Ich beobachtete sie bei ihrem Tun. Sie sah wie eine wissbegierige, fleißige Schülerin aus, wobei sie im Sitzen die unmöglichsten Haltungen einnahm. War sie mit dem Lesen fertig, hob sie ruckartig den Kopf und lächelte mich an. Dann entknotete sie sich und kam zu mir, um mich zu umarmen, zu fragen, wie mein Tag gewesen war, und von ihrem zu erzählen, den sie in der Regel mit den alten Zeitungen und Spaziergängen im Wald verbracht hatte.

An den Tagen, an denen ich nicht wegmusste, setzten wir uns einander gegenüber, ich mit meinem Unterrichtsmaterial und den Prüfungsarbeiten, sie mit dem *L'Écho*. Sie trank literweise Tee und hatte immer irgendwelche Süßigkeiten zur Hand. Nachmittags machten wir eine Pause, gingen an die Luft und sprachen über andere Dinge.

Nach einer Weile stieß sie auf zwei weitere Zitate aus *Der Fänger im Roggen*. Das erste war zwei Jahre nach denjenigen erschienen, die ich mir notiert hatte: »Ich will aber nicht, dass er mich mag.« Das zweite zehn Monate später: »Ich dachte, das Karussell ist im Winter geschlossen.« Beides Repliken von Phoebe. Mit den jeweiligen Erscheinungsdaten hatte es keine besondere Bewandtnis, sie entsprachen weder einem Geburtstag noch einem anderen wichtigen Ereignis im Leben der Hauptpersonen aus diesem Fall. Dann blieben die Sätze wieder für lange Zeit aus – bis zum Jahr 2003, in dem Siobhan einen fünften entdeckte: »Ich nehm auch nicht meine Sachen mit, wenn du das nicht willst.« Der sechste fand sich Anfang 2005: »Es fängt an, wenn ich sterbe.« Und schließlich ein siebter in einer der allerletzten Ausgaben, die Pastre archiviert hatte: »Wahrscheinlich bist du wieder in jedem Fach durchgefallen.« Es gab kein Schema, das die Zitate miteinander verband. Sie waren ohne erkennbare Reihenfolge zu verschiedenen Zeiten des Jahres veröffentlicht worden.

»Es muss doch irgendeinen Sinn, irgendeine Logik geben.«

»Du denkst, dass Emmanuels Tante dahintersteckt, nicht wahr?«

»Ich glaube, das Buch hat in ihr länger nachgewirkt als in den anderen. Aber warum immer nur Sätze von Phoebe?«

Ich rief die Tante an. Sie schwor, nichts von den Zitaten zu wissen. Die Vorstellung fand sie ebenso absonderlich wie erschreckend. Mehrmals fragte sie: »Müssen wir uns Sorgen machen, Monsieur Peiresoles?«

Und jedes Mal log ich sie an.

»Nein, keineswegs.«

Ich schrieb einen Brief an Flories Vater, in dem ich nach den üblichen Höflichkeitsfloskeln und Entschuldigungen unumwunden fragte, ob er diese Zitate habe veröffentlichen lassen. Unabhängig davon, ob es so war oder nicht, fragte ich außerdem, ob das jeweilige Erscheinungsdatum in seinen Augen eine Bedeutung habe. Und ich gab meine E-Mail-Adresse an, damit er mir schneller antworten konnte, falls er das vorhatte.

Ich rief die Garcès an, um ihnen dieselben Fragen zu stellen, und wurde prompt abschlägig beschieden: Emmanuels Eltern hatten nichts mit den Anzeigen zu tun, und die Daten hatten weder einen Bezug zu ihrem Sohn noch zu ihnen selbst.

Danach schickte ich eine Mail an Arnaud Armengaud, der mir wie sein Bruder nach unserem Treffen im Haus am See seine Adresse gegeben hatte. Allerdings fügte ich hier den Fragen, die ich den anderen gestellt hatte, eine hinzu: Ob er sich an die Art und Weise erinnere, wie Justine über *Der Fänger im Roggen* gesprochen hatte, und ob es Passagen gebe, die es ihr besonders angetan hatten? Er schickte mir noch am selben Abend eine lange Antwort. Justine war vom Thema des Romans begeistert gewesen. Wie gesagt, Guillaume hatte ihn ihr geschenkt. Er selbst hatte sich damals von ihr ferngehalten und kaum mitbekommen, wie sie die Geschichte erzählte oder Passagen daraus zitierte. Aber er erinnerte sich, wie sie gesagt hatte, dass es dem Protagonisten schlecht gehe, weil er es gewagt habe, die Augen zu öffnen, und weil er das, was er gesehen habe, niederschmetternd gefunden habe. Auch hatte sie immer wieder von der kleinen Schwester gesprochen, die der einzige Grund sei, warum er noch Hoffnung habe und weiterleben wolle – um so lange wie möglich an ihrer Seite sein zu können. Was die Daten anging, hatte Arnaud sich die Mühe gemacht, seine Mutter zu befragen, weil sie für ihn keinerlei Sinn ergaben. Sie hatte auch keinen entdecken können.

Zu meiner großen Überraschung antwortete mir John-Henry Nipperday vier Tage später per Mail. Er beteuerte, er habe mit der Veröffentlichung der Zitate nichts zu tun, und die Daten sagten ihm nichts. Sein Schlusssatz war sehr eindringlich: *Falls Sie auf etwas gestoßen sind – was ich dem Wortlaut Ihres Briefes nach vermute –, vergessen Sie Ihr Versprechen nicht: Halten Sie mich auf dem Laufenden.*

Zu guter Letzt schickte ich einen Brief – den mittlerweile dritten – nach Belle-Île, befragte Philippe Brunet-Auriac zu den Zitaten und Daten und betonte, wie wichtig seine Antwort sei.

Nachdem Siobhan mit der Durchsicht der Zeitungen fertig gewesen war, hatte sie ihrerseits Nachforschungen angestellt. Sie hatte sich auf die Suche nach den anderen Kindern aus dem Club gemacht, denen Justine in jenem schicksalhaften Sommer von dem Buch erzählt hatte. Abgesehen von den vieren von der kleinen Insel und den beiden Armengaud-Brüdern war sie in Pastres Akten auf elf weitere gestoßen. Ihnen hatte sie die beiden Kinder von Bernard Bardy hinzugefügt. Schon nach wenigen Tagen hatte sie alle ausfindig gemacht. Dreizehn Namen und dreizehn Adressen, einige davon extrem weit weg, etwa in Neuseeland oder Chile. Gemeinsam setzten wir ein Standardschreiben an die elf ersten auf: immer dieselben Fragen zum Roman und zu den Daten. Den Brief an Bardys Tochter, die nach Nordfrankreich gezogen war, wandelten wir etwas ab, ebenso den an ihren Bruder, der am anderen Ende der Welt lebte und dem wir erzählten, was Justine in der Dusche des Clubs getrieben hatte.

Gleich am nächsten Tag gab ich alle Briefe auf, wobei ich das Postamt von Valdérieu mied, um nicht unnötig Aufmerksamkeit zu erregen.

Die Antworten der »Dreizehn aus dem Club«, wie Siobhan sie nannte, trudelten im Lauf des folgenden Monats ein. Insgesamt waren es elf. Einer der beiden, die fehlten, war Bardys Sohn.

Drei schrieben, dass sie meine Fragen nicht beantworten und von dieser Geschichte nichts mehr hören wollten und dass es nichts bringe, die schlimmen Erinnerungen wachzurufen. Die beiden Schwestern von Emmanuel hielten sich fein heraus. Wenn man ihre Zeilen las, fragte man sich, ob sie wirklich mit den anderen Kindern im Club Nautique zusammen gewesen waren. Bardys Tochter hatte nicht viel Neues beizusteuern. Da sie älter war als die anderen, hatte sie mit dem Club nicht viel zu tun gehabt. Natürlich hatte diese schreckliche Geschichte ihr eigenes Leben und das ihrer Familie aus der Bahn geworfen. Die Wunden waren noch nicht verheilt, sie litt noch heute darunter. Trotzdem kämpfte sie dafür, das Ansehen ihres Vaters wiederherzustellen, auch wenn sie ihn anfangs zutiefst verabscheut hatte. Später hatte sie versucht, ihn zu verstehen. Obwohl ihr das nicht gelungen war, forderte sie zumindest, dass man aufhörte, sein Andenken zu beschmutzen. Aus diesem Grund war sie auch gerichtlich gegen den Produzenten und den ausstrahlenden Sender der Fernsehsendung vorgegangen, die den Verdacht gegen ihren Vater neu geschürt hatte.

Die fünf übrigen Rückmeldungen entpuppten sich als die hilfreichsten. Sie waren lang, ausführlich und, wie mir schien, aufrichtig. Keiner von den Absendern war je wirklich über Basse-Misère hinweggekommen. Alle hatten sich letztlich für die Flucht entschieden, sofern ihre Eltern nicht schon früher die Initiative ergriffen hatten. In den ersten Wochen nach dem Massaker waren sie in einem Gefühl von Unwirklichkeit gefangen gewesen und hatten nicht unterscheiden können zwischen dem, was sie tatsächlich erlebten, und dem, was sie sich nur einbildeten. Die Vernehmungen, die Gerüchte, all das war nichts verglichen mit dem, was später kam, nachdem sie alles erfasst hatten. Die fünf räumten ein, mit der Angst aufgewachsen zu sein. Mit der Angst, dass das Morden unter den Kindern von Les Crozes weiterging; der Angst, dass der Mörder womöglich ständig in ihrer Nähe war; der Angst vor der eigenen Verwundbarkeit … Sie neigten dazu, die Zeit am See zu verklären. Das war ihnen bewusst, und trotzdem wollten sie daran nichts ändern. Die Porträts, die sie von den vier Opfern entwarfen, fielen recht unterschiedlich aus. Guillaume war, glaubte man den einen, zurückhaltend und unscheinbar gewesen, vertraute man den anderen, im Gegenteil jemand, der sich so richtig amüsieren konnte. Emmanuel: schüchtern, rührend und wirklich nett oder unnahbar, nicht immer ganz ehrlich und in der Lage, andere in Verlegenheit zu bringen. Am härtesten gingen sie mit Florie ins Gericht: Sie habe nie versucht, sich zu integrieren, habe andere von oben herab behandelt und so gut wie nie den Mund aufgemacht. Vor allem warfen sie ihr vor, dass sie versucht habe, Justine vom Rest der Gruppe zu isolieren. Über Letztere herrschte Einmütigkeit. Immer, wenn im Club etwas Schönes passiert sei, sei sie dabei gewesen, denn meist habe sie diese Momente selbst herbeigeführt. Habe man irgendein Problem gehabt, habe man nur mit ihr darüber zu reden brauchen, und schon habe die Welt ganz anders ausgesehen. Sie habe sich vor nichts gefürchtet. Es wurde auch Bedauern darüber bekundet, dass man sie enttäuscht habe, indem man die von ihr geplante Theateraufführung unter freiem Himmel verbockte. Sie hatte tiefen Eindruck hinterlassen. Eine Frau gestand sogar, dass sie mit dem Gedanken gespielt habe, ihre Tochter Justine zu nennen, es aber gelassen habe, und zwar wegen der Angst. Manche waren zu jung, um sich genauer an die Geschichten zu erinnern, die sie ihnen erzählt hatte, anderen waren ihre Erzählungen rund um den *Fänger im Roggen* noch lebhaft in Erinnerung. Keiner von ihnen hatte sich seither dazu durchringen können, das Buch zu lesen, alle hatten es vorgezogen, sich mit Justines Version zu begnügen. Offensichtlich hatte sie ein Faible für die kleine Schwester des Protagonisten gehabt, denn sie hatte immer wieder gesagt, sie wäre gern wie sie.

Keiner von ihnen hatte Zitate zwecks Veröffentlichung an *L'Écho* geschickt. Und die sieben Daten sagten ihnen allen nichts.

Die erste Zeit mit Siobhan in Fonbelle war idyllisch. Weit weg von der Universität war ich entspannter und tat mich leichter, unsere Beziehung zu akzeptieren. Und Siobhan schien sich mit der Abgeschiedenheit des Hauses abzufinden. Doch kaum war ihre Recherchearbeit beendet, spürte ich, dass sie begann, sich zu langweilen. Eines Tages fragte sie, ob sie mich nach Toulouse begleiten könne. Sie verbrachte den Tag in der Stadt, und ich holte sie abends in sicherer Entfernung vom Campus wieder ab. Sie hatte miese Laune, schmollte den ganzen Abend und ging wortlos zu Bett. In der folgenden Woche kam sie wieder mit, übernachtete aber bei einer Freundin. Trotzdem war sie nach ihrer Rückkehr nicht weniger verschlossen und wortkarg. Ihre Stimmungsschwankungen häuften sich, der Schatten kehrte in ihre Augen zurück.

»Ich habe eventuell eine Möglichkeit, in Toulouse zu arbeiten«, verkündete sie schließlich. »Zwei Monate Vertretung in einer Buchhandlung. Ich könnte bei meiner Freundin unterkommen und dich an den Wochenenden besuchen. Was sagst du dazu?«

Ich sagte mir, dass durch den Alltag mit mir nun auch sie zu verkümmern begann.

»Ich brauche diesen Job. Außerdem kommt es mir so vor, als würde ich die ganze Zeit versuchen, dich wieder einzufangen, und doch keinen Erfolg haben. Ich will nicht, dass es zwischen uns noch mal schiefläuft, Emmy. Ich glaube, wenn ich ein bisschen rauskomme, finde ich die nötige Kraft.«

»Die nötige Kraft wozu?«

»Um auf dich zu warten …«

Sie nahm den letzten Zug am Sonntagabend. Am darauffolgenden Samstag wollten wir uns wiedersehen. Ich hatte sie gebeten, mich zum Treffen der ehemaligen Schüler von Saint-Jacques zu begleiten, und sie hatte sich sehr über die Einladung gefreut.

»Zumindest habe ich dann nicht das Gefühl, dass du mich versteckst oder dich meiner schämst.«

Ich schämte mich ihrer nicht, aber es stimmte, dass ich unsere Beziehung nicht an die große Glocke hängen wollte. Die Reaktion meiner Kollegen konnte ich mir lebhaft vorstellen! Tatsächlich sah ich für uns keine gemeinsame Zukunft. Dabei fühlte ich mich mit ihr wohl. Die Leere, die sie in Fonbelle hinterließ, war riesig und schmerzlich. Aber die einzige Zukunft, die ich mir vorstellen konnte, zeigte mich allein und ungebunden. Dahin, wo ich ging, konnte sie nicht mitkommen, und das wollte ich auch gar nicht.

Um die Leere zu füllen, setzte ich mich wieder an meinen Vortrag. Und ich bereitete ihn gründlicher vor, weil ich Marielles Warnung im Ohr hatte. Allerdings ging ich vollkommen lustlos ans Werk. Ich musste mich erst wieder an ein Haus ohne Wärme, ohne Düfte, ohne einen anderen Menschen gewöhnen.

Gegen Ende dieser mühsamen Woche begann es zu schneien. Schon seit Tagen war der Himmel verhangen gewesen. Es hatte nach Schnee gerochen, aber es war keiner gefallen. Er kam eines Nachmittags, als ich schon nicht mehr damit rechnete. Ich saß unten, von Büchern umgeben, am großen Tisch. Plötzlich hob ich den Kopf und sah, dass es schneite. Das Gras vor dem Haus war schon weiß. Der Schnee und ich, das ist eine echte Liebesgeschichte.

Ich erinnere mich noch an die verschneiten Morgen in Valdérieu, wenn wir die Fensterläden aufstießen und alles unter einer dicken weißen Decke verschwunden war. Ich rede hier von richtig viel Schnee, der die Stadt lahmlegte und dafür sorgte, dass die Klassenzimmer leer blieben. Schnee war gleichbedeutend mit Frieden, mit Stille. Etwas hatte sich verändert, und zwar zum Besseren. Wenn es tagsüber zu schneien anfing, konnte ich stundenlang in meinem Zimmer sitzen und den tanzenden Flocken hinter dem Fenster zusehen. Dann wurde ich älter, aber der Zauber blieb. In meinem letzten Jahr am Gymnasium begann es an einem Mittwochnachmittag zu schneien. Ich war allein zu Hause. Vormittags hatte ich mir im Plattenladen in der Stadtmitte das neueste Album von Thiéfaine gekauft, auf dessen Erscheinen ich voller Ungeduld gewartet hatte. Es drehte sich auf dem Plattenteller meiner Stereoanlage, während ich auf dem Fensterbrett saß und zusah, wie der Schnee fiel. Das Telefon klingelte. Zwei Mädchen aus meiner Klasse, die den Nachmittag zusammen verbrachten, wollten mich sprechen. Das freute mich; das Interesse, das sie mir offenbar entgegenbrachten, schmeichelte mir. Alles lief in die richtige Richtung. Der Schnee gab einem das Gefühl, auf einem frischen Blatt Papier alles noch mal neu schreiben zu können.

Ich ließ meinen Vortrag liegen und trat vor die Haustür. Es war noch nicht dunkel, aber auch nicht mehr ganz hell. Vor mir erblickte ich einen dichten Vorhang aus Schneeflocken. Diese Stille war typisch, wenn es schneite. Alles hielt inne. Jedes Haus war nun eine Insel. Die Schneedecke wurde im Lauf des Abends immer dicker. Gegen dreiundzwanzig Uhr maß ich vor meiner

Haustür dreiundzwanzig Zentimeter. Ich war froh, dass ich am nächsten Tag nirgendwohin fahren musste, doch gleichzeitig machte ich mir Sorgen wegen Siobhans Rückkehr. Ich wusste noch nicht, dass es im Tal nur sehr wenig geschneit hatte und in Toulouse überhaupt nicht. Ich glaubte, die ganze Welt sei eingeschneit. Und »die ganze Welt« war in meinen Augen ziemlich klein.

34

Ich hatte eine hervorragende Nacht. Wenn es schneit oder gewittert, schlafe ich immer tief und fest. Morgens war die Landschaft unter einer dicken weißen Daunendecke verschwunden. Ich dachte an meinen Vater, der nicht mehr die Zufahrt frei schaufelte und keinen Schneeball mehr warf, der dicht neben meinem Kopf zerplatze. Und ich dachte an meine Mutter, die nicht mehr schimpfte, weil der Parkettboden in meinem Zimmer schmutzig wurde. Da wurde mir klar, dass kein Schneemorgen mehr so sein würde wie früher.

Ich machte ein schönes Feuer und gönnte mir ein reichhaltigeres Frühstück als sonst. Danach beschloss ich, spazieren zu gehen, denn ich war sicher, dass mir anschließend die Ideen leichter zufliegen würden. Erst nach ein paar Metern bemerkte ich die Fußspuren. Sie führten vom Tor die kleine Mauer entlang bis zum Holzschuppen und wieder zurück. In dem kleinen Anbau fiel mir jedoch nichts Besonderes auf. Ich schaute in sämtliche Ecken, ohne etwas Verdächtiges zu entdecken. Keins der alten Werkzeuge war entwendet worden, niemand hatte das Holz oder den Stromkasten angerührt. Die Schuppentür quietschte schauerlich in ihren Angeln, aber ich hatte nicht gehört, dass sie geöffnet oder geschlossen worden wäre. Wer auch immer hier herumgeschlichen war, er oder sie hatte den Schuppen nicht betreten. Als ich die Spuren zurückverfolgte, stellte ich fest, dass sie nicht etwa in Richtung Dorf, sondern zum Wald hin abbogen. Also in eine Richtung, in der keine Menschenseele lebte. Weiter hinten überquerten die ehemaligen Skipisten die Bergkuppe und führten auf der Rückseite zur Straße hinunter. Jemand war absichtlich zu mir gekommen, hatte sich trotz des schlechten Wetters hinters Steuer gesetzt und das Dorf gemieden. Er hatte den Wagen abgestellt und war zu Fuß durch den Wald gegangen bis zu meinem Haus. Das alles mitten in der Nacht und ohne sich die Mühe zu machen, seine Spuren zu verwischen, als wollte er, dass ich Bescheid wusste.

Der Schnee blieb nicht lange liegen. Schon am späteren Vormittag hörte ich in den Regenrinnen das Wasser gluckern, und die Bäume waren von ihrer Last befreit. Im Lauf des Nachmittags lugte auch schon wieder der eine oder andere Grashalm hervor. Das Haus erschien mir plötzlich nicht mehr ganz sicher. Ich verspürte zwar nicht wirklich Angst, noch nicht, dafür aber Wut. Ich versuchte, mir einzureden, dass vielleicht jemand Schutz gesucht und nicht gewusst hatte, dass das Haus bewohnt war, oder dass ein paar Jugendliche aus dem Dorf mir einen Streich hatten spielen wollen, aber trotzdem verknüpfte ich den nächtlichen Besuch unweigerlich mit der Tatsache, dass ich den Fall von Basse-Misère neu aufrollte. Ich lief den ganzen Tag durchs Haus, bezog Posten hinter einem der Fenster und stellte Hypothesen auf, von denen die eine so an den Haaren herbeigezogen war wie die andere. Keine hielt auch nur fünf Minuten lang einer genaueren Prüfung stand. Das Knacken des alten Hauses hatte plötzlich nichts Vertrautes mehr, sondern ließ meinen Atem stocken. Ich überlegte sogar, die Polizei zu rufen, bevor die Spuren verschwunden wären. Es gelang mir nicht, den Gedanken zu verscheuchen. Den Gedanken, dass ich Konitz aus dem Schlaf gerissen hatte.

Als es dunkel wurde und ich kaum noch fünf Meter weit sehen konnte, wich die Wut der Angst. Ich zögerte den Moment, in dem ich die Fensterläden schloss, so lang wie möglich hinaus, weil ich mich nicht eingesperrt fühlen wollte. Andererseits wäre es wesentlich einfacher gewesen, ins Haus einzudringen, wenn ich sie offen gelassen hätte. Ich hätte das Weite suchen können. Tatsächlich spielte ich mit dem Gedanken. Ich hätte nur ein paar Sachen packen und abhauen können. Aber das war keine Lösung. Auch in der Vergangenheit hatte ich mich, wenn ich Konitz' Schatten sah, nie zu den Nachbarn oder meiner Großmutter geflüchtet. Irgendetwas hielt mich davon ab. Die Gewissheit, dass er mir überallhin folgen würde. Wollte ich die Sache beenden, blieb mir nichts anderes übrig, als mich ihm zu stellen. Ich sagte mir, dass es besser wäre, wenn ich das zu Hause tat. Wenn er erst einmal vor mir stand, hatte ich bestimmt nicht mehr so große Angst. Schlimmer war es, auf ihn zu warten, auf ihn zu lauern. Hierzubleiben war zudem eine Möglichkeit, die Dinge zu beschleunigen. Zu einem Ende zu kommen und erlöst zu werden.

Ich verließ Fonbelle nicht. Ich schnappte mir die Taschenlampe und drehte mit bangem Herzen und flach atmend eine Runde ums Haus. Vom Schnee des Vortags waren nur noch ein paar große, durch aufgeweichte Grasflecken voneinander getrennte Platten übrig. Bei jedem Schritt spuckte der Boden überschüssiges Wasser aus. Der Wind aus Südosten, durch den es wärmer geworden war, hatte sich gelegt. Stattdessen machte sich Nebel breit. Ich inspizierte den Anbau, die Mauer und jeden Hohlraum, konnte aber nichts Ungewöhnliches entdecken. Also kehrte ich ins Haus zurück und verbarrikadierte mich. Schürte das Feuer und stellte die Heizgeräte etwas höher. Versuchte, das Böse durch Wärme auszutreiben. Mein Großvater hatte ein Gewehr besessen. Ich erinnerte mich, es in seinem Futteral gesehen zu haben. Ein doppelläufiges Jagdgewehr. Zu gern hätte ich es jetzt hiergehabt. Dabei ist mir klar, dass Angst und Waffen sich nicht gut miteinander vertragen. Da ich mich intensiv mit dem Ersten Weltkrieg beschäftigt habe, weiß ich, wovon ich rede.

Ich zwang mich, etwas zu tun, mich um meine Vorlesungen zu kümmern, Liegengebliebenes zu lesen oder meinen Vortrag voranzutreiben – vergebens. Ich öffnete einen Fensterladen einen Spaltbreit, um einen letzten Blick nach draußen zu werfen, doch der Strahl meiner Taschenlampe stieß auf eine Wand aus Nebel. In meiner Kindheit war Konitz' Schatten mit der Heimkehr meiner Eltern verschwunden, aber selbst wenn sie da waren, hatte es mich große Überwindung gekostet, in den Keller oder ans andere Ende des Hauses zu gehen. Nun war ich auf mich allein gestellt. Wenn ich die erste Nacht überstanden hätte, würde ich schon wieder zur Vernunft kommen und die hartnäckige Angst vergessen, sagte ich mir. Also ging ich nach oben, legte mich ins Bett und wartete auf den Schlaf, meinen einzigen Verbündeten. Als ich spürte, dass er mich gleich übermannen würde, glaubte ich die Partie gewonnen zu haben. Ich knipste das Licht aus, schloss die Augen und kuschelte mich in die Bettdecke, um mich vom Schlaf davontragen zu lassen.

Das Quietschen der Schuppentür ließ mich hochfahren. Ich war mir sicher, dass ich sie gehört hatte. Hastig schaltete ich das Licht wieder an und spitzte die Ohren. Mein Herz pochte so heftig, dass es an den Schläfen wummerte. Ich stand auf und öffnete die Schlafzimmertür. Im Haus war es still. Ich betätigte den Lichtschalter auf dem Treppenabsatz. Die Treppe war leer. Dann beugte ich mich über das Geländer, um zur Haustür zu spähen. Beide Riegel waren vorgeschoben, wie es sich gehörte. Ich schaltete oben sämtliche Lampen an. Bevor ich nach unten ging – denn es kam nicht infrage, dass ich oben blieb und abwartete –, öffnete ich im Schlafzimmer erneut die Fensterläden und versuchte den Nebel mit meiner Taschenlampe zu durchdringen. Draußen schien sich nichts zu regen, alles schien durch die klamme Kälte gelähmt. Ich gestehe, dass ich Angst hatte. Richtige Angst, die an Entsetzen grenzte. Obwohl ich mir einen Pullover übergezogen hatte, war mein Rücken eiskalt. Meine Kehle war wie zugeschnürt, sodass ich Mühe hatte, den Speichel zu schlucken.

Ich nahm allen Mut zusammen und betrat die Treppe. Als ich den Fuß auf die zweite Stufe setzte, hörte ich das Klacken des Schaltkastens im Holzschuppen. Schlagartig gingen sämtliche Lichter aus. Ich brauchte ewig, um die Taschenlampe anzuknipsen, so sehr zitterten meine Finger. Der Lichtstrahl erschien mir lachhaft. Ich schwenkte ihn hin und her in der sicheren Erwartung, im Lichtkegel eine Gestalt oder ein Gesicht zu erblicken. Doch da war nichts. Ganz schlimm wurde es, als ich mir einbildete, dass meine Taschenlampe im Begriff war, den Geist aufzugeben. Ich war gelähmt, regelrecht gelähmt. Ich wollte schreien, meine Angst und Wut in die Dunkelheit schreien, die mich erdrückte, aber ich brachte keinen Ton heraus.

Plötzlich vernahm ich Geräusche, die mir bestätigten, dass ich nicht mehr allein war. Das Rascheln von Kleidung. Es war jemand ins Haus eingedrungen. Meine Lampe konnte ihn zwar am Fuß der Treppe, an deren oberem Ende ich festsaß, nicht erkennen, aber er war da, er war dort unten.

»Es kam aus dem Wasser«, hatte Florie Nipperday immer wieder gesagt. In meinem Fall war er aus dem Nebel gekommen, aus der Nacht. Mir blieb nichts anderes übrig, als zu warten, bis er im Lichtschein auftauchte und zu mir heraufkam. Ich hatte mir nie ausgemalt, dass Konitz mir körperliche Gewalt antun würde, nicht einmal in meinen kindlichen Phantasien. Die Qualen, die er mir zufügen konnte, waren viel schrecklicher. So hatte ich mir meine Niederlage immer vorgestellt: wie einen Albtraum, aus dem man nicht erwachen kann.

Niemand trat ins Lichtbündel der Taschenlampe. Dass sie schwächer wurde, war keine Einbildung: Die Batterien ließen tatsächlich nach. Bald würde ich völlig im Dunkeln stehen. Das würde ich nicht ertragen. Ein Geräusch, lauter als die anderen, drang aus dem großen Zimmer: Etwas war umgestoßen worden. Zurückzuweichen und mich in irgendeinem Winkel zu verkriechen war keine gute Idee. Vielmehr sollte ich die Treppe hinunterrennen, die beiden Riegel zurückschieben und die Haustür aufschließen. Wie lange würde ich dafür brauchen? Fünf Sekunden? Zehn? Ich musste so schnell wie möglich sein. Fünf Sekunden höchstens, und das mit meinen vor Panik flatternden Händen. Ich konnte draußen sein, bevor er mich schnappte, weil meine Aktion ihn überraschen würde. Danach hatte ich gute Chancen, zu entkommen. Ich kannte die Gegend besser als er, und der Nebel würde mir helfen. Meine einzige Chance war, das Haus zu verlassen, und zwar bevor die Taschenlampe mich im Stich ließ.

Ich holte tief Luft, obwohl es mir so vorkam, als sei meine Brust kleiner geworden, ja, geschrumpft, wie mein restlicher Körper übrigens auch. Dabei ließ ich die Riegel und den Schlüssel nicht aus den Augen. Die wurmstichigen Stufen würden meinen Vorstoß verraten, also nichts wie los, und vor allem nicht hinfallen!

Ich stürmte los. Noch nie war mir die verfluchte Treppe so lang vorgekommen. Unten vermied ich es, nach links, zur Tür des großen Zimmers zu schauen. Stattdessen fixierte ich die Haustür, die ich öffnen musste. Meine Bewegungen waren unpräzise, linkisch. Ich würde es nie schaffen, die Tür rechtzeitig aufzukriegen! Schon spürte ich, wie ein Schatten durchs Erdgeschoss glitt und sich über mich schob. Die Lampe war mir im Weg, aber ich konnte nicht auf sie verzichten, noch nicht. Ich riss mir an den Schubriegeln die Finger auf. Meine Hände waren schweißnass. Zu meiner Linken war ein Atemhauch, ich spürte ihn am Hals. Aber ich drehte den Kopf nicht, ich weigerte mich. Im Dunkeln erahnte ich eine Bewegung, einen Arm, der sich hob, um auf meine Schulter niederzugehen. In dem Augenblick, als er die Luft zerteilte, flog die Tür auf, und ich stürzte, wie ein Verrückter schreiend, ins Freie.

Ich rannte einfach drauflos. Es war die Befreiung. Ich besaß sogar die Geistesgegenwart, die Taschenlampe auszuschalten. So konnte ich in der Dunkelheit und im Nebel untertauchen. Ungehindert erreichte ich das Tor. Meine Hand legte sich auf die triefnasse Kante. Das Echo meiner Schreie war verhallt, die Stille vollkommen.

Doch ich öffnete das Tor nicht, sondern wandte mich um. Der Schatten war nicht mehr hinter mir. Durch den Nebel erkannte ich die Umrisse des Hauses. Jetzt, wo ich draußen war, verspürte ich den Drang, wieder hineinzugehen und nachzuschauen. Nichts zu sehen, nichts zu wissen, war für mich immer das Schlimmste gewesen.

Ich wartete kurz. Die Angst war noch da, aber nicht mehr

übermächtig. Ich wusste, dass ich zum Haus zurückgehen würde. Das war kein Mut, sondern eine Pflicht. Ich knipste die Taschenlampe wieder an. Entschlossen marschierte ich los, bis ich die offene Haustür vor mir sah. Die vom Holzschuppen weiter links war geschlossen. Mit ihr fing ich an. Ich zog mit einem kräftigen Ruck daran. Sie quietschte wie immer. Ohne nachzudenken leuchtete ich den Anbau aus. Da war niemand. Der Hauptschalter war tatsächlich nach unten umgelegt. Ich schob ihn nach oben und hörte, wie der Strom knisternd wieder zu fließen begann. Als ich ins Freie trat, sah ich die Aureole, die die Glühbirnen in den Nebel zeichneten; ihr Licht strömte durch den Treppenschacht nach unten und sickerte durch die Lamellen der Fensterläden.

Im Vorbeigehen packte ich den Stiel einer Spitzhacke, die in der Nähe der Holzstapel herumstand, und betrat das Haus. Ich machte überall Licht. Es war niemand zu sehen. Im großen Zimmer drehte ich den Thermostat des Heizgeräts herunter. Vermutlich war das die erste vernünftige Idee, die ich seit Entdeckung der Fußspuren im Schnee gehabt hatte: Da ich die Heizgeräte zu hoch eingestellt hatte, war in dem Moment, als ich im ersten Stock alle Lampen einschaltete, die Sicherung herausgeflogen. Eins der Holzscheite, die ich vor dem Schlafengehen nachgelegt hatte, war aus der Feuerstelle herausgekullert, was das Geräusch erklärte, das ich gehört hatte. Fenster und Läden waren fest verschlossen. Es war also unmöglich, hier einzudringen. Alles andere hatte ich mir eingebildet, auch das Quietschen der Schuppentür. Trotzdem drehte ich eine Runde durch alle Zimmer. Kein Schrank, kein Winkel entging meiner unerbittlichen Kontrolle, und ich war bereit, mit der Hacke den Schädel eines jeden zu spalten, der plötzlich vor mir auftauchen sollte.

Ich war allein in einem abgelegenen Haus. Ich hatte mich albern benommen. Es war demütigend. Ich versuchte, wieder Haltung anzunehmen, Kinn und Schultern etwas höher zu tragen. Ich trank ein Glas Wasser und schnappte mir ein Stück Schinken aus dem Kühlschrank. Hunger hatte ich nicht, es ging mir darum, etwas ganz Normales zu machen. Etwa, wieder schlafen zu gehen und so zu tun, als hörte ich nichts. Allerdings behielt ich die Hacke bei mir und wechselte die Batterien der Taschenlampe, bevor ich mich wieder hinlegte.

35

So erstaunlich es klingen mag, ich konnte tatsächlich schlafen. Die Schreckensnacht hatte all meine Energien geraubt. Als ich aufwachte, war es später Vormittag. Noch immer lastete Nebel schwer auf der Landschaft. Man konnte keine dreißig Meter weit sehen. Zum ersten Mal in meinem Leben fand ich das nicht schaurig. Ich war froh, dass das Tageslicht, wenn auch verschleiert, durch alle Fenster ins Haus drang. Natürlich ging ich hinaus, um die nähere Umgebung und vor allem den Holzschuppen zu inspizieren, doch ich fand nirgends etwas Verdächtiges. Ich schaltete sämtliche Lampen an und ließ beide Heizgeräte auf Hochtouren laufen: Die Sicherung hielt. Sie sprang erst heraus, als ich den Ofen anstellte und den Durchlauferhitzer auf Maximum schaltete.

Meine Anspannung war immer noch so groß, dass ich Muskelkater in den Schultern und im Kreuz hatte. Ich versuchte, einen klaren Gedanken zu fassen. Wer hätte das Risiko auf sich genommen, nachts und bei diesem Straßenzustand Auto zu fahren? Wer hätte sich die Mühe gemacht, hierherzukommen und an meinem Sicherungskasten herumzuspielen, während sich der Nebel in den Bergen festgesetzt hatte? Was die Fußspuren im Schnee anging, wurde die Möglichkeit, dass sie von einem Dorfbewohner stammten, immer wahrscheinlicher.

Unter den wenigen Dingen, die die ehemaligen Besitzer des

Hauses zurückgelassen hatten, fand ich eine Kette und ein kleines Vorhängeschloss. Es war nicht sonderlich robust, aber es reichte, um die Schuppentür abzuschließen. Außerdem hätte ich, falls es aufgebrochen wurde, einen Grund, die Polizei zu rufen.

Siobhan kam am späten Nachmittag mit demselben Wagen, den sie an ihrem Geburtstagswochenende gehabt hatte. Als ich sie kommen hörte, ging ich zur Tür, um sie zu begrüßen. Bei meinem Anblick lächelte sie freundlich und winkte kurz. Sie schien nicht übermäßig begeistert, nach Fonbelle zurückzukehren. Allerdings sprühte sie auch nicht vor Begeisterung, als sie mir von ihrer Woche in Toulouse erzählte.

Abends fuhren wir zu dem Treffen im Gymnasium hinunter in die Stadt. Mir graute vor dem Wiedersehen mit ehemaligen Klassenkameraden, zu denen ich vor Ewigkeiten den Kontakt verloren und denen ich nicht mehr viel zu sagen hatte. Ich hatte Angst davor, zeigen zu müssen, was aus meinem Leben geworden war. Am Arm von Siobhan zu erscheinen, die zu diesem Anlass besonders hübsch aussah, war das geringere Übel. Zum Glück war auf der Feier nicht viel los; aus meinem Jahrgang war ich nahezu der Einzige, der angereist war.

Am Eingang wurden wir von einer jungen Frau im Kostüm begrüßt, die uns auf der Liste suchte und uns dann einen Plan des Gymnasiums aushändigte. Sämtliche Räume waren geöffnet, auch die des Schülerwohnheims. So konnte ich mir ein Bild von den Veränderungen machen, die seit dem Jahr, in dem ich Abitur gemacht hatte, vorgenommen worden waren. Zwei neue Gebäude waren hochgezogen, ein altes war abgerissen worden. Im Hof waren Flächen hinzugewonnen worden. Meine Bezugspunkte gerieten ein wenig durcheinander. Die Kapelle war noch an Ort und Stelle, desgleichen die Gedenktafel über ihrer Tür. Sie hatte auf mich nicht mehr dieselbe Wirkung wie früher. Jahrelang war sie wie eine Drohung über unseren Köpfen geschwebt. Man hatte unmöglich an ihr vorbeigehen können, ohne ihr Gewicht zu spüren. Jetzt erschien sie mir weniger erdrückend, sondern vielmehr ergreifend. Wir blieben einen Moment vor ihr stehen, um sie zu betrachten. Siobhan nahm meinen Arm und drängte sich an mich. »Mein« Satz wurde durch die Beleuchtung hervorgehoben; die Rillen im Stein wirkten tiefer.

»Das ist ein sehr schönes Zitat.«

»Zweifellos … Aber vor allem ist es ein großer Schwindel. Ich habe es nämlich vorgeschlagen, ohne es je wirklich verstanden zu haben. Sie hätten jemanden nehmen sollen, der ehrlicher war als ich.«

»Und verstehst du es heute besser?«

Es hatte noch nie so viel Sinn ergeben.

»Mir ist klar geworden, dass darin von mir die Rede ist. Das war schon immer sein Zweck: von mir und niemandem sonst zu reden.«

Siobhan schwieg. Sie drückte sich noch fester an mich, sodass ich genötigt war, den Arm um ihre Schultern zu legen.

Anschließend drehten wir eine Runde durchs Schulgebäude und begegneten Lehrern, die ich nicht kannte, sowie ehemaligen Schülern, die entweder viel älter oder viel jünger als ich waren. Wir spielten das Spiel mit, nahmen uns Zeit, alles genau anzusehen, genau zuzuhören und vor der Handvoll Exponate, die man aufgestellt hatte, zu verweilen.

Nichts ließ erkennen, dass ich hier einmal zur Schule gegangen war. An den Ort zurückzukehren, an dem man wichtig zu sein geglaubt hatte, und dann festzustellen, dass man letztlich nur selbst von ihm geprägt worden war – das war, glaube ich, das Los einiger der an diesem Abend anwesenden Leute. Man hatte unsere alten Spuren im neuen Vortragssaal zusammengetragen. Dort hingen, nach Jahrgängen geordnet, Hunderte von Klassenfotos an den Wänden. Tausende junger Menschen, die man groß werden und dann verschwinden sah. Siobhan wollte sich als Erstes meine siebenjährige Schulzeit vornehmen. Anfangs war ich ein kleiner Junge mit aufgesetztem Lächeln, fast noch zu jung für diese Institution. Mit der Zeit wurde ich selbstsicherer, aber mein Gesicht verformte sich auf groteske Weise, bis ich in der 9. Klasse beschloss, mich hinter langen Haaren zu verstecken und keinesfalls für den Fotografen zu lächeln. Ein paar Jahre später lächelte ich wieder, das Kinn hochgereckt, den Blick voller Verheißungen. Das war wenige Monate vor dem Abitur gewesen.

»Wer war in der Unterstufe dein bester Freund?«

Ich deutete auf einen Jungen, der genauso klein wie ich, aber viel pummeliger war.

»Seid ihr bis zum Schluss Freunde geblieben?«

»Nein, nur die ersten drei, vier Jahre.«

»Was ist aus ihm geworden?«

»Keine Ahnung. Ich glaube, er wohnt immer noch hier in der Gegend.«

»Und wer war danach dein bester Freund?«

Ich hatte nicht wirklich einen gehabt. Es war typisch für Gymnasien wie das Saint-Jacques, dass sie Jahr für Jahr die Spreu vom Weizen trennten, damit am Ende nur vier Abiturklassen übrig blieben. Man konnte meinen, ich hätte die Gabe gehabt, mich ausschließlich mit der Spreu abzugeben, die am Ende völlig verschwunden war.

»Warst du eher ein Einzelgänger?«

»Ja. Ich habe mich mit den anderen nicht wirklich wohlgefühlt.«

»Mit den Mädchen auch nicht?«

»Das war ja gerade das Problem.«

»Welche waren deine Freundinnen? Zeig mir, welche du als Erste geküsst hast.«

»Sie ist auf keinem dieser Fotos. Sie war nicht auf diesem Gymnasium. Sie hat mich an unserem letzten Tag in der Grundschule geküsst.«

»Ich meinte einen ernst zu nehmenden Kuss.«

»Das war sehr ernst! Ich habe den Moment in bester Erinnerung.«

»Ich finde dich jedenfalls verführerisch. Vor allem auf diesem Foto hier. Du wirkst nett, lustig und schwungvoll. Auch ein bisschen schüchtern. Ein Junge, der sich die Schlampen vom Leib hält und nur die guten, also die interessanten Mädchen anzieht, die er dann ganz für sich hat.«

»Donnerwetter, wenn ich das gewusst hätte!«

»Würdest du die Zeit gern zurückdrehen und diese Jahre noch mal erleben?«

»Wenn ich damals gewusst hätte, was du mir gerade gesagt hast – auf jeden Fall.«

Sie lachte. Dann wurde sie plötzlich wie so oft melancholisch.

»Und was würdest du all diesen jungen Menschen sagen? Was würdest du ihnen über das Leben erzählen, das sie erwartet und das du als Einziger kennen würdest?«

»Bei den meisten weiß ich nicht einmal, was aus ihnen geworden ist.«

»Ich finde es rührend, wie ihr da alle aufgereiht steht. Man könnte meinen, ihr schaut zum endlos weiten Horizont. Vor euch liegen so viele Dinge, so viele Verheißungen …«

Ich streichelte ihren Rücken. Ich spürte ihre plötzliche Traurigkeit. Sie war in die Vergangenheit eingetaucht und hatte den kennengelernt, der ich Anfang der 1980er-Jahre gewesen war. Sie zeigte aufs Geratewohl auf einen meiner Klassenkameraden aus der Achten.

»Der da, zum Beispiel. Scheint mir ein schlechter Schüler aus bescheidenen Verhältnissen zu sein. Er macht sich nicht allzu viele Illusionen, was seine Zukunft angeht. Bestimmt tritt er in die Fußstapfen seines Vaters …«

»Er war eigentlich ganz nett. Er ist ein Jahr später von der Schule gegangen, um Maurer zu werden. Wie sein Vater.«

»Und der hier, der so aussieht, als wäre er gern der Anführer? Bestimmt hatten die Mädchen nur Augen für ihn. Dabei sieht er nicht mal besonders gut aus. Aber er ist größer als die anderen. Bei ihm komme ich nicht drauf, was ihn erwartet.«

»Das ist auch besser so. Er hatte zwei Jahre später auf dem Heimweg von einem Nachtclub einen Autounfall.«

»Ist er ums Leben gekommen?«

»Nein. Ich habe ihn ein Jahr nach meinem Abgang auf einer großen Silvesterparty wiedergesehen. Er saß im Rollstuhl und atmete durch einen Schlauch.«

»Wenn du in die Vergangenheit reisen könntest, was würdest du ihm sagen?«

»Keine Ahnung. Ich glaube, er würde sowieso nicht auf mich hören. Wir hatten nicht viel miteinander zu tun.«

»Wie viele von ihnen hatten ein schönes Leben, Emmy?«

Wir bewegten uns auf dünnem Eis, und ich wollte möglichst weg, bevor Siobhan einbrach. Bevor ich ihr erzählen musste, dass das Mädchen aus der zweiten Reihe drei Tage, nachdem es seinen Führerschein erhalten hatte, bei einem Autounfall ums Leben gekommen war. Und die davor, die ich seit der 6. Klasse gekannt hatte, gestorben war, als das Auto ihres Freundes auf der Rückfahrt von einem gemeinsamen Wochenende am Meer unter einen Lkw geraten war. Hätte ich mir die anderen Jahrgänge vorgenommen, hätte ich fast genauso viele Tote und Kranke aufzählen können. Ich zog Siobhan am Ärmel ihres Mantels zu den Jahrgängen vor meinem Eintritt ins Gymnasium.

Klasse 8 a, 1979/80: Justine sitzt in der ersten Reihe. Sie trägt als Einzige keine Jeans, sondern eine beige Stoffhose, die nur bis zu den Knöcheln reicht und den Blick auf farblich zum Pullover passende Ringelsocken freigibt. Ihre Haare sind hochgesteckt. Ihr Lächeln ist wunderschön. Ihr Gesicht zieht den Blick auf sich. Guillaume Armengaud steht hinten ganz links. Er wirkt verkrampft. Man bemerkt ihn kaum. Er geht in der Menge unter. Selbes Jahr, Klasse 7 c: Emmanuel Garcès steht in der zweiten Reihe, Rippenstrickpullover, Topfschnitt, ausdruckslose Augen, gespitzte Lippen. In derselben Reihe, aber auf der anderen Seite, lehnt sich Jean-Daniel Fraysse an seine Nachbarin, sodass ihre Schultern sich berühren.

»Das ist er also … Man kann nicht sagen, dass er schlecht aussieht, aber man merkt ihm an, dass er gern eine Show abzieht. Bestimmt hat er das Foto später herumgezeigt und behauptet, dass er mit dem Mädchen geht. Nur deshalb ist er ihm so auf die Pelle gerückt... Justine war wirklich ein hübsches Ding. Sieh sie dir zwei Jahre früher an: Sie legt es nicht darauf an, aber auch hier hat man nur Augen für sie.«

Das stimmte tatsächlich. Ein kleines Mädchen zu Beginn der Sechsten, mit langen Zöpfen und einem frühlingshaften Kleid. In der Siebten schon etwas verändert, immer noch lächelnd und größer. Das Foto wurde nicht zur selben Jahreszeit gemacht, aber sie trägt auch hier Farbe. Bei Guillaume Armengaud dasselbe. In der Sechsten noch ein kleiner, etwas zu pummeliger Junge mit so kurz geschnittenem Haar, dass man kaum erkennt, dass es lockig ist. Im Jahr darauf ist es länger, und er ist von der ersten Reihe eine nach hinten gerückt.

Jean-Daniel und Emmanuel waren in der Sechsten nicht in einer Klasse. Ersterer wirkt auf dem Foto unauffälliger, man sieht ihn kaum. Er ist für die hinterste Reihe, in die man ihn gestellt hat, zu klein: Nur knapp überragt sein Kopf den des Mädchens vor ihm. Emmanuel lächelt bereits nicht mehr. Er starrt den Fotografen an. In seinem Blick ist fast so etwas wie Boshaftigkeit zu erkennen.

»Wenn ich die Zeit zurückdrehen könnte, würde ich sie warnen.«

»Warum gerade sie und nicht die anderen? Die gestorben oder krank geworden sind? Die ihre Eltern zu früh verloren haben? Warum nicht Bardys Sohn? Wo ist er überhaupt?«

Ich fand ihn. Ein Kleiderschrank, der nicht wusste wohin mit den zu langen Armen.

»Ihm würde ich sagen, dass er sich einen Ruck geben und mit seinem Vater reden soll. Und dass er nicht allein ist. Und Mahous' Sohn?«

Ich entdeckte Cédric auf den ersten Blick. Er war in Justines Klasse. Ein schöner Junge.

»Ihm auch. Als dieses Foto gemacht wurde – wie viel Zeit blieb ihm da noch, bevor sein Leben aus den Fugen geriet?«

»Vielleicht ist es doch besser, dass man nicht in die Vergangenheit reisen kann.«

Ich kam mir vor wie ein Überlebender, wie durch ein Wunder gerettet.

»Und wenn, dann nur, um diesem Mädchen hier zu sagen, dass ich in es verliebt war.«

»Sie war es also! Das hätte ich mir denken können. Wie ich gesagt habe: die interessantesten.«

Im Speisesaal war ein schönes Buffet hergerichtet. Ich machte mir die Mühe, mich mit ein paar Leuten zu unterhalten, unter anderem mit ehemaligen Lehrern. Siobhan schien ihre Melancholie überwunden zu haben. Sie zeigte sich in sehr guter Verfassung, war charmant, spritzig und gab eine wundervolle Begleiterin ab. Mit ihren Kommentaren zu den Fotos war es ihr gelungen, meine Einstellung zu ändern. Mittlerweile bedauerte ich es, dass nicht mehr Menschen da waren. Ich hätte gerne erfahren, was aus allen geworden war. Jetzt war es mir wichtig.

36

Kurz nach Mitternacht fuhren wir nach Fonbelle zurück. Der Nebel hatte sich etwas gelichtet, die Kälte daraufhin angezogen. Als die Scheinwerfer über die Hauswand strichen, überlief mich ein Schauer, als rechnete ich damit, eine Gestalt zu erblicken, die mich quälen wollte. Aber da war niemand. Tür und Fensterläden waren unversehrt. Wir gingen schnell nach oben. Weil wir völlig durchgefroren waren, aber auch, weil ich Siobhan so unwiderstehlich fand, dass ich nicht länger warten konnte.

Mit ihr zu schlafen war immer, als würde man etwas aufbauen, etwas Bleibendes, dessen Architektin sie war. Danach schlief sie an mich geschmiegt ein und ließ mich mit meiner Schlaflosigkeit allein.

Ich stand auf und ging nach unten. Ich machte wieder Feuer, und bis sich die Temperatur ein wenig zu steigen bequemte, wickelte ich mich in das Plaid, das für die Abende bereitlag, an denen ich las oder Musik hörte. Jetzt tat ich weder das eine noch das andere. Stattdessen kramte ich meine alten Fotoalben aus dem Schrank und suchte nach meinen Klassenfotos. Ich versuchte mich an die Vor- und Nachnamen all dieser Menschen zu erinnern, die meine Wege gekreuzt und von denen die meisten in meinem Leben Spuren hinterlassen hatten, manche sogar tiefe. Die Fotos zeigten auch jene, die ein tragisches Schicksal erlitten hatten. Fast alle waren in der Vergangenheit stecken geblieben. Ich hatte ohne sie weitergelebt, während sie dortgeblieben waren, über dreißig Jahre zurück. Das Treffen der Ehemaligen von Saint-Jacques hatte mich doch ziemlich aufgewühlt.

Ich schlief auf dem Sofa ein. Siobhan weckte mich am nächsten Morgen mit einem Kuss.

»Du siehst schrecklich aus«, meinte sie und verzog das Gesicht.

»Ich habe eine Woche Ferien. Die werde ich nutzen, um mich ein wenig zu erholen.«

»Hast du die ganze Nacht Fotos angesehen?«

»Nur die vom Gymnasium.«

»Wegen dem, was ich gestern Abend gesagt habe? Auf dem Tisch liegt ein Zettel, auf den du *Wie viele Tote?* geschrieben hast.«

Auf die Idee war ich gekommen, bevor mich der Schlaf übermannte. Aus Sorge, dass sie mir später nicht wieder einfallen könnte, hatte ich sie rasch aufgeschrieben. Ich hatte gut daran getan.

»Es geht nicht darum, die Toten auf diesen Fotos zu zählen, auch wenn ich das getan habe. Die Frage ist: Wie viele Tote gibt es unter den Akteuren von Basse-Misère?«

»Wonach suchst du genau?«

»Nach unnatürlichen Todesarten. Die Zitate aus der Zeitung haben mich darauf gebracht. Vierzehn Tage nachdem das zweite erschien, ist Jean-Daniel Fraysse verschwunden, und dann haben sie ihn erhängt aufgefunden. Das ist der einzige Zusammenhang, den wir bislang festgestellt haben. Vielleicht gibt es noch weitere, die wir übersehen haben … Darum muss ich die Toten zählen.«

Erneut nahm ich mir die gebundenen Ausgaben von *L'Écho* vor, diesmal, um die Mittwochsrubrik »Todesfälle« vor und nach den Tagen, an denen die Zitate erschienen waren, zu durchforsten. Ich stieß nur auf unbekannte Namen – bis auf eine Ausnahme: Zwei Wochen nach der Veröffentlichung von »Ich dachte, das Karussell ist im Winter geschlossen« im Herbst 1997 gab es eine kurze Meldung über den Tod eines einunddreißigjährigen Mannes: »Der Todessturz des Pilzsammlers«. Die Leiche eines gewissen Didier Amalric war nach mehrtägiger Suche am Fuß einer Felswand irgendwo in den Monts d'Autan gefunden worden. Bei dem Sturz war sein Schädel zertrümmert worden. Der Name sagte mir nicht nur nichts, sondern er tauchte auch in Pastres Unterlagen nicht auf.

»Mir ist irgendwo ein Didier untergekommen«, behauptete Siobhan. »Allerdings nur der Vorname. Aber ich erinnere mich nicht mehr, wo.«

Schließlich entdeckten wir ihn im Protokoll von Gilles Mahous' erster Vernehmung. Mahous hatte ausgesagt, er habe seinen Sohn Cédric und zwei seiner Freunde an ihrem Haus im Dorf Fourcaric abgesetzt, bevor er zum Fest gefahren sei. Er hatte auch die Vornamen der beiden Freunde angegeben: Didier und Stéphane.

»Dem Zeitungsartikel zufolge war Didier Amalric im August 1980 knapp über vierzehn, also genauso alt wie Mahous' Sohn. Er könnte es demnach sein.«

»Eine ziemlich dürftige Verbindung, findest du nicht?«

»Immerhin eine Verbindung, Siobhan. Selbst wenn sie hauchdünn ist …«

Weiter kam ich an diesem Sonntagnachmittag nicht. Siobhan verließ Fonbelle nach dem Abendessen. Sie ging, wie sie gekommen war – still und unauffällig. Sie hatte sich nur auf meine Recherchen über Basse-Misère gestürzt, um mich darin wiederzufinden. Ein letztes Mal. Als ich ins Schlafzimmer kam, stellte ich fest, dass sie noch mehr Sachen mitgenommen hatte als am vergangenen Sonntag. Sie war jung, kam gerade wieder auf die Beine und hatte den Wind im Rücken. Ich war weder in ihrem Alter, noch hatte ich ihre Bewegungsfreiheit. Ich stemmte mich seit Jahren gegen den Wind. Unsere Wege trennten sich. Letzten Endes wurde nur die Ordnung wiederhergestellt. Sie hatte es geschafft, über unsere Beziehung hinwegzukommen.

Ich war also wieder allein. Es war Nacht, eine trostlose Nacht, in der ein grimmiger, eiskalter Wind ums Haus peitschte. Ich hatte das Bedürfnis, mich auszuruhen, aber es kam mir wie eine Prüfung vor, zum Schlafen nach oben zu gehen. Die Geräusche, die zu mir drangen – die an den Fensterläden rüttelnden Böen, der gegen den Schiefer prasselnde Regen, das Ächzen des Dachgebälks –, setzten mir zu. Taschenlampe und Spitzhacke in Griffweite, überstand ich eine weitere chaotische Nacht, in der ich in regelmäßigen Abständen das ganze Haus kontrollierte. Schlafen konnte ich nur phasenweise.

In dem Versuch, mich mit meinen Recherchen von der Müdigkeit und den Rückenschmerzen abzulenken, fuhr ich nach Valdérieu hinunter. Zwar hatten die Schulferien gerade begonnen, aber ich rechnete fest damit, im Gymnasium jemanden anzutreffen. Schließlich musste nach der Feier aufgeräumt werden. Ich versuchte mein Glück im Sekretariat, wo mir ein missgelaunter Buchhalter entgegenblickte. Als der Direktor meine Stimme hörte, kam er sofort aus seinem Büro. Er äußerte sein Bedauern angesichts der geringen Beteiligung am Samstagabend und dankte mir für mein Kommen. Ich nutzte den Umstand, dass ich nun bei ihm einen Stein im Brett hatte, und bat ihn um Erlaubnis, noch einmal in seinen Archiven stöbern zu dürfen. Ich erklärte, dass ich nach Hinweisen auf einen gewissen Didier Amalric sowie einen Stéphane suchte, die im Schuljahr 1979/80 in der 8. oder 9. Klasse gewesen seien.

Ersterer war nie Schüler dieses Gymnasiums gewesen, das hatte ich fast geahnt. Ansonsten fand ich in Cédric Mahous' Jahrgang vier Stéphanes, wenn auch keinen in seiner Klasse, sowie drei weitere in der Oberstufe. Man gestattete mir sogar, ihre derzeitigen Adressen zu notieren, an die die Einladung zu dem Treffen geschickt worden war. Drei fehlten: Zwei hatte man nicht ausfindig machen können, der Dritte war 2005 gestorben. Die Eltern dieses Jungen, der mit Mahous' Sohn die 8. Klasse besucht hatte, wohnten noch in Valdérieu. Am Telefon stellte ich mich als ehemaliger Schüler des Gymnasiums vor, der an einem Almanach über die Schule arbeitete und erst seit Kurzem vom Tod ihres Sohnes, den er seinerzeit flüchtig gekannt hatte, wusste.

»Sagen Sie mir doch bitte noch einmal Ihren Namen, Monsieur«, bat die Frau am anderen Ende der Leitung.

»Marc-Edouard Peiresoles.«

»Der Sohn von der Baustoffhandlung?«

»Genau der.«

»Ich wusste gar nicht, dass Stéphane Sie kannte.«

»Das ging vor allem über Cédric Mahous.«

»Ja, stimmt, die beiden waren gut befreundet ... Was kann ich für Sie tun, Monsieur Peiresoles?«

»Ich muss von jedem Schüler ein Kurzporträt anfertigen. Was soll in dem von Stéphane stehen?«

»Was soll ich darauf antworten? ... Er war kein einfacher Schüler. Im Gymnasium hat er nicht unbedingt einen guten Eindruck hinterlassen. Mitte der zehnten Klasse ist er abgegangen.«

»Warum das?«

»Er wollte Musik machen. Ich meine, er wollte die Musik zu seinem Beruf machen. Sie erinnern sich vielleicht, dass er mit Cédric eine Band gründen wollte.«

»Wenn ich mich recht entsinne, war da noch ein Dritter dabei, ein gewisser Didier.«

»Ja, genau, Didier Amalric. Der ist Anstreicher geworden und vor ziemlich langer Zeit in den Bergen umgekommen … Stéphane war von der Musik besessen. In der Zehnten hat er sich von einem älteren Typ anstacheln lassen, der in Sète eine Band hatte, und ist gegen unseren Willen mit ihm weggegangen. Die Band hat sich als Flop entpuppt, aber er hatte es sich nun mal in den Kopf gesetzt. Er hat mal hier, mal da gearbeitet, unter anderem sogar eine Zeit lang für einen Radiosender. Aber es lief nicht wie erwartet. Nach einer Weile hat er Depressionen bekommen, musste sogar für mehrere Monate in eine Klinik … Wir haben versucht, ihn bestmöglich zu unterstützen. Vor seinem Tod dachten wir, es ginge ihm besser. Leider war das ein Trugschluss.«

»Was ist passiert?«

»Er hatte für die Wintersaison einen Job in Superbagnères gefunden. Eines Abends hat er sich ins Auto gesetzt, um eine Spritztour nach Spanien zu machen. Die Polizisten haben gesagt, er hätte die Kurve nicht gesehen. Er ist in eine Schlucht gestürzt. Vierzig Meter tief … Es gab keine Bremsspuren. Ich glaube, er wollte auf diese Weise Schluss machen.«

»Wann war das?«

»Am 26. Januar 2005, gegen zweiundzwanzig Uhr.«

Zehn Tage vorher war »Es fängt an, wenn ich sterbe« in den Kleinanzeigen des *L'Écho de l'Autan* erschienen.

37

Mir war unbegreiflich, warum sich die Vernehmungsprotokolle von Cédric Mahous' beiden Freunden nicht in Pastres Archiv befanden. Stéphane Buissonnets Mutter erzählte mir, ihr Sohn sei, als Cédrics Vater des Dreifachmords verdächtigt wurde, lediglich gebeten worden, die Uhrzeit zu bestätigen, zu der Mahous sie am Samstagnachmittag in Fourcaric abgesetzt und am nächsten Morgen wieder abgeholt hatte. Die Fragen waren ihm genau hier, in ihrem Wohnzimmer, gestellt worden. Es hatte nie die Absicht gegeben, ihn aufs Revier zu bestellen, schon gar nicht, nachdem Gilles Mahous entlastet worden war. Und Didier Amalrics Eltern erzählten mir das Gleiche.

Im August 1980 war Didier schon Lehrling bei einem Maler gewesen. Er war seit seiner Kindheit mit Cédric befreundet. Am fraglichen Wochenende war ihnen das Haus in Fourcaric als idealer Ort erschienen, um Musik zu machen, ohne die Nachbarn allzu sehr zu stören. Didier hatte Bassgitarre gespielt. Er hatte es sich durch aufmerksames Zuhören ganz allein beigebracht und das Instrument selbst bezahlt. Er war kein Musiker mit Leib und Seele, aber die Idee, mit seinem Freund in einer Band zu spielen, hatte ihm sehr gefallen. Endlich einmal hatte er sich ernsthaft in etwas hineingekniet, und seine Eltern hatten ihn nur ermutigen können.

Die Eltern waren ehemalige Fabrikarbeiter. Sie wohnten in

einem bescheidenen, an den Berghang gelehnten Haus inmitten einer Reihe von Häusern, die alle gleich aussahen. Sie erzählten bereitwillig von ihrem Sohn. Stolz berichteten sie, dass er es zu etwas gebracht habe. Er hatte seinen Beruf gern ausgeübt und ehrgeizige, aber erreichbare Ziele gehabt. Mit knapp zweiundzwanzig hatte er seinen eigenen Betrieb gegründet, aber das Pech hatte ihn verfolgt. 1995 war er mit mehreren Zahlungen in Verzug geraten und hatte es bei der Buchführung an Sorgfalt fehlen lassen. Zudem hatte er regelmäßig auf einigen Baustellen Bekannte beschäftigt, ohne sie anzumelden, und jemand hatte ihn angezeigt. Er war zur Zahlung einer saftigen Geldstrafe verurteilt worden, und am Ende hatte er seinen Betrieb dichtmachen müssen. Das war eine üble Zeit gewesen. Seit ein paar Jahren war er mit einem hübschen Mädchen ausgegangen, das etwas jünger war als er. Er war sehr verliebt gewesen, aber sie hatte ihn im schlimmsten Augenblick eiskalt sitzen lassen. Angeblich hatte sie von Seitensprüngen ihres Verlobten in den »Dritten Halbzeiten« seines Fußballclubs und auf den Reisen mit seinen Kumpeln an die Costa Brava Wind bekommen. Die Eltern meinten, sie habe keinen Anstand im Leib gehabt, sonst hätte sie ihn nicht in dem Moment verlassen, als er sie am meisten brauchte.

Didier hatte schwer daran zu schlucken gehabt. Nach ein paar in jeder Hinsicht schwierigen Monaten hatte er sich aber aufgerappelt. Ein ehemaliger Mitbewerber hatte ihn eingestellt, und er hatte sich wieder eine Wohnung in der Stadt genommen. Wenig später war eine Beteiligung an der Firma seines Chefs im Gespräch gewesen, weil die Geschäfte so gut liefen. Er hatte sogar eine neue Freundin gefunden, eine Bekannte von früher, zu der er wieder Kontakt aufgenommen hatte. Im Juni

1997 hatten sie geheiratet. Ein Onkel seiner Frau hatte ihnen ein altes, renovierungsbedürftiges Haus etwas weiter oben in den Bergen geschenkt. Didier hatte sich mit Begeisterung in die Arbeit gestürzt und dafür seine Wochenenden geopfert. Sogar das Fußballspielen hatte er aufgegeben. Er hatte seinen Schwung wiedergefunden. Und dann hatte ihn im Herbst nach seiner Hochzeit dieser dumme Unfall dahingerafft.

Er hatte das Pilzsammeln so sehr geliebt, dass er dafür sogar jedes Jahr ein oder zwei Wochen Urlaub nahm. Die Pilze hatte er verkauft, und so hatte er ein hübsches Sümmchen angespart. Weil er so oft in den Bergen unterwegs war, hatte er viele gute Stellen gekannt, aber er hatte sie für sich behalten. Nicht einmal die alten Freunde, die sonst immer an seinem Rockzipfel hingen, hatten mitkommen dürfen. Er hatte immer gesagt: »Beim Pilzsammeln ist jeder auf sich gestellt.« Er hatte sogar behauptet, es tue ihm gut, allein durch den Wald zu laufen.

Als er eines Abends bei Einbruch der Dunkelheit noch nicht zurück war, hatte sich seine Frau Sorgen gemacht. Sie hatte in seinen bevorzugten Kneipen, bei seinen Freunden und bei seinen Eltern nach ihm gesucht. Schließlich war sie die Straße zum Berg hochgefahren. Ein Stück unterhalb des Gipfels hatte sie am Rand des Staatsforstes seinen Lieferwagen entdeckt. Wegen der Dunkelheit hatte sich die Suche als schwierig erwiesen, aber ein paar Leute hatten sich bereit erklärt, Didiers Frau und seine Eltern in den Wald zu begleiten, weil sie davon ausgingen, dass er sich verletzt hatte. Niemand hatte etwas auf die alberne Idee der Polizisten gegeben, dass er sich womöglich verlaufen hatte. Nicht auf diesem Berg, der sein zweites Zuhause war! Er war in der Nacht unauffindbar gewesen, ebenso am nächsten Tag und in der darauffolgenden Nacht. Da hatte man geahnt, dass etwas Schlimmes passiert war. Am Morgen des dritten Tages war seine Leiche gefunden worden, ziemlich weit entfernt von dem Waldstück, in dem man nach ihm gesucht hatte. Er war an einer Stelle, wo der Wald in Schluchten abfiel, vom Rand einer Felswand über fünfzehn Meter in die Tiefe gestürzt. Sein Kopf war auf einen Felsen geschlagen, und er war auf der Stelle tot gewesen.

Es war eine Riesensauerei gewesen. Der einzige kleine Trost für seine Eltern bestand darin, dass er an einem Ort ums Leben gekommen war, den er so geliebt hatte, und dass ihm keine Zeit geblieben war zu leiden.

Ich hörte mir an, wie schwer es gewesen sei, über den Tod des Sohnes hinwegzukommen, und lenkte das Gespräch wieder auf den Sommer von Basse-Misère. Ich wollte wissen, wie er diese Geschichte verarbeitet hatte – und die Tatsache, dass sein Freund aus Kindertagen indirekt in den Fall verstrickt war.

Er hatte nie viel darüber gesprochen. Cédric war irgendwann aus dem Tal weggezogen, und sie hatten sich nicht wiedergesehen. Didier hatte mit dem E-Bass-Spielen aufgehört und sein Instrument weiterverkauft. Er war schockiert gewesen, wie alle in der Stadt. Wie auch nicht? Nur ein einziges Mal hatten sie ihn sich zu dem Thema äußern hören, nämlich als er erfahren hatte, dass Cédrics Vater als Hauptverdächtiger galt. Didier hatte eingeräumt, dass dieser, als er sie in Fourcaric absetzte, ihnen nicht gesagt hatte, dass er zum See wollte. Trotzdem hatte er ihn verteidigt und lauthals verkündet, dass dieser Mann nichts verbrochen habe. Vielleicht habe er etwas zu verbergen, aber nicht das.

Die Fotos, die ich von Didier zu sehen bekam, waren nicht gerade schmeichelhaft. Seine Nase war so klobig, dass sie einen

Großteil seines Gesichts einnahm. Nicht einmal am Tag seiner Hochzeit hatte er, trotz ordentlicher Kleidung und eines Lächelns, ansprechender ausgesehen. Vielmehr wurde seine Hässlichkeit durch die strahlende Schönheit der Frau an seinem Arm noch betont.

In dem Betrieb, in dem er nach seiner Pleite gearbeitet hatte, beschrieb man ihn als ziemliches Großmaul. Er hatte sich immer in den Vordergrund gedrängt. Das war nun mal seine Art: Ständig musste er die anderen aufziehen und Wind machen. Ansonsten war er eher lustig und kein Kostverächter. Solange man es hinnahm, dass er sich aufspielte, war er großzügig und jederzeit bereit, anderen zu helfen. Er war nicht eingebildet, sah es aber gern, wenn die Leute über gewisse Dinge, die ihn betrafen, Bescheid wussten. Zum Beispiel war bekannt, dass er mit ziemlich vielen Mädchen geschlafen hatte. Manchmal, wenn sie im Renault Estafette zu mehreren von einer Baustelle zurückfuhren und unterwegs einem Pärchen begegneten, rief er: »Ich lache mich immer schief, wenn ich eine Frau, die ich gevögelt habe, mit ihrem Kerl sehe.« Und es stimmte alles: Er musste lachen, und er hatte mit der Frau geschlafen.

Ich traf einen der Kumpel, die schwarz für ihn gearbeitet und sich an der Suche beteiligt hatten, als er vermisst wurde. Dieser Mann nannte Didier Amalric einen Fels in der Brandung, eine Naturgewalt. Nicht, weil er kräftiger gewesen wäre als die anderen, sondern weil er Schicksalsschläge verkraften konnte wie kein anderer. Bei allem, was ihm widerfahren war, wäre jeder in die Knie gegangen. Er nicht. Er verfügte über ein Selbstbewusstsein, das ansteckend wirkte. So war er nun mal: ein durch und durch selbstbewusster Kerl, der weitermachte, wenn andere längst stehen geblieben waren, um Luft zu holen. Bei den Mädchen kam er gut an. Er war rotzfrech und erreichte sein Ziel unweigerlich. Aber Laurence, mit der er ausging, bevor alles aus dem Ruder lief, liebte er wirklich. Er konnte es nicht fassen, dass er mit ihr zusammen war, wo sie doch so hübsch und gebildet war und studierte und überhaupt … Nachdem sie gegangen war, hatten ihn viele weinen sehen. Und Didier Amalric heiße Tränen vergießen zu sehen, das ging an die Nieren.

Laurence war verheiratet, Mutter von zwei Kindern und lebte in der Nähe von Toulouse. Als ich anrief, waren sie gerade erst vom Skifahren zurückgekommen. Ich musste mein ganzes diplomatisches Geschick aufbieten, um sie dazu zu bringen, mich zu treffen. Vermutlich sagte sie sich, dass ich sowieso nicht lockerlassen würde, und sah keine andere Möglichkeit, mich loszuwerden. Allerdings wollte sie nicht, dass unser Gespräch bei ihr zu Hause stattfand. Also schlug ich ihr vor, zu mir in die Universität zu kommen, wo die Vorlesungen gerade wieder begonnen hatten. Sie war unbestreitbar eine schöne Frau, aber sie wirkte angespannt, verschränkte ständig die Arme und nahm sie wieder auseinander und verschanzte sich hinter einem großen schwarzen Mantel, der ihr als Rüstung diente. Ich hatte ihr am Telefon reinen Wein eingeschenkt und kam gleich mit der ersten Frage zur Sache.

»Didier hat nur ein-, zweimal über Basse-Misère gesprochen, und beide Male habe ich davon angefangen. Ich war zu klein, als es passierte, und konnte mich nicht daran erinnern. Aber ich war ein paar Jahre mit Loïc Armengaud in einer Klasse. Wir sind sogar eine Zeit lang miteinander gegangen. Darum hat mich diese Geschichte immer interessiert. Didier war bei dem Thema gar nicht wohl. Ich habe ihm erzählt, was Loïc mir anvertraut hatte, nämlich dass sein Vater ein Haus am See gekauft hatte und seine Familie zwang, immer wieder dorthin zu fahren, als könne man so das Böse austreiben. Aber er hatte noch einen anderen Grund: Er war tatsächlich davon überzeugt, dass der Mörder an den Tatort zurückkehren und sich verraten würde. Didiers Antwort darauf war, dass wegen solcher Hirngespinste Unschuldige verfolgt und vernichtet worden seien. Später habe ich ihn gefragt, ob er eins der Opfer gekannt hat. Er hat die Frage verneint und gesagt, sie hätten nicht zu seiner Welt gehört. Ich habe gespürt, dass er mir auswich, darum habe ich nachgehakt und gefragt, warum ihm das Thema so unangenehm ist. Am Ende hat er zugegeben, dass es besser für ihn ist, wenn er sich bedeckt hält.«

»Hat er Ihnen auch erklärt, warum?«

»Er und die beiden anderen, die in dem Haus in Fourcaric waren, hatten gelogen. Sie waren nicht hingefahren, um Musik zu machen. Sie hatten vorgehabt, zu Fuß nach Tuile-aux-Loups zu gehen, wo im Frühjahr eine Diskothek aufgemacht hatte, in die Stéphane Buissonnet sie reinbringen konnte.«

»Und haben sie das gemacht?«

»Nein. Sie haben es nicht bis zur Disco geschafft und mussten umkehren. Ihr Plan hatte sich als die reinste Schinderei herausgestellt, und sie sind sehr spät ins Dorf zurückgekommen. Aus Angst, dass ihre Lüge auffliegen könnte, haben sie absichtlich Radau gemacht, bis die Nachbarn sich beschwert haben … Ehrlich gesagt glaube ich, dass Didier auf Loïc eifersüchtig war. Alles, was ihn daran erinnert hat, dass ich mal in Loïc verliebt war, hat ihn genervt.«

»Verzeihen Sie die indiskrete Frage, aber was ist zwischen Ihnen und Didier vorgefallen?«

»Sie wollen wissen, warum wir uns getrennt haben? Er hat mich betrogen, und ich habe es erfahren. So traurig wie banal.«

»Und wie sind Sie dahintergekommen?«

»Wenn Sie Didier gekannt hätten, würden Sie diese Frage nicht stellen. Sagen wir, er war nie sonderlich diskret. Er hat noch nicht mal versucht, es abzustreiten. Er dachte immer, er beherrscht alles und jeden, und alles wird ihm verziehen. Aber ich habe das nicht mitgemacht. Als ich ihn verlassen habe, war gerade sein Betrieb pleitegegangen. Man hatte ihm alles weggenommen, sogar sein Auto. Ich weiß, es hieß dann, ich hätte ihn sitzen lassen, weil er keinen Cent mehr hatte ... Er hatte von Hochzeit gesprochen, verstehen Sie? Ich sah mich schon mit ihm zusammenleben, malte mir aus, wie unsere Kinder aussehen würden ... Ich habe für ihn mein Studium aufgegeben. Als er Probleme hatte, habe ich ihn nach Kräften unterstützt, ich habe ihm sogar Geld gegeben. Und das alles, damit er das erstbeste Betthäschen flachlegt ... Die, von denen ich bis heute nichts weiß, gar nicht mitgerechnet. Er hat mir wirklich wehgetan. Trotzdem habe ich um ihn geweint, als ich von seinem Tod erfuhr.«

Sein Tod, genau! Angeblich war er unvorsichtig gewesen und zu dicht an den Rand der Schlucht herangegangen, sodass der Boden unter seinen Füßen nachgegeben hatte. Ich fuhr hin, um mir die Stelle anzusehen. Meinen Wagen parkte ich da, wo seiner gestanden hatte. Die Felswand, die ihm zum Verhängnis geworden war, lag ausgesprochen weit weg. Um dorthin zu gelangen, musste man den Staatsforst verlassen und sich durch eine dieser abscheulichen Tannenpflanzungen schlagen, die den Berg ersticken. Kurz vor den Schluchten gewinnen die Laubbäume wieder die Oberhand, und man kehrt ins Leben zurück. Die Klamm war tatsächlich tief und erst im letzten Moment zu erkennen. Bei einem Sturz an dieser Stelle hatte man keine Chance. Wäre nicht ein anderer Pilzsammler am Ufer des unten entspringenden Flusses entlanggegangen, hätte es Wochen gedauert, bis er gefunden worden wäre.

Als Nächstes zog ich Erkundigungen über Stéphane Buissonnet ein. Er war ein leidenschaftlicher Gitarrist und davon überzeugt gewesen, dass die Musik seine Zukunft war. Er hatte sich auf dem Gymnasium mit Cédric Mahous angefreundet und mit ihm den stümperhaften Plan ausgeheckt, der es ihnen ermöglichen sollte, zum ersten Mal einen Abend in der Diskothek zu verbringen. Außerdem erfuhr ich, dass Stéphane ziemlich viele Dinge verpatzt hatte.

Seine Mutter erzählte mir ausführlich von ihm. Wenn ihr Mann und sie geahnt hätten, wohin ihn seine Leidenschaft für die Musik bringen würde, hätten sie ihn gebremst. Auch in anderen Dingen hätten sie ihn besser bremsen sollen. Sie waren zu nachsichtig gewesen. Andererseits hatten sich ihre Auseinandersetzungen dank der vielen Freiheiten, die sie ihm gelassen hatten, in Grenzen gehalten. Stéphane war nämlich ein schwieriges Kind gewesen und immer wieder auf Abwege geraten. Wie oft hatten sie sich eingeschaltet, um Dinge wieder in Ordnung zu bringen! Man hatte ihnen geraten, Zugeständnisse zu machen und toleranter zu sein. Also hatten sie genau das getan. Sie hatten ihrem Sohn erlaubt, bis spätabends fernzusehen, auszugehen und sich wie ein Erwachsener zu benehmen. Es hatte funktioniert. Stéphane war ruhiger und vernünftiger geworden. Selbst als er die 10. Klasse hatte wiederholen müssen, hatten sie an dieser Strategie festgehalten. Wie hätten sie auch zurückrudern können? Und dann hatte er sich im Frühjahr 1983 aus dem Staub gemacht. Den gepackten Koffer neben sich, hatte er ihnen verkündet, er werde vom Gymnasium abgehen und mit einer Band, die ihn als Gitarristen engagieren wolle, durch die Bars und Diskotheken an der Küste tingeln. Sein Vater hatte versucht, ihn aufzuhalten. Dabei war es fast zu Handgreiflichkeiten gekommen. Und dann war Stéphane abgehauen.

Von da an war es mit ihm bergab gegangen. Er hatte Umgang mit Leuten gehabt, die älter waren als er, hatte geraucht und getrunken, was er kriegen konnte, war in Bordeaux gewesen, wenn man glaubte, er sei in Sète, und in Paris, wenn man dachte, er sei in Bordeaux. Er hatte erzählt, er sei von diesem oder jenem bekannten Sänger für eine große Tournee engagiert worden, und dann sei herausgekommen, dass er lediglich auf der Straße oder in der Metro spielte. Er hatte an verschiedene Plattenfirmen Demos geschickt und behauptet, mit Fernsehmoderatoren in Kontakt zu stehen, die er von Partys in Paris kannte, bei denen er aufgelegt hatte. Seine Demos waren abgelehnt worden, und wenn er überhaupt je als DJ gearbeitet hatte, dann wohl eher im Département Cantal oder in Royan, je nach Jahreszeit. Er hatte gesagt, er habe kein Glück gehabt, mehrere Leute hätten ihn hängen lassen und er habe größere Anlaufschwierigkeiten als andere, weil er nicht aus der Szene komme. Er hatte angekündigt, sein Glück in den USA versuchen zu wollen, es aber nicht geschafft, das Geld für die Einschreibegebühren an der Eliteschule aufzubringen, auf die er wollte. Anfang 2003 war er mit hängendem Kopf nach Valdérieu zurückgekehrt. Sein anschließendes Gastspiel bei einem Radiosender in Toulouse war von kurzer Dauer gewesen, weil herauskam, dass er Gras vertickte. Im darauffolgenden Sommer war er in der Nähe von Narbonne beim Verlassen der Diskothek, in der er jobbte, überfallen worden. Sie hatten ihm sein ganzes Geld gestohlen, ihn verprügelt und ihm die rechte Hand gebrochen, wobei zwei Sehnen durchtrennt worden waren. Seitdem hatte er nicht mehr Gitarre spielen können. Nicht lange nach dem Überfall hatte er Depressionen bekommen. Man hatte ihn notgedrungen in die Klinik eingewiesen, wo er fast fünf Monate geblieben war.

Im Januar 2005 war sein Wagen auf einer kleinen Gebirgsstraße in der Nähe von Luchon ungebremst auf eine Schlucht zugerast. Bei den anschließenden Untersuchungen waren keine Spuren von Alkohol, Drogen oder Medikamenten gefunden worden. Da hatten seine Eltern begriffen, dass er sich das Leben genommen hatte.

Ich unternahm einen Abstecher nach Luchon, zu der Straße, auf der Stéphane Buissonnet zu Tode gekommen war. Sie war kurvenreich, schmal und nachts kaum befahren, insbesondere im Winter. In Superbagnères konnte sich niemand an Stéphane erinnern.

Seine Eltern hatten ihn nach der »Mahous-Affäre« nie über Basse-Misère reden hören. Selbst als das ganze Tal unter dem Eindruck des Dramas stand, schien er davon völlig unberührt.

Seine Mutter war nicht in der Lage, mir die Namen seiner Freunde zu nennen. Auf den Fotos, die ihn als Heranwachsenden zeigten, hatte er etwas von einem Stenz; er war nach einer Mode frisiert und gekleidet, die damals noch gar nicht bis in unser Tal vorgedrungen war. Tatsächlich fand ich nur einen weiteren Menschen, der mir etwas über ihn erzählen konnte, und zwar eine ehemalige Klassenkameradin, die später Französischlehrerin am Lycée Saint-Jacques geworden war. Sie erinnerte sich, dass er 1983 kurz nach den Osterferien von zu Hause abgehauen war. Sie hatte ihn als arroganten Burschen in Erinnerung, der jedoch den Mädchen gefiel. Er habe gern den Anführer markiert und aus seiner Verachtung für jene, die sich nicht unter seine Fuchtel stellen wollten, keinen Hehl gemacht.

Viele Jahre später hatte sie ihn wiedergesehen, in dem Sommer vor seinem Unfall. Er hatte sich sehr verändert und war mit eingezogenem Kopf und gesenktem Blick herumgelaufen. Als sie ihn so sah, hatte sie keinerlei Groll mehr verspürt. Vielmehr hatte er ihr leidgetan.

38

Siobhan kam nie wieder nach Fonbelle. Sie gestand, dass sie sich dort nicht wohlfühlte. Nicht wegen des Hauses selbst oder der abgeschiedenen Lage, sondern weil dort eine düstere Atmosphäre herrschte, die makabre Erinnerungen und böse Vorahnungen heraufbeschwor. Es waren mein Himmel, meine Erinnerungen, meine Nacht und mein Winter. Sie brachte nicht mehr die Kraft auf, mit mir an diesem Ort zu bleiben, und wünschte mir, dass auch ich möglichst schnell von dort wegkam.

»Diese Geschichte ist zu einem Gefängnis geworden«, sagte sie immer wieder.

Tatsächlich fühlte ich mich immer mehr wie ein Gefangener von Basse-Misère. Ich hatte mich zu weit in dieses Verlies vorgewagt und darin Ecken und Winkel entdeckt, von denen ich nichts geahnt hatte.

Wir hatten uns in einem kleinen Restaurant in Toulouse verabredet, in dem wir uns häufiger trafen und wo man ungestört war. Ich hatte die restlichen Dinge mitgebracht, die sie bei mir gelassen hatte.

»Sehen wir uns diese Woche?«, hatte sie am Telefon gefragt.

Ihre Stimme wurde immer heiser, wenn sie mir etwas Gravierendes mitzuteilen hatte: etwa, dass sie mit der Schauspielerei aufhören werde, dass Marielle von unserer Beziehung wisse; dass ich ein Dreckskerl sei oder dass sie mich verlasse.

Ich erzählte ihr von Didier Amalric und Stéphane Buissonnet. Besser gesagt, sie bat mich, ihr mehr über die beiden zu erzählen. Über zwei Männer, die offensichtlich vom Pech verfolgt waren. Ich hielt das nicht für einen Zufall und bezweifelte bei beiden, dass ihr Tod ein Unfall gewesen war, vor allem bei Amalric.

»Und da ist noch der Dritte aus ihrer Clique, Cédric Mahous. Er lebt noch und betreibt am Stadtrand von Montpellier ein Restaurant. Nach allem, was ich höre, hatte er auch kein Glück. Das Hotel, das er in Saint-Cyprien hochgezogen hat, ist abgebrannt, und die Versicherung ist gerichtlich gegen ihn vorgegangen. Er hat alles verloren. Danach hat er mit einem Restaurant in den Alpen einen zweiten Anlauf unternommen, aber eine heftige Lebensmittelvergiftung zwang ihn, das Handtuch zu werfen. Zur gleichen Zeit wurde er beschuldigt, eine Minderjährige verführt zu haben. Die Anzeige wurde erst zurückgezogen, nachdem er sich mit der Familie des Mädchens, einer sechzehnjährigen Praktikantin, finanziell geeinigt hatte. Seine Ehe ist in die Brüche gegangen, und er sieht seine drei Kinder nur ein paar Tage im Jahr. Seinen neuen Job hat er einem seiner ehemaligen Angestellten aus Saint-Cyprien zu verdanken, der selbst ein Geschäft aufgemacht und ihm die Leitung eines seiner Restaurants übertragen hat. Seine Pechsträhne hat vor etwas mehr als vier Jahren begonnen …«

»Also kurz nach der Veröffentlichung des letzten Zitats, das wir gefunden haben: ›Wahrscheinlich bist du wieder in jedem Fach durchgefallen.‹«

»Ich glaube, die Anzeigen gehören immer paarweise zusammen. Die beiden ersten für Fraysse liegen nur knapp vierzehn Tage auseinander. Die zwei nächsten sind für Amalric bestimmt. In diesem Fall liegen mehr als zwei Jahre dazwischen. ›Ich will aber nicht, dass er mich mag‹ erscheint Anfang 1995, und kurz danach häufen sich bei Amalric die Probleme. Dasselbe bei Buissonnet: Das erste Zitat erscheint 2003, und zwar genau zu der Zeit, als er nach Valdérieu zurückkommt. In den folgenden Monaten wird er wegen Cannabishandels angezeigt, entlassen, überfallen und kann danach seine rechte Hand praktisch nicht mehr gebrauchen. Er landet sogar in der Psychiatrie.«

»Das erste Zitat löst im Leben desjenigen Chaos aus, das zweite kündigt seinen Tod an, richtig?«

»Genau. Eins fehlt noch, und zwar das, das wenige Tage vor Cédric Mahous' Tod erscheinen wird.«

»Also haben die Jungs am See etwas gesehen, oder? Genau wie Jean-Daniel Fraysse.«

»Es war heiß an dem Samstagnachmittag, als Cédrics Vater sie in Fourcaric abgesetzt hat. Vielleicht haben sie, während sie darauf warteten, nach Tuile-aux-Loups losgehen zu können, Lust bekommen, mal kurz ins Wasser zu springen. Der See zieht sich genau an dem Berghang entlang. Ich bin die Strecke abgefahren: Vom ehemaligen Landhaus der Mahous bis nach Basse-Misère sind es achtzehn Kilometer, aber auf Waldwegen lässt es sich bequem abkürzen. Ich habe eine Generalstabskarte von 1975 ausgegraben und eine Route quer durch den Wald eingezeichnet, die direkt in Bouscadié endet.«

»Du glaubst, sie sind so weit gelaufen, nur um im See zu baden?«

»Er liegt auf dem Weg zu der Diskothek, in die sie wollten.«

Fourcaric hatte mit dem Dorf von früher nichts mehr gemein. Am Ortsrand waren zahlreiche neue Häuser entstanden, sodass der alte Kern mittlerweile ab vom Schuss lag und von den neuen Straßen geflissentlich gemieden wurde. Nach Valdérieu war es nicht weit, sieben Kilometer, wenn es hochkam. Das erklärte, warum rund ein Dutzend Familien sich von den großen, frei liegenden Grundstücken hatten locken lassen, die ihnen sicher zu einem moderaten Preis angeboten worden waren.

Das Haus, das Cédrics Eltern geerbt hatten, war das ehemalige Schulgebäude, gut erkennbar an seiner Bauweise. Einst etwas abseits vom Dorf gelegen, diente es nunmehr als Bindeglied zwischen den alten Straßen und den neuen Siedlungen, die unweit von ihm entstanden waren.

Am Sonntag, dem 21. August 1980, war um halb fünf Uhr morgens ein Dorfbewohner heraufgekommen, um dem Radau, der ihn aus dem Bett getrieben hatte, ein Ende zu machen. Die drei Jugendlichen, die den Lärm veranstalteten, hatten ihn zum Teufel gejagt, und so hatte er in aller Herrgottsfrühe Gilles Mahous angerufen, um sich zu beschweren und anzukündigen, dass er beim nächsten Mal entweder die Polizei schicken oder mit dem Jagdgewehr anrücken werde, je nach Laune.

Meine Theorie stützte sich auf die Tatsache, dass Cédric und seine Freunde Zeit gehabt hatten, vom See, an dem gerade das Schlimmste passiert war, zurückzukehren. Sie mussten die Strecke in gut zwei, höchstens zweieinhalb Stunden zurückgelegt haben. Und zwar, ohne von jemandem gesehen zu werden.

Ich hatte es ausprobiert. Ein Taxi hatte mich in Bouscadié abgesetzt, und ich war auf Waldwegen nach Fourcaric zurückgegangen. Ich hatte bis zur ehemaligen Schule drei Stunden und vierzig Minuten gebraucht, und das bei Tag und nicht etwa bei Nacht.

»Na los, dann erklär mir, wie sich deiner Meinung nach alles abgespielt hat. Wobei wir davon ausgehen, dass sie vorher nicht geübt haben …«, drängte Siobhan.

»Sie müssen am Samstagnachmittag gegen siebzehn Uhr in Bouscadié angekommen sein. Sie wollten baden gehen und danach in die Disco. Aber am See erlebten sie eine böse Überraschung, denn dort stand das Auto von Cédrics Vater, der nicht in Valdérieu war, wie sie geglaubt hatten. Es war ein großes rotes Auto, also nicht zu übersehen. Sie durften sich auf keinen Fall erwischen lassen. Also haben sie die unmittelbare Umgebung des Clubs gemieden und sich für den etwas abgelegeneren Strand von Bouscadié entschieden. Dort haben sie Jean-Daniel Fraysse getroffen, der mindestens zwei von ihnen kannte, nämlich die beiden aus dem Lycée Saint-Jacques, die bald in die Neunte gehen würden. Und die beiden waren nicht irgendwer: Cédric war der Schwarm aller Mädchen und Stéphane der, über den alle redeten. Also Jungs, die ein Heranwachsender wie er nur bewundern konnte. Normalerweise hätten sie sich nicht mit ihm abgegeben, aber er hatte sein Kanu dabei. Er hat sich bereit erklärt, es ihnen zu leihen, und plötzlich haben sie ihn nicht mehr so von oben herab behandelt. Sie haben sich mit ihm unterhalten. Vielleicht haben sie damit geprahlt, was sie an dem Abend vorhatten. Jean-Daniel wollte ihnen nicht nachstehen und womöglich das Gesicht verlieren. Also hat er ihnen von seinem Haus oben am Feld erzählt und dass er den ganzen Abend bis in die Nacht allein dort sein würde. Es gab einen Billardtisch im Haus, einen schönen Blick auf den See, und außerdem wusste er, wie er Alkohol abzweigen konnte, ohne dass seine Eltern es merkten. Er hat die drei eingeladen, und sie haben die Einladung angenommen. Nachdem Jean-Daniels Eltern aufgebrochen waren, haben sich die vier im Haus getroffen. Wahrscheinlich haben sie getrunken und geraucht, Billard gespielt und Musik gehört. Jean-Daniel musste den Lakaien spielen, aber das war der Preis, den er zu zahlen hatte, damit er mit den anderen zusammen sein konnte. Sie haben durch das Fernrohr die kleine Insel beobachtet. Entweder, weil sie gesehen haben, wie die Kanus hingefahren sind, oder weil das Lagerfeuer sie neugierig gemacht hat. Wie auch immer, sie sind geblieben, um Justine und ihre Freunde zu belauern, und haben ihren Plan, in die Disco zu gehen, verworfen. Da Cédrics Vater noch in der Gegend war, blieb ihnen sowieso nichts anderes übrig. Nach Tuile-aux-Loups hätten sie die Straße nach Valdérieu entlanggehen müssen und riskiert, erwischt zu werden, falls Gilles Mahous zur selben Zeit nach Hause fuhr. Jean-Daniel war also nicht der einzige Augenzeuge des Dreifachmords. Sie waren zu viert. Man muss also alles, was ich mir für eine Person ausgedacht habe, in den Plural setzen. Sie haben den Entschluss gefasst, nicht darüber zu reden. Sie haben einen Pakt geschlossen, und wehe dem, der ihn bricht! Ein Pakt mit den Anführern – etwas Schöneres hätte sich Jean-Daniel nicht erträumen können. Plötzlich war er einer von ihnen. Später haben sich die anderen verzogen, während er alle Spuren beseitigt hat. Dabei hat er sogar sein Geschirr im Spülbecken liegen lassen, damit seine Mutter keinen Verdacht schöpft. Cédric, Didier und Stéphane haben auf dem Rückweg nach Fourcaric wieder durch den Wald abgekürzt. Und die Leute sollten mitkriegen, dass sie im Haus waren. Also haben sie absichtlich Radau gemacht, wohingegen sich in den Stunden zuvor niemand über Lärm beschwert hat …«

»Die Jungen hatten die Gelegenheit, zum ersten Mal in ihrem

Leben in eine Disco zu gehen, und haben darauf verzichtet, um den Abend mit Jean-Daniel Fraysse zu verbringen? Der muss ja Bombenargumente vorgebracht haben, um sie zu überreden!«

»Ein schlagendes Argument hatte er: Justine.«

»Sie sind geblieben, um ein Mädchen zu beobachten?«

»Nicht irgendein Mädchen, Siobhan. Ich habe Fraysses Aussage mehrmals gelesen. Etwas taucht in seinen Antworten immer wieder auf: Er wiederholt ständig, dass er den Abend allein verbracht hat. Ich glaube nicht, dass er das unter normalen Umständen so betont hätte: Es gab keinen Freund, keine Freundin, kein Mädchen, das er hätte einladen können... Selbst vor einem Richter wäre es ihm schwergefallen, das zuzugeben. Er wäre mit seinem Alleinsein diskreter umgegangen, wenn er nicht hätte lügen und an seiner Lüge festhalten müssen, um sicherzugehen, dass er damit durchkommt. Ein paar Jahre später hat er sich verraten, weil er den Mund nicht halten konnte. Er hat den Pakt gebrochen.«

»Tut mir leid, Emmy, aber das ergibt keinen Sinn. Nehmen wir an, der Mörder rechnet damit, dass Fraysse irgendwann plaudert, und beschließt, ihn ein für alle Mal zum Schweigen zu bringen. Als er ihm die Pistole auf die Brust setzt, erfährt er, dass es nicht nur einen Zeugen gibt, sondern vier. Er beschließt, sich mit der Beseitigung der anderen Zeit zu lassen, und macht sich einen Spaß daraus, erst mal ihr Leben zu zerstören, bevor er sie umbringt. Das Ganze kündigt er durch Kleinanzeigen in der Zeitung an. Und am Ende verschont er einen von ihnen. Selbst wenn du glaubst, dass Cédric Mahous die drei anderen um die Ecke gebracht hat, weil es nämlich sein Vater war, den sie auf der kleinen Insel gesehen haben, haut das nicht hin. Wie lautet die richtige Version, die du mir vorenthältst?«

»Ein oder mehrere Menschen haben wegen Basse-Misère getötet und könnten weiter töten. Das ist die einzig mögliche Version.«

»Und das erzählst du mir in aller Ruhe, während du deine Crêpe isst … Vielleicht bist du gerade dabei, ihre Pläne zu durchkreuzen. Und du glaubst, sie lassen dich einfach machen?«

Ich hatte Siobhan nichts von den Spuren im Schnee und dem nächtlichen Stromausfall erzählt. Sie schien ernsthaft besorgt.

»Sag mir, dass du mich auf den Arm nimmst, Emmy. Dass du mir das nur erzählst, damit ich nicht weggehe.«

»Ich kann mich auch täuschen.«

Ich klang anscheinend nicht sehr überzeugend, denn sie sah mich immer noch an, als sei ich schon so gut wie tot. Ich wollte nicht, dass sie noch weitere Fragen stellte, denn ich hatte Angst, dass ich am Ende verraten würde, was ich wirklich dachte. Also wechselte ich abrupt das Thema.

»Was hast du vor? Gehst du zu deinem Iren?«

Sie nickte.

»Wann ist er zurückgekommen?«

»Eigentlich war er nie weg. Er hat mir tonnenweise Nachrichten hinterlassen, und ich war bereit, wieder mit ihm zu reden.«

»Offenbar gibt er sich nicht so schnell geschlagen …«

»Nein. Und für mich ist es mal etwas anderes …«

Ich spürte einen eiskalten Luftzug im Nacken. Siobhan schaute mir arglos in die Augen.

»Ich habe die Chance, an einer hervorragenden Schule ein Malerei-Praktikum zu machen. Und ich darf bei einer halbprofessionellen Theatergruppe vorsprechen. Das Meer ist nicht weit, die Landschaft wunderschön. Und das Haus ist großartig.«

Sie zog einen Zettel aus der Tasche und tat so, als sei er ihr eben erst eingefallen. Sie faltete ihn auseinander und gab ihn mir. Es war das Blatt Papier aus der Hütte: »Siobhan, ich will nicht, dass du fortgehst.«

»Die Fortsetzung wolltest du nie schreiben. Er hat es getan.«

Ich hatte eine trockene Kehle. Schon beim Betreten des Restaurants war mir klar gewesen, was mich erwartete. Ich hatte sogar eine gewisse Erleichterung verspürt: Ich würde wieder ungebunden sein. Aber als ich sie mir nun in Irland vorstellte, an der Seite dieses Kerls, der ihr Sicherheit versprach, als ich ihre Bereitschaft spürte, ein geregeltes Leben zu führen, traf mich das doch.

Wie von einem unsichtbaren Gewicht niedergedrückt saß ich klein und jämmerlich vor ihr. Sie bat mich nicht um Verzeihung. Sie hatte keinen Grund dazu. Ich war es, der sich vor Entschuldigungen hätte überschlagen müssen.

»Das wird mich aber nicht davon abhalten, immer in dich verliebt zu sein und Tag für Tag die Straße hinunterzuschauen in der Hoffnung, dass du auftauchst.«

Ich weiß nicht, ob sie das wirklich sagte oder ob ich es mir nur einbildete. Ich hörte schon nicht mehr richtig zu.

Sie stand auf, zog den Mantel an und nahm die Tasche mit ihren Sachen, die ich ihr mitgebracht hatte. Als sie an mir vorbeiging, spürte ich, wie ihre kleine Hand kurz meine Schulter drückte. Dann verschwand sie.

Ich war standhaft geblieben. Ich hatte ihr nicht gesagt, was ich in Wahrheit dachte: Cédric Mahous, Jean-Daniel Fraysse,

Didier Amalric und Stéphane Buissonnet hatten in der Nacht des Massakers vom großen Fenster aus nichts gesehen, nichts außer Justine und ihren Freunden, die ihr nächtliches Abenteuer in vollen Zügen genossen. Sie hatten nichts gesehen, weil sie in dem Moment, als die Morde geschahen, nicht mehr im Haus waren. Sie waren auf der kleinen Insel. Konitz hatte nicht ein Gesicht, sondern vier, und es gab mindestens noch einen Menschen, der dasselbe dachte wie ich: Und zwar den, der sich seit zwanzig Jahren rächte, langsam, systematisch und ohne jedes Mitleid. Anfangs hatte ich gedacht, Cédric Mahous sei derjenige, der aufräumte. Aber wie Siobhan gesagt hatte: Diese Hypothese ergab keinen Sinn.

Auch in einem anderen Punkt hatte sie recht: Derjenige wusste, dass ich herumschnüffelte. Ich war im Begriff, seine Pläne zu durchkreuzen und meinerseits zu einer Bedrohung zu werden.

FÜNFTER TEIL

»Die Nacht kam und mit ihr ein starker Wind,
der ihnen schreckliche Angst einjagte.«

39

Das Haus in Fonbelle war wie ein Geisterschiff, das nur mit Mühe durch den Winter kam. Es verweigerte sich der Rückkehr ins Leben, die ich ihm hatte ermöglichen wollen. Es ließ Kälte und Feuchtigkeit herein. Die Fotos, die ich an die Wand geklebt hatte, gingen langsam kaputt, und von Pastres Unterlagen bekam ich fleckige Finger. Die Bäume draußen waren schwarz, krumm und kahl. Ich hatte Zweifel, dass sie jemals wieder ergrünen würden. Es war erneut Schnee gefallen, begleitet von plötzlichem Nebel, der hartnäckiger war und den Schnee schmutzig und trist aussehen ließ.

Seit ich »meine« Wahrheit über Basse-Misère herausgefunden hatte, war ich noch tiefer ins Reich der Finsternis abgeglitten. Ich schlief wenig. Selbst sonnige Tage erschienen mir grau. Wenn ich mich im Badezimmerspiegel betrachtete, fand ich, dass ich mit dem zerknitterten Gesicht, den geröteten, dunkel geränderten Augen und dem aschfahlen Teint wie eine Leiche aussah. »Ewige Hatz« stand auf der Karte, die ich hinter eine Ecke des Spiegels geschoben hatte. Es hatte sich nichts geändert. Ich war dazu verdammt, ständig verfolgt zu werden. Sollte ich mich eines Tages von Basse-Misère befreien, würde etwas anderes an seine Stelle treten. Und mir nur verstellte Horizonte gewähren.

Meine Nachforschungen voranzutreiben war die einzige Möglichkeit, mich zumindest ein wenig in Bewegung zu fühlen.

Ein ums andere Mal ging ich die Geschehnisse jener schicksalhaften Nacht durch und betrachtete sie aus unterschiedlichen Perspektiven – bis ich schließlich diejenige gefunden hatte, die eine mögliche Erklärung für alles lieferte. »Es kam aus dem Wasser«, hatte Florie Nipperday gesagt. Sie wusste nicht, dass sie von einem vierköpfigen Ungeheuer sprach.

Die Schwachstelle in meiner Gedankenkette war noch immer der Rückweg nach Fourcaric. Cédric Mahous und die beiden anderen mussten einen Geschwindigkeitsrekord aufgestellt haben. Sie hatten die Jugend auf ihrer Seite und den Atem als Rückenwind, den Atem der Hölle, deren Pforten sie soeben aufgestoßen hatten. Beim zweiten Versuch, bei dem ich nicht mehr an jeder noch so kleinen Weggabelung überlegen musste, schaffte ich es in drei Stunden und fünfzehn Minuten nach Fourcaric, wo ich atemlos und erschöpft ankam. Beim dritten Anlauf versuchte ich so lang wie möglich zu rennen. Die Strecke war uneben, das Vorankommen auf den Waldwegen durch tote Äste und Brombeergestrüpp erschwert, der Boden holprig. Mehrmals wäre ich in dem endlosen, düsteren, bedrohlichen Wald fast der Länge nach hingeschlagen. Ich verausgabte mich dermaßen, dass ich mich bei meiner Ankunft an der alten Schule zu Boden fallen ließ, weil mir speiübel war, der Schädel zum Zerplatzen wummerte und das Atmen eine Qual war. Ich brauchte gut zehn Minuten, um wieder auf die Beine zu kommen. Ein Blick auf meine Zeit – zwei Stunden vierzig – machte mir klar, dass ich von meinem Ziel noch weit entfernt war. Außerdem durfte ich nicht vergessen, dass es Tag war und ich sehen konnte, wohin ich trat.

Ich wollte den Bedingungen, unter denen sie zum Dorf zurückgelaufen waren, noch näher kommen. Der erste Schritt war eine nächtliche Durchquerung des Waldes. Ich ließ ein paar Tage verstreichen und versuchte mich einigermaßen fit zu halten. Am darauffolgenden Freitag startete ich den nächsten Versuch. Ich nahm nur einen kleinen Rucksack mit etwas zum Überziehen mit, falls etwas schieflief, außerdem eine Stirnlampe und eine Wasserflasche. Am alten Waschplatz von Bouscadié wartete ich darauf, dass der Tag zur Neige ging. Kurz vor dem Start befiel mich so etwas wie Lampenfieber, wie bei einem Athleten, dem ein entscheidender Lauf bevorsteht. Meinen fünfundvierzig Jahren und fünfzehn Kilo Übergewicht zum Trotz musste ich es in weniger als zweieinhalb Stunden nach Fourcaric schaffen, um zu beweisen, dass das nicht nur theoretisch machbar war.

Als ich es dunkel genug fand, startete ich. Es war so gut wie unmöglich, zu rennen, ohne die Lampe anzuschalten. Auch ihnen dürfte nichts anderes übrig geblieben sein, noch dazu mit dem Sommerlaub über ihren Köpfen. Deshalb hatten sie eine der Lampen, die sie auf der kleinen Insel gefunden hatten, mitgenommen.

Um mich herum rauschte der Wald. Ich störte ihn, und er empörte sich darüber. Ich aber achtete nicht darauf, sondern konzentrierte mich auf die vor mir liegende Strecke und dachte an nichts anderes als daran, zu rennen und vorwärtszukommen. Meine Beine waren leicht, meine Atmung und mein Rhythmus gut. Mein erster Orientierungspunkt war die Stelle, an der ich die erste Straße, nämlich die vom Pass nach Sagne-Claire hinunter, überqueren musste. Kurz bevor ich sie erreichte, knipste ich die Lampe aus. Erst an einem schwierigen Wegabschnitt am Ende einer kleinen Schlucht, in die ich hinuntermusste, um auf der anderen Seite wieder steil hinaufzuklettern, schaltete ich sie wieder an. Oben musste ich eine zweite Straße überqueren, diesmal die nach Valdérieu. Mein zweiter Anhaltspunkt. Danach kam bis Fourcaric nur noch Wald. Die Stoppuhr bestätigte mein Gefühl: Ich hatte gut zwanzig Minuten Vorsprung gegenüber meiner Bestzeit.

Jetzt musste ich noch knapp zehn Kilometer hinter mich bringen. Ich traute mir zu, es ohne zu schwächeln bis zum Ziel zu schaffen und mein Tempo sogar noch zu steigern. Anfangs folgte ich dem Bachlauf, der einen breiten Graben in diesen Teil der Hochebenen schneidet. Die tückisch-rutschigen Felsen machten mir weit weniger zu schaffen als beim ersten Mal. Ich überwand sie mit sicherem Schritt und einer Behändigkeit, wie ich sie seit Ewigkeiten nicht erlebt hatte. Nach der Holzbrücke kam eine lang gezogene Steigung, die schwierigste auf der Strecke. Meine Schenkel und Waden fingen an zu brennen, aber ich erreichte den Scheitelpunkt, ohne allzu viel Zeit verloren zu haben. Anschließend folgte ich schmalen Wegen, die unvermittelt in von Bulldozern freigelegte Trassen mit hohen, auf Abholung wartenden Holzstapeln zu beiden Seiten mündeten. Trotz dieser Schneisen war der Wald hier noch dichter und tiefer. Nadel- und Laubbäume mischten sich. Ich wusste, wo ich mich befand. Ich erkannte, dass ich gut in der Zeit lag und rechtzeitig in Fourcaric sein würde. Vielleicht sogar etwas früher, weil ich mich in der Lage fühlte, noch einen Zahn zuzulegen. Damit war die Schwachstelle ausgeräumt!

Das Bewusstsein, dass ich es schaffen würde, verlieh mir Flügel. Aber dann hörte ich den Schrei. Den Schrei eines kleinen Kindes. Es klang wie ein Mädchen. Sie schien schreckliche Angst zu haben. Für einen kurzen Augenblick glaubte ich, weiter vorn, dort, wo sie war, hinter den Bäumen ein Lichtbündel aufblitzen zu sehen. Ich blieb stehen. Instinktiv knipste ich die Stirnlampe aus und spitzte die Ohren. Auf den Schrei folgte ein markerschütterndes, anhaltendes Klagen. Ein Schmerzenslaut, der mir das Blut in den Adern gefrieren ließ. Ich ging weiter, ohne die Lampe wieder anzuschalten. Je näher ich kam, desto unerträglicher wurde das Klagen, das so durchdringend, so voller Schmerz und Entsetzen war! Am liebsten hätte ich mir die Ohren zugehalten und auf dem Absatz kehrtgemacht.

Eine Erinnerung durchzuckte mich. Eine jener verschütteten Erinnerungen, die ich für immer vergessen glaubte. Wir waren mit meinen Eltern und meiner Cousine, der mit der Brille, am Strand. Ich war noch ganz klein. Links von uns lagerte eine Gruppe junger Erwachsener, die ziemlich laut waren. Allesamt Männer. Sie brüllten, spielten Ball und hörten Musik aus einem Transistorradio. Unter ihnen war einer, der still auf seinem Handtuch saß. Er schien der Älteste zu sein. In meinen Kinderaugen wirkte er sogar älter als meine Eltern. Zuerst sah ich nicht, was er da trieb, so allein in seiner Ecke. Dann veränderte er seine Haltung. Er spielte mit einer Puppe, einer Mädchenpuppe. Er redete mit ihr und zupfte ihr Kleid zurecht. Ein Kind, gefangen im Körper eines Erwachsenen, oder ein Erwachsener, gefangen in einem Kinderkopf. Das machte mir eine Heidenangst. Ich schaute weg und versuchte ihn zu ignorieren. Ich glaube, ich flehte meine Eltern sogar an, den Platz zu wechseln. Ich sehe meine Mutter vor mir, wie sie mir erklärte, dass manche Menschen eben so seien wie er. Dass sie sogar in Valdérieu einen kenne, ganz in der Nähe von meiner Großmutter, einen sehr netten Jungen, der keiner Fliege etwas zuleide tue. Wir suchten uns keinen anderen Platz.

Die Männergruppe brach vor uns auf und war dabei nicht

weniger laut. Ich wollte unter keinen Umständen in ihre Richtung blicken, schaffte es aber nicht. Der mit der Puppe hatte Mühe, im Sand zu gehen, und presste sein Spielzeug fest gegen die Brust. Sein Rücken war stark gebeugt. Einer von denen, die hinter ihm waren, nahm Anlauf und sprang über ihn hinweg, wobei er sich wie beim Bockspringen auf seinem Rücken abstützte. Dabei fiel die Puppe in den Sand. Der Kindmann ließ sich auf die Knie fallen und fing an zu weinen. Es war ein furchtbares, unerträgliches, grauenhaftes Heulen. Das hier im Wald ähnelte ihm erschreckend. Der Mann, der es ausgelöst hatte, ging seelenruhig, stolz und vergnügt weiter. So etwas Grausames hatte ich noch nie erlebt. Ein anderer Mann aus der Gruppe kam hinzu. Er hob die Puppe auf, klopfte den Sand ab und gab sie ihrem Besitzer zurück. Dann half er ihm beim Aufstehen. Das Heulen hörte schlagartig auf. Meine Cousine fand diesen Mann nett. Für mich war das keine Nettigkeit mehr, sondern grenzte an Heldenmut.

Hier in diesem Wald, in dem die Schatten schwärzer erschienen als die Nacht, gab es keinen Helden, der das Heulen zum Verstummen brachte. Es gab nur mich.

Das Ganze kam mir so unwirklich vor, dass ich keinen klaren Gedanken fassen konnte. Da war ein Baby oder ein Kindmann hinter dem großen Holzstapel, den ich von Weitem sah. Vielleicht war der Kindmann vom Strand mit seiner Puppe im Arm als Gespenst zurückgekehrt, um mich heimzusuchen.

Ich knipste die Lampe wieder an. Das Geheul wurde immer durchdringender. Ich hatte große Angst. Trotzdem ging ich näher heran, ich konnte nicht anders. Ich ging meiner eigenen Verrücktheit entgegen. Mit jedem Schritt rückte die Ecke des

Stapels ein Stückchen weiter zur Seite. Und dann sah ich, dass ich nicht verrückt war.

Am Fuß des Stapels steckte ein großer Hase mit einer Pfote in den Bügeln eines Fangeisens fest. Er wand sich, was sein Leiden noch vergrößerte. Je mehr er litt, desto lauter heulte er. Sein Geschrei war dem Heulen eines Kleinkindes zum Verwechseln ähnlich. Sein Entsetzen, das durch das Schreckgespenst des nahenden Todes und nun durch meine Gegenwart noch geschürt wurde, war größer als meins. Es musste grauenvoll sein. Ich fragte mich, wie er mitten in der Nacht in diese Falle hatte geraten können, die, an dieser Stelle aufgestellt, sicher nicht für ihn bestimmt war. Beruhigt trat ich näher. Er schlug noch wilder um sich, und sein Geschrei wurde noch schrecklicher. Als er erkannte, dass seine Mühe vergebens war, ließ er sich, sichtlich am Ende seiner Kräfte, auf die Flanke fallen und hörte auf zu heulen. An seinem Hinterlauf klebte Blut. Er stieß einen heiseren Klagelaut aus, der für mich wie ein Röcheln klang.

Ich legte ihm die Hand auf den Rücken, und er ließ es geschehen. Dann versuchte ich die Falle aufzubiegen. Die Federn waren sehr stramm. Ich stellte mich nicht besonders geschickt an und tat dem Hasen nur noch mehr weh, sodass er wieder zappelte und schrie. Ich spürte so etwas wie Ärger in mir aufsteigen. Plötzlich war ich bereit, ihn zu erschlagen, nur damit das Schreien ein Ende hatte. Ich sah mich sogar nach etwas um, womit ich ihm den tödlichen Hieb verpassen konnte, und mein Blick fiel auf eins der großen Holzscheite über uns.

Die Wut verlieh mir die Kraft, die Bügel aufzustemmen. Dabei verletzte ich mich an den Handflächen. Der Hase verstummte erneut. Ein Zahn des Fangeisens hatte sich tief in seine Pfote gebohrt, sie hing darin fest. Der Hase rührte sich nicht mehr, seine blutunterlaufenen Augen traten hervor. Er versuchte nicht einmal, freizukommen. Im Wald kehrte wieder Stille ein. Es war nichts zu hören außer meinem allzu heftigen Atem und seinem, der immer schwächer wurde. Mit ausgestreckten Armen und unter Einsatz meines ganzen Körpergewichts hielt ich die Falle auf, aber ich wusste nicht, wie ich sie blockieren sollte. Ich versuchte das Tier dazu zu ermuntern, sich aufzuraffen und die gewiss schmerzhafte Bewegung, die ihm das Leben retten konnte, zu wagen. Wir waren gleich, er und ich. Sogar in Freiheit waren wir Gefangene.

Ich schob das Knie vor, bis ich ihn berührte. Dann drückte ich es fest gegen seine lädierte Pfote. Der Schmerz scheuchte ihn auf. Er sprang mit einem Satz hoch und befreite sich blitzschnell. Dann blieb er scheinbar überrascht auf den drei unversehrten Läufen stehen. Ich ließ die Falle los, und sie schnappte brutal zu. Ich setzte mich und lehnte mich mit dem Rücken an den Holzstapel. Dann leuchtete ich den Hasen an, der noch immer nicht weggelaufen war. Zwei oder drei Minuten lang beäugten wir einander. Schließlich entschied er sich, mich allein zu lassen, und humpelte auf drei Pfoten davon. Allmählich schien er Zutrauen zu fassen und lief schneller, bis er hinter einem Gestrüpp aus Brombeerstauden und abgestorbenen Zweigen verschwand.

Allmählich spürte ich die Kälte. Also stand ich ebenfalls auf. Ich trank die letzten Wassertropfen aus meiner Flasche. Meine Stoppuhr lief noch. Ich hielt sie an. Bis zum Dorf war es nicht mehr weit. Zwei oder drei Kilometer, mehr nicht. Jetzt brauchte ich nicht mehr zu rennen. Ich nahm mir die Zeit, meine Fleecejacke anzuziehen und meinen Rucksack zu schultern. Ein letztes Mal leuchtete ich die Stelle an, wo der Hase verschwunden war. Sein Geheul steckte mir noch in den Knochen, aber ich sah ihn nicht wieder.

Just in dem Augenblick, als ich meinen Weg fortsetzte, flammte in zwei-, dreihundert Meter Entfernung eine Taschenlampe auf. Der Lichtkegel zeigte zu Boden. Ich war so überrascht, dass ich nicht einmal zusammenzuckte. Es war so eiskalt, dass alles an mir gefroren war, der Kopf ebenso wie der Körper. Ich reagierte nicht. Ich starrte einfach nur auf das Licht, das nach ein paar endlos scheinenden Sekunden wieder erlosch. Der Wald war so versteinert wie ich. Nichts rauschte, nichts atmete mehr. Die Finsternis war geweckt.

Ich schaltete die Stirnlampe aus. Ich wollte lieber in der Dunkelheit untertauchen. Mit Albträumen kenne ich mich aus, und in einem Albtraum verhält man sich so unauffällig wie nur möglich, obwohl man weiß, dass es nichts bringt. Also wich ich möglichst lautlos zu dem Holzstapel zurück, gegen den ich mich zuvor gelehnt hatte. Mein Blick suchte das Dunkel ab, die Ohren waren gespitzt. Ich glaubte ein Geräusch zu hören, das näher kam. Einen leichten, verstohlenen Schritt, der für jemand anderen vielleicht gar nicht wahrnehmbar gewesen wäre. Plötzlich flammte das Licht wieder auf, diesmal auf mich gerichtet und blendend hell. Es war jetzt links von mir und nur noch rund fünfzehn Meter entfernt. Mit zwei Sätzen sprang ich hinter den Stapel aus Holzstämmen. Der Lichtstrahl folgte mir nicht. Er prallte von der Kante meines Schutzwalls ab und versuchte nicht einmal, ihn zu überwinden. Ich bemerkte eine Gestalt. Eine massige Gestalt, die ich so gut kannte. Einen fast bis zum Boden reichenden Mantel und einen bedeckten Kopf. Wieder erlosch die Taschenlampe.

Da beschloss ich zu fliehen. Zuerst rannte ich einfach in dieselbe Richtung wie der verletzte Hase. Ich orientierte mich an den wenigen Schneisen im Wald, die etwas von der Helligkeit der Nacht durchließen. Ich kam nicht sehr schnell voran und konnte auch nicht so rennen, wie ich gewollt hätte. Der Boden bestand aus nichts als Löchern und Buckeln, er strotzte vor Hindernissen, und die niedrigen Äste drohten mir die Augen auszustechen. Nach zweihundert Metern – nachdem ich mir das Gesicht zerkratzt hatte und zweimal gestürzt war – blieb ich stehen, um zu lauschen. Nur die Stille lief mir hinterher. Trotzdem setzte ich meine verzweifelte Flucht fort. Konitz spielte mit mir wie eine Katze mit der Beute, der sie aufgelauert hat. Das hatte er schon immer getan.

Das Gelände war jetzt nicht mehr eben, sondern abschüssig, und am Fuß des Hangs hörte ich einen kleinen Bach plätschern. Die Bäume standen nicht mehr so eng und waren nicht mehr so hoch. Dadurch konnte ich Hindernisse früher erkennen. So gut es ging, ließ ich mich den Abhang hinunterrutschen. In der Nähe des Wasserlaufs wurde der Bewuchs wieder dichter und bildete eine Mauer zwischen Bach und mir. Meine Flucht endete an diesen Sträuchern, die ich an verschiedenen Stellen zu überwinden suchte. Ihre Dornen wehrten mich systematisch ab.

Da teilte das Lichtbündel von oben herab erneut das Dunkel. Es tastete nicht die Schlucht ab, um mich aufzuspüren, sondern leuchtete die Baumwipfel an. Ich kauerte mich gegen die Barriere, die mir den Durchgang verwehrte. Gleichzeitig bemühte ich mich, meine Atmung so weit wie möglich zu verlangsamen. Das Licht ging aus. Es wollte lediglich zeigen, dass es mir auf den Fersen war. Ich richtete mich auf und ging nach links an der Hecke entlang. Dabei entdeckte ich doch noch eine Stelle, an der das Gestrüpp weniger undurchdringlich wirkte. Ich ließ mich auf alle viere nieder und kroch hindurch. Auf der anderen Seite empfing mich der Bach, der nach allem, was ich erkennen konnte, nicht sehr breit war. Das Wasser traf mich wie ein Schlag, so kalt war es. Mein Fuß stieß gegen einen Felsbrocken, und ich wäre fast vornübergekippt. Wie durch ein Wunder konnte ich mich fangen, aber ich war bis zur Hüfte nass. Fünf weitere große Schritte reichten, um das andere Ufer zu erreichen. Dort musste ich mich wieder auf den Boden legen, um den Zweigen der Stechpalmen auszuweichen.

Unmittelbar vor mir erhob sich eine Felswand. Ich entschied mich fürs Klettern und gegen den Bach, der nach Fourcaric führen musste. Sehr hoch stieg ich nicht, nur etwa bis zur Hälfte. Zu meiner Rechten erblickte ich einen Felsen, der weiter als die anderen hervorstand. Er ragte über den Abgrund und bildete einen Hohlraum, in den ich schlüpfen konnte, ohne darüber nachzudenken, ob ich darin auf schlafende Vipern oder anderes ungeselliges Getier stoßen könnte. Mir war kalt. Meine Hände, die ich mir an den Bügeln des Fangeisens aufgerissen hatte, schmerzten. Ich zog mein Handy aus dem Rucksack, obwohl ich von meinen früheren Walddurchquerungen wusste, dass es hier kein Netz gab. Was sich bestätigte. Also wurde ich selbst zum reglosen Felsen. Ich wartete. Wartete darauf, dass sich der Schatten, der mich verfolgte, ans Ufer des Bachs vorwagte.

Zuerst waren da nur die Dunkelheit und das leise Rauschen des Wassers. Dann das Knacken eines toten Astes, auf den jemand trat. Nur dieses eine Geräusch, nichts weiter, aber ich wusste, dass er da war.

Als das Licht am anderen Ufer des Bachs wieder anging, war ich nicht überrascht. Die Gestalt war jetzt besser zu erkennen.

Sie war sehr groß. Über ihren Kopf war eine weite Kapuze gestülpt. Am Ende ihres freien Arms glaubte ich ein metallisches Glänzen zu sehen. In meiner Vorstellung war es eine Axt. Der Lichtstrahl suchte den Wasserlauf bachabwärts ab und richtete sich dann ohne Vorwarnung wieder jäh auf die Steilwand. Mir blieb gerade noch Zeit, den Kopf einzuziehen. Der Strahl verharrte auf einer Stelle, als wüsste er genau, wo ich mich versteckt hielt. Ich war kurz davor, meinen Unterschlupf zu verlassen und mich geschlagen zu geben, doch gerade als ich aufstehen wollte, wurde es wieder dunkel. Kurz darauf knackten weitere Zweige. Er watete nicht durch den Bach. Er blieb am anderen Ufer und machte sich auf den Weg zum Dorf.

Am liebsten wäre ich die ganze Nacht in meinem Versteck geblieben, denn ich ahnte, dass er an meinem Wagen auf mich warten würde. Dummerweise hatte ich keine Wechselkleidung dabei, und meine Hose und meine Socken waren nass. Außerdem war die Kälte unerträglich. Ich musste mich bewegen, damit mir warm wurde. Also trat ich ins Freie und setzte meine Klettertour bis zum oberen Rand der Felswand fort.

Anschließend ging ich geradeaus weiter, bis ich mich in der schwarzen Masse des Waldes wiederfand. Ich hatte nur ein Ziel: vielleicht einen Unterschlupf finden und abwarten, bis der Tag anbrach.

Mir wurde klar, dass ich in diesem Wald umkommen konnte. Wie Didier Amalric oder Jean-Daniel Fraysse. Als ich meine Sinne wieder halbwegs beisammen hatte, begriff ich, dass Konitz jetzt kein Schreckgespenst mehr war, das ich zu Hause im dunklen Keller vermutete. In Wirklichkeit war er hier. Hier bei mir im Wald. Und er hatte nicht die Absicht, mich entkommen zu lassen.

40

Als ich auf eine breite Fahrbahn gelangte, die den Wald quer durchschnitt, begann es zu schneien. Hier war schweres Gerät durchgefahren, hatte die Vegetation plattgemacht und eine dicke Schicht Tonerde abgetragen. Ohne die alte Kruste war der Boden viel heller und hob sich deutlicher gegen die Dunkelheit ab. Die noch frische Schneise hatte Ähnlichkeit mit einem schnurgeraden Leuchtstreifen. Wenn ich ihr nach links folgte, würde ich mich, meinen wenigen Bezugspunkten nach zu urteilen, nicht allzu weit von Fourcaric entfernen.

Die nasse Hose klebte an meinen Schenkeln. Mir kam es so vor, als zirkuliere das Blut in meinen schon tauben Beinen nur schlecht. Obwohl der Weg frei war, konnte ich nicht schnell gehen. Ich spürte, wie die ersten Schneeflocken auf meinem Gesicht schmolzen. Anfangs vereinzelt, dann immer zahlreicher und dichter. Ich hörte sie mit diesem typischen Knistern fallen. Die Nacht hellte sich auf, und der Wald schien wieder zum Leben zu erwachen.

Die Fahrbahn beschrieb eine große Kurve und verlief dann gerade weiter. Der Schnee blieb liegen. Er zeichnete die Umrisse der Formen nach, an denen er haftete. Bald erblickte ich mehrere große dunkle Ungetüme, die sich als gigantische Forstmaschinen entpuppten, sowie riesige Stapel ganzer Baumstämme. Ein großer Kreis mit zerfurchtem Boden unterbrach die Trasse, das Basislager der Holzarbeiter. Vielleicht fand ich hier einen Unterstand. Meine Finger waren so steif gefroren, dass sie höllisch schmerzten.

Da ich mich nun auf offenem Gelände befand, bewegte ich mich, vom Knirschen des Schnees unter meinen Füßen begleitet, vorsichtig vorwärts. Weiter hinten erkannte ich etwas, das wie eine Hütte aussah. Ich steuerte darauf zu, drückte mich aber am Rand des Platzes entlang und versteckte mich möglichst hinter den haushohen Holzstapeln. Es handelte sich um einen Container, wie man sie auf vielen Baustellen findet. Seinem Gesamtzustand nach zu urteilen hatte er schon ein paar Jahre auf dem Buckel. Die Tür war abgeschlossen. Auf der Suche nach einer Möglichkeit, ins Innere zu kommen, umrundete ich den Container, doch auch das Schiebefenster ließ sich nicht bewegen. Also tastete ich die Regenrinne mit abgefrorenen Fingerspitzen ab, fand aber nur faulendes Laub. Danach tastete ich unter den Container, der auf Holzklötzen stand, sodass zwischen ihm und dem Boden rund zehn Zentimeter Luft waren. Als ich gleich in der ersten Ecke einen Schlüssel an einem Haken erfühlte, durchlief es mich warm. Erleichtert atmete ich auf. Mit dem Schlüssel ließ sich die Tür aufsperren. Ich stürzte ins Innere und schloss hinter mir ab. Obwohl die Fensterscheibe aus Milchglas war, fiel ein wenig von der Helligkeit der Schneenacht herein. Es roch nach feuchtem Sägemehl und abgestandenem Benzin. Mitten im Viereck stand ein Klapptisch, der fürchterlich schepperte, als ich dagegenstieß. Vier alte Plastikstühle und ein großer Metallschrank vervollständigten die spärliche Einrichtung. Mein Handy hatte noch immer kein Netz. Ich setzte mich und versuchte mich aufzuwärmen, so gut es eben ging. Doch das stellte sich schnell als schwierig heraus.

Also schaltete ich die Stirnlampe an, um den Schrank zu durchwühlen und nach etwas zu suchen, was mir weiterhelfen würde.

Die Waldarbeiter mussten ihre Thermoskannen samt Essgeschirr mitgenommen haben, denn ich entdeckte weder Gaskocher noch Wasserkessel oder Kaffeekanne. Da waren nur ein paar ausrangierte Werkzeuge, ein Eimer voll leerer Bierflaschen, Pappteller, ein veralteter Verbandskasten und mehrere Rollen Klopapier. Nichts, was mir von Nutzen sein konnte.

Ich packte eine große Axt mit abgebrochenem Stiel und gesplitterter Schneide und ließ mich auf einen der Stühle sinken. Meine Fingerknöchel waren blau angelaufen. Ich wusste nicht, ob ich den Schnee als Verbündeten oder zusätzlichen Feind betrachten sollte. Dasselbe galt für die Nacht. Trotzdem knipste ich meine Lampe aus und blieb im Dunkeln sitzen. Ich war bereit zu warten, bis es Tag wurde und Fourcaric erwachte. Dann würde ich zum Auto zurückkehren, auch wenn eine hohe Wahrscheinlichkeit bestand, dass Konitz es unbrauchbar gemacht hatte. Aber bald kamen mir Zweifel. Wenn er wusste, wo ich mich befand, war dieser Container kein Unterschlupf mehr, sondern ein Grab. Ich war freiwillig in die Falle gegangen und hatte nicht die leiseste Chance zu entkommen.

Ich stand auf, ging zur Tür und öffnete sie einen Spaltbreit. Es schneite immer noch. Die Schneedecke wuchs Zentimeter um Zentimeter. Ihr Weiß zeichnete einen Lichtkreis, der die Nacht zurückdrängte. Im ersten Moment sah ich nichts als die riesigen Holzstapel und die beiden schweren Fahrzeuge. Gerade wollte ich die Tür wieder schließen, da registrierte ich einen Schatten zu viel. Er befand sich auf der gegenüberliegenden Seite des großen Kreises neben einem Haufen Baumstämme. Er bewegte sich nicht. Ich konnte zwar nicht erkennen, was das war, hätte aber geschworen, dass es kurz zuvor noch nicht da gewesen war. Mein Blut gefror abermals, als ich sah, dass Bewegung in den Schatten kam. Er huschte nach links und verschwand hinter dem Stapel.

Er hatte meine Fährte nicht verloren. Offenbar konnte er im Dunkeln sehen. Als ich seine Bewegung sah, hatte ich mich instinktiv geduckt. Ich versuchte, klar und logisch zu denken. Ich sagte mir, dass er wahrscheinlich gerade die Lichtung umrundete, gedeckt von den Massen aus geschlagenem Holz. In dem Container konnte ich nicht bleiben, so viel stand fest. Also streifte ich die Stirnlampe ab und legte sie eingeschaltet auf den Boden. Dann schlich ich geduckt hinaus. Sperrte die Tür ab und legte den Schlüssel zurück an seinen Platz. Schließlich entfernte ich mich von dem Container und suchte ebenfalls Schutz hinter einem Stapel geschlagener Bäume, wobei meine Hände, die nur langsam wieder zum Leben erwachten, die alte Axt umklammerten.

Das Fenster des Containers war erleuchtet. Das war alles, was man sah. Ich entfernte mich noch ein Stück weiter von ihm und von Konitz. Es bestand eine winzige Chance, dass er auf meine List hereinfiel, was mir einen kleinen Vorsprung verschaffen würde. Die Waldarbeiter mussten jeden Tag aus dem Dorf hierherkommen, also konnte Fourcaric nicht weit weg sein. Ich kauerte mich gegen das feuchte Holz. Ich spürte nichts mehr, weder Kälte noch Angst: Darüber war ich hinaus. Ich wartete darauf, dass der Schatten auftauchte und sich dem Container näherte.

Er ließ sich Zeit. Erst nach langen Minuten erschien er wieder. Jetzt versuchte er nicht mehr, sich zu verstecken. Er trat in die Mitte des Kreises und blieb dort stehen: langer Mantel, Kapuze und seitlich am großen Körper herabhängende Arme. Das metallische Glänzen seiner Waffe war nicht mehr zu sehen, aber ich hatte das deutliche Gefühl, dass sein Blick auf mich gerichtet war.

Unwillkürlich verließ ich mein Versteck, die Axt nur noch in einer Hand. Ich machte ein paar Schritte vorwärts.

»Was wollen Sie von mir?«

Ich schrie so laut, dass ich meinte, es würde mir die Kehle zerreißen. Das Echo schickte mir meine Frage mit Schnee bedeckt zurück. Er rührte sich nicht von der Stelle. Ich hielt mein Handy mit beleuchtetem Display hoch.

»Ich habe die Polizei gerufen«, rief ich und machte ein paar weitere Schritte auf ihn zu.

Er schaltete die Taschenlampe an und richtete den Strahl direkt auf mich. Ich zuckte zurück, als hätte mich ein Geschoss getroffen, und schirmte mit einer Hand meine Augen ab. Trotzdem wagte ich mich weiter in die Mitte dessen vor, was nunmehr einer Arena ähnelte. Schlagartig erlosch das Licht. Während ich mich wieder an die Dunkelheit gewöhnte, verschwand die Gestalt. Ich drehte mich einmal um die eigene Achse, denn ich war überzeugt, dass er von hinten über mich herfallen würde, und bereit, mit meiner Axt auf die Nacht einzuschlagen. Doch das musste ich nicht. Ich war allein, und die einzigen Zuschauer waren ein paar Stapel gefällter Bäume.

Mit einer Kraft, die ich mir nicht mehr zugetraut hätte, rannte ich los. Ich stürmte durch das Rund. Stürzte zweimal, tat mir aber nicht weh. Hielt mir den Stiel der Axt zum Schutz gegen Äste vors Gesicht. Ich bewegte mich nicht mehr schwerfällig. Mir war nicht mehr kalt. Meine Füße berührten den Boden kaum. Ich ahnte jedes Hindernis voraus. Der Schnee zeigte mir den Weg. Ich rannte da entlang, wo er festgetreten war.

Schon bald war ich nicht mehr von Wald umgeben, sondern nur noch von einem dünnen Saum aus Bäumen. Links hörte ich den Bach rauschen, der an Breite und Kraft zugelegt hatte. Ich erreichte ein Feld. Der Boden war hier weich und eben, sodass ich schneller laufen konnte. Nach rund dreihundert Metern stieß ich auf eine Hecke, die dick, aber niedrig war und aus der nur hier und da ein krummer Baum herausragte. Ich entdeckte einen Durchschlupf und gelangte auf einen geteerten Weg, der mit einer breiten Steinbrücke über den Bach führte. Auf der anderen Seite erkannte ich schemenhaft das erste Haus. Ein Stück weiter ein zweites, dann ein drittes. Ein Hund schlug an. Der Weg verbreiterte sich und wurde zu einer verschneiten Straße mit niedrigen Häusern zu beiden Seiten. Das war die Siedlung von Fourcaric.

Trotzdem hörte ich nicht auf zu rennen. Ich jagte zur alten Schule. Ganz in ihrer Nähe stand mein Wagen, allem Anschein nach unbeschädigt, abgeschlossen und unter gut fünf Zentimeter Schnee begraben. Als ich von Weitem die Türen entriegelte, erschienen mir die reagierenden Blinker wie Leuchttürme im Sturm. Ich warf mich hinters Steuer. Der Motor sprang sofort an. Die glatte Fahrbahn war mir egal, ich gab Gas. Der Wagen schlitterte kurz und brach hinten aus, doch dann rollte er an.

Ich verringerte das Tempo erst, als ich das Dorf hinter mir gelassen hatte. Einmal hielt ich sogar an, ging, die Axt schlagbereit in der Hand, um das Fahrzeug herum und öffnete den Kofferraum. Danach setzte ich die Fahrt etwas vorsichtiger fort.

Jeder Atemzug brannte so sehr in meiner Brust, dass ich die Zähne zusammenbiss. Ich brauchte eine gute halbe Stunde bis Fonbelle. Ich parkte direkt vor dem Haus, stürmte hinein, um mich zu verbarrikadieren, und war froh, dass ich vor der Abfahrt die Fensterläden geschlossen hatte.

Es dauerte eine Weile, bis meine Lebensgeister wiederkehrten. Minutenlang kniete ich, die Axt an die Brust gepresst, im großen Zimmer auf den kalten Fliesen. Als ich endlich aufstehen konnte, zog ich mich an Ort und Stelle aus und ließ meine Kleider achtlos zu Boden fallen. Ich machte ein Feuer, das zum Glück nicht allzu launisch war. Trotzdem war die Kälte nicht auszuhalten. Also ließ ich ein siedend heißes Bad ein und setzte mich in die Wanne. Ich hatte mehrere Blessuren und Schürfwunden. Das Brennen des heißen Wassers war zuerst wie ein zusätzlicher Schmerz, doch dann empfand ich es als wohltuend und tröstlich.

Ich blieb nicht lang in der Wanne, weil ich mich dort allzu angreifbar fühlte. Also trocknete ich mich ab, desinfizierte die Wunden und ging nach oben, um mir etwas Trockenes anzuziehen. Danach kuschelte ich mich, Axt und Telefon in Griffweite, in den alten Sessel am Kamin und fixierte die Haustür.

Immer wieder döste ich minutenlang ein. Ich sah, wie hinter dem Oberlicht der Tür ein kalter weißer Tag anbrach, und stieß die Fensterläden auf. Seit meiner Rückkehr hatte es ununterbrochen weitergeschneit. Meine Reifenspuren waren kaum noch zu erkennen. Jetzt aber schwebten nur noch einzelne Flocken in der Luft. Ich klaubte meine nassen Sachen auf und versuchte etwas zu essen, brachte aber nichts herunter.

Warm eingepackt, verließ ich mit der alten Axt das Haus. Ich legte die Schneeketten an und fuhr ohne Eile nach Fourcaric.

Den Weg, auf dem ich dem Wald entkommen war, fand ich schnell. Ich ging über das Feld, auf dem die Abdrücke meiner panischen Schritte kaum noch auszumachen waren. Das Holzfällerlager entdeckte ich nicht gleich wieder, dafür aber die Trasse. Ihr folgte ich bis zu dem kreisrunden Areal. Ich schloss die Containertür auf, um die Axt zurückzubringen und meine Stirnlampe zu holen, deren Batterien inzwischen den Geist aufgegeben hatten. Zugleich hielt ich nach Spuren von Konitz Ausschau. Aber auch hier hatte der Schnee ganze Arbeit geleistet, und ich musste mich mit ein paar Kuhlen und Buckeln zufriedengeben. Nichts wirklich Aussagekräftiges. Nichts, das bewies, dass ich nicht geträumt hatte.

Hätte Konitz es gewollt, hätte er mich kriegen können. Jederzeit. Aber er hatte mich davonkommen lassen. Das war eine Warnung. Eine neuerliche Warnung. Bestimmt die letzte.

Das wurde mir klar, als ich nach Fonbelle zurückkam. Während sich im Schnee nur meine morgendlichen Schritte abzeichneten, sah ich schon von Weitem, dass vor der Haustür so etwas wie ein Paket abgelegt worden war. Abgelegt ist vielleicht nicht der richtige Ausdruck. Jemand hatte es von dem Weg aus, den ich vergebens nach Spuren absuchte, über die niedrige Mauer geworfen. Vorsichtig ging ich näher heran. Eine kleine Blutspur zog sich durch den Schnee. Zuerst dachte ich, es sei ein alter Lumpen, in den bestimmt etwas ganz Schreckliches eingewickelt war. Aber es war kein Lumpen, sondern das Fell eines todesstarren Tieres mit gebrochenem Genick. Die verletzte Hinterpfote ließ keinen Zweifel: Es war der Hase, den ich befreit hatte.

41

Ich verstaute sämtliche Unterlagen über Basse-Misère in zwei großen Metallkisten, die ich oben im Zimmer ließ. Nur fünf Fotos nahm ich mit: das von der Abfahrt mit den Kanus im kleineren Originalformat sowie die vier Porträts. Danach packte ich mein Unterrichtsmaterial in zwei stabile Kartons und füllte einen großen Koffer mit Kleidung. Das alles landete, zusammen mit meinem Laptop und einem Teil meiner Bücher, im Kofferraum und auf dem Rücksitz meines Autos. Der Nachmittag war bereits weit vorangeschritten, als ich Fonbelle verließ.

Es war durchaus eine Flucht. Ich hatte vor, mir in Toulouse ein Hotelzimmer zu nehmen. Allerdings suchte ich nicht sofort das Weite. Statt nach unten zur Bundesstraße zu fahren, folgte ich einmal mehr dem verschneiten Sträßchen nach Bouscadié.

Ich parkte in dem kleinen Dorf, das wie immer menschenleer war. Dichter Nebel hing über dem See. Er erinnerte mich an ein Leichentuch. Ich ging zu dem Haus, das einmal der Familie Fraysse gehört hatte. Dort wartete ich, bis ich sie spürte, alle vier, wie sie Jean-Daniels Kanu aus dem Schuppen holten. Als sie an mir vorbeikamen, folgte ich ihnen auf dem Fuß. Wir gingen über das Feld hinunter zum Strand von Bouscadié. Als sie nach Bois-Obscurs übersetzten, verlor ich sie aus den Augen, weil ich mich nach einem eigenen Transportmittel umblickte. Ein Stück weiter lag die kleine Bucht, die im Sommer als Ankerplatz diente. Dort entdeckte ich im Gebüsch ein umgedrehtes altes Ruderboot. Damit gelangte ich zur kleinen Insel. Die vier erwarteten mich.

Ich blieb bei ihnen, bis alles vorbei war. Als wir zurückfuhren, war es dunkel. Es wurde Zeit, dass sie ihre Aussagen aufeinander abstimmten, das Kanu ordentlich verstauten und ihre Spuren im Haus beseitigten. Sie schworen einander einen Eid. Dann rannten drei von ihnen beim Schein der entwendeten Taschenlampe durch den Wald nach Fourcaric, um sich dort ein Alibi zu verschaffen.

Ich weiß nicht, ob sie damit rechneten, so leicht davonzukommen. Vermutlich verbrachten sie mehrere bange Wochen, bis ihnen klar wurde, dass die Ermittlungen an ihnen vorübergegangen waren. Dass Cédric Mahous' Vater als Erster verdächtigt wurde, spielte ihnen in die Hände. Danach scheute sich die Polizei verständlicherweise, sich seine Familie erneut vorzunehmen. Jean-Daniel Fraysse wurde zwar verhört, aber er brachte es fertig, eiskalt zu lügen. Danach interessierten die Ermittler sich nicht mehr für ihn.

Sie hatten Glück. Wäre korrekt ermittelt worden, hätte man sie noch vor Ablauf der ersten Woche überführt. Man hätte rasch begriffen, was und warum sie es getan hatten. So wie ich es begriffen hatte.

Im Mittelpunkt ihres Interesses stand Justine. Vor allem bei Cédric. Er fühlte sich von dem hübschen Mädchen, das sich all seinen Avancen widersetzt hatte, magisch angezogen. Als sie Justine mit dem Teleskop bespitzelten, ließen sich die anderen über ihre Kurven, ihren Po und ihre Titten aus, die sie für ihr Leben gern einmal gesehen hätten. Ihm hätte das auch gefallen, aber er wollte mehr. Er wollte, dass sie mit ihm zusammen war. Dass sie sich von ihm verführen ließ. Er wollte sie dominieren, weil er, sobald sie in der Nähe war, seine Gelassenheit verlor. Dann kam er sich klein, unscheinbar und langweilig vor. Er sehnte sich danach, ihr wichtig zu sein, so wie die anderen Jungs, die mit ihr auf der kleinen Insel waren, es anscheinend waren, ob nun Guillaume Armengaud, dieser Schlappschwanz, oder Garcès, dieses Stück Scheiße.

Stéphane Buissonnet behauptete immer, Justine wisse nicht, was sie wolle. Sie sei womöglich eine Lesbe oder habe so viel Feuer im Hintern, dass ihm das Angst mache. Er hatte gehört, sie hätte sich unter der Dusche von diesem Vollpfosten von Bardy anglotzen lassen und ihm anschließend einen geblasen. Er mochte sie nicht. Es reizte ihn nicht, mit ihr zu gehen, sie war ihm viel zu verkopft. Aber sie nackt zu sehen, sie zu begrapschen und seinen Schwanz in ihren Mund zu stecken, das hätte ihm schon getaugt.

Didier Amalric kannte Justine nicht. Er fand nur, dass man sie sich ruhig mal ansehen könnte, und machte dann seine üblichen schlüpfrigen Bemerkungen.

Jean-Daniel stimmte anfangs nur in ihr Gelächter ein, setzte dann aber noch eins drauf. Es machte ihn rasend, dass sie ausgerechnet Garcès ranließ. Er war sich nämlich sicher, dass sie das tat; Bardy hatte nicht gelogen. Er hatte die Geschichte mit der Dusche auch gehört. Sie hatte wirklich Feuer im Hintern. Wenn sie Justine weiter durchs Fernrohr beobachteten, würden sie schon sehen, was sie mit den Jungs alles anstellte.

Aber es passierte nichts. Sie sahen, wie die anderen am Lagerfeuer saßen, aßen, redeten, lachten: Justine war wie immer die Gesprächigste. Emmanuel sah glücklich aus.

Irgendwann schlug einer der vier vor: »Warum fahren wir nicht hin? Wir nehmen das Kanu und fahren rüber. Die verdammte Insel ist schließlich nicht das Privateigentum von denen. Was sollen sie schon dagegen unternehmen?«

»Sie werden ein Riesengeschrei machen. Vor allem Justine. Das wird nervig.«

»Ich würde sagen, es kommt auf einen Versuch an.«

Jean-Daniel hatte Wort gehalten: Er hatte es geschafft, ein bisschen Alkohol abzuzweigen, ohne dass sein Vater es merken würde. Um ihren Hunger zu stillen, mopsten sie ein paar Sachen aus dem Kühlschrank und langten in mehrere Kekstüten. Immer wieder kehrten sie zum Fernrohr und zur kleinen Insel zurück. Jean-Daniel hatte Blut geleckt. Genau: das Kanu holen, rüberfahren und sich bei den anderen am Lagerfeuer breitmachen oder ihnen eine Mordsangst einjagen, nachdem sie schlafen gegangen waren – das hörte sich super an.

Es könnte doch sein, dass Justine diesmal zugänglicher ist, redete sich Cédric ein. An diesem Abend würde er seine Chance bekommen. Die wollte er sich nicht entgehen lassen; dafür war er sogar bereit, auf den Abstecher in die Disco zu verzichten.

Sie trugen das Kanu, das nicht sehr schwer war, nach unten. Sie nahmen keine Lampe mit, weil sie gut genug sahen und sie ihnen nur im Weg gewesen wäre. Vom »Fest in Les Crozes« scholl Musik herüber. Hinter der Uferspitze war sogar der Schein der Lampions zu erkennen. Die kleine Insel war still, eine schwarze Masse auf dem schlafenden Wasser. Da nur zwei Leute im Kanu Platz hatten, waren drei Fahrten nötig. Jean-Daniel übernahm die Manöver. Er war geschickt, machte nicht das leiseste Geräusch und bewegte sich mit einer Geschmeidigkeit, die ihm niemand zugetraut hätte. Nach der letzten Überfahrt zog er das Kanu aufs Ufer, und sie versteckten sich unweit der Tannen. Nichts rührte sich. Das Lagerfeuer war erloschen. Nur mit Mühe hörten sie eine leise Unterhaltung aus dem Mädchenzelt. Während sie sich entschieden hatten, waren Justine und ihre Freunde schlafen gegangen. Sie kamen zu spät.

Sie umrundeten die Insel am Ufer entlang, machten einen Bogen um die Büsche und näherten sich dem Lagerplatz über die Felsen. Wenig später standen sie wie Dummköpfe neben der glühenden Asche. Cédric wollte Justine sehen. Aber er fand, dass es nicht gerade der beste Einstieg war, die anderen zu erschrecken. Leise berieten sie sich und überlegten sogar, den ursprünglichen Plan wieder aufzugreifen: Jean-Daniel zu Hause abzusetzen und zu Fuß zur Diskothek zu gehen. In diesem Moment ergriff einer von ihnen, ich glaube, es war Didier Amalric, kühn die Initiative, warf einen großen Stein ins Wasser und flüsterte seinem Freund zu: »Du bist gekommen, um sie zu sehen, also wirst du sie sehen!«

Im rechten Zelt wurde schnell reagiert. Jemand bewegte sich, und gleich darauf leuchtete unter dem Stoff eine Lampe auf. Dann hörte man, wie der Reißverschluss aufgezogen wurde. Vorsichtig wagte sich Guillaume Armengaud hervor und suchte mit dem Strahl seiner Lampe die Dunkelheit ab. Gleich hinter ihm tauchte Emmanuel mit ängstlicher Miene auf. Er sah so lächerlich aus, wenn er Angst hatte! Jean-Daniel kannte dieses Gesicht. Guillaume wirkte entschlossener. Leise kam er näher. Er hielt sein aufgeklapptes Pfadfindermesser in der Hand. Da richtete sich Cédric auf. Guillaume machte einen Satz rückwärts.

»Keine Panik, Guillaume! Ich bin's, Cédric.«

»Verdammt! Was hast du hier zu suchen? Du hast mir eine Mordsangst eingejagt!«

»Wir schmeißen oben im Dorf eine kleine Party und dachten, ihr könntet mitfeiern. Ihr friert euch doch bestimmt den Arsch ab, oder nicht?«

»Wer ist denn außer dir noch hier?«

Nun traten die drei anderen aus dem Schutz der Felsen hervor. Als Emmanuel Jean-Daniel Fraysse erkannte, klappte ihm die Kinnlade herunter.

»Stéphane kennst du ja. Das hier ist Didier, ein Freund. Und das ist Jean-Daniel. Bei ihm zu Hause waren wir. Wenn ihr wollt, könnt ihr mit zu ihm kommen.«

»Wir dürfen hier nicht weg. Wie seid ihr hergekommen?«

»Wir haben ein kleines Kanu. Wenn ihr nicht mitkommen wollt, vielleicht können wir dann alle zusammen ein bisschen hierbleiben. Das wär doch nett.«

»Ich weiß nicht, Cédric. Ihr solltet eigentlich gar nicht hier sein. Ihr gehört nicht zum Club.«

Stéphane schaltete sich ein: »Spiel dich nicht so auf mit deinem bescheuerten Club, Armengaud! Die Insel gehört euch nicht. Wenn wir herkommen wollen, dann kommen wir her. Wir sind dir keine Rechenschaft schuldig.«

Inzwischen hatte auch Justine ihr Zelt verlassen. Niemand hatte bemerkt, dass sie näher gekommen war. Plötzlich tauchte sie hinter Guillaume auf.

»Hör du gefälligst auf, dich aufzuspielen, Stéphane! Du hast hier überhaupt nichts zu sagen. Außer deinen Freunden ist hier niemand, der sich von deiner großen Klappe und deinem Gehabe beeindrucken lässt, du ungehobelter Lackaffe! Macht, dass ihr wegkommt! Ihr seid hier nicht willkommen.«

»Du hältst dich wohl immer noch für den Mittelpunkt der Welt, was? Ich sag dir was: Wir machen es uns hier gemütlich, und zwar so lange, wie es uns passt. Was willst du dagegen machen? Deinen Papa zu Hilfe rufen?«

Cédric versuchte abzuwiegeln.

»Entschuldige, Justine. Wir wussten ja nicht, dass du was dagegen hast. Wir haben euer Lagerfeuer gesehen und einfach Lust bekommen. Wir könnten zurückfahren und was zu essen und zu trinken holen, stimmt's, Jean-Daniel? Komm schon! Wir kennen uns doch! Und so spät ist es auch noch nicht! Wir zünden das Feuer noch mal an, damit wir uns keinen abfrieren, und machen es uns ein bisschen gemütlich.«

»Was hat Fraysse bei euch zu suchen?«

»Er war gastfreundlicher als ihr. Wir gehen auf dieselbe Schule. Na schön, Didier nicht, aber so gut wie. Wir könnten das Ferienende feiern. Zusammen ist doch besser als jeder für sich allein.«

»Mit diesem miesen Typen feiere ich gar nichts.«

Justine zeigte mit dem Finger auf Jean-Daniel, der sich erstaunlicherweise im Hintergrund hielt. Bei ihren Worten wurde er blass.

»Von mir aus bleibt hier. Mir soll's egal sein. Ich geh wieder schlafen. Gute Nacht!«

Sie wollte auf dem Absatz kehrtmachen. Ihre Turnschuhe waren nur lose zugeschnürt, das lange Haar hastig zusammengebunden. Die Shorts gaben den Blick auf ihre schönen Beine frei, das zu große Sweatshirt war leicht über ihre Schulter gerutscht.

»Warte, Justine!«

Cédric sah, wie sie ihm entglitt.

»Wir bleiben nicht, okay? Das war eine schlechte Idee. Wir gehen wieder. Es tut mir wirklich leid, dass wir dich so verärgert haben. Das wollte ich nicht, eher das Gegenteil. Aber wir haben uns den ganzen Sommer nicht gesehen …«

»Na und? Mir ist es ganz recht, wenn ich dich nicht sehe. Genau wie diesen Wichtigtuer Buissonnet und Fraysse, diesen Brutalo. Deinen anderen Freund kenne ich nicht, darum spare ich mir einen Kommentar. Ich bin mit Freunden hier, kapiert? Mit Menschen, die ich mag. Wir wollen einfach nur für uns sein und Spaß haben.«

»Aber wir wollen auch Spaß haben«, unterbrach sie Stéphane, der immer wütender wurde. »Apropos Spaß … Den hattest du mit Bardy unter der Dusche auch, oder? Und bestimmt noch mit anderen. Spiel nicht die Unschuld vom Lande, Brunet. Wir kennen dich.«

»Und ich kenne dich, Stéphane. Ich weiß, warum du so viel redest, anstatt mal den Mund zu halten. Du willst das Fiepen von deinem Piepmatz übertönen. Du weißt schon, von dem kleinen Kerl, der noch nicht flügge ist und sich in deiner Unterhose ganz verloren fühlt.«

»Du möchtest es also lieber mit den beiden hier machen?«

Justine musterte sie einen nach dem anderen, Cédric zuletzt.

»Ihr solltet euch mal im Spiegel sehen! Und damit meine ich richtig ansehen. Nicht nur, um zu prüfen, ob die Haare richtig sitzen, Cédric, oder ob die Wimperntusche verlaufen ist, Stéphane. Ich fürchte, viel würdet ihr nicht sehen. Und das wenige, was der Spiegel zeigen würde, wäre abstoßend hässlich.«

»Hört sie euch an, die kleine Nutte!«

Justine grinste nur. Didier Amalric, der noch gar nichts gesagt hatte, beobachtete die Szene. Er hatte einen großen Stein aufgehoben, den hielt er in den Händen. Jetzt schaltete er sich zum ersten Mal ein:

»Mein Freund hat dir gerade ein Kompliment gemacht. Er sagt, dass er dich vermisst hat. Und du beleidigst ihn. Ja, du beleidigst uns alle.«

Im Schein von Guillaumes Taschenlampe wirkte Didiers Gesicht noch beunruhigender als sonst. Justine antwortete nicht, sondern blickte ihm nur fest in die Augen.

»Ich wollte nur mit dir reden, Justine. Einfach nur mit dir reden.« Cédric sah aus wie ein geprügelter Hund.

»Hab ich mich nicht deutlich ausgedrückt? Was willst du? Soll ich das, was ich gesagt habe, vor allen wiederholen? Du gefällst mir nicht. Nichts an dir gefällt mir. Du bist oberflächlich und uninteressant. Du bist so leer, dass du in ein paar Jahren wie ein alter Luftballon zusammenschrumpeln und schlaff werden wirst. Also gabel von mir aus weiter haufenweise Tussis auf und lass mich in Ruhe.«

Cédric Mahous war wie erstarrt. Nicht die Demütigung ließ unbändige Wut in ihm aufsteigen, sondern die Erkenntnis, dass er bei ihr nie eine Chance haben würde.

»Verflucht! Dir hätte schon lang mal jemand beibringen sollen, die Klappe zu halten!« Wieder sprang Didier seinem Freund aus Kindertagen bei.

»Still soll sie nur sein, wenn sie den Mund voll hat«, feixte Fraysse und ahmte eine Fellatio nach. Er lachte schmierig und hoffte wohl, dass die anderen in sein Gelächter einfielen, was sie aber nicht taten.

»So redest du nicht mit Justine, du Null!«

Emmanuel machte einen Schritt nach vorn. Er ballte die

Fäuste. In seine Angst mischte sich Wut. Eine Wut, die sich seit Jahren in ihm angestaut hatte und jetzt hervorbrechen wollte.

»Lass gut sein, Manu. Der ist es nicht wert. Den beachtet sowieso keiner. Daran ist er gewöhnt«, sagte Justine.

Jean-Daniel war von der Reaktion seines Lieblingsopfers überrascht. Aber es kam nicht infrage, dass er vor den anderen das Gesicht verlor.

»Na los, Garcès! Komm und halt mich davon ab, mir deine Freundin vorzunehmen.«

»Hört zu, Jungs! Wir wollen doch keinen Streit anfangen! Ihr wollt auf der Insel bleiben? Also gut, dann bleibt hier. Wir fahren zurück zum Club. Es ist sowieso zu feucht, um hier zu übernachten. Wir überlassen euch den Platz, einverstanden?«

»Der gute alte Armengaud! Dir haben sie es bei den Pfadfindern aber schön beigebracht, auf die Gruppenleiterin zu hören! Eine eigene Meinung hast du wohl nicht.«

»Du gehst mir auf den Sack, Buissonnet! Reicht dir das als Meinung?«

»Wow! Unser Kuschelbär macht einen auf rebellisch! Was glaubst du? Dass dir Eier wachsen, nur weil du ein Messer in der Hand hältst?«

Stéphane ging so nah an ihn heran, dass er ihn berührte.

»Na los, komm! Zeig mir, wie sehr ich dir auf den Sack gehe!«

Guillaume wurde kreidebleich. Als Buissonnet ihn beim Handgelenk packte und sich das Messer schnappte, leistete er keinen Widerstand.

»Sehr gut. Ich habe eine bessere Idee. Wir bleiben alle. Wir setzen uns ans Feuer, und Justine wird sich bei uns entschuldigen. Und sie wird uns ihre Kurven zeigen, stimmt's? Anfangen wirst du beim armen Cédric, dem du gerade das Herz gebrochen hast. Und was dich angeht, Garcès, du wirst dich bei Jean-Daniel entschuldigen müssen.«

Emmanuel geriet in Panik. Er wollte weglaufen, aber Fraysse sprang ihn so plötzlich an, dass er keine Chance hatte. Jean-Daniel schlang ihm von hinten die Arme um die Schultern und hob ihn hoch, sodass seine Beine in der Luft strampelten. Buissonnet trat auf ihn zu und drückte ihm die Messerklinge an die Kehle.

»Wo willst du denn hin? Du wirst doch deine Liebste nicht mit uns miesen Typen allein lassen, oder? Pass bloß auf: Wenn du rumfuchtelst, verletzt du dich womöglich noch.«

Emmanuel beruhigte sich. Trotzdem lockerte Jean-Daniel seinen Griff nicht. Justine fuhr zu Guillaume herum, der das Ganze entsetzt mitansah. Ein Blick genügte, um ihm zu sagen, was er tun sollte. Wegrennen. Zurückschwimmen. Wenn er erst mal im Wasser war, würde ihn niemand mehr einholen. Er sollte so schnell wie möglich Hilfe holen, denn das hier konnte nur schlimm enden.

Guillaume wäre am liebsten geblieben. Allein schon, um sie zu beschützen. Aber er begriff, was sie erwartete. Sie konnte mit ihm sprechen, ohne ein Wort zu sagen, und er verstand sie. Noch nie hatte er sich ihr so nah gefühlt. Er würde die Lampe fallen lassen und losrennen. Er würde sich schon im Dunkeln zurechtfinden. Er wusste, wo er ins Wasser springen musste. Er würde so schnell schwimmen wie noch nie zuvor. Die anderen würden die Situation erfassen, und es würde ihnen nichts weiter übrig bleiben, als schleunigst zu verschwinden.

Er stürmte los, und einen kurzen Augenblick lang glaubte er, die anderen seien zu perplex, um zu reagieren, und er könne so viel Vorsprung gewinnen, dass keiner mehr in der Lage wäre, ihn einzuholen, nicht einmal Cédric, der immerhin eine Sportskanone war. Aber er hatte die Rechnung ohne Didier Amalric gemacht. Der reagierte schneller als die anderen, und Guillaume spürte, wie er sich auf ihn stürzte, noch bevor er an der Feuerstelle vorbei war. Eine seiner Sandalen löste sich vom Fuß, und er strauchelte. Mit voller Wucht schlug Amalric ihm den Stein gegen den Hinterkopf. Guillaume kippte nach vorn, als sei er erneut gestolpert. Er ruderte mit den Armen und versuchte sich an etwas festzuhalten, doch da war nichts. Dann fiel er auf seinen dicken Bauch und rührte sich nicht mehr. Amalric stand, den Stein in der Hand, aufrecht neben ihm. Cédric hatte die Lampe aufgehoben und leuchtete sie beide an.

»Ist er tot?«

»Nein. Aber ich glaube, ihm ist die Lust vergangen, sich einfach aus dem Staub zu machen.«

Vielleicht log Didier. Vielleicht wusste er da schon, dass er etwas getan hatte, das nicht wiedergutzumachen war. Vielleicht auch nicht. Er sah seinen Freund an, der jetzt ebenfalls in Panik geriet.

»Scheiße! Wir müssen von hier verschwinden!«

»Nix da! Wir bleiben. Die kleine Schlampe muss uns um Entschuldigung bitten. Der muss endlich mal jemand beibringen, die Klappe zu halten.«

Justine war den Tränen nahe. Jetzt hatte sie Angst. Florie rief im Zelt nach ihrer Cousine.

Buissonnet setzte noch eins drauf.

»Euch wird die Lust vergehen, auch nur ein Sterbenswort zu erzählen! Und wisst ihr, warum? Weil wir, wenn einer von euch uns verpfeift, dasselbe machen werden. Dann erzählen wir allen, was ihr hier getrieben habt. Was hast du vorhin durchblicken lassen? Dass du es lieber mit einem von den beiden hier treiben würdest als mit einem von uns, richtig? Dann wird's langsam mal Zeit.«

»Ich wusste schon immer, dass du krank bist. Es steht dir ins Gesicht geschrieben … Das lässt du doch nicht zu, oder, Cédric?«

Mahous antwortete nicht. Didier übernahm das für ihn.

»Man könnte meinen, du findest ihn plötzlich nicht mehr so abstoßend. Wir sind zu fünft, aber du bist allein, das reicht vielleicht nicht. Das andere Mädchen könnte uns doch Gesellschaft leisten, was meinst du?«

Justine wurde blass. Aus ihren Augen sprachen Wut und Angst.

»Wenn du schön brav bist, passiert ihr nichts. Das verspreche ich dir. Sie soll einfach nur still sein.«

Justine schwieg. Sie war kurz davor, in die Luft zu gehen. Florie bewegte sich, ihr Rufen wurde immer lauter. Da steuerte Amalric auf das Zelt zu. Als Justine das sah, wollte sie ihm an die Gurgel springen, aber Buissonnet ging dazwischen und stieß sie zurück. Mit einem dumpfen Geräusch schlug sie zu Boden. Ihr blieb die Luft weg. Sie beobachtete, wie Amalric die Heringe herauszog und die Stangen umstieß. Das Zelt fiel in sich zusammen. Unter der Plane zeichnete sich eine Gestalt ab, die wild herumfuchtelte und weinte. Er hieb mit dem Stein auf sie ein. Das Weinen brach ab, die Gestalt verschwand kurz, richtete sich aber wieder auf, diesmal still. Da schlug er noch einmal zu. Jetzt richtete sie sich nicht mehr auf. Bevor er zu den anderen zurückging, ließ er das Jungenzelt ebenfalls einstürzen.

Justine konnte die Tränen nicht länger zurückhalten.

Emmanuel versuchte abermals, sich aus Fraysses Klammergriff zu befreien, doch es gelang ihm nicht. Buissonnet beobachtete ihn.

»Hast du deine Freundin schon mal nackt gesehen? Der Anblick scheint sich zu lohnen. Was meinst du? Na los, Justine, tu so, als wärst du unter der Dusche und wir wären alle Bardy.«

»Nun mach schon«, drängte Amalric. »Das ist doch wohl nicht zu viel verlangt. Zeig uns einfach, was du versteckst. Danach versprecht ihr, dass ihr die Klappe haltet, und wir lassen euch in Ruhe.«

Mit tränenüberströmtem Gesicht drehte sich Justine zu Cédric um.

»Lass die Hüllen fallen, Justine.«

Sie hatte geglaubt, er sei vernünftiger als die anderen. Aber sein Blick verriet, dass sie auf sich allein gestellt war. Die Situation war ihr endgültig entglitten. Amalric wurde ungeduldig.

»Hör mal, du hast uns gerade ganz schön heiß gemacht. Also komm in die Gänge! Sonst müssen wir uns über die Kleine hermachen oder an deinem Freund austoben.«

Justine stand auf. Ihr war klar, dass sie nicht blufften. Ein paar Meter hinter ihr war der See. Sie konnte versuchen, zu fliehen, sich ins Wasser zu stürzen und in die Nacht hinauszuschwimmen. Sie konnte es schaffen. Aber was wurde dann aus den anderen? Vielleicht gaben sich die vier Jungs mit ihrer Nacktheit zufrieden. Also machte sie sich daran, ihr Sweatshirt auszuziehen. Darunter trug sie das Top mit den Spaghettiträgern. Sie hob es an und gab den Blick auf einen weißen Büstenhalter und üppige Brüste frei.

»Die Schuhe auch«, befahl Buissonnet. »Mach es richtig, wie unter der Dusche.«

Sie gehorchte. Sie hatte aufgehört zu weinen. Sie versuchte, nicht mehr da zu sein. Ihr Blick streifte Guillaumes reglosen Körper. Niemand achtete auf ihn. Wenn er wieder zu Bewusstsein kam, konnte er Alarm schlagen. Aber er bewegte sich nicht, und die Art und Weise, wie er zusammengeschlagen worden war, erschreckte sie zutiefst.

Sie öffnete ihre Shorts und ließ sie zu Boden gleiten.

»Verdammt! Du bist wirklich gut gebaut! Ich kann dich verstehen, Cédric ... Man könnte meinen, du wärst zwanzig oder so. Na los! Mach weiter, meine Schöne! Hast es gleich überstanden.«

Sie hakte den Büstenhalter auf. Als er zu Boden fiel, hielt sie sich instinktiv die Arme vor die Brust. Doch dann bemerkte sie den Blick der anderen, ließ die Arme sinken und zog die Unterhose aus.

»Großer Gott!«, rief Amalric und pfiff durch die Zähne. »Ich krieg gerade einen Mordsständer. Willst du ihn sehen? Er ist nur für dich.«

Buissonnet drehte sich zu Emmanuel um.

»Und du? Kriegst du auch einen Steifen?«

»Kann er nicht«, höhnte Fraysse. »Weil da nichts ist.«

»Du wirst doch nicht zulassen, dass dein Ruf so in den Dreck gezogen wird, oder, Garcès? Zeig uns, dass du einen Steifen hast.«

Emmanuel wand sich nach Kräften. Er heulte. Buissonnet tat so, als wollte er ihn schlagen.

»Schnauze, Blödmann! Sonst müssen wir dir wehtun und noch viel schlimmere Sachen mit deiner kleinen Nutte machen ... Mal sehen, ob sie auf dich wirkt.«

Fraysse versuchte mit aller Kraft, ihn festzuhalten, aber er schaffte es nicht. Amalric musste ihm zu Hilfe kommen. Zu zweit zogen sie Emmanuel die Hose aus und die Schuhe gleich mit. Sie zerrten so an seinem T-Shirt, dass es zerriss. Mit beiden Händen hielt Emmanuel seine Unterhose fest, so wie er ein paar Monate zuvor im Schwimmbad sein Handtuch festgehalten hatte. Sie mussten ein paarmal heftig daran ziehen, bis sie ebenfalls riss.

»Schieb seine Hände weg, damit wir seinen Schwanz sehen. Was ist los, Kleiner? Du hast keinen Ständer? Da steht diese Schönheit splitterfasernackt vor dir, und du kriegst keinen Steifen? Was hast du für ein Problem?«

»Er kriegt keinen hoch, und meiner ist so hart, dass es wehtut«, verkündete Fraysse. »Und zwar nicht wegen deinem kleinen Arsch, falls du das glaubst, Garcès.«

Cédric hatte sich als Einziger nicht von der Stelle gerührt. Er hatte Justine nicht aus den Augen gelassen. Emmanuel war ihm herzlich egal.

»Sie haben versprochen, ihm nicht wehzutun«, sagte Justine zu ihm. »Sie haben versprochen, dass sie nur was von mir wollen.«

Sie hoffte ein letztes Mal, dass er einschreiten und seine Komplizen zur Räson bringen würde, aber stattdessen legte er eine Hand auf ihre Brust und befingerte sie. Wieder begann sie zu weinen. Seine Hand wanderte zu ihrer Scham, immer weiter arbeiteten seine Finger sich vor.

»Ich hoffe, du bist stolz auf dich«, zischte sie ihm ins Ohr, während er sich an sie presste.

»Du bist schuld. Du bist an allem schuld.«

Da legten die anderen wieder los: »Wenn du sie vernaschen willst, dann jetzt, Cédric!«

Er rückte von ihr ab, als habe er einen Stromschlag bekommen, und schüttelte den Kopf.

»Also, ich bumse sie gern«, meldete sich Fraysse. »Übernehmt ihr Garcès.«

»Schnauze!«, herrschte Buissonnet ihn an. »Du wirst doch Cédric nicht seinen Platz streitig machen! Nein, wir geben unserem impotenten jungen Freund Gelegenheit, seinen Mann zu stehen. Hör gut zu, Garcès. Du kriegst jetzt einen hoch, und dann vögelst du sie. Alles klar? Justine hat gesagt, dass sie es am liebsten mit dir machen möchte, und wir respektieren ihren Wunsch. Also streng dich an. Denk dran, wie du dir im Bett einen runtergeholt und dabei an sie gedacht hast … Wir lassen dich jetzt los, okay? Wir tun dir nicht mehr weh, es sei denn, du versuchst zu türmen.«

Fraysse löste seinen Klammergriff und rückte ein wenig von Emmanuel ab. Dieser nutzte die Gelegenheit, um die Hände vor sein Geschlecht zu halten.

»Hast du mich verstanden, Kleiner?«, sagte Buissonnet. »Einer von euch beiden wird sich von Justine entjungfern lassen. Wenn du nicht mitmachst, lassen wir Fraysse ran.«

»Ich bin keine Jungfrau mehr, du Arschloch!«, protestierte Fraysse.

»Und ob du eine bist! Das steht dir auf die Stirn geschrieben. Nenn mich noch mal Arschloch, und ich sorge dafür, dass Garcès es dir von hinten besorgt.«

Amalric wandte sich an Cédric.

»Bist du sicher, dass dir das nichts ausmacht?«

»Ja, bin ich.«

»Dann schaff sie her.«

Mahous packte Justine unsanft am Arm und zerrte sie zu den anderen. Als sie auf Höhe von Didier Amalric war, fing dieser an, zuerst ihre Brüste und dann ihren Hintern zu kneten, und dann schob auch er ihr die Hand zwischen die Schenkel. Er holte sein erigiertes Glied aus dem Hosenschlitz und zwang sie, es zu berühren, bis er ejakulierte, was nicht lange auf sich warten ließ.

»Miese Schlampe!«, presste er dabei mehrmals hervor.

»Na, Garcès? Hast du dich entschieden? Wie du siehst, dürfte es mir schwerfallen, meine Freunde zurückzuhalten. Du möchtest, dass sie dir behilflich ist, stimmt's? So wie sie es gerade bei Didier gemacht hat? Verstehe. Schließlich ist es kalt, und ein bisschen menschliche Wärme kann nicht schaden. Wie soll sie dir helfen, einen hochzukriegen? Mit der Hand oder mit dem Mund?«

»Mit dem Mund!«, gluckste Fraysse.

»Ich glaube auch, dass er das will. Aber er ist zu schüchtern, es zu sagen. Du gefällst mir, Kumpel. Ehrlich gesagt mag ich dich. Na los, Justine, du weißt, was du zu tun hast. Zeig uns, wie du es anstellst, sein Gerät hochzukriegen.«

Justine reagierte nicht mehr. Emmanuel sah sie an, und sie erwiderte seinen Blick aus leeren Augen. Sie waren beide zutiefst verängstigt. Justine ließ sich vorwärtsschubsen. Sie zwangen sie, sich zu bücken und sein herabhängendes Glied in den Mund zu nehmen. Emmanuel begann zu schluchzen.

»Wichs ihn auch schön mit der Hand. So ist's gut! Sieht aus, als hättest du dein Leben lang nichts anderes gemacht.«

Emmanuels Glied schwoll an und wurde steif.

»Ausgezeichnet, Kumpel. Zeit, dass du ein Mann wirst, und zwar ein richtiger. Du vögelst sie jetzt, kapiert? Und zwar bis du kommst. Sollen wir dich halten, Justine?«

Sie schüttelte den Kopf.

»Dann leg dich hin, bevor er wieder schlaff wird.«

Sie tat, was man von ihr verlangte, und legte sich auf die Kieselsteine, die ihr in den Rücken drückten. Dann schob man Emmanuel auf sie. Er heulte wie ein Schlosshund. Lange Rotzfäden liefen aus seiner spitzen Nase.

»Es wird schon gehen, Manu«, sagte sie. »Es wird schon gehen …«

Endlich gaben die vier anderen Ruhe. Sie sahen die beiden aufeinanderliegen. Beobachteten, wie Justine vor Schmerz das Gesicht verzog, als ihr Jungfernhäutchen riss. Emmanuel schluchzte laut. Immer wieder sagte er kaum hörbar: »Verzeih mir …«

»Und, seid ihr fertig? Das kann doch nicht die ganze Nacht so gehen. Wenn du erst mal loslegst, bist du nicht mehr zu stoppen, was?«

Als Emmanuel nicht ejakulierte, packten sie ihn an den Schultern und zerrten ihn hoch. Justine blieb liegen und zog die blutverschmierten Beine an den Leib.

»Sind wir jetzt dran? Dürfen wir sie auch vögeln?«

»Versprochen ist versprochen, Fraysse. Ihm ist zwar keiner abgegangen, aber er hat sie gebumst. Also sind wir quitt. Wir sind nie hier gewesen, und sie haben nie miteinander gevögelt. Das ist der Deal!«

»Verdammt, und wir kriegen gar nichts ab? Das ist *die* Gelegenheit, verfluchte Scheiße! Sie könnte uns wenigstens einen blasen!«

»Cédric, hilf ihr beim Aufstehen und Anziehen. Wirst du deine Zunge im Zaum halten, Justine?«

Sie antwortete nicht. Fraysse fluchte hinter ihrem Rücken weiter. Emmanuel bückte sich, um seine Sachen aufzuheben.

»Du findest das wohl auch noch lustig, du Schwachkopf? Du

bist ein verdammter Vergewaltiger und findest das lustig!«, rief Fraysse.

Er schubste Emmanuel, und dieser schlug auf den Felsen lang hin. Bevor er wusste, wie ihm geschah, verpasste Fraysse ihm einen kräftigen Fußtritt in die Geschlechtsteile. Emmanuel schrie auf vor Schmerz.

»Du bist ein Riesenstück Scheiße, Garcès! Ich habe richtig Lust, dir erst die Eier und dann die Fresse einzuschlagen.«

»Bring ihn zum Schweigen, Herrgott noch mal!«, rief Amalric hinter ihm.

»Bist du bescheuert, oder was? Sag so was nicht. In seinem Zustand bringt er es fertig und macht das.«

»Wir haben keine Wahl. Sonst verpfeifen sie uns. Die beiden anderen sind hin. Ich habe ihnen den Schädel eingeschlagen. Wir dürfen keine Zeugen zurücklassen, sonst landen wir im Knast.«

»Verdammte Scheiße! Im Knast landen wir sowieso!«

»Nicht, wenn wir es geschickt anstellen! Auf jeden Fall darf es keine Zeugen geben.«

Cédric hatte Justine ein Stück weggeführt. Sie konnte kaum gehen und setzte sich schließlich, am ganzen Körper zitternd, auf einen Felsen. Sie sah zu ihm hoch. In ihren Augen war nichts Blaues oder Helles mehr, sie waren nur noch schwarze Höhlen.

»Und? Bist du jetzt stolz auf dich?«, sagte sie.

Man hörte Emmanuel vor Schmerzen stöhnen. Fraysse hatte ihm einen Schlag gegen den Kopf versetzt und war nun dabei, mit dem Stein auf seine Hoden einzudreschen.

»Du bist und bleibst ein Niemand, das ist nun mal dein Schicksal. Es muss echt hart sein, damit zu leben«, murmelte Justine.

Cédric zuckte zusammen. Zornig stieß er sie weg. Sie fiel

hintenüber und landete zur Hälfte im Wasser. Rasch drehte sie sich um und wollte in Richtung See entfliehen. In diesem Augenblick kniete er sich auf ihre Schulterblätter und drückte ihren Kopf unter Wasser. Sie wehrte sich nicht allzu sehr, während er sie ertränkte. Er spürte, wie ihr Körper erschlaffte, und da wusste er, dass sie tot war. Er stand nicht gleich auf. Er blieb, wo er war, und schaute zu, was weiter weg geschah, beobachtete, wie Fraysse sich an Emmanuel austobte. Fraysse sah aus wie ein Wahnsinniger. Cédric fragte sich, ob er selbst auch so ausgesehen hatte, als er Justine tötete.

Didier Amalric hob das Pfadfindermesser und die Taschenlampe auf und wischte beides ab. Das Messer schob er ordentlich zusammengeklappt in Guillaumes Hose, aber die Lampe behielt er, denn sie konnte ihnen nützlich sein. Zusammen mit Stéphane Buissonnet rieb er mit den Schuhen über den Boden, um sein Sperma zu beseitigen. Emmanuels Kleidung wollte er mitnehmen, weil sich ihre Fingerabdrücke darauf befanden. Bei Justines Sachen war das nicht nötig. Sie hatten versucht, Emmanuels Leiche ins Wasser zu schieben, aber er war voller Blut, und sie mussten aufpassen, dass sie nichts abbekamen. Es reichte schon, dass Fraysse Blutspritzer in den Haaren hatte. Nur Justines Leiche legten sie in den See, und die Strömung sorgte dafür, dass sie in der Nacht verschwand. Die beiden Steine, die zum Töten gedient hatten, warfen sie so weit weg wie möglich, jeden in eine andere Richtung. Anschließend versuchten sie ihre Fußspuren im Staub zu verwischen. Amalric wiederholte andauernd, wenn sie es geschickt anstellten, müssten sie sich keine Sorgen machen. Immer noch untermalte Musik vom »Fest in Les Crozes« ihr schauriges Werk.

Sie fuhren mit dem Kanu zurück und trugen es nach oben an seinen Platz im Schuppen. Dann fragten sie Fraysse: »Was ist heute Abend passiert?«

»Nichts. Es ist nichts passiert.«

»Bist du dir sicher?«

»Absolut.«

»Was hast du gemacht?«

»Ich war zu Hause und habe rumgegammelt.«

»Allein?«

»Allein.«

»Niemand darf erfahren, dass wir bei dir waren. Sieh zu, dass du alles verschwinden lässt. Und gib uns dein Sweatshirt und deine Hose, die sind voller Blut. Wir nehmen sie mit und die Klamotten von Garcès auch.«

»Und wenn sie sie finden, bin ich dran. Du hältst mich wohl für einen Volltrottel!«

»Schnauze, du kleiner Scheißer! Sie werden sie nicht finden. Ich weiß schon, was ich damit mache. Wir waren nicht hier, und du hast es dir zu Hause gemütlich gemacht. Du wusstest nicht mal, dass jemand auf der kleinen Insel ist. Wir erzählen nichts anderes, klar? Du gehst jetzt ins Haus, räumst auf, lässt ein paar Sachen rumliegen, als wärst du allein zu Hause gewesen, duschst schön und hältst für den Rest deiner Tage dein verdammtes großes Maul, kapiert?«

»Glaubst du, ich bin eine Petze? Ich sage bestimmt nichts. Was ist mit euch? Wer garantiert mir, dass ihr das Maul haltet?«

»Wir sitzen alle in derselben Scheiße, checkst du's nicht? Entweder wir kommen alle davon, oder wir gehen gemeinsam unter. Ich wüsste nicht, wer von uns Interesse daran haben könnte, das Maul aufzureißen.«

»Die Bullen werden uns schnappen. Irgendjemand hat uns bestimmt gesehen. Oder sie finden Fingerabdrücke.«

»Das wird sich zeigen. Aber es kommt nicht infrage, dass wir's ihnen leicht machen. Wird deine Mutter wegen der Klamotten was sagen?«

»Bis sie es merkt, vergeht bestimmt eine Weile. Notfalls sage ich, dass ich sie am Strand vergessen habe und dass sie nicht mehr da waren, als ich sie holen wollte.«

»Denk bloß an die Zigarettenkippen und die Flaschen! Falls uns jemand bei dir hat reingehen sehen, brauchst du nur zu sagen, dass du gelogen hast, damit du von deinen Eltern keinen Anschiss kriegst. Und dass wir gegen Mitternacht oder kurz danach wieder abgezogen sind. Wir nehmen auf dem Rückweg eine Abkürzung durch den Wald, so wie heute Nachmittag. Wenn wir uns beeilen, können wir uns noch ein Alibi verschaffen.«

»Verdammt! Und was ist mit mir? Merkt ihr nicht, dass ihr versucht, alles mir anzuhängen?«

»Nichts hängt an dir, du Arschloch! Himmel noch mal, du hast diesem Typen den Schädel zermanscht wie eine reife Tomate, und jetzt spielst du die Heulsuse? Ich habe da drüben niemanden umgebracht. Ich habe nicht mal das Mädchen angerührt, und trotzdem bin ich mit euch hier und suche nach einem Weg, wie wir da rauskommen. Lass uns zur Sicherheit noch mal alles durchgehen: Was ist heute Abend passiert?«

»Nichts.«

»Warst du allein zu Hause?«

»Ja.«

»Und wenn jemand was anderes behauptet?«

»Dann habe ich euch nachmittags am Strand getroffen und

für den Abend zu mir eingeladen. Wir haben geraucht und ein bisschen was getrunken. Kurz vor Mitternacht seid ihr wieder gegangen.«

»Warum sind wir so früh gegangen?«

»Weil ihr keine Lust mehr hattet. Euch war langweilig bei mir. Schließlich sind wir keine richtigen Freunde, und ihr haltet mich für einen Vollidioten.«

»Du machst Fortschritte, Fraysse. Vielleicht bist du doch nicht so dämlich.«

»Wir kommen damit nicht durch, Stéphane. Hör auf, uns das einzureden.«

»Was willst du? Sollen wir zurückfahren und sie wiederbeleben? Niemand wird je rauskriegen, dass wir das waren.«

»Aber wir wissen es.«

Sie schickten Jean-Daniel Fraysse ins Haus und schlichen sich so unauffällig wie möglich durchs Dorf. Dann liefen sie in den Wald. Die Lampe knipsten sie nur an, wenn es nicht anders ging. Sie rannten, so schnell sie nur konnten, um sich ihr Alibi zu holen.

Jean-Daniel beseitigte sämtliche Spuren im Haus. Er nahm sich die Zeit, ausgiebig zu duschen und sich das getrocknete Blut aus Gesicht und Haaren zu waschen. Vor dem Schlafengehen zog es ihn noch einmal an das große Fenster. Im milchigen Mondlicht betrachtete er die kleine Insel, die aussah wie ein gestrandetes Schiff nach einem langen, heftigen Sturm. Eine ganze Weile stand er dort. Dann beschloss er, sein Fernrohr wegzuräumen, und ging ins Bett. Er malte sich sein Leben im Gefängnis und die Bestürzung seiner Eltern aus, wenn sie alles erfuhren. Dann wieder versuchte er sich einzureden, dass Amalric und Buissonnet recht hatten, dass sie davonkommen konnten. Sie konnten so tun, als wäre nichts geschehen. In seinem Leben würde eine Nacht fehlen, eine Nacht, die er nur zu löschen brauchte. Wer würde schon je auf die Idee kommen, seine Nächte zu zählen?

Er ahnte nicht, dass ich vierunddreißig Jahre und ein paar Monate später vor der Tür dieses Hauses stehen würde – in der Kälte, im Regen, im Dunkeln. Der Nebel hatte sich noch mehr verdichtet. Basse-Misère, Bois-Obscurs und Bouscadié waren nur noch grau verhüllte Phantome.

42

Ich stieg in einem Hotel in der Nähe des Flughafens von Blagnac ab. Eingezwängt zwischen einem großen Einkaufszentrum und einem riesigen Gewerbegebiet, war ich einmal mehr isoliert, nur war die Einöde um mich her nicht dieselbe: Parkplätze, so weit das Auge reichte, kastenförmige Gebäude, die wie willkürlich verteilte Pappkartons aussahen, überall Straßenlaternen. Und überall dasselbe gelbe Licht.

Trotzdem schleppte ich den Schatten mit mir herum. Er schien sich immer mehr zu vertiefen, und es gelang mir nicht, ihn abzuschütteln. Wohin ich auch ging, er war dabei: im Kino, abends im menschenleeren Terminal, in meinem Zimmer, im Restaurant, ja, sogar in meinem Büro, das ich zur Überraschung aller wieder bezogen hatte.

Mir blieben nur noch drei Tage bis zum Vortrag. Ich fühlte mich nicht wirklich in Form. Innerlich war ich noch am See oder rannte mitten in der Nacht durch den Wald. Die Gegenwart bedeutete mir wenig.

Jean-Henris Sekretärin hatte mich bereits Wochen zuvor gebeten, meine Anwesenheit am fraglichen Tag zu bestätigen. Ich hatte sogar schon das Spesenformular ausgefüllt. Am Montagnachmittag reichte ich das Exposé meines Vortrags sowie eine Liste der Hilfsmittel ein, die ich brauchte. Das Skelett meines Vortrags stand, da war ich mir sicher, aber ich hatte nicht genügend Fleisch, um ihm Stabilität zu verleihen. Sollte Caubère die Absicht haben, mich vorzuführen, würde er seine wahre Freude haben.

Abends aß ich im Einkaufszentrum, wo ein Restaurant hausgemachte Hamburger und Riesenmilchshakes anpries. Danach schaute ich, wie schon am Vorabend, am Flughafen vorbei. Er klang hohl. Die Boutiquen waren ebenso geschlossen wie die meisten Schalter. Es standen nur noch ein paar Flüge nach Paris oder London an. Ich beobachtete die Passagiere mit ihren schwarzen Kabinenkoffern, den dunkelgrauen Anzügen oder Kostümen und den an den Handflächen festgewachsenen Smartphones. Später sah ich den letzten Maschinen beim Start zu. Das waren die einzigen Momente des Müßiggangs, die ich mir gönnte. Die restliche Zeit grübelte ich bis zur Erschöpfung über Basse-Misère nach.

Ich dachte an Bardys Sohn, der hatte mitansehen müssen, wie sein Leben und das der Menschen, die er am meisten liebte, von jenen zerstört wurde, die seinen Vater als Vergewaltiger und Kindsmörder abgestempelt hatten.

Ich dachte an Justines Vater, der sich am ganzen Tal gerächt hatte, indem er dessen Niedergang beschleunigt und vorsätzlich die letzten Zweige gekappt hatte, an die es sich hätte klammern können.

Ich dachte an die anderen Kinder von Les Crozes, an die anderen Väter, die Mütter, die Angehörigen.

Ich dachte an Emmanuel Garcès' Tante, die mir als Erste von *Der Fänger im Roggen* erzählt und versichert hatte, sie spüre in sich noch immer die Kraft, denjenigen, der ihren Neffen gequält habe, eigenhändig umzubringen, und diese Kraft werde noch lange nicht versiegen.

Ich dachte an den Mann, der mich im Wald verfolgt hatte (ich konnte mir nicht vorstellen, dass es kein Mann gewesen war), der versucht hatte, mir Angst einzujagen (was ihm gelungen war), damit ich aufhörte, bestimmte Fäden zu entwirren, nämlich die einzigen, die noch verheddert waren.

Ich dachte an Emmanuels zu Brei geschlagenen Kopf, an seine zertrümmerten Genitalien.

Ich dachte an seine Kleidung und an die blutverschmierten Sachen von Jean-Daniel Fraysse, die so gut versteckt waren, dass niemand sie je gefunden hatte.

Ich dachte an Justines Tränen, an ihre Resignation und an das, was sie Emmanuel ins Ohr geflüstert hatte: »Es wird schon gehen …«

Ich dachte an Thierry Delmas, der für all diese Morde verantwortlich, der das einzige Monster sein sollte.

Der Flughafen und die Flugzeuge … Bei ihrem Anblick stellte ich mir vor, dass ich an Bord einer dieser Maschinen stieg und die ganze Geschichte hinter mir ließ. Aber ich gab mich damit zufrieden, mir das auszumalen, denn ich wusste genau, dass ich den Absprung nie schaffen würde. Ich war nicht frei, selbst ungebunden nicht. Verkündete ich, dass ich Junggeselle und kinderlos war, antwortete manch einer voller Neid: »Frei wie der Wind!« Das stimmte nicht. Der Wind weht in die Richtung, die ihm sein Ursprung und die Umgebung vorgeben. Er ist nicht frei. Nur seine Stärke variiert.

Trotzdem behielt ich die Idee von einer Flucht im Hinterkopf, umso mehr, nachdem ich in den Gängen der Maison de la Recherche einem Kollegen über den Weg gelaufen war.

»Na, Marc-Edouard? Morgen ist dein großer Abend! Wie es aussieht, kommen wahnsinnig viele Leute. Ich werde auf jeden

Fall da sein. Das lasse ich mir um nichts auf der Welt entgehen.«

Er grinste und fletschte die Zähne wie ein Raubtier. Er weidete sich schon jetzt am Geruch des Blutes. Meine Hinrichtung war mit langem Vorlauf angekündigt worden. Fliehen. Auf Marielles Rat hören. Die Demütigung wäre dann zwar nicht weniger unerbittlich, aber wenigstens müsste ich sie nicht miterleben.

Am Mittwoch lag ich ab fünf Uhr früh mit weit aufgerissenen Augen im Bett. Ich hatte nur sehr wenig geschlafen. Ich nahm eine Dusche und ging nach unten in die leere Lobby. Auf dem Parkplatz empfing mich trockene Kälte. Ich flüchtete mich in mein Auto, startete den Motor und ließ ihn laufen. Nach einer Weile beschloss ich, ein wenig herumzufahren. Ich ließ die noch menschenleere Umgebung des Flughafens hinter mir und fuhr auf die Umgehungsstraße. Dieser folgte ich bis zur Mautstelle an der Autobahn, die zum Meer führt, und passierte die Schranke. Die Sonne ging auf, während ich die Kilometer abspulte.

Ich fuhr bis Montpellier. Das Einkaufsgebiet, in dem Cédric Mahous sein Restaurant hatte, lag am Stadtrand. Die Luft war von Lärm und einer Mixtur aus verschiedenen Benzingerüchen erfüllt. Unkraut spross selbst in den kleinsten Lücken, die der Beton gelassen hatte. Ich parkte und wartete geduldig, bis das Restaurant öffnete.

In meiner Vorstellung hatte Cédric Mahous zwei Gesichter. Er war einer der Köpfe von Konitz. Aber auf den Fotos, die ich von ihm gesehen hatte, wirkte er vergnügt, sehr überzeugt von sich und seiner Verführungskraft. Er war nicht wie Stéphane Buissonnet, der sich mit der Brechstange eine Persönlichkeit zurechtgezimmert hatte. Bei Cédric Mahous war alles natürlicher. Er kam gut an. Er war schon immer gut angekommen.

Bei den Mädchen, weil er gut aussah. Und bei den Jungs, weil er sportlich und witzig war. Daher lag in seinen Zügen eine gewisse Unbekümmertheit, die mir genügte, um ihn von den drei anderen zu separieren und mit ihm weniger hart ins Gericht zu gehen.

Wahrscheinlich täuschte ich mich in ihm. Er hatte versucht zu leben. Sogar voller Verbissenheit, wenn man sich ansah, wie ausdauernd er gegen Widrigkeiten und schlimme Schicksalsschläge angekämpft hatte. Der Versuch zu leben stellte nach dem, was er getan hatte, an sich schon eine Ungeheuerlichkeit dar. Vielleicht die schlimmste von allen. Ich musste ihm gegenübertreten, mich vor ihn hinstellen und ihm in die Augen sehen. Ich musste Konitz ansehen. Und ihn glauben machen, dass er mir keine Angst mehr einjagte.

Um elf, wie auf dem Schild angekündigt, öffnete eine Kellnerin die Türen. Das Restaurant war die missglückte Kopie eines amerikanischen Diner aus den 1960er-Jahren: jede Menge Chrom, bunte Neonröhren, große Fenster sowie eine überdimensionierte Theke, vor der sich knallrote Hocker reihten. Alles wirkte künstlich und übertrieben.

Ich setzte mich an einen der Tische am Eingang. Eilfertig brachte mir die Kellnerin mit strahlendem Lächeln die Karte.

»Ist Monsieur Mahous schon da?«

Meine Frage schien sie nicht zu überraschen.

»Ja, selbstverständlich. Aber er hat einen Termin. Es wird nicht lange dauern. Soll ich ihm sagen, dass Sie ihn sprechen möchten?«

»Nein, stören Sie ihn nicht. Das kann warten, bis er wiederkommt.«

»Er ist ganz in der Nähe. Da unten auf der Terrasse …«

Meine Kehle war plötzlich wie zugeschnürt. Ich bemühte mich, das Lächeln der Kellnerin zu erwidern, und gab vor, mich in die Karte zu vertiefen. Kaum hatte sie kehrtgemacht, um in Richtung Küche zu entschwinden, stand ich auf und ging mit klopfendem Herzen in den hinteren Teil des Raums.

Durch die Fenster war tatsächlich eine überdachte Terrasse zu sehen, die offenbar ein gewisses Südstaaten-Flair verbreiten sollte, allerdings ohne großen Erfolg. Mithilfe großer beweglicher Plexiglasscheiben konnte sie im Winter in eine Art Veranda verwandelt werden, die zu der schmalen Grünfläche hinter dem Restaurant ausgerichtet war.

Ich trat näher an die Tür, die ins Freie führte, heran. Ich bewegte mich wie in Zeitlupe. Alles um mich herum lief wie in Zeitlupe ab.

An einem der Tische saßen zwei Männer einander gegenüber. Derjenige, der mir den Rücken zukehrte, tippte auf einem Notebook herum, der andere sah ihm besorgt dabei zu. Seine Rechte spielte mit einer großen Kaffeetasse herum, die schon lange leer zu sein schien. Das war er. Ich erkannte ihn sofort. Sein Schädel war kahl, er hatte ein paar Kilo zu viel auf den Rippen, bemühte sich aber um eine gute Haltung, indem er die Schultern gerade hielt und das Kinn reckte. Als Cédric Mahous mich im Türrahmen wahrnahm, wandte er den Kopf in meine Richtung und musterte mich träge. Ich sah in seinem Blick nur leichtes Erstaunen. Weder wurde er bleich, noch verlor er die Fassung. Er kannte mich nicht.

»Monsieur?«, fragte er höflich mit einer tiefen Stimme, die ihm gut anstand.

Ich antwortete nicht. Ich starrte ihn einfach nur an.

»Kann ich Ihnen irgendwie behilflich sein?«

Der Mann, der mir den Rücken zugekehrt hatte, drehte sich um. Trotz der eindringlichen Blicke der beiden sagte ich kein Wort.

Ich musterte Konitz' Gesicht. Kühl hielt ich seinem Blick stand. Ich versuchte, in ihm ein Monster zu sehen. Es kam erst zum Vorschein, als ich das Foto mit den Kanus aus der Brieftasche zog und zu ihm gedreht auf den Tisch legte.

Mahous stellte keine Fragen mehr. Er nahm das Foto nicht einmal in die Hand. Ein einziger Blick darauf genügte ihm. Er sackte in sich zusammen. Seine Haut wurde fahl, seine Falten vertieften sich. In seinen Augen wurde es dunkel. Vorbei war es mit Contenance und Selbstsicherheit. Da war nur noch Angst. Seine Angst. Ich sah, wie sie ihn packte und umklammerte, wie sie ihm die Luft abschnürte und er zusammenschnurrte wie ein alter Luftballon. Ich sah, wie Konitz vor mir zurückwich.

»Gibt es ein Problem, Cédric?«, fragte der andere.

Mahous antwortete nicht. Er schien wie betäubt. Mir kam es so vor, als lese er in mir wie in einem offenen Buch, und diesmal war mir das recht. Er begriff binnen Sekunden. Ich hatte unsere gemeinsamen Gespenster dabei, und er hatte sie wiedererkannt.

Unsere Begegnung dauerte nicht lang. Sie verlief unspektakulär. Und still, vollkommen still. Nicht einmal die Hilfe- und Schmerzensschreie der Opfer von Basse-Misère hallten in meinem Kopf wider.

Ich weiß nicht, ob ein Teil von mir in diesem billigen Abklatsch eines Restaurants gestorben ist. Oder ob er dort neu geboren wurde. Als Konitz sich in diesen armen, verängstigten Kerl verwandelte, spürte ich klar und deutlich, wie etwas von mir abfiel. Ein Gewicht weniger lastete auf mir. Und es keimte eine Kraft auf, die sich von jetzt an frei würde entfalten können.

Ich drehte mich auf dem Absatz um und ging geradewegs zu meinem Auto. Für die Fahrt zurück nach Toulouse konnte ich mir jede Menge Zeit lassen. Ich musste vor nichts mehr weglaufen, weil nichts mehr hinter mir her war.

Cédric Mahous blieb auf seinem Stuhl sitzen. Er tat weiter das, was er schon seit Langem, seit dem Tod von Jean-Daniel Fraysse tat: Er wartete, bis er an der Reihe war.

43

Eine Viertelstunde vor Beginn des Vortrags traf ich ein. Ich kam zu Fuß. Jean-Henri und Caubère im Hörsaal in der Rue du Taur dachten bestimmt, ich würde nicht mehr auftauchen. Von Weitem sah ich Leute auf dem Gehsteig stehen. Zu behaupten, ich sei innerlich ruhig gewesen, wäre eine gewaltige Lüge. Die Furcht vor dem, was gleich kommen würde, vor meiner öffentlichen Hinrichtung, war verheerend. Gleichzeitig erleichterte es mich, dass es endlich so weit war. Ich war entschlossen, meine Haut teuer zu verkaufen und mich mit Bravour zu verteidigen.

Während ich dem eigens für mich errichteten Schafott entgegenschritt, stellte ich fest, dass ich vor mich hin summte. Einen Song mit dem Titel *Yours Forever*. Ich hatte ihn auf der Rückfahrt von Montpellier gehört, und er hatte etwas von einem Ohrwurm, denn er war melancholisch und zugleich voller Hoffnung. Ich hatte ihn bei einem Halt auf der Autobahn heruntergeladen und die restliche Fahrt über in Endlosschleife laufen lassen. Dazu hatte ich mir Bilder ausgedacht, Bilder von einem Fest, auf dem sich die Generationen mischten: Der Song riss alle mit, er sorgte für eine Art Gruppenerlebnis, für einen krönenden Abschluss, bevor jeder wieder in sein eigenes Leben, an seinen Platz zurückkehrte; ich selbst saß mit etwas zu weit aufgeknöpftem Hemd und gelockerter Krawatte auf den Stufen einer kleinen Treppe; ich sah den anderen zu, wie sie tanzten und sich davontragen ließen; ich war allein; ich war traurig darüber, dass meine Jugend vorbei war, aber diesen Menschen zuzuschauen und zu spüren, dass sie das Leben noch vor sich hatten, war wie Balsam auf meinen Wunden, und ich merkte, wie mich ein Lächeln überkam; da sagte ich mir, dass es bald Zeit wäre, aufzustehen.

Mein Leben würde sich verändern. Es hatte unmittelbar nach meiner kurzen Begegnung mit Cédric Mahous begonnen, sich zu verändern. Ein neues kündigte sich an. Und ich verabschiedete mich gerade summend vom alten.

Die Bar vor dem Nebengebäude der Universität war überfüllt. An einem der kleinen runden Tische direkt am Fenster saß Marielle. Ich sah sie, noch bevor sie mich bemerkte. Sie war allein, trug den langen schwarzen Mantel, der ihr so gut stand, und hatte das Haar hochgesteckt, was sie blasser und kühler wirken ließ. Als sie mich vorbeigehen sah, zuckte sie zusammen. Mit einem Mal wurde ihr Blick traurig. Ihre Lippen schickten mir ein großes, stummes, flehentliches »Nein«.

Mein Lächeln stoppte sie. Sie war gekommen, um sich zu vergewissern, dass ich nicht zum Vortrag erschien. Dafür war ich dankbar. Ich zwinkerte ihr verschwörerisch zu. Sie machte das typische Gesicht, das sie aufsetzte, wenn sie mich für verrückt hielt. Ich hätte öfter etwas Verrücktes tun sollen, denn ich liebte dieses Gesicht. Auch ich schickte ihr ein stummes Wort: »Danke!« Dann verschwand ich im Eingang und steuerte quer über den gepflasterten Hof auf den Hörsaal zu.

Er war bereits zu drei Viertel gefüllt. Ich erkannte ein paar Kollegen, Doktoranden und eine gute Handvoll Prüfungskandidaten. Als Caubère, der gerade etwas mit den Leuten in der vordersten Reihe erörterte, mich kommen sah, entfuhr ihm ein überraschter Ausruf. Er stürmte mir entgegen, streckte mir die rechte Hand hin und legte mir die linke auf die Schulter.

»Wir dachten schon, du versetzt uns. Das wäre zu schade gewesen! Hast du die vielen Leute gesehen?«

Er geleitete mich zum Podium, auf dem ein großer, mit einem schönen dunkelgrünen Tuch bedeckter Tisch stand. Ich fragte mich, wann Caubère wohl vorschlagen würde, mir die Hände hinter dem Rücken zu fesseln und die Augen zu verbinden. Stattdessen verwies er mich an den Techniker vom Dienst, der gerade an der Einstellung von Mikrofon und Beamer tüftelte. Jean-Henri saß in der Mitte der ersten Reihe. Er trug seinen Ausgehanzug. Alle drängten sich um ihn. Der Universitätspräsident zu seiner Rechten hätte auch als kleiner Angestellter durchgehen können. Mein alter Freund würdigte mich keines Blickes.

Ich breitete meine Karteikarten aus. Sie waren wie mein Vortrag: chaotisch und unvollständig. Um einigermaßen die Contenance zu wahren, schenkte ich mir ein Glas Wasser ein. Der Hörsaal brummte. Ich schielte zur Tür, doch Marielle war mir nicht gefolgt. Sie weigerte sich, dem Gemetzel beizuwohnen. Caubère wirkte aufgeregt. Er konnte keine Sekunde stillhalten. Offenbar kam ihm die Ehre zu, die einleitenden Worte zu sprechen. Er wartete bis kurz nach der vollen Stunde, dann kam er zu mir aufs Podium und blieb feierlich stehen, bis Ruhe einkehrte.

»Meine Damen und Herren, wir können beginnen …«

Ein paar Leute machten »Psst!«, was sich wie ein Echo ausbreitete, während das Licht gedimmt wurde und ich wie auf dem Präsentierteller zurückblieb.

»Im Rahmen der Prüfungsvorbereitung im Fachgebiet Zeitgeschichte haben wir heute Abend das Vergnügen, einen Vortrag von Monsieur Marc-Edouard Peiresoles zu hören. Er spricht über die Erschütterung der moralischen Normen in Frankreich während der beiden Weltkriege. Viele von Ihnen kennen Monsieur Peiresoles. Durch seine Arbeit, aber auch durch Kühnheit hat er die Rezeption der zeitgenössischen Kriege sowie der Nachkriegszeit verändert. Er hat dazu beigetragen, unsere Universität heller erstrahlen zu lassen, als wir uns je erträumt haben. Ihre überaus geschätzte Anwesenheit beweist, dass wir richtig daran getan haben, ihn für diese Vortragsreihe anzufragen. Wir alle sind wegen des Themas hier, das, wie ich zugeben muss, ebenso faszinierend wie bahnbrechend ist. Aber vor allem sind wir gekommen, um einen großen Historiker zu hören. Deshalb bin ich sehr stolz, ihm nun das Wort erteilen zu dürfen.«

Es folgte Applaus. Jean-Henri blieb mit verschränkten Armen sitzen. Er vermied es noch immer, mich anzusehen; offenbar interessierte er sich mehr für seine Schuhspitzen. Der Song in meinem Kopf war schon vor einer Weile verstummt. Langsam verebbte der höfliche Applaus, und eine beklemmende Stille machte sich breit. Ich fing nicht sofort an zu sprechen, sondern schob die Karteikarten wieder zusammen und legte sie in aller Ruhe zurück in meine Mappe. Im Saal entstand Gemurmel. Caubère warf mir einen erstaunten, sehr theatralischen Blick zu, der wohl sagen sollte, ich möge endlich beginnen. Ich ließ ein paar weitere Sekunden verstreichen, dann holte ich tief Luft und stürzte mich ohne Notizen ins Leere.

»›Waren wir immer das, was wir sein sollten?‹ Diese Frage stellte ein bretonischer Soldat im Ersten Weltkrieg in einem Brief, den er 1915 an seinen Bruder schrieb. ›Waren wir immer das, was wir sein sollten?‹ … Diese Fragestellung kann für sich schon das Thema meines Vortrags zusammenfassen. Ja, sie kann sogar das Wesen des Historikerberufs zusammenfassen. Wenn ich ein Foto aus jener Zeit betrachte, ganz gleich, ob es vor, in oder nach einem Krieg entstanden ist (ich warf eine Aufnahme an die Wand, die eine Gruppe Soldaten im Jahr 1917 in den Vogesen zeigte), dann kann ich es mir nicht verkneifen, die Gesichter und Blicke eingehender zu untersuchen. Diese Männer wissen nicht, was ihnen die Zukunft bringen wird. Vielleicht haben sie es geträumt, vielleicht träumen sie auch schon nicht mehr. Auf jeden Fall wissen sie es nicht. Wie viele von ihnen sind, bevor sie wenige Stunden oder Jahrzehnte später sterben, das, was sie sein sollten? Was dachten sie über ihr Leben in dem Augenblick, als sie es ließen? Welche Last, welche Geheimnisse haben sie mitgenommen? Der britische Historiker John Keegan schreibt: ›Die Schlacht ist eine Lücke im allgemeinen Gesetz.‹ Ich erlaube mir, noch weiter zu gehen: Der Krieg an sich ist eine Lücke im allgemeinen Gesetz. Eine Lücke, die sich nur schwer schließen lässt. Haben die Kriege des vergangenen Jahrhunderts unsere moralischen Normen infrage gestellt? Das ist unser heutiges Thema. Doch bei diesem Thema geht es auch um das Unausgesprochene, die Scham, das befleckte Gewissen. Das war der tiefere Sinn meines Schweigens zu Beginn. Wir sollten uns nämlich bemühen, trotz all der Jahre genau das zu hören: das Schweigen.«

Ich sprach über die Gewalt. Ich sprach über die Sexualität im Krieg und in der Nachkriegszeit. Ich sprach über die Welt danach mit ihrem bitteren Geschmack, den nicht einmal der Sieg, sofern es einen gab, zu mildern vermochte. Weil die Dinge nicht mehr so sind, wie sie sein sollten. So ging ich anderthalb Stunden lang dem Schweigen auf den Grund. Und ich schloss, indem ich über die Angst sprach, die Angst vor der Vergangenheit, vor der Gegenwart und der Zukunft.

»Der Krieg ist wie die Nacht. Und auch die Zeit danach. Man verirrt sich. Man erkennt Menschen und vertraute Orte nicht wieder. Hört nicht mehr die gleichen Geräusche. Und dann ist da noch die Angst, über die am meisten geschwiegen wird. Gestatten Sie mir, mit einem Satz aus *Der kleine Däumling* zu enden, der diese grauenvollen Jahrzehnte trefflich zusammenfasst: ›Die Nacht kam und mit ihr ein starker Wind, der ihnen schreckliche Angst einjagte.‹

Ein paar Sekunden des Zögerns vergingen. Dann brandete Applaus auf. Nur Jean-Henri widersetzte sich. Ich ertappte ihn, wie er lächelte. Ob aus Sadismus oder Zufriedenheit, weiß ich nicht. Ich war vielleicht nicht brillant, aber ich denke, ich bin in Ehren gefallen.

Caubère wetzte die Waffen. Sein Blick war finster, seine Miene verschlossen. Er zog einen Aktenordner aus seiner Umhängetasche, legte ihn sich auf den Schoß und die Hände obendrauf. Dieser Ordner enthielt das Ende meiner Karriere.

Die erste Frage kam von einem von Caubères Doktoranden: Wie ich so entschieden auftreten könne, wo mir doch nur so wenige Quellen zur Verfügung stünden? Ob die Interpretation des Unausgesprochenen wirklich Geschichte sei? Er präzisierte: wahre Geschichte.

Empörtes Raunen begleitete diese erste Attacke. Ich erwiderte, jede Quelle wolle ausgelegt werden, sonst handele es sich nicht mehr um Geschichte, sondern lediglich um Erinnern.

Er ließ nicht locker: »Und wenn es keine Quelle gibt, was macht man dann? Etwas erfinden?«

»Ich bezeichne es lieber als ›erdenken‹ …«

Ein paar Minuten lang fuhren Caubères Studenten fort, mich in die Enge zu treiben, dann ließen sie ihren Meister ran. Ich sah, wie er sich bereit machte, die Lippen befeuchtete, den Hemdkragen richtete und auf seinem Stuhl ein Stück nach vorn rutschte, bevor er ums Wort bat, das ihm anstandslos erteilt wurde. Er erhob sich und postierte sich halb dem Publikum, halb mir zugewandt.

»Ich will nicht verhehlen, lieber Kollege, dass ich in Bezug auf zahlreiche Aspekte Ihres Vortrags nicht Ihrer Meinung bin. Das ist nicht erst seit heute so, und ich habe daraus nie ein Geheimnis gemacht. Erlauben Sie mir jedoch zunächst, meine Enttäuschung zum Ausdruck zu bringen. Enttäuschung angesichts der Schlussfolgerungen, die Sie aus Ihren früheren Arbeiten ziehen und die Sie nicht hinterfragen wollten oder konnten, obwohl die jüngsten Entwicklungen in der Forschung Ihnen dazu hätten Anlass geben sollen. Aber lassen wir das beiseite … Sie haben von der Gewalt gesprochen, die in der französischen Gesellschaft der Zwischenkriegszeit sehr präsent war und angeblich im Konflikt von 1914–18 wurzelte. In Ihren Schriften stützen Sie sich dabei auf Meldungen, die bei mehreren Polizeiwachen und -revieren einer Gegend eingegangen sind, der Sie persönlich sehr verbunden sind, nämlich den Monts d'Autan. Ihre Zusammenschau deckt den Zeitraum von 1920 bis 1930 ab. Diesen vergleichen Sie mit den Meldungen vier oder fünf Jahre vor dem Krieg, um eine Zunahme der Gewalttaten zu belegen. Nun, ich habe mir die Mühe gemacht, ein wenig gründlicher nachzuforschen, und bin etwas weiter in die Vergangenheit zurückgegangen. Falls Sie es wünschen, stelle ich Ihnen diese Unterlagen gerne zur Verfügung.«

Er schlug den Ordner auf und wedelte mit ein paar losen Papieren.

»Mein Ergebnis ist simpel: In den dreißig Jahren vor dem Ersten Weltkrieg wurden genauso viele Gewalttaten gemeldet wie in den dreißig Jahren danach. Woher nehmen Sie also den vermeintlichen Anstieg? Es überrascht mich, dass Sie in Ihrem Vortrag die durchaus relevante Tatsache, dass sich Ihre Region der pazifistischen Bewegung angeschlossen hat, unerwähnt gelassen haben. Letztere ist, da stimmen Sie mir sicherlich zu, jeder Form von Gewalt abhold.«

»Dieser ›Anschluss‹ ging Hand in Hand mit dem deutlichen Erstarken der Arbeiterbewegung, die sich für den Pazifismus eingesetzt hat, Monsieur Caubère.«

»Erlauben Sie, dass ich fortfahre, bevor ich mir Ihre Verteidigung anhöre. Ich halte außerdem Ihre Behauptungen in Bezug auf ein Aufweichen der sexuellen Normen zu Kriegszeiten für überzogen. Ihren Worten nach ist jeder Soldat, der nicht zugibt, dass er an der Front masturbiert hat, ein zwanghafter Onanist.«

Vereinzeltes Gelächter.

»Ein paar Briefe, in denen von der engen Freundschaft zwischen Soldaten die Rede ist, enthüllen eine nur unzureichend kaschierte Homosexualität… Haben diese Männer zu normalen Zeiten nicht masturbiert? Haben sie nicht einen großen, wenn nicht gar den größten Teil ihres Arbeitstages in Gesellschaft anderer Männer verbracht? Sind sie nie ins Bordell gegangen? Wenn Romain Gary in einem seiner letzten Bücher gesteht, dass er mehrmals täglich masturbiert hat, muss ich das dann so verstehen, dass seine ›herkömmlichen moralischen Normen‹ durch wer weiß welchen Schicksalsschlag erschüttert worden waren? Oder einfach nur so, dass er für sein Alter noch ziemlich rüstig war?«

Das Gelächter wurde lauter.

»Ich erlaube mir, so offen zu sprechen, weil mich Ihre Arbeit fasziniert hat. Wie eingangs erwähnt, habe ich darin eine gewisse Kühnheit und Verweise auf neue zu erforschende Gebiete entdeckt. Auf diesen wollte auch ich mich ein wenig tummeln. Leider musste ich feststellen, dass es sich um Trugbilder handelte. So behaupten Sie zum Beispiel, ein gewisser F. R., Infanteriesoldat aus dem Département Ariège, habe in den Schützengräben seine Homosexualität entdeckt. Als Beleg haben Sie mehrere leidenschaftliche, nach Kriegsende an einen anderen Soldaten gerichtete Briefe ausgegraben. Diese Quelle kann jedoch nur als verlässlich gelten, wenn man sie im Zusammenhang mit dem Leben dieses Mannes betrachtet.«

Er wedelte erneut mit Dokumenten, diesmal mit alten Papieren, die dicht mit violetter Tinte beschrieben waren.

»Ich habe weitere Briefe von F. R. gefunden, und zwar aus der Vorkriegszeit. Sie sind nicht an denselben, sondern an zwei andere Männer gerichtet. Auch in diesen Briefen ist von homosexuellen Neigungen die Rede. Die Sexualität *dieses* Mannes ist also nicht durch den Krieg auf den Kopf gestellt worden, er fühlte sich schon immer zu Vertretern des eigenen Geschlechts hingezogen. Lediglich hat er nach der Kriegshölle den Mut aufgebracht, damit nicht mehr so hinter dem Berg zu halten. Angesichts Ihrer Einstellung zu historischen Quellen wundert es mich nicht, dass Ihnen dies entgangen ist. Aber ärgerlich ist es, das müssen Sie zugeben. In wie vielen anderen Fällen haben Sie derartige Details noch übersehen? Falls Sie die Briefe lesen möchten, sie befinden sich in meinem Besitz. Ein ganzes Leben in Briefform. Und es wird sehr wenig verschwiegen ...«

Ich hatte nach diesen Briefen gesucht, sie aber nie gefunden. Dass er sie so ohne Weiteres hatte auftreiben können, war garantiert kein glücklicher Zufall gewesen. Caubères Miene wirkte ungerührt, sehr ernst. Innerlich jubelte er bestimmt. Als er sich setzte, ging das Wort wieder an mich. Alle im Saal richteten den Blick auf mich und erwarteten meine Antwort. Eine Antwort, die ich nicht hatte.

»Bevor Monsieur Peiresoles zu einer Erwiderung ansetzt, gestatten Sie, dass ich mich einschalte.«

Jean-Henri hatte sich langsam erhoben. Er also hatte sich das Recht ausbedungen, mich fertigzumachen. Das war nur logisch. Pascal Caubère allerdings machte aus seiner Überraschung keinen Hehl. Es entsprach überhaupt nicht dem Plan, dass sich unser Direktor in seiner Show zu Wort meldete.

»›Der Sieg hat uns nicht geliebt.‹ Dieser Satz von Bernanos ist mir eingefallen, als ich unseren verehrten Kollegen seine Rede auf so pointierte Weise beenden hörte.«

Bei diesen Worten sah er Caubère direkt in die Augen.

»›Der Krieg ist wie die Nacht‹, haben Sie gesagt, Monsieur Peiresoles. Ich bin vollkommen Ihrer Meinung. Wie gewiss viele hier im Saal bin ich von Ihrem ebenso brillanten wie virtuosen Vortrag begeistert. Dass einige der vorgestellten Überlegungen Zähneknirschen auslösen, kann ich durchaus nachvollziehen. Dass sie zur Diskussion anregen, begrüße ich ausdrücklich. Nicht unterstützen jedoch kann ich die Haltung von Monsieur Caubère und einigen Herrschaften, die er in sein gewagtes Unterfangen hineingezogen hat. Eine persönliche Fehde hat an einem Abend wie diesem nichts verloren.«

Caubère wurde bleich. Er rutschte auf seinem Stuhl nach vorn, als wollte er aufspringen.

»Gestatten Sie, mein lieber Pascal, dass ich mich über die Heftigkeit Ihrer Angriffe wundere, zumal bei einem Thema, das Sie selbst nur sehr mäßig beherrschen. Ich hatte in den vergangenen Monaten Gelegenheit, mir Ihre Redebeiträge vor den Prüfungskandidaten anzuhören. Einige waren ausgesprochen schwach.«

»Monsieur Olivier, ich begreife nicht recht, worauf Sie mit Ihren Bemerkungen hinauswollen.«

»Ich dagegen verstehe leider sehr gut, was Sie mit den Ihren bezwecken. Und ich sage es Ihnen in aller Öffentlichkeit ins Gesicht: Sie irren. Ich habe gelernt, dass Geschichte mit der ganzen Erfindungsgabe des Historikers betrieben werden kann und muss. Machen Sie es Monsieur Peiresoles also bitte nicht zum Vorwurf, wenn er die seine unter Beweis stellt. Es könnte wie das Eingeständnis klingen, dass Sie selbst keine besitzen.«

»Herr Dekan, ich glaube, Sie überschreiten Ihre Kompetenzen. Sie haben mir keine Lektion zu erteilen, als sei ich einer Ihrer Studenten. Sie versuchen, unserem Kollegen beizuspringen, aber die Tatsachen liegen nun einmal auf dem Tisch, die können Sie nicht leugnen: Diese Dokumente beweisen, dass er sich täuscht. Soll er sich doch selbst verteidigen.«

»Woher haben Sie die Dokumente, Pascal?«

»Monsieur, ich glaube nicht, dass das der richtige Moment ist …«

»Ich bestehe darauf.«

»Also gut. Sie selbst haben Sie gefunden und mir anvertraut.«

»Und warum habe ich sie Ihnen anvertraut?«

Caubère antwortete nicht.

»Ich sage es Ihnen. Sie haben den Wunsch geäußert, mit Monsieur Peiresoles ›abzurechnen‹. Das ist das Wort, das Sie gebraucht haben. Ihrer Ansicht nach hatte er das Ansehen unserer Universität beschmutzt. Und als ich Ihnen meine Hilfe anbot, haben Sie zugegriffen. Sie haben nichts hinterfragt. Sie haben nichts überprüft. Sie haben sich mit der Arbeit anderer begnügt. Hätten Sie die Ihre ordentlich gemacht, wäre Ihnen aufgefallen, dass diese Briefe und Statistiken Fälschungen sind. Ich selbst habe sie angefertigt, und ich hatte meinen Spaß dabei. Ich dachte, ich würde Sie mit meinem Schabernack zum Lachen bringen, Sie sind doch so gierig nach Pointen und Bonmots. Nie hätte ich gedacht, dass Sie die Dokumente für bare Münze nehmen würden … Aber jetzt möchte ich das Wort nicht länger für mich beanspruchen, schließlich ist Monsieur Peiresoles derjenige, der heute Abend spricht. Bevor Sie antworten, mein lieber Freund, lassen Sie mich zu unserem Thema zurückkehren, indem ich frei nach Platon sage: ›Nur für die Toten hatte der Krieg ein Ende.‹«

Genauso langsam, wie er aufgestanden war, setzte Jean-Henri sich wieder. Er hatte sich Gehör verschafft, ohne die Stimme zu erheben. Diesmal sah er mich, während der Präsident ihm allem Anschein nach gratulierte, direkt an und zwinkerte mir zu. Er überließ es mir, Caubère und seinen Handlangern den Rest zu geben. Im selben Moment bemerkte ich Marielle, die hinten im Saal stand. Sie schenkte mir ein strahlendes Lächeln und ging dann wieder.

Caubère war angezählt. Ich glaube, er hörte meine Erwiderung gar nicht mehr. Dabei versetzte ich ihm nicht den Todesstoß. Kaum wurde das Mikrofon ausgeschaltet, schlüpfte Jean-Henri in seinen Mantel und steuerte mit seiner Entourage auf den Ausgang zu, ohne auch nur einmal das Wort an mich zu richten. Auch Caubère nutzte die Gelegenheit, um sich zu verdrücken, wohingegen der Universitätspräsident zu mir kam, um mir die Hand zu schütteln und mir zu sagen, dass er große Stücke auf meine Arbeit hielt.

Es dauerte eine Weile, bis ich aus dem Saal herauskam, denn plötzlich war ich sehr gefragt. Als ich schließlich allein auf der noch sehr belebten Straße stand und nach einem Taxi Ausschau hielt, fiel mir die Melodie des Songs, der mir an diesem Tag so lang im Kopf herumgespukt war, nicht mehr ein.

44

Am nächsten Morgen fuhr ich zeitig zur Universität. Die Gänge waren noch leer. Mir fiel auf, dass Jean-Henris Tür weit offen stand, also ging ich hin. Er saß an seinem großen Schreibtisch und beugte sich über einen Stapel Papiere. Seine jüngste Tochter lag, in ein Plaid gewickelt, auf dem Sofa, hielt ein Plüschschaf im Arm und döste. Ihr Vater hob den Kopf, als ich im Türrahmen erschien. Er hatte mich erwartet.

»Deine Zitate waren gut!«, rief er.

Die ersten Worte, die er seit fast zwei Jahren an mich zu richten geruhte.

»Danke. Deine waren auch nicht übel.«

»Komm, setz dich. Ich hatte Angst, dich zu verpassen.«

»Danke für gestern Abend.«

»Du kannst dir nicht vorstellen, was für ein Vergnügen es mir bereitet hat, diesem Rindvieh das Maul zu stopfen. Er dachte, ich wäre auf seiner Seite. Er war von Eifersucht und Ehrgeiz so geblendet, dass er mir auf den Leim gegangen ist.«

»Dir ist schon klar, dass er mit Blick auf meine Arbeit recht hat, oder? Ohne die Falle, die du ihm gestellt hast, wäre ich erledigt.«

»Da bin ich mir nicht so sicher.«

»Ich habe mich nie dazu durchgerungen, mich bei dir zu entschuldigen …«

Er fiel mir ins Wort.

»Ich erinnere mich noch an den Tag, an dem du mich mit deiner alten Karre in diese Alpenklinik gefahren hast. Dein Autoradio hat gesponnen, und du hattest nur eine einzige Kassette, bei der es keinen Bandsalat gab. Die hast du in Endlosschleife laufen lassen, weil du mein Gejammer nicht mehr hören konntest. Weißt du noch, was das war?«

»Jil Caplan.«

»Großer Gott! Nach sechshundert Kilometern konnte ich ihre Chansons nicht mehr ertragen. Ich dachte, ich würde für den Rest meines Lebens nichts mehr von dieser Musikerin hören wollen. Du wirst lachen, aber heute besitze ich sämtliche Alben von ihr. Ich habe ihr sogar einen Brief geschrieben, um ihr zu sagen, wie wichtig sie für mich war und dass ihre Stimme mich auf dem Weg zu meiner Wiedergeburt begleitet hat. Sie und mein bester Freund … *Ich* muss mich bei *dir* entschuldigen, Marco. Ich hätte dich nie in diese Situation bringen dürfen. Du hattest schon so viel für mich getan …«

Seine Tochter schlug die Augen auf. Als sie mich sah, wirkte sie beunruhigt und suchte mit dem Blick nach ihrem Vater.

»Margot, mein Schatz, erinnerst du dich noch an Onkelchen?«

Sie antwortete nicht, sondern versteckte das Gesicht hinter ihrem Kuscheltier.

»Ich behalte sie heute Vormittag bei mir. Sie hat Fieber. Wir haben gleich einen Termin beim Arzt. Möchtest du einen Kaffee?«

Ohne meine Antwort abzuwarten, stand er auf, ging zur Kaffeemaschine, füllte zwei Tassen und stellte sie auf den Tisch.

»Caubère wird es nicht dabei belassen, Jean-Henri. Er wird versuchen, dich aus der Leitung der Fakultät zu drängen.«

»Soll er doch. Solange er nicht als mein Nachfolger bestimmt wird … Im Grunde würde er mir einen Riesengefallen tun. Ich glaube nicht mehr an das, was ich mache, Marco. Die Flamme in mir ist erloschen. Ich langweile mich. Weißt du, was ich tun würde, wenn ich den Mumm dazu hätte? Ich würde abhauen und irgendwo in die Berge ziehen. Nicht zu weit weg von Toulouse, damit meine Frau weiter im Orchester spielen kann. Ich sehe mich schon mit ein paar Bienenstöcken und einem Labrador. Vielleicht sogar mit ein paar Schafen zum Hüten. Wenn du der Dekan dieser Fakultät bist und eines Tages mein Kündigungsschreiben bekommst, dann freu dich für mich. Dann kannst du dir sagen: ›Er hat es wirklich gewagt!‹ Ich möchte, dass du das Namensschild von meiner Bürotür entfernst, bevor Caubère oder ein anderer es abreißt und in Stücke bricht. Und ich möchte, dass du es als Erinnerung an die guten alten Zeiten in einer von deinen Schubladen aufbewahrst.«

»Denkst du ernsthaft daran, aufzuhören? Ausgerechnet jetzt, wo das Präsidium die Arme nach dir ausstreckt?«

»Ja, ich denke daran, aber ich werde es nicht tun. Weil da noch die Mädchen sind. Weil ich nichts von Bienen verstehe. Und weil mir Dinge vorgeschlagen werden, die abzulehnen ich nicht den Mut habe … Hast du mal versucht, dir das Leben ohne das alles vorzustellen: ohne Forschung, ohne Vorlesungen, ohne Vorträge?«

»Ich glaube, in den Bergen könnte es mir auch gefallen.«

»Wir könnten Nachbarn sein. Wir würden zusammen Honig machen.«

»Ich glaube, ich würde gern reisen, ins Blaue fahren … Das würde mich am meisten reizen: nichts mehr planen, nicht mehr alles organisieren oder bedenken müssen. Einfach unbekümmert leben … Und ich würde mir gern zum Schreiben Zeit nehmen. Und ein Instrument lernen. Aber mit den Bienenstöcken wäre ich einverstanden. Ich glaube, davon hat mein Vater immer geträumt.«

»Woran arbeitest du gerade? Ich meine, *wirklich*.«

Über diese Frage musste ich lachen, und Jean-Henri stimmte in mein Lachen ein.

»Du glaubst doch nicht, dass es dir gelungen ist, mich mit deinen Geschichten über den Niedergang und die Angst an der Nase herumzuführen? Auch wenn dein Artikel ziemlich gut war …«

»Ich beschäftige mich mit Basse-Misère.«

»Das also ist dein Geheimprojekt! Dann war es richtig, dass du nichts gesagt hast. Wie weit bist du?«

»Mehr oder weniger fertig, denke ich.«

»Wird ein Buch daraus?«

»Nein.«

»Schade. Willst du nicht wenigstens einen alten Freund ein wenig an deinen Fundstücken teilhaben lassen?«

»Eins kann ich dir verraten: In dieser Geschichte spielen auch Zitate eine Rolle. Mehrere Personen haben einander auf diese Weise über Jahre hinweg Nachrichten zukommen lassen. Wie wir.«

»Wozu?«

»Um sich zu rächen.«

Er wurde hellhörig.

»Wo bist du da reingeraten? Was sind das für Leute, und wofür haben sie sich gerächt?«

»Sie sind noch nicht am Ende. Ein Zitat fehlt noch, und das wird erscheinen, sobald sie bereit sind, sich den Letzten von denen vorzuknöpfen, die das Massaker verübt haben.«

»Sag, dass das ein Scherz ist.«

»Keineswegs.«

»Und du gehst nicht zur Polizei?«

»Nein. Ich weiß noch nicht, wer dahintersteckt. Ich habe eine Liste mit Namen, aber die ist ziemlich lang.«

Margot, deren Wangen vom Fieber gerötet waren, versuchte sich auf dem Sofa aufzurichten.

»Willst du nicht doch eine Kleinigkeit frühstücken, mein Schatz? Das wird dir guttun ...«

Während er mich weiter mit ernster Miene ansah, nahm er den Telefonhörer und rief in der Cafeteria an, um eine heiße Schokolade und ein paar Butterbrote zu bestellen.

»Wenn wahr ist, was du mir da erzählst – hast du dir mal überlegt, was für ein Risiko du für dich selbst und für deine Liebsten eingehst?«

»Genau deshalb werde ich dir nicht mehr darüber erzählen.«

»Und wenn du mit dieser schmutzigen Geschichte fertig bist, was hast du dann vor?«

Darauf konnte ich ihm keine Antwort geben.

Eine charmante junge Frau erschien mit einem ziemlich beladenen Plastiktablett.

»Vielen Dank, Lucie. Komm, Margot, iss etwas.«

Die Kleine stand mühsam auf und drückte ihr Schaf noch fester an sich. Jean-Henri half ihr beim Hinsetzen.

»Onkelchen wird deine Brote mit Butter bestreichen. Du wirst sehen, es gibt niemanden, der das besser kann als er. Er hat eine besondere Gabe: Er kann Menschen heilen. Stimmt's, Onkelchen?«

Wie gern wäre ich an seiner Stelle gewesen. Ich wünschte, das wäre meine Tochter. Ich hätte es gern so gemacht wie er:

mich über sie gebeugt, um sie zu beschützen: Sie wirkte so verletzlich! Ich bestrich die Brote, während er die heiße Schokolade in der Plastikschale umrührte. Es war ein sehr schöner Moment.

»Trink ein bisschen, mein Schatz. Das wird dir guttun.«

Noch nie hatte Jean-Henri mich so beeindruckt. Ein Riese, der fähig war, sich notfalls noch größer zu machen. Der fähig war, sich gegen alles und jeden zu erheben, den Horden entgegenzutreten und sie zu zerschlagen. Und das alles mit einer unglaublichen Sanftheit im Blick und in der Stimme.

»Die Arme«, sagte er. »Ihr war die ganze Nacht übel.«

Die Kleine musterte mich etwas verschämt und mit traurigem Blick. Doch gleich darauf nickte sie kräftig, und der erste Schluck Schokolade zeichnete ihr einen braunen Schnurrbart über den Mund.

45

Ich parkte hinter zwei anderen Autos am Straßenrand. Die Angelsaison hatte gerade begonnen, und der eine oder andere versuchte sein Glück in den zum See hinabrauschenden Bächen oder gar im See selbst. Es hatte eine Zeit gegeben, da war es einem Sakrileg gleichgekommen, in diesem Gewässer zu angeln. Aber diese Zeit war vorbei.

Ich folgte dem erstbesten Weg, der in den Wald führte. Kurz vor dem Kamm des ersten Hügels bog ich nach links ab und gelangte an den Rand eines Feldes, das über den Winter braun geworden war. Von hier hatte ich einen weitgehend unverstellten Blick auf das Haus der Armengauds.

Im Hof stand kein Auto, die inneren Fensterläden waren geschlossen. Ich ging näher heran, blieb aber im Schutz des Waldrands. Eine Art Weidezaun markierte die Grenzen des Grundstücks. Ich schlüpfte unten durch. Als das Haus in meinem Blickfeld lag, blieb ich abermals stehen und ging im feuchten Gras in die Hocke. Es rührte sich nichts. Alles wirkte verlassen. Zögernd wagte ich mich weiter vor und betrat schließlich den sandigen Hof von der weit offenen Seite her.

Keins der Nebengebäude ließ sich öffnen, die beiden Scheunentore zu meiner Rechten nicht und die Tür des Hauptgebäudes ebenso wenig.

Ich war nach wie vor auf der Hut und fest entschlossen, mich beim leisesten Motorengeräusch davonzumachen. Nur ein einziges Auto kam die Straße entlang, während ich den Hof inspizierte. Ich hörte es schon von Weitem, der Motor dröhnte in den Kurven, die sich von Sagne-Claire heraufwanden. Doch der Wagen passierte die Zufahrt, ohne auch nur langsamer zu werden.

Ich steuerte auf das Wohngebäude zu, in dem ich wenige Monate zuvor von Guillaumes Brüdern empfangen worden war. Ich ging außen herum, überprüfte jede Tür und jedes Fenster. Alles geschlossen. Lediglich das große Fenster, von dem aus man auf den See blickte, hatte keine Läden. Allerdings war das Grundstück auf dieser Seite des Hauses abschüssig, sodass ich nur bis auf gut zwei Meter an die Öffnung herankam und keinen Blick ins Innere werfen konnte.

Weder unter den alten Blumentöpfen noch in den wenigen verbliebenen Ritzen zwischen den Steinen am Eingang fand ich einen Schlüssel. Ich hatte auch nicht erwartet, dass es einfach sein würde. Hier gedieh, gegen den Nordwind geschützt, eine alte Glyzinie. Ihr Stamm und das Geflecht aus Ästen und Zweigen erlaubten es mir, an der Regenrinne aufs Dach zu klettern. Ich zog mich hinauf bis zum First und gab acht, dass dabei keine Ziegel zu Bruch gingen. Nun thronte ich hoch über den ehemaligen, im See ertränkten Schluchten. Als die Sonne langsam hinter den Wolken hervorkam, nahm das Wasser wieder seine Grün- und Blautöne an. Auch der Wald wirkte gleich weniger düster, weniger gespenstisch. Aus dieser Höhe sahen Wald und See aus, als erwachten sie langsam zum Leben.

In die südliche Dachfläche waren zwei Luken eingelassen. Metallrahmen, die mit einer durch einen Zapfen arretierten Stange verriegelt waren. Das Fensterglas war dünn, der Kitt, der es im Rahmen hielt, an vielen Stellen lose oder schon herausgefallen. Es bereitete mir keine Mühe, eine der Scheiben anzuheben und das Fenster zu entriegeln. Ich knipste die Taschenlampe an, ließ mich durch die Öffnung gleiten und stand gleich darauf auf einem staubigen Dachboden. Zwischen den Balken waren Steinwollmatten ausgerollt. Die Füße nur auf die Balken setzend, näherte ich mich der Klapptür, die ich weiter vorn entdeckt hatte. Als ich die dicke Holzplatte anhob, erblickte ich darunter eine Art Vorratsraum. In den Wandregalen standen ein paar verstaubte Einmachgläser sowie zwei unangebrochene Sixpacks Bier. Außerdem gab es eine große abgeschaltete Gefriertruhe, hinter der eine Holzleiter an der Wand lehnte. Ich ließ mich fallen und öffnete die einzige Tür, die sich direkt vor mir befand und in die Küche führte. Hinter der Küche lag das Wohnzimmer mit dem großen Fenster, durch das Licht hereinkam. Es folgte eine Flucht kleiner Zimmer, die in einem winzigen Bad endete.

Ich durchsuchte jeden einzelnen Raum. Ich öffnete sämtliche Schränke und Schubladen, fand aber nur alte Sachen: ein paar vergessene Kleidungsstücke, Gesellschaftsspiele in zerrissenen Schachteln, alte Zeitschriften, Bücher mit vor Feuchtigkeit gelb gewordenen Seiten, abgenutztes Geschirr, Flaschen mit Resten von Putzmitteln, muffig riechende Bettwäsche, mottenzerfressene Wolldecken … Sogar der Arzneischrank im Badezimmer klang hohl.

Da ich nicht übers Dach zurückkonnte, ohne die Leiter aus dem Vorratsraum zu benützen – und die hätte ich nicht zurückstellen können –, klappte ich die Falltür zu und entriegelte eines der Schiebeelemente an dem großen Fenster. Auf diesem Weg verließ ich das Haus.

Ich kehrte in den Hof zurück, um mir die Nebengebäude noch einmal vorzunehmen. Hinter den Scheunen entdeckte ich, verdeckt durch vom Wind angehäuftes Laub, knapp über dem Boden zwei vergitterte Abluftöffnungen – Hinweise auf einen Zwischenboden oder ein Kellergeschoss. Die eingestürzte Mauer gewährte mir Zugang zum ehemaligen Hühnerstall. Ein Dachsparren hatte sich aus seiner Verankerung gelöst und ein Stück vom Giebel mit herausgerissen. Das Loch war groß genug, dass ich mich hindurchzwängen konnte. So gelangte ich in die erste Scheune.

Sie war seit Ewigkeiten nicht benützt worden. Auf dem Boden aus gestampfter Erde verrottete nach und nach ein altes Ruderboot. Ein ausgedienter Traktor war mit einer Plane abgedeckt, die genauso ramponiert war wie er selbst. Überall lag rostiges Eisen herum. Die Spinnweben hatten sich zu langen Fäden miteinander verbunden und waren schwarz vom Staub, der bei der leisesten Bewegung in alle Richtungen stob. Ich sah mich gründlich um, entdeckte aber keinen Zugang zum Kellergeschoss. Vom gegenüberliegenden Giebel ragte kühn eine Zwischenetage aus wurmstichigem Holz hervor. Ich erblickte ein Ochsenauge zum angrenzenden Schuppen hin. Also kletterte ich nach oben, indem ich zuerst auf den Traktor stieg und mich dann in einer Scharte abstützte, die ich halb hinter Unrat verborgen entdeckte. Der Boden knackte beunruhigend unter meinem Gewicht, und jeder meiner Schritte löste einen Staubregen aus. Die Scheibe der Luke war so schmutzig, dass ich nicht hindurchsehen konnte. Ich versuchte, die ganze Luke aufzudrücken. Dabei entstand ein Spalt zwischen Rahmen und Zarge. Mit einer flachen Stange, die ich bei den alten Eisenteilen fand, gelang es mir, den Riegel aufzustemmen und den Durchgang frei zu bekommen.

Mit dem Kopf voraus schlüpfte ich hindurch und landete auf einem Vorbau, baugleich dem, den ich soeben verlassen hatte, wenn er auch stabiler wirkte. Die zweite Scheune wurde dem Anschein nach häufiger genutzt. Hier herrschte weniger Unordnung, es gab weniger Staub, weniger Spinnweben und mehr Licht. In der Mitte des Raums schlummerte ein alter Geländewagen mit getrockneten Schlammspritzern auf dem Lack. Die Sitze waren durchgesessen. Am Armaturenbrett fehlten ein paar Knöpfe, an deren Stelle blaue und rote Kabel heraushingen. Im hinteren Teil des Wagens entdeckte ich lediglich einen leeren Benzinkanister und eine schlampig zusammengefaltete, zerrissene Abdeckplane.

In einer Ecke gab es ein Waschbecken aus Emaille, das mit Farbklecksen besprenkelt war. Die Wasser- und Abflussrohre verschwanden im Boden. Ein Stück weiter weg erblickte ich auf einer Tischplatte, die auf zwei Böcken ruhte, eine Motorsäge und einen ordentlich eingeräumten Werkzeugkasten. Neben einer alten Anrichte, in der sich weiteres Werkzeug befand, lagerte Maurermaterial. Auf der Anrichte stand ein großes Einmachglas mit einem Sammelsurium aus Schrauben und Muttern. Ich bemerkte darin einen Fremdkörper: einen kleinen Schlüssel.

Die Falltür, die zum Kellergeschoss hinabführte, entdeckte ich schließlich in einer Ecke. Sie bestand aus einer schweren Metallplatte mit einem versenkbaren Griff und einem Schloss, das abgesperrt war. Das Ganze war unter auseinandergefalteten Pappkartons und einem darauf geparkten Aufsitzrasenmäher ziemlich gut versteckt. Ich schob das Gerät beiseite und hob die Kartons, die Spuren von einem Ölwechsel aufwiesen, auf. Der Schlüssel aus dem Einmachglas passte. Eine Holztreppe mit etwa zehn Stufen führte nach unten, in die totale Finsternis.

Ich hatte den Ort gefunden, nach dem ich gesucht hatte. Das wusste ich, noch bevor ich nach unten ging, weil ich den Geruch der Angst wahrnahm, der aus dem Keller nach oben drang.

Langsam, ganz langsam stieg ich hinunter. Ich landete in einem ziemlich breiten und hohen Gewölbegang. An der Decke hing eine Neonröhre, an der Seitenwand erblickte ich den Schalter. Ich drückte darauf, aber es tat sich nichts. Also folgte ich dem Kabel, das die Lampe mit Strom versorgte, bis ich den Schutzschalter entdeckte, der unter der Treppe versteckt war. Als ich den Hebel nach oben umlegte, flammte die Neonlampe auf und tauchte den Gang in grelles weißes Licht. Der Keller wirkte gesund, es gab keine Anzeichen von Feuchtigkeit. Jemand hatte sich sogar die Mühe gemacht, den Boden zu zementieren.

Ich folgte dem Gang, wobei ich an den beiden Lüftungsgittern vorbeikam, die seine Existenz verraten hatten, und gelangte zu einem quadratischen Raum mit weiß getünchten Wänden. Zwei Metallschränke standen nebeneinander. Darin hingen mehrere Schutzanzüge, wie Maler sie überziehen, um sich nicht zu beschmutzen. Sie waren schwarz wie die Nacht, und im Regal darüber lagen passend dazu zwei Strumpfmasken und mehrere Paar Handschuhe. Auch medizinisches Material fand ich: Spritzen, Nadeln, Kompressen sowie eine Anzahl nicht etikettierter Fläschchen aus mattiertem Glas. In einem Fach lagen drei ordentlich zusammengelegte khakifarbene Wolldecken. Außerdem förderte ich orangefarbenes Plastikgeschirr zutage. In einer Schublade stieß ich auf Munitionsschachteln mit Patronen Kaliber 12 und 9 mm Kugeln. Das perfekt geölte und gefettete Gewehr stand in seinem Futteral aufrecht im Kleiderabteil, der Revolver war unter den Decken versteckt.

Unter einem Spülstein mit tiefem Becken standen ein großer Kanister Bleichlauge sowie alles, was man zum Putzen braucht. Die Leitungen sahen neu aus, aber das Wasser war abgestellt. Mein Blick fiel auf zwei große Metallkisten – ähnlich denen, die ich mir für meine Unterlagen in Fonbelle gekauft hatte. Ich hob von einer den Deckel an und wich jäh zurück. Im ersten Moment dachte ich wirklich, das seien meine Sachen: eine Reihe von Fotos, die in mehreren Aktendeckeln sortiert waren. Die Porträts von Justine, Emmanuel, Guillaume und Florie; Bilder vom See und der Îlot des Bois-Obscurs; andere, die die Polizei gemacht und von denen ich geglaubt hatte, dass nur ich sie besäße: die eingestürzten Zelte, die Reste des Lagerfeuers, der Haufen aus Justines Kleidern und vor allem die Leichen. Guillaume mit blutüberströmtem Kopf und nach unten gekehrtem Gesicht. Emmanuel, splitternackt und grauenhaft verstümmelt. Justine, aufgedunsen und schmutzig vom langen Liegen im Wasser. Ich kannte diese Fotos, ich kannte sie alle. Sie hier in diesem Keller zu finden, machte sie jedoch unerträglich. Es kostete mich sogar Überwindung, sie anzufassen. Sie alle hatten auf der Rückseite gelbe Rückstände von Klebepaste an den vier Ecken. Die zweite Metallkiste enthielt einen großen Kassettenrekorder mit zwei starken Lautsprechern. In einem Schuhkarton lag ein knappes Dutzend unbeschrifteter Kassetten.

In eine der Wände war auf Augenhöhe eine rechteckige Luke eingelassen, durch die man in einen weiteren dunklen Raum blickte. Der Lichtschalter befand sich außen. Als ich ihn betätigte, ging eine Doppelneonröhre an und ließ das Weiß an den Wänden von Neuem erstrahlen. Die schwere Holztür, durch die man in diesen Raum gelangte, war dreifach verriegelt. Den hinteren Teil nahm eine Zelle ein, eine regelrechte Gefängniszelle, rechteckig, mit dicken, in Boden und Decke verankerten Stahlstangen und einer robusten Tür, in der die Schlüssel steckten. Ein Brett auf dem Boden fungierte als Bett. Am Eingang war ein Wasserschlauch um seine Halterung gewickelt, er konnte mit dem Ansatzstück am Hahn des Spülbeckens angeschlossen werden. Zwei Halogenstrahler standen in einer Ecke, daneben ein weiterer Metallschrank, niedriger und schmaler als die anderen, und ein Rolltisch aus rostfreiem Metall, wie man sie in Krankenhäusern findet. Die Wand war mit kleinen gelben Flecken übersät. Hier also hatten die Fotos gehangen.

In dem Schrank fand ich zwei Schachteln mit Einmalhandschuhen, zwei Infusionssets sowie eine Stofftasche. Als ich sie auseinanderrollte, kam ein komplettes, perfekt gereinigtes Chirurgenbesteck zutage. Der große Eimer mit Deckel hatte offenbar als Nachttopf gedient. Was es mit der Schülertafel und der Schachtel voll weißer Kreide auf sich hatte, konnte ich mir zunächst nicht erklären.

Ich begab mich im Rückwärtsgang in die Zelle und setzte mich auf das Holzbrett. Und dann malte ich mir aus, wie sie an meiner Stelle hier eingeschlossen gewesen waren. Mit Jean-Daniel Fraysse fing ich an.

46

Er erwachte mit heftigen Kopfschmerzen. Er fror. Er wusste nicht, wo er war. Es war dunkel. Er lag auf einer Sperrholzplatte auf dem Boden. So nackt, wie man nur sein konnte. Selbst die Uhr an seinem Handgelenk fehlte. Er setzte sich auf und lehnte sich rücklings an die Wand. Er fror wirklich, es war kaum auszuhalten. Er wusste nicht mehr, wie es ihn hierher verschlagen hatte oder mit wem.

Was er wusste, war, dass er die Diskothek früher als sonst verlassen hatte. Und er merkte, dass er zu viel getrunken hatte. Aber was konnte er, wenn er ausging, schon anderes tun? Nur an der Bar fand er Menschen, mit denen er sich unterhalten konnte. Sie drehten ihm zwar alle irgendwann den Rücken zu, wenn sie es leid waren, so zu tun, als hörten sie sich sein Gequatsche an. Aber es gab immer andere, die ihre Plätze einnahmen. Es war eine Möglichkeit, sich nicht so allein zu fühlen. Wenn er allein war, fing er nämlich an zu grübeln. Zu viel zu grübeln. Und das war gar nicht gut. Vor allem, weil er sich am Ende so sah, wie er wirklich war. Manchmal begegnete er Menschen, mit denen er gern ein bisschen zusammengeblieben wäre. Man konnte meinen, er tauge nicht für zwischenmenschliche Beziehungen, ganz gleich für welche. Am Ende hockte er immer allein an der Bar und tröstete sich mit seiner Wodkaflasche.

An dem Abend war ihm schlecht gewesen. Er war kurz nach draußen gegangen, um frische Luft zu schnappen. Dabei hatte er fast das Humpeln vergessen. Er hätte ahnen müssen, dass der Abend in einer Katastrophe enden würde. Beim Fußballspiel war er von der ersten Minute an hinterhergehinkt, und als sein direkter Gegenspieler das erste Tor geschossen hatte, war ihm nichts Besseres eingefallen, als seine Nachlässigkeit in der Manndeckung damit zu rechtfertigen, dass sein Oberschenkel ihn im Stich gelassen hätte. Er hatte die Verletzung vorgetäuscht, um nicht das Gesicht zu verlieren. Trotzdem hatten die anderen ihn schräg angesehen, so als hätten sie etwas geahnt.

Vor dem Ausgang der Diskothek hatten Leute gestanden, um frische Luft zu schnappen wie er. Die einen wollten sich unterhalten, ohne gegen die ohrenbetäubend laute Musik anbrüllen zu müssen, andere waren mit den Türstehern befreundet und hatten gerade nichts Besseres zu tun. Er hatte sich zum überfüllten Parkplatz geschleppt, aber die Übelkeit war nicht vergangen. In seinem Kopf hatte sich alles gedreht. Normalerweise vertrug er mehr. Gut, ein paarmal war es vorgekommen, dass er am Rand des Parkplatzes im feuchten Gras zusammengebrochen war und sich beinahe vollgekotzt hätte; danach hatte er dann ein paar Stunden seinen Rausch ausgeschlafen, bis er wieder gerade stehen konnte. Das hatte er diesmal vermeiden wollen. Am liebsten wäre er schon zu Hause gewesen, hätte sich ins Bett gelegt und sich nicht mehr gerührt. Er war auf sein Auto zugesteuert, das wie jedes Wochenende weiter oben an der Ausfahrt stand, doch dann hatte er den Brechreiz nicht länger unterdrücken können und sich, vor fremden Blicken geschützt, vornüber gebeugt und die Hände auf die Knie gestützt. Er hatte sich selbst verflucht, weil er sich schon wieder in diese

Lage gebracht hatte. Anfangs hatte er geglaubt, das würde ihm Erleichterung verschaffen, aber dem war nicht so. Er hatte gemerkt, wie er nach hinten kippte, weil er seinen Körper nicht mehr unter Kontrolle hatte. Im nächsten Moment hatte er auf dem Boden gelegen. Sofort hatte er sich etwas besser gefühlt. Ausruhen, nur ein Weilchen, dann würde er sich hinters Steuer setzen können. Er musste nur sechs Kilometer fahren, das war schließlich nicht die Welt! Er hatte gemerkt, wie er einschlief, und nicht gewagt, sich zu bewegen. Aufgewacht war er nicht im Gras, sondern in diesem schwarzen Loch. Er wusste nicht einmal, wie viel Uhr es sein mochte.

Nach einer Weile stand er auf und tastete nach einem Lichtschalter oder einer Tür, stieß jedoch nur auf Gitterstäbe. Gitterstäbe rings um ihn her. Er war in einem Käfig eingesperrt. Sein erster Gedanke war, dass ihn die Bullen aufgegriffen und in eine Ausnüchterungszelle gesteckt hatten. Er rief. Seine Kehle brannte höllisch, wie jedes Mal, wenn er einen Kater hatte. Mit heiserer Stimme rief er noch ein paarmal.

Ohne Vorwarnung leuchtete eine Neonröhre auf. Er befand sich tatsächlich in einer Zelle, etwa vier Schritte lang und zwei Schritte breit. Mit einem Brett auf dem Boden und einem Eimer zum Pinkeln. Die weißen Wände ließen an ein Krankenhaus denken. Fenster gab es keins. Die Decke war gewölbt wie in einem Keller. Auf einem niedrigen Schrank stand ein Kassettenrekorder mit monströsen Lautsprechern. Zwei Halogenstrahler, wie er sie auch auf dem Bau benützte, vervollständigten die karge Ausstattung. Die gegenüberliegende Wand war mit einer schäbigen Decke verhängt. Daneben befanden sich eine Luke und eine extrem dicke Tür. Nichts davon erinnerte wirklich an eine Polizeiwache.

Er hörte, wie die Tür entriegelt wurde. Instinktiv hielt er sich die Hände vors Geschlecht. Ein Typ ganz in Schwarz betrat den Raum. Schwarzer Overall, schwarze Schuhe, schwarze Handschuhe und sogar eine schwarze Strumpfmaske, sodass nur Augen und Mund zu sehen waren. Der Typ blieb mit verschränkten Armen am Eingang stehen und musterte ihn wortlos.

»Was geht hier vor? Wo bin ich? Und wer sind Sie, verdammt?«

Keine Antwort. Nicht einmal ein Atmen war zu hören.

Jean-Daniel wurde langsam wütend. Er versuchte, mit einer Hand an der Zellentür zu rütteln, und schrie: »Verflucht! Warum haben Sie mich eingesperrt? Was soll die Scheiße?«

Nun bewegte sich der Typ in Schwarz. Er steckte den ersten Strahler ein und richtete ihn auf seinen Gefangenen, um ihn zu blenden.

»Geben Sie mir meine Klamotten zurück, Sie blödes Arschloch. Ich frier mir hier einen ab.«

Der andere ging langsam zur Wand, nahm die Decke, die dort hing, legte sie zusammen und trat an die Zelle, sodass Jean-Daniel sie greifen konnte, indem er die Arme weit ausstreckte. Er wickelte sich sofort hinein. Sie stank, aber das war ihm egal. Er fror viel zu sehr.

Der Strahler nahm ihm die Sicht. Das gleißende Licht verschlimmerte seine Kopfschmerzen. Der Typ in Schwarz schien zu begreifen und schaltete den Strahler aus.

Der Raum wurde wieder weiß. Erst jetzt sah Jean-Daniel die Fotos an der Wand, die hinter der Decke verborgen gewesen waren. Das waren Porträts der Opfer von Basse-Misère sowie Aufnahmen, die nach ihrem Tod auf der kleinen Insel gemacht worden waren. Der Kerl in Schwarz kehrte zur Tür zurück, wo er wieder seine Ausgangsposition einnahm: die Beine leicht gespreizt und die Arme vor der Brust verschränkt.

»Was wollen Sie? Warum zeigen Sie mir diese verdammten Fotos? Waren Sie das? Sind Sie der verdammte Killer?«

Noch immer keine Antwort. Nach einer Weile ging der Typ aus dem Raum, verriegelte die Tür und ließ Jean-Daniel mit den Fotos allein.

Der versuchte zur Besinnung zu kommen. Es sah schlecht aus, sehr schlecht. Vielleicht waren es am Ende doch die Bullen, die ihm eine Falle stellten, damit er auspackte. »Denk doch mal nach, Jean-Daniel«, sagte er zu sich selbst. »Der Typ will nicht, dass du ihn später identifizieren kannst. Er macht sich diese Mühe, weil er vorhat, dich laufen zu lassen. Solange er maskiert bleibt und nichts sagt, ist das ein gutes Zeichen. Er will dir nur Angst einjagen, damit du redest.« Trotzdem konnte er sich nicht von den Fotos losreißen. Nichts zu machen. Sie zogen seinen Blick magisch an.

Lange Zeit hatte er sich gesagt, dass ihn diese Geschichte irgendwann einholen würde. Bei der Vernehmung hatte er gelogen. Damals hatte er geglaubt, die Männer, die ihm gegenübersaßen, wüssten Bescheid und warteten nur darauf, dass er sich in Lügen verstrickte, damit sie ihn ins Gefängnis stecken konnten. Es hatte ihn überrascht, dass er das Polizeirevier als freier Mann verlassen und nie wieder von ihnen gehört hatte.

Die beiden anderen hatten ihn gemieden. Sie hatten seinen Gruß im Gymnasium nie erwidert. Als Cédric Mahous' Vater in Gewahrsam genommen worden war, hatte Jean-Daniel geglaubt, dass Cédric auspacken würde. Die Sache mit seinen

Jeans und seinem Sweatshirt hatte ihm keine Ruhe gelassen. Als er darauf bestanden hatte, mit Cédric zu reden, hatte der ihm gedroht.

»Du hältst das Maul, Fraysse, kapiert? Wir kennen uns nicht. Also hör auf, mir auf den Sack zu gehen, sonst findet am Ende doch noch jemand deine Klamotten mit Garcès' Blut drauf.«

Er hatte erwidert, dass er nicht allein auffliegen werde. Dass er sie alle verpfeifen werde. Da hatte Cédric ihm fest in die Augen gesehen.

»Wir werden alles komplett abstreiten. Alle drei. Wir haben ein Alibi, du Arschloch!«

Kurz darauf hatte ihn der Direktor in sein Büro bestellt, um ihm mitzuteilen, dass er in Saint-Jacques nicht länger erwünscht sei. Und zwar wegen der Sache mit dem Messer, das er immer mit sich herumtrug, um sich zu verteidigen, falls die anderen ihm etwas antun und ihn auf diese Weise am Reden hindern wollten. Aus Valdérieu wegzugehen war eine Erleichterung gewesen. Die Zeit war vergangen, und niemand hatte an seiner Tür geklingelt, um ihn zur Rechenschaft zu ziehen. Trotzdem war er ein paar Jahre später in die Stadt zurückgekommen. Es war wie mit diesen verflixten Fotos: Er fühlte sich magisch angezogen.

Vielleicht hatte er zu viel geredet. Womöglich hatte er unter Alkoholeinfluss etwas Kompromittierendes gesagt. Der Typ in Schwarz war bestimmt einer von den dreien und wollte ihn auf die Probe stellen oder ihm eine Lektion erteilen.

Wie lange war er schon in dem Keller? Mehrere Stunden oder gar Tage? In seinem Magen rumorte es, aber er wusste nicht, ob aus Hunger oder wegen der Restübelkeit. Die Decke wärmte ihn ein wenig. Er versuchte etwas zu schlafen, obwohl das Brett alles andere als bequem war.

Irgendwann ging die Tür auf, und der Typ in Schwarz erschien wieder.

»Hören Sie, ich weiß nichts! Verstehen Sie? Das habe ich damals schon der Polizei gesagt. Ich war allein zu Hause. Ich habe nichts von dem gesehen, was sich auf der kleinen Insel abgespielt hat.«

Der Typ schüttelte den Kopf. Er steckte den Strahler wieder ein, trat auf den kleinen Schrank zu und schaltete den Kassettenrekorder ein. Ein fürchterlicher Lärm ertönte. Die Lautstärke war auf Maximum gestellt. Jaulende Gitarren und Gekreische, dass einem fast das Trommelfell platzte. Der Mann in Schwarz verließ den Raum, ohne Jean-Daniel noch einmal anzusehen. Der Krach war unerträglich: Obwohl Jean-Daniel sich die Ohren zuhielt, wummerte es nur so gegen seine Schläfen. Das Licht bohrte sich in seine Augen und brannte auf der Haut, es ließ ihn nicht zur Ruhe kommen. Er steckte den Kopf unter die Decke, aber sie war viel zu dünn, um etwas gegen den dröhnenden Kassettenrekorder auszurichten. Das ging stundenlang so, und er dachte schon, er würde verrückt.

Als der Mann in Schwarz wiederkam und das Gerät ausschaltete, konnte er nicht anders, als ihm zu danken, und zwar gleich mehrmals. Noch nie war ihm Stille so tröstlich vorgekommen. Der Mann reichte ihm einen Plastikbecher mit Wasser. Jean-Daniel meinte, wieder so etwas wie Leben in sich zu spüren. Er war so müde. Wie lange hatte er nicht mehr geschlafen?

Nachdem er den orangefarbenen Becher geleert hatte, gab er ihn zurück.

»Bitte! Ich schwöre, dass ich mit diesem Massaker nichts zu tun habe! Ich schwöre es!«

Er kauerte sich auf dem Brett zusammen. Er wollte sich vom Schlaf übermannen lassen. Er machte die Augen zu und spürte, dass er rasch würde einschlafen können. Doch plötzlich wurde er von etwas getroffen, das ihm die nackte Haut zerriss. Er schrie auf. Sein Kerkermeister besprengte ihn mit eiskaltem Wasser aus einem Schlauch, den er vorher nicht bemerkt hatte. Er versuchte dem Strahl auszuweichen, aber es gelang ihm nicht. Die Decke war klatschnass und bot keinerlei Schutz mehr. Weder gegen den Schmerz, noch gegen den Schreck, noch gegen die Müdigkeit. Irgendwann wurde das Wasser durch den Kassettenrekorder abgelöst. Wieder marterte der Lärm sein Hirn und zermalmte seine Knochen. Er bettelte und heulte, aber der Mann in Schwarz war schon verschwunden.

Als er wieder hereinkam, stellte er die Musik ab und zeigte auf die Fotos an der Wand. Dann bespritzte er ihn mit Wasser. Manchmal bespritzte er ihn, kaum dass er die Tür geöffnet hatte. Fraysse schlief nicht mehr. Er weinte nur noch. Sobald er hörte, dass die Riegel zurückgeschoben wurden, heulte er los. Die Kraft, noch zu betteln und zu lügen, brachte er auf, weil er sich daran klammerte, dass sein Folterer immer noch maskiert war.

»Ich war es nicht! Ich habe nichts getan, das schwöre ich! Ich war es nicht!«

Nichts zu machen, es fing immer wieder von vorn an. Über den Zustand der Erschöpfung war er schon hinaus. Er hatte sich sogar vollgepisst. Seine einzige Mahlzeit hatte aus einem Schokoriegel bestanden. Den hatte er mit zwei Bissen heruntergeschlungen und anschließend erbrochen. Danach hatte man ihn mit Wasser bespritzt, um ihn zu säubern.

Als die Tür das nächste Mal aufging, kam kein Wasser. Der Mann in Schwarz betrat den Raum, machte sich aber nicht die Mühe, den Kassettenrekorder auszuschalten. Er trat so nah wie noch nie an die Gitterstäbe heran. Fraysse sah ihn an. Er stöhnte jetzt ununterbrochen. Das war nicht er selbst, sondern sein Körper, der sich allmählich verselbstständigte. Der Mann hatte begonnen, die Maske auszuziehen. Fraysse wollte die Augen schließen, den Kopf wegdrehen. Doch Augen und Kopf gehorchten ihm nicht.

Als Erstes sah er das Kinn und den Mund. Langsam wanderte die Maske nach oben. Dabei machte sie ein merkwürdiges Geräusch, das er trotz der Musik und seines mitgenommenen Trommelfells hörte. Es war ein Schmatzen, als sei sie klatschnass. Über dem Mund erblickte er zerfetztes Fleisch. Der Mann war verletzt. Es war mehr als eine Verletzung, es war ein Loch. Das Gesicht bestand zur Hälfte aus einem gähnenden Loch. Jean-Daniel erkannte ihn. Es war Emmanuel Garcès, der da neben ihm stand. Er fing an zu schreien, wie er noch nie in seinem Leben geschrien hatte. Doch alles in ihm war blockiert: Er war zu schwach, um etwas anderes herauszubringen als dieses ständige Röcheln, das seine Atmung ersetzt hatte.

Eiskaltes Wasser brachte ihn zur Besinnung. Am Gitter war niemand. Der Typ in Schwarz stand am Eingang und ging jetzt den Kassettenrekorder ausschalten.

»Erbarmen!«, flüsterte der Gefangene. »Erbarmen!«

Der Mann zeigte auf die Fotos an der Wand. Garcès' zertrümmertes Gesicht verfolgte ihn.

»Bitte! Ich war es nicht!«

Und dann hörte er sich sagen: »Aber ich weiß, wer es war.« Er fragte sich, ob er richtig gehört oder sich das nur eingebildet hatte. Wie gleich darauf, als er die drei Namen nannte: Cédric Mahous, Stéphane Buissonnet und Didier Amalric. Der Mann schaltete den Kassettenrekorder nicht wieder an. Er machte sogar den Strahler aus, bevor er den Raum verließ. Fraysse befürchtete noch Schlimmeres, aber nichts geschah. Und er konnte endlich schlafen.

Als er vom eisigen Wasser geweckt wurde, war ihm, als seien nur wenige Minuten vergangen. Der Mann stand schon neben dem Schrank und hatte den Finger auf die Starttaste des Kassettenrekorders gelegt.

»Nein, nicht! Nur das nicht, ich bitte Sie …«

Jean-Daniel zeigte auf die Fotos.

»Ich habe Ihnen die Namen gesagt. Sie haben mich gezwungen mitzukommen. Wegen dem Kanu. Damit sie rüberfahren konnten. Ich habe nichts getan. Aber sie … sie sind durchgedreht. Er wollte das Mädchen vögeln. Sie sind durchgedreht. Völlig durchgedreht …«

Er wiederholte den Satz immer wieder, um sich selbst davon zu überzeugen. Und dann erzählte er noch mehr, weil er nicht länger frieren und endlich schlafen wollte.

»Amalric. Er hat den blonden Jungen getötet. Er hat ihm mit einem großen Stein auf den Kopf geschlagen, weil er abhauen wollte. Ich konnte ihn nicht davon abhalten, verstehen Sie? Sie waren zu dritt und älter als ich. Sie haben mir gedroht. Ich dachte sogar, sie würden mich auch noch umbringen. Sie haben meine Klamotten mit Blut beschmiert und mitgenommen, damit ich nicht rede. Ich konnte sie nicht aufhalten …«

Endlich trat Ruhe ein. Das Dauerdröhnen in seinen Ohren war verstummt. Wie gut das tat! Ja, richtig: Mit einem Mal fühlte er sich gut. Er würde schlafen können.

Das Brüllen des Kassettenrekorders war umso schmerzhafter. So einen Schmerz hatte er noch nie erlebt. Am liebsten hätte er den Kopf gegen die Wand geschlagen, bis er platzte. Aber er konnte nur noch liegen, er war ein einziges Wrack.

Wieder vergingen Stunden, bis der Ton abgestellt wurde. Er bekam einen Becher Wasser und einen Apfel. Als er hineinbeißen wollte, war ihm, als würden seine Zähne brechen wie Zuckerstücke. Der Mann in Schwarz legte ein paar Gegenstände auf den kleinen Tisch und schob ihn Richtung Zelle. Fraysse sah die Stofftasche, in der die medizinischen Instrumente aufbewahrt wurden. Chirurgenbesteck – er hatte das Skalpell erkannt. Der Mann nahm eine Schiefertafel und schrieb mit weißer Kreide etwas darauf, dann hielt er sie Jean-Daniel hin. »Erzähl alles.«

»Ich habe alles gesagt, was ich weiß«, stöhnte Fraysse.

Der Mann wischte die Tafel ab und schrieb etwas anderes darauf: »Rede, oder such dir aus, was ich dir abschneiden soll.«

»Nein, nicht! Hören Sie auf!«

Es war nicht einmal mehr ein Heulen. Ja, kaum noch ein Klagen, sondern nur noch ein leises Wimmern, das sich seiner Kehle entrang.

Am Ende erzählte er alles, denn er konnte nicht mehr. Der Abend bei ihm zu Hause. Die Ankunft auf der kleinen Insel. Alles war aus dem Ruder gelaufen. Amalric hatte dem Dicken den Schädel eingeschlagen und dann versucht, dasselbe mit dem kleinen Mädchen zu machen. Sie hatten Justine gezwungen, sich auszuziehen, und Emmanuel die Kleider vom Leib gerissen. Er selbst hatte ihn nur festgehalten. Man hatte sie gezwungen, gewisse Dinge miteinander zu machen. Er hatte zu jenem Zeitpunkt noch nicht gewusst, dass es schon einen Toten gab. Erst später hatte er begriffen, warum die anderen niemanden am Leben lassen wollten. Mahous hatte das Mädchen ertränkt, und bei Garcès wusste er nicht mehr, ob es Buissonnet oder Amalric gewesen war. Bis zum Schluss versuchte er, seine Beteiligung herunterzuspielen.

Der Typ hörte ihm aufmerksam zu. Als Jean-Daniel fertig war, griff er nach der Schiefertafel und schrieb: »Such dir aus, was du hergibst.« Dann machte er sich daran, eine Infusion vorzubereiten. Fraysse übergab sich vor Entsetzen. Er erbrach nur Blut und Galle.

»Ich habe das Mädchen nicht angefasst. Ich schwöre, ich habe sie nicht angefasst. Nur Garcès. Ich musste es tun. Ich habe ihn mit einem Stein geschlagen, aber die Schläge sind an seinem Kopf abgeprallt, ohne ihm was anzuhaben ... Den anderen habe ich nichts getan. Nur ihm. Er hatte mir im Gymnasium Ärger eingebracht. Ich war wütend. Ich wusste nicht, was ich tat. Es tut mir leid. Verschonen Sie mich, ich flehe Sie an! Haben Sie Erbarmen!«

Der Mann in Schwarz musterte ihn kurz. Dann entschied er sich, das Operationsmaterial wieder in den Schrank zu räumen. Er machte alles aus. Zum ersten Mal überhaupt lag der Raum im Dunkeln. Und Fraysse konnte ziemlich lange schlafen.

Der Mann weckte ihn, ohne ihn nass zu spritzen. Er schaltete einfach das Licht ein. Auf der Tafel stand: »Es ist Zeit, dass du gehst.«

Fraysse richtete sich auf.

»Ich werde nichts sagen, das verspreche ich. Kein Wort.«

Der Mann schrieb: »Die Spritze lässt dich einschlafen.« Und auf die Rückseite: »Wenn du aufwachst, bist du frei.«

Fraysse ließ es geschehen. Er streckte, wie verlangt, den Fuß zwischen den Gitterstäben durch und sah, wie der Mann ihm eine Spritze zwischen die Zehen gab. Danach spürte er, wie sein Körper erschlaffte. Die Zelle begann sich zu drehen. Er ließ sich fallen und hatte das Gefühl, ins Leere zu stürzen, ohne je unten anzukommen.

Er spürte, dass ihm Schmerz zugefügt wurde, spürte die Spitzen, die sich in seine Handflächen bohrten und sie zerschnitten. Ihm fehlte die Kraft, sich zu wehren oder auch nur die Augen zu öffnen. Er spürte, wie er hochgehoben und gegen etwas Hartes gelehnt wurde. Diesmal gruben sich die Spitzen in das Fleisch an seinem Hals und seiner Kehle. Sein Gewicht zog ihn nach vorn, das spürte er, und der Schmerz wurde dadurch noch schlimmer. Dann begann er zu ersticken.

Er erwachte schlagartig und sah die Leere unter sich, den Wald ringsherum. Es war dunkel, aber irgendwo leuchtete eine Lampe. Am Fuß des Baums stand nicht ein Mann in Schwarz, sondern es waren zwei. Er versuchte um sich zu schlagen, versuchte den Stacheldraht zu packen, der ihn zu erdrosseln drohte. Die beiden sahen ihm regungslos zu. Sie sahen ihm beim Sterben zu. Er hat nie erfahren, wer sie waren.

Didier Amalric hatte im Keller nicht so lange durchgehalten wie Fraysse, wenn man bedenkt, dass zwischen seinem Verschwinden und dem Fund seiner Leiche nur wenige Tage lagen. Auch er hatte seinen Tod mit Sicherheit kommen sehen, bevor man ihn in den Abgrund warf. Er hatte das Geständnis des ersten

Gefangenen vervollständigt. Insofern konnte Buissonnet in der Ferne getötet werden, ohne vorher gefoltert werden zu müssen. Mahous dagegen …

Ich hatte die Hände so fest zu Fäusten geballt, dass ich mich selbst verletzt hatte. Mit einem Satz sprang ich von dem Holzbrett auf. Ich musste hier raus, um jeden Preis und so schnell wie möglich. Eigentlich konnten von draußen keine Geräusche zu mir dringen, aber ich war mir sicher, dass ich gehört hatte, wie ein Wagen auf den Hof fuhr und abgestellt wurde.

Ich sah mich schon in diesem Keller eingesperrt. Sah mich selbst schlimmste Qualen erleiden. Wenn ich verschwand, was würde man von mir finden? Ein altes Haus voller Unterlagen über Basse-Misère; mein Auto, das in der Nähe des Sees geparkt war; des Sees der für mich zur Obsession, zu einem Wahn geworden war. Logischerweise würde man denken, ich hätte meinem Leben ein Ende setzen wollen, und im See nach meiner Leiche suchen. Bis man sie nach einigen Tagen fand …

Hastig schloss ich die Tür und löschte das Licht. Dann rannte ich durch den Gang, legte den Schutzschalter um und stieg die Treppe hoch, so schnell ich nur konnte. Draußen wirkte alles ruhig. Ich trat ans Scheunentor und spähte durch den Spalt zwischen den beiden Torblättern: Mitten im Hof stand tatsächlich ein Auto.

47

Ich versuchte, Ruhe zu bewahren, und bemühte mich, nirgends anzustoßen und nichts umzureißen. Ganz vorsichtig klappte ich die Falltür zu, schloss sie ab und legte die Kartons wieder darüber.

Draußen hörte ich eine Tür oder ein Fenster quietschen. Als ich den Rasenmäher zurück auf seinen Platz schob, erklangen im Hof Schritte. Schnell ging ich zur Anrichte, legte den Schlüssel in das Einmachglas mit den Schrauben, verschloss das Glas und stellte es zurück in die Anrichte. Meine Handgriffe waren ruhig und sicher. Das Gegenteil von dem Zustand, in dem ich mich befand.

Die Schritte näherten sich dem Scheunentor. Durch den Spalt erblickte ich für einen kurzen Moment einen Schatten. Er kam auf mich zu und würde gleich auf mich fallen. Rasch lief ich quer durch die Scheune.

Es klickte, als ein Schlüssel ins Schloss geschoben wurde. Ich stützte mich mit einem Fuß in einem Mauerspalt ab und hielt mich am Holzpfeiler des Vorbaus fest. Der Schlüssel drehte sich. Mein anderer Fuß fand Halt am Querträger des Dachgebälks. Zweite Schlüsseldrehung. Noch eine Vertiefung in der Wand, in die ich den Fuß setzen konnte. Die Tür quietschte in den Angeln. Das Licht fiel in genau dem Moment durch die Öffnung, als ich vornüber auf den Vorbau kippte und mich auf dem staubigen Boden abrollte, um dem Blick desjenigen zu entgehen, der die Scheune betreten hatte.

Ich hörte, wie er etwas auf den Tisch legte und dann eine Tür der Anrichte öffnete und im Schraubenglas wühlte. Ohne jede Hektik ging er zum Rasentraktor und schob ihn beiseite. Er räumte die Kartons weg, sperrte das Schloss auf und klappte geräuschvoll die Falltür auf. Als ich es wagte, mich aufzurichten und auf einen Ellbogen zu stützen, stieg er gerade die Treppe hinunter. Ich sah noch sein dickes blondes, zum Pferdeschwanz zusammengebundenes Haar, dann verschwand er im Kellergeschoss. Er schien von meiner Anwesenheit nichts zu ahnen.

Ich stand auf, trat an das Ochsenauge, schlüpfte hindurch und schloss die Luke so gut wie möglich. Vorsichtig kletterte ich nach unten, wobei ich jeden Halt vorher prüfte. Dabei löste ich erneut Staubregen aus, machte aber keine Geräusche. Ich verkniff es mir zu rennen, vielmehr schlich ich mich bis zu dem Loch in der Mauer des Hühnerstalls.

Draußen warteten das Tageslicht und frische Luft. Ich war schweißgebadet, und jetzt zitterten meine Hände. Ich warf einen Blick in den Hof. Kein Mensch zu sehen. Rund fünfzig Meter offenes Gelände musste ich hinter mich bringen, bevor ich hinter der Hecke in Deckung gehen konnte. Ich holte tief Luft und trat ins Freie.

Mein Plan war, einfach draufloszurennen. Selbst wenn Loïc in diesem Moment aus der Scheune kommen sollte, würde der Seitenflügel des alten Bauernhofs mich vor seinem Blick schützen. Ich lief los. Leider kam ich nicht sehr weit. Mein jämmerlicher Schwung wurde jäh gestoppt. Plötzlich stand Arnaud Armengaud vor mir, die Hände in den Hosentaschen. Er war so taktvoll, nicht zu lachen. Und ich war so taktvoll, mich nicht zu übergeben und an mich zu halten, damit sich meine Blase nicht entleerte.

»Wir haben zwei Überwachungskameras installiert für den Fall, dass sie einen Fluchtversuch unternehmen«, erklärte er.

»Ich dachte, du wärst wieder in Lyon.«

Ich weiß nicht, wie ich es schaffte, überhaupt etwas herauszubringen. Meine Ohren dröhnten, meine Beine drohten mir den Dienst zu versagen.

»Als ich dahintergekommen bin, dass du auf der richtigen Fährte bist, musste ich mir ein paar zusätzliche Tage freinehmen. Wir haben versucht, dich vom Weitermachen abzubringen, aber das hat offensichtlich nicht geklappt.«

Das bedauerte ich. Nun trat Loïc aus der Scheune und kam zu uns. Er war genauso ruhig wie sein älterer Bruder.

»Wer von euch beiden war neulich Nacht im Wald?«

»Wir waren beide dort. Als ich dich in Mahous' Restaurant gesehen habe, ist mir klar geworden, dass unsere Abschreckungsversuche fehlgeschlagen sind.«

»Du bist mir gefolgt?«

»Nein, ich habe Mahous beschattet. Ohne dich wäre das letzte Zitat aus *Der Fänger im Roggen* längst in der Zeitung erschienen, und wir hätten den Dreckskerl hier im Keller. Vielleicht wäre er noch da.«

»Und was passiert jetzt?«

Arnaud lächelte mich an.

»Ich denke, wir sollten uns unterhalten, findest du nicht? Dazu gehen wir besser ins Haus.«

Keiner der beiden zwang mich zum Mitkommen. Sie kehrten mir einfach den Rücken zu und gingen in Richtung Haus. Ich folgte ihnen aus freien Stücken.

Arnaud stand vor dem großen Fenster und blickte auf den See hinunter.

»Sieht so aus, als hätten unsere Eltern uns angesteckt. Mein Vater hat wirklich geglaubt, er könnte Guillaumes Mörder schnappen, wenn er regelmäßig hierherkommt. Als er es irgendwann aufgegeben hat, habe ich weitergemacht. Ich habe weiter nach der Schwachstelle gesucht, auch nachdem ich aus dem Tal weggezogen war. Aber gefunden hat sie Loïc.«

Der Jüngere saß mir gegenüber mit einer Pobacke auf der Armlehne des alten Sofas und musterte mich mit diesem offenen, sanften Blick, der so typisch für ihn war.

»Ich wusste von Arnauds Plänen. Ich wollte von Anfang an mitmachen. Er glaubte, dass eine oder mehrere Personen gelogen hatten, und er wusste, wie er sie zum Reden bringen konnte. Nachdem unsere Eltern uns den Bauernhof überlassen hatten, hat er mit den Umbauarbeiten im Keller begonnen, aber er wollte sich nicht von mir helfen lassen, um mich nicht in die Sache hineinzuziehen. Also bin ich selbst aktiv geworden. Auf Fraysse bin ich zufällig gestoßen. Ich bin ihm ein paarmal in der Disco begegnet. Ich musste nur die Ohren aufsperren. Er erzählte häufig dasselbe: dass er mit einer Jungfrau geschlafen und sie so viel Blut verloren hätte, dass er über und über voll war damit. Die anderen haben sich seine obszönen Geschichten schon gar nicht mehr angehört. Aber da ich wusste, dass er einer von denen war, die sich in der Mordnacht am See aufgehalten hatten, klangen sie für mich anders. Einmal hat er sich am Tresen mit seinem Sitznachbarn angelegt. Er war dem Kerl nicht gewachsen, aber der hörte nicht auf, ihn zu provozieren. Da hat Fraysse gebrüllt, er würde ihm den Schädel einschlagen. Der andere hat ihn nur Schisser und Großmaul genannt. ›Glaubst du, ich hätte das noch nie gemacht? Pass bloß auf! Sonst mache ich es auch mit dir.‹ Das war in etwa das, was er ihm geantwortet hat. Danach habe ich Arnaud bestochen: Wenn er akzeptierte, dass wir gemeinsame Sache machten, würde ich ihm den Namen von einem nennen, der möglicherweise gelogen hatte. Arnaud blieb keine Wahl. Ich hatte ins Schwarze getroffen. Fraysse hat ausgepackt und uns auch die drei anderen Namen geliefert.«

»Und du? Wie bist du draufgekommen, dass Delmas nicht der Täter ist?«, fragte Arnaud, ohne sich umzudrehen.

»Indem ich meine Arbeit gemacht, in den Archiven gestöbert und mir die Fotos angesehen habe. Und indem ich die in *L'Écho* veröffentlichten Zitate mit den Todesdaten abgeglichen habe.«

»Diese Methode haben wir uns ausgedacht, um miteinander zu kommunizieren. Das erste Zitat, wenn einer von uns beiden den Moment für geeignet hielt, um mit den Vorbereitungen zu beginnen. Das zweite, um zur Tat zu schreiten … Wir hatten uns entschieden, uns in Geduld zu üben, denn die Zeit war unsere Verbündete. Sie durften uns nur nicht entwischen, und wir durften uns nicht erwischen lassen. Es gab nur eine einzige Abweichung von unserem Plan: Buissonnet konnten wir nicht hierherbringen.«

Sie hatten keine Lampe eingeschaltet. Das Tageslicht sorgte im Raum für große Schatten, die Arnauds Gestalt einhüllten.

»Und wie bist du auf uns gekommen?«

Ich glaube, ich lächelte.

»Ich kommuniziere mit meinem besten Freund auch manchmal über Zitate … Da war diese Sache beim Frühstück im Ferienlager, die ich nie vergessen habe. Die Art, wie du Loïc beschützt hast. Dieses starke Band zwischen Brüdern – das hast du mir vorgeführt. Außerdem hast du einmal erzählt, wie du dich mit deinen Freunden mitten in der Nacht zum Ufer geschlichen hast. Du hast gesagt, dass der Mörder ganz in eurer Nähe versteckt gewesen sein müsse, dass ihr ihn hättet aufscheuchen können. Damit hast du verraten, was du wirklich gedacht hast: Du hast Delmas nie für den Mörder gehalten.«

»Verstehe. Als ich gehört habe, dass du dich für den Fall interessierst, war mir klar, dass du uns früher oder später auf die Schliche kommst.«

Endlich drehte er sich um und trat aus dem Schatten.

»Er fehlt mir schrecklich. Es vergeht kein Tag, an dem ich nicht entsetzlich darunter leide, dass er nicht mehr da ist. Diese vier Typen haben mein Leben zerstört. Sie durften einfach nicht davonkommen. Zu zweit konnten wir unsere Spuren verwischen. Wir waren nie zur selben Zeit am selben Ort und konnten die Aufgaben untereinander aufteilen. Loïc ist in Informatik wirklich Spitze. Kaum zu glauben, was für ein Chaos man mithilfe eines Computers und einer gewissen Beobachtungsgabe im Leben eines Menschen anrichten kann. Wir haben ihre Existenzen erst vernichtet und dann ausgelöscht.«

»Unsere Strategie war es, für ihre jeweilige Entführung den bestmöglichen Moment abzupassen. Arnaud kennt Wirkstoffe, die sich im Körper nicht nachweisen lassen, und er hat mir versichert, dass bei Schlafentzug jeder früher oder später einknickt. Fraysse hat immerhin drei Tage durchgehalten. Bei Amalric haben schon ein paar Stunden gereicht. Trotzdem haben wir ihn länger hierbehalten, denn er war derjenige, der Guillaume umgebracht hat.«

»Sie haben ihn gemeinsam umgebracht. Alle vier«, berichtigte ihn sein Bruder.

»Habt ihr die Kleidung von Fraysse gefunden? Die Sachen mit den Blutflecken?«

»Anfangs wollten sie sie aufheben, aber als die Polizei dann die beiden Häuser von Gilles Mahous durchsucht hat, haben sie Panik gekriegt und sie verschwinden lassen, so wie die von Emmanuel. Buissonnets Vater war Vorarbeiter in einer Recyclingfabrik, in der jeden Tag tonnenweise Altkleider zu Füllstoffen für Autositze und Wohnzimmersessel verarbeitet werden. Den Rest kannst du dir denken … Emmanuels Schuhe sind übrigens in einem Container der Caritas gelandet.«

Ich fragte nicht, welche Versionen ihnen Fraysse und später Amalric aufgetischt hatten. Ich hatte meine eigene, und die genügte mir. Es bestand auch keiner der beiden darauf, sie mir zu erzählen.

»Als ich dich bei Mahous gesehen habe, dachte ich, du wärst zu ihm gefahren, um ihn zu warnen.«

»In gewisser Weise habe ich das vielleicht.«

»Nein, ich glaube nicht. Du hast seinen Albtraum von Neuem losgetreten. Das ist fast noch schlimmer als das, was er all die Jahre durch uns ertragen musste. Aber deshalb werden wir schnell handeln müssen. Nicht, dass er auf die Idee kommt, von der Bildfläche zu verschwinden.«

»Warum habt ihr bei ihm so lang gewartet?«

»Weil er der Letzte ist. Wir haben Angst vor dem, was kommt, wenn wir fertig sind.«

Ich musste an François Pastres Worte denken: Die meisten Menschen ließ Basse-Misère nicht mehr los.

»Eins wüsste ich gern: Was hat dich dazu getrieben, in dieser Geschichte herumzuwühlen? Wonach hast du gesucht?«

»Ich wollte meine Angst loswerden.«

»Ich hätte gern noch Angst. Ja, ich glaube, ich fände es gut, wenn ich ab und zu Angst hätte. Dann würde ich mich wenigstens noch lebendig fühlen. Und sie würde mich daran erinnern, dass ich etwas zu verlieren habe. Vielleicht hätte sie mich auch von all dem hier abgehalten oder zumindest davon, Loïc mit hineinzuziehen. Wir hätten etwas aus unserem Leben machen und uns damit abfinden können, dass Delmas der Täter ist … Einen Menschen zu foltern und zu töten, ist alles andere als leicht. Selbst wenn man von abgrundtiefem Hass besessen ist.«

Ich verließ die Brüder Armengaud, nachdem zwischen uns ein langes Schweigen eingetreten war. Wortlos stand ich auf, trat aus dem Haus und ließ sie inmitten ihrer Schatten zurück. Ich ging nach unten zur Straße und folgte ihr bis zu meinem Wagen. Gerade als ich ihn erreichte, kam ein Angler vom See herauf.

»Und? Hat was angebissen?«

»Gar nichts. Wenn's hochkommt, hatte ich drei Anstupser. Angeln Sie auch?«

»Nein, schon lange nicht mehr. Als Kind war ich öfter mit meinem Vater zum Angeln hier.«

»Damals gab es bestimmt noch mehr Fische.«

»Daran erinnere ich mich nicht so genau. Ich weiß nur noch, dass ich mich gefreut habe, hierherzukommen. Das hat mir genügt.«

»Ist aber auch wirklich ein hübsches Fleckchen.«

Er grüßte freundlich. Meine Erwiderung auf seine letzte Bemerkung hörte er schon nicht mehr. Es kann aber auch sein, dass ich sie gar nicht aussprach, sondern für mich behielt.

»Auch daran erinnere ich mich nicht.«

SECHSTER TEIL

»Es regnet.
Es fängt an zu regnen.«

48

Ich kann mich nicht bewegen. Ich bin bei Bewusstsein, aber mein Körper ist wie tot. Es ist Nacht und doch hell genug, dass ich sehen kann, wohin sie mich bringen. Ich habe den See erkannt. Ich rieche das Laub und die feuchte Erde. Die beiden schwarz gekleideten Männer schleifen mich über den Boden, jeder hat mich auf einer Seite unterm Arm gepackt. Sie tragen Strumpfmasken. Obwohl ich weiß, wer sie sind, sehe ich sie immer noch als unbestimmte Wesen, als Mischung aus allen, die seit Basse-Misère auf Rache sinnen. Es kann nicht sein, dass sich unter dieser Maske Arnauds rundes Gesicht verbirgt, sein trauriges Lächeln, sein gutes Benehmen und sein nördlicher Akzent, der so gestelzt klingt, dass es nervt. Es kann nicht sein, dass unter der anderen Loïc steckt, denn der ist in meiner Vorstellung immer noch der kleine Junge, der auf einem zu hohen Stuhl vor seiner heißen Schokolade sitzt. Mir ist es nur recht, dass sie die Masken aufbehalten haben, so kann ich mir einreden, dass sie es nicht sind.

Am Ufer wartet ein Ruderboot. Sie legen mich auf der Erde ab, um es zu Wasser zu lassen. Ich höre das knarrende Holz, das dumpfe Geräusch, als die Ruder gegen den Rumpf schlagen, und das Plätschern des Sees, der gerade im Schlaf gestört wird. Dann werde ich erneut gepackt und auf den Boden des Kahns gelegt. Ich sehe den Himmel über mir, einen gestirnten Himmel mit einem Halbmond.

Derjenige von den beiden, der die Ruder genommen hat, muss nicht sehr lange paddeln. Als er aufhört, gleitet das Boot lautlos weiter. Die beiden stehen gleichzeitig auf. Ihre Bewegungen sind aufeinander abgestimmt. Sie ziehen mich hoch. Sie stützen mich. Die Konturen des Sees zeichnen sich in der Dunkelheit ab. In ihrer Mitte ruht das Wasser, still und vom Mondlicht leicht versilbert. Wir bleiben einen Moment so stehen und nehmen das Bild in uns auf. In ein paar Stunden wird am Ende der einstigen Schlucht die Sonne aufgehen. Ihr orangefarbenes Licht wird die Klammer der Nacht schließen.

Sie heben mich hoch wie eine Feder. Sachte lassen sie mich ins Wasser gleiten. Ich spüre die Kälte nicht. Die beiden Männer in Schwarz bleiben stehen. Sie sehen mir zu. Ich treibe noch eine Weile auf dem Wasser, die Arme zur Seite gestreckt wie Blütenblätter. Der See trägt mich, er wiegt mich. Er umschmeichelt mich, bevor er mich verschlingt.

Bald spüre ich, wie mich ein Gewicht in die Tiefe zieht. Ich sinke. Das Wasser steigt über mein Kinn, meinen Mund, meine Nase. Bevor es mich vollends bedeckt, sehe ich ein letztes Mal das Boot und die beiden Gestalten, reglos wie Statuen.

Ich gehe unter. Im Schein der Nacht erkenne ich die Oberfläche, von der ich mich immer weiter entferne. Es wird dunkler und dunkler. Ich halte die Luft an. Zögere den schicksalhaften Moment, da ich das Wasser in meine Kehle, meine Lungen, meinen Bauch lassen muss, hinaus. Ich weiß, der Schmerz wird schrecklich sein. Ich sinke tiefer und tiefer. Meine Glieder scheinen zu erwachen, aber es ist zu spät, um nach oben zu schwimmen. Meine Reserven sind aufgebraucht. Ich muss einatmen. Jetzt werde ich sterben.

Es ist ein grauenhaftes Gefühl. Ich will Luft, aber ich habe nur Wasser. Ich laufe voll wie eine Flasche. Meine Brust schwillt an, gleich wird sie platzen. Ich ersticke. Meine Augen treten aus den Höhlen. Meine Haut reißt. Meine Eingeweide werden zerquetscht. Meine Knochen splittern, sie zerbrechen wie Glas. Ich ersticke. Ich will eine letzte Anstrengung unternehmen, will versuchen auszustoßen, was in mir ist. Es wenigstens versuchen. Also biete ich meine letzten Kräfte auf. Fast höre ich mich schreien.

Ich schrie tatsächlich. Schweißgebadet und nach Luft ringend saß ich im Bett. Langsam nahm das Hotelzimmer Gestalt an. Es dauerte eine Weile, bis ich wieder normal atmen konnte. Das Gefühl zu ersticken war immer noch real, und es war scheußlich.

Regen prasselte gegen die Fensterscheiben. Es war noch nicht sehr spät. Seit mehreren Tagen ging ich zeitig zu Bett und hatte immer denselben Albtraum. Er wurde von Nacht zu Nacht schlimmer. Dies war das erste Mal, dass ich ihn bis zu meinem Tod geträumt hatte. Erst nach langen, mühsamen Minuten gelang es mir, mich zu beruhigen. Das Atmen tat jetzt nicht mehr so weh.

Ich stand auf und klatschte mir Wasser ins Gesicht. Die letzten Male hatte es nichts gebracht, mich wieder ins Bett zu legen, also zog ich mich an und ging nach unten. Ich trat ins Freie und schaute dem Regen zu. Es war ein dichter, schwerer Frühlingsregen. Die frische Luft tat mir gut. Aber das Gefühl, in die Tiefe gezogen zu werden, blieb. Ich musste es unbedingt loswerden.

Ich fuhr zurück nach Fonbelle, um meine letzten Sachen zusammenzupacken. Zum zweiten Mal innerhalb eines knappen Jahres bot ich den Ort, an dem ich gewohnt hatte, zum Verkauf an. Ein Umzugsunternehmen holte ab, was ich nicht selbst transportieren konnte, und deponierte die Sachen in einem Möbellager am Stadtrand von Toulouse. Unweit des Krankenhauses machte ich im Tal eine Firma ausfindig, die langfristig Boxen vermietete. Ich bezahlte für ein Jahr im Voraus und lagerte die Metallkisten mit Pastres Aktenordnern ein. Nichts davon behielt ich, nicht einmal ein Foto. Das von Justine war das letzte, das mir entgegenblickte, als ich den Deckel zuklappte.

Anschließend setzte ich einen Brief an die Tochter des ehemaligen Journalisten auf. Ich schrieb ihr, dass ihr Vater Dokumente hinterlassen hatte, die ihm sehr wichtig, ja, die ein Teil seines Lebens, aber auch so etwas wie ein menschenfressendes Ungeheuer gewesen seien, das ihn verschlungen habe. Sie könne damit machen, was sie für richtig halte, sie auch vernichten, wenn ihr der Sinn danach stehe. Ich nannte den Ort, wo sie die Sachen abholen konnte, klebte den Schlüssel für die Box unten auf das Blatt Papier und steckte das Ganze in einen Umschlag.

Pastre lebte noch, sofern man wagte, das »leben« zu nennen. Nach einer kurzen Wachphase hatte er einen dritten Schlaganfall erlitten. Seitdem war er vollständig gelähmt, seit Monaten lag er im Koma. Dieselbe Krankenschwester führte mich an sein Bett. Eigentlich wollte ich den Umschlag ihr geben, aber sie riet mir, ihn zu seinen wenigen persönlichen Dingen in die Nachttischschublade zu legen.

Ich nahm einen Stuhl, setzte mich neben Pastre und legte meine Hand auf seine. Als die Krankenschwester das sah, ließ sie uns allein.

Ich sprach ihn mit seinem Vornamen an. Meine Stimme klang irgendwie unheimlich in diesem Zimmer. Ich glaubte zu sehen, wie seine Augenlider zuckten. Ich fragte ihn, ob er meine Stimme erkenne. Diesmal meinte ich zu spüren, wie seine Hand zitterte. Da beugte ich mich zu seinem Ohr und erzählte ihm die ganze Wahrheit von Basse-Misère. Etwas anderes konnte ich ihm nicht sagen. Ich habe noch nie gewusst, wie man mit Sterbenden spricht. Ich habe es nie fertiggebracht, einem Sterbenden zu sagen, er solle sich ausruhen, sich einfach fallen lassen, ich würde bleiben und auf ihn aufpassen.

Nach dem Besuch im Krankenhaus fuhr ich in unsere Straße und parkte nahe bei unserem Haus. Ich gab mir einen Ruck und klingelte. Eine junge Frau öffnete. Ich erklärte ihr, dass ich früher einmal hier gewohnt hatte und gern eine Runde durch den Garten drehen würde. Sie bot mir an, mich auch ins Haus zu lassen, aber das lehnte ich ab. Der Garten genügte mir. Sie hatte nichts dagegen.

»Waren Sie glücklich hier?«, fragte sie.

»Ja, das war ich.«

»Wir sind hier nämlich sehr glücklich. Ich habe die positive Ausstrahlung des Hauses sofort gespürt, schon bei der Besichtigung.«

Hinter ihr tauchte ein kleines Mädchen auf. Es wirkte ein wenig beunruhigt, als es mich mit seiner Mutter reden sah, und drängte sich zwischen ihre Beine.

Ich ging am Haus entlang und blieb unter dem Fenster meines ehemaligen Kinderzimmers stehen. Als kleiner Junge war ich oft krank gewesen. Wenn ich das Bett hatte hüten müssen, hatte ich die Baumkronen an der Straße betrachtet. In ihrem Geäst hatte ich zwei Gefährten gefunden: Der erste hatte einen Adlerkopf mit strengem Blick gehabt, der zweite hatte einem kleinen Tier geähnelt, einer Art Igel mit einer Nase, die in einen Rüssel überging. Sie waren mit dem Laubfall erschienen und kurz vor dem Sommer wieder verschwunden. Jetzt versuchte ich sie wiederzufinden, aber ich konnte suchen, so viel ich wollte – ich entdeckte sie nirgends. Vielleicht waren sie nur aus meinem Bett, aus diesem ganz bestimmten Blickwinkel heraus zu sehen gewesen. Vielleicht waren die Bäume gewachsen, oder bestimmte Zweige waren abgebrochen. Vielleicht war ich aber auch einfach nicht mehr in der Lage, sie zu erkennen.

Ich kam an der Hecke vorbei, an deren Fuß die Schneeglöckchen hervorgekommen waren, auf die meine Mutter alljährlich gelauert hatte. Meine Schaukel im hinteren Teil des Gartens war durch eine neuere ersetzt worden, ansonsten sah alles so aus wie bei uns, bis hin zum kleinen, von Himbeersträuchern begrenzten Gemüsegarten.

Eines Abends war mein Vater mit einem eingetopften Busch von der Arbeit nach Hause gekommen, einem Kirschbaum. Wir hatten ihn zu dritt hinten im Garten eingepflanzt, während meine damals noch junge Hündin zwischen unseren Beinen herumgesprungen war. Meine Eltern hatten sich ausgemalt, wie wir an Juniabenden die Kirschen vom Baum naschen würden. Zusammen. Als der Baum sich nach allzu vielen Jahren endlich bequemt hatte, Früchte zu tragen, waren wir dann gar nicht so oft hingegangen, um unseren Nachtisch zu pflücken.

Die jungen Blätter waren bereits gesprossen, bald würden die strahlendweißen Blüten hervorbrechen. Ich schnitt ein kleines Stück von einem Zweig ab. Bevor ich ging, gestand ich es der jungen Frau. Ich wollte das einfach mitnehmen.

Dieses aus meiner Kindheit stammende Zweiglein habe ich trocknen lassen. Seither dient es mir als Lesezeichen.

Ob meine Bemühungen, mich an die Welt von früher zu erinnern, mir geholfen haben, meinen wiederkehrenden Albtraum loszuwerden, weiß ich nicht. Häufig kommen mir Bruchstücke aus jener Zeit einzeln und ungeordnet in den Sinn, wenn ich überhaupt nicht damit rechne. Und ich liebe die Momente, in denen das geschieht.

An einem Freitag im April entdeckte ich in den Kleinanzeigen des *L'Écho de l'Autan*, den ich abonniert hatte, das letzte Zitat. Abermals ein Ausspruch von Phoebe: »Es regnet. Es fängt an zu regnen.«

Ich hatte keinerlei Schuldgefühl. Und ich träumte nicht länger, dass ich ertrank.

Epilog

François Pastre starb zwei Tage nach meinem Besuch. Ich habe gehört, dass seine Tochter ihn hat einäschern lassen. Ich weiß nicht, ob sie meinen Brief gefunden und die Aktenordner geholt hat. Hoffentlich ist sie, nachdem sie Kenntnis von ihrem Inhalt erlangt hat, nicht auf die Idee verfallen, die Asche ihres Vaters auf dem See auszustreuen.

Bertrand Armengaud und seine Frau organisierten Anfang Juni unweit des Gefängnisses, in dem Thierry Delmas versauerte, eine öffentliche Kundgebung. Es kamen überraschend viele Leute, um sie und die anderen Eltern, Brüder und Schwestern über jene reden zu hören, die man die »Vergessenen von Nottingham« getauft hatte. Zum ersten Mal schlossen ihre Söhne Arnaud und Loïc sich ihnen an. Sie wollten zwar nicht das Wort ergreifen, willigten aber ein, nach der Veranstaltung zu den anderen aufs Podium zu kommen.

Emmanuels Tante besuchte weiterhin jeden Samstag ihre Schwester in Valdérieu. Wenn das Wetter es zuließ, gingen sie im Garten spazieren. Ihr Schwager stand dann hinter dem Wohnzimmerfenster und sah ihnen zu.

Bernard Bardys Sohn schrieb mir. Es war ein kurzer Brief. Er schilderte eine Erinnerung. Kurz nach dem Selbstmord seines Vaters war sein Hund verschwunden. Er hatte stundenlang und überall nach ihm gesucht, ihn aber nicht gefunden. Er hatte die ganze Nacht geweint. Am nächsten Morgen hatte seine Mutter ihm erklärt, dass der Nachbar ihn überfahren hatte. *Damals hatte ich zwei Möglichkeiten. Ich habe mich für die zweite entschieden. Ich bin weggegangen und habe meine ganze Wut hinter mir gelassen. Ich fürchte, sie kommt wieder hoch, während ich Ihnen schreibe. Deshalb höre ich jetzt lieber auf.*

Philippe Brunet-Auriac dagegen schwieg hartnäckig. Er blieb die aus der Ferne gesichtete Gestalt, die hoch über dem Ozean im Wind Golf spielte – wenn er nicht gerade am Ruder seines Segelboots stand und andere Segler herausforderte.

Manchmal entfernte sich Florie ein Stück vom Weg, um Blumen zu pflücken. Dann setzte sich ihr Vater und sah ihr zu. Sie vergewisserte sich regelmäßig, dass er noch da war. Irgendwann kam sie zurück, auch wenn ihr Strauß noch nicht fertig war, und sie gingen weiter. Obwohl sie ihm nie antwortete, hörte er nicht auf, mit ihr zu reden. Er sagte, der Sommer stehe vor der Tür. Am nächsten Tag würden sie im Wald nach Rehkitzen Ausschau halten.

Ich habe nie versucht herauszubekommen, was aus Cédric Mahous geworden ist. Ich könnte mir vorstellen, dass er eines Morgens nicht in seinem Restaurant erschienen ist und dass man, als er in den darauffolgenden Tagen kein Lebenszeichen von sich gab, das Schlimmste befürchtete. Die Sorge war berechtigt.

Ich stattete Marielle einen Besuch ab. Vorher kaufte ich ein Geschenk für ihren Sohn: ein schönes Kuscheltier. Wir unterhielten uns lang. Ich sagte, sie solle noch mehr Kinder bekommen, denn die Mutterschaft tue ihr offensichtlich gut. Außerdem dürfe sie ihrem Sohn nicht das Recht vorenthalten, zu zweit zu sein. Mindestens zu zweit. Bei diesen Worten traten ihr Tränen in die Augen, und sie eröffnete mir, dass sie schwanger sei.

Als nach den Sommerferien die Vorlesungen losgingen, entfernte Jean-Henri eigenhändig mein Namensschild von der Tür meines ehemaligen Büros, weil er begriff, dass ich ernst gemacht und gekündigt hatte. Er bestand darauf, es in einer seiner Schubladen aufzubewahren. Ich stelle mir gern vor, dass er, als er es hineinlegte, zufrieden wie ein Baby lächelte.

Ich nahm die Autofähre über den Shannon. Das Wetter war schön. Auf dem Pier zeigte man mir, auf welcher Straße ich in die Stadt kam. Sie führte flussaufwärts den Shannon entlang. Ich parkte gegenüber von einem Natursteingebäude, in dem das Kunst- und Kulturzentrum untergebracht war. Ich war ein bisschen zu früh dran. Die Sonne versank allmählich. Ich unternahm einen kleinen Spaziergang am kiesigen Flussufer. Plötzlich tauchten auf dem Wasser mehrere Kanus mit Jungen und Mädchen auf. Sie saßen immer zu zweit in einem Boot, steckten in dicken orangefarbenen Schwimmwesten und paddelten ihrem Lehrer in einer Reihe hinterher. Fröhlich zischten sie an mir vorbei und nahmen Kurs auf den Ozean. Bevor sie hinter der ersten Biegung verschwanden, glaubte ich im Gegenlicht zu erkennen, wie sich eins der Mädchen zu mir umdrehte, mir zulächelte und sogar verschämt winkte.

Die Glocke im Kirchturm schlug sechzehn Uhr. Ich kehrte zum Kulturzentrum zurück. Grüppchenweise quollen die Menschen auf den Gehsteig. Siobhan kam als eine der Letzten heraus. Unter ihrem Arm klemmte eine riesige Zeichenmappe; ein zum Platzen vollgestopfter Beutel an der anderen Schulter diente als Gegengewicht. Obwohl die Luft mild war, hatte sie sich in einen ihrer endlosen Schals gewickelt.

Ich trat auf dem gegenüberliegenden Gehsteig einen Schritt vor. Sie sah mich und erstarrte, während die anderen sich zerstreuten. Der Beutel und die Zeichenmappe fielen zu Boden. Ein paar Bögen rutschten heraus und wurden vom aufkommenden Wind aufgewirbelt.

Da überquerte ich die Straße.

Anmerkungen

Jean La Fontaine wird zitiert in der Übersetzung von Theodor Etzel (Berlin 1923).

Aus dem *Cyrano von Bergerac* von Edmond Rostand wird in der Übersetzung von Wolfgang Adenberg zitiert.

Die Zitate aus *Das Phantom der Oper* von Gaston Leroux stammen aus der Übersetzung von Johannes Piron (Edition Richarz, CW Niemeyer).

Das Zitat aus »Der kleine Däumling« wurde übernommen von http://www.asatru-forum.de/index.php/Thread/20436-Der-kleine-Däumling-Teil-1/.

Die Zitate aus *Der Fänger im Roggen* von J. D. Salinger stammen aus der Übersetzung von Eike Schönfeld (Kiepenheuer & Witsch, Köln 2003).

Auch wenn die in diesem Buch beschriebenen Ereignisse und Personen allesamt frei erfunden sind, existieren die Orte sehr wohl unter anderem Namen und mitunter in anderer Form. Und: Es ist immer noch angenehm, im See zu baden.

Die französische Originalausgabe erschien 2016 unter dem Titel
»Un souffle, une ombre« bei Éditions Fleuve, Paris.

FSC
www.fsc.org
MIX
Papier aus verantwortungsvollen Quellen
FSC® C083411

Verlagsgruppe Random House FSC® N001967

1. Auflage

in der Verlagsgruppe Random House GmbH
Neumarkter Str. 28, 81673 München
Umschlaggestaltung: Covergestaltung: semper smile, München
Covermotiv: © Getty Images/B.Aa. Sætrenes
Autorenfoto: © M. Avanzato/Opale/Leemage/laif
Redaktion: Susanne Wallbaum
Satz: Uhl + Massopust, Aalen
Druck und Einband: CPI books GmbH, Leck

Printed in Germany
ISBN 978-3-442-75759-6

www.btb-verlag.de
www.facebook.com/btbverlag